W9-ANT-976

ALMANEGRA

●○◖ TRILOGÍA DEL PERDÓN

FLORENCIA BONELLI

ALMANEGRA

© 2015, Florencia Bonelli
c/o Guillermo Schavelzon & Asoc., Agencia Literaria
www.schavelzon.com

© De esta edición: Aguilar, Altea, Taurus, Alfaguara S.A. de Ediciones, 2015
Humberto I 555, Buenos Aires
www.megustaleer.com.ar

ISBN 978-987-739-007-0

Diseño de tapa: Raquel Cané
Foto de la autora: Alejandra López
Imagen de tapa: Josef Peyre
Retoque digital: Gonzalo Kenny

Hecho el depósito que indica la ley 11.723
Impreso en Argentina. *Printed in Argentina.*

Primera edición: abril de 2015

Bonelli, Florencia
  Almanegra. - 1a ed. - Buenos Aires: Suma de Letras, 2015.
  640 p. ; 23 x 16 cm.

  ISBN 978-987-739-007-0

  1. Narrativa Argentina. 2. Novela. I. Título
  CDD A863

Esta edición de 80.000 ejemplares se terminó de imprimir en
Arcángel Maggio - División Libros, Lafayette 1695, Buenos Aires,
en el mes de marzo de 2015.

Para Tomás, siempre.

Ite, omnia incendite et inflammate.
(Id, incendiad el mundo entero)

Consigna de Ignacio de Loyola a
los miembros de la Compañía de Jesús.

Si (como el griego afirma en el Cratilo)
el nombre es arquetipo de la cosa,
en las letras de rosa *está la rosa,*
y todo el Nilo en la palabra Nilo.

Y, hecho de consonantes y vocales,
habrá un terrible Nombre, que la esencia
cifre de Dios y que la Omnipotencia
guarde en letras y sílabas cabales.

Extracto de "El Golem", de Jorge Luis Borges.

Capítulo
I

Aitor Ñeenguirú se despertó confundido y con el cuerpo agarrotado. Tragó varias veces para humedecer la garganta, y la boca le supo a podrido. Frunció el ceño y se incorporó a medias, apoyando el antebrazo en el suelo. Una presión en las sienes le causaba un dolor tan agudo, que terminó por provocarle arcadas. Intentó apaciguar la tormenta de su estómago tomando largas inspiraciones, pero fue en vano. Vomitó en el piso de piedra. Al mal sabor de boca se le sumó el del vómito, y no colaboró para que se sintiese mejor. Escupió varias veces y se secó con la manga de la camisa.

Estudió el entorno con ojos legañosos y se acordó de que la noche anterior, después de enterarse de la peor noticia de su vida, había terminado en la torreta, borracho y soñando que le hacía el amor a Emanuela. La felicidad que había experimentado en el sueño colisionó con la realidad, y le acentuó el dolor de cabeza y el malestar del estómago. Estiró la mano y sujetó los tres objetos que había hallado al pie del telescopio: el soneto ciento dieciséis de Shakespeare traducido al guaraní, el collar de conchillas que le había regalado a Emanuela en su quinto cumpleaños y la piedra violeta que le había traído del río.

Se sentó con cuidado, los ojos cerrados y la respiración acelerada. Cada movimiento le provocaba ecos de punzadas y malestares. Al levantar los párpados, la descubrió a Olivia, dormida a pocos palmos de él. Desnuda. Las imágenes lo bombardearon, y comprendió, entonces, que había soñado que le hacía el amor a su Jasy, cuando en realidad se lo hacía a la india. Se sujetó la cabeza y ahogó un grito de frustración, seguro de que había plantado su semilla en el vientre de la muchacha, algo de lo que siempre se había cuidado.

—Mierda —masculló, en tanto un sentimiento de odio e ira se apoderaba de su endemoniado carácter. Se odiaba a sí mismo y odiaba a la mujer que yacía cerca de él porque, juntos, habían lastimado profundamente a Emanuela, al extremo de conducirla a tomar una decisión con la cual él aún no se reconciliaba, con la cual *jamás* se reconciliaría: su amada Jasy había abandonado el pueblo, a su familia y, sobre todo, a él. ¿Cómo haría para empezar cada jornada sin ella?

11

Se puso de pie sujetándose a la pared y apretándose los párpados. No quería vomitar de nuevo. Respiró lenta y profundamente hasta que se detuvieron los giros en su cabeza y se creyó capaz de caminar. Lo hizo dando tumbos y, mientras se alejaba hacia la puerta, no echó un vistazo a la mujer que quedaba sola, tendida en el suelo. Al salir, se dio cuenta de que el pueblo dormía. Bajó con cuidado la escalera externa y, al llegar al final, se alegró de encontrar a su fiel caballo, que lanzó soplidos y piafó a modo de queja. Incapaz de montarlo sin riesgo a terminar escupiendo el estómago, lo condujo por la rienda hasta su casa, donde lo ató en el horcón de la enramada. Como no se atrevía a entrar, se sentó en el suelo, apoyó la cabeza contra la pared y cerró los ojos. Tuvo la impresión de que habían pasado algunos segundos cuando escuchó la voz de su madre.

—Aitor, hijo, despierta.

—No, déjame.

—Vamos, abre los ojos.

—No puedo.

—Entonces, bebe esto con los ojos cerrados. Es una tisana de *toro-ka'a*. Te calmará el malestar. Manú siempre se la daba a Laurencio abuelo cuando se chupaba.

Malbalá le colocó la calabacita en la mano y la guió hasta los labios de su hijo.

—Cuidado, está caliente. Pero caliente será mejor. Así, muy bien —lo animó cuando Aitor tragó el primer sorbo—. Después te vas derechito al arroyo y tomas un baño, que apestas a alcohol y a vómito, hijo mío.

Acabó de beber la infusión y permaneció sentado, con la cabeza contra la pared y los ojos cerrados, hasta que el estómago se le fue asentando y la pulsada en las sienes, calmando. Escuchaba que su madre se movía cerca de él, y también los ruidos que hacía Bruno dentro de la casa mientras se vestía para ir a trabajar. Y él, ¿qué haría? Sin duda, tomaría el baño que le había sugerido su madre. Pero, ¿y después? ¿Cómo seguiría adelante si el aire que necesitaba para respirar lo había abandonado? Los ojos se le calentaron bajo los párpados cerrados. No quería llorar, no quería sentir lástima de sí mismo. Él era el único culpable de la tragedia que lo asolaba. Él tendría que buscar la salida.

Más animado, se incorporó con precaución. Por fortuna, el entorno había cesado de girar y ya no lo asaltaban las náuseas. Descubrió la muda, el paño de algodón, el pedazo de jabón y el pote con ungüento de urucú que le había dejado su madre y, sin decir palabra, los tomó y se marchó caminando hacia el arroyo. Se le ocurrió ir al lugar secreto, ese recodo del Yabebirí oculto en un sector especialmente denso de la selva, donde él y Jasy habían compartido momentos inolvidables bajo la cascada. Enseguida rechazó la idea; no se torturaría; lo que precisaba era recobrar el dominio y la calma para razonar. Desde ese día y hasta el día en que soltase el último respiro, encontrar a Emanuela se convertiría en el sentido de su existencia.

El agua estaba helada, y recibió con gusto el impacto del frío en el cuerpo; lo despabiló de un golpe. Se enjabonó deprisa y con vigor, hizo buches y gárgaras para deshacerse del mal aliento y se lavó el pelo. Salió del arroyo, se envolvió en la pieza de algodón y se friccionó los brazos y el pecho para entrar en calor. Más a gusto, con la tela echada a la espalda, se sentó sobre unas rocas y se quedó mirando fijamente la superficie del agua, que iba aquietándose.

Los ojos se le llenaron de lágrimas, cuya calidez contrastó al rodar por las mejillas frías. Le costaba creer que regresaría al pueblo y Emanuela no estaría allí para recibirlo con la alegría que siempre la acompañaba, desde niña, y que ella nunca había perdido. Nadie lo había mirado con la devoción de su Jasy. Nunca se lo dijo y en ese momento se arrepentía, pero, cada vez que sus ojos azules le decían cuánto lo admiraban y cuánto confiaban en su fuerza y en su destreza, él se sentía poderoso, con la capacidad para vencer cualquier batalla. Se cubrió la cara y lloró en silencio, aterrado por la idea de no volver a verla, y también por la posibilidad de que, si la encontraba, ella lo contemplase con odio y desprecio. Ese pensamiento le arrancó un rugido de rabia y frustración. Lo había tenido todo y lo había perdido en unos segundos de debilidad e insensatez. Se arrepentía profunda y sinceramente. ¿La vida no le daría otra oportunidad? Quería redimirse, pedirle perdón, besarle los pies, mojárselos con lágrimas, levantar la vista y encontrarse con la mirada dulce y amorosa de su Jasy.

—¡Jasyyy! —exclamó, con los puños apretados y la cabeza echada hacia atrás.

El clamor agitó a las aves, que profirieron graznidos y echaron a volar en bandada. Su lamento se propagó también en la densidad de la vegetación y alteró a los animales, que aullaron y gruñeron y se agitaron en los árboles y en el suelo.

—¡Perdóname, amor mío! ¡Perdóname! ¡Perdóname! Perdóname —susurró al final, casi sin voz, y echó la cabeza hacia delante, de pronto desfallecido.

Ahogó un sollozo al imaginársela en la barraca, con sus hermosos ojos azules fijos en él y en Olivia, mientras fornicaban. ¡Qué conmoción tan grande debía de haber recibido! Su pequeña e inocente Jasy expuesta a la lujuria de dos seres bajos y pecadores. ¡Qué herida tan profunda le había causado! ¡A ella, al amor de su vida!

Impulsado por la ira y la impotencia, se puso de pie. La tela que lo cubría cayó, olvidada sobre las rocas, y él no percibió el fresco de la mañana en su cuerpo desnudo. Caminó con pasos decididos; detrás, sus huellas quedaban impresas en la marisma. Aferró el cuchillo, se tomó el cabello en una cola y la cortó a la altura de la nuca. Había estado orgulloso de su cabello larguísimo, negro, lacio y abundante, en especial porque a Emanuela le encantaba que lo llevase hasta la cintura. Además, ella se ocupaba de cortárselo; era a la única que se lo permitía. Mientras Emanuela no regresase a su vida, lo usaría bien corto.

Sujetó en alto el largo mechón de cabello y lo observó antes de arrojarlo con desprecio al agua. Fijó la vista en la corriente que lo desarmaba y lo arrastraba. "¿Qué haré ahora? ¿Cómo continuaré mi vida?" Se sintió tan perdido y desolado que reaccionó como acostumbraba, enojándose. Se enojó con él, con Olivia, pero también con Emanuela por haberse marchado sin esperarlo, sin brindarle la oportunidad de explicarle, de pedirle perdón, de ponerse de rodillas, de demostrarle cuánto la amaba, a ella, solo a ella.

—¡Cobarde! —exclamó—. ¡Cobarde! ¿Acaso te olvidaste de nuestro pacto de sangre? ¿Acaso olvidaste tus promesas? ¿Te olvidaste de que me prometiste que siempre estarías a mi lado, que siempre me esperarías?

Le contestó la selva, perturbada por sus acusaciones y exigencias vociferadas, que cambió sus sonidos habituales por otros más intensos y agresivos. Le devolvía como un eco la rabia que él soltaba al viento. Se quedó en silencio, observando el entorno con ojos desmadrados.

—¡Te encontraré, Emanuela! ¡Te lo juro por lo más sagrado que tengo, que es tu amor, que te encontraré!

Se vistió deprisa, entre insultos y bufidos, y emprendió el regreso. Una determinación febril lo motivaba a comenzar el día. Lo primero que haría sería pedirle disculpas a su *pa'i* Ursus por el comportamiento de la noche anterior y someterse al estúpido rito de la confesión para ganárselo de nuevo. Si él era el único que sabía dónde se encontraba su Emanuela, pelearse con el jesuita constituía una estrategia poco inteligente. Lo segundo era determinar qué haría con su vida. Se le había ocurrido aceptar el trabajo de capataz que su padre le ofrecía en su hacienda, *Orembae*, idea de la que desistió enseguida, porque si de algo estaba seguro era de que solo permaneciendo en San Ignacio Miní y en contacto con su gente llegaría a conocer el destino de Emanuela. Algún día, alguien se enteraría de algo o a su *pa'i* Ursus se le escaparía una pieza de información, y él tenía que estar cerca para enterarse. Si se iba a vivir a *Orembae*, perdería esa posibilidad.

De igual modo, los únicos oficios que conocía, el de aserrador y el de cazador, lo obligaban a mantenerse lejos de la doctrina durante semanas, situación que era inadmisible en las nuevas circunstancias. Después de pedirle disculpas a su *pa'i* Ursus y de confesarse, le rogaría que le permitiese trabajar en el aserradero de la misión. Don Clemente, el jefe, lo miraba cruzado, al igual que el resto del pueblo, a causa de su fama de luisón, pero como trabajador, lo respetaba. Aitor no le escabullía a las tareas duras y era muy fuerte para acarrear y mover los pesados troncos, sin mencionar que conocía las maderas como la palma de su mano.

Como primera medida, fue a la misa de la mañana y se puso a la vista de Ursus, junto a su madre. El cura elevó las cejas al descubrirlo entre los feligreses, y no volvió a mirarlo lo que duró la ceremonia. Aitor se abstuvo de comulgar y permaneció de rodillas, en actitud penitente, hasta que el sacerdote los habilitó para marcharse con el clásico: *"Ite, missa est"*. Aitor no siguió a la gente, que abandonó el templo por la entrada principal, sino que se evadió por el altar hacia la sacristía, cuidándose de arrodillarse y hacer la señal de la cruz frente al Santísimo.

Hacía años que no entraba en esa pequeña sala donde había pasado muchos momentos de su infancia observando a su admirado y amado *pa'i* Ursus mientras se preparaba para la misa. Lo halló en el momento en que el monaguillo lo ayudaba a quitarse la casulla. Se quitó el sombrero y, con la vista al suelo, murmuró:

—Buenos días, *pa'i*.

Ursus lo miró de soslayo.

—Buenos días —contestó secamente.

El antagonismo del jesuita lo desanimó. Contaba con el amor que su *pa'i* le profesaba desde pequeño. Él era el guardián del secreto que él necesitaba con el mismo anhelo que su próximo respiro. Tenía que componer las cosas con el sacerdote o encontrar a Emanuela sería muy difícil. La Compañía de Jesús poseía colegios, doctrinas, iglesias y casas en todas las ciudades de las Indias Occidentales. Ella podía haber ido a parar a cualquiera. Hasta ese momento, había actuado como de costumbre, como un desaforado, impulsado por su mal carácter y no por la razón. En adelante, sería inteligente y cauto, y, como el yaguareté, se mantendría en silencio y al acecho hasta que la presa estuviese lista y al alcance para saltarle a la yugular.

—*Pa'i*, ¿podemos hablar?

—Ahora no, Aitor. Sabes que, en un rato, empiezo con el catecismo.

—¿Más tarde?

Ursus no contestó mientras se desataba el cíngulo y se quitaba el alba y se los extendía al niño para que los colgase en el ropero.

—¿De qué quieres hablar?

—Quiero hacer confesión —manifestó, sin dudar, con firmeza, y supo que había dado en la diana.

—Regresa hoy, después de la misa de la tarde. Aquí estaré esperándote.

—*Aguyje, pa'i* —agradeció en guaraní—. Que tengas un buen día.

Ursus no contestó, y Aitor se retiró con el sombrero en las manos y la cabeza gacha. Sorbió en silencio los mates que su madre le cebó en la enramada y engulló sin disfrutar la torta de patay y miel silvestre. Bruno lo saludó con palabras masculladas; lucía muy deprimido, lo mismo que Miní, Timbé y Porã, que lo buscaron para que los acariciase.

—¿Dónde están Saite y Libertad? —preguntó de repente.

—Se escaparon —contestó Bruno—. El día en que Manú se fue, abrimos la puerta y volaron hacia el río. No han vuelto.

—Están con ella —afirmó Malbalá, y Aitor se alegró; esas dos siempre habían protegido a su Jasy con el mismo fiero celo que él.

Bruno se despidió, alicaído, y se marchó a la alfarería. El silencio se pronunció en la enramada.

—Te cortaste el cabello —comentó Malbalá.

—Sí, ya era hora.

—Manú amaba tu cabello largo. —Aitor guardó un silencio empecinado—. ¿Qué harás ahora?

Supo que no le preguntaba por las siguientes horas, sino por su vida.

—He decidido quedarme en San Ignacio. Le pediré a don Clemente que me asuma en el aserradero.

—¿No retomarás tu trabajo de hachero en la selva?

—No. Necesito quedarme en el pueblo. Tengo que estar cerca y alerta por si se presenta alguna información de Emanuela. *Sy*, mírame. —Malbalá levantó la vista y la fijó en la de su hijo—. Si llegases a saber algo de ella, de dónde se encuentra o cualquier cosa, ¿me lo dirías?

Malbalá advirtió una recia determinación en sus extraordinarios ojos dorados, pero también descubrió una pena insondable.

—Sí, hijo, te lo diría.

—¡Júramelo! Júrame que, cualquier cosa que sepas de ella, me lo dirás.

—Lo juro.

—Gracias, *sy*.

—¿Qué harás ahora?

—Por lo pronto, iré a hablar con don Clemente. Si él no tiene problema para conchabarme en el aserradero, entonces mi *pa'i* Ursus no se opondrá. Después, me iré un rato al monte a cazar. Volveré por la tarde.

—Sí, haz eso, ve a cazar. —Malbalá lo conocía; sabía que necesitaba tomar distancia, alejarse, gastar energía, quitarse la rabia y el dolor lanzando flechazos, arrojando piedras con la honda y destripando animales con el cuchillo.

Lo siguió con la mirada mientras su hijo entraba en la casa. Volvió a salir pocos segundos más tarde, con la canasta de regalos para Emanuela en la mano.

—¿Por qué está esto acá? ¿No se lo diste?

—Sí. Debió de olvidarlos —mintió Malbalá, y apartó la mirada.

—¿Crees que soy idiota, *sy*? ¡No me mientas! Necesito saber que cuento contigo, *sy*. Necesito saber que me dirás la verdad. Siempre.

Malbalá suspiró, con ánimo cansado, y se sentó frente al telar.

—No quiso llevárselos.

—¿Por qué?

—¡Y todavía tienes el descaro de preguntar por qué! —Se puso de pie, y Aitor se echó atrás—. ¡Le rompiste el corazón, Aitor! ¡Se lo rompiste! ¡Estaba destrozada! ¿Puedes entender lo que estoy diciéndote? ¿Eres capaz de dejar de pensar solo en ti y comprender lo que mi pobre hija padeció y está padeciendo lejos de mí?

Aitor apretó las manos en la canasta y bajó la vista enturbiada. Las lágrimas cayeron sobre los obsequios de doña Florbela. Malbalá lanzó un gemido exasperado y volvió a ocupar su asiento frente al telar.

—Emanuela dijo que no quería tus obsequios, que se los dieras a tu mujer.

Apretó los párpados al darse cuenta de que su madre se había enterado de lo de él y Olivia.

—Por eso te dejó, Aitor, porque te descubrió con esa mujer, en la barraca.

—Lo sé. Mi *pa'i* Bansué me lo contó. Sé que me vio con Olivia. —En el mutismo que siguió, se oían el roce del huso y la respiración trabajosa de Aitor—. Emanuela es mi mujer —sollozó al cabo, y cayó de rodillas—. Ella. ¡Solo ella!

—Sí, lo sé, pero tienes que entender que lo que vio en la barraca la convenció de lo contrario.

Aitor se puso de pie y se sentó en un tocón, junto a su madre, con la canasta sobre las piernas.

—¿Ella te dijo que nos vio a mí y a Olivia en la barraca?

—Sí, solo a mí. Y será una confidencia que me llevaré a la tumba.

—¿Qué más te dijo?

—Poco y nada.

—Por favor, *sy*, dime lo que te haya dicho.

Malbalá prosiguió ejecutando las diestras maniobras sobre el telar, y Aitor dedujo que no hablaría. A punto de levantarse, volvió a sentarse al escucharla decir:

—Me dijo que la habías herido profundamente y que no quería volver a verte.

El efecto de las palabras fue devastador, y su cuerpo, en respuesta, se estremeció.

—Moriré si no vuelvo a verla, *sy*. Moriré.

—También admitió —continuó Malbalá, haciendo oídos sordos a su hijo— que no sabía cómo seguiría adelante sin ti.

Aitor rio entre lágrimas, y un hilo de esperanza le mantuvo el ánimo en alto. Lucharía por recuperarla con uñas y dientes. Nadie, ni siquiera la propia Emanuela, lo mantendría lejos de ella.

—Me ama, entonces. Todavía me ama.

—Por supuesto que te ama. Te amará toda la vida.

—Y yo a ella, *sy*.

Abandonó el asiento y entró en la casa. Levantó la tapa del baúl de cuero donde guardaba sus misérrimas pertenencias, depositó la canasta en el fondo y la cubrió con unas prendas.

—Te la daré cuando volvamos a vernos, amor mío.

Se acordó del dinero que le había pagado don Edilson el día anterior y que aún conservaba en el morral. Abrió el talego, contó las monedas y las añadió a las que ocultaba tras una piedra de la pared, en una esquina, la del camastro de Emanuela, y cerca del suelo. Allí conservaba otros tesoros, como la tacuara que ella le había regalado el día de su decimoctavo natalicio. La sacó y la besó, y pasó el índice por el perfil de las letras que Emanuela había tallado con primorosa caligrafía.

—Aitor y Jasy —leyó en un susurro, y cayó en la cuenta de que había escrito su nombre primero. Ella siempre lo había puesto primero. Él, en cambio, siempre se había puesto a sí mismo en primer lugar. Primero estaban sus necesidades físicas, sus celos, sus enojos, sus exigencias, sus deseos, y, aunque en ese momento comprendiese que se trataba de un comportamiento egoísta y ruin, temía que sería de ese modo la vida entera, porque negra era su alma, y por la misma razón que debería dejarla en paz y permitirle hacer una vida lejos de él, por ser egoísta, ruin y de baja calaña, seguiría buscándola hasta el último aliento, porque la quería para él. Porque la necesitaba.

Extrajo los dos rollos de papel de la caña y los extendió. Dejó de lado el retrato de él y admiró el otro, el de ellos besándose. ¡Cuánto extrañaba sus labios! ¡Cuánto necesitaba de su cuerpo de niña y de la inocente pasión de sus manos! Eso lo había sorprendido, la entrega sin barreras de Emanuela cuando él la inició en las cuestiones íntimas entre un hombre y una mujer, pese a sus escasos trece años. Ahora que lo meditaba, jamás se había escandalizado, ni negado, ni le había reprochado sus excesos. Nunca se había mostrado arrepentida, ni le había pedido que no volviesen a tocarse, ni a besarse, comportamiento extraordinario si se tenía en cuenta la educación cuidada y pacata que había recibido por parte de Malbalá y de su *pa'i* Ursus. Es que Jasy era extraordinaria. No existía criatura como ella sobre la faz de la Tierra.

"¿Le contarías a mi pa'i Ursus en confesión lo que hacemos cuando estamos solos?" "No", había sido su contestación, en la cual no había existido un atisbo de duda. *"¿Por qué no?" "Porque en la confesión se cuentan los pecados, y para mí esto que tú y yo compartimos no es pecado. Nuestro amor no es pecado. Es una bendición. Tú eres una bendición para mí."*

—Oh, Jasy, amor de mi vida, *tú* eres una bendición, no yo. Pero te necesito. Yo tampoco sé cómo seguir adelante sin ti. Vuelve a mí, amor mío. Vuelve a mí.

Besó el dibujo, lo enrolló junto con su retrato y lo guardó en la tacuara, a la que acomodó en el hueco del muro. También ocultó los tres objetos hallados la noche anterior en la torreta: el collar de conchillas, la piedra violeta y la traducción del soneto, al cual besó con reverencia imaginándola mientras lo escribía para él. Colocó la piedra y arrimó de nuevo la cuja a la pared. Se calzó el sombrero y se dirigió al aserradero, donde Clemente lo recibió con más simpatía que de costumbre y, después de señalar que se había cortado el cabello, le aseguró que podía ocupar su puesto cuando lo desease. Uno de los trabajadores se había accidentado y se ausentaría durante varias semanas.

—Puedes empezar hoy mismo —remató.

Aunque había planeado irse de caza, aceptó.

—Ve al embarcadero. Están al llegar nuevos troncos. Lleva la carreta y la yunta.

Trabajó duramente y, dado que, como de costumbre, pasó por alto los vistazos aviesos y los comentarios masculados que su presencia suscitaba, no se enteró de que sus compañeros lo culpaban de que la niña santa, que tantas bendiciones les había prodigado, ya no viviese en la doctrina. La misma suerte estaba corriendo Olivia en el *cotiguazu*, donde incluso sus mejores amigas la responsabilizaban por lastimar profundamente a Emanuela, al punto de orillarla a abandonar el pueblo donde había vivido desde el día de su nacimiento.

—¡No sé de qué están hablando! —se ofuscó la acusada.

—Pues Tarcisio —tomó la palabra la que llevaba la voz cantante en la casa de las viudas— escuchó anoche a mi *pa'i* Bansué decirle al luisón que la niña santa decidió irse del pueblo después de que los vio a ti y al luisón fornicar en una de las barracas.

—Ni tú, ni el luisón la vieron —aportó otra—, porque mi *pa'i* Bansué la sacó de allí en silencio, pero ella los vio. ¡Y eso le rompió el corazón!

—¡Mentira!

—¿Acaso acusas a mi *pa'i* Bansué de mentiroso, Olivia?

—Yo no lo acuso a él, sino a ustedes y a Tarcisio.

—¡Ahora por tu culpa y la del luisón nos hemos quedado sin la protección de la niña santa, que nos salvó de la viruela!

—Emanuela no nos salvó de la viruela —intentó razonar Olivia—, sino los cortes que nos hicieron en los brazos.

—¡Calla, mala mujer y pecadora! ¡Ella nos salvó! Ninguno de nosotros cayó gravemente enfermo.

—¡Juan Ñeenguirú cayó enfermo! —le recordó una anciana—. Y la niña santa lo curó con sus manos.

—¡Ahí tienes! ¿Qué me dices ahora de Juan Ñeenguirú, Olivia? A él no le hicieron los cortes en el brazo y curó igualmente gracias a su hermana de leche, que lo tocaba todos los días.

—Se olvidan —retomó la acusada— de que mi *pa'i* Ursus leyó en la misa la carta del provincial en la que le ordenaba irse.

—Muchas veces los provinciales mandaron sacarla de la doctrina, pero siempre mi *pa'i* Ursus halló el modo de retenerla. Esta vez no fue posible puesto que ella deseaba irse. ¡Y lo deseaba por tu culpa, porque le robaste su hombre, el que ella amaba!

—¡*Tú* deberías haberte ido, ladrona de hombres, y no la niña santa!

—¡Yo no robé nada! —se defendió Olivia, y encaró hacia la salida, temerosa de su suerte—. Y si ella decidió irse sin presentar pelea, no es problema mío. —Dio media vuelta y se marchó, dejando atrás a un grupo de mujeres encolerizadas que le gritaban a coro.

* * *

Por la tarde, al finalizar la jornada en el aserradero, fue a su casa, se lavó la cara, el pecho y los sobacos, y se puso una camisa limpia, la de algodón de Castilla que le había confeccionado su Jasy. Oyó la misa de la tarde, mientras reflexionaba que era la primera vez desde que tenía memoria que asistía a dos servicios en un mismo día. Al igual que esa mañana, en lugar de seguir a la feligresía que abandonaba el templo por la puerta principal, Aitor se evadió hacia la sacristía. Se quitó el sombrero y entró haciéndolo girar en las manos y con la vista al suelo.

—Siéntate ahí —le indicó el jesuita, mientras se deshacía de los paramentos sacerdotales—. En un momento estaré contigo.

—Sí, *pa'i*. Gracias.

El sacerdote despidió al monaguillo, cerró con llave las puertas del ropero y se ubicó en una silla frente a la de Aitor, de modo que sus rodillas casi se chocaban. Besó la estola morada que vestía para confesar y se la colocó detrás del cuello.

—Ave María purísima.

—Sin pecado concebida, *pa'i*.

—¿Hace cuánto que no te confiesas, hijo? —Aitor vaciló, y Ursus intervino—: Te diré yo cuánto hace. Tu última confesión fue la noche antes de huir de la misión, el 5 de agosto. Hoy estamos a 29 de mayo, por lo tanto han pasado casi diez meses desde la última vez que hiciste confesión.

—Sí, *pa'i*, así es.

—¿Qué pecados has cometido?

—He fornicado, he atacado a mi *pa'i* anoche y he traicionado a la mujer que amo.

—La lujuria y la ira, dos de los siete pecados capitales. Sin duda, tus dos vicios más marcados, Aitor.

—Sí, *pa'i*.

—¿Te arrepientes?

Aitor levantó la cabeza en una acción veloz y se lo quedó mirando con el gesto de quien ha oído una aseveración inentendible o en extremo insensata.

—Por supuesto que me arrepiento, *pa'i*, sobre todo de haberles causado tristeza a ti anoche al atacarte y a Emanuela, porque me vio fornicando con otra mujer. Desearía volver a vivir todo de nuevo y no equivocarme tan fiero.

—Ah, sí, volver el tiempo atrás sería una gran solución, Aitor, pero esa posibilidad nos ha sido negada. Lo único que nos queda es echar mano de las virtudes para vencer los vicios y no repetirlos en el futuro. A la lujuria la vencerás con una vida casta, y a la ira, con la paciencia.

—Sí, *pa'i*.

—Mi penitencia para ti, Aitor, será que oigas misa todos los días a partir de mañana y durante un año y que hagas comunión diaria, para lo cual tendrás que estar en la gracia de Tupá.

La juzgó una penitencia durísima; la ceremonia religiosa lo aburría y fastidiaba; no obstante, aceptó con demostraciones de obediencia porque se habría avenido a cualquier castigo con tal de recuperar la confianza del sacerdote y obtener la información que este tan bien custodiaba.

Ursus rio por lo bajo, y Aitor levantó la vista, desconcertado. El jesuita le palmeó el hombro.

—Con tu *pa'i* no tienes que fingir, hijo mío. Sé cuánto te aburre asistir a misa. Por esa razón te he impuesto este castigo, porque tu falta ha sido grande. Con tu incontinencia ante el apetito sexual, has lastimado a un ser que te ama tiernamente.

—Ni siquiera lo hice por apetito sexual, *pa'i* —expresó Aitor con sinceridad—. Lo hice por rabia, porque ella se había olvidado de mí al ponerse a cuidar a esos apestados.

—El único *apestado* era tu hermano Juan.

—A mí eso no me importó, *pa'i*. Ella estaba exponiéndose a la viruela y no pensó en el dolor que me causaría si enfermaba y moría.

—Eres egoísta, Aitor.

—Lo soy, *pa'i*. ¿Para qué voy a negártelo a ti, que tan bien me conoces? Pero quiero cambiar —manifestó de pronto con vehemencia—. Quiero ser mejor para merecerla.

—Manú se ha ido —le recordó.

—No me importa. La esperaré la vida entera si es necesario. Pero ella y yo nos casaremos. Nadie me lo impedirá. Yo le había pedido que se convirtiera en mi esposa y ella había aceptado. —Se le quebró la voz, y apretó el puño, enfurecido por la muestra de debilidad.

—¿Cuándo planeaban decirme que habían decidido casarse?

Aitor carraspeó antes de contestar:

—Ella quería contártelo, *pa'i*, pero yo no se lo permitía.

—¿Por qué?

—Porque los matrimonios mixtos están prohibidos en las misiones.

—¿Y tú creíste que yo no los habría ayudado a casarse? —Lo preguntó sin animosidad, más bien con el interés de saber qué pensaba Aitor.

—No lo sé, *pa'i* —admitió él—. Tú siempre quisiste que ella fuese española. La educaste como española. No la dejabas dormir en una hamaca y le enseñabas el castellano, el latín y el griego, y las maneras de los blancos. Era como si estuvieses preparándola para un esposo español.

—¿Qué habrías hecho si les hubiese prohibido contraer matrimonio?

—Me la habría llevado de la doctrina, *pa'i*, para casarme con ella.

—¿Adónde? —preguntó con cierta ironía—. ¿A quién habrías recurrido por ayuda?

—A mi padre —respondió, más movido por la rabia que le incitaba el tono del jesuita, que por la sensatez.

—¿Sabes quién es tu padre? —se pasmó Ursus, y Aitor asintió—. ¿No vas a decírmelo?

—¿Para qué?

—Porque soy tu *pa'i* Ursus, porque te conozco desde el minuto mismo en que naciste, porque eres como un hijo para mí, porque todo lo que a ti concierne me importa mucho.

Aitor suspiró y bajó la vista.

—Vespaciano de Amaral y Medeiros.

Ursus inspiró de manera profunda y ruidosa y se echó hacia atrás en la silla. Se rascó la barba que le orlaba la mandíbula y observó a Aitor con ojos aguzados.

—Ahora comprendo muchas cosas, por ejemplo, el cariño que Vespaciano demuestra por ti.

—Sí, pero no está dispuesto a reconocerme como su hijo.

—¿Se lo pediste?

—Lo hice por Emanuela. A mí me importa muy poco ser un Amaral y Medeiros, pero creía que, con ese apellido, sería más fácil protegerla de quienes quisieran arrebatármela.

—Entiendo. ¿Hace mucho que sabes que eres su hijo?

—Hace unos años.

—¿Por qué nunca me lo contaste, Aitor? Debió de ser una fuerte impresión para ti enterarte. ¿Cómo fue?

—La oí a mi madre que se lo confesaba a Amaral y Medeiros.

—¿Por qué no recurriste a mí? ¿Por qué no me lo dijiste?

—Porque no era importante, *pa'i*.

Se miraron con fijeza, sin incomodidad, ni falsas pretensiones. Ursus estudió esos ojos dorados, realzados por las pestañas tan negras y espesas, cuya belleza no bastaba para disimular el dolor profundo que anidaban, el cual él habría podido borrar faltando a una promesa. Con un suspiro, colocó la mano izquierda sobre la coronilla de Aitor, cerró los ojos y pronunció la fórmula que lo devolvía a la gracia divina.

—*Ego te absolvo a peccatis tuis in nomine Patris et Filii et Spiritus Sancti. Amen.*

—Gracias, *pa'i*.

—Ahora ve en paz y no peques más.

Ursus se puso de pie, y Aitor hizo otro tanto.

—¿*Pa'i*?

—¿Qué, hijo?

—¿Por qué no me dices dónde está mi Emanuela así voy por ella?

—No te lo diré porque se lo prometí, ya te lo dije. Ahora que acabas de confesarme que te pilló con otra, comprendo la profundidad de su dolor. Estaba destrozada, Aitor. —Le desolación del muchacho le causó una gran pena, que deseó aligerar de algún modo—. Cuando le pregunté si te amaba, me contestó: "Más que a mi vida".

—Gracias por decírmelo, *pa'i*. Saberlo me da esperanzas.

—No las pierdas, hijo.

—¿Has sabido de ella?

—No aún. Estimo que recibiré carta dentro de un tiempo.

—¿Puedo escribirle, *pa'i*? —Ante el gesto difidente del jesuita, se apresuró a añadir—: Te daré la carta a ti, *pa'i*. Podrás leerla y verás que es honesta y sin mal.

—Está bien —dijo, no muy convencido.

—Cuando respondas a su carta, ¿le dirás que estoy muy arrepentido y que la amo?

—Se lo diré.

—Y pídele que te autorice a decirme dónde está, así voy a buscarla para traerla de regreso.

—No, Aitor, no la presionaré con eso. Emanuela me lo dirá si ella lo juzga conveniente. Déjala tranquila por un tiempo, permítele que sane la herida que le causaste.

—¡Es que tú no comprendes, *pa'i*! ¡No puedo vivir sin ella!

—Aitor, hijo, ¿qué hablamos de la ira? Debes combatirla con la paciencia. ¿Y qué dijimos del egoísmo? No todo se refiere a ti, hijo mío. Ahora es tiempo de que pienses en lo que es mejor para Manú. Ella ha puesto distancia porque la necesita. Respeta su decisión. —Aitor asintió con la cabeza baja—. Esta será una enseñanza dura para ti, pero te aseguro que te templará el espíritu y saldrás convertido en un hombre mejor, más digno de ella. Vive esto como un desafío, como una prueba. Un muchacho que a los trece años aprendió a vivir solo en la selva no puede amedrentarse frente a esto.

—¿Sabes, *pa'i*? Siempre he estado seguro de una cosa: que no le temía a nada, excepto a vivir sin mi Emanuela. Ahora que estoy viviendo la pesadilla más temida, estoy asustado porque no sé si saldré bien parado de esto.

—Saldrás con bien de esta prueba, Aitor. Lo harás por una simple razón: porque si es verdad que quieres recuperarla, lucharás. De igual modo, no olvides que Manú no puede regresar a la misión. Fue una orden expresa del provincial, y esta vez no hubo posibilidad de cambiarla.

—¿Por qué, *pa'i*? ¿Qué daño le hacía ella a la misión? ¡Ella, que solo hace el bien!

—Aitor, no juzgues con ligereza cuando hay cosas que no sabes. En este momento la Compañía de Jesús está atravesando un momento difícil, y la presencia de Manú en la doctrina, en abierta contravención a las Ordenanzas de Alfaro, se habría convertido en una debilidad que nuestros enemigos habrían aprovechado para golpearnos duramente.

—¿Puedo saber qué está sucediendo, *pa'i*?

—Lo sabrás a su tiempo.

—Está bien.

—Ven, vamos. —Caminaron en silencio hacia la puerta de la sacristía y salieron al jardín que rodeaba la iglesia. Ya era de noche—. Veo que te cortaste el pelo —comentó el jesuita en un intento por aligerar los ánimos.

—Sí, y así lo dejaré hasta que Emanuela vuelva a mí.

—Recuerdo aquella ocasión cuando eras pequeño y pescaste piojos… ¡Lo que fue raparte, hijo mío! Creí que me odiarías para siempre.

—No, *pa'i*. Nunca estoy enojado contigo por mucho tiempo. ¿Podrías prestarme papel, pluma y tinta para escribir? En mi casa no hay nada de eso.

—Sí, lo haré.

—¿Cuándo crees que recibirá mi carta, *pa'i*?

—Apenas parta una jangada para Asunción, la enviaré.

—¿Ella está en Asunción? —se animó de repente.

—No, hijo —sonrió Ursus—. ¿Tan tonto me crees?

—No, *pa'i*, sé que no tienes un pelo de tonto.

—Desde Asunción parte la correspondencia para las distintas ciudades donde nuestra orden tiene intereses.

—Ya veo.

—Paciencia, Aitor. La paciencia y la perseverancia te llevarán muy lejos, hijo mío.

—Si tú lo dices, *pa'i*…

* * *

El viaje en barco a Buenos Aires duró veintiún días. En un principio, Emanuela se propuso transcurrir la mayor parte del tiempo en el camarote, dispuesta a no interferir con la pareja de recién casados, en especial porque Lope no hacía un misterio del interés que ella le despertaba. Ginebra, en cambio, deseaba su compañía, por lo que, cada mañana, después del desayuno, la pasaba a buscar para salir a cubierta. La sonrisa con que Lope las recibía y la alegría con que hablaba y se conducía en torno a ellas, deshaciéndose en gentilezas y halagos, no habría debido gratificar a Emanuela; lo cierto era que lo hacía. Después de la gran desilusión padecida con Aitor, sentirse admirada y deseada le suavizaba las penas del alma.

El padre Santiago se les unía luego de realizar sus ejercicios espirituales y los entretenía con anécdotas de la época del seminario y de sus discusiones con el comisario de la Inquisición en Córdoba, cuando sus afirmaciones en la cátedra de Prima de Leyes le valieron el exilio.

—¿Quién le contó al comisario del Santo Oficio que usted acordaba con el derecho natural y de gentes de Pufendorf? —se interesó Lope, y Emanuela comprendió que, por la seguridad con que había pronunciado el apellido del filósofo, el joven lo conocía bien. Era culto, pensó, además de educado y refinado.

—El Santo Oficio tiene ojos y oídos en todas partes, Lope —informó el jesuita—. Se nutre de información a través de los familiares de la Inquisición.

—¿Los parientes de los inquisidores trabajan para ellos como espías? —se sorprendió Ginebra.

—¡Oh, no, no! —contestó Hinojosa, risueño—. Se le llama familiar a un tipo de empleado del Santo Oficio, el de menor rango. Son tan leales a los inquisidores que son casi como miembros de su familia, de allí el nombre del cargo. Y no son clérigos; esta es una condición. Deben ser seglares, que se inmiscuyen con el pueblo y la aristocracia para detectar casos de herejía.

—¿Supo usted quién fue el familiar que lo acusó, *pa'i*? —se interesó Ginebra.

—No. Esa información jamás se revela. Por fortuna mi relación con el Santo Oficio no pasó a mayores y la consecuencia fue el abandono de mi cátedra y el exilio en el Paraguay, pero cuando terminas en alguna de las prisiones del Santo Oficio puedes pasarte meses, incluso años, sin saber, no solo quién te acusa, sino de qué se te acusa.

—¡Qué terrible!

Santiago de Hinojosa asintió con semblante grave.

—¿Podría suceder —se cuestionó Lope— que, por ejemplo, aquí, en este barco, conviviésemos con un familiar de la Inquisición sin saberlo?

—Así es —aseveró el sacerdote.

También había ocasiones en que los relatos del jesuita los hacían desternillarse de la risa, como cuando les contó que él le había inventado el mote al padre Ursus, cuyo verdadero nombre era Octavio de Urízar y Vega.

—Ursus estaba tan enojado conmigo que zanjamos la cuestión a trompadas.

—¿De veras? —se asombró Emanuela—. Terminaron mal las cosas para ti, ¿no es cierto, *pa'i*?

Hinojosa carcajeó.

—Para los dos. Yo perdí la pelea, porque creo que existen pocos hombres a los cuales Ursus no vencería en una lucha, y mal para él, porque, para aprender a controlar la ira, uno de los siete vicios capitales, el rector le impuso como castigo que transcurriese toda la noche en la capilla doméstica, rezando el rosario y meditando acerca de su falta. El rector lo encontró dormido a las cuatro de la mañana, lo que le costó que el castigo se repitiese la noche siguiente. Después de eso, nos hicimos grandes amigos. Ursus es una de las mejores personas que conozco.

—Sí, mi *pa'i* Ursus es un gran hombre —acordó Emanuela.

Una tarde en que Ginebra se había retirado al camarote un poco mareada a causa del movimiento del barco y que el padre Santiago confesaba a uno de la tripulación, Lope aprovechó para invitar a Emanuela a recorrer la cubierta a solas. Le ofreció el brazo, que Emanuela aceptó luego de un momento de duda en el que recordó los enojos de Aitor cada vez que Lope la rozaba.

—¿Cómo estás, Manú? —Formuló la pregunta con cariño y sincero interés.

Emanuela guardó silencio mientras se debatía en confiarle su pena o seguir adelante con la farsa.

—Sé que estás triste. Muy triste.

—Sí, Lope, lo estoy —admitió con un suspiro, y sintió que la opresión en el pecho que la acompañaba desde hacía tantos días distendía un poco sus garras.

—Es por Aitor, ¿verdad? —Emanuela asintió, con la vista en los botines que asomaban bajo el ruedo del vestido y que tanto daño le causaban a sus pies—. Tiempo atrás comprendí que él está enamorado de ti.

Emanuela intentó sacarlo de su error, explicarle que Aitor no la amaba, que amaba a Olivia. Claudicó cuando las palabras se le acumularon en la garganta, y ella fue incapaz de articular una verdad tan dolorosa. No quería llorar. Se dormía llorando y, al despertar, cuando se daba cuenta de dónde estaba, hacia dónde se dirigía y que Aitor no estaba con ella, lloraba de nuevo. Nadie mencionaba sus ojos hinchados y enrojecidos, ni su ánimo caído, pero resultaban tan evidentes como el río sobre el cual navegaban.

Lope cubrió con su mano la de Emanuela, la que le descansaba en el antebrazo, y la apretó ligeramente.

—Manú, mi amor por ti no ha cambiado.

—¡No! —exclamó Emanuela, y se apartó con presteza—. No hables de eso, no ahora que estás casado con Ginebra. Ella no se merece tu traición.

—Ella tampoco me ama.

—¿Por qué se han casado, entonces?

—Porque así lo decidieron nuestros padres cuando teníamos cinco años —admitió el muchacho, con vergüenza—. Y los dos somos unos cobardes, incapaces de enfrentarlos.

—Ven —lo invitó Emanuela—, sentémonos un momento. Estos zapatos están matándome.

Lope rio con desánimo y, sin ofrecerle el brazo, la acompañó a la pequeña sala donde compartían las comidas con el capitán.

—Se está más fresco acá —comentó Emanuela, y se aventó aire con la mano.

—Necesitas un abanico —apuntó Lope— y un parasol, de modo que tu piel no se broncee. Te los compraré cuando lleguemos a Buenos Aires.

—No, Lope. Tú no me comprarás nada.

—Te los comprará Ginebra, entonces. ¿De ella los aceptarías? ¿No es acaso tu amiga?

—Lope...

—Manú, sé que he cometido un error al casarme con ella, y ella cometió un error al aceptar unir su destino al mío. Soy muy infeliz, Manú. Este viaje habría sido una tortura sin tu presencia. En cambio, solo con tenerte cerca, le has dado alegría a mi alma.

Emanuela entrelazó las manos sobre su regazo y las apretó, nerviosa. Comprendía el dolor de Lope; nadie mejor que ella conocía la insondable pena que experimentaba. No obstante, lo que manifestaba era impropio y la hacía sentir incómoda.

—No sigas. Le faltas el respeto a tu esposa, a mí y a Dios.

—¡Jamás te faltaría el respeto, querida Manú! ¡Yo beso el suelo que pisas!

—Respétame, entonces. No me hables de amor. Nunca más —añadió, y lo miró a los ojos con una decisión que descolocó a Lope.

—Solo te suplico que me des tu amistad.

—Ya la tienes. La tendrás siempre porque te quiero como a un hermano. Pero si vuelves a hablar de amor, nuestra amistad terminará.

—Prometo que no volveré a hablarte de mis sentimientos. ¡Lo juro, Manú! Solo déjame ser tu amigo. Con eso me conformo.

—Necesito un amigo —admitió Emanuela—. Me siento muy sola —le confió.

—No, no —susurró Lope—, nunca estarás sola. Siempre me tendrás a tu lado, como el más fiel de los amigos.

—Gracias, Lope —dijo en voz muy baja.

Resultaba evidente que el joven Amaral y Medeiros ansiaba tocar a la mujer que amaba y que se abstenía para no enfadarla. Al ver que una lágrima recorría la mejilla de la joven, estiró la mano y se la barrió con el pulgar.

—No llores, querida Manú. Todo saldrá bien.

Sin embargo y más allá de sus declaraciones de aliento y esperanza, Lope comenzó a beber más de lo prudente. Emanuela había notado que el joven Amaral y Medeiros, durante la cena, le hacía los honores a los vinos que el capitán ofrecía; no obstante, hasta ese momento, no había abusado. A partir del día en que ella le prohibió que volviese a hablarle de amor, Lope bebía mucho y comía poco, tanto que, al final de la velada, reía por tonteras y se le volvía pastosa la voz. No se les unía en cubierta temprano por la mañana, sino que emergía del camarote cerca del mediodía, con cara de resaca. Las horas que Emanuela y Ginebra pasaron en el puerto preciso de Santa Fe, escoltadas por el padre Santiago, un marinero y Drusila, la india que viajaba con los flamantes esposos para ocuparse de sus necesidades, Lope permaneció en el barco, durmiendo y padeciendo a causa de una noche de especial exceso con el alcohol.

—Llévanos al mercado —le pidió Emanuela al grumete.

—¿Qué deseas comprar, Manú? —quiso saber Ginebra.

—*Toro-ka'a* o hierba del toro. Con eso curé a mi *ru* de su debilidad por la bebida. Y también buscaré *guachu-ka'a*, o hierba del venado, que es muy depurativa de la sangre.

—Son para Lope, ¿verdad? —Emanuela asintió, mientras estudiaba los canastos donde las indias exponían sus hierbas disecadas—. Lo quieres mucho —afirmó.

—Sí, como a un hermano —aclaró.

—Él está enamorado de ti.

—¿Cuánto cuesta la valeriana? —preguntó Emanuela a la vendedora, y simuló no haber escuchado a Ginebra.

El padre Santiago extrajo unos cuartillos del bolsillo de su sotana y pagó los varios ramilletes de hierbajos. Ginebra compró dos piezas de algodón de Castilla, un parasol de ñandutí, el encaje que tejían las guaraníes, un abanico de plumas turquesas de bailarín azul y un rosario de madreperla, que le costó un ojo de la cara.

Al regresar al barco, del cual ya se habían alijado los tercios de yerba, los atados de tabaco y los cueros de vaca, se encontraron con que la tripulación se aprestaba para zarpar. Emanuela pidió al grumete que las había escoltado a tierra que la condujese a la cocina, donde se ganó la buena voluntad del cocinero, que le permitió preparar la infusión para Lope y se avino a cocinar un caldo de gallina para el patroncito.

—Pasa, Manú —la invitó Ginebra cuando Emanuela llamó a la puerta del camarote del matrimonio—. Lamento que huela tan mal —dijo, en referencia al acre olor del vómito.

—Si abres un poco el ojo de buey y dejas la puerta abierta, la corriente arrastrará el mal aroma.

—Sí, sí —se apresuró a aceptar Ginebra, medio pálida y desfallecida.

—Drusila —le habló Emanuela a la india—, ocúpate de vaciar esto y de lavarlo. —Tapó el orinal y se lo entregó.

—Sí, Manú. —Emanuela no le permitía que la llamase "señorita Emanuela".

—Aquí traigo un poco de la tisana que hará sentir mejor a Lope.

—Gracias, Manú —farfulló el enfermo.

—Con Ginebra te ayudaremos a levantar de la cama y sentarte allí.

—No podré.

—Sí podrás. Te ayudaremos. Ven, Ginebra. Ayúdalo a cubrirse con la bata.

La joven esposa se aproximó con la nariz fruncida. Tomó la bata del pie de la litera y ayudó a Lope a incorporarse y a ponerse la prenda de seda verde oscuro. Al verlo más recatado, Emanuela se atrevió a aproximarse y ayudarlo. Entre las dos muchachas, lo sentaron en una silla.

—Todo me da vueltas.

—Te lo has buscado, Lope —apuntó Ginebra, en un susurro dulce, sin reproche, que Emanuela admiró—. No deberías beber tanto, ni mezclar las bebidas. Recuerda lo que tu padre siempre dice, que el vino y el brandy no se llevan bien en el estómago.

—Sí, sí, lo recuerdo.

—Bebe la tisana. Mientras tanto, Ginebra y yo cambiaremos las sábanas y pondremos un poco de orden.

—Para eso está Drusila, Manú —apuntó Ginebra.

—Está bien —accedió Emanuela—. Toma. —Le pasó un sobre de tela y un pequeño recipiente de barro.

—¿Qué es? —preguntó Ginebra.

—En el sobre encontrarás romero seco. En la botellita, lágrimas secas de *jataiba*.

—¿*Jataiba*?

—Es un árbol. Los *pa'i* lo llaman curbaril. Exuda una resina a la que llamamos anime. Tiene un aroma agradable. Mi *taitaru* y yo siempre vamos… íbamos al monte a buscarla. Quema ambas cosas, el romero y el anime, sobre unas brasas, y el mal olor desaparecerá. —Ginebra y Lope la contemplaban con una admiración que pasó inadvertida para Emanuela—. Mientras tanto, iré a buscar el caldo de gallina que el cocinero está preparando para Lope. Enseguida vuelvo.

Media hora más tarde, entró en el camarote con un cuenco de sopa. Drusila había cambiado las sábanas y limpiaba el piso de madera con una solución de agua y limón, de acuerdo con las indicaciones que Emanuela le había dado al encontrarla cuando regresaba con el orinal lavado. El romero y la *jataiba* se consumían en un brasero. El lugar olía a fresco y a limpio. Lope había recuperado los colores y a Ginebra se la notaba más relajada.

—¿Cómo te sientes?

—Mejor.

—¿Has tomado toda la infusión?

—Sí.

—Cuando el caldo se entibie, también debes tomarlo. No has comido nada en todo el día.

—Gracias, Manú —dijo Lope, con devoción.

—Ahora los dejo solos.

—¡No te vayas! —Lope se avergonzó de su vehemencia y sonrió—. Quédate y conversa con Ginebra. Yo no soy buena compañía para nadie.

—Pero te veo mucho mejor.

—Sí, me siento mejor —ratificó, y la miró a los ojos.

—Qué hábil y diligente eres, Manú —la halagó Ginebra—. Yo no sabía qué hacer cuando entré en el camarote y lo vi así, tan demacrado.

—Yo era una *curusuya* en el hospital de mi pueblo. Estoy acostumbrada a tratar con los enfermos. Era mi trabajo.

—Lo haces muy bien —comentó Lope.

—Gracias.

Esa noche, Lope se sintió lo suficientemente repuesto para sentarse a la mesa del capitán, aunque se alimentó con caldo de gallina y bebió lo mismo que las mujeres, horchata y aguamiel endulzada con papelón. Retomó la bebida al día siguiente, aunque sin la intemperancia previa a la llegada al puerto de Santa Fe. De igual modo, terminaba entonado y prolongando las sílabas y riéndose de tonteras; era evidente que no poseía una gran tolerancia al alcohol. Dormía hasta tarde y se levantaba con dolor de cabeza, que calmaba tomando las infusiones que Emanuela le preparaba.

—Esperemos que no llueva —comentó Lope en una ocasión en que la halló junto a la borda, en compañía de sus aves rapaces.

—Lloverá —vaticinó la joven, sin volverse, y siguió alimentando a Saite y a Libertad con unas bolitas de pan y tasajo mojadas en leche—. Lo huelo en el aire.

—Acaba de informarme el capitán que llegaremos a Buenos Aires mañana, Dios mediante.

—Es una buena noticia.

—Lo dices (que es una buena noticia), pero no luces contenta, Manú.

—Es una buena noticia porque el confinamiento en el barco está volviéndose un poco tedioso. No estoy contenta porque llegar a Buenos Aires significa el comienzo de una nueva vida para la que no sé si estoy preparada.

Lope apretó las manos sobre la borda, embargado de impotencia. Deseaba abrazarla, besarla, consolarla y decirle que todo iría bien.

—Todo irá bien, Manú. Yo estaré siempre que me necesites.

—Gracias, Lope. Pero tú y Ginebra regresarán a *Orembae* y no sé cuándo volveré a verlos.

—Mi padre tiene negocios en Buenos Aires de los que quiere que me ocupe. —Había barbotado la mentira sin pensar, y de pronto una idea le saltó en la mente—. Pasaremos mucho tiempo allí en el futuro.

—¿De veras? —Emanuela giró el rostro para verlo, y Lope contuvo el aliento ante la belleza de sus ojos azules, tan grandes en el rostro enflaquecido, tan vivaces y brillantes. Haberle propiciado un momento de esperanza lo colmó de orgullo y dicha.

—De veras —confirmó, mientras planeaba cómo se las arreglaría para quedarse en Buenos Aires. Tal vez su padre desecharía su propuesta, recordándole que era un inútil y que no sabía nada de las cuestiones de la hacienda, ni del negocio. En ese caso recurriría a su tío Edilson—. La familia del *pa'i* Ursus ha sido muy generosa en aceptar recibirte.

—Ellos no saben de mi llegada. Mi *pa'i* Santiago trae carta para ellos, en donde mi *pa'i* Ursus les pide que me den asilo. Tal vez no me acepten —dijo en un hilo de voz y con angustia evidente.

—Si ellos no te aceptan, lo cual dudo, vivirás en la casa que mi familia tiene en la ciudad. Es muy cómoda y se encuentra a cuadra y media de la Plaza Mayor, un sitio muy conveniente, en el barrio de la Catedral.

—Oh, no, Lope, no podría aceptar.

—¿Por qué no? —se pasmó el joven.

—Sería un abuso de mi parte y... En fin, no sería apropiado.

—¿Por qué no sería apropiado? ¿Porque te amo, porque estoy enamorado de ti?

—Por favor, Lope —suplicó Emanuela, y Saite aleteó, nervioso, en su alcándara.

—Sí, sí, disculpa, Manú —se apresuró a farfullar, aterrado ante la idea de que le retirase su amistad y su confianza—. Es que no quisiera que mis sentimientos se interpusiesen cuando yo puedo brindarte una solución para tus problemas.

—Aún no sabemos qué dirá la familia de mi *pa'i* Ursus.

—En caso de que no te aceptasen, ¿meditarías la posibilidad de vivir conmigo y con Ginebra en nuestra casa de Buenos Aires? Te pido solo que lo medites.

—Lo haré.

—Gracias.

Emanuela siguió alimentando a las aves, y Lope permaneció en silencio a su lado, disfrutando de su cercanía.

—¿Regresarás algún día a tu pueblo, con tu familia?

—Se lo prometí a Bruno, y siempre cumplo mi palabra.

—¿Cuándo regresarás?

—No lo sé. Tendrá que pasar un tiempo.

—¿Un tiempo para qué?

—Para que se aquieten las aguas.

—¿Las aguas políticas o las aguas sentimentales?

—Las dos —admitió.

—Las políticas las conozco. Las sentimentales, no.

Emanuela guardó silencio, y Lope le estudió el perfil. Su nariz era corta, y el tabique, a poco de nacer en el entrecejo, se abultaba para conferirle el aspecto aguileño que hacía imposible calificarla como perfecta; con todo, le iba a su cara.

—Cuéntame de las políticas —pidió Emanuela, al cabo—. No las conozco.

—Te diré lo que nos refirió mi tío Edilson, que no es mucho. Esta información todavía se reputa de secreta y pocos la conocen.

—¿Cómo es que tu tío está enterado?

—Ah, mi tío Edilson… Es un hombre con ojos y oídos en todos los estratos, los más altos y los más bajos. Sus conexiones y amistades son tantas… Es muy raro que él no sepa o se entere de algo, en cualquiera de las tres ciudades en las que se maneja, Buenos Aires, Colonia del Sacramento y Río de Janeiro. Te contaré lo que nos refirió. En enero de este año, el Reino del Portugal y la España firmaron un acuerdo. Algunos lo llaman de Permuta, otros de Madrid, porque allí se firmó. En ese acuerdo se dirimen las cuestiones limítrofes que tantos dolores de cabeza le han dado a la Corona española. Seguramente, el *pa'i* Ursus te habló de la línea de Tordesillas.

—Sí, conozco sobre eso.

—Bien. Es sabido que los portugueses jamás la respetaron y que han avanzado hacia el oeste quedándose con tierras que pertenecen a la España. Este acuerdo, podríamos decir, corre la línea de Tordesillas los grados suficientes para que las tierras que ahora están en manos portuguesas queden legalmente para ellos.

—¿Cómo? —se escandalizó Emanuela—. ¿Quién firmaría un acuerdo así?

Lope rio.

—Nuestro rey, su majestad Fernando VI. Asegura mi tío Edilson que han comenzado a llamarlo "el rey imbécil" por haber firmado este acuerdo.

—¡Oh! Eso sí no está bien. Después de todo es nuestro rey.

—Algunos dicen que la reina Bárbara, que es hija de Juan de Portugal, confabuló para que su esposo, que está muy enamorado de ella, accediese a entregarle ese territorio a su padre.

—¿La España no recibirá nada a cambio?

—Muy poco. Portugal le entregará la Colonia del Sacramento, una ciudad ubicada sobre la ribera derecha del Río de la Plata. Lo que más fastidio da es que esa ciudad fue fundada por los portugueses en territorio español, por lo que, siempre fue nuestra, de la España, quiero decir.

—¿Eso es todo lo que la España obtiene a cambio? —se asombró la muchacha.

—Eso y que Portugal desiste para siempre de sus pretensiones de navegar libremente por el Río de la Plata.

Emanuela asintió con aire pensativo.

—¿De qué modo este Tratado de Permuta perjudicaría a la orden de mi *pa'i* Ursus?

—La perjudica, Manú, y cómo. Verás, al correr la línea de Tordesillas hacia el oeste, siete de los treinta pueblos de guaraníes que la Compañía de Jesús tiene en el Paraguay, los que están del otro lado del río Uruguay, quedarán bajo el dominio de los portugueses.

—¡Oh, no! —exclamó Emanuela, y Saite y Libertad aletearon y graznaron—. ¡Es una tragedia, Lope!

—Lo sé, Manú.

—Mi gente jamás aceptará quedar bajo el dominio portugués. Los detestan. Los bandeirantes fueron muy crueles con mi pueblo durante el siglo pasado, y aún no se han olvidado de los atropellos a los que nos sometieron. Miles murieron, Lope. Miles. Niños, mujeres, ancianos. Y miles fueron esclavizados y tratados como bestias. ¡Qué tragedia!

—Manú, cálmate.

—¿Qué sucederá con esos pueblos?

—No lo sé. La noticia acaba de llegar, y mi tío Edilson no conocía los detalles, pero él supone que tendrán que someterse a la Corona portuguesa o abandonar los pueblos.

—¡Dios nos ampare!

—¿Qué crees que sucederá, Manú?

—No lo sé, Lope, pero dudo de que mi gente se someta al poder portugués. Por otro lado, estoy segura de que no abandonarán sus pueblos. Esa es su tierra, donde están enterrados sus parientes. No lo harán.

—Entonces, los portugueses los sacarán a la fuerza —vaticinó Lope, con acento sombrío, y un mutismo agorero se cernió sobre ellos—. Ahora cuéntame tú acerca de las aguas sentimentales.

—¿Cómo?

—Dijiste que debían aquietarse las aguas antes de regresar. Acabo de explicarte acerca de las políticas, las cuales desconocías. Ahora cuéntame tú a mí cuáles son las sentimentales. —Emanuela acarició el buche de Libertad y guardó silencio—. Se trata de Aitor, ¿verdad? Días atrás lo admitiste —le recordó.

36

Emanuela ansiaba hablar hasta el hartazgo de él, exponer los hechos, analizarlos, recordar buenas y malas memorias. Lo hacía a diario, a cada momento, a cada instante, pero lo hacía sola, y temía volverse loca. Expresarlo en voz alta quizá la ayudaría a calmar la inquietud que estaba aniquilándola.

—Sí, se trata de él.

—¿Te hizo daño?

—Sí.

—¿Cómo?

—Me dijo que me amaba, pero era mentira.

—Y tú, Manú, ¿lo amas?

—Como el aire que respiro.

Lope miró hacia delante y perdió la vista en el río, los brazos tensos sobre la borda.

—Pensé que eran hermanos, que los unía un afecto fraterno. Después me di cuenta de que el celo que Aitor mostraba por ti iba más allá del celo de un hermano mayor. Era el celo de un hombre por la que considera su mujer.

—Nunca fui su mujer. Él tiene otra.

Lope se volvió para observarla con una expresión de espanto impresa en el rostro.

—¿Quién podría tener a otra mujer sabiendo que es amado por ti?

Emanuela sonrió con melancolía.

—Pues Aitor la tiene. Se trata de Olivia, la india encomendada de *Orembae*, la que él salvó de las garras del capataz.

—Sí, recuerdo aquel asunto. Mi padre estaba que trinaba. Después, al regresar de San Ignacio, las tornas se habían vuelto. Mi padre volvió contento del pueblo a pesar de no haber recuperado a Olivia. Y, poco tiempo atrás, cuando Aitor me salvó de morir ahogado…

—¿Aitor te salvó de morir ahogado?

—Sí. ¿Él no te lo contó?

—No.

—Pues me salvó a mí cuando caí al río y después a mi madre, cuando el capataz trató de atacarla como había hecho con Olivia.

"A mí también me salvó cuando caí al agua y las rayas me atacaron. Y, cuando lo hizo, era apenas un niño." Emanuela se quedó mirando la bolita de pan que sostenía entre los dedos, embargada por una emoción que enseguida identificó con orgullo. Estaba orgullosa de Aitor, de que hubiese salvado a Lope pese a no quererlo, y de que hubiese salvado a su madre de un destino tan nefando. Deseaba quedarse atrapada en esa emoción y no caer en las negras que la perturbaban desde la noche en que lo había descubierto en la barraca con Olivia. Por mucho que lo deseara, no lo conseguía, y la imagen de él con la india retornaba para sacudirla como un latigazo.

—Lope, quisiera pedirte un favor.

—El que quieras, Manú.

—Si vuelves a ver a Aitor, no le digas que vivo en Buenos Aires.

—¿Crees que viajaría para buscarte?

La misma pregunta le había formulado su *pa'i* Ursus semanas atrás, y ella no había sabido qué responder, qué pensar, qué creer. No obstante, en la intimidad de su corazón, en el que solo cabía el amor por Aitor, estaba segura de que él iría detrás de ella.

—No lo creo —dijo, en cambio—. De todos modos, no quiero arriesgarme. ¿Prometes no decirle dónde estoy?

—Sí, lo prometo.

—¿Podrías pedírselo a Ginebra también?

—Por supuesto.

—¿Qué hay de tu padre? ¿Crees que él se lo dirá?

Lope ejecutó un mohín con la boca en el que evidenció sus recelos.

—Podría ser. Mi padre ha desarrollado una gran afición por él. Se encierran en el despacho para hablar largo rato. A mi padre lo escucho reír —añadió, con aire triste—. A veces pienso que...

—¿Qué, Lope?

—Que a mi padre le gustaría que Aitor fuese su hijo y no yo.

* * *

Esa última tarde en el barco, Ginebra le entregó a Emanuela los objetos que había comprado en el puerto preciso de Santa Fe: el parasol de ñandutí, el abanico de plumas turquesas, las dos piezas de algodón de Castilla y el rosario de madreperla.

—¿Por qué? —se asombró Emanuela—. ¿No han hecho suficiente por mí al traerme hasta la ciudad?

—Porque los necesitas —razonó Ginebra—. Lope me lo hizo notar. Las piezas de tela fueron idea mía. Te veo bastante seguido lavando la camisa que usas bajo el vestido e imaginé que las necesitarías.

—Gracias, Ginebra.

En un acto impulsivo, la abrazó, y la joven esposa se puso rígida e incómoda.

—No sabes cuánto aprecio estos presentes. La verdad es que solo cuento con una camisa, que era de mi madre. Apenas llegue a Buenos Aires y me haga con los elementos de costura, me confeccionaré otras con esta tela tan suave que acabas de darme. En cuanto al parasol, es una belleza, que me recuerda a mi tierra. Mi *sy* es una experta en el arte del ñandutí. Y el abanico y el rosario, ¿qué puedo decirte? Jamás imaginé tener objetos tan hermosos y de tal fineza. Gracias. Acompáñame para agradecerle a Lope.

Lo encontraron junto con el capitán y el contramaestre en una partida de hombre birlonga. El padre Santiago los observaba jugar y hacía comentarios ingeniosos. Al ver a Lope tan entusiasmado, lanzando naipes sobre la mesa, con la risa fácil y la voz elevada, Emanuela dedujo que gran parte del rosolí que había contenido la jarra de estaño se encontraba en su estómago. Con todo, al verlas entrar en la pequeña sala, el joven se puso de pie de inmediato y sin tambalear, y lo mismo hicieron el capitán, el contramaestre y el jesuita.

—Lope —dijo Emanuela en castellano para no marginar al capitán, ni al contramaestre—, quería agradeceros a ti y a Ginebra por los exquisitos regalos que me habéis hecho. Son preciosos y siempre los atesoraré.

Lope inclinó la cabeza y le sonrió con una mirada pícara que la hizo sonreír a su vez.

—Señoras —habló el capitán—, mañana atracaremos en el puerto de Buenos Aires cerca del mediodía.

—Lo sabíamos, capitán —dijo Ginebra—. Aprovecho para agradeceros tan placentero viaje.

—El tiempo nos ha acompañado.

—Como también las bendiciones del Señor —agregó Hinojosa, y el capitán asintió.

—Lope, padre Santiago, ¿os gustaría acompañarnos a Ginebra y a mí a caminar por cubierta? El paisaje del Río de la Plata es imponente.

Los hombres se excusaron con el capitán y el contramaestre y abandonaron la sala con las damas.

—*Pa'i* —habló Lope, cayendo en el guaraní con facilidad—, me dijo Manú que la familia de Urízar y Vega desconoce acerca de su llegada a la ciudad.

—Así es. Tengo instrucciones de Ursus de presentarme con ella y entregarles sus cartas, una para su padre y otra para su cuñado, donde les explica la situación de nuestra Manú.

Emanuela caminaba con la vista al suelo, avergonzada y un poco enfadada con Lope, que se inmiscuía en un asunto tan delicado.

—Juzgo que podría convertirse en una situación un tanto violenta para la familia y para Manú leer las cartas y decidir si darle o no asilo con ella allí presente. ¿No lo crees tú también, *pa'i*?

Santiago de Hinojosa se masajeó la barbilla, mientras sometía a un silencioso análisis el comentario de Lope.

—Sí, podría convertirse en una situación incómoda. Tienes razón.

—¿Por qué no le permite a Emanuela quedarse unos días en nuestra casa, con Ginebra y conmigo, mientras los Urízar y Vega deciden qué hacer?

—¡Oh, no, Lope! —intervino Emanuela—. No es necesario que tú y Ginebra sigan preocupándose por mí. Yo...

—No es mala idea, Manú —la interrumpió Hinojosa—. Apenas llegados, te irás con Ginebra y Lope, mientras yo arreglo el asunto en casa de la familia de Ursus. Para mí también será más fácil ocuparme de esta gestión si sé que tú te encuentras bien y entre amigos.

—*Pa'i*, Ginebra y Lope están en viaje de bodas. No quisiera ser inoportuna.

—¡Tú no eres en absoluto inoportuna! —exclamó Lope—. ¿No es verdad, Ginebra?

—Por supuesto que no lo eres, Manú —ratificó la joven esposa, y Emanuela, al mirarla a los ojos, descubrió sinceridad en ellos, incluso alivio, como si contar con su compañía en plena luna de miel la alegrase—. Siempre es un placer tenerte cerca.

—Gracias —musitó, avergonzada.

—¡No se hable más, entonces! —dictaminó Lope en ese modo enérgico y seguro en el que caía cuando bebía de más—. Te acomodarás en casa apenas lleguemos. *Pa'i*, tómese los días que considere necesarios para arreglar este asunto con la familia del *pa'i* Ursus. Nosotros cuidaremos de la querida Manú.

* * *

Emanuela pasó dos días y una noche en lo de Amaral y Medeiros. La casa, ubicada en la calle de San Martín de Tours y cerca de la plaza principal, se desplegaba, infinita, ante los ojos atónitos de Emanuela, que se sintió perdida en tanto Ginebra la conducía por patios y pasillos hasta su recámara, donde se quedó boquiabierta con el lujo del mobiliario y de la cama con dosel.

—No deberías sorprenderte tanto, querida Manú —la conminó

Ginebra—. Estos muebles son manufactura de la ebanistería de tu pueblo, como la mayoría que adorna esta casa.

Emanuela acarició el tallado de la columna de caoba que sostenía el dosel y tragó dos veces para aligerar el peso que se le había formado en la garganta. "¿Cómo haré para estar lejos de mi pueblo, de mi gente, de mis animales? De mi amor."

—Le pediré a alguna de las muchachas que te asista para quitarte el vestido.

—Me gustaría lavarlo. ¿Después me indicarías dónde puedo hacerlo?

—Tú no harás nada —expresó Ginebra con una sonrisa indulgente—. De eso se ocupará la servidumbre, que, por otra parte, saben cómo hacerlo. Lavar estos géneros y estas batas de cotilla emballenadas no es un juego de niños, Manú. Mientras tanto, te prestaré uno de los míos. Tal vez te vaya un poco holgado, pero, por el momento, servirá.

—Gracias, Ginebra.

La muchacha le devolvió una sonrisa y abandonó la recámara. Emanuela tomó asiento en una butaca, frente a un primoroso tocador con espejo —era la primera vez que veía su imagen con tanta nitidez pues era la primera vez que tenía un espejo frente a ella—, y desató los cordeles de sus botines, que no solo le apretaban los pies con crueldad, sino que estaban mojados. El desembarco había resultado una odisea. Según les explicó el capitán, el puerto de Buenos Aires era poco profundo. Para evitar encallar, los barcos guardaban distancia de la costa y se servían de unas carretas con las ruedas más grandes que Emanuela había visto para trasladar a los pasajeros, el equipaje y la mercadería hasta el muelle. Al piso de la carreta lo componían tablones paralelos entre cuyos resquicios se filtraba el agua, que salpicaba a los pasajeros hasta las rodillas.

—Hoy no es nada —apuntó el contramaestre—. Cuando el río está encrespado y el agua ingresa incluso por aquí —señaló los adrales—, entonces sí que nos empapamos.

En tanto recordaba la llegada al puerto y la tediosa espera mientras las autoridades revisaban los documentos y unos peones descargaban el equipaje, Emanuela fue quitándose los botines, las medias de seda mojadas y se masajeó los pies adoloridos. "¿Algún día me habituaré a calzar zapatos?" Como se sentía deprimida y veía todo negro, se respondió que nunca.

Una esclava muy joven y tímida la asistió para quitarse el vestido, mientras otras dos arrastraban dentro del dormitorio una artesa gigante de cobre, la cubrían con un lienzo y la llenaban a baldazos de agua.

—¿Qué es eso? —se intrigó Emanuela.

Las tres mujeres la miraron con desconcierto.

—¿Qué, señorita? —preguntó la mayor.

—¿Eso? —Señaló la artesa.

—Pues una tina pa' bañarse —contestó con azoro la esclava—. ¿Qué habría de sé, pué?

Emanuela guardó silencio y asintió con las mejillas arreboladas a causa de la vergüenza.

—Aquí le manda la amita Ginebra una pastilla de jabón y aquí le dejo unos lienzos pa' que se seque.

—Muchas gracias —dijo, y se llevó el jabón a la nariz; olía a verbena.

Se distendió cuando la dejaron sola. Cubierta con la camisa y los calzones, caminó hacia la contraventana que daba a un patio y corrió el cortinado de un género casi traslúcido para proteger el recato. Se desnudó y se metió dentro de la tina después de probar la temperatura del agua con la punta del pie. A medida que el agua iba cubriéndola, los párpados de Emanuela descendían y de sus labios brotaba un suspiro placentero. El vapor fue mezclándose con el aroma que el jabón desprendía en tanto se convertía en espuma sobre su piel y creaba un ambiente voluptuoso que la acogía como un abrazo. En sus más de catorce años, ella solo se había bañado en el río o de pie en una palangana cuando el invierno la acobardaba. Ese tipo de baño era algo a lo que podía llegar a aficionarse sin problema. El pensamiento la incomodó; lo juzgó una traición a las costumbres de su pueblo. No quería que le gustasen las cosas de los blancos. Sin embargo, una sonrisa despuntó en sus comisuras cuando a continuación se le ocurrió una idea, una idea loca y decadente, se dijo: compartir un baño como ese con Aitor, aunque fuese una vez en su vida. Deseó que él la tocase bajo el agua.

Cerró los ojos y lo recordó en la torreta, mientras con sus hábiles manos calmaba la puntada que la torturaba entre las piernas. Separó las rodillas al evocar en su mente las palabras de él. *Sepáralas, Jasy. Déjame ayudarte. Déjame calmar el dolor, amor mío.*

—Aitor —susurró, y deslizó la mano bajo el agua, y tanteó el punto que había comenzado a latir y a doler solo con el recuerdo de la intimidad que habían compartido. La presión en los pezones se acentuaba en sintonía con lo que ocurría entre sus piernas. Se los acarició, y el roce la tomó por sorpresa al causar una corriente placentera que desembocó donde sus dedos se agitaban bajo el agua. Sin pensarlo, comenzó a mover el trasero hacia atrás y hacia delante. *"Sí, Jasy, eso es, amor mío. Muévete. Así querré que te muevas cuando me montes, cuando te tenga empalada con mi tembo."* Ahogó un gemido, y otro, y otro más. Sus dedos actuaban como regidos por una voluntad propia para arrancar coletazos de placer a sus pezones y a ese bulto que latía allí abajo. La presión aumentaba, y por eso aumentaban las fricciones. El desenlace resultaba inminente, y cuando llegó, atinó a morderse el puño para acallar el clamor. Agitada, con los dedos entumecidos aún entre los pliegues de sus partes pudendas, agitó la cabeza para negar, embargada de vergüenza y de culpa. No obstante, fue otro pensamiento el que la sumió en una tristeza insondable: Aitor y ella no volverían a compartir una instancia tan sublime e íntima; Aitor nunca le haría lo que había estado haciéndole aquella noche en la barraca a Olivia. ¡Y ella cuánto lo deseaba!

* * *

Al atardecer del día siguiente, el padre Santiago de Hinojosa se presentó en lo de Amaral y Medeiros con buenas noticias; no para Lope a juzgar por la mueca involuntaria que le aniquiló la sonrisa con la cual había pasado los últimos dos días.

—Manú —habló el jesuita—, ayer por la tarde y hoy por la mañana visité la casa de la familia de tu *pa'i* Ursus. A pesar de la tristeza en la que se halla sumida la familia por el fallecimiento de Crista, me recibieron con deferencia y hospitalidad. Don Mikel, el padre de tu *pa'i* Ursus, estaba afectado de un severo ataque de gota, por lo que no pude verlo en ninguna ocasión, pero sé que recibió la carta de su hijo y que la leyó con la mayor de las atenciones. Lo mismo hicieron don Alonso de Alarcón, su yerno, que es un hombre de exquisita disposición y buen genio, y su hija Ederra.

—¿Qué dijeron, *pa'i*?

—Que con gusto te recibirán, hija mía.

—¡*Pa'i*! —exclamó, emocionada.

—Han asegurado que tutelarán por ti. Puedes trasladarte ahora mismo. Doña Ederra, la hermana de tu *pa'i* Ursus, está preparando una habitación para ti.

—Ya es tarde —les hizo notar Lope—, casi anochece. ¿Por qué no vas mañana por la mañana, Manú?

—Gracias, Lope, pero preferiría ir ahora mismo.

—Te acompañaremos —manifestó el joven, y lanzó un vistazo a Ginebra, que asintió—. *Pa'i*, me gustaría que nos presentase con los Urízar y Vega, de modo que nos permitan visitar a Manú como amigos de la familia.

—Sí, encantado.

Una hora más tarde, Santiago de Hinojosa agitaba la aldaba de hierro de la puerta doble de oscura madera que daba sobre la calle de Santo Cristo, entre las de Santa Lucía y San Nicolás, a dos cuadras y media del fuerte y de la Plaza Mayor. Dado lo accidentado del terreno en ese sector de la ciudad tan próximo a la costa, en lugar de trazar parcelas completas, se las había reducido a la mitad. Con todo, eran terrenos enormes. La residencia de los Urízar y Vega era la única que ocupaba por completo una de estas medias parcelas, asignada por el fundador, Juan de Garay, al primer hidalgo de solar conocido de la familia Vega en el año 1580 y en reconocimiento por los servicios prestados con tanta fidelidad y diligencia a la Corona española en la conquista de las Indias Occidentales. La extensión de los fondos era tal que acababa a palmos del Río de la Plata y lo delimitaba una tapia francesa, que a veces quedaba sumergida bajo el agua cuando el río avanzaba como consecuencia de una sudestada.

Una esclava los invitó a pasar y, luego de guiarlos a través de un vestíbulo en penumbras, los introdujo en un patio de mazaríes rojos y amarillos, que Emanuela juzgó similar al de la casa de los Amaral y Medeiros, aunque más amplio y mejor mantenido, con plantas y macetas por doquier y un aljibe en medio, con el brocal revestido en mayólicas azules y blancas de las que Emanuela quedó prendada, lo mismo que de la pasionaria, o *mburukuja*, como ella la llamaba, que trepaba por el travesaño de hierro forjado y cuya visión le provocó un salto en el pecho. En ese sitio, en el cual ya se encontraba a gusto, había algo de su tierra.

Una mujer vestida de negro apareció en una de las tantas contraventanas que circundaban el patio. Apenas esbozó una sonrisa que, a todas luces se notaba, era forzada, e inclinó la cabeza.

—Pasad, por favor. —La voz le surgió con un timbre cavernoso, como si no la hubiese empleado durante varios días.

—Buenas tardes, Ederra —la saludó Santiago de Hinojosa—. Os agradezco que nos hayáis recibido tan tarde.

—Buenas tardes, padre. Pasad —insistió, y se apartó para que entrasen en una sala que, Emanuela calculó, era tres veces su casa de

San Ignacio Miní—. Aquí podéis quitaros los abrigos. Hemos encendido dos braseros. ¡Romelia! —llamó, y una esclava entrada en carnes, con la cabeza envuelta en un turbante blanco, entró con la vista al piso.

—Mande, amita Ederra.

—Recoge los abrigos de nuestros invitados y rapidito después nos traes un poco de ese licor de huevo.

Emanuela se quitó el chal de lana que le había tejido Malbalá, y Ginebra, un dominó negro de tafetán forrado con camelote, lo cual lo convertía en una prenda ideal para los fríos inviernos, en tanto Lope se deshacía de su capa y de su tricornio, y el padre Santiago, del balandrán. La esclava retiró los abrigos, siempre con la vista baja, mas cuando llegó al último invitado, a Emanuela, la curiosidad la incitó a levantar el rostro y a mirarla. Emanuela le sonrió, y la esclava levantó las cejas y abrió grandes los ojos negros antes de marcharse cargando las prendas.

Un hombre de unos cuarenta y tantos años, con peluca empolvada de crin de caballo y una sobria chaqueta negra con botones de oro, y una mujer que claramente superaba los sesenta, también de negro, a tono con una seriedad impertérrita, les salieron al encuentro y los saludaron con una inclinación de cabeza. Solo el hombre sonrió, una sonrisa más relajada y sincera que la de Ederra.

—Buenas tardes, don Alonso.

—Buenas tarde, padre Santiago.

—Manú, hija, te presento a don Alonso de Alarcón.

Como había visto hacer a Ginebra, Emanuela ejecutó una reverencia que, a causa del padecimiento en los pies, la hizo quedar como torpe.

—Así que tú eres Emanuela.

—Así es, señor —contestó, un tanto intimidada y nerviosa pese a la amabilidad del hombre—. Soy Emanuela Ñeenguirú, para serviros. Todos me llaman Manú.

—Manú entonces —acordó el hombre—. Ellas son mi señora suegra, doña Almudena, y ella es mi esposa, doña Ederra.

Volvió a ejecutar la reverencia, y las ampollas en los pies le ardieron.

—Buenas tardes, señoras.

—Doña Almudena —intervino el jesuita—, permitidme que os presente a unos queridos amigos del Paraguay, el señor don Lope de Amaral y Medeiros y su flamante esposa, doña Ginebra. El padre de

Lope es el dueño de una de las haciendas más pujantes de la región y vecino de San Ignacio Miní. Manú y yo hemos viajado en un barco de su propiedad, gozando de su compañía y hospitalidad.

—Señores, es un placer conoceros —aseguró Lope, y Emanuela se preguntó si habría estado tomando antes de salir pues se había expresado con seguridad—. Mi esposa y yo nos disculpamos por haber venido tan tarde y sin avisaros previamente, pero queríamos acompañar a Manú a su nuevo hogar y presentarnos con su nueva familia.

—Sentaos, don Lope —lo invitó Alonso de Alarcón—. Entiendo perfectamente que quisieras aseguraros de que la joven quedase en buenas manos.

—Oh, no, nada de eso —afirmó Lope, con una sonrisa—. Vosotros sois la familia del querido padre Ursus y si él os apuntó como los tutores de Manú, es suficiente seguridad para nosotros. Es que mi esposa y yo la conocemos desde que era una niña y estamos muy encariñados con ella.

Se ubicaron en unos sofás y sillones de madera casi negra y tapizados en un brocado verde oscuro que tornaba aún más lúgubre el lugar. Emanuela se ubicó con miedo de ensuciarlos o estropearlos. La sala estaba casi a oscuras a excepción de dos quinqués que lanzaban una luz vacilante en el sector donde se sentaban. No obstante, Emanuela, que tenía una visión muy buena, notó que ciertos sectores de las paredes y todas las ventanas estaban cubiertos por telas negras, lo cual, asumió, se relacionaría con la muerte de Crista, lo mismo que el moño de crespón negro que había en la puerta, por encima de la aldaba.

—¿Habéis hecho buen viaje? —preguntó Ederra, sin interés, mientras se ocupaba de servir un brebaje medio espeso y amarillo, que Emanuela encontró tentador. Le pasaba las pequeñas tacitas de una cerámica ligera y delicada a la tal esclava Romelia, que las iba entregando. Otra vez, cuando se detuvo frente a Emanuela, la contempló con un vistazo fugaz y le sonrió con tanta sutileza que podría haberse interpretado como un gesto involuntario o nervioso.

—Muy bueno, doña Ederra —contestó Lope—. Gracias por preguntar. El tiempo nos acompañó y, salvo una lluvia leve a poco de llegar, nada perturbó el río Paraná.

—Se viaja mucho mejor y más rápido que por tierra —aseveró don Alonso, cuya declaración inició una conversación acerca de los medios de transporte, del puerto preciso de Santa Fe, de los troperos y carreteros y del costo de las mercancías, de los cuales las mujeres quedaron excluidas.

—¿Os quedáis a cenar, don Lope?

—Oh, no, gracias, doña Ederra. Solo hemos venido para acompañar a Manú. Ya nos retiramos.

—Sí, yo también —se aunó Hinojosa.

—*Pa'i...* —dijo Emanuela, y lo miró fijamente y con intención.

—Ah, sí, hija, discúlpame. Lo había olvidado. Verá, doña Almudena. Manú tiene dos aves que en este momento se encuentran en casa de Lope, pero que ha cuidado desde que era una niña. Están muy apegadas a ella y nos preguntábamos si podrían venir a vivir aquí.

—¿Qué tipo de aves? —quiso saber Ederra.

—Una lechuza caburé y una macagua, que es una especie de águila, pero mucho más pequeña.

—¡Oh! —exclamaron las mujeres a coro, sin ocultar los semblantes escandalizados.

—¡Aves rapaces! —se maravilló, en cambio, don Alonso.

—Sí —contestó el sacerdote—, pero muy bien entrenadas y domesticadas. Manú las maneja como nadie y cumplen a rajatabla sus mandatos.

—A mi suegro y a mí nos apasiona la caza, padre Santiago —comentó el hombre—. Me pregunto si saben cazar.

—Sí —se apresuró a contestar Emanuela, y se detuvo de pronto, a punto de barbotar: "Aitor las entrenó muy bien"—. Sí, señor, saben cazar —completó, menos eufórica—. Son muy hábiles —añadió.

—Salvo que mi querida suegra disponga lo contrario, creo que las aves pueden vivir aquí, en el establo. Les haremos sitio.

—Mientras no se alimenten de las bestias del corral, ni de los conejos... —habló la anciana por primera vez, y la voz le surgió con una calidad temblorosa, como si, mientras articulase, alguien la sacudiera.

—Oh, no, no, doña Almudena —intervino el padre Santiago—. Imaginaos que habría sido un gran problema tenerlas en la doctrina con tantas gallinas y animales con que contamos allá, si Saite y Libertad tuviesen esas mañas. Quedaos tranquilos, las aves son dóciles y muy obedientes.

—Pueden vivir aquí —declaró la anciana—, pero si vemos que dan problemas, tendrán que marcharse.

—Muy bien, doña Almudena —aceptó Hinojosa, algo envarado.

—Mañana te las traeremos, Manú —expresó Lope.

—Será mejor que vaya a buscarlas yo misma. No te será fácil traerlas.

—Yo te acompañaré, Manú —ofreció don Alonso, y Emanuela le sonrió, aunque el gesto se le borró al notar las caras de descontento de doña Ederra y doña Almudena.

—Ya veremos si iremos mañana o cuándo a buscar las dichosas aves —intervino Ederra—. Primero habrá que acondicionar el lugar para tenerlas y que no armen lío, ni escándalo.

—Por supuesto —acordó don Alonso.

Cruzaron el patio en dirección al vestíbulo envueltos en un silencio incómodo. Romelia ya los aguardaba con los abrigos y el tricornio de Lope.

—Don Lope, doña Ginebra —los despidió Alonso de Alarcón—, sois bienvenidos a esta casa cuando gustéis.

Emanuela advirtió el vistazo de enojo que doña Ederra le lanzó a su esposo.

—Entendemos que vosotros guardáis luto —se dirigió Ginebra a la anfitriona, con un garbo y un acento exquisitos, que Emanuela admiró—, lo cual nos apena profundamente. Por este motivo, no volveremos a importunaros. Solo nos gustaría contar con la visita de Manú de tanto en tanto, en la ocasión y circunstancia que vos dispongáis, doña Almudena. Manú es una gran y querida amiga.

La anciana estiró los labios, tan finos que semejaban los de una sajadura, y asintió. En pocos minutos, el matrimonio de Amaral y Medeiros y el padre Santiago se habían marchado. Ederra se dio vuelta y clavó los ojos marrones en los azules y muy abiertos de Emanuela.

—Ven. Te mostraré tu alcoba.

Esa casa era más grande que la de Lope, por lo que Emanuela volvió a tener la sensación de que se adentraba en un laberinto del cual jamás aprendería cómo salir. La mujer que caminaba delante de ella, alta, delgadísima y erecta, le daba miedo, la intimidaba. Le costaba creer que fuese hermana de su comprensivo y dulce *pa'i* Ursus. ¡Cómo lo echaba de menos! ¡Cómo extrañaba a su *sy*, a su casa pequeña y simple, a sus hermanos y a sus animales! ¿Cuándo le permitirían ir a buscar a Saite y a Libertad? Las lágrimas le calentaron los ojos.

—Pasa. Esta será tu recámara —indicó, mientras encendía una palmatoria y la apoyaba sobre una pequeña mesa.

Emanuela entró con paso cauteloso y echó una mirada en torno. Lo primero que captó su atención fue la contraventana que daba hacia los fondos de la casa. Se aproximó y, a través del vidrio, vio la luz de la luna reflejada sobre la superficie del Río de la Plata.

—¿Estas dos canastas son todo tu equipaje?

—Sí, señora.

—¿Es ese tu único vestido decente? —Señaló el que Emanuela llevaba puesto.

—Sí, señora.

—Mañana te prestaré uno mío, mientras Romelia te lo tiñe de negro y te lo achica.

—¡Oh, no, por favor, no!

Ederra cuadró los hombros y la miró con furia.

—El vestido te va inmenso. Te baila en la cintura.

"Era el vestido de una mujer encinta", pensó Emanuela.

—Es lo único que me queda de mi madre. No me gustaría alterarlo. Mi *pa'i* Ursus lo conservó para mí durante todos estos años con el mayor de los cariños y cuidados, incluso colocó en la caja donde lo guardaba una bolsita con espliego que vuesa merced tan gentilmente le envió.

—Ah, sí, recuerdo —masculló la mujer—. Está bien, no tocaremos ese vestido. Mañana te acondicionaré algunos de los míos e iremos a comprar crespón para confeccionarte otros a medida.

—Gracias, señora.

—Llámame doña Ederra.

—Sí, doña Ederra.

—¿Sabes coser?

—Sí, aunque nunca he confeccionado prendas tan finas como esta —admitió, y apoyó las manos sobre la pechera de su vestido.

—Romelia te enseñará. Ella será tu esclava, la que se ocupe de tu ropa y de todo lo concerniente a ti. Si sales de la casa, no puedes hacerlo sola. Romelia o alguien de la familia irá contigo.

—Sí, doña Ederra.

—Seguramente vivías con demasiada libertad en la misión, ¿verdad?

Emanuela se la quedó mirando. No comprendía a qué se refería. En la vida que ella había llevado en la misión no había contado con mucha libertad ni con poca, sino con la que precisaba para realizar su trabajo y cumplir con sus otras obligaciones.

—Emanuela —dijo la señora cuando se cansó de esperar una respuesta—, quiero que comprendas que pasarás a formar parte de una familia de gran estirpe. Los Vega, la familia de mi madre, se cuentan entre los primeros apellidos que el propio don Juan de Garay asentó en el libro de vecinos. Nuestro nombre es respetado y admirado. Espero que estés a la altura.

—Lo estaré, doña Ederra.

—Bien. Me ha dicho Octavio —Emanuela enseguida se dio cuenta de que hablaba del padre Ursus— que, pese a haber sido criada por una familia guaraní, eres culta y has recibido una educación hidalga.

A Emanuela le dolió que supusiera que, por haber vivido entre indios, sería lo contrario. A punto de defender la nobleza de su familia guaraní, cerró la boca. Comprendió que, por su posición de recogida, le convenía aprender a lidiar con los modos y las ideas de esta gente de ciudad que poco conocía la realidad de su adorado pueblo.

—Mi *pa'i* Ursus me ha brindado una educación muy esmerada —se limitó a contestar.

—¿Sabes leer y escribir?

—Sí, doña Ederra.

—¿Solo en guaraní?

—En guaraní, en castellano, en latín y en griego. También sé cifrar.

—Bien —murmuró la dueña de casa, mientras se esforzaba por ocultar la admiración.

—Además —prosiguió, y Ederra levantó una ceja sorprendida por la iniciativa de la joven—, conozco de plantas y de las medicinas que se pueden preparar con ellas. Era la *curu...* la enfermera del hospital de mi pueblo.

—¿Trabajabas como enfermera? —se escandalizó Ederra.

—En mi pueblo, todos trabajamos, excepto los niños y los ancianos. Así lo han dispuesto los *pa'i*.

—Entiendo. Pero aquí, en Buenos Aires, las gentes de buen ver no trabajan. —Fue el turno de Emanuela de levantar las cejas, sorprendida—. Solo trabajan los de las clases bajas.

A punto de preguntarle "¿Y de qué viven?", cerró la boca.

—Cenaremos en media hora. Ahí tienes agua fresca en el aguamanil. Junto a la jofaina he dejado un trozo de jabón.

—Gracias, doña Ederra.

—Enviaré a Romelia para que te arregle un poco el cabello.

—Gracias, doña Ederra.

La mujer se volvió con la clara intención de marcharse.

—Doña Ederra —la llamó.

—Dime.

—¿Podría contar con papel, pluma y tinta? Quisiera escribirles a mi *pa'i* Ursus y a mi familia para informarles de que llegué bien y de que ya estoy con vosotros. Deben de estar muy preocupados por mi suerte.

Ederra la contempló con fijeza a los ojos, el semblante sin una expresión definida que le permitiese a Emanuela saber si la había enfadado con el pedido.

—Mañana te compraré un recado de escribir —manifestó al cabo.

—Muchas gracias.

La mujer abandonó la habitación, y Emanuela, con un suspiro, se sentó en el borde de la cama. Era grande, aunque no tan imponente como la que había usado la noche anterior en lo de Amaral y Medeiros; por cierto, era tres veces la que tenía en San Ignacio Miní. ¿La sacarían ahora que se había ido? ¿La arrumbarían en el sótano de la casa de los padres o en la barraca de los trastos viejos? Pensar en la barraca irremediablemente la condujo a reproducir la imagen que había llegado a odiar, pero, sobre todo, a temer.

—Aitor —susurró, porque necesitaba pronunciar su nombre. Se preguntó si estaría con ella, con Olivia. ¡Qué contenta debía de estar la india desde que ella había abandonado el pueblo! Nada le impediría casarse con él.

Observó el entorno con el ánimo cansado y deprimido. Allí también había paños negros que cubrían las paredes y los cortinados. Además de la cama, que no tenía dosel, ni una cabecera ornamentada, tan solo un enrejado de hierro, había una mesa, una silla y un mueble pesado, de madera muy oscura, con puertitas, cajones y un espejo, que daba la impresión de devorar la mitad del espacio. Volvió la vista hacia la contraventana, por donde la luz de la luna entraba e iluminaba los tablones de madera del piso. *"Jasy, Jasy."* La acometió un escalofrío. Se ovilló en la cama y se echó a llorar.

Alguien le puso una mano fresca y que olía a limpio sobre la sien y le retiró con delicadeza los cabellos de la cara. Se quedó quieta y relajada para que la mano no rompiese el contacto. Le hacía bien la caricia, la hacía sentir menos sola. Tenía tanto miedo.

—¿Qué te ocurre, niña santa?

Que la llamase como la habían llamado en su pueblo la sumergió en un nuevo acceso de llanto. La persona hundió el colchón al sentarse a su lado y le acarició la espalda, mientras le siseaba para calmarla.

—Me llamo Romelia, y doña Ederra me dijo que, de ahora en adelante, te serviré a ti.

Emanuela se incorporó y se limpió las lágrimas y las gotas que le corrían por la nariz con el dorso de la mano. La esclava hizo un chasquido reprobatorio y empleó su mandil para secarle el rostro.

—Gracias —gimoteó Emanuela, riendo a medias—. ¿Por qué me llamaste niña santa?

—Porque me contó Octavio que así te llaman en la misión.

—¿Conoces a mi *pa'i* Ursus?

—¿Que si lo conozco? Somos hermanos de leche. Mi madre nos crió a los dos juntos.

—¿Cómo te contó que me llaman niña santa si él hace años que no viene a Buenos Aires?

—Porque me escribe con frecuencia. Él mismo me enseñó a leer y a escribir cuando éramos jóvenes. No se me da muy bien, lo de escribir. Leer, me defiendo.

—¿Tú eres Rolia?

La esclava soltó una carcajada, que atajó con ambas manos.

—No está permitido reír durante el luto —aclaró—. Pero sí, soy Rolia. Veo que Octavio te habló de mí y del sobrenombre con el que me bautizó cuando apenas balbuceaba.

—Sí, me ha hablado mucho de ti. Te quiere tanto mi *pa'i*.

—Octavio quiere a todo el mundo.

—Sí.

—Pero a ti y a un tal Aitor más que a nadie.

La mención de ese nombre amado, que era su vida y el aire que respiraba, en ese lugar tan ajeno, lejano e inhóspito, le provocó un calambre en la garganta y un dolor agudo en el pecho. En vano, intentó retener las lágrimas.

—Extrañas mucho a Octavio y a tu gente, ¿verdad?

Emanuela, con la cara oculta tras las manos, asintió.

—Ven, mi niña. Vamos a ponerte bonita para la cena. Nos queda poco tiempo.

Emanuela se dejó guiar hasta la silla que la esclava colocó frente al mueble lúgubre con espejo.

—¿Tienes cepillo?

—Solo un peine. —De una de las canastas, extrajo un peine de hueso que le había tallado Ñezú para su décimo natalicio—. ¿Servirá?

—Sí, por supuesto. Siéntate.

Emanuela observó el reflejo de Romelia en el espejo, y ni una vez apartó los ojos de ella. Esa mujer le recordaba a Malbalá, y la hacía sentir a gusto y querida. Además, era la hermana de leche de su querido *pa'i* Ursus. Resultaba paradójico que se sintiese más cerca de su hermana de leche que de su hermana de sangre.

—Te llaman Manú, ¿verdad?

—Sí. Al igual que mi *pa'i* Ursus contigo, mi hermano de leche, Bruno, cuando apenas balbuceaba, en lugar de llamarme Emanuela, me llamaba Manú. Así que todos me llaman de ese modo.

—Es una lástima porque tu nombre es hermoso. Emanuela.

"Solo Aitor me llama Emanuela", le habría confesado, pero no consiguió pronunciar las palabras.

—¿Sabes, Manú? La ama Ederra no es mala. Muy severa y rígida, eso sí, pero muy justa. Desde que murió la niña Crista… Bueno, ha cambiado un poco. Pa' peor. Es como si se hubiese resentido con los que estamos vivos, como si nos culpase por vivir. ¿Por qué tú vives y mi Cristita no?, parece que te dijese cuando te mira.

—Entiendo.

—Habrá que tenerle paciencia. El amo Alonso es harina de otro costal. Tan bueno y alegre. Y cuando regrese a Buenos Aires, conocerás a Titus, su sobrino y ahijado. ¡Ese sí que vive en eternas Pascuas! Todos lo queremos mucho, al amito Titus.

—¿Es un niño?

—¡Oh, no! Tiene casi veinte años. Es muy gallardo y elegante. Y hace poco adquirió un grado militar, no sé cuál, pero ahí anda, pavoneándose con su uniforme y arrancando suspiros a las damiselas. Mañana conocerás al amo Mikel, pero no te asustes con ese perro viejo, que perro que ladra no muerde.

—Mi *pa'i* Ursus dice que su padre tiene el carácter de los vascos.

—¡El de todos los vascos juntos! Ya verás. Y ahora que la gota lo tiene a mal traer, está hecho un tigre gruñón.

—Yo conozco algunos emplastos y electuarios que podrían calmarle el malestar.

—¿De veras?

—Sí, yo era la enfermera del hospital de mi pueblo.

—¿Y lo tocarás con tus manos santas? —Romelia fijó la vista en el espejo, donde sus ojos oscuros se encontraron con los azules de Emanuela—. Octavio me contó que curas con las manos.

—Es extraño, porque mi *pa'i* se enfadaba si alguien mencionaba eso frente a él. Pensé que jamás lo comentaba.

—Pues a mí me lo contó. ¿Lo curarás a don Mikel con tus manos santas?

—Lo intentaré si me deja, pero no siempre se me concede el don. No sé de qué depende. A veces sí, a veces no. Yo solo hago lo que Tupá… quiero decir, lo que Dios me permite.

—Pues mañana iremos a visitarlo y entonces podrás saber qué ha decidido Dios con don Mikel. —Le guiñó un ojo, y a Emanuela, el gesto cargado de picardía la hizo reír.

Tiempo después se enteraría de que había sido su *pa'i* Ursus el que le había pedido a Ederra que le asignase a Romelia como su esclava personal, y Emanuela lo amó aún más por ello.

Capítulo
II
Lima, capital del Virreinato del Perú. 1751

La puerta peatonal del portón de la cárcel de Corte se abrió con un chirrido de goznes, y el murmullo que había ido acrecentándose a medida que se aproximaba a la salida se convirtió en sonidos claros y fuertes; pregones de vendedores, cascos de caballos sobre adoquines, ladridos de perros cimarrones, campanas anunciando el ángelus del mediodía, todo se filtró por la puerta abierta como una ráfaga de brisa agradable y fresca. Se trataba de sonidos que no oía desde hacía años y que le robaron una sonrisa y lo emocionaron.

Hernando de Calatrava se quitó el tricornio de fina felpa, agachó la cabeza y cruzó la puerta peatonal hacia la libertad. Enseguida volvió a cubrirse con el sombrero porque, después de más de quince años viviendo mayormente en la penumbra, el sol estival le hería la vista. Cerró los ojos e inspiró, y si bien el olor que lo alcanzó no era agradable —recordaba que, en una oportunidad, había escuchado decir a un guardia que en la esquina había una carnicería—, a él le gustó. Esa inhalación le expandió los pulmones debilitados por el encierro, la mala alimentación y la humedad, y le causó un acceso de tos. Terminó escupiendo en un pañuelo.

—¿Es vuesa merced el señor de Calatrava?

En el pasado se habría enfadado si alguno se olvidaba de anteponer el grado militar que con tanto orgullo portaba. "*Coronel* de Calatrava", habría corregido. A esas alturas, con la tragedia en la que se había convertido su vida, degradado, la salud quebrantada y sin un doblón en la faltriquera, que lo llamasen señor o don nadie le daba lo mismo. En la cárcel había aprendido el valor de las cosas.

—Sí, soy yo —contestó al hombre de librea.

—Por favor, vuesa merced. Subid al carruaje. Estábamos esperándoos.

—¿Adónde me lleváis? —preguntó, con recelo.

—A casa de la Compañía de los padres jesuitas.

Al oír la palabra "jesuitas", la espalda se le puso rígida y, de manera instintiva, apretó el puño en torno a la correa del morral donde llevaba sus escasas pertenencias. Aunque estaba al tanto de que, por alguna extraña razón, les debía la libertad a los jesuitas, sus enemigos del pasado, como también esas ropas elegantes y el par de zapatos, no fue capaz de suprimir la reacción.

—Muy bien —dijo, entre dientes—. Llevadme allí.

En su interior, el carruaje era amplio y cómodo, con asientos mullidos forrados en un terciopelo azul claro, más bien celeste, que hablaba de la riqueza de la orden. Corrió el visillo, del mismo tono que la tapicería, y se dedicó a observar los alrededores en tanto el coche circundaba la plaza principal, donde destacaba el palacio del virrey. La zona bullía de actividad. Caballeros caminaban deprisa, buhoneros vendían sus mercaderías, esclavos seguían a sus amos, un grupo de niños correteaba tras un aro, un destacamento de alabarderos marchaba hacia la Casa de Armas, todos ignorantes de que, a menos de una calle, se erigía un edificio que albergaba muerte, desesperanza y dolor, y del cual él había salido vivo después de más de quince años de encierro, toda una epopeya.

Detuvo la mirada en una silla de mano transportada por cuatro negros, mientras se acordaba de una visión similar que lo había atraído tanto tiempo atrás; casi parecía de otra vida. El lienzo que preservaba el interior del palanquín del polvo y del calor se corrió apenas, y Calatrava avistó el perfil de una joven dama. Dejó caer el visillo cuando el recuerdo se tornó demasiado doloroso. Siempre pensaba en ella, cada día al abrir los ojos y antes de cerrarlos por las noches. De todas sus preocupaciones, esa era la que lo sumía en la angustia más negra.

El carruaje se detuvo, y Calatrava aguardó a que el cochero abriese la puerta. El muchacho lo ayudó a equilibrar el pie en el estribo para bajar.

—Gracias —masculló, corto de aliento, y el joven chofer, sin mirarlo pues se habría juzgado una falta de respeto, apretó el entrecejo en señal de extrañeza; se suponía que los señores no agradecían a los siervos.

Hernando de Calatrava elevó la vista ante la imponencia del edificio que albergaba a la máxima autoridad de la orden en la Provincia Jesuítica del Perú. Él sabía que, a la vuelta de la esquina, se erigía el Colegio de San Martín, uno de los tres que pertenecían a la Compañía y a los cuales concurría la mayor parte de los vástagos de los hijosdalgo del virreinato. Sin duda, la educación del reino estaba en manos de los jesuitas, situación que los había convertido en hombres poderosos, de gran influencia.

Un hermano lego lo alojó en una celda, a la cual le llevó una bandeja con mate cocido, pan de maíz, queso de cabra y un jamón exquisito. Se quitó la chaqueta y la chupa, y comió con avidez la mejor comida en años. Se echó en la pequeña cuja y fijó la vista en el techo de ladrillos cruzado por vigas de madera. Debería haberse preocupado por la incertidumbre de su futuro; en cambio, yacía en paz, con el estómago lleno y la cabeza entretenida con los recuerdos de ella.

Lo despertaron unos golpes en la puerta. Se cubrió con la chupa antes de abrir. El mismo hermano lego lo convocó para reunirse con el provincial, el padre Miguel Duarte. Calatrava se lavó la cara en la bacía de estaño, se ajustó la coleta en la nuca y se puso la chaqueta. El provincial lo recibió en un despacho sobrio, aunque revelador del poderío económico de la orden que comandaba. Le señaló una butaca, en tanto él ocupaba la que se hallaba del otro lado de un escritorio enorme, plagado de libros y escritos.

—Padre, quiero agradeceros por haber enviado vuestro carruaje a buscarme y por haberme recibido en vuestra casa. —El hombre se limitó a asentir con un remedo de sonrisa—. En la última carta que recibí de mi esposa, ella me aseguraba que vuestra orden estaba iniciando gestiones para conseguir mi libertad.

—Su esposa os dijo la verdad, señor de Calatrava. El padre Ursus, el capellán de San Ignacio Miní, una de nuestras misiones en la provincia del Paraguay, allegado de su esposa, nos escribió solicitando información acerca de su situación.

—No tengo el placer del conocer al padre Ursus.

—En realidad su nombre es Octavio de Urízar y Vega, pero desde la época del seminario en el Colegio Máximo de Córdoba lo llamamos de ese modo, porque en verdad es enorme como un oso. —Calatrava sonrió y guardó silencio—. Vuesa merced participó en la revuelta de los comuneros en la ciudad de Asunción.

—Y pagué un larga condena por ello, padre —apuntó, sin ánimo combativo.

—Lo sé. A pesar de que la revuelta perjudicó a nuestra orden, consideramos que vuestra condena estaba siendo excesiva, y para demostrar nuestra caridad en Cristo y nuestra voluntad de perdón, consentimos al pedido del padre Ursus y comenzamos a gestionar vuestra libertad.

—Mi agradecimiento hacia vuestra orden es infinito —dijo, aunque sin el fervor que debería haber acompañado a una declaración de esa índole.

—Vuesa merced tiene un enemigo de peso en Lima —comentó el jesuita, luego de una pausa—. Se trata de un dominico, el inquisidor del distrito de Lima para poner peor las cosas. Sus conexiones y posición en la vida lo convierten en un personaje influyente. Entra y sale del palacio virreinal como si tuviese bula, y es muy temido en la ciudad por el celo con el que vela por las cuestiones de la fe.

Hernando de Calatrava no precisaba que el jesuita le aclarase de quién estaba hablándole; no obstante, al oír su nombre después de tantos años, un temblor le recorrió el cuerpo.

—Se trata del dominico Claudio de Ifrán y Bojons. ¿Lo conoce vuesa merced?

—No, padre —mintió Calatrava.

El sacerdote lo estudió con aire difidente.

—Quería que lo supierais, señor. Es un hombre de cuidado, de la más rancia estirpe limeña. Su hermano, ya fallecido, fue nombrado por el virrey de Superunda como general de la Mar y Callao, el puesto más codiciado en esta ciudad después del de virrey. Son personas de poder —agregó, pasado un silencio.

—Os agradezco vuestra advertencia, padre. Siempre es de valía saber quiénes son nuestros enemigos. No obstante, como planeo partir pronto hacia Asunción y dejar atrás Lima para siempre, juzgo que el peligro que este dominico encarna para mí se desvanecerá.

—Ahora que menciona su regreso a Asunción, un vuestro amigo, el señor de Amaral y Medeiros, os ha hecho llegar fondos haciendo uso del agente que mantiene en Lima por su negocio de mulas. Ha sido muy generoso en su oferta. —Extrajo del cajón de su escritorio un talego de cuero en el cual se adivinaban los bordes de las monedas, y lo arrastró a través del escritorio—. Disponga vuesa merced de esta casa el tiempo que le lleve organizar su viaje de regreso. El hermano Silvio, quien lo acompañó hasta aquí, lo asistirá en todo cuanto necesite. —El jesuita se puso de pie y Calatrava lo imitó.

—De nuevo os agradezco, padre Miguel. Vuestra generosidad me conmueve.

—De nada. Lo único que espero es que no volvamos a encontrarnos en bandos opuestos.

—Os aseguro que eso no ocurrirá.

* * *

El dominico fray Claudio de Ifrán y Bojons cruzó la Plaza Mayor con las trancadas apresuradas, más bien nerviosas, que lo conducían a todas partes, aun si no tenía un compromiso inminente. "Siempre vas apurado", se había mofado su único hermano, Martín de Ifrán y Bojons, general de la Mar y Callao, "aunque estés dando un paseo". Su esclavina con capucha, larga y negra, que barría el polvo de las calles de Lima, le remarcaba la figura alta, delgada y de hombros fuertes y erguidos. Se protegía la tonsura del sol estival con un sombrero de ala ancha, también negro. Detrás de él, jadeando como perros, lo seguían su adlátere, también dominico, más joven y cuya baja estatura se exacerbaba en comparación con la de su mentor, y un esclavo, que acarreaba un morral bastante pesado a juzgar por la mueca del hombre. Caminaron sin hablar la distancia de tres cuadras que los separaba de la Plaza de la Inquisición, donde se hallaba el complejo carcelario del Tribunal del Santo Oficio, la institución católica creada en el siglo XIII para velar por la pureza de la fe católica contra la herética pravedad y apostasía. Los miles de cátaros quemados en enormes hogueras al sur de la Francia, en la región del Languedoc, contaban entre sus primeras víctimas.

El inquisidor avanzaba por las calles de Lima, y los vecinos se detenían e inclinaban la cabeza en respetuoso saludo. Ifrán y Bojons era conocido no solo por la rancia estirpe de la cual descendía, sino por la severidad de sus ideas y la rectitud de su comportamiento. Se sabía que contaba con oídos y ojos en toda la ciudad, y que nada escapaba a su gobierno. Ni siquiera los religiosos estaban a salvo de su rigor inquisitorial. Años atrás, había condenado a prisión perpetua a uno de su propia orden que profetizaba la caída de la Europa en manos de los turcos y la instalación de la nueva cabeza de la Iglesia en Lima, donde planeaba erigirse como papa y soberano. Su hijo, un muchacho habido de una conspicua dama limeña, heredaría ambos tronos, el temporal y el celestial. Ifrán y Bojons lo acusó de hereje y de iluminado, y lo sentenció al encierro perpetuo.

Ifrán y Bojons, su secretario y el esclavo entraron por el portón que accedía a la zona donde vivían los inquisidores y se encontraba la capilla. Se detuvieron un momento para elevar una plegaria al Santísimo antes de subir al piso de arriba. Un joven monje condujo a fray Claudio al interior del despacho de su jefe, el inquisidor general del Perú, el doctor Mateo de Amusquívar, otro dominico cuyo voto de pobreza había quedado en el olvido si se tenían en cuenta el boato del despacho, los anillos de oro y piedras preciosas que le embellecían varios dedos y la gruesa cadena del mismo metal de la cual colgaba una cruz tachonada de zafiros y esmeraldas, que le descansaba en el pecho, sobre la túnica blanca. El puesto de inquisidor general era codiciado no solo por el poder político y religioso que confería, sino por los ingresos pecuniarios que implicaba, provenientes de las arcas reales, y también de los que se obtenían al oficiar de cobradores de los títulos de crédito de los señores del reino o cuando se producía el rompimiento de una escritura de compromiso por la cual una persona pagaba una multa luego de haber caído de nuevo en algún vicio del cual había prometido abjurar, generalmente la bebida y el juego de azar.

—Excelencia —dijo Ifrán y Bojons a modo de saludo luego de quitarse el sombrero e inclinar la cabeza.

—Sentaos, por favor, fray Claudio —indicó Amusquívar, cuya buena predisposición hacia Ifrán y Bojons no se debía a una simpatía personal, sino al conocimiento de que ese dominico, inquisidor del distrito limeño, poseía, tal vez, más poder que el propio inquisidor general del Virreinato del Perú.

—Gracias, Excelencia. Me habéis mandado llamar.

—Así es, y os agradezco la prontitud con la que habéis respondido a mi llamado. Sé que el caso del franciscano os tiene muy ocupado.

El inquisidor general se refería a un monje acusado de solicitación en la confesión. Denunciado por la mujer a la cual le había exigido mantener relaciones carnales para absolverla, la maquinaria del Santo Oficio, que castigaba con dureza esos casos, se había puesto en marcha.

—Así es, Excelencia, pero vuestro llamado siempre tiene prioridad para mí.

—Parece ser que vuestro pedido de tantos años por fin será satisfecho. —Amusquívar hizo una pausa para estudiar la reacción del dominico, que se mantuvo impertérrito—. Me ha llegado días atrás una misiva del padre Francisco Pérez de Prado y Cuesta —Ifrán y Bojons no necesitó que le aclarase que se refería al inquisidor general de la España— en la cual me expone su preocupación por las denuncias que han llegado a oídos de Su Majestad, el rey Fernando, y de él mismo.

—¿Qué denuncias, Excelencia?

—De la proliferación de portugueses judaizantes en la provincia del Paraguay.

Fray Claudio inspiró profundamente y se irguió contra el respaldo de cuero de la silla. Los judíos portugueses eran una plaga difícil de extirpar. Por las Leyes de Indias, estaba prohibido que a las costas de las Indias Occidentales llegasen moros, judíos, conversos o herejes, razón por la cual se habían incorporado los estatutos de limpieza de sangre, cuya presentación ante el Consejo de Indias y la Casa de Contratación de Sevilla era obligatoria si se pretendía obtener un permiso para ingresar en los territorios de ultramar. Ifrán y Bojons era consciente de que esas alimañas se infiltraban incluso en los puestos más altos de la organización americana.

—También hay preocupación a causa de la proliferación de libros prohibidos que ingresan desde el Brasil. Como verá, no tendrá tiempo para aburrirse. Me ha solicitado el señor inquisidor general que envíe a mi inquisidor más talentoso para lidiar con ese problema. Enseguida pensé en vuesa merced, fray Claudio, y después recordé vuestro interés por viajar a Asunción y ocuparos de las cuestiones de la fe en esa ciudad tan olvidada.

El interés de viajar a Asunción en nada se relacionaba con su función de inquisidor. Es más, en otras circunstancias, se habría ofendido, ya que Asunción era un pueblucho sin consecuencia.

—Desde hace años escucho toda clase de historias heréticas que tienen lugar no solo en Asunción, sino en otras ciudades de la provincia del Paraguay. Urge que alguien se ocupe de erradicarlas. Las costumbres de los naturales de esas tierras y sus creencias supersticiosas y primitivas se han infiltrado aun entre las familias de recia estirpe católica.

—Hay que restablecer el orden —acordó Amusquívar—. El último comisario del Santo Oficio en Asunción murió hace más de una década. El cargo nunca fue cubierto por falta de fondos y de candidatos, y aquí tenemos los resultados. El demonio ha desatado un banquete al cual debemos ponerle fin.

—Así se hará, Excelencia.

—Por supuesto —se apresuró a añadir Amusquívar—, no osaría enviaros para cubrir un cargo tan bajo como el de comisario, sino que lo hago en nombre de vuestro rol de inspector general.

—Desde que me honrasteis con el cargo, Excelencia, viajar a las distintas diócesis ha sido parte de mis deberes. Asunción será un nuevo destino.

—Sí, un nuevo destino, aunque tal vez se trate de uno que requerirá un poco más de vuestro tiempo y atención. —El tono cauto del inquisidor general puso en alerta a fray Claudio—. Quería informaros de una situación de la cual me gustaría que también os ocupaseis una vez llegado a esas tierras. La semana pasada, un viajero que provenía de Asunción me relató una historia a la cual, de ser cierta, habría que prestarle atención. El hombre aseguraba que el año pasado, allá por el mes de abril, con lo que ya hace más de un año, se desató una peste de viruela entre los pueblos jesuíticos ubicados a orillas del Paraná. Como siempre que esta peste golpea a los naturales de estas tierras, murieron de a miles en todas las doctrinas, excepto en una, en la cual no se perdió un indio.

—¿Cuál, Excelencia?

—En San Ignacio Miní. El hombre asegura que una niña santa que allí vive practicó un procedimiento muy extraño entre las gentes y ninguno se apestó. ¡Ni uno, fray Claudio! Me resulta difícil de creer. Mas ya sabéis cómo son estas habladurías: están dispuestos a darle crédito, por lo que la noticia ha corrido como el fuego. Quiero saber todo sobre esta supuesta niña santa.

"Ya no debe de ser tan niña", se dijo Ifrán y Bojons, que recordaba el asunto de una carta que el hacendado Vespaciano de Amaral y Medeiros le había enviado al virrey, el marqués de Villagarcía, acusando a los jesuitas de excesos y traiciones, la cual, por orden de su sucesor, el conde de Superunda, había terminado en sus manos para proceder a investigar las acusaciones. Una, en especial, había captado la atención del inquisidor, la que sostenía que los loyolistas escondían a una niña blanca en el Paraguay, una niña santa, la cual empleaban para sus fines maléficos, los de conducir a los guaraníes a una rebelión y fundar un imperio jesuítico en esas tierras.

En aquella oportunidad, el viaje a Asunción, algo añorado por él, y la indagación quedaron en la nada cuando el poder aplastante de la Compañía de Jesús detuvo el proceso que el Santo Oficio se disponía a iniciar. Una batalla más perdida en la guerra que sostenían los dominicos y los jesuitas.

Y ahora Amusquívar volvía a mencionarle a la famosa niña santa de las misiones. Quizás había llegado el momento de tomarse revancha. Después de todo, el poderío jesuita estaba sufriendo duros embates. Si bien no se apresuraría a hablar del "ocaso" de los loyolistas, el Tratado de Permuta, firmado en enero del año anterior, y por el cual la Compañía de Jesús había salido tan perjudicada, lo llenaba de esperanzas. Resultaba obvio que en la corte de Madrid, nido de masones, no contaban con el beneplácito del rey, y que la Cédula Grande del 43, en la que el rey Felipe había calificado a sus indios reducidos como "las joyas del reino", formaba parte de un pasado olvidado.

—Me ocuparé personalmente de la investigación acerca de esta supuesta santa de las misiones, Excelencia, como también de los portugueses judaizantes. Nada escapará a mi dominio, os aseguro.

—Lo sé, fray Claudio, por eso os envío a vos. Lamentablemente la ciudad de Asunción es un villorrio misérrimo, según me informan, y los fondos que podrá recaudar por donaciones —el inquisidor general se refería con un eufemismo a las cobranzas de los títulos de crédito y a las multas por rupturas de las escrituras de compromiso— serán escasísimos. Imaginaos que ni siquiera existe el metálico entre esas gentes.

Las cejas tupidas y grisáceas de Ifrán y Bojons se elevaron para mostrar su asombro, gesto inusual en uno que hacía un apostolado del ocultamiento de sus emociones.

—¿Con qué rescatan, entonces? —se interesó, usando la palabra que se asociaba al comercio.

—Truecan yerba y los otros productos de la tierra por lo que necesitan. Es una ciudad pobrísima —insistió.

Ifrán y Bojons sabía que la advertencia de su jefe apuntaba a señalar solapadamente que tendría que poner dinero de su propia faltriquera para llevar adelante la comisión. No le quitaba el sueño; dinero era lo que le sobraba. Esa oportunidad de viajar a Asunción, durante tantos años acariciada, bien valía un trozo de su fortuna.

—No os preocupéis, Excelencia. La falta de pecunia no impedirá al Santo Oficio hacer respetar la única y verdadera ley, la de la Iglesia de Roma.

—Bien, no esperaba menos de vos, fray Claudio. Prepararé vuestros títulos y demás documentos. Apenas terminéis vuestras cuestiones en Lima, podréis partir. Os recibirán en el convento dominico de Asunción. Lo llaman La Encarnación, por el nombre de la iglesia —aclaró.

* * *

Claudio de Ifrán y Bojons regresó a su despacho en el convento de Santo Domingo, y le pidió a su esclavo personal —el sirviente era una de las prerrogativas que acompañaban a su cargo de inquisidor— que le trajese agua fresca y un paño. Quería quitarse el polvo de la cara y despabilarse después de la reunión con el inquisidor general. Necesitaba meditar acerca de lo hablado y de su partida. Pasarían varios meses antes de que pudiese abandonar Lima, y eso aumentaba la ansiedad y el nerviosismo, emociones que nadie percibiría, pero que sus subordinados padecerían cuando los presionase para apurar los asuntos que tenían entre manos y que debían finiquitar antes de emprender el viaje.

El esclavo regresó con lo solicitado y, luego de humedecer el paño y de estrujarlo, se lo pasó a su amo.

—Fray Claudio —dijo—, en el locutorio lo aguarda don Amador.

—Hazlo pasar.

Amador Patiño formaba parte de la extensa red de familiares de la Inquisición que Ifrán y Bojons había tejido a lo largo de tantos años. El hombre entró en el despacho y se quitó el tricornio. Bajó la cabeza y saludó con respeto.

—Buenas tarde, Excelencia. Os pido que me disculpéis por molestaros, pero ha llegado a mi conocimiento una inteligencia importante.

—Habla, Amador.

—El tal Hernando de Calatrava ha dejado la prisión, Excelencia.

—¿Cuándo? —preguntó, el gesto indiferente y el tono llano, aunque un observador agudo habría notado que la yugular le latía ferozmente en el cuello.

—El guardia de la cárcel me informó que hace tres días. Estaba esperándolo un carruaje.

—¿Adónde se encuentra ahora?

—En la casa de los jesuitas.

"¡Malditos!"

—¿Qué más puedes decirme?

—Es evidente que se prepara para realizar un viaje.

—¿Adónde?

—No lo sé.

—¿No has preguntado en las casas del Correo Real? Contamos con varios familiares allí, lo sabes. Seguro que Calatrava contratará una posta.

—Sí, Excelencia. He consultado. Pero por allí no se ha aparecido. Barrunto que piensa realizar el viaje por su cuenta puesto que ha comprado dos caballos, vituallas y otros enseres.

—Conque dos caballos.

—Así es, Excelencia. Y dos buenos ejemplares. Se ve que tiene la faltriquera llena.

—Y que tiene prisa por arribar adonde sea que se dirige. —Ifrán y Bojons apoyó el codo en el brazo de su butaca y se sostuvo el mentón, en evidente reflexión—. Es imperativo que descubras adónde va y que lo hagas seguir. Pon a tu hombre más avispado en esta misión, Amador. No quiero, bajo ninguna circunstancia, perder la huella de ese hombre.

—Así lo haré, Excelencia.

Dos días después, Amador Patiño retornó al convento dominico con la información solicitada.

—Viajará a Asunción.

—¿Estás seguro?

—Me lo informó el esclavo de los loyolistas, el que viene dándome información desde hace tiempo. Nunca me ha mentido, ni vendido falsa información, Excelencia.

"Sí, tiene sentido que regrese allá", meditó Ifrán y Bojons. "Pues allí probablemente esté lo que él desea y lo que yo busco desde hace tanto tiempo."

* * *

Hernando de Calatrava era consciente de que, con sus pulmones resentidos, emprender un viaje de esa envergadura era poco menos que un acto suicida. Pero lo apremiaba regresar al Paraguay. Si lo hacía en los carruajes de la posta o si se unía a una caravana de troperos, tardaría al menos cuatro meses, y él no contaba con la paciencia para soportar tan larga travesía; la había perdido en prisión. Si cabalgaba solo por el accidentado terreno, terminaría extraviándose y nunca llegaría a destino. Las dos veces que lo había recorrido habían sido con la guía de un baqueano y escoltado por varios de sus subalternos, y luego como prisionero, dentro de un carro que era una celda. Por fortuna, el hermano Silvio, que en las últimas semanas se había convertido en un aliado de valía, le sugirió la solución: que emprendiese el viaje con el chasqui de la Compañía de Jesús, el hombre que recorría las distancias transportando la profusa correspondencia que intercambiaban los jesuitas de los distintos colegios y provincias. El hombre reemprendería el viaje a Asunción en diez días. Eso implicaba un retraso; con todo, Calatrava se disponía a esperar.

Habiendo comprado lo que precisaba para el periplo y sin nada que hacer, eligió mantenerse fuera de la vista de su enemigo, a quien sabía lleno de recursos para conocer cada uno de sus movimientos, y pasó la mayor parte del tiempo en la celda que ocupaba en la casa de la Compañía. Leía, dormía, conversaba con el hermano Silvio y pensaba.

La madrugada del día en que emprendería el regreso, el pecho le ardía de la emoción, y un acceso de tos lo dejó agotado. Se reanimó un poco con la infusión dulce y caliente y los bizcochos que le llevó el hermano Silvio a su celda.

—Dios te acompañe, Hernando —le deseó a las puertas del convento.

—Gracias, hermano. Habéis sido un verdadero amigo en este tiempo.

—Rezaré por ti y por tu familia.

—Gracias.

Se dieron un abrazo. La puerta del convento se cerró, y Calatrava se volvió hacia el sitio donde el chasqui lo aguardaba con los caballos ensillados. Esa imagen le proporcionó la fuerza que necesitaba; esa imagen encarnaba el inicio de una nueva etapa. Había perdido muchos años de su vida, que estaba dispuesto a recuperar. Tenía que salvar muchos errores.

—Calatrava.

Aún no amanecía en la madrugada invernal, por lo que algunos sectores de la calle permanecían sumidos en la noche. La voz provenía de la oscuridad, y por mucho que aguzase la vista, no conseguía distinguir la figura. No obstante, sabía de quién se trataba. La voz provenía del pasado que se disponía a rectificar.

La silueta de un hombre alto y de amplias espaldas emergió de entre las sombras y se ubicó bajo el farol de aceite que ardía en la puerta del convento. Iba cubierto con una esclavina negra y estaba encapuchado. Dos manos de dedos largos y pálidos aferraron los bordes de la capucha y la echaron hacia atrás para descubrir el rostro. A pesar de que sabía que la voz pertenecía a Claudio de Ifrán y Bojons, volver a verlo lo golpeó con dureza, y muchos recuerdos, felices y trágicos, lo desposeyeron del entusiasmo con que se disponía a enfrentar la travesía.

Se contemplaron con fijeza a través del espacio brumoso del amanecer. Ninguno pronunció palabra. Solo se miraron. Calatrava rompió el contacto al darse vuelta para montar el caballo.

—Vamos —dijo al chasqui, y el único sonido que siguió fue el de los cascos de los animales sobre los adoquines de la calle.

* * *

El viaje a Asunción, que en posta o carruaje implicaba varios meses, a caballo se redujo a poco más de uno. El chasqui, un indio joven y saludable, mantenía un ritmo despiadado, al que Hernando de Calatrava a duras penas consiguió seguirle el paso. Al llegar a la capital de la provincia paraguaya, lo doblegó un abatimiento pertinaz y cayó enfermo.

Guardó cama durante más de diez días en una celda del Colegio Seminario de los jesuitas, a la cual lo fue a visitar el famoso padre Ursus, el amigo de Nicolasa, que, de casualidad, se hallaba en Asunción.

—¿Cómo os sentís, coronel? —preguntó Ursus, mientras acercaba una silla a la cabecera.

—Ya no soy coronel, padre —le recordó con una sonrisa débil—. Me siento mejor. Los padres me han tratado con mucha generosidad y solicitud.

—¿Os ha visto un físico?

—Sí, y me ha dicho lo que sospechaba: mis pulmones están muy afectados. Emprender el viaje en invierno no ha sido una decisión juiciosa, y mi salud se ha quebrantado aún más.

—Nada que el descanso, la buena comida y el aire puro no remedien —intentó animarlo Ursus—. Le preguntaré al padre Johann, el físico de la misión, y al curandero, que es un hombre muy sabio, qué se puede hacer con esos pulmones.

—Gracias, padre. —Lo miró a los ojos—. Gracias por todo. Sé que vuestras diligencias me ganaron la libertad. En caso contrario, habría muerto en prisión.

—Lo hice por doña Nicolasa y la joven Ginebra. Estarán felices de veros.

Calatrava asintió con aire deprimido, y Ursus tuvo la impresión de que el antiguo militar le temía al recibimiento que le darían su esposa e hija.

—¿Cómo están ellas?

—Muy bien, a Dios gracias. Como sabéis, Ginebra casó el año pasado con el joven Lope de Amaral y Medeiros, un muchacho notable, de excelente carácter y disposición. Me ganaré las albricias con esto que os diré para levantaros el ánimo: seréis abuelo dentro de unos meses, dos, según entiendo. Ginebra está encinta.

—¡Mi pequeña Ginebra encinta! —exclamó, de pronto animado—. La última vez que la vi era apenas una criatura adorable de cuatro años. Y ahora la encontraré casada y a punto de ser madre. —La desmoralización lo abatió de nuevo—. Me he perdido la vida de mi hija, me he perdido de verla crecer, padre. Qué tristeza tan profunda, y todo por seguir un sueño fundado en los ideales más disparatados.

—Ahora veréis crecer a vuestro nieto o nieta, y eso os compensará por todos los años perdidos en prisión.

—¿Está contento mi amigo Vespaciano que será abuelo?

—Sí, muy contento. De más está decir que espera que sea niño para enseñarle a conducir *Orembae*. Como Lope no se muestra inclinado a ello y se lo pasa en Buenos Aires...

—¿Lope y Ginebra no viven en *Orembae*?

—Ginebra sí. Lope pasa la mayor parte del tiempo ocupándose de los negocios de su padre en Buenos Aires.

—¿Por qué Ginebra no está con él?

Ursus se movió, incómodo, en la silla y se rascó la barba del mentón. Él se había formulado la misma pregunta muchas veces. Sospechaba que el matrimonio guardaba distancia para llevar la fiesta en paz. Lo aliviaba no haber podido celebrar la boda —en esa época la plaga de viruela lo había confinado a la misión— porque de haber sabido que esos dos no se amaban, como había intuido en el pasado y la realidad del presente lo confirmaba, no los habría desposado. Aunque se hubiese convertido en una costumbre echar mano del sacramento del matrimonio para realizar uniones que beneficiaban más a las familias que a los esposos, según su juicio, solo el amor podía sellar la unión.

—Imagino que Ginebra prefiere estar cerca de su madre y de su suegra, doña Florbela, ahora que será madre. Necesitará de su asistencia y consejo. Lope regresará cuando el niño esté por llegar al mundo.

Calatrava asintió con desconfianza en la mirada, y Ursus no consiguió impostar un gesto para tranquilizarlo cuando a él mismo la presencia del joven de Amaral y Medeiros tan cerca de Emanuela lo inquietaba. Ella lo nombraba a menudo en sus cartas con afecto. Resultaba obvio que, al igual que Titus de Alarcón, Lope se había convertido en uno de sus mejores amigos. Aunque ignoraba todo acerca de las cuestiones del amor entre un hombre y una mujer, tendría que haber sido tonto para no darse cuenta, a través de los comentarios inocentes de Manú, de que Lope la buscaba movido por un interés que superaba el de la amistad. Muchas veces había barajado la posibilidad de viajar a Buenos Aires para juzgar la situación con sus propios ojos. Conocía a Manú como a nadie y confiaba en ella y en su buen juicio; sin embargo, la sabía triste, vulnerable y nostálgica desde la ruptura con Aitor y la huida de la misión. Temía que, abrumada por esos negros sentimientos, aceptase el amor de Lope y se convirtiese en una mujer perdida. La sola idea lo amargaba.

—¿Cuándo pensáis viajar a *Orembae*, don Hernando?

—El doctor Moral me ha asegurado que en un par de días podré dejar la cama y comenzar a caminar para recuperar los bríos. Creo que me sentiré fuerte en una semana.

—Entonces, aguardaré hasta que os hayáis recuperado por completo y haremos juntos el viaje de regreso. En la jangada, será todo muy placentero para vos, don Hernando, y yo mismo os acompañaré hasta *Orembae*. Hace tiempo que no visito a mi querido amigo Vespaciano.

Calatrava sonrió y movió apenas la cabeza.

—Me resulta increíble oíros hablar de Vespaciano como vuestro querido amigo, padre Ursus. Recuerdo que no os llevabais bien.

—Hubo un tiempo en el que no estábamos de acuerdo en nada. Con la intercesión de doña Florbela y la asistencia del Espíritu Santo, hemos conseguido convertirnos en buenos vecinos y amigos. Aunque sospecho que el interés inicial de nuestro pícaro Vespaciano en recomponer las cosas conmigo se basaba en la posibilidad de que yo hablase bien de él al provincial y este al virrey por ese asunto del título de nobleza que tanto desea obtener. —Ursus le guiñó un ojo, y el hombre rio, lo cual terminó en un acceso de tos.

—Bebed un poco de agua, don Hernando, y disculpadme si he abusado de vuestra compañía. Después de todo, estáis aún convaleciente.

—Vuestra compañía ha sido lo más agradable que me ha sucedido en mucho tiempo, padre Ursus. Sois una cura muy extraño e inusual.

—Vivir con los guaraníes por más de veinte años me ha convertido en otro hombre, más práctico y humano. Mejor cristiano.

* * *

Tal como había presagiado Ursus, el viaje en la jangada resultó placentero, incluso sanador, para Hernando de Calatrava. Lo ubicaron bajo una casilla de cañas y barro que se erigía en el centro de la gran balsa, en una butaca muy cómoda, y con los pies sobre un escabel desde donde se lo pasaba contemplando el paisaje, leyendo o tomando mate y conversando con Ursus. Completaron la travesía en tres días, y por las noches se hospedaron en los puestos que los jesuitas mantenían a lo largo del Paraná. Allí vivían guaraníes de las distintas misiones cuya responsabilidad consistía en limpiar el lugar y asistir a los viajeros.

En el desembarcadero de San Ignacio Miní los aguardaban las autoridades del pueblo con una carreta que trasladó al sacerdote y a su acompañante hasta el pueblo. Ursus se permitió un momento de vanidosa satisfacción al comprobar el asombro que se apoderaba de Calatrava en tanto iba absorbiendo la estructura sólida y estéticamente bella que componía la misión, con su iglesia en un estilo barroco muy peculiar, la amplia plaza de armas, con su reloj de sol, la solvencia de las demás construcciones y, como apuntó el mismo Calatrava, la limpieza de sus calles. No había olores desagradables, ni profundos baches con aguas servidas.

—Creo que los de afuera no tenemos idea de la obra que vosotros emprendéis con estos indios, padre Ursus —comentó el hombre—. Cuando nos hablan de las reducciones de guaraníes, nos imaginamos villorrios misérrimos, con casuchas de barro y techos de paja.

—Así eran siglo y medio atrás. Hemos trabajado muy duro para convertir esos villorrios en ciudades modernas.

Hernando de Calatrava pasó la noche en la casa de los padres. Allí fue a visitarlo Ñezú en calidad de *paje*, quien durante largos minutos mantuvo la oreja pegada a la espalda desnuda del hombre para escuchar sus pulmones. Sin dar veredicto, el curandero se levantó y salió de la habitación, dejando perplejo al paciente y sonrientes a los padres van Suerk y Ursus, acostumbrados a sus maneras parcas. Al rato, volvió el *paje* con una bolsita de tela y se la entregó al enfermo.

—Son astillas de *yvyra vera*.

—Son astillas de guayacán —tradujo el padre Ursus.

—Si bebe una infusión preparada con estas astillas por la mañana con el estómago vacío y antes de irse a dormir por la noche, en un tiempo sanará de las llagas que tiene en los pulmones. Se las debe dejar cocer como cuatro credos.

Ursus volvió a traducir y añadió:

—Yo le haría caso en vuestro lugar, don Hernando. El padre Johann y yo lo hemos visto curar enfermedades recalcitrantes con las cuales nuestra medicina no sabe cómo lidiar.

—¿Por cuánto tiempo deberé beberlo?

Ursus le preguntó al indio en guaraní, a lo cual respondió:

—Dile que al menos diez lunas, *pa'i*.

—Por lo menos —tradujo el jesuita— durante diez ciclos de luna, unos diez meses, don Hernando.

—¿Cómo se dice luna? —se intrigó el hombre.

—*Jasy*.

—Iasí —repitió Calatrava—. Qué hermosa palabra.

* * *

El padre Ursus cumplió su promesa y, pese a tener varias comisiones que atender en la doctrina después de su viaje a Asunción, lo acompañó a *Orembae*. Hernando de Calatrava admitía que llegar en compañía del jesuita facilitaría el encuentro con su esposa e hija, poco menos que dos extrañas a esa altura de las circunstancias.

Entraron en el predio del casco de la hacienda cerca del mediodía. Los indios encomendados se hicieron cargo de los caballos, mientras Adeltú los guiaba hasta la sala. Apareció Amaral y Medeiros con su traje de montar y la fusta en la mano. La sonrisa que esbozó al encontrarse con Ursus se congeló y fue desvaneciéndose poco a poco en tanto reconocía al extraño.

—¡Hernando, querido amigo! —reaccionó por fin, y, luego de arrojar el sombrero sobre una mesa, se aproximó para abrazarlo y palmearlo en la espalda.

Calatrava tosió, y los ojos se le llenaron de lágrimas.

—¿Cómo estás, Vespaciano?

—¡Feliz de verte! ¡Qué sorpresa! ¿Recibiste el dinero que te envié con mi agente de Lima?

—Sí, más que generoso, por cierto. Muchas gracias. No sé qué habría hecho sin él.

—¡Qué felices se pondrán las mujeres! Sabíamos que nuestro querido Ursus estaba operando sus milagros para que salieses en libertad, pero no sabíamos cuándo tendría lugar el feliz acontecimiento.

—Yo no he hecho nada, Vespaciano —aclaró Ursus—. Debes agradecerles a los provinciales, al del Paraguay y al del Perú. Son ellos los responsables de que se haya hecho justicia con don Hernando.

—Pero si tú no te hubieses apiadado de doña Nicolasa y de mi amigo Hernando, ¿cómo habrían podido ayudarlo tus provinciales?

Ursus sonrió y sacudió la cabeza. En ese momento, atraídas por la algarabía y el vozarrón de Amaral y Medeiros, las tres mujeres entraron en la sala. Ursus analizó la reacción de cada una: doña Florbela sonrió con cortesía; resultaba evidente que no conocía al recién llegado; Ginebra se puso pálida y entreabrió los labios sin articular sonido; doña Nicolasa, en cambio, mantuvo un gesto pétreo, para nada acogedor; la llegada de su esposo perdido la perturbaba, eso saltaba a la vista.

—¿Padre? —balbuceó Ginebra.

—¡Sí, hija! —intervino Amaral y Medeiros—. ¡Tu padre! El padre Ursus acaba de traérnoslo de regreso.

Hernando, que aplastaba el tricornio entre sus manos, dio un paso adelante y sonrió con ternura a la hermosa joven que lo miraba con ojos arrasados.

—Que me reconozcas, hija mía, después de todos estos años me hace pensar que no he envejecido tanto durante este largo tiempo de encierro.

—Claro que os reconozco, padre —aseveró Ginebra, y a continuación hizo algo que enmudeció aun al propio Vespaciano: abrazó a su padre y se echó a llorar. La emotividad de una joven que jamás expresaba sus sentimientos, ni caía en ningún tipo de exceso y que en general era reputada de fría y distante, conmovió a los presentes, a excepción de doña Nicolasa, que comentó:

—Este despliegue se debe a su estado. La tiene muy sentimental. Bienvenido, Hernando —dijo, y se aproximó para separar a la hija del padre y dar un beso en cada una de las mejillas enflaquecidas de su esposo.

—Luces muy bien, Nicolasa.

—Gracias.

Doña Florbela se aproximó e inclinó la cabeza hacia el recién llegado.

—Te presento a mi querida amiga, doña Florbela —dijo Nicolasa—. A ella y a su esposo le debemos todo, Ginebra y yo —agregó, y para nadie habría pasado inadvertido el sustrato de reclamo y enojo de su voz.

—Doña Florbela, mi agradecimiento y reconocimiento hacia vos y vuestra familia es eterno. Tenéis en mí al más fiel de los amigos y admiradores.

—Gracias, don Hernando. Debéis saber que contar con la amistad de doña Nicolasa y la compañía de Ginebrita ha sido una alegría para mí durante todos estos años. Y ahora que somos familia y con la llegada del niño —dijo, y posó la mano sobre el vientre de su nuera, bien disimulado bajo la bata de cotilla— y la vuestra, todo será felicidad.

—Así lo espero, estimada señora —expresó Hernando de Calatrava, y posó la mirada cansada en la de su mujer.

Ursus, que no había apartado la vista de doña Nicolasa, se habría atrevido a afirmar que la mujer, que había vivido como una viuda durante tantos años, lucía decepcionada y enojada de que su esposo hubiese reaparecido.

* * *

Después del almuerzo, Hernando de Calatrava se retiró a descansar. Hubo un momento de incomodidad cuando Nicolasa se mostró sorprendida de que Florbela sugiriese que se recostase en su cama. Ginebra, para salvar el momento, ofreció su habitación.

—No, no —reaccionó la mujer al fin—, que se acueste en mi recámara. Faltaba más. —Lo guió a través del patio y de los pasillos de la amplia casona, y dejó al grupo, que aún ocupaba la mesa, sumido en un silencio incómodo.

—No será fácil al principio —barbotó Amaral y Medeiros, y Ursus percibió que lo hacía para justificar la frialdad de doña Nicolasa—. Han pasado muchos años. Son casi como dos extraños.

—¿Habéis tenido noticias de Lope? —preguntó el jesuita en dirección a las mujeres.

—Recibimos carta hace un mes —contestó Florbela, aún afectada—. Asegura que estará aquí antes de que nazca el niño.

El sacerdote se limitó a sonreír y a asentir.

—¡Bien, Ursus, amigo mío! —exclamó Amaral y Medeiros, y las mujeres dieron un respingo—. ¿Por qué no me acompañas a mi despacho para beber un bajativo? Edilson me ha enviado uno desde Buenos Aires que es una ambrosía.

Encerrados en el despacho, el dueño de casa soltó el respiro con sonoridad mientras escanciaba la bebida en dos vasos de estaño.

—Prueba, Ursus. Es una delicia. Pero siéntate, amigo. —Amaral y Medeiros se sentó en forma desmadejada en su butaca—. ¡Mierda! Ese ha sido el almuerzo más difícil de mi vida. El aire podía cortarse con cuchillo.

—Como bien dijiste, Vespaciano, les llevará un tiempo acostumbrarse a estar juntos de nuevo. Son dos extraños.

—Sí —suspiró el hombre—. También se cuecen otras habas, creo.

—Tú tendrás que ayudar a tu amigo a ponerse de nuevo en pie. Es un hombre quebrado desde todo punto de vista, físico, moral y espiritual.

—Sí, eso resulta evidente. Me ocuparé de él, amigo cura. No te preocupes. Haré mi buena acción del día y me ocuparé de él.

—Lo has hecho ya, Vespaciano —le concedió el jesuita—, al ocuparte de la seguridad y del bienestar de su mujer y de su hija.

"Sobre todo del de su mujer", se dijo Amaral y Medeiros, más bien con ánimo arrepentido, aunque consciente de que seguiría usando a Nicolasa para calmar sus apetencias lujuriosas.

—Hablaré con él cuando lo vea más entero. Tengo que saber si le queda algún bien, si desea volver a Villa Rica. ¿Sabías que son de Villa Rica? —Ursus asintió—. Su familia es originaria de Lima. Muy encumbrados, los Calatrava. Hijosdalgo de sangre. Nada de solar conocido.

—Y eso es muy importante para ti, ¿no es así, Vespaciano? —dijo Ursus, con ironía.

—Sí. En un mundo como este, las conexiones lo son todo, Ursus. ¿Qué habría sido de Hernando sin el poder de la Compañía de Jesús y de vuestros provinciales? —preguntó, con intención retórica—. Tal vez Hernando acepte ayudarme con la administración de la hacienda —discurrió, para cambiar de tema—. Hernando es muy rápido con los números y muy meticuloso a la hora de rendir cuentas. Sí —dijo, dotando a su voz de un matiz reflexivo—, creo que eso haré: le ofreceré el puesto de administrador. Estoy cansado de hacer todo solo.

—¿Aún no hallas a un buen capataz?

—No. Al último lo eché a patadas de mi propiedad. Un inútil. Hablemos de cosas más agradables: ¿cómo anda mi muchacho?

Tiempo atrás, Ursus había conseguido que Amaral y Medeiros le confiase que Aitor era su hijo, y pese a no haber logrado que hiciese confesión y se arrepintiese de su pecado, el sacerdote percibía que compartir el secreto los había acercado.

—No te diré jamás que me arrepiento de haber engendrado a Aitor —le había manifestado en aquella ocasión, cuando el jesuita le sugirió volver a la gracia de Dios a través del sacramento de la confesión.

—No se trata de que te arrepientas de haberlo engendrado, sino de haber caído en la concupiscencia con Malbalá y haber traicionado a tu esposa.

—Malbalá es la única mujer que pisa la tierra a la cual he amado y respetado. Es la única hembra que todavía me hace sentir joven con solo pensar en ella.

—¡Vespaciano!

—Ursus, es la verdad. No pienso mentirte a ti, por muy cura que seas. Eres mi amigo antes que nada. Y lo siento, pero no me arrepentiré. Amé a Malbalá y amo a mi hijo. Ellos no son un pecado en mi vida.

—Pero sí haber caído en tentación con ella y haber faltado al voto sagrado del matrimonio.

—Si no lo hubiese hecho, hoy no tendría al hijo que tengo, que es mi orgullo.

—Así y todo, no le das tu apellido —remató el jesuita, y solo obtuvo una mirada amenazadora por parte del anfitrión.

Ursus recordó aquella conversación en tanto estudiaba la expresión con que Amaral y Medeiros le preguntaba por "su muchacho", y tras la cual ocultaba una actitud ansiosa.

—Tu muchacho está bien. ¿Qué te sucede? Te noto intranquilo.

—Es que tengo la impresión de que Aitor no está bien, de que no es feliz.

Si Aitor, que visitaba con frecuencia a su padre, había decidido no contarle acerca de Emanuela, él no abriría la boca.

—Aitor nunca ha sido unas Pascuas, Vespaciano, ni siquiera de niño. Es un muchacho serio, que aprendió a vivir en medio de la hostilidad de su padrastro y de todo el pueblo, y eso le moldeó el carácter.

—¡No vuelvas a decirme eso! —se quejó el hombre, y alzó la mano en el ademán de acallarlo—. ¡Ya te lo he pedido! Sabes cuánto me lastima saberlo.

—Como me dijo un amigo tantos años atrás cuando yo mismo me quejaba por la suerte de Aitor, es el sino que le tocó y al cual tendrá que enfrentarse. Considero que, hasta ahora, lo ha hecho muy bien.

—Sí, pero sé que no es feliz.

"No, no lo es", habría respondido Ursus, y se abstuvo; no quería apesadumbrar aún más el corazón de Amaral y Medeiros.

—¿Cómo están mis nietas? Aitor habla poco de ellas.

—Están bien. Ya van para los siete meses. Hablando de hijos y de felicidad, ¿cómo está Lope?

Amaral y Medeiros vació el bajativo de un trago antes de responder con voz ronca:

—Bien, supongo.

—¿Sigue en Buenos Aires?

—La verdad es que vive allá. ¿Para qué vamos a negarlo?

—Y Ginebra aquí.

—Sí —admitió el hombre con aire vencido—. Creo que es el modo en que soportan el matrimonio. No los juzgo, pero me cuesta comprender a mi hijo. ¡Semejante hembra como Ginebra y la tiene aquí, arrumbada!

—Por favor, Vespaciano, no te refieras a tu hija política en esos términos. Pronto será la madre de tu nieto.

—¡Dios te oiga y que sea nieto! Necesito un machito.

—¿Ginebra no preferiría estar en Buenos Aires?

—No, creo que no —añadió, y se notaba que estaba confundido—. Sabes que es una muchacha muy reservada. Lo que hizo hace un rato al recibir a Hernando fue la primera manifestación de afecto que la he visto tener en su vida. Como sea, creo que, mientras pueda estar lejos de su esposo y cerca de su madre y de su tía Florbela, estará bien.

Capítulo
III
Buenos Aires. Julio de 1752.

Emanuela se hallaba inmersa en un silencio sepulcral en la alejada recámara que Ederra le había asignado tiempo atrás; tan alejada que la contraventana daba a los fondos de la gran casona, donde se hallaba el cuarto patio con el gallinero, el conejar, la caballeriza, la huerta, los árboles frutales y, más allá, tras la tapia no muy elevada, el río. Al silencio solo lo perturbaban el aleteo ocasional de Saite, inquieto en su alcándara, el crujido que hacía Libertad al picotear las semillas de girasol que tanto le gustaban y el rasgueo de la péñola sobre el papel. El mutismo la ayudaba a concentrarse en la tarea que le había asignado el padre Santiago de Hinojosa: traducir *El banquete*, de Platón, del griego al guaraní.

El discurso de Aristófanes comenzaba con unas palabras que la habían afectado íntimamente y que releyó una segunda vez. *Pues, a mi parecer, los hombres han ignorado enteramente el poder del Amor, puesto que si lo conociesen, le habrían levantado los mayores templos y altares y le harían los más grandes sacrificios, no como ahora, que no existe nada de esto relacionado con él, siendo así que debería existir por encima de todo, pues, entre todos los dioses, él es el que derrama más beneficios sobre los hombres, como que es su protector y médico, y los cura de los males que impiden al género humano llegar a la cumbre de la felicidad.*

Esas palabras, a las que juzgaba sabias, le confirmaban que la enfermedad que la había tenido entre la vida y la muerte poco después de su llegada a Buenos Aires se había debido a la pérdida del amor, a la pérdida de Aitor. Los primeros días en casa de los Urízar y Vega los recordaba con miedo y rogaba no volver a experimentar tanta soledad y tristeza. La oprimían el ambiente de luto, el gesto amargo de doña Ederra, también el de doña Almudena, el encierro, la obligación de aunarse a esa pena, las continuas ganas de llorar y el esfuerzo por reprimirlas. La simpatía de Romelia suavizaba la aspereza de esa existencia que se presentaba como inútil; no obstante, la esclava se ocupaba de un sinfín de quehaceres y no tenía tiempo para hacerle compañía.

Necesitaba de la libertad que gozaba en su pueblo, de la cercanía de la naturaleza, del cariño de su familia, de su *pa'i* Ursus y de sus animales. Sobre todo, necesitaba del amor de Aitor, lo necesitaba a él. En un instante de epifanía, comprendió que se podía amar a una persona y no necesitarla. Ella amaba locamente a Aitor *y* lo necesitaba para vivir. La dependencia que la unía a él era absoluta y, en la circunstancia que le tocaba afrontar, devastadora. Le daba la impresión de que el vacío que su ausencia le causaba iba expandiéndose en su pecho, abriendo un hueco que le impedía respirar correctamente.

Así comenzó un proceso en el que el malestar físico se entrelazó con el del alma y, juntos, adquirieron un poder que casi le quitó la vida. Romelia después le contó que se había pasado tres días delirando, envuelta en sudor, fiebre y gemidos en los que una palabra emergía con claridad: Aitor. Lo único que Emanuela recordaba de aquel viaje a las puertas del infierno era que Aitor le extendía las manos desde la orilla del Paraná, mientras ella, que se alejaba en una balsa, lo contemplaba a través de un velo de lágrimas, sin hacer el intento por tocarlo. "¡No me dejes, Jasy! ¡Lo juraste! ¡Lo juraste por mi vida que nunca me dejarías! ¡Lo juraste, Emanuela! ¡Voy a morir!" Se había despertado sobresaltada y acezante, con el eco de esas palabras exigentes y acusatorias en los oídos y el nombre de él que le colmaba la boca.

—Tranquila —la conminó una voz femenina—. Bebe un poco, Manú. —La mujer la recogió para erguirla apenas sobre la almohada y le acercó un vaso a los labios. Emanuela reconoció a Romelia, la hermana de leche de su *pa'i* Ursus. Quiso decir gracias, pero la voz no le salió; en cambio, un dolor que le arrancó lágrimas le laceró la garganta.

—No intentes hablar, estás débil. Has delirado durante tres días. —La mano de la esclava se posó sobre su frente—. Pero ahora tienes la frente fresca, a Dios gracias.

—¿Qué... me... pasó?

—Te desmayaste una noche, después de la cena. Estabas que ardías, mi niña. Llamamos al doctor Murguía, que te sangró, pero no mejoraste. Así pasamos los últimos tres días en vilo, rezando y haciendo todo cuanto Murguía nos indicaba, que no era mucho, a decir verdad. Si me preguntas a mí, querida Manú, diré que te enfermaste de nostalgia y de pena.

En ese momento, con el texto de Platón frente a los ojos, comprendía que había enfermado de amor, pues se había alejado de su poder sanador. Siguió leyendo y traduciendo. *De aquí procede el amor que tenemos naturalmente los unos a los otros; él nos recuerda nuestra naturaleza primitiva y hace esfuerzos para reunir las dos mitades y para restablecernos en nuestra antigua perfección. Cada uno de nosotros no es más que una mitad de hombre, que ha sido separada de su todo, como se divide una hoja en dos. Estas mitades buscan siempre a sus mitades.*

Emanuela detuvo la escritura y perdió la mirada en el paisaje que se ofrecía a través de la contraventana y al que había llegado a aficionarse. Se pasaba la pluma de oca por los labios, mientras repetía en su mente las últimas palabras de la carta de Aitor, la única que había recibido desde su partida, y que había llegado con la primera de su *pa'i* Ursus. El discurso de Aristófanes se las había recordado. *"Te buscaré siempre, Emanuela. Te buscaré hasta encontrarte, porque tú y yo somos la misma persona, y no vivimos si no estamos unidos. Nos necesitamos para vivir. Yo te necesito, Jasy. Mi vida, de ahora en adelante, solo tendrá sentido en tanto la use para encontrar a mi otra mitad, que eres tú, amor mío."*

Algo similar le había espetado a Olivia en ocasión de que la india la buscase en la soledad del templo para contarle acerca de su amorío con Aitor. *"Él y yo somos la misma persona, compartimos el alma y nuestros corazones laten al unísono. Su alma es la mía, y la mía, la de él. Su alma es pura, y buena, pero eso es algo que él solo me permite ver a mí."* Apretó el puño y cerró los ojos, colmada de vergüenza y humillación. ¡Cómo debió de haberse mofado de ella! Lo que entonces había juzgado una calumnia, ahora sabía que era verdad. Aitor la había traicionado. Cómo dolía.

Se puso de pie y caminó como autómata hasta el cofre de sándalo con herrajes empavonados de un barniz azul, regalo de don Alonso para su natalicio número quince; allí guardaba sus secretos más preciados. Sacó la llave de la cadena que le colgaba del cuello y abrió la caja, de donde extrajo las dos únicas cartas que Aitor le había escrito, una para avisarle que su estadía de tres días en la hacienda *Orembae* se extendería, y la otra, la que había recibido en Buenos Aires dos años atrás. Desplegó con cuidado esta última y la leyó, aun sabiéndola de memoria. Estaba fechada en San Ignacio Miní, el 29 de mayo de 1750.

"Amor mío, ¡perdóname!" Así comenzaba la misiva de Aitor. A pesar del tiempo transcurrido, todavía le costaba leerla sin que el llanto la dominase. Prosiguió la lectura tras un velo de lágrimas. *"Es-*

toy viviendo el peor momento de mi vida porque a lo único que le he temido en esta vida, a perderte, se ha convertido en realidad, y ha sido por mi culpa. ¡Perdóname, Jasy! Sé que no merezco tu piedad, pero te suplico que la tengas con tu Aitor, que te ama más que a la vida y que al aire que respira. No sé qué hacer sin ti, Emanuela. No sé cómo seguir adelante. Me faltas tú. ¿Cómo hago para vivir? Sufro pensando en el dolor que te causé por algo que no significó, ni significa nada para mí. Lo hice porque mi alma es negra, y porque estaba celoso y enojado contigo. ¡Perdóname, amor mío! Perdona a tu Aitor aunque no lo merezca, perdónalo porque hay algo en mí que es bueno y que es verdadero: mi amor por ti, Emanuela. Te amo como nunca jamás amé, ni amaré a nadie. Te amo como nunca nadie te amó, ni te amará.

”No sé dónde estás. Mi pa'i Ursus no quiere decírmelo. Asegura que tú le pediste que no me lo dijese. Te entiendo y no te culpo. Pero ¿podrías decírmelo? Quiero ir a buscarte para volver a estar juntos y amarnos. Si no quieres escribirme a mí, ¿podrías autorizarlo a mi pa'i a que me lo diga? En cuanto lo sepa, me pondré en camino para ir hacia ti, desesperado. Sé que, donde sea que estés, no eres feliz, y eso está volviéndome loco de dolor. ¡Te haré feliz, Emanuela, te lo juro por mi vida! Permíteme hacerte feliz, amor mío. Dedicaré mi vida a eso.

”Y si no quieres decirme dónde estás, te buscaré siempre. Te buscaré hasta encontrarte, hasta con mi último suspiro, porque tú y yo somos la misma persona, y no vivimos si no estamos unidos. Nos necesitamos para vivir. Yo te necesito, Jasy. Mi vida, de ahora en adelante, solo tendrá sentido en tanto la use para encontrar a mi otra mitad, que eres tú, amor mío. Tuyo y solo tuyo, para siempre. Aitor.”

Plegó la carta y la guardó. Las manos le temblaban violentamente. Echaría llave al cofre después; en ese momento no acertaría con el cerrojo. Se ubicó de costado en la cama y se ovilló hasta hacerse pequeña. Orlando lloriqueaba en el suelo y le pedía que lo subiese a la cama, demasiado alta para él. Aunque lo quería acurrucado junto a ella, Emanuela no conjuraba la energía para erguirse y levantarlo. Los gañidos cada vez más lastimeros del cachorro aumentaban la opresión en su pecho, que dolía en el intento por contener el llanto. Se rindió y le permitió a la angustia fluir para que no se le pudriese dentro y la enfermase de nuevo. Romelia, quien durante los días de convalecencia se había convertido en su confidente y amiga, le había sugerido que no volviese a leer la carta de Aitor hasta no estar dispuesta a perdonarlo; de lo contrario, solo conseguiría dañarse el alma y quebrantarse la salud. Emanuela, que aún no acertaba con el camino del perdón, acababa de incurrir en el error de leerla, y ahora debía sufrir las consecuencias.

Si bien había recibido varias cartas de su *pa'i* Ursus, Aitor no había vuelto a escribirle, y, aunque se engañase diciendo que era mejor así, la lastimaba su silencio. Por un pacto tácito sellado con su *pa'i*, nunca lo mencionaban, ni él, ni ella. El jesuita le contaba acerca de las novedades de la misión, también de los pueblos vecinos, del hospital, de los enfermos, le aseguraba que su familia y sus animales gozaban de buena salud, y nada más. Se mostraba muy meticuloso, casi obsesivo, al momento de interrogarla por su salud y de llenarla de recomendaciones para que la preservase. Espantado por la noticia de que había estado a la muerte, el sacerdote había comunicado su intención de viajar para visitarla, a lo cual Emanuela se había opuesto con un razonamiento irrebatible: "Pa'i, *si vienes a Buenos Aires, no seré capaz de dejarte ir. Tendrás que llevarme contigo*". Desde ese momento, Emanuela notaba que la redacción del jesuita se había vuelto precavida y prudente, y estaba segura de que se guardaba información para no perturbarla. Cada vez que su *pa'i* Santiago llegaba a la casa de la calle de Santo Cristo con una carta de San Ignacio Miní, Emanuela, luego de romper el lacre, buscaba con ansiedad la única línea que le restituía la tranquilidad. Una vez que leía: "*Tu familia toda, hija mía, goza de buena salud, lo mismo Miní, Porã y Timbé*", se apoltronaba para leer el resto en paz.

Desde su enfermedad, incluso la actitud de doña Ederra y de doña Almudena había dado un giro, y la cuidaban con ahínco. La obligaban a comer platos sustanciosos —morcilla que preparaban los esclavos con sangre de vaca, hígado, huevos, leche, legumbres—; la obligaban a vestir trajes muy abrigados en invierno y salir embozada con dos chales de lana; mantenían su habitación siempre cálida con un brasero y, cuando se bañaba en la tina, hábito al que Emanuela se había aficionado, la controlaban para que no se durmiese y se le enfriase el agua como había acontecido en una oportunidad, y por lo cual doña Almudena la obligó a pasarse el resto del día en cama, con ladrillos calientes bajo los pies, tomando tisanas sudoríficas y caldo de gallina. Podía decirse que, después de diez años de dedicación exclusiva a la "pobre Cristita" —rara vez se mencionaba a la difunta sin anteponer la palabra "pobre" a su nombre—, las mujeres de Urízar y Vega habían encontrado una nueva víctima a la cual dirigir sus devociones.

A la sombra de estos cuidados, Emanuela había ganado peso, y sus curvas y senos se habían llenado, lo mismo sus mejillas, que se habían vuelto rozagantes. Su piel era tersa y había perdido todo rastro del bronceado con el que había vivido en la selva. Doña Almudena mandaba hervir raíz de anacardo en vinagre con el cual Emanuela debía lavarse la cara para quitarse las manchas. Las mujeres hacían un apostolado de mantener blanca su piel, para lo cual la obligaban a salir con la sombrilla, regalo de Ginebra y de Lope, cuando el sol comenzaba a mostrar indicios de fortaleza. La dieta y los cuidados también significaron que sus uñas cobrasen dureza, y que el cabello, que le alcanzaba la mitad de la espalda, se hubiese convertido en una cascada de bucles brillantes y pesados. Lo que a Emanuela más le gustaba era que le hubiese regresado la energía que la mantenía en pie desde el canto del gallo hasta bastante después de que el sol se escondiese porque los Urízar y Vega, al igual que la mayoría de los porteños, tenían por costumbre cenar alrededor de las diez de la noche, práctica impensada en la misión, donde a las ocho, a más tardar a las nueve, todos estaban en sus hamacas durmiendo.

Existían otros hábitos de estas mujeres citadinas a los cuales se había visto obligada a adaptarse para evitar conflictos y malas caras. Uno, en especial, la había desconcertado e incomodado: el de llevar personalmente la cuenta de su ciclo de sangrado y controlar sus paños manchados con sangre. Desde su convalecencia, doña Ederra o bien su anciana madre anotaban el día en que le bajaba la menstruación y calculaban el correspondiente del siguiente período. Era una tarea que se tomaban muy en serio y para la cual le habían pedido a don Alonso que les comprase una libreta en la tienda de don Edilson. Si la regla se demoraba unos días, la madre y la hija se lo pasaban inquietas y, cada mañana, la arrinconaban para preguntarle si había sangrado. Siempre le exigían la evidencia, y a Emanuela la perturbaba tener que desplegar la tela bañada en sangre y con coágulos. La rutina mensual la confundió hasta que Romelia la puso en autos.

—Quieren estar seguras de que no estás preñada, mi niña.

—¡Qué!

—Sí, mi niña. No quieren sorpresas.

—¿Qué harían si yo quedase encinta?

La negra elevó los ojos al cielo y unió las manos en una plegaria.

—Mejor ni pensarlo. Sería una catástrofe. Partirías directo al convento.

No obstante el empeño sin cuartel que desplegaban doña Ederra y doña Almudena para conservarla sana, pura e infundirle un poco de la belleza que por naturaleza no poseía y que precisaría para encontrar marido, el afecto estaba ausente en sus manifestaciones. ¿Habrían actuado del mismo modo con Crista? ¿La habrían importunado con toda clase de recomendaciones sin dirigirle una palabra o un gesto de cariño? Emanuela no podía afirmarlo, pero lo sospechaba. Como fuese, la alegría que la había hecho famosa en San Ignacio Miní había desaparecido. Sus sonrisas asomaban, tímidas y escasas, más bien forzadas, y su cuerpo, antes saltarín y amoroso, ahora se movía con una garbosa lentitud; jamás caía en las muestras de afecto con que a menudo había hecho felices a sus hermanos, a sus padres o a su *pa'i* Ursus. Solo con Romelia, a quien quería más que a cualquiera de esa casa, se permitía de tanto en tanto abrazarla o besarla en la frente o en las manos, sobre todo si, a causa de un sueño o por otra razón, ese día se encontraba especialmente nostálgica de su tierra.

—¿Mi niña está triste hoy? —le preguntaba la esclava con una dulzura que, sin remedio, le llenaba los ojos de lágrimas—. Esta negra conoce el remedio pa' eso. Un chocolate caliente y un paseo con el señorito Titus.

En opinión de Romelia, no existía mejor cura que la combinación de una jícara con chocolate dulce, caliente y espeso y la compañía del sobrino de don Alonso, Titus de Alarcón, el favorito y consentido de la casa de la calle de Santo Cristo.

A Emanuela no le había resultado empresa difícil ganarse el corazón de los hombres de la familia. A don Mikel, a quien había conocido al día siguiente de su llegada a lo de Urízar y Vega, lo conquistó curándole la gota, a causa de la cual se le habían formado tofos no solo en el dedo gordo del pie derecho, sino en el talón, la rodilla y en ambos codos. Había enviado a Justicia, un esclavo de diez años, huérfano, con quien Emanuela se había encariñado apenas descubrirle los ojos grandes, oscuros y pícaros, a conseguir hojas de tabaco, las cuales hirvió lo que tardaba en rezar dos credos, de acuerdo con las indicaciones de su *taitaru*, antes de colocarlas, calientes, en torno a los tumores gotosos. El alivio fue casi inmediato, y el pobre don Mikel, después de suspirar, se quedó dormido. Al despertar, Emanuela lo obligó a tomar una infusión que había preparado con la corteza resinosa de una planta que crecía en los fondos y que ella conocía como *yvyra ysy* y a la cual Romelia llamaba ícica. Se quejó el hombre, pero la bebió. La dieta a la que lo sometió los días siguientes —nada de carnes rojas, ni bebidas espiritosas, ni café, abundancia de verduras hervidas, frutas frescas y tisanas— lo puso de mal humor. Después, Emanuela cayó enferma, y el paciente retornó a sus viejos hábitos alimentarios, comportamiento que desembocó en un nuevo ataque de gota, por lo que, cuando Emanuela se recuperó por completo y anduvo de nuevo en pie, don Mikel volvió a ponerse en sus manos con la actitud sumisa de un perro apaleado y juró que, en esa oportunidad, cumpliría sus mandatos al pie de la letra y sin quejarse. Con el tiempo, el viejo y gruñón vasco había desarrollado un cariño y devoción por la hija espiritual de su hijo Octavio que ni siquiera su nieta, la dulce Crista, le había despertado.

Con don Alonso, ávido de cariño, conversación y comprensión, Emanuela hizo migas desde un principio. Su esposa doña Ederra, aterida por la pena, encerrada en su dolor y convencida de que, con cualquier muestra de alegría, traicionaba la memoria de su hija muerta, prácticamente no le hablaba. A veces Emanuela se preguntaba si la mujer se daba cuenta de que su esposo estaba en la misma habitación. Sabía por los chismes de la cocina que, desde hacía años, no compartían el lecho. Doña Ederra había aducido que ella no habría escuchado si Cristita la llamaba de noche a causa de los ronquidos de su esposo.

Nadie que frecuentase a don Alonso habría negado que se trataba de un hombre digno y cortés, con un hablar elegante, suave y cultivado que aumentaba el atractivo de sus discursos, en los cuales desplegaba una enorme erudición sin pedantería, ni suficiencia. Durante sus años mozos, se había desempeñado como capitán en el Regimiento de Infantería, posición que había abandonado por encontrar tediosas y estrechas la vida del cuartel y la filosofía de los militares. Era de naturaleza humilde pese a ocupar un cargo importante en la Gobernación del Río de la Plata. Como jefe de amanuenses, casi la totalidad de las cuestiones sustanciadas ante el gobernador pasaba por sus manos.

Oírlo referirse a sus temas favoritos significaba transcurrir lo que durase su disertación en un estado de absoluta abstracción, pues seducía la pasión que se dejaba entrever bajo sus palabras cultas, su voz de timbre suave y sus maneras aristocráticas. El resto del tiempo el atractivo de este hombre residía en su sereno aplomo, su aire de integridad y la serenidad con que le daba a todo su justa importancia, desde el mal humor de su esposa hasta los grandes problemas del reino.

A don Alonso, la unía la pasión por la literatura y las lenguas muertas, y se embarcaban en largas conversaciones acerca de las obras de Cervantes, de Dante, de Tomás de Aquino, de San Agustín y de tantos otros. Con el tiempo, cuando el vínculo se estrechó, don Alonso le confió que escondía varios libros que formaban parte del *Index Librorum Prohibitorum*, el listado de obras literarias que los católicos no podían leer y que el Santo Oficio mantenía actualizado. Por ejemplo, entre sus libros vedados contaba un ejemplar muy antiguo de *Sobre la división de la naturaleza*, de Juan Escoto Erígena, un pensador del siglo IX, condenado por hereje, pero que se salvó gracias a la protección real. Escoto sostenía que la fe y la razón eran dos fuentes válidas de conocimiento y que, por tal motivo, no se oponían, pero, en caso de que se opusiesen, prevalecía la razón.

—Erígena era esencialmente un neoplatónico —afirmó don Alonso, lo cual abrió una larga exposición acerca de esa corriente filosófica.

El hombre se sentía especialmente orgulloso de un ejemplar del *Rosarium philosophorum (El rosario de los filósofos)*, un tratado alquímico anónimo del siglo XVI. A Emanuela enseguida la atrajeron sus veinte imágenes, las cuales pasaba largo tiempo observando y estudiando. Representaban un proceso simbólico hacia la iluminación, una unión sagrada entre divinidades, cuyo fruto era el *lapis philosophorum* o la piedra filosofal. A ella, sin embargo, le provocaban pensamientos prosaicos y terrenales, en los cuales Aitor, completamente desnudo, calmaba la necesidad que latía entre sus piernas y le prodigaba placer. Muchas veces, poseída por una urgencia incontrolable, devolvía el ejemplar al estante y marchaba a su dormitorio para tocarse.

Había una sensualidad escondida, más bien enterrada, en la biblioteca de la casa de los Urízar y Vega, a la cual solo don Alonso prestaba atención, y que Emanuela comenzaba a descubrir. Por ejemplo, el libro de Lorenzo Valla, *De Voluptate (Sobre el placer)*, contaba con un personaje que aseveraba que los goces del cuerpo eran un bien en sí mismo. Postulaba la sexualidad libre y afirmaba que una prostituta era preferible a una virgen. Emanuela no sabía lo que era una prostituta y decidió que mejor sería no preguntar a don Alonso, ni a su *pa'i* Santiago. No obstante, deducía que debía de significar lo opuesto a virgen.

La sorprendió encontrar libros escritos por mujeres de la Iglesia del Medioevo, como Hildegarde von Bingen, por la cual nutrió una gran admiración, no solo inspirada en los pensamientos de la religiosa, sino porque era médica y había escrito una obra de nueve volúmenes al respecto; en este sentido, se identificaba con la mística alemana. También le gustó la obra de Juliana de Norwich, que postulaba que el amor de Dios debía expresarse a través de la alegría y de la compasión, y no con la ley y el deber. Se propuso que doña Ederra y doña Almudena leyesen a Juliana, y no tuvo éxito. Con ellas, los únicos libros válidos eran dos, sin mencionar a *De imitatione Christi* y el misal: uno que le enseñaría cómo manejar la economía doméstica, lleno de recetas culinarias, y un manual de urbanidad y buenas maneras, porque doña Ederra no se cansaba de apuntar que, habiendo sido criada entre indios, sus modales dejaban mucho que desear. En esta última obra, en el capítulo titulado "Del acto de levantarnos", se aseguraba que era signo de mal carácter y de muy mala educación el levantarse de mal humor. Emanuela se preguntaba si doña Ederra habría leído esa parte.

A veces, para molestar a las mujeres de la casa, don Alonso, don Mikel y Emanuela iniciaban conversaciones en latín. En esas ocasiones, doña Ederra, que raramente prestaba atención a su esposo, se enfurecía con él, pese a que también su padre y su pupila se embarcaban en esos diálogos inentendibles.

—Sé por qué lo hacéis, don Alonso —le reprochaba—, para hacerme sentir inferior porque yo no sé nada de latinismos.

En verdad, doña Almudena y doña Ederra apenas si dominaban las cuestiones básicas del castellano, y a Emanuela la asombraba que fuesen tan poco cultivadas con hombres tan cultos en torno. Tiempo después se asombró aún más cuando Titus le explicó que las señoras de la casa de Santo Cristo debían considerarse afortunadas, porque a la mayoría no se les enseñaba a leer, ni a escribir, medida que se tomaba para evitar que intercambiasen correspondencia clandestina con pretendientes indeseados.

—Tú posees una mente abierta, Manú —le había manifestado en una ocasión don Alonso, cuando, luego de la lectura de un texto de San Agustín, hablaron sobre el misterio de la Santísima Trinidad, con el cual, secretamente, el hombre discrepaba, situación que no había causado un acceso de furia en la muchacha como lo había causado años atrás en su esposa, que lo tildó de hereje.

—¿Qué significa una mente abierta, don Alonso?

—Que no le tienes miedo al saber. Posees un tesoro de incalculable valor. Tú puedes ver cosas que otros no ven o cosas que otros tratan de velarlas, por miedo.

Durante meses, por las tardes, cuando don Alonso regresaba de su trabajo como jefe de amanuenses de la Gobernación del Río de la

Plata y mientras Emanuela le cebaba mate, releyeron *El ingenioso hidalgo don Quijote de la Mancha*, de Cervantes, y si bien ella lo había leído tiempo atrás con el padre Ursus, fue una experiencia refrescante hacerlo bajo la guía de su actual tutor, no solo porque don Alonso podía repetir la obra casi de memoria, sino porque la interpretaba desde otras aristas, y le encontraba matices interesantes que ella desconocía y que volvían la trama más rica, inteligente y, sobre todo, transgresora porque cuestionaba el ideal caballeresco de su época, el cual, en muchos sentidos, seguía vigente un siglo y medio más tarde de la primera publicación de *El Quijote*. Entre otras cosas, gracias a la obra monumental de Cervantes, Emanuela se dio cuenta de que no era la única que cuestionaba la repugnancia que los caballeros españoles —y las damas— mostraban por el trabajo, y por eso admiraba aún más a don Alonso, porque él se ganaba un salario en el Fuerte con el gobernador Andonaegui, situación que disgustaba a doña Ederra, pues, en su opinión, con las rentas de la quinta que poseían en San Isidro Labrador y la pensión de don Mikel, que había servido en el ejército de Su Majestad, les bastaba y les sobraba.

—¿Sabes, Manú? —le había confesado el hombre en una de las charlas, consecuencia de la lectura de *El Quijote*—. Yo *necesito* desempeñar mi función en la gobernación. Es algo que doña Ederra no comprende. Lo necesito —remarcó, con una pasión en la que solo se permitía caer si estaba a solas con ella—. Perdería la cordura todo el día aquí, sin hacer nada. Aunque —su tono cambió para suavizarse— ahora que tú vives con nosotros no me aburriría en absoluto, y podríamos pasarnos los días leyendo cada libro que hay en la biblioteca y comentándolo.

Emanuela sonreía y le pasaba un mate. Pese a que se había encariñado con don Alonso, existían ocasiones en las que sus declaraciones y sus miradas la incomodaban, y tenía la impresión de que a doña Ederra y a doña Almudena las fastidiaban. Muchas veces ponían fin a la lectura y a los diálogos exigiéndole que se les uniese en el estrado para dedicarse a la labor de turno.

—Basta de tanta lectura y de tanta disquisición —solía rezongar doña Ederra.

—Eso no es bueno para la mente de una fémina —se aunaba doña Almudena—. Ven aquí, Manú. Este encaje a bolillo va muy lento. Lo terminarás para las próximas Pascuas y con suerte.

—Enseguida, doña Almudena —decía con voz dócil y sumisa, y sonreía a don Alonso, que le devolvía una mueca solidaria.

Subía los tres escalones del estrado, una especie de tarima ubicada en la sala, rodeada por una baranda de madera oscura tallada, cuyo entablado estaba cubierto por alfombras y butacas para verdugado, muy bajas, que casi rozaban el piso. Emanuela ocupaba la que se le había asignado al pasar a formar parte del elenco estable de la casa y ponía manos a la obra.

De todas las extravagancias de las señoras de Urízar y Vega, el estrado constituía una de las que Emanuela encontraba más difícil de comprender. ¿Por qué elegían apartarse del resto, subirse a ese entarimado al cual el sexo masculino tenía prohibido el acceso y transcurrir horas en silencio cuando sus hombres tenían tantos deseos de conversar? Titus la hacía reír cuando, al ver a su tía y a la dueña de casa en sus butacas, cosiendo o bordando, les preguntaba desde la distancia que el recato imponía: "¿Estáis a gusto en el corral, bellas señoras?", a lo cual las damas respondían con sonrisas o alguna frase ocurrente, pues a nadie se le habría ocurrido enfadarse con el señorito Titus, el consentido, a quien todo se le permitía. Romelia le explicó a Emanuela que, gran parte de la paciencia y el cariño que doña Ederra tenía por su sobrino político, se debía a que la niña Crista lo había adorado, y que, casi al final, cuando su salud había declinado al punto de mantenerla confinada en la cama, él era el único que le arrancaba una sonrisa y la convencía de que se alimentase.

Así como el lazo que la unía a Romelia se había estrechado gracias a la libertad con que se permitía hablar de Aitor, a Titus de Alarcón la unía su capacidad para hacerla reír. Amaba reír hasta que le brotasen lágrimas y se le acalambrase el estómago. Durante su vida lo había hecho con frecuencia, sin darse cuenta de lo bello e importante que era; se había tratado de una acción que había dado por sentada, en la que se embarcaba con libertad, cuando quisiera, donde quisiese. Ahora, cada risotada que el joven militar le arrancaba en un ambiente de luto opresivo era un tesoro y un bálsamo para su herida.

Había conocido a Titus de Alarcón tiempo más tarde de su llegada, cuando apenas salía de su convalecencia. El joven, hijo del único hermano de don Alonso, acababa de regresar de la villa del Luján, donde se desempeñaba como capitán del Regimiento de Blandengues, recientemente creado por el Cabildo de Buenos Aires para proteger la frontera del indio, los salteadores de caminos, los matreros y los contrabandistas. En opinión de doña Ederra, pertenecer a ese cuerpo no hacía justicia a los orígenes egregios de Titus, ya que se trataba de un regimiento formado por criollos, en su mayoría hombres llanos, aunque conocedores de la campaña y del indio, que se paseaban por las calles con una traza que daba miedo, sin uniforme, y con expresión de matasiete.

—No nos sirven los petimetres para combatir al indio, tía Ederra —intentaba razonar el joven capitán—. Nadie mejor que un hombre de la campaña para saber cuándo se avecina un malón, cuántos indios son y si vienen arreando ganado.

—¡Andan pavoneándose por las calles en bombachos y sin uniforme! —adujo en una oportunidad doña Almudena.

—Es una vestimenta práctica para la caballería, muy cómoda. No podemos combatir al indio y a los matreros, que son habilísimos sobre la montura, con vestimentas que nos entorpecen y nos colocan en desventaja. Yo mismo visto en chiripá y chaqueta cuando estoy en el fuerte del Luján, tía Ederra.

—¡Ni lo menciones, hijo mío! —se escandalizó la mujer.

—Mientras estoy en Buenos Aires, querida tía, visto el uniforme, pero, con toda honestidad, allá prefiero la comodidad de las ropas de estas gentes más sencillas.

Emanuela, que era la primera vez que veía al famoso Titus, levantó apenas las pestañas del bordado y lo estudió con cautela. La atrajo la postura relajada que había adoptado, con el antebrazo apoyado sobre la baranda del estrado, la pierna derecha cruzada frente a la izquierda y solo la punta de la bota negra apoyada en el suelo. Acordó con lo que Romelia había expresado, que el uniforme le confería un aspecto distinguido. La casaca corta y azul, con solapas y collarín rojos y botones blancos, le destacaba los hombros anchos, mientras que la chupa, también roja, le subrayaba la cintura delgada. Llevaba pantalones blancos porque era invierno —en verano los usaban en el mismo color rojo de las solapas y de la chupa—, que le estilizaba las piernas de músculos definidos, en tanto que las botas negras de becerro con nazarenas de plata, que le cubrían las rodillas, las hacían parecer muy largas gracias a su diseño tipo polaina. El tricornio negro, sombrero obligatorio para las fiestas, mostraba como único adorno una cucarda roja, la misma que debían llevar en el sombrero tipo andaluz con que se cubrían durante el combate.

—¿Por qué os llaman blandengues, señor capitán? —se atrevió a preguntar Emanuela, y esa fue la primera vez que le dirigió la palabra, lo que ocasionó malestar entre sus tutoras, que ahogaron sus quejas cuando Titus, con una sonrisa demasiado expansiva, respondió:

—Excelente pregunta, señorita Emanuela.

—Llamadme Manú, señor capitán —le pidió, no para acortar la distancia que el protocolo imponía, sino porque le molestaba que la llamase como Aitor.

—El nombre nos viene desde la primera formación del cuerpo, cuando Andonaegui —Titus se refería al gobernador— nos pasó revista y a la voz de atención, comenzamos a blandir nuestros sables y mosquetes.

—¿A qué compañía pertenecéis, señor capitán?

—Ah, qué maravilla. Nuestra huésped de honor entiende de cuestiones militares.

—En mi pueblo —explicó Emanuela, para nada cohibida con las miradas azoradas de las señoras—, todos los hombres, desde los quince años, pasan a formar parte del ejército. Hacen sus ejercicios y formaciones en la plaza de armas, a la vista de todos.

—Ya veo. Mi compañía es la primera, aunque entre nosotros la llamamos La Valerosa —expresó el muchacho, con orgullo innegable—. Nada oficial —aclaró—, solo un nombre con que la honra la tropa.

—¿Cuántos hombres tenéis bajo vuestra autoridad, señor capitán?

—¡Manú, ya basta! —se encolerizó doña Ederra—. Niña, se supone que una joven de tu posición calla en presencia de un hombre y no le dirige la palabra a menos que se le haga una pregunta. ¿Acaso no has llegado al capítulo referido a la conversación en público del libro que te di?

—No, doña Ederra —susurró Emanuela, con la vista en el bordado, aunque, bajo sus pestañas, advirtió que Titus la contemplaba con una sonrisa pícara—. Aún no lo he leído.

—Señorita Manú —oyó decir al joven capitán—, ¿le gustaría saber cuántos hombres tengo a cargo en mi compañía?

—Sí, señor capitán —respondió, y sofrenó el temblor risueño de sus comisuras.

Ese día nació una amistad que Emanuela atesoraría tanto como la de Romelia y la de Lope. A diferencia de este último, en ocasiones se daba cuenta de que a Titus de Alarcón lo comparaba con Aitor. Cuando caía en la cuenta de que estaba parangonándolos, se preguntaba por qué lo hacía, y se daba cuenta de que Titus era el tipo de hombre que le provocaba la misma admiración y respeto que Aitor, porque, si bien encarnaban personalidades diametralmente opuestas

—uno risueño, el otro hosco; uno ilustrado y distinguido, el otro ignorante y raso; uno generoso, el otro egoísta—, los dos poseían el nervio, la valentía y la inteligencia que a ella admiraba. No dudaba de que en una contienda, Aitor habría salido victorioso, no porque fuese más fuerte o más hábil, sino porque carecía del sentido del honor que regía cada acción de Titus de Alarcón.

No se lo habría confesado siquiera a Romelia, con quien todo compartía, pero lamentaba no amar al capitán de La Valerosa. Lo quería como a Lope, como a un buen amigo, como a un hermano. Cuando lo veía entrar en la sala de los Urízar y Vega, tan gallardo en su uniforme, el sable que le golpeaba la pierna izquierda y el tricornio bajo el brazo, una alegría inefable se apoderaba de ella; sin embargo, su atractiva estampa no despertaba la agitación, ni las palpitaciones que Aitor, solo con su recuerdo, le provocaba.

A veces, cuando nadie la observaba, se dedicaba a analizarlo. Le gustaba que no usase peluca empolvada, sino su cabello natural, que era de un bonito castaño claro, lacio y bastante largo, y que él llevaba en un coleta a la altura de la nuca, lo cual le despejaba el rostro de tez bronceada, de frente amplia —Romelia la llamaba "pelada incipiente"—, mandíbulas cuadradas y fuertes —se trataba de su rasgo más marcado y varonil, como escuchó decir a la señorita Micaela de Riba en la primera tertulia de la que participó—, que remataban en un mentón acorde, con una hendidura siempre oscurecida a causa de la barba que le crecía con tanta rapidez y pertinacia. Esta constituía otro matiz de su apariencia que lo diferenciaba de Aitor, porque si bien la del indio era una barba espesa para un guaraní, se caracterizaba por su aspecto ralo, cuando la de Titus era tupida. Sus ojos lo dotaban de la belleza por la cual suspiraba la mayoría de las mujeres casaderas, y las casadas también. De un color indefinido entre el verde y el gris, poseían un corte almendrado que parecía acompañar el movimiento de sus labios cada vez que sonreían, como si el gesto indefectiblemente le comprometiese la mirada, volviéndosela chispeante, afable, bondadosa o pícara. Le gustaba cuando, después de decir una frase ocurrente o hacer un comentario para provocar a doña Ederra y a doña Almudena, la buscaba para guiñarle el ojo en actitud cómplice. Entonces, ella intentaba imitarlo, sin éxito. Cerraba los dos ojos, y Titus soltaba una carcajada. Destinaron una tarde entera para que aprendiese a guiñar, y cuando Emanuela dominó la técnica, Titus soltó un grito triunfal, la levantó en el aire y la hizo dar vueltas. Por fortuna, se hallaban lejos de las señoras de Urízar y Vega, más allá del paredón de la propiedad, a orillas del río, donde les gustaba pasear, escoltados por Romelia y el pequeño Justicia, que seguía a Emanuela como un perro faldero.

El niño les saltaba en torno, mientras los amigos festejaban el triunfo. Saite y Libertad chillaban y hacían vuelos rasantes.

—¡Ah, Manú! ¡Sabía que lo lograrías!

—¡Señorito Titus! ¡Señorito Titus! —lo llamaba Justicia—. Hazme dar vueltas a mí en el aire como a Manú. ¡Por favor, señorito Titus!

Ninguno le prestaba atención, ni el capitán de los blandengues, ni la muchacha. Todavía agitados por las cabriolas, se miraban a los ojos y sonreían. Titus aún apoyaba las manos sobre el talle del vestido de Emanuela, que era de una tonalidad malva, indicativo de que la parte más dura del luto había terminado.

Lo que las llamadas de Justicia no lograron —romper el encanto que había caído sobre los amigos—, el carraspeo de la negra Romelia lo consiguió en un abrir y cerrar de ojos. Titus dejó caer las manos, sonrió con una actitud nerviosa infrecuente en él, se acomodó el tricornio y le ofreció el brazo a ambas mujeres, que lo aceptaron para seguir caminando a orillas del río, alejados de las miradas curiosas, que habrían desaprobado que un oficial se pasease del brazo con una esclava. A Emanuela, en cambio, esa actitud de Titus, el respeto, cariño y deferencia que le destinaba a una mujer tan por debajo de su condición, la henchía de admiración y de orgullo por su querido amigo. Pocas veces desde su llegada a Buenos Aires había experimentado una alegría tan plena y una tranquilidad tan profunda. Titus la hacía sentir segura y no dudaba de que habría contado con él en cualquier circunstancia.

—¡Manú! ¡Manú! —Justicia, que se había alejado hacia una zona boscosa de la vera del río, regresó corriendo con el gesto desencajado.

—¿Qué ocurre? —Emanuela se recogió el ruedo del vestido, que desveló la crinolina, y corrió al encuentro del niño. Romelia y Titus la siguieron a pasos rápidos.

—Ven, Manú, ven. —El niño la tomó de la mano y la condujo hacia un sector cubierto por matorrales. A medida que se aproximaban, los gañidos de un perro se tornaban más audibles. Saite y Libertad sobrevolaron sobre un punto a unas varas de Emanuela, y ella supo adónde debía dirigirse sin necesidad de que Justicia se lo indicase.

Encontraron al cachorrito recostado sobre la hierba, ensangrentado y gimoteando; estaba asustado y sufría. Emanuela se acuclilló junto a él y lo mismo hicieron los demás. Saite y Libertad se aposentaron sobre los hombros de su dueña. El animal, temeroso, intentó ponerse en pie, y solo consiguió que de la herida abierta en su vientre brotase más sangre. Emanuela le apoyó la mano sobre el cuello, le siseó, y el animal se tranquilizó de pronto, como si hubiese caído bajo el poder de un hechizo; la respiración se le fue acompasando y sus gañidos cesaron por completo.

—Manú, ¿quieres...? —empezó a decir Titus, pero una mano de Romelia sobre su antebrazo lo detuvo. Miró a la negra, que a vez lo contempló con fijeza e intención y movió la cabeza para negar. Titus, desconcertado, devolvió la atención a la muchacha, quien, con la mano aún sobre el cuello del pequeño perro, estudiaba la herida. Se desconcertó cuando la vio levantar el mentón como si se dispusiese a mirar hacia el horizonte, hacia el río sin fin que tanto la subyugaba, y bajar los párpados lentamente. De pronto, un aroma en extremo agradable, como a flores de azahar y a fresco —a menta, a lluvia, a hierba recién cortada, Titus no sabía bien a qué—, ese perfume que él había descubierto que brotaba del cuerpo de Emanuela y del cual intentaba obtener una muestra en cada oportunidad que se le presentaba, se tornó intenso y los circundó. No solo él lo percibía; Romelia y Justicia también dilataban las paletas nasales para absorberlo, como si nunca tuviesen suficiente. Solo Emanuela seguía ajena al exquisito perfume, y se mantenía quieta, con los ojos cerrados en dirección al río. Había extendido los brazos y colocado las manos juntas y paralelas sobre el animal, pero no lo tocaba. El perro seguía muy quieto, aunque no estaba dormido.

Emanuela cambió el ritmo de la respiración después de inspirar profundamente y bajó las manos hasta ponerse en contacto con el cachorro, que se rebulló solo por un instante antes de serenarse de nuevo. A partir de ese momento, Titus de Alarcón fue testigo de un acto en el que jamás habría creído si otro se lo hubiese contado. Las manos de Emanuela se tornaron de un color rojo traslúcido, como si una llama las iluminase desde adentro, e irradiaron un calor que no fastidió en la inusual jornada caliginosa de mayo y que solo tuvo un efecto en el ambiente: intensificó el aroma agradable que los circundaba. De inmediato la sangre dejó de fluir de la herida del animal y de encharcarse sobre la hierba. Las manos de Emanuela se retiraron y permitieron descubrir que la carne sajada se había cerrado por completo; el único vestigio de la herida lo componía la sangre seca que le apelmazaba el pelo.

—¿Qué fue eso, Manú? —balbuceó con voz trémula el capitán de los blandengues cuando Emanuela, luego de otra inspiración profunda, levantó los párpados.

—Eso —habló Romelia— es la niña santa.

—¿La niña santa? —repitió el militar.

Emanuela, sin pronunciar palabra, recogió al cachorrito del suelo y lo contuvo contra su pecho. No lloraba, ni temblaba; estaba tranquilo. Al cabo, de pronto animado, elevó la cabeza y lamió el mentón de Emanuela, que rio. Saite y Libertad aletearon y graznaron, y el perrito se asustó y escondió la cabeza bajo el mentón de su sanadora. Todos rieron.

—Manú —dijo Titus—, si lo atacó un perro con la rabia, el pobrecito está perdido.

—Si lo atacó un perro con la rabia —intervino Romelia—, nuestra Manú ya lo curó.

—Manú, ¿cómo es eso? —insistió el militar—. No puedo creer lo que acabo de ver.

—¡Oh, pues, señorito Titus! —se impacientó la esclava—. ¡Vuesa merced está peor que el apóstol Tomás! Él, por lo menos, no creyó hasta que vio. ¡Vuesa merced ni siquiera viendo!

—Lo siento, Romelia. Es que…

—Es un don que Dios me concedió, Titus, nada más —intervino Emanuela.

—¿Nada más? —se pasmó el militar.

—Volvamos a la casa —propuso la muchacha—. Quiero darle un poco de leche. Perdió mucha sangre. Está débil.

—La ama Ederra no te permitirá tenerlo, Manú —le recordó Justicia, que, mientras caminaba junto a la joven, aferraba el cuarto trasero del perro que colgaba fuera del abrazo de Emanuela.

—¿Por qué no? —preguntó Titus.

—Durante el verano, mientras estábamos en la quinta de San Isidro —explicó Romelia—, el amo Alonso quiso regalarle un perrito pa' su natalicio. Una de las perras de la quinta había tenido crías, y Manú estaba encantada con los pequeñitos. La ama Ederra se opuso, no se lo permitió.

—¿Cómo es que nunca me enteré de tu natalicio? ¿Cuándo fue, Manú?

—Hace exactamente tres meses, el 12 de febrero. Tú estabas en la villa del Luján.

—¿Cuántos cumpliste?

—Dieciséis.

—Dieciséis —repitió para él, casi inaudible—. ¿Y dónde estaba yo cuando cumpliste quince?

—Estabas en Buenos Aires, Titus, pero seguíamos de luto, por lo que no se hizo ningún festejo, ni se mencionó el asunto.

—Ah, ya veo.

—Igualmente, Manú, pa' tus quince, el amo Alonso te regaló ese bonito cofre —le recordó Justicia.

—Sí, y se armó la de Dios es Cristo —apuntó Romelia, con los ojos al cielo.

—Mi tía Ederra no se lo tomó a bien, ¿verdad?

—No, señorito —confirmó Justicia.

—Te diré qué haremos. Me llevaré el cachorro al cuartel. Allí mis hombres lo cuidarán. Solo por esta noche. Mañana por la mañana, me presentaré como si tal cosa con el perro en brazos aduciendo que es un regalo para ti. A mí nada se me niega en casa de mis tíos.

—¡Ja! —soltó Romelia—. Eso sí que es verdá. Y el muy pícaro lo sabe bien.

—No me gusta mentir —alegó Emanuela.

—¿Quieres quedarte con el perrito? —la acicateó Alarcón.

Bajó las pestañas hasta encontrar los ojos suplicantes del cachorro, cuyo color renegrido descollaba en el pelaje de tonalidad canela y manchas blancas. No era bonito como Porã, y sin embargo, la dulzura de su expresión lo volvía encantador.

—Sí, lo quiero —admitió en un murmullo.

—Entonces, haremos como he dispuesto —resolvió Titus, con un aire de autoridad que le iba a su uniforme de capitán—. Ahora regresemos. Las señoras me esperan para el mate y los señores para un juego de naipes.

Avanzaron en dirección a los fondos de lo de Urízar y Vega.

—¿Es guachito o guachita? —se interesó Justicia.

—A ver, déjame ver —pidió el militar, y a Emanuela la sorprendió el sentimiento de pérdida que experimentó al separarse del cachorro, que debió de percibir lo mismo pues comenzó a chillar y a rebullirse con un brío ausente hasta un segundo atrás.

—¡Ey, impaciente! Solo un momento. Es un guachito —declaró Titus, y lo devolvió a los brazos de la muchacha, donde el perro se calmó de inmediato—. ¿Cómo lo llamaremos?

—Orlando —respondió Emanuela, sin dudar.

—¿Orlando? —repitieron a coro los demás.

—¿Por qué Orlando? —insistió Titus.

—Don Alonso y yo estamos leyendo el *Orlando furioso*, de Ariosto, y me gusta ese nombre.

—Orlando pues —aceptó el militar.

Lo acomodaron en una canasta a la cual Justicia había acondicionado con paja y lo escondieron en la caballeriza. Aunque Emanuela deseaba permanecer con Orlando para asegurarse de que bebiese la leche, marchó a los interiores de la casa; si no se presentaba en el estrado para cebar mate, se armaría la de Dios es Cristo, como decía Romelia.

—Por favor, Justicia, ocúpate de que tome su leche.

—Sí, Manú.

—No lo atosigues, por favor. Dásela con mucha delicadeza.

—Como digas, Manú.

—Volveré a buscarlo antes de partir hacia el cuartel —anunció el joven militar.

—Sí, señorito Titus.

* * *

Emanuela quedó laxa después del llanto. En su mente se repetían los párrafos de la carta que no debió haber releído. ¿De qué le valía esconderla en el cofre si la sabía de memoria? No obstante, tenerla entre las manos, saber que Aitor la había escrito de puño y letra, significaba un impacto que su espíritu debilitado no estaba en condiciones de afrontar. Se incorporó y se pasó el pañuelo por los ojos húmedos. Se sentó en el borde de la cama hasta recuperar la compostura. Alzó a Orlando, que se desesperó por pasarle la lengua por la cara, mientras gañía y soltaba ladridos. Emanuela profería risitas débiles y le acariciaba la cabeza.

—Ya estoy mejor —le repetía—, ya me siento mejor. Shhh. No te preocupes, Orlando.

Volvió a sentarse a la mesa, con el cachorro en la falda, dispuesta a proseguir con la traducción del párrafo de *El banquete*. Se dio por vencida; no tenía cabeza para el griego. Metió la péñola en el tintero y dirigió la mirada hacia el río que había adquirido una tonalidad oscura en ese día nublado. De pronto le hizo frío. Depositó a Orlando en el suelo antes de abandonar la silla. Se aproximó al brasero, ubicado junto a la contraventana. Estiró las manos, y el calor de las brasas, que ascendió por sus dedos y por sus antebrazos, la hizo soltar un suspiro y relajar los músculos. "Pronto anochecerá", pensó, y esa característica del invierno, la de que sus jornadas fuesen tan cortas, la deprimió.

Sonrió al percibir la calidez de Orlando en sus pies, los cuales llevaba desnudos, como siempre que estaba sola en su alcoba. Romelia la amonestaba, sobre todo en esas jornadas frías de julio.

—A nosotros, los esclavos —se ofuscaba—, no nos queda otra más que andar en pata, porque nadie se molestaría en comprarnos zapatos. Pero tú, Manú, la señorita de esta casa, con esos botines preciosos que te compró don Alonso, ¿por qué andas con los dedos al aire, tomando frío, mi niña?

Emanuela, para no preocuparla, volvía a ponerse las medias de seda y los botines, que tanto la incomodaban, con la actitud conciliadora y sumisa que había adoptado desde que formaba parte de la familia Urízar y Vega. En cada oportunidad en que Romelia se refería a ella como a "la señorita de la casa", le habría gustado corregirla y decirle: "la recogida de la casa"; no obstante, obedecía y guardaba silencio.

Se inclinó y volvió a levantar en brazos al cachorro. Lo apretó contra su pecho y le besó la cabeza. Fiel a su promesa, Titus había convencido a las dueñas de casa para que le permitiesen conservarlo. Las mujeres aceptaron, bajo ciertas condiciones, como que el animal no podía moverse en el sector principal, solo en la recámara de Emanuela y en los fondos de la casona, y que tenía prohibido ladrar. Esta última, como apuntó el joven capitán, se presentaba como una de difícil cumplimiento toda vez que los perros eran famosos por ladrar. Afortunadamente, Orlando era un cachorro tranquilo y, salvo algunos gañidos, guardaba silencio. Al menor indicio de inquietud que amenazase con desembocar en ladridos, Emanuela se apresuraba a tranquilizarlo y darle con el gusto, lo que, en opinión de Romelia, terminaría por convertirlo en un consentido, caprichoso y malcriado, lo que ya estaba demostrándose porque el muy ladino no dormía sino en el lecho con Emanuela, pues si intentaban obligarlo a ocupar su canasta en el establo, les hacía saber que, si quería, podía ser ruidoso y escandaloso.

Emanuela lo levantó sobre su cabeza como si se tratase de un niño y lo sacudió con delicadeza.

—Como dice Romelia, eres un pícaro —lo acusó en guaraní, la lengua que empleaba para hablar al perrito—. Pero eres un pícaro hermoso y te adoro.

Había crecido en esos dos meses, aunque, dedujo, nunca sería de gran tamaño. El pelo le brillaba gracias a la buena alimentación.

Los ojos vivaces y el hocico húmedo revelaban su buen estado de salud.

Lo acomodó de nuevo entre sus brazos. Orlando le lameteó la barbilla y le arrancó una carcajada bienvenida en un día tan triste de invierno, no solo por el color apagado del cielo y del río, sino porque la lectura de la carta de Aitor y los párrafos de *El banquete*, de Platón, le habían removido las heridas al recordarle momentos felices y otros dolorosos.

En verdad, no necesitaba de la literatura para acordarse de Aitor. Él constituía su primer pensamiento al abrir los ojos por la mañana, y era su nombre la última palabra que murmuraba antes de quedarse dormida por las noches, mientras rezaba. Apretó al cachorro aún más, al tiempo que oprimía los párpados para evitar las lágrimas; ya había llorado suficiente por ese día.

Después de más dos años desde su salida de San Ignacio Miní, el dolor permanecía alojado en su pecho como si acabase de abandonar la misión. A veces, sus garras aflojaban la sujeción, como cuando se divertía con los amigos; a veces, como en ese día gris, ajustaban sin misericordia. Las dudas la asaltaban: ¿Dónde estaría él? ¿Qué estaría haciendo en ese momento? ¿Pensaría en ella con la misma frecuencia enloquecedora con la que ella lo evocaba a él? ¿Por qué le había escrito solo aquella única carta? ¿Por qué nunca lo había hecho de nuevo? ¿Porque ella no le había contestado? ¿Se habría enojado por su falta de respuesta? Era fácil imaginárselo ofendido y enfadado.

En ocasiones, el anhelo por saber de él se convertía en una obsesión, y hasta que no le escribía una carta en la cual le rogaba que viniese a buscarla porque sin él la vida carecía de sentido, no hallaba paz. Nunca las enviaba, sino que las doblaba y las guardaba en su cofre de sándalo. En el momento en que se decidía a sellarlas con lacre para luego llevárselas a su *pa'i* Santiago, el encargado de enviar su correspondencia a San Ignacio Miní, la imagen de Aitor y Olivia fornicando en la barraca se presentaba con la potencia y la precisión de una bofetada de revés; la dejaba sin aliento y dolorida. La imagen tan detestada servía para devolverla a la realidad. Le recordaba que Aitor le había mentido, que sus declaraciones de amor habían sido falsas, y que amaba a Olivia, y no a ella, lo cual no carecía de lógica, pues la mujer era bellísima, y ella, no.

Aunque hubiese días en que la pena por la lejanía de Aitor, de su familia y de su pueblo la doblegase, había otros en que tenía la impresión de haber pasado por una fragua para emerger endurecida y fortalecida, y eso le daba esperanzas de que en algún momento el peso que cargaba en el pecho se diluiría y la sonrisa le afloraría de nuevo sin esfuerzo.

Llamaron a la puerta. No necesitaba preguntar quién era para reconocer ese modo de golpear.

—Pasa, Romelia.

—Que dice doña Almudena que los invitados ya han llegado, que si estás lista.

—En un momento me reuniré con ellos.

—¿Otra vez descalza, Manú? —La esclava levantó la vista y la fijó en la de la muchacha—. ¿Qué pasa, mi niña? —Se acercó con paso diligente y le acunó la cara entre las manos de piel renegrida—. Has estado pensando en él, ¿verdá?

—Me lo ha recordado un pasaje de ese libro.

—Bah, cualquier cosa te lo recuerda.

—Es cierto —admitió Emanuela, y bajó las pestañas.

—Basta de malos recuerdos, que todos tus admiradores están aguardándote en la sala. Ya llegó Titus, don Lope, su tío, don Edilson, y el padre Santiago. Todos piden por ti. Ponte los botines y vamos. Te arreglaré un poco el peinado. Algunos mechones se han salido del lazo.

—Gracias, Romelia.

—De nada, mi niña.

Desde la finalización del período más estricto del luto, poco a poco la luz había retornado a la casa de la calle de Santo Cristo. Se habían quitado el moño de crespón negro de la puerta y los paños de los cuadros, los espejos y del clavicordio. Todas las mañanas, se abrían los postigos de las ventanas de la fachada, y el sol bañaba los muebles, a los cuales Emanuela ya no encontraba tan oscuros, ni ominosos. En lugar de oír la misa de seis y media en San Ignacio, la de viudas y esclavos, iban a la de la una de la tarde, a la que concurrían los vecinos, como se llamaba a la gente de alcurnia; los demás eran considerados simples "habitantes". Aceptaban invitaciones a tertulias y a festejos, y don Mikel estaba decidido a recuperar su cargo de alférez real, a lo cual doña Almudena se oponía por los gastos que implicaba.

Durante la primera tertulia a la que habían asistido tan solo pocas semanas atrás, organizada en casa de la familia de Riba, Emanuela había disfrutado de dos cosas: de la compañía de Lope y de Titus, que se habían disputado su atención, y de la música, pues la señorita Micaela de Riba, la mayor de las tres hermanas, tocaba el clavicordio con maestría. Por lo demás, la reunión no había producido una gran impresión en ella, especialmente porque se había sentido el objeto de las miradas y de los cuchicheos que se habían repetido a lo largo de toda la noche.

—Están hablando de ti —le había confirmado Titus, con talante risueño, sin darse cuenta de que la mortificaba haberse convertido en el centro de atención.

—¿Y qué dicen? —se interesó Lope.

—Que para haber vivido entre salvajes, eres bastante civilizada.

—¡Yo no he vivido entre salvajes! ¡Mi familia era tan educada y civilizada como lo son estas gentes!

Titus y Lope levantaron las cejas y se incorporaron en sus asientos como si lo hubiesen ensayado, ambos atónitos ante la reacción agresiva de Emanuela, a quien solo conocían dulce y sumisa.

—Lo siento, Manú —se disculpó Titus—. He sido un desconsiderado al repetir los chismes con la crudeza que siempre son expresados. Me disculpo de nuevo. —Inclinó la cabeza.

—Está bien, Titus. No tienes tú que disculparte cuando solo has sido el mensajero.

—He tomado a la ligera el comentario, sin preocuparme del efecto que tendría en ti.

—Sé que me he convertido en el objeto de interés de estas gentes, aunque solo sea para burlarse.

—Nadie se burlará de ti, querida Manú —declaró el militar—. Tendrán que rendirme cuentas a mí si lo hicieran.

—Es que nadie se burla de ella —armonizó Lope—. Seguramente los sorprende tu afición por Saite y Libertad. Como te paseas con ellas por la calle...

—La cetrería es un arte practicado desde tiempos milenarios —le recordó Titus— y por las castas más altas de la sociedad. Pero sí, los sorprende que andes por la calle con tus aves rapaces.

—¿Es impropio? —se inquietó Emanuela.

—No, solo exótico —aclaró Lope.

—Lo que me sorprende es que mi tía Ederra te permita salir con Saite y Libertad.

—No le gusta la idea, pero don Alonso la convenció contándole historias de reinas europeas famosas por su dominio en el arte de la cetrería. Eso la tranquilizó.

Lope y Titus soltaron una carcajada, que atrajo la atención de los invitados.

—También comentan acerca de tu don sanador —expresó Titus, con tono y actitud cautos, ya que se había dado cuenta de que Emanuela no mostraba inclinación para abordar el tema.

—¿De veras? ¿Cómo saben acerca de eso? ¿Tú…?

—Oh, no, no —se defendió Titus—. Romelia me hizo jurar por mis muertos que no diría nada, y he mantenido mi palabra. Es don Mikel el que anda pavoneándose, y su amigo, don Eustaquio, que asegura que lo salvaste de la muerte.

—No lo salvé de la muerte —desestimó Emanuela—. Tenía piedras en los riñones, algo muy doloroso, no lo niego, pero no estaba a la muerte.

—¿Y tú le calmaste el dolor, Manú? —quiso saber Lope.

—Sí.

—¿Con tus manos?

—Sí. Después lo sometí a un dieta pobre en sales, le hice beber tisana de *apeterebi* (creo que aquí lo llamáis sasafrás) y otra de cañafístula y mirobálanos, le apliqué ventosas, y las piedras se disolvieron. Si no abusa de ciertos alimentos, no deberían volver a formarse en sus riñones.

—¡Eres genial, Manú querida! —exclamó Lope, y le besó las manos.

Emanuela, incómoda, las retiró. Observó de reojo a Titus, que fijaba la vista en Lope con una cara tan poco amistosa como inusual en él.

—Debo decir que don Eustaquio es mejor paciente que don Mikel, menos quejumbroso y más bien predispuesto, sin mencionar que es obediente.

—¿De qué curaste a don Mikel? —preguntó Lope, de pronto apocado.

—De la gota.

—Don Mikel asegura —intervino Titus— que, apenas Manú apoyó sus manos en los tofos, estos cesaron de doler, y un calor muy agradable le recorrió el cuerpo.

—Como sea —prosiguió Emanuela, nerviosa—, dudo de que a mi *pa'i* Ursus le agrade saber que don Mikel habla sobre mi don. Él siempre intentó ocultarlo, por temor al Santo Oficio.

Una sombra se proyectó sobre Emanuela, que levantó la cabeza para darse con un par de ojos pequeños, que la observaban con una agudeza que la incomodó.

—Buenas noches, capitán de Alarcón —saludó el hombre.

—Buenas noches, doctor Murguía —contestó, muy envarado, el joven militar, y se puso de pie, lo mismo que Lope—. Os presento a un caro amigo, Lope de Amaral y Medeiros, sobrino de don Edilson Barroso.

—Ah, sí, vuestra difunta tía era mi paciente. —El médico se refería a la esposa del comerciante portugués, muerta a causa de un aborto espontáneo años atrás. Se murmuraba que la mujer, a quien Edilson había desposado simplemente por ser española, posición que lo habilitaba para residir en el Río de la Plata y seguir adelante con sus negocios legales y los no tan legales, había muerto a causa de una mala intervención del doctor Murguía.

—Doctor —prosiguió Titus—, os presento a Emanuela Ñeenguirú, la pupila de mis tíos. Emanuela, él es el doctor Murguía.

—Conozco a esta agraciada señorita, capitán de Alarcón. Fue mi paciente tiempo atrás.

—Buenas tardes —dijo la muchacha, e inclinó la cabeza.

—Buenas tardes, señorita. Os encuentro muy bien, completamente repuesta de aquel severo constipado.

—Gracias, doctor Murguía.

—Me han hablado mucho de vuesa merced. Todas son loas —se apresuró a agregar con una sonrisa que, en opinión de Emanuela, no le iba a sus rígidas facciones—. Me ha manifestado el señor Zayas —el médico se refería a don Eustaquio— que vuesa merced lo ha sanado de las piedras en los riñones.

—No soy un físico, vuesa merced —expresó Emanuela, con voz suave, aunque decidida—, por lo que me es imposible afirmar si con mis tisanas lo he sanado. Eso toca a vos, que habéis estudiado tanto.

—Él asegura que también vuesa merced le aplicó ventosas.

—No exactamente ventosas. Es una técnica guaraní, que me enseñó mi abuelo. Usamos unas pequeñas calabazas y, para generar el vacío, succionamos por un orificio.

El médico se acarició la barbilla, tan hundida que su rostro parecía nacer del mismo cuello.

—Interesante. Lo de las tisanas, ¿también os lo ha enseñado vuestro abuelo?

—Sí.

—¿Es vuestro abuelo un físico?

—No. Mi abuelo es un *paje*, un curandero guaraní —tradujo, y Murguía levantó los párpados en abierto asombro.

—Comenta don Mikel —prosiguió el médico— que, en la reducción de guaraníes donde vive su hijo, hubo una peste de viruela y que no se perdió un indio gracias a la intervención de vuesa merced.

—¡Oh, no, no! —exclamó Emanuela—. La peste de viruela se evitó en San Ignacio gracias a la intervención del padre van Suerk, un físico holandés que conoce un método de inoculación tan extraño como efectivo.

—¿Método de inoculación?

Micaela de Riba, la anfitriona, se aproximó y, luego de sonreír a todos, se dirigió a Murguía.

—Doctor Murguía, mi madre os reclama. Necesita haceros una consulta que, al parecer, no puede esperar —agregó con una mueca cómplice, que Emanuela encontró muy simpática.

—En un momento acudiré a verla —aseguró el médico, sin esforzarse por ocultar el fastidio. Inclinó el torso en dirección a Emanuela—. Ha sido un placer volver a veros, señorita Emanuela. Me complacería visitaros en casa de don Alonso. Vuesa merced podría contarme más acerca de las dotes sanadoras de su abuelo guaraní y de ese método de inoculación.

—Con gusto, doctor Murguía —expresó, y enseguida se reprochó la mentira. No sería un gusto volver a hablar con ese hombre. Un halo de pedantería y suficiencia lo rodeaba al igual que el perfume empalagoso que usaba. No obstante, por el bien de las apariencias, había aprendido que en lo que se reputaba como la "fina" sociedad, la hipocresía estaba de moda.

—Veo que habéis hecho una gran impresión en nuestro doctor Murguía, Emanuela —comentó la mayor de las de Riba, y se ubicó junto a ella en el sofá.

Titus y Lope volvieron a ocupar sus sitios. Ninguno simulaba contento después de la intervención del físico.

—Debéis saber que Murguía es viudo, sin hijos…

—Y un viejo verde —apuntó Titus, a quien lo unía una gran confianza con la anfitriona.

—¡Titus! —fingió escandalizarse la joven—. Murguía tiene apenas cuarenta y un años. No es un viejo verde, sin mencionar que su posición en la vida es desahogada y de gran prestigio.

—¿Qué intentas decir, Micaela? ¿Que Manú debería corresponder a su cortejo?

—¡No creo que sea su intención cortejarme!

—Oh, sí, créeme, Manú, *quiere* cortejarte. Jamás había oído a ese petulante mostrarse interesado por visitar a ninguna damisela porteña desde que enviudó tres años atrás.

—Solo está interesado en conocer un poco más acerca de mis tisanas y mis calabazas.

—Eso también —admitió el capitán de La Valerosa—. Tiene miedo de que le quites los pacientes. Ya son varios los que llamarán mañana a tu puerta para referirte sus achaques. Don Eustaquio y don Mikel se ocuparon de propagar tu fama de sanadora.

—Veo que no le tienes mucha simpatía al doctor —comentó, risueña, Micaela.

—En honor a la verdad, no. El doctor Murguía se rige por el criterio *Non licet omnibus adire Corinthum*.

—Oh, Titus, ya empiezas con tus latinismos. Ten piedad de esta, tu inculta amiga.

—La frase que Titus acaba de pronunciar —dijo Emanuela— significa: "No a todos está permitido ir a Corinto", que era considerada una ciudad lujosa y costosa en la Antigüedad.

—¿Qué tiene que ver con el doctor Murguía?

—Murguía se considera la Corinto del siglo XVIII —explicó Titus— y teme que se le caiga la venera si pone sus doctas manos sobre alguien ajeno a su condición social. Días atrás —pasó a explicar—, uno de mis soldados se accidentó limpiando el mosquete. Mandé llamar al *buen* doctor Murguía y me mandó decir que él solo se ocupaba de la salud de los vecinos de la ciudad, no de la gentuza. ¡Mis soldados, gentuza! —se ofuscó el capitán—. Mis soldados, que mantienen a raya a los charrúas y a los salteadores de caminos para que el *buen* doctorcito duerma tranquilo por las noches.

—¿Qué hiciste con tu soldado, Titus? —se interesó Micaela, sinceramente preocupada.

—Fui a buscar a Manú —dijo, y la miró para sonreírle—. Ella le salvó la mano al cabo Contreras. El hombre no termina de agradecerme que la haya convocado. Creo que quedó un poco enamorado de ti, Manú.

Emanuela sacudió la cabeza y sonrió con benevolencia.

—Os admiro, señorita Emanuela —afirmó la anfitriona—. Sé que yo, a la vista de la sangre, perdería todo rastro de compostura. No sé cómo habéis hecho para curar una herida que, estoy segura, era muy desagradable.

—Asistía al médico de mi pueblo y trabajaba junto con él en el hospital. Estoy acostumbrada.

—¡Trabajabais en un hospital! —Micaela de Riba no lo expresó con timbre escandalizado, sino sorprendido; también había una nota de apreciación en sus palabras.

—Tenéis que comprender, señorita Micaela —intervino Lope—, que la doctrina jesuítica en la que Manú vivía compone una realidad muy distinta de la de la ciudad. Allí todos trabajan, sin distinción.

—Oh.

Emanuela se volvió hacia Micaela, que la contemplaba con un interés, tal vez con una curiosidad, que no la incomodó.

—Aprovecho para felicitaros, señorita Micaela. Vuestra interpretación en el clavicordio me ha resultado sublime.

—Gracias, Emanuela. Pero preferiría que nos tuteásemos. No puedo ser mucho mayor que tú.

—Tengo dieciséis.

—Y yo cumpliré diecisiete el día de San Miguel Arcángel. Como ves, somos casi coetáneas. Tutéame, por favor.

—Con gusto. ¿Qué pieza tocaste? Era bellísima.

—Una de Diego Xábara. Mi primo me trajo de regalo las partituras cuando regresó de la España. Era un eximio compositor y organista. ¿Sabes tocar, Emanuela?

—Llámame Manú, por favor. No, no sé tocar ningún instrumento, pese a que mi hermano Juan es un músico de valía. No solo toca con maestría el órgano. También sabe construirlos e instalarlos en las iglesias.

—Me encantaría conocerlo. Sería fascinante hablar con él sobre música, mi tema favorito.

—Él vive en el Paraguay, aunque viaja casi de continuo, por su trabajo como músico.

—¿Te gustaría aprender a tocar el clavicordio? —le preguntó Lope, y Emanuela se dijo si los demás percibirían lo que ella, la ansiedad con que la miraba. A pesar del tiempo y de que tenía una hija y otro vástago en camino, la devoción de Lope, la cual no había vuelto a mencionar, seguía tan viva como en el pasado.

—Sí, me encantaría. Hay un clavicordio en casa de los Urízar y Vega —declaró con un anhelo que no supo disimular.

—¿Quién os enseñó a vos, estimada Micaela? —inquirió el joven de Amaral y Medeiros.

—Un profesor que, lamentablemente, ya falleció. Pero me ofrezco de corazón a enseñarte, Manú. Yo he sido la maestra de mis hermanas menores, y son las dos muy buenas concertistas.

—Doy fe —intervino Titus.

Habían transcurrido algunas semanas desde la primera tertulia de Emanuela, y ya había tenido varias lecciones de clavicordio, las que disfrutaba inmensamente, no solo porque amaba la música, sino porque Micaela de Riba se había demostrado una joven bondadosa y una paciente profesora. También se había cumplido la profecía de Titus: varias personas, no solo de las clases pudientes, sino de las más bajas, acudían a la casa de la calle de Santo Cristo para que "la niña santa" las curase, situación que había desconcertado en un principio a las señoras de Urízar y Vega para luego enfurecerlas. Por fortuna, no podían agarrársela con Emanuela, cuando el culpable era don Mikel, que las echaba con cajas destempladas cada vez que se lo reprochaban, como esa noche, durante la cena con don Edilson, Lope, Titus y el padre de Hinojosa. Como había confianza, el tema se tocó abiertamente.

—Padre —dijo Ederra—, habéis cometido una enorme imprudencia al comentar en la tertulia de los Riba acerca de los conocimientos de Manú. Es vergonzante que una muchacha se ensucie las manos con pústulas y otros achaques.

Titus levantó la vista del sábalo que devoraba y, luego de posarla en la de Emanuela, la dirigió hacia Ederra.

—Tía Ederra, ¿qué es lo que encuentras vergonzante?

—Pues, hijo, ¿qué pregunta haces?

—Me gustaría saber por qué es vergonzante. No lo comprendo.

—Pues porque Manú es una niña de buen ver. No puede rebajarse a tocar a otras personas…

—¿Y si esas personas están sufriendo?

—Pues, para eso está el doctor Murguía.

—El doctor Murguía es un zopenco.

—¡Titus! —exclamaron a coro doña Ederra y doña Almudena, mientras los hombres carcajeaban. Emanuela disimulaba la risa tras la servilleta.

—Doy fe —terció Edilson Barroso—, Murguía es un zopenco. Mi esposa estaría hoy aquí, con nosotros, si él no la hubiese intoxicado con ese brebaje que le dio.

—Además de zopenco —prosiguió Titus—, es un rollo macabeo. Su conversación mataría de aburrimiento al más apocado.

—Señores, por favor —terció Hinojosa—, no es correcto que se hable mal de alguien cuando esa persona no está aquí para defenderse, sin mencionar que es indebido juzgar a los demás.

—Murguía será un zopenco y un rollo patatero todo lo que tú quieras, Titus —manifestó don Mikel—, pero ha demostrado buen gusto en materia de mujeres. Desde hace semanas, prácticamente se presenta todos los días hecho una tacita de plata, con la excusa de visitar a Alonso, pero a nadie engaña: sabemos a quién desea ver. —Guiñó un ojo en dirección de Emanuela, que volvió a cubrirse la boca con la servilleta para esconder la sonrisa, que se le borró cuando Titus movió la cabeza con lentitud deliberada y fijó la vista en ella. "Te lo advertí", decían sus ojos, que a la luz de las velas adoptaban un color verde dorado más que grisáceo.

—Murguía está interesado en descubrir los secretos sanadores de Manú —terció Alonso, cuyas mejillas se habían cubierto de un rubor que no le sentaba, y que en parte se debía al rosolí que bebía con poca moderación, y en parte al disgusto que le causaba el asunto del cortejo del médico—. Sus intenciones se reducen a eso.

—No lo creo —insistió don Mikel.

—Tal vez a nuestra querida Manú —terció don Edilson— le interese el doctor Murguía.

—¡Vive Dios, Edilson! —explotó don Alonso—. ¡Qué idea tan descabellada!

—¡Don Alonso, no toméis el nombre del Señor en vano! —se exasperó doña Almudena.

Su hija, más interesada en otra cuestión, preguntó, mosqueada:

—¿Por qué habría de ser descabellada, señor? El doctor Murguía es un caballero de la más rancia estirpe, con un apellido tan viejo como el de los Vega. Manú debería de sentirse honrada de que un vecino de la talla del doctor Murguía haya puesto sus ojos en ella, una muchacha sin dote, con un origen y una posición en la vida que no pueden considerarse ideales. Murguía es gente de posibles y no exigirá escritura de dote, la cual nosotros no estaríamos en condiciones de afrontar. Ya me lo dio a entender.

Don Alonso emitió un bufido, mientras los demás bajaban la vista, avergonzados por la crudeza de doña Ederra. Emanuela siguió comiendo como si la mujer hablase de otra persona, más allá de que los pequeños bocados de pescado que se llevaba a la boca le caían como piedras en el estómago.

—¿Estás interesada en él, Manú?

—En absoluto, *pa'i*.

—¡Ya veis! —se jactó don Alonso, con una algarabía despropor-cionada—. Nuestra Manú no está interesada en Murguía, así que bas-ta con este tema que terminará por cortarme la digestión.

—Pero no hemos acabado con el inconveniente que representa el desfile de gentes que tenemos todos los días en la puerta principal o en el portón de mulas, dependiendo de la casta, en busca de las do-tes sanadoras de Manú —recordó doña Almudena—. Y todo gracias a vuesa merced —añadió, en dirección a su esposo, que siguió co-miendo como si no lo hubiesen mentado.

—Eso tiene que acabar, Manú —sentenció el padre Hinojosa, y la miró con severidad—. Sabes que tu *pa'i* Ursus desaprobaría esta situación.

—Lo sé, *pa'i* —acordó, con voz delgada y compungida.

—Tendré que escribirle y ponerlo al tanto de cómo están las cosas. Hija —la voz del jesuita hizo una inflexión para adoptar un acento más benévolo—, sabes los riesgos que implica que tu fama se extienda.

—¿Os referís al Santo Oficio, padre Santiago? —preguntó Titus.

—Sí.

—Entiendo.

—El comisario de la Inquisición podría convocarla para expli-car a qué se refieren las hablillas o, simplemente, arrestarla. Sabemos que cuentan con un poder casi ilimitado.

—Desde mañana —ordenó don Alonso, de pronto sobrio y se-rio—, nada de curar a nadie, ni de tocar a nadie, ni de recetar nada a nadie. ¿He sido claro, Manú?

—Sí, don Alonso —contestó la joven con la vista en las sobras de su plato y las manos entrelazadas sobre el regazo. Percibió que Lope se las cubría y las apretaba en un gesto solidario, y no halló la decisión para apartarlo. Le dolía saber que no seguiría ayudando a los sufrientes debido a los estúpidos prejuicios religiosos.

—Sí, hija —lo secundó Hinojosa—, debes hacer caso a don Alonso, que el horno no está para bollos en estos tiempos.

—¿Ni siquiera podrá curar a su viejo y pobre don Mikel? —pre-guntó el susodicho.

—¿Y de qué necesitáis que os cure? —lo provocó doña Almude-na—. Me gustaría saber. Desde que desapareció la gota que tan a mal-traer os tenía, vuestra salud es de hierro, señor.

—*Senectus ipsa est morbus* —respondió el anciano, y todos, ex-cepto doña Ederra y doña Almudena, echaron a reír.

—¡Vos y vuestros latinismos, don Mikel! —rabió su esposa—. Traduce, Manú. Solo en ti confío, hija.

—La vejez misma es enfermedad —obedeció la muchacha.

—En eso os doy la razón, señor —admitió doña Almudena—, que cada mañana me levanto con un dolor nuevo.

—Padre Santiago —habló Titus—, ¿a qué os referíais cuando decíais que el horno no está para bollos?

—Del Tratado de Permuta, hijo.

Un silencio ominoso ocupó la mesa. El acuerdo entre la España y el Portugal por el cual se beneficiaba a este último desplazando la línea de Tordesillas algunos grados hacia el Occidente y que la Corona española había mantenido en secreto, temerosa de sus derivaciones, había causado un escándalo entre las gentes que habitaban la provincia del Río de la Plata y la del Paraguay cuando por fin se hizo pública su existencia hacia finales del año 50. Los Cabildos de Tucumán, Córdoba y Santiago del Estero elevaron sus voces para protestar ante el monarca español por lo que juzgaban un acuerdo, más que injusto, inentendible. Lo mismo hicieron el gobernador del Paraguay y la Audiencia de Charcas, incluso el virrey del Perú. Se decía que el padre Rábago, el jesuita confesor del rey español, le había explicado que los siete pueblos guaraníes que, luego de correr la línea, quedarían en poder de los portugueses, no aceptarían de buen grado el cambio. Sacarlos de una tierra que les pertenecía desde antes de la llegada del cristiano se presentaba como una empresa de compleja ejecución. Las razones de Rábago no hicieron mella en el soberano, que se mantuvo en sus trece. En voz baja, aunque con timbre tenaz, comenzó a llamarse "imbécil" al rey Fernando VI, porque resultaba difícil de comprender una decisión que tan abiertamente perjudicaba a su reino y a sus súbditos guaraníes. La inflexibilidad del soberano quedó demostrada el 24 de agosto de 1751 cuando firmó una Real Cédula en la cual ordenaba a las autoridades militares y políticas de Buenos Aires dar cumplimiento al tratado.

Para ejecutar la nueva demarcación de los límites, se formó una comisión de expertos, cuya cabeza por el lado español era el funcionario Gaspar de Munive, más conocido como marqués de Valdelirios, y por el portugués, Gomes Freire de Andrade, gobernador de Río de Janeiro. A su vez, el general de la Compañía de Jesús, para demostrar su adhesión a la decisión del monarca español, envió al padre Lope Luis Altamirano en calidad de comisario encargado de supervisar el éxodo pacífico y ordenado de los siete pueblos a nuevos terrenos. Tanto el marqués de Valdelirios como el comisario Altamirano se encontraban en Buenos Aires desde febrero de ese año de 1752, y se aprestaban a partir hacia el norte, para plantar los mojones que establecerían los nuevos límites.

—Es un tratado… —don Alonso dejó en suspenso el resto de la frase hasta que pareció encontrar la palabra justa— difícil de comprender.

—Oh, no —expresó Hinojosa, y su talante contestatario, que le había causado problemas con la Inquisición en el pasado, se desplegó en toda su magnitud—. Es un acuerdo que se comprende muy fácilmente, don Alonso. Los masones y los ingleses, enemigos de los jesuitas, que ocupan los puestos más encumbrados en la corte madrileña, han perpetrado esta patraña para perjudicar a la Compañía.

—¿Quiénes serían esos masones? —se interesó Edilson Barroso.

—En Madrid, están encabezados por José de Carvajal y Lancaster —contestó el sacerdote—, conocido masón de ascendencia inglesa. Es el secretario de Estado del reino y quien firmó el acuerdo.

—¿Por qué esos… masmones —preguntó doña Almudena— quieren perjudicar a la Compañía?

—Masones, señora —la corrigió don Mikel.

—Los masones son herejes, señora mía. Se declaran enemigos de la Iglesia de Roma y librepensadores.

—¡Dios nos guarde! —exclamaron la madre y la hija al tiempo que ejecutaban la señal de la cruz.

—Es una guerra por el poder —admitió el jesuita con acento práctico—. Ellos juzgan que nuestra labor educativa y misionera nos ha aportado una cuota de poder que no es tal, pero ellos están dispuestos a destruirnos para quedarse con ella.

—¿Cuáles son estos siete pueblos guaraníes que deberán mudarse? —se interesó Titus.

—San Borja, San Nicolás, San Luis, San Lorenzo, San Miguel, San Juan y Santo Ángel. Unas treinta mil almas —acotó Hinojosa.

—¿Lo harán? Me refiero a mudarse —insistió el joven militar.

—Lo dudo, Titus —confesó el sacerdote—. La situación es de una injusticia tan palmaria que tiene muy mal a nuestros indios, no solo los de los siete pueblos, sino a los de todas las doctrinas. No pueden comprender cómo, habiendo sido tan fieles a su rey, habiendo participado con sus ejércitos en tantas contiendas para defender a la Corona española, ahora se les pague con esta moneda tan amarga. El hecho de que se los entregue a los portugueses, sus enemigos ancestrales, no es un detalle menor.

—¿Se levantarán en armas, pues?

Hinojosa suspiró y apoyó el vaso en la mesa luego de darse ánimos con un trago de rosolí.

—Sí, lo harán, no tengo duda. Y temo, por lo que el superior de las misiones me ha comentado en su última misiva, que no solo serán los indios de los siete pueblos involucrados los que presentarán batalla, sino que se le unirán los de otros pueblos. En San Ignacio Miní, por ejemplo, la cosa está caldeada.

Emanuela intentó sofocar el sollozo, pero un sonido estrangulado escapó de entre sus labios y la delató.

—Manú, ¿qué tienes? —se desesperó Lope, y se inclinó para levantarle el rostro por la barbilla. Retiró la mano enseguida cuando su tío Edilson le pateó el pie bajo la mesa y don Alonso carraspeó de modo deliberado.

—Si necesitas un momento, Manú —habló don Mikel—, puedes ir a tu recámara, hija.

—Sí, ve —lo refrendó doña Ederra—. Refréscate un poco y vuelve.

Los hombres se pusieron de pie por respeto a Emanuela mientras esta abandonaba la silla y se encaminaba hacia el patio principal.

—Más de dos años con nosotros y aún no consigue olvidar a esas gentes —manifestó doña Ederra.

—Y nunca lo hará —sentenció Hinojosa, y lanzó un vistazo cargado de ira a la mujer—. Ellos son su familia, doña Ederra, y está preocupada por la suerte de sus hermanos y amigos.

—Es comprensible —acotó don Alonso—. Es tan tranquila y dulce, nuestra Manú, jamás se queja, ni nos da problemas, y así nos olvidamos del dolor que lleva en su corazón por haber abandonado su pueblo.

—Así es, don Alonso. Manú jamás les hará notar cuánto sufre la separación y la distancia, pero es un pesar con el que se levanta todas las mañanas, lo sé.

—Pobre mi niña —suspiró don Mikel.

Emanuela regresó media hora más tarde, después de llorar en su alcoba, aterrada ante la idea de que Aitor o alguno de sus hermanos se sumasen a la contienda. A nadie pasaron inadvertidos los manchones rojos bajo sus ojos, ni su nariz colorada, que descollaban en la palidez del rostro. Titus se acercó para recibirla y le extendió la mano sobre la cual Emanuela apenas apoyó los dedos, tal como le había enseñado doña Ederra que tendría que hacer cuando la invitasen a bailar el minué, la pavana o la chacona. Le permitió que la guiase hasta el ingreso del recado. Al inclinarse en un gesto de cortesía, el militar no perdió la ocasión para inspirar profundamente la fragancia que el calor de las lágrimas había intensificado.

—¿Estás mejor? —susurró, y Emanuela, con una sonrisa débil, asintió antes de subir los escalones y ubicarse en su silla de verdugado, especialmente diseñada sin brazos para acomodar el miriñaque.

Romelia, que se paseaba con una bandeja, subió al estrado, se acercó a Emanuela y le señaló con el mentón una jícara de cobre.

—Vamos, tómala —la apremió—. Te he preparado el chocolate como a ti te gusta. Nada mejor para levantar el ánimo.

—Gracias, Romelia.

Lo bebió lentamente; estaba muy caliente. Su sabor dulce la reconfortó enseguida, y los colores saludables le regresaron a las mejillas. Mientras sorbía, paseaba la mirada sobre el filo de la jícara y observaba a los hombres en la sala, que disfrutaban de las bebidas espiritosas y fumaban, algunos, como don Edilson y Lope, unos cigarros gruesos; los demás, pipa. Los ojos de Emanuela se encontraron con los de Lope. Se dio cuenta de que su amigo se había sobrepasado con la bebida. Conocía esa mirada de párpados cansinos y brillo opacado; le recordaba a la de su *ru*. Además, si hubiese estado sobrio, no se habría atrevido a clavarle la vista con esa insistencia impertinente; se cuidaba de ocultar los sentimientos que ella le inspiraba por temor a que eso acabase con su amistad.

Emanuela interrumpió el contacto visual y movió la vista hacia don Edilson y don Alonso, que conversaban de pie en un sector alejado de la sala, apenas iluminado por la luz de las velas. Hablaban con actitud secretista. No era la primera vez que los veía en esa guisa, como si intrigasen o tramasen algo. Lope había mencionado tiempo atrás que don Alonso los ayudaba a acelerar ciertos trámites típicos de la actividad comercial que Edilson Barroso desarrollaba, como en el Estanco de Tabaco y con los pagos del almojarifazgo y la alcabala. ¿Sería por la ayuda que don Alonso prestaba a Barroso que las mujeres de Urízar y Vega compraban al fiado en su tienda? En los últimos tiempos, había ido llevando la cuenta mental de lo que las mujeres gastaban en sedas y terciopelos, pasamanería, galones, guantes perfumados, hilos para bordar y demás elementos necesarios para renovar el guardarropa después de dos años de luto, y la cifra la había asustado. Por Romelia sabía que la pensión de don Mikel no era cuantiosa y muchas veces esperaban meses para cobrarla. En cuanto a la renta que devengaba la quinta de San Isidro, era nimia. ¿El sueldo que don Alonso ganaba en la gobernación sería abultado, tanto como para costear esos lujos? Debía de serlo, en caso contrario no le habría ofrecido a don Mikel recuperar su vieja posición como alférez real cuando era sabido que la mayor parte de los gastos en que se incurría durante la organización de los festejos de la ciudad —en especial, los del santo patrono y los del día del natalicio del rey— salían del bolsillo del alférez debido a la pobreza de las arcas del Cabildo.

Titus, don Mikel y el padre Hinojosa, que se habían ubicado más cerca del estrado, seguían hablando acerca del Tratado de Permuta. ¡Cómo deseaba salir de ese ridículo corral de lujo y oír de cerca lo que su *pa'i* Santiago explicaba a don Mikel! Al día siguiente, cuando le llevase la poca traducción que había hecho de *El banquete*, le preguntaría acerca del asunto que tanto pesar y preocupación le causaba.

Titus abandonó la conversación con el jesuita y se acercó al estrado con una sonrisa en la mirada, que no apartó de Emanuela hasta que alcanzó la baranda, donde apoyó el brazo con actitud relajada. Enseguida, Lope lo imitó, e incluso desde esa distancia, Emanuela olió el aroma a alcohol que exudaban sus poros. ¿Habría comenzado temprano a beber, antes de presentarse en lo de Urízar y Vega?

Emanuela depositó la jícara sobre una mesa y sacó el bordado de una canasta. Sin mirar a los hombres, comentó:

—Escuché que mi *pa'i* Santiago le decía a don Mikel algo sobre el padre Altamirano. —Se refería al sacerdote enviado en calidad de "comisario" por el general de la Compañía de Jesús para supervisar la evacuación de los pueblos guaraníes.

—Así es —confirmó Titus—. Altamirano se enteró de que el padre Santiago transcurrió quince años en las misiones del Paraguay y lo citó para hablar sobre el tema antes de partir con la comisión que fijará los nuevos límites en la zona en conflicto.

—Parece ser que el encuentro no fue fácil, ni amistoso —dijo Lope, con voz algo pastosa.

—¿Ah, no? —se interesó Emanuela, aunque nunca levantó la vista del bastidor donde ejecutaba un bordado de Lagartera.

—Nuestro querido padre Hinojosa —retomó Titus— le habló con la sinceridad que lo hace tan caro a mis ojos y le dijo que toda esta cuestión del Tratado de Permuta era un desatino, y que permitir que los masones madrileños e ingleses se saliesen con la de ellos era de poco hombres.

Emanuela levantó la vista y miró a Titus con expresión de alarma.

—Ha sido temerario por parte de mi *pa'i* contestar de ese modo. ¿Qué replicó Altamirano?

—Que la migración de los indios se llevaría a cabo *velis nolis*, a lo que tu *pa'i* Santiago le aseguró que correría sangre.

—¿Qué dijo a eso Altamirano?

—*Roma locuta est, causa finita est.*

Emanuela suspiró con congoja y regresó a su labor.

—Roma ya ha decidido. Madrid ya ha decidido. Todos parecen haber decidido, pero ninguno pensó en mi gente, que será quien pague los platos rotos —se lamentó la joven.

—Vamos, Manú —la animó Titus—. Aún hay sol en las bardas.

—Yo no lo veo, Titus.

—No debes perder la fe.

—Lo que necesitas, Manú —intervino Lope—, es distraerte un poco. Te lo pasas aquí, estudiando, bordando, curando a los enfermos, pero muy rara vez te diviertes. ¿Te gustaría acompañarme a la corrida de toros de mañana?

—¿Qué es una corrida de toros?

—Un espectáculo sin igual. Muy entretenido y vistoso. Nada de simples capeas en Buenos Aires, sino verdaderas corridas, y no con novillos o becerros, sino con toros de gran bravía. ¿Vienes?

—Si doña Almudena me lo permite… —dijo, y miró hacia donde se hallaban las mujeres, que, en silencio, no perdían una palabra de la conversación de los jóvenes.

—Sí, puedes. Ederra y yo te acompañaremos.

—Gracias, doña Almudena.

—¿Nos acompañarás tú también, Titus?

—No, tía. Mañana parto con La Valerosa de regreso al Luján. Unos charrúas andan de malocas y tienen a los estancieros muy nerviosos.

—¡Mi niña, despierta!

Emanuela escuchó el murmullo exigente de Romelia y los quejidos de Orlando, y siguió durmiendo.

—¡Manú, despierta! Titus te necesita.

Se giró en la cama y, sin levantar los párpados, repitió:

—¿Titus?

—Sí.

Abrió los ojos y los dirigió hacia la contraventana; aún era de noche.

—¿Qué hora es?

—No lo sé. Las dos o las tres de la mañana.

—¿Dices que Titus me necesita?

—Sí. Entró por el portón de mulas y se metió en mi pieza. Me pidió que te despertase. Es urgente.

—¿Por qué? ¿Para qué? —preguntó, mientras apartaba las colchas. El frío la acobardó.

—Uno de sus hombres está muy malherido. Te necesita.

—Dile que iré enseguida.

—Abrígate bien, mi niña.

Un cuarto de hora más tarde, Emanuela y Romelia, escoltadas por Titus y el cabo Contreras, a quien la niña santa le había salvado la mano, se escabullían de lo de Urízar y Vega y recorrían a paso rápido las calles de tierra del barrio de la Catedral. Había llovido, así que los baches llenos de agua se convertían en otro peligro, junto con las jaurías de perros cimarrones y la oscuridad en una noche sin luna. Los hombres elevaban sus fanales y echaban luz sobre el riesgoso camino. Entraron en el cuartel de los blandengues apostado a un costado del fuerte. Se trataba de una ranchería misérrima, con paredes de adobe y techos de juncos.

—Por aquí —indicó Titus, y, aunque le colocó la mano en la parte baja de la espalda con la intención de guiarla, a Emanuela, el contacto la incomodó.

Un grupo de soldados, reunidos en la enramada de una de las casuchas, hizo corro y le permitió entrar. El herido yacía sobre un jergón en el suelo. Un compañero, acuclillado a su lado, apretaba un trapo para taponar la efusión de sangre que le brotaba del vientre. Incluso desde esas varas que la separaban del soldado, Emanuela supo que moriría en pocos minutos si no detenía la hemorragia. Su piel oscura había adquirido una tonalidad macilenta, y sus labios estaban secos y resquebrajados.

—Cabo Perdías, apártese —ordenó Titus, y el hombre se retiró con el trapo oscuro de sangre.

—¿Qué le ha sucedido? —quiso saber Emanuela, mientras con unas tijeras le cortaba la camisa.

—Una pelea a cuchillo.

Limpió la sangre que le impedía analizar la sajadura, y el hombre, medio inconsciente, se rebulló y se quejó. El corte era de escasas pulgadas, aunque profundo. La sangre seguía brotando y encharcándose, aunque más lentamente. Emanuela no sabía si su don la asistiría. Apoyó las manos sobre la herida, inspiró profundamente y cerró los ojos. Pensó en la gente que amaba y recordó escenas de su vida en San Ignacio Miní que la hicieron sonreír, como las veces en que Miní arrastraba a Porã de la cola porque le tenía celos, o cuando Bruno le hacía cosquillas a Timbé mientras dormía; la cerda emitía unos sonidos muy divertidos. Se acordó también de la vez que Aitor le trajo de regalo la piedra violeta, y de cuando la llevó por primera vez a la cascada en el sitio oculto. Poco a poco fue percibiendo el calor en las manos que se expandía hacia el cuerpo del soldado. Sus imágenes cambiaron y vio cómo la sangre se detenía y coagulaba y cómo las venas y los vasos lastimados se sellaban.

Escuchó al herido soltar un suspiro de alivio y levantó los párpados. La hemorragia se había detenido.

—Romelia, pásame el aceite de tomillo. Hay que desinfectar la herida.

Le esclava descorchó un pequeño frasco de gres y se lo pasó con un jirón de tela de algodón limpio. Mientras empapaba el trapo, Emanuela meditaba que pronto se le acabaría y que tendría que preparar una nueva cantidad. Uno de sus pasatiempos favoritos era el cuidado del huerto, donde, además de las hortalizas para el consumo de la familia, ella cultivaba sus plantas medicinales con la autorización de doña Almudena.

Antes de coser la herida, Titus y el cabo Contreras sujetaron al herido mientras Emanuela hincaba la aguja y cerraba el corte con un hilo que Ñezú fabricaba con tripa de pecarí o de tapir; cuando se acabase, ella no sabía con qué lo reemplazaría; con hilo de algodón, tal vez. Le escribiría a su *pa'i* Ursus y le pediría que le preguntase a su *taitaru*.

La ayudaron a fajar la herida, tarea nada fácil con un paciente dormido o desmayado —Emanuela no podía saber— y de una contextura maciza. Quizá, conjeturó, gracias a que era grandote y fortachón, se había salvado. Preparó una tisana de hierba de pollo, considerada un buen depurativo de la sangre, la endulzó con hierbabuena e indicó que se la diesen apenas recobrase el conocimiento. Debían mantenerla tibia sobre las brasas. También prescribió un caldo bien gordo de gallina, leche y carne, que lo ayudaría a recuperar las fuerzas perdidas junto con la sangre.

—Volveré mañana cerca del mediodía para ver cómo sigue.

—Vamos, Manú. Contreras y yo las acompañaremos a la casa.

Emanuela abandonó el rancho y los cuarteles seguida por las miradas incrédulas de los soldados y un murmullo que comunicaba su perplejidad. Hicieron el camino de regreso sin hablar. Emanuela observaba de soslayo al capitán de Alarcón, que marchaba tenso y reconcentrado junto a ella. Se detuvieron frente al portón de mulas en lo de Urízar y Vega.

—Cabo Contreras, aguarde un momento aquí fuera. Acompañaré a las damas.

—Como ordene, capitán.

Entraron. Romelia desembarazó a Emanuela de la canasta y, en silencio, con una actitud cómplice, que desorientó a la joven, se escabulló hacia el tercer patio, donde se hallaban las piezas donde dormían los esclavos.

—Es mejor que yo también entre, Titus. Si doña Ederra o doña Almu…

Emanuela se detuvo cuando Titus le sujetó las manos manchadas con sangre seca y las contempló con reverencia. Se inclinó para besarlas. Lo hizo varias veces, en las palmas y también en el dorso, sobre cada nudillo, y en la muñeca, sobre las venas. En esa instancia, Emanuela las retiró. Se miraron fijamente.

—No tengo palabras, Manú —susurró el joven capitán, sin ocultar la emoción—. Lo que has hecho esta noche, y lo que hiciste antes por Contreras… Eres extraordinaria, Manú. No pareces real.

—Soy real, Titus.

—Y doy gracias a Dios por eso. —La sujetó por los hombros y la obligó a ponerse en puntas de pies para besarla. El beso cayó sobre su boca con menos fervor de lo que el apretón de sus manos había presagiado. Se trató de un roce, un contacto suave y efímero. Emanuela encontró agradable la textura y la morbidez de los labios de Titus, pero no experimentó nada de la emoción que otros, más exigentes y voraces, le habían provocado. Volvieron a mirarse a los ojos.

—Te amo, Manú.

—No me amas, Titus. Crees hacerlo, pero en realidad confundes el amor con gratitud por lo que he hecho por tus hombres. Estoy acostumbrada. Siempre ha sido así en mi vida.

—No estoy confundido, Manú. Pocas veces he estado tan seguro de algo. Te amo. Ninguna mujer me hace sentir lo que tú. Te deseo —declaró, y Emanuela apartó el rostro cuando el militar hizo evidente que se disponía a besarla de nuevo, esta vez con más bríos.

—Tengo que regresar a la casa. Por favor, déjame ir. No quiero tener problemas con doña Ederra.

—Sí, ve, ve. Perdóname por haberte retenido.

—Está bien.

—Mañana parto para la villa del Luján —le recordó.

—Sí, lo mencionaste anoche, después de la cena.

—Cuando regrese, tú y yo hablaremos.

Emanuela no asintió, ni negó. Se limitó a decir:

—Que Dios te acompañe.

* * *

A la mañana siguiente, con la excusa de su clase de griego, Emanuela partió hacia el Colegio de San Ignacio, ubicado en la esquina de las calles de San Carlos y de San Martín, donde vivían los jesuitas.

Como de costumbre, el padre Hinojosa la recibió en el locutorio del colegio, donde un hermano lego le sirvió un tazón de mazamorra a Justicia y un mate cocido a ella.

—Pa'i, quiero que me digas la verdad sobre este asunto del tratado con los portugueses. ¿Habrá guerra?

—Si siguen insistiendo en que se abandonen los pueblos, me temo que sí, hija.

—¿Crees que... alguno de mis hermanos se unirá al combate?

—No lo sé. Hace tiempo que tu pa'i Ursus no me escribe. Supongo que está muy ocupado con este problema. Aunque sé por Altamirano que todas las doctrinas están muy alborotadas e indignadas por tamaña injusticia.

—Señor mío —musitó Emanuela, con las manos sobre los labios en la actitud de rezar.

—No quiero que te angusties por esto, Manú. No pierdo las esperanzas de que convenzamos a los pueblos de que abandonen esos terrenos en paz.

—Tú mismo expresaste anoche que no lo harán, que no se irán sin presentar batalla.

—Pero no hay que perder la fe, Manú. Tal vez consigamos convencerlos.

Emanuela bajó los párpados en un gesto de abatimiento. La ansiedad por saber de Aitor le bullía en el cuerpo como una comezón. Sin abrir los ojos, susurró:

—*Pa'i*, ¿qué sabes de él?

Enseguida percibió la tibieza de la mano de Hinojosa sobre el hombro.

—No te tortures, Manú.

—¿Qué sabes de él, *pa'i*?

—Nada, hija. Ursus no lo menciona en sus cartas.

—Tampoco en las mías.

—¿Tú no le preguntas?

—No, *pa'i*, no me atrevo.

—Ya veo.

Emanuela levantó las pestañas. Sus ojos brillaban a causa de las lágrimas suspendidas, que rodaron apenas expresó en un hilo de voz:

—Temo tanto por él, *pa'i*. Lo conozco. Sé que, si hay guerra, se unirá a los ejércitos de los pueblos del otro lado del Uruguay.

—Sí, es muy probable, siendo él como es.

—*Pa'i*, creo que moriría de dolor si algo malo le sucediese. Sé que puedo morir de dolor. Casi muero cuando llegué aquí, hace más de dos años, porque estar lejos de él es una agonía. Todos los días me despierto haciendo cábalas sobre su suerte, y no puedo dejar de preguntarme si está bien, si es feliz, si… —Se interrumpió cuando el llanto la quebrantó.

—Lo sé, hija. Sé cuánto sufres. Sé fuerte, Manú, es todo lo que te pido. Confía en el Señor y sé fuerte. Entrégate a su voluntad y serás recompensada.

Esas palabras nada significaban. Aunque adoraba a su *pa'i* Santiago, en especial porque él había formado parte de los años más felices de su vida, en ese instante de angustia profunda, su pedido, el de que fuese fuerte, la fastidiaba. Enseguida se reprochó ese sentimiento caprichoso e injusto. El pobre sacerdote nada podía hacer por ella, excepto amarla y consolarla.

—Tienes razón, *pa'i*. Tengo que ser fuerte.

—Eso es, mi niña. *Sursum corda!* —la animó.

—Sí, *pa'i*, intentaré mantener el espíritu y el corazón en alto. —Se aclaró la voz antes de dirigirse al pequeño esclavo—: ¿Has terminado tu mazamorra, Justicia?

—Sí, Manú.

—Pues vamos, entonces.

—Manú —la detuvo el sacerdote—, anoche no lo mencioné porque recién esta mañana me lo confirmó el comisario Altamirano.

—¿De qué se trata, *pa'i*? —se inquietó.

—En unas semanas, Altamirano y la comitiva para fijar los nuevos límites partirán hacia la zona en conflicto. Altamirano me pidió que formase parte de su séquito privado. Seré su secretario.

—Oh.

—Mis años pasados entre los guaraníes y mi conocimiento de la lengua me han convertido en una pieza clave, y estoy citando al comisario de modo literal.

—Entiendo.

—Aunque me complace la idea de volver a las misiones, dejarte aquí sola me causa una honda tristeza.

—*Pa'i*, no estoy sola. —Emanuela se conminó a forzar una sonrisa y a mostrarse entera—. Tengo muy buenos amigos aquí, en la ciudad.

—Sí, lo sé. Nadie que te conozca puede dejar de amarte, querida Manú.

—Eso no significa que no me harás mucha falta, *pa'i*.

—Y tú a mí, querida niña.

—¿Cuándo partirán?

—El comisario ha dicho que en agosto, pero *sine die*. Te avisaré apenas me anuncie la fecha exacta de la partida.

Se despidieron. Emanuela se cubrió con el rebozo de merino antes de abandonar el colegio de los jesuitas y dirigirse hacia el cuartel de los blandengues. Solo las esclavas, que vendían sus dulces y artesanías, y las mujeres de la mala vida se aventuraban entre los soldados. Apenas cruzó el portón de ingreso y desveló su identidad al despejarse la cabeza, las risotadas, voces y gritos se acallaron de inmediato, y a la jarana y al contento les siguió un ánimo reverente y solemne. Muchos se quitaron la gorra e inclinaron la cabeza al paso de Emanuela, como si se tratase de una reina; algunos llegaron al extremo de arrodillarse y hacerse la señal de la cruz. Ella, que desde pequeña estaba habituada a muestras aún más pomposas, avanzó a paso rápido y aire ausente hacia el rancho del herido. Llamó a la puerta y le abrió el mismo soldado que apretaba el trapo contra la herida la noche anterior. Iba vestido a la manera de los otros soldados, con un poncho de lana, debajo una camisa que en otra época había sido blanca y los chiripás que, en opinión de Titus, eran cómodos para montar. Llevaba los pies cubiertos por unas medias extrañas y rústicas, confeccionadas con piel de vaca, que le llegaban a la mitad de la pantorrilla y le dejaban los dedos al aire.

—Buenos días, cabo —saludó Emanuela, y entró con Justicia a la zaga.

—Buenos días, niña santa.

—Os suplico, no me llaméis así. Mi nombre es Manú. Aquí está muy frío. Por favor, traed unas brasas y colocadlas junto al jergón. Sería muy inconveniente que se enfriase estando tan débil. ¿Cuál es su nombre? —preguntó, y se refería al herido.

—Él es el cabo Lindor Matas. Yo soy el cabo Sancho Perdías, pa' lo que guste mandar, niña... señorita Manú.

—Necesitaría agua caliente, cabo Perdías.

—Enseguida se la traigo.

—No olvidéis las brasas.

El paciente la seguía con ojos ávidos, colmados de admiración y de gratitud. Emanuela se puso de rodillas junto al jergón y le sonrió. El hombre era más joven de lo que le había parecido la noche anterior; calculó que no tendría más de veinte. La piel morena, los ojos oscuros y achinados, los pómulos salientes y los labios gruesos delataban su ascendente indio.

—¿Cómo se siente, cabo Matas? —De modo natural, había caído en el castizo más llano y menos pomposo de esas gentes.

—Ahí, señorita. Bastante dolorido.

—Le prepararé una tisana que lo ayudará a dormir, así se olvida del dolor.

—Se agradece.

—Justicia, ayúdame a incorporar al cabo Matas. Quiero verle la herida.

Los ayudó también el cabo Perdías, que acababa de regresar con un brasero y el agua caliente. No resultaba fácil a una mujer menuda y a un niño mover a Lindor Matas, de más de seis pies de altura y de cuerpo robusto.

Los soldados se asomaban desde la puerta y la ventana del rancho y admiraban en silencio la destreza con que la niña santa curaba la herida. Ni una vez, ni siquiera la noche anterior cuando la sangre brotaba como de una fuente, la vieron fruncir el entrecejo, mostrarse agraviada o escandalizada. Saltaba a la vista que estaba acostumbrada a tratar con heridas y enfermos.

Emanuela fajó de nuevo al paciente y se dispuso a prepararle una infusión de valeriana y tilo.

—No debe levantarse, al menos por unos días —lo conminó—. Si lo hiciera, la herida podría abrirse.

—Sí, señorita.

—Debe orinar abundantemente. En caso contrario, mande llamar por mí. Es importante.

El muchacho asintió, mientras un ligero rubor le cubría el rostro y le volvía más oscura la piel. Emanuela, ajena al embarazo del paciente, se inclinó para tocarle la frente, y el cabo le aferró la mano y se la besó.

—Disculpe mi atrevimiento, niña. Solo quería demostrarle mi devoción y agradecimiento.

—Está bien, pero no es necesario.

—Sepa que tiene en mí al más fiel admirador. Haré cualquier cosa que vuesa mercé me pida. Cualquier cosa —remarcó.

—Yo también —afirmó el cabo Contreras, que se hallaba en la puerta rodeado de sus compañeros—. Si no fuese por vuesa mercé, habría perdido la mano.

—Gracias —farfulló Emanuela, y se puso de pie.

—Niña santa… —la llamó uno desde la ventana. Emanuela notó que estaba solo cuando minutos antes estaba lleno de gente.

—No la llames así, Frías —lo reprendió Contreras—. Ella es la señorita Manú.

—Disculpe, señorita Manú —dijo el tal Frías, y se deshizo de la gorra de lana con rapidez.

—No es nada, cabo Frías.

—Soy un soldado raso, señorita Manú. Nada de cabo pa' mí. Vea, señorita Manú —dijo el hombre, y se movió hacia la puerta. De inmediato, como si le temiesen, los demás despejaron la puerta y se ubicaron lejos de Frías, que entró retorciendo la boina entre las manos llagadas y escamadas.

—Me andaba preguntando si vuesa mercé me haría la gracia de ver por qué tengo las manos así, y los brazos, y los hombros, y los pies… —Estiró la mano derecha, retiró la manga de la camisa y se despejó la muñeca, donde presentaba úlceras similares, inflamadas y enrojecidas.

Emanuela se inclinó para observar la mano y el antebrazo. Había visto un cuadro similar en el hospital de San Ignacio Miní.

—¿Siente cansancio, soldado Frías?

—Sí, me he sentido cansado, señorita Manú.

—¿Sufre de cámaras blandas? —Como el hombre se la quedó mirando, explicó—: ¿Sufre de diarrea?

—Sí —musitó el hombre, avergonzado.

—Estoy casi segura de que es el mal de la rosa.

—¿No es lepra, entonces?

—¿Cabo Contreras?

—Mande, señorita.

—Páseme un cuchillo. —En un comportamiento instintivo, Frías retrocedió—. No le haré daño, soldado Frías. Solo apoyaré la punta del cuchillo sobre una de las llagas. Vuesa merced me dirá si siente la punción. —El hombre asintió con desconfianza. Emanuela procedió a aplicar un poco de presión sobre la mancha roja del antebrazo—. ¿Lo siente?

—Sí, lo siento, señorita Manú.

—Entonces, no es lepra. Creo que es el mal de la rosa. También la llaman pelagra.

—¿Es contagioso? —preguntó uno de los hombres desde la puerta.

—No.

Los ojos de Frías se llenaron de lágrimas, y Emanuela sintió una profunda compasión por él, e intentó recordar lo que su *pa'i* van Suerk le había explicado acerca de la enfermedad, y lo que ella había leído en su libro de medicina *Tesoro de pobres*. El médico holandés le había asegurado que, al contrario de lo que la creencia popular sostenía, el mal de la rosa no era contagioso y que se relacionaba con una alimentación pobre y poco variada. En el caso del paciente de San Ignacio Miní, era un hombre que comía esencialmente maíz, pese a que la carne, la leche y las legumbres no faltaban. Se había tratado de una cuestión de gustos y costumbres que le arruinaban el aparato digestivo, lo que se reflejaba en la piel.

—Soldado Frías, para curar esta malatía, será necesario que cambie sus hábitos alimenticios. Que deje de comer lo que come —explicó Emanuela ante el gesto confuso del hombre— y que coma lo que yo le indicaré. Además, prepararé una cataplasma con aloe y se la enviaré más tarde. Deberá aplicarlas y envolverlas con un lienzo limpio humedecido en agua caliente.

—Sí, señorita Manú.

—De ahora en adelante, no coma nada con maíz. Deberá comer carne, legumbres, cualquier cereal y tomar leche. ¿Les dan de comer eso en el cuartel?

—Raramente, señorita Manú.

Emanuela asintió y, si bien su expresión no revelaba lo que pensaba, hizo una nota mental para hablar sobre ese tema con Titus cuando regresase. La salud de la soldadesca dependía de una buena dieta.

—¿Puede procurarse estos alimentos por su cuenta?

—Hace cuatro meses que no recibimos la paga, señorita Manú —se justificó el hombre, y los demás alzaron la voz para confirmar su declaración.

Emanuela dirigió la mirada hacia Lindor Matas, que no apartaba los ojos de ella.

—¿Qué me dice vuesa merced, cabo Matas? ¿Ha tomado el caldo gordo de gallina y ha comido carne?

—El caldo sí —intervino Sancho Perdías—, pero carne y leche, no, señorita Manú. Las vituallas del cuartel son muy pobres por estos días.

—Muy bien. A diario, les haré llegar una canasta con lo que deberán comer hasta que se recuperen.

Desde el jergón en el suelo, Matas estiró la mano en un movimiento autómata para alcanzar a su benefactora, en tanto Frías caía de rodillas y besaba el ruedo del vestido de la joven.

—No haga eso, soldado Frías —imploró Emanuela, y tiró suavemente de la tela—. Por favor, no lo haga.

—Disculpe, señorita Manú —dijo, y se puso de pie.

—Ahora me retiro. Volveré mañana. Por el momento, enviaré los alimentos y la cataplasma.

La siguieron en silencio por el patio del cuartel hasta el ingreso, con el aire digno en el que caen los fieles mientras siguen la imagen de la Virgen en una procesión. Antes de trasponer el umbral del cuartel, Emanuela se cubrió con el rebozo y caminó a paso rápido hacia la casa de la calle de Santo Cristo. Justicia correteaba a su lado.

—¿Qué te ocurre, Justicia? ¿Por qué llevas esa cara?

—Si doña Ederra o doña Almudena se enterasen de que andas mezclada con estos palurdos, te encerrarían en el convento de Santa Catalina y a mí me venderían al primero que se les cruzase por la calle.

—No han de enterarse. Quédate tranquilo.

—Los chismes vuelan, Manú, y esos palurdos ya deben de estar contándole a todo el mundo que tú los has curado y tocado. No quiero que te manden al convento.

—Nadie me enviará al convento, Justicia.

Aunque se mostró ecuánime al pronunciar la declaración, Emanuela experimentó un instante de miedo. Sabía que estaba arriesgándose, no solo a que los Urízar y Vega la amonestasen por faltar a la promesa de la noche anterior, sino a que el Santo Oficio comenzase a indagar acerca de sus poderes sanadores. No obstante, ¿cómo podía negarse a salvar la vida de un hombre? ¿Cómo podía callar cuando alguien sufría y ella conocía la cura?

* * *

La corrida de toros comenzaba a las cuatro de la tarde, y, según les informó Lope, se trataba de una ocasión especial pues asistirían el gobernador José de Andonaegui y el ejecutor del Tratado de Permuta, el marqués de Valdelirios. Ante la noticia, doña Almudena y doña Ederra se miraron entre sí y compartieron un conato de sonrisa vanidosa.

La plaza de toros se erigía en el barrio de Montserrat, donde antiguamente había existido una plaza con un mercado floreciente y bellas casas. Si bien al principio los vecinos habían recibido de buen grado la noticia de que se construiría un circo, rápidamente se dieron cuenta del error. El barrio no se embelleció, ni adquirió popularidad, por el contrario, se convirtió en una zona peligrosa y maloliente debido a los toros muertos que se arrojaban a la calle. Los perros cimarrones acudían en jaurías a alimentarse de las piltrafas y los malhechores asaltaban a los espectadores a la salida del espectáculo.

A Emanuela, el sitio le disgustó apenas puso pie fuera del carruaje de Lope, que llamaba la atención de los que hacían cola para entrar en el recinto por ser de un boato similar al de Andonaegui. El hedor, que ni siquiera el frío aplacaba, y la multitud ruidosa la abrumaron. Se aferró al brazo de doña Almudena y caminó con actitud alerta. Saite iba en su hombro, y Libertad, que había hecho migas con Justicia, descansaba en su delgado antebrazo cubierto por una muñequera de cuero. Orlando, temeroso del cambio de paisaje y del rumor constante, escondía el hocico bajo el brazo de Emanuela.

—Será una corrida muy importante —les explicó Lope, incapaz de esconder el entusiasmo—, no solo por lo que os mencioné antes, que el gobernador, su esposa y el marqués Valdelirios estarán presentes, sino porque el torero no es uno de los ineptos criollos que tenemos acá, sino uno que acaba de llegar de la Península. Lo llaman El Cordobés, y aseguran que es de lo mejor que tiene la España.

A esta información, doña Almudena y doña Ederra desplegaron un entusiasmo similar al de Lope. Emanuela había notado que todo lo concerniente a la metrópoli despertaba la admiración de las señoras. Ella —en especial después de la firma del Tratado de Permuta— no entendía por qué. En los últimos tiempos, cualquier cosa que se relacionase con la Corona española y su imperio le daba grima.

Se ubicaron en unas gradas de madera bastante incómodas, en especial para las mujeres que vestían con miriñaque. Sin remedio, la presencia de Emanuela, con un ave rapaz sobre el hombro y un perro entre los brazos, atrajo la atención del público. Ella, indiferente, se inclinó para observar lo que doña Almudena le señalaba: el palco oficial, que pronto se completaría con las autoridades. Pocos minutos después, cuando ya no cabía un alma en la plaza, la orquesta tocó una fanfarria muy alegre y ruidosa para anunciar la entrada del gobernador, su esposa y del invitado de honor, el marqués de Valdelirios, al que pocos estimaban dado lo absurdo del tratado que se disponía a ejecutar. No obstante, los aplausos fueron tan fervorosos como intensas las miradas femeninas, que no perdían detalle de la vestimenta de la esposa de Andonaegui. Emanuela estudió las otras caras que rodeaban al gobernador y al marqués, y se detuvo de golpe al encontrarse con un par de ojos pequeños que la observaban con insistencia; se trataba del doctor Murguía, muy elegante en un brandís de gorgorán azul oscuro con alamares bordados en hilos de plata que embellecían el cuello y los puños. El hombre levantó las comisuras en una sonrisa apretada e inclinó la cabeza en señal de saludo. Emanuela, con semblante grave, lo imitó.

—Estuve averiguando acerca de Murguía —le susurró Lope, y a Emanuela le desagradó su aliento con olor a alcohol.

—¿Por qué?

—Porque te pretende —contestó el joven, sin apartar la vista del físico, que seguía observando a Emanuela—. Sabes que es familiar del Santo Oficio, ¿verdad?

—No lo sabía.

—Pues sí. Es un puesto codiciado, el de familiar de la Inquisición. Ganan un buen salario y gozan de prestigio y de muchos derechos.

—¿Prestigio?

—Se supone que si obtienes una designación como familiar es porque tu sangre está limpia de la de moros y judíos.

—Oh.

—Mantente lejos de él, Manú. No es un hombre de fiar.

—Es el físico de la familia con la cual vivo, Lope. ¿Cómo puedo mantenerme lejos de él? Visita la casa a menudo.

—Para verte —masculló el muchacho.

—¿Qué puedo hacer yo?

—¿Qué harías si te propusiese matrimonio?

—No aceptaría.

—¿Y si doña Ederra insistiese?

—No aceptaría.

—¿Y si te amenazase de algún modo para que lo hicieras? —Ante el gesto de confusión de Emanuela, Lope se explicó—: Y si te amenazase con denunciarte al Santo Oficio si no contrajeses matrimonio con él, ¿qué harías?

—Huiría.

Lope esbozó una sonrisa que le expuso toda la dentadura, muy blanca y pareja, y Emanuela se quedó mirándolo porque pocas veces lo había encontrado tan atractivo, con los rizos rubios que le ocultaban la frente y los ojos de pronto muy azules al favor de la luz del sol.

—Sabes que, en ese caso, contarías conmigo para cualquier cosa, ¿verdad, Manú?

—Sí, lo sé.

—Prométeme que recurrirías a mí antes que a nadie para que te ayudase a huir.

—Te lo prometo —dijo, y sonrió, más distendida—. No obstante, dudo de que tengamos que echar mano de una medida tan extrema. El doctor Murguía no me pedirá que lo despose.

—¿Y el capitán de Alarcón? —La tomó desprevenida, y no consiguió ocultar la turbación. Lope sonrió con ironía—. Ya te habló de sus sentimientos, ¿verdad?

Emanuela acariciaba el lomo de Orlando y fijaba la vista en sus manchas color canela.

—¿Cómo sabes tú de los sentimientos de Titus?

—Porque veo cómo te mira, Manú. Con devoción. ¿A él qué le dirás cuando te pida que lo desposes?

—Que no.

—¿Que no? ¿Por qué?

—Porque cuando tenía trece años hice una promesa y jamás voy a romperla.

—A Aitor, ¿verdad?

Emanuela afirmó con un movimiento sutil de la cabeza.

—¿Has tenido noticias de Ginebra? —preguntó, sin mirarlo.

—Eh... Sí —farfulló Lope—. Hace unos días llegó el barco de mi padre al puerto y traía carta de ella.

—¿Cómo está?

—Asegura que bien.

—¿Cuándo nacerá el niño?

—La comadrona lo espera para fines de diciembre.

—Irás a verla, ¿verdad?

—¡Mira, Manú! —la distrajo Justicia en el momento en que la orquesta volvía a sonar una melodía rápida y tintineante y un grupo de jinetes ingresaba en la arena, vistosamente ataviados, con cañas en una mano y adargas en la otra.

—Antes de la corrida —explicó Lope—, habrá un juego de cañas. Fueron los moros los que introdujeron este juego en la Península, por tal razón una cuadrilla se disfraza a la usanza árabe y la otra, de caballeros españoles. Fingirán una lidia. Esperemos que las cañas no se vuelvan lanzas —añadió, con una sonrisa.

—¿Crees que la lidia fingida pueda volverse real?

—A veces ocurre. Los ánimos se caldean.

Los jinetes atrajeron los ojos de Emanuela, que quedó prendada de los ejercicios, caracoleos y figuras que ejecutaron con habilidad sobre sus monturas, embellecidas con gualdrapas que iban a tono con los disfraces. Sin embargo, cuando comenzó el juego, que consistía en derribar del caballo al contrincante a fuerza de lanzazos, y el ruido del golpe de las cañas, los relinchos y el rugido del público se volvió ensordecedor, Emanuela deseó no haber aceptado la invitación. Saite y Libertad aleteaban, nerviosos, y Orlando no se animaba a sacar el hocico del hueco que formaba el brazo de su dueña.

Los participantes del juego de lanzas terminaron su comedia, con un éxito rotundo por parte del equipo de los moros, y abandonaron la plaza blandiendo sus lanzas y paseándose en torno a las gradas para recibir los aplausos de los hombres y las flores de las mujeres. Vacía la arena, unos esclavos entraron corriendo para limpiarla de detritos y estiércol antes de que comenzase la lidia, que se anunció con el sonido prolongado y agudo de un clarín, al fin del cual se precipitaron dos picadores —así los llamó Lope— a caballo, los que iban cubiertos por gualdrapas que no eran de tela, sino de cuero, característica que asombró a Emanuela. Al mismo sonido de clarín, se elevó una compuerta y apareció un toro negro, de fiera estampa. El público aplaudió y vitoreó, enfebrecido.

A poco, Emanuela comprendió que las gualdrapas no eran decorativas, sino una especie de escaupil para proteger a los caballos de la cornamenta del toro, y que el término "picadores" se debía a que los jinetes "picaban" con sus garrochas el lomo del animal. Horrorizada, Emanuela se incorporó en la grada al distinguir sangre en el pelaje del toro. Lanzó un grito cuando una de las varas se insertó en el ojo izquierdo del animal y se lo arrancó.

—¿De esto se trata la corrida del toro? —preguntó a Lope, enfurecida—. ¿De torturar a un pobre animal?

Lope tartamudeó, como cada vez que se ponía nervioso.

—Bu-bu-e-no... Ve-e-rás...

—¡Buscan matarlo, Manú! —lo interrumpió Justicia, que disfrutaba del macabro espectáculo.

—¡Cómo! ¿Matarlo? ¡Por qué! —se escandalizó la muchacha—. ¿Por qué matarlo?

—A-a-sí e-e-es la li-i-dia, Manú.

Un nuevo toque de clarín la distrajo. El toro, con la cerviz baja, acezaba cerca de la arena, que absorbía las gotas de sangre. Los picadores abandonaron la pista y enseguida entró el torero. El público lo ovacionó de pie y a la voz de "¡Viva El Cordobés!". Se trataba de un hombre de figura esbelta, exacerbada por el traje tan peculiar, a la andaluza, comentó doña Almudena, con chaquetilla de terciopelo rojo hasta la cintura, muy recargada con galones y pasamanería dorada, pantalones en el mismo género, ajustados a la rodilla, y medias blancas, que le revelaban unas pantorrillas musculosas y firmes. Saludaba con una gorrita de color negro.

—¿Qué le hará al toro?

—Tran-qui-i-la, Ma-nú —suplicó Lope.

—Es un espectáculo, nada más —adujo doña Ederra, con tono impaciente.

—¿El torero será quien lo mate?

—De eso se trata, Manú —intervino doña Almudena—, de que el torero mate al toro de una estocada certera en la cruz.

La mueca de espanto de Emanuela terminó por destruir la alegría con que Lope había llegado al circo. Expuso, entre tartamudeos más controlados, la conveniencia de retirarse.

—Manú tiene las manos heladas —dijo doña Almudena, que se las apretó sobre el lomo de Orlando— y está muy pálida.

—Sería vergonzante alzarnos ahora, madre —interpuso doña Ederra, sin hacer un misterio de su enojo—. El gobernador y el marqués nos verían desde el palco oficial.

—Vosotras permaneced. Yo os esperaré fuera —propuso Emanuela, con voz desfallecida—. No soportaré la visión del toro muerto, lo sé.

—De ninguna manera nos esperarás afuera —se enfadó doña Ederra—. Qué ocurrencia, Manú. —Con un bufido, se puso de pie—. Vamos.

No resultó fácil abandonar las gradas con el público sentado y atento a la pista. Recibieron reproches mascullados y suspiros impacientes, lo que incrementó el mal humor de las señoras de Urízar y Vega. Al final, descendieron las escaleras y se encontraron en la galería que conducía a la calle.

—Esperadme aquí —propuso Lope—. Iré a buscar el carruaje. En un momento regreso.

Emanuela necesitaba alejarse de la hostilidad de sus guardianas, sobre todo de la de doña Ederra, por lo que, simulando curiosidad, caminó hasta un arco que se abría hacia el sector de la pista. Una cancela de rejas impedía el paso. No se veía la pista a causa de un muro construido con tablones de madera que se levantaba a modo de valla protectora; burladero se llamaba, al menos eso había asegurado Lope mientras le describía la plaza antes de que comenzara el espectáculo. Colgados o sentados a horcajadas sobre este, unos hombres —los picadores, los esclavos y otros empleados del circo— observaban el espectáculo.

—Mira, Manú —la instó Justicia—. La reja está abierta.

El niño la empujó, y la cancela se apartó con un chirrido.

—¿Adónde vais? —escucharon preguntar a doña Ederra.

Emanuela avanzó hacia el grupo de hombres montados en el burladero, un muro corto, que no rodeaba toda la circunferencia de la arena. Depositó a Orlando en brazos de Justicia, caminó tras el muro de tablones y se metió en la pista con Saite al hombro. Libertad la sobrevolaba y lanzaba chillidos.

—¡Manú! ¡Detente, Manú! —Las voces de Justicia, doña Ederra y doña Almudena solo servían para impulsarla con mayor decisión hacia el toro, al que el torero le incrustaba dos lanzas cortas y adornadas con cintas de colores en la cerviz, donde ya tenía otras dos clavadas, que rebotaban. Se contrajo al sentir en su espalda el dolor que experimentaba la bestia.

—¡Manú! —exclamó Lope, y Emanuela se dio vuelta para descubrirlo en el filo de la pista. Resultaba obvio que se debatía entre seguirla o cobijarse tras el burladero.

Una exclamación de asombro y espanto se alzó entre los espectadores al divisar a la joven ataviada con un traje en tonalidad malva que cruzaba la pista con la decisión de un pirata holandés. El torero giró sobre sus talones y se quedó helado, la vista fija en la desquiciada que caminaba hacia el toro, que también se había vuelto hacia ella y piafaba, agitaba la cabeza y mugía con sonidos desgarradores. Emanuela sabía que estaba sufriendo y que tenía miedo, y que eso lo convertía en una bestia peligrosa. Sin embargo, tenía que acercarse para calmarla. Para salvarla.

—Señorita —oyó susurrar al torero—, no os mováis. Quedaos quieta. Iré por vuesa merced.

Emanuela giró el cuello con rapidez y le clavó una mirada furibunda.

—No os atreváis a acercaros, ni a poner una mano sobre mí.

El público observaba el intercambio entre el torero y la muchacha con muecas incrédulas y pasmadas. Consciente de que no contaba con mucho tiempo —cuando saliesen del estupor, entrarían los jinetes para sacarla por la fuerza—, Emanuela estiró la mano en dirección del toro y le habló en guaraní. Cayó naturalmente en su lengua madre, cuya dulzura y musicalidad fue aplacando al animal.

—Sé que tienes miedo. Sé que estás sufriendo. No te haré daño. Solo quiero ayudarte y calmar el dolor. Déjame ayudarte. Solo quiero ayudarte. No te haré daño. Lo prometo. Me llamo Emanuela, y cuando me trajeron hoy aquí, no sabía que sería para presenciar esta crueldad. Lo siento, lo siento tanto.

Un silencio sepulcral se había apoderado de las gradas, donde los espectadores contenían el respiro y no pestañeaban, los ojos como platos fijos en una escena que parecía extraída de una pesadilla sin pies ni cabeza, digna del pincel del Bosco. Una exclamación ahogada rompió el silencio e inundó el recinto cuando la pequeña mano de Emanuela se posó sobre la testuz del toro, que emitió un soplido ruidoso, aunque no amenazante, más bien de alivio. Emanuela le siseaba, mientras movía lentamente la mano hacia la cuenca vacía y sangrante del ojo.

—Si me permites —siguió hablándole en guaraní—, puedo sanarte, y el dolor pasará. No quiero que te asustes, ni que me temas. Jamás te haría daño. *Jamás.*

Su pequeña mano cubrió la cuenca de la que salían colgajos de ojo y venas, y el toro mugió, aunque más pareció un rugido, y se echó hacia atrás para luego avanzar piafando. En ningún momento, Emanuela quitó la mano, ni siquiera cuando el toro se alejó. La dejó allí, extendida. Una exclamación de asombro quebró el silencio cuando el toro se aproximó sacudiendo la cabeza para colocarla de nuevo contra la mano de la joven. No cabía duda de que se había tratado de un acto deliberado del animal.

—Eso es —susurró Emanuela en guaraní—, déjame sanarte. Ya no dolerá. Ya no te harán daño, te lo prometo.

Se oyeron unos relinchos y el crujido de la arena bajo los cascos de los caballos. Emanuela sabía que se trataba de los picadores, que venían a llevársela. Se quedó quieta, sin retirar la mano de la cuenca vacía del animal, mientras esperaba con el respiro contenido que se le acercasen.

—¡No os acerquéis! —La voz masculina se difundió por la plaza, y de nuevo el público ahogó una exclamación de sorpresa.

Los jinetes se detuvieron a unas varas del toro y de Emanuela, que no tenía idea de quién había intervenido en su favor. No se atrevía a moverse, ni siquiera a girar los ojos; temía asustar al animal, que acezaba y sangraba. La calma que siguió la ayudó a concentrarse. Cerró los ojos, y como hacía últimamente para conjurar su don, pensó en los que amaba, en este caso, se acordó de sus animales. Se acordó de Timbé, de cuando era una pequeña cerdita a la que su incapacidad le impedía acercarse para mamar. Sonrió para sí al recordar a Miní, con sus pelos rojizos en punta y sus aullidos y su impaciencia cuando tenía hambre. Recordó a su adorado Kuarahy, y de cómo había muerto de pena al verla tan quebrada después de la huida de Aitor. Al mismo tiempo que el calor de una lágrima le lamía la mejilla, la familiar comezón le cosquilleó en las palmas de las manos, y de inmediato las apoyó sobre la cuenca vacía. El toro profirió un largo estertor en el cual se evidenciaba el alivio que estaba experimentando. Las rodillas de sus cuartos delanteros cedieron y cayó hacia delante. De nuevo, la multitud soltó un clamor. El animal quedó recostado por completo delante de Emanuela, que luego de quitar las manos de la cuenca vacía, ahora restañada, caminó sobre sus rodillas alrededor del toro para deslizarlas en el lomo, siempre con los ojos cerrados. Le retiró una a una las cuatro banderillas, y con cada tirón, la bestia se estremeció y mugió de dolor. Emanuela recomenzó a hablarle en guaraní, sin levantar los párpados, mientras continuaba apoyando las manos en las heridas causadas por los picadores y el torero.

Percibió en su cuerpo el instante en que el animal dejó de sufrir, y supo que el mismo alivio que la recorría a ella de pies a cabeza, lo recorría a él y le distendía los músculos. Escuchó el aleteo de sus aves, que se habían mantenido a distancia, y sintió cuando se apoyaron sobre sus hombros, sin alterar la tranquilidad del toro. Su presencia la hizo sentir segura. Nadie le haría daño; antes tendrían que enfrentarse a Saite y a Libertad.

De pronto exhausta, se recostó sobre la cruz del animal, el punto en el cual, según doña Ederra, le clavarían una estocada para matarlo. Todavía no entendía el porqué de ese espectáculo morboso.

No supo cuántos minutos pasaron. Tal vez había dormitado sin darse cuenta. Levantó la cabeza cuando una voz masculina y grave, aunque imbuida por un matiz que Emanuela enseguida identificó con la compasión, le pidió:

—Levantaos, señorita. Os lo suplico.

Giró apenas la cabeza y se dio cuenta de que era el torero quien le hablaba.

—Alejaos de mí y de este animal —lo increpó, y Saite y Libertad lanzaron chillidos amenazadores—. Tendréis que matarme a mí primero antes de rematarlo con el estoque que escondéis en vuestra capa roja.

Fueron sus palabras las que surtieron el efecto de una estocada en el pecho del hombre, pues se echó hacia atrás y la miró con el gesto alterado por la angustia.

—La corrida ha terminado —le informó con acento doliente—. Vuesa merced y el toro habéis vencido. No lo remataré. Os lo prometo.

Emanuela se puso de pie desestimando la ayuda que el matador le ofrecía, y se apartó cuando el toro hizo otro tanto. El animal sacudió la cabeza, donde la cuenca izquierda quedaría vacía para siempre, y piafó e hizo volar la arena con sus soplidos al ras. A diferencia de El Cordobés, que retrocedió, Emanuela se acercó con la confianza que hubiese destinado a Orlando. Le puso una mano sobre la cruz, y la bestia pareció congelarse en la posición de cabeza baja y rodilla apenas doblada en el acto de piafar. Le siseó y le habló en guaraní. Ante los ojos atónitos de los espectadores, el toro se incorporó y acarició la cara de Emanuela con el hocico. Componían una imagen inverosímil, la cabeza del toro enorme en comparación con la de Emanuela. El comportamiento del animal, que momentos atrás había representado el papel de una bestia emergida del inframundo y que ahora lucía como un cachorrito consentido, los mantenía en un mutismo reverencial.

A Emanuela la sobresaltó la ovación que explotó en las gradas. No se la esperaba, ni la deseaba. Esas gentes, que minutos antes había alentado ese pasatiempo brutal, ahora la felicitaban por tratar con dignidad a esa criatura de Dios. ¿Acaso no eran todos cristianos, que iban a misa a diario? La cuestión escapaba a su entendimiento y la tenía confundida y enojada.

—¡Oídme! ¡Oídme! —El gobernador se hallaba de pie en el palco oficial y levantaba las manos en el acto de pedir silencio—. En mis largos sesenta y siete años, debo deciros que *jamás* había presenciado un acto tan portentoso y de tanto denuedo e intrepidez como el que acaba de protagonizar esta muchacha. ¡Ella nos ha dado hoy aquí, en esta plaza del Puerto de Santa María del Buen Ayre, una lección que debería alcanzar las costas de todos los continentes! ¡Una lección de compasión! ¡Mis reverencias a vuesa merced, señorita! —exclamó Andonaegui y ejecutó una genuflexión con bastante gracia y agilidad si se consideraban el espacio estrecho y la edad del gobernador.

Emanuela se quedó mirándolo, perpleja. Se dio cuenta de que su esposa se enjugaba las lágrimas, lo mismo que otras señoronas que la escoltaban. Sin quitar la mano de la testuz del toro, giró la cabeza para echar un vistazo a los demás espectadores, todos de pie; quienes no aplaudían, se secaban los ojos. No la conmovieron; solo pensó: "¡Qué inconstante es el alma humana!", y se acordó de Aitor, como siempre, como en cada instante de su vida, no importa en qué circunstancia se hallase, él era lo que le venía a la mente. Y pensó en la inconstancia de su amor, aunque, se convenció y suspiró, lo de él no había sido amor.

—Ese animal al que habéis doblegado con piedad y compasión os pertenece. ¡Es vuestro! ¡Podéis llevarlo con vos!

La algarabía del público alcanzó un sonido ensordecedor.

—¡Excelencia! —exclamó uno de los picadores, y se aproximó al galope y frenó de golpe el caballo bajo el palco oficial—. ¡Excelencia! ¡Ese toro me pertenece!

—¿Y quién sois vos?

—El empresario que monta, a su riesgo y suerte, este espectáculo para divertir al pueblo de la Santísima Trinidad. Jorge Miguel Escudero, Excelencia, a vuestra disposición.

—Ese toro ya no os servirá para ninguna corrida. Ha quedado tuerto, por si no lo habéis notado.

—Sí, lo he notado, Excelencia. Igualmente, algún valor todavía tiene.

—¿Cuánto pedís por él?

El hombre se rascó la barbilla y mientras observaba al toro, un hermoso ejemplar, de relucido cuero negro, buena alzada y recios músculos, ponderaba cuánto pedir por un animal que, seguramente, habría terminado muerto y desechado si esa maldita jovencita de los ojos enormes y que parecía echarle venablos no hubiese arruinado tan excelente espectáculo con El Cordobés, ¡nada menos que con El Cordobés!, como matador. La peste se la llevase.

—¡Tres pesos, Excelencia!

La multitud soltó silbidos de desaprobación y le lanzaron cosas desde las tribunas.

—¡Sabéis que ese es un precio infame!

—¡Dos pesos, Excelencia!

—¡Uno, y quiero que sepáis que habéis hecho un buen negocio! —le reprochó al tiempo que le arrojaba la moneda de plata desde el palco, que aterrizó sobre la arena—. ¡El toro es vuestro, señorita! ¿Puedo saber vuestro nombre?

—Emanuela Ñeenguirú, Excelencia. —Lo dijo y su mirada se detuvo en la del doctor Murguía. En sus ojos pequeños se escondían la risa y algo más, que le provocó un escalofrío.

—¿Quiénes son vuestros padres? ¿Están hoy aquí?

—Soy huérfana, Excelencia. Mis tutores son los Urízar y Vega.

—¡Ah, sí, don Mikel! ¡Gran hijodalgo! ¿Qué haréis con el toro, señorita? Es vuestro —le recordó.

—No lo sé aún, Excelencia. Esta ha sido una gran sorpresa para mí.

—Entiendo.

Escuchó un carraspeo detrás de ella. Se trataba de Lope, que guardaba la distancia con el toro. Sin remedio, pensó en Aitor, en que él jamás la habría dejado sola en esa peripecia. Nunca olvidaría que, a regañadientes y con un palo en alto, había entrado en la porqueriza para que ella rescatase a Timbé cuando era apenas una cerdita de días a punto de morir. Tampoco olvidaría que lo había convencido de que ordeñase a la chancha. Apretó los labios para reprimir una sonrisa, que se habría juzgado la reacción de un orate en esas circunstancias.

—Vamos, Manú —masculló Lope.

El timbre avergonzado del joven la impacientó, y se volvió con decisión al gobernador.

—Excelencia, os estaría eternamente agradecida si pudiese abusar un poco más de vuestra generosidad.

—¿Qué precisáis, muchacha?

—Una carreta para transportar al toro. —El gobernador movió la vista hacia el picador, el dueño del espectáculo, que asintió—. Contad con ella. ¿Adónde llevaréis a la pobre bestia?

—A lo de Urízar y Vega, en la calle de Santo Cristo.

Se escuchó un clamor sofocado, y Emanuela no necesitó darse vuelta para saber que se trataba de doña Almudena.

* * *

La entrada del toro por el portón de mulas de lo de Urízar y Vega acarreó consecuencias que fueron más allá del simple hecho de conservar un animal de semejante porte en una caballeriza de ciudad. Don Mikel y don Alonso, boquiabiertos, observaban cómo el empleado del circo lo guiaba dentro, mientras seguía las instrucciones de Emanuela, que había regresado una hora antes en el carruaje de Lope y puesto en autos a los señores de la casa. Doña Almudena y doña Ederra, pálidas y cortas de aliento, sin pronunciar palabra, habían cruzado el patio principal y marchado directo a sus recámaras, desde donde solicitaron sales, vinagres medicinales y tisanas.

—¿Qué haremos con él, don Mikel? —se preocupó Alonso de Alarcón.

—Ponerlo a buen uso en la quinta de San Isidro —resolvió el anciano, cuyas comisuras comenzaban a temblar con un risotada inminente—. Es un ejemplar excelente.

Don Alonso se aferró las manos, que no cesaban de temblar desde que Emanuela y Lope les habían relatado los hechos. No sabía si abrazar a su joven pupila o molerla a golpes por haberse expuesto. La imagen del toro arremetiendo contra su delgado y delicado cuerpo le produjo un revoltijo en el estómago.

Durante la cena, a la cual asistía el padre Hinojosa, don Mikel intentó bromear con lo ocurrido en la plaza de lidia. Doña Almudena lo detuvo en seco.

—¡No está la Magdalena para tafetanes, muy señor mío! —le advirtió.

—Padre —intervino doña Ederra—, os suplico que no toméis a la ligera esta cuestión. Emanuela —todos advirtieron que no la había

136

llamado Manú— expuso el buen nombre de los Urízar y Vega de una manera execrable e imperdonable.

—Estás exagerando, hija mía —la contradijo el anciano—. A partir de hoy, nuestro nombre será asociado a un acto de valentía y compasión. ¿No opináis lo mismo, padre Santiago?

—Sí, fue un acto de valentía y compasión. Sin embargo, no dejo de pensar que Manú se expuso inútilmente y que actuó sin reflexionar, sin medir las consecuencias.

—¿Consecuencias? —reaccionó don Alonso—. ¿A qué os referís, padre?

—Podría haber sido arrestada por interrumpir la corrida. Afortunadamente, el gobernador mostró su lado más compasivo y no mandó aprehenderla. Más allá de eso, podrían existir otras consecuencias. Todavía no sé cuáles, pero este tipo de actos portentosos, al que algunos juzgarán de milagroso, llevados a cabo frente a una multitud, siempre pone nerviosas a las autoridades eclesiásticas.

—Y no tengáis duda, padre —prosiguió Ederra—, mañana, cuanto menesteroso y enfermo hay en la ciudad y sus alrededores hará sonar nuestra aldaba y pedirá por la niña santa.

El día que siguió al de la corrida fue movido en lo de Urízar y Vega. La profecía de doña Ederra se cumplió, y tanto en la entrada principal sobre la calle de Santo Cristo, como en la del portón de mulas, sobre la calle de San Nicolás, se congregó un grupo de gente, algunos curiosos, otros enfermos o parientes de enfermos. A Emanuela le prohibieron siquiera asomarse a la ventana, lo que le imposibilitó llegar al fuerte y atender a sus enfermos. Envió a Justicia y a Pastrana, una mulatilla despierta y alegre que atendía a doña Ederra, con una canasta con comida, vendas limpias y aceite de tomillo para la herida de Matas y el emplasto de aloe para el soldado Frías.

La primera sorpresa se presentó antes del mediodía, cuando Romelia, toda alborotada, entró en la caballeriza, donde Emanuela cepillaba el lomo del toro y le estudiaba las cicatrices.

—¡Deja eso, Manú!

—¿Qué ocurre?

—¡El gobernador ha venido a verte!

Se la quedó mirando con la almohaza quieta sobre la testuz del animal.

—¡Manú, muévete! El gobernador te espera en la sala. El amo Mikel está entreteniéndolo, pero él ha pedido por ti. ¡Vamos! Quítate ese mandil todo sucio. Pasemos antes por tu recámara para adecentarte un poco.

Como la contraventana del dormitorio de Manú daba hacia los fondos, volvieron rápidamente y sin ser vistas. Emanuela se contempló en el espejo, mientras la esclava le rehacía la trenza y se la recogía en la nuca.

—Perfúmate. —Con el mentón, Romelia le señaló el frasco de cristal que contenía un líquido amarillento con un aroma exquisito, mezcla de almizcle, algalia y ámbar negro, que la fascinaba. Don Alonso se lo había regalado el 28 de junio pasado, en el día de Santa Manuela, y no solo le había costado una fortuna, sino una pelea con doña Ederra a puertas cerradas, que se había oído incluso en el cuarto patio.

Emanuela levantó la tapa de cristal y apoyó la punta humedecida tras sus orejas. Bajó los párpados e inspiró. Enseguida, el perfume intenso operó en ella un cambio de ánimo, y de nerviosa e incómoda, pasó a sentirse contenta y relajada. "A Aitor le encantaría este aroma sobre mi piel", se dijo.

—Vamos, Manú. No hagamos esperar al gobernador.

José de Andonaegui no había llegado solo a la casa de la calle de Santo Cristo. Su esposa y un hombre joven, al que Emanuela reconoció de inmediato —era el torero, apodado El Cordobés—, lo acompañaban. Los hombres se pusieron de pie cuando la joven entró en la sala.

—¡Mira, Emilce! —proclamó el gobernador a su esposa—. Aquí ha llegado la heroína de la jornada de ayer.

Seria, Emanuela ejecutó una corta genuflexión.

—Buenos días, Excelencia. Es un honor recibir vuestra visita. Buenas días, señora —saludó, y volvió a realizar una reverencia en la que un furtivo vistazo le permitió calcular que la diferencia de edad entre Andonaegui y su esposa era notoria; doña Emilce más bien parecía su hija.

—Buenos días, Emanuela —contestó la mujer con voz afectuosa.

Al torero, Emanuela lo ignoró.

—Creo que ayer no habéis sido debidamente presentados, señorita Emanuela.

—Todos me llaman Manú, Excelencia.

—Bien, bien. Manú, me complace presentaros al señor Leónidas Cabrera, más conocido como El Cordobés, gran torero peninsular que nos honra con su presencia en el Río de la Plata.

Emanuela, sin hacer contacto visual, se limitó a inclinar la cabeza. Más tarde se enteraría gracias a Romelia, que permanecía en el ingreso de la sala, que el tal Cordobés le había destinado una sonrisa tan encantadora como reverencial había sido su mirada.

—Sentaos, sentaos —invitó don Mikel—. Romelia, por favor, tráenos mate y de esa torta que ayer preparó Manú. Para el señor Cabrera, que de seguro no conoce el mate —conjeturó, y el torero asintió con una sonrisa—, traele café. ¿O preferís un chocolate caliente, señor?

—Un café me sentará de maravillas. Gracias.

Emanuela recordó el timbre de su voz del día anterior, si bien no le había parecido tan grave, ni seguro; por cierto, no tan seductor. Levantó la vista del lomo de Orlando, que se había acomodado en su regazo, y lo descubrió observándola.

—Esas gentes con las que nos encontramos al ingreso de vuestra casa, don Mikel, ¿están importunándoos? —inquirió el gobernador—. Si es así, le ordenaré a mi guardia personal que las obliguen a marcharse.

—No han hecho nada indebido, Excelencia —informó el anciano—. Han pedido por Manú, pero les hemos dicho que ella no puede atenderlos. Terminarán cansándose y yéndose.

—Si no es así, por favor, don Mikel, mandad aviso al fuerte y tomaré cartas en el asunto.

—Lo aprecio de verdad, Excelencia.

—¿Cómo está el toro, Manú? —se interesó la esposa del gobernador.

—Se marea un poco al caminar, señora, por la falta del ojo izquierdo. Pero salvado eso, a lo cual terminará por acostumbrarse, está bien.

—¿Dónde lo tenéis?

—Lo mantenemos en las caballerizas, hasta que podamos llevarlo al campo.

—¿Ya lo habéis bautizado? —se interesó El Cordobés, y Emanuela se permitió mirarlo a la cara. No lo recordaba tan joven —no más de veinticinco años, estaba segura—, ni tan hermoso, porque esa era la palabra para definir el rostro de piel cetrina que la contemplaba con una intensidad casi rayana en la impudicia. De sus ojos rasgados, casi entrecerrados, asomaba la tonalidad del iris como una luz verde muy clara, potenciada por el color renegrido de las cejas cuya forma, no tan única como la triangular de Aitor, era igualmente peculiar en su rectitud y su insondable color negro. Emanuela se dio cuenta de que el cuadro no habría sido tan contundente sin esas cejas.

—No le he puesto nombre aún —admitió.

—Ayer, antes de entrar en la arena, don Jorge —Leónidas Cabrera hablaba del dueño de la plaza— me dijo que lo llamaban Almanegra.

—¡Qué nombre tan intimidante! —se estremeció la mujer de Andonaegui.

—Se lo cambiaré —anunció Emanuela, con semblante compuesto, aunque turbada en su interior, mientras repetía una línea de la carta de Aitor: *Lo hice porque mi alma es negra*.

—Podríamos ayudaros a elegirlo —propuso el torero.

—Estaba pensando llamarlo en honor de quien me ayudó a salvarlo. —Miró en dirección al gobernador—. Y de quien fue tan generoso y paciente conmigo ayer. Eso es, si Su Excelencia está de acuerdo.

—¿Habéis pensando llamarlo José, Manú? —Andonaegui se mostró asombrado.

—Si Su Excelencia me lo permite —insistió—. José Moro. José en honor a Su Excelencia, ya que sin vuestra intervención estimo que el toro habría terminado igualmente muerto. Lo de Moro va por su color negro, el de su pelaje, pues su alma es blanca y bondadosa.

—Los animales no tienen alma —sentenció la esposa del gobernador, con actitud agraviada.

—Para mí la tienen, señora.

—¡José Moro sea, entonces! —intervino el gobernador, encantado.

Sobrevino un silencio incómodo, que se quebró cuando doña Ederra y doña Almudena entraron en la sala. Venían de la calle, donde habían realizado algunas compras. Después de un instante de estupor, se aproximaron para saludar, disimulando la incomodidad y la irritación. Iba contra las estrictas reglas protocolares presentarse fuera de las horas y de los días en que la dueña de casa recibía o sin avisar con antelación. Tratándose del gobernador, las señoras no harían ninguna cuestión; de igual modo, la sorpresa no les caía bien. Antes de excusarse, doña Ederra contempló con un rictus a Orlando, después de descubrirlo sobre el vestido verde musgo de su dueña.

Las mujeres regresaron desembarazadas de sus esclavinas, rebozos y guantes, seguidas por Romelia, que, asistida por Pastrana, traía una bandeja con el servicio del mate.

—Antes de que llegarais, Manú —tomó la palabra el gobernador—, don Mikel nos explicaba que habéis sido criada en una de las misiones que los loyolistas poseen en el Paraguay.

—Sí, Excelencia. El hijo de don Mikel, mi *pa'i* … el padre Ursus es mi tutor.

—¿Y vuestros padres? —se interesó la esposa de Andonaegui.

—No los conocí, señora. El padre Ursus halló a mi madre a orillas del río Paraná medio muerta. Acababa de darme a luz.

La señora ahogó una exclamación y se cubrió la boca.

—¿Sola? ¿Vuestra madre estaba sola?

—Sí, señora.

—Pobrecita.

—Murió enseguida. Está enterrada en San Ignacio Miní, donde me crié.

—Dios la tenga en su gloria.

—Es una historia remarcable —expresó el gobernador—. Verdaderamente increíble.

—¿Cómo habéis hecho lo que hicisteis ayer? —se interesó el torero, y Emanuela se volvió con lentitud antes de contestarle; le resultaba trabajoso mirarlo.

—Muy simple, señor. Mostrando un poco de compasión a una criatura que estaba siendo salvaje e injustamente atacada para diversión de los hombres.

—¡Manú! —se enojó doña Ederra—. Las corridas de toros son una tradición española…

—Que sean una tradición, doña Ederra —la interrumpió la joven, y la mujer se quedó atónita, pues nunca la enfrentaba—, no significa que el espectáculo no sea cruel e inútil.

—Pero —insistió El Cordobés—, ¿cómo habéis hecho para calmarlo? El toro parecía haber caído en un hechizo.

La elección de la palabra incomodó a todos, excepto a Emanuela, que se mostró ecuánime al contestar:

—Ningún hechizo, señor Cabrera. Como os he dicho antes, simple compasión.

—¿Y cómo habéis curado sus heridas? Parecían cauterizarse al paso de vuestra mano.

—Ah —suspiró don Mikel—, las manos de Manú.

—Ya habíamos escuchado hablar de vuestras manos —admitió el gobernador—, solo que ayer, en la plaza, no sabíamos que estábamos frente a la popular niña santa. Es más —confesó—, no sabíamos si era una invención de la gente o si en verdad existía la tal niña santa. Hasta ayer —remató.

—¿Vuesa merced cura con las manos? —se pasmó el torero, y

verlo tan abiertamente confundido y asombrado, a él, un hombre que se esforzaba por desplegar una imagen segura y recia, obligó a Emanuela a sofrenar la risa.

—Es un don —dijo, y no agregó nada más.

—¿Un poco más de torta, doña Emilce? —ofreció doña Ederra para acabar con un tema que le ponía los pelos de punta.

—Sí, gracias. Está exquisita.

—Es una receta guaraní —explicó don Mikel—. ¿Es así, Manú?

—Sí, don Mikel. Se prepara con zapallo, zanahorias y harina de algarrobo blanco.

—¡Qué interesante! —exclamó doña Emilce.

—Excelencia —siguió hablando Ederra para hacerlos olvidar del tema de Manú y sus manos—, ayer os vimos en el palco oficial junto al marqués de Valdelirios. Espero que el marqués esté pasando un buen momento en nuestra ciudad. Seguro que la encuentra menos pomposa y más estrecha que a la bella Lima.

—El encanto del Puerto de Santa María del Buen Ayre radica en la nobleza de su gente —salió del paso el gobernador—. El espectáculo de ayer lo tuvo maravillado por el resto de la jornada. No daba crédito a sus ojos. Quería unirse a nuestro grupo y conoceros, Manú, pero esta cuestión del Tratado de Permuta lo tiene muy ocupado.

A la mención del acuerdo, Emanuela se envaró en su silla, y Orlando emitió un gañido.

—¿Partirá pronto la comitiva que fijará los nuevos límites? —quiso saber don Mikel.

—Están planeando hacerlo en el mes de agosto —contestó el gobernador, y miró de soslayo y con incomodidad a Emanuela.

—Mi señor —intervino doña Emilce—, creo que esta visita se ha extendido indebidamente. Dejemos a la familia Urízar y Vega continuar con sus quehaceres.

Los Andonaegui y El Cordobés abandonaron sus sitios, y don Mikel y doña Almudena encabezaron el grupo hacia la salida. Cruzaron el patio y se detuvieron en el vestíbulo. El torero aminoró el paso de modo tal de caminar junto a Emanuela, que fijaba la vista tenazmente en la cabeza de Orlando. En tanto los mayores intercambiaban las fórmulas de protocolo para despedirse, El Cordobés, que era bastante más alto que Emanuela, se inclinó para preguntarle:

—¿La encontraré en el baile que dará el marqués de Valdelirios en una semana?

—No.

—¿No habéis sido invitados?

—No lo sé.

—Entonces, ¿por qué aseguráis que no iréis?

—Porque conduzco una vida muy apartada. No estoy interesada en fiestas.

—Entonces, vendré a visitaros a vuestra casa, si me lo permitís.

—¿Para qué vendríais a visitarme, señor Cabrera? —De su voz emergía claramente la hostilidad, y la sonrisa del torero se profundizó hasta adquirir un matiz irónico—. ¿Para que os enseñe cómo *hechizar* a un toro para matarlo más fácilmente? Creo que perderíais el tiempo y me haríais perder el mío.

—Vos me despreciáis —afirmó el joven.

—Sí.

La respuesta tajante de Emanuela le provocó una risotada. Los mayores se acallaron y los miraron con suspicacia.

—Disculpad, señores —dijo El Cordobés—, pero la señorita Manú tiene un gran sentido del humor. ¿Os encontraremos en la fiesta que dará el marqués de Valdelirios la semana próxima, doña Almudena?

—No hemos recibido la invitación.

—Procuraré que os envíen una hoy mismo —prometió el gobernador.

Después del almuerzo, el que Emanuela engulló sin ánimo —la impertinencia y pedantería de Cabrera y la mala cara de doña Almudena le habían quitado el apetito—, Micaela de Riba se presentó para proseguir con las lecciones de clavicordio, la cual fue interrumpida un sinfín de veces porque la joven profesora exigía detalles de lo sucedido el día anterior en la plaza de lidia y de lo que, según ella, se hablaba en los mentideros. Emanuela no se arrepentía de haber salvado a José Moro; no obstante, que su nombre se pronunciase en cada casa porteña, lo mismo que su don para sanar, la ponía nerviosa. Sin duda, su *pa'i* Ursus no habría estado contento de saberlo.

—¿Quieres conocer a José Moro? Así he bautizado al toro.

Cruzaron los patios y llegaron al fondo de la casona, donde se encontraba la caballeriza.

—Es hermoso —admitió Micaela desde lejos—. ¿Qué harás con él?

—En unos días, lo llevarán a la quinta que los Urízar y Vega poseen en San Isidro. Lo veré en el verano.

—Todavía me cuesta imaginar lo que hiciste ayer, Manú. De veras, fue una proeza.

—Y a mí me cuesta entender por qué la gente se divierte viendo un espectáculo tan cruel y perturbador.

Micaela suspiró con gesto abatido.

—Es una tradición ancestral. Eso dice mi padre.

—Esa es una respuesta ridícula, Micaela. Es una tradición cruel y morbosa. Habría que prohibirla. ¿Por qué sonríes?

—Porque Josefa de Ulloa, que estuvo ayer en la plaza, asegura que El Cordobés es un joven muy gallardo y apuesto. ¿Qué me dices tú, que lo tuviste tan cerca en la arena?

—Ayer lo tuve cerca, sí, pero no lo vi. Es decir, sabía que estaba allí, pero no le presté atención. Hoy, que vino a verme, pude observarlo.

—¿El Cordobés vino hoy a verte? —se exaltó la joven de Riba.

—Sí. Vino junto con el gobernador y su esposa.

—¡Oh, Manú, me dará un vahído!

—Ningún vahído, Micaela, por favor, que estamos solas y no sé cómo haría para cargarte dentro.

—El gobernador y el torero más apuesto del imperio en tu casa, ¿y tú tan impávida? ¿Acaso eres ciega? Josefa es una joven muy maja, por lo que siempre es lapidaria con los hombres. Con El Cordobés fue categórica. Me dijo: "Simplemente perfecto". ¿Qué dices a eso? —la desafió.

—Es apuesto, no voy a negarlo. Su mirada es… intimidante y… bella —admitió. Para sí, afirmó: "No tanto como una de ojos dorados que tengo grabada en el corazón".

—Entonces, ¿aceptarías su cortejo?

—No creo que ese hombre quiera cortejarme. Para responder a tu pregunta, te digo que no, no lo aceptaría.

—¿Estás enamorada de otro?

Emanuela guardó silencio y simuló interesarse en la cuenca vacía del ojo de José Moro. Si bien la amistad con Micaela se fortalecía, aún no existía el lazo de confianza que le habría facilitado hablar de Aitor abiertamente. Tampoco quería mentirle, por lo que asintió como al pasar.

—¿Sí? —Micaela de Riba sonó desilusionada—. ¿De Titus?

—No, no de Titus. De otro a quien tú no conoces, ni conocerás. Y ahora regresemos a la casa. No quiero que doña Ederra se dé cuenta de que hemos interrumpido nuestra clase de clavicordio.

—Doña Ederra es un fastidio —aseveró la joven de Riba, y, por mucho que Emanuela coincidiese con ella, no lo admitiría. Era la hermana de su *pa'i* Ursus y la mujer que le había dado cobijo cuando más lo necesitaba. Guardaría su opinión y sus emociones para la soledad de sus pensamientos.

—¿Quién es este hombre del que estás enamorada y al que nunca conoceré?

—No es de aquí.

—¿Es del Paraguay? —Emanuela asintió—. ¿Él también te ama?

—Me dijo que me amaba, pero me mintió.

Más tarde, cuando don Alonso se encontraba de regreso después de su jornada de trabajo en la gobernación, una comisión de vecinos de Montserrat, liderada por Cosme de Zuloaga, un viejo militar cuyo apellido, al igual que el de los Vega, contaba entre los primeros asentados en el libro de vecinos, se presentó en la casa de la calle de Santo Cristo y pidió hablar con la niña santa. Don Mikel, amigo y camarada de armas de don Cosme, lo recibió con amistosa predisposición. Alonso de Alarcón no se mostró tan proclive a convocar a Emanuela.

—Disculpad, don Cosme, pero Emanuela se halla ocupada en este momento. Si tan solo pudieseis adelantar a su tutor, es decir, a don Mikel, para qué la precisáis…

—Como sabéis —dijo Zuloaga—, la instalación de la plaza para lidia en el viejo mercado de Montserrat no ha traído más que penas a nuestra comunidad. En un principio, estimamos que traería bonanza y un aumento en el valor locativo de nuestras propiedades y de los locales de comercio. Todo lo contrario, señores míos. —Los hombres que lo acompañaban murmuraron asentimientos—. No solo que no se ha elevado el valor de nuestros terrenos y propiedades, sino que ha caído estrepitosamente. El barrio se ha convertido en un pozo maloliente, plagado de ratas, de jaurías de perros cimarrones y de malvivientes. Hemos sufrido varios asaltos, y hace diez días hirieron de una cuchillada al hijo mayor de don Gustavo. —El viejo militar se volteó para señalar a uno de los que integraban la comisión.

—Vuestra situación es desesperada —concedió don Alonso—. Sin embargo, no comprendo cómo se relaciona con Manú.

—Ella ha provocado un revuelo en la ciudad con su intervención de ayer para salvar al toro. Las gentes se han dividido entre los que apoyan las lidias y los que las desprecian. Nosotros, como entenderéis, don Alonso, nos encontramos en este segundo grupo. Y queríamos pedirle a la señorita Emanuela que nos acompañase a hablar con el gobernador para pedirle que demuela la plaza de toros y nos restituya la paz y el contento a nuestro barrio.

—¡De ninguna manera! —se ofuscó don Alonso, y cerró la boca ante el ceño profundo de su suegro y la mano que elevaba para pedirle mesura.

—Disculpa a Alonso, querido amigo. Desde ayer, estamos un poco inquietos con esta cuestión. Como habrás podido ver al entrar, nos asedian los curiosos y los enfermos, que piden por nuestra Manú.

—Sí, lo hemos visto. Y lo siento.

—La pobre hoy no ha podido asomar la nariz fuera de la casa. Nosotros tenemos fe en el Señor de que esta ventolera que se armó por un simple acto de compasión desaparezca pronto y que nuestras vidas vuelvan a ser normales. Como comprenderás, si le pedimos a Manú que intervenga en un asunto como el que tú propones, esa normalidad no volverá jamás, y ella se verá involucrada en cuestiones para las cuales no entiende ni jota, ni está preparada.

—Sí, comprendo, Mikel. Sin embargo...

—En nombre de nuestra amistad, te pido, estimado Cosme, no insistas.

Don Alonso contemplaba a su suegro con los ojos muy abiertos y las cejas levantadas, orgulloso de la protección que desplegaba sobre Emanuela y de lo inamovible que se mostraba en su decisión.

—Manú es mi responsabilidad. Prometí cuidarla y ampararla. Juzgo que, al exponerla a un litigio entre vosotros y el dueño del ruedo, no estaría cumpliendo con mi deber.

—Comprendo tu posición, querido Mikel. Mis vecinos y yo no os importunaremos de nuevo con este asunto.

—Os auguramos buena fortuna en vuestra lucha para derribar el circo —deseó don Mikel—. Creo que, con la ayuda de Manú o sin ella, contáis con buenas posibilidades de lograrlo teniendo en cuenta el giro que han dado las cosas.

—Dios te oiga, querido amigo.

El último visitante de ese largo día fue el doctor Murguía, quien, como acostumbraba, se quedó a cenar. Emanuela lo rehuía con la mirada, empresa difícil si se tenía en cuenta que estaba ubicado frente a ella. Respondía con monosílabos y frases cortas a sus comentarios y preguntas, la mayoría relacionada con el hecho del día anterior. Mientras tomaban café y licor de mandarina, el doctor Murguía se apartó con don Mikel y don Alonso y hablaron en murmullos y con gestos reconcentrados durante un buen rato.

Más tarde, en tanto Emanuela, lista para ir a la cama, se empeñaba en traducir unas líneas de *El banquete*, escuchó que doña Ederra y don Alonso discutían, y más allá de que no comprendía qué se echaban en cara, debían de estar haciéndolo a los gritos para que ella la oyese a esa distancia y a través de los gruesos muros.

Capítulo
V

*U*nos días más tarde, después de desayunar con los esclavos en la cocina —las señoras lo hacían cerca de las diez de la mañana y en sus habitaciones—, Emanuela se encontraba preparando la canasta para que Pastrana y Justicia la llevasen al fuerte —la prohibición de asomar la nariz seguía vigente— cuando Romelia se presentó muy agitada.

—¿Por qué echas los bofes ajuera? —le preguntó la mulatilla.

—¡Qué quieres, hija! ¡En esta casa me toca hacer de Marta y Magdalena todo el santo día! De aquí pa' allá, de aquí pa' allá. Romelia esto, Romelia lo otro. Manú, he venido a buscarte porque don Mikel te quiere en su despacho.

Halló al anciano hundido en la butaca, los quevedos sobre el puente de la nariz, mientras sostenía un papel, el cual evidentemente había estado enrollado por el modo en que se curvaban sus puntas. Tenía un sello de lacre rojo al pie, del cual caía una cinta color verde. Lo que preocupó a Emanuela fue que, mientras lo leía, la mano del anciano temblaba.

—¿Habéis enviado por mí, don Mikel?

—Siéntate, Manú.

—¿Os sentís bien, señor?

—No, Manú. Acaba de llegar esta misiva. —La colocó sobre el escritorio y la mantuvo estirada con la ayuda de sus dos manos—. ¿Reconoces ese sello?

Emanuela aguzó la vista para estudiar el diseño estampado en el lacre. En el centro, había una cruz; a su derecha, un sable, y a su izquierda, una rama que parecía de olivo, aunque no estaba segura. Lo que se veía con claridad era el lema que lo bordeaba: *Exurge Domine et judica causam tuam.* "Álzate, oh, Dios, a defender tu causa", tradujo en su mente, sabiendo que se trataba del lema del Santo Oficio. Un sudor frío le cubrió la parte superior del labio, y el desayuno le bailó en el estómago.

—Te has puesto pálida, hija. Bebe un trago de vino.

Emanuela sacudió la cabeza.

—Esa misiva es del Santo Oficio y es por mí, ¿verdad, don Mikel?

—Sí, hija. Dice que tienes que presentarte mañana en la oficina del comisario de la Inquisición, por la mañana.

Orlando saltó a su regazo y le lamió el rostro. Emanuela lo apartó con delicadeza.

—¿Qué me harán?

—No lo sé, hija. Tal vez solo quieren interrogarte por lo sucedido el otro día en la plaza de toros.

Ahogó de inmediato el destello de arrepentimiento. Jamás lamentaría haber salvado a José Moro. En esos días compartidos con el toro, se había aficionado a él tanto como a cualquiera de sus animales. La emocionaba cuando José Moro mugía al verla y sacudía su enorme cornamenta. Le gustaba sacarlo de la caballeriza y pasearlo por los amplios fondos de la casa. Doña Almudena y don Ederra se hacían la señal de la cruz, temerosas de que el perverso Almanegra la atacase y la dejase descoyuntada junto al huerto. Emanuela sonreía con picardía y le acariciaba la testuz. No, no se arrepentiría de lo que había hecho días atrás en la plaza de toros.

—Mandaré llamar al padre Santiago —decidió don Mikel, y su gesto y acento preocupados angustiaron a Emanuela, que siempre lo veía jocoso y risueño—. Regresa a tus quehaceres, Manú. Apenas llegue el padre Santiago, te haré llamar.

—Sí, don Mikel.

Entró en la cocina y Justicia frunció el entrecejo apenas la vio.

—¿Qué pasa, Manú? Estás blanca como la leche.

—¿Qué sucede? —dijeron a coro Pastrana y Romelia, quien se aproximó deprisa, mientras se secaba las manos en el mandil, y la abrazó.

—¿Qué ocurre, mi niña? ¿Qué quería don Mikel?

—Acaba de recibir una misiva del Santo Oficio. Debo presentarme mañana por la mañana en las oficinas del comisario de la Inquisición.

La exclamación fue unánime. Romelia se cubrió la boca y los ojos se le colmaron de lágrimas.

—¿Qué quieren? —logró articular la esclava.

—No lo sé. Don Mikel dice que tal vez solo sea para interrogarme.

—¡Malditos sean! —masculló Justicia, y abandonó la cocina con la velocidad de una ráfaga.

* * *

A la mañana siguiente, Emanuela se preparó para asistir a su encuentro con la Inquisición. Una opresión que le aplastaba el pecho la llevaba a preguntarse si sería capaz de articular cuando el comisario del

Santo Oficio la interrogase. Sentada frente al espejo, fijaba la vista sin mirar, en tanto Romelia, inusualmente silenciosa, la peinaba.

Había habido muchas corridas el día anterior, de las que ella había quedado al margen. Don Alonso, que había regresado del fuerte antes del mediodía, y don Mikel se encerraron en el despacho para hablar con el padre Hinojosa. Se envió a Justicia al fuerte varias veces con recados para el gobernador y otras autoridades. Se vivió la jornada en tensión y con caras de luto. Emanuela había juzgado prudente permanecer en su recámara, lejos de las miradas de reproche que le lanzaría doña Ederra. Se enteraba de los pormenores gracias a Romelia y a Justicia, y solo habló con su *pa'i* Santiago y lo hizo en confesión.

—Anoche, a última hora —habló de pronto Romelia, y la sobresaltó—, vino el doctor Murguía.

—¿Qué deseaba?

—No lo sé. Lo llevé hasta el despacho de don Mikel y allí se encerraron mucho tiempo. No sé a qué hora se fue. Yo ya no me sostenía en pie y me había ido a dormir.

—Qué extraño —masculló Emanuela, y enseguida recordó las palabras de Lope: *"Sabes que es familiar del Santo Oficio, ¿verdad?"*. Un frío le subió por el torso y se le alojó en las mejillas, que empalidecieron súbitamente.

—¿Qué te ocurre, Manú? Te has vuelto del color de la leche en un santiamén.

—¿Sabías que Murguía es familiar de la Inquisición?

—¿Está emparentado con ese comisario dominico al que irás a ver?

—No. Familiar se le llama al que ocupa un cargo dentro de la Inquisición, pero no significa que esté emparentado con nadie. El familiar es secular, quiero decir, no son eclesiásticos. Departen con la gente, viven en el mundo temporal y así descubren a los herejes y los denuncian.

—Unos espías y alcahuetes, si me preguntas a mí. ¡El diablo se los lleve a todos!

—Por favor, Romelia, cuida tu lengua. Una exclamación como esa podría costarte muchos dolores de cabeza.

—Ya lo tengo con esto que está sucediéndote a ti.

—Lo siento.

—No, mi niña. Tú no debes disculparte. ¿Qué has hecho de malo? Solo haces el bien, sin mirar a quién.

El silencio volvió a reinar hasta que Emanuela levantó la vista y buscó la de la esclava en el espejo.

—Murguía estaba en la plaza de toros ese día, en el palco oficial, frente a nuestras gradas. Me observó todo el tiempo. Con insistencia.

—¿Qué quieres decir, Manú?

—Creo que fue él quien me denunció al Santo Oficio.

Caminó por la calle de Santo Cristo del brazo de don Mikel, que rengueaba y se apoyaba en el bastón. Le había suplicado que no la acompañase; sabía que, después del último ataque de gota, le costaba moverse, en especial en las calzadas porteñas, llenas de baches y accidentes.

—Te acompañaré, Manú, aunque tenga que ir a gatas —le había respondido, y en el timbre de su voz había matices de reproche y de devoción.

También la escoltaban don Alonso, el padre Hinojosa y Lope, que lucía sobrio y por tal razón muy silencioso, para no tartamudear. La gravedad de sus semblantes apabullaba a Emanuela. Gracias a las frenéticas gestiones del día anterior, se le permitiría al jesuita asistir al interrogatorio, algo inusual, pues en esa instancia, el convocado siempre estaba solo.

Además de esos cuatro hombres, que se habían convertido en sus pilares y guardianes, la seguía una pequeña multitud. Los que habían transcurrido días frente a la puerta principal y al portón de mulas, ahora la acompañaban a enfrentar su destino. No habían intentado tocarla, ni hablarle. Se habían limitado a mirarla con afecto, devoción y dolor. A Emanuela le habría gustado conversar con ellos y saber para qué la buscaban, para qué la necesitaban. Sabía que había curiosos y chismosos entre esas gentes, incluso espías; pero también sabía que había enfermos y sufrientes. De hecho, entre los ojos que la observaban con lánguida veneración se topó con los del cabo Matas, los del cabo Contreras y los del soldado Frías. Habría reprendido al cabo Matas por haberse levantado cuando la cuchillada aún no había sanado. Detuvo la vista en las manos de Frías y le sonrió al comprobar que el mal de la rosa comenzaba a remitir. El soldado le devolvió la sonrisa, aunque fue más una contracción del rostro porque la emoción lo dominaba, y Emanuela se preguntó si sus hombres le habrían enviado mensaje al capitán de Alarcón a la villa del Luján. La sonrisa que estaba destinándole al blandengue se desvaneció al divisar a Leónidas Cabrera, el torero. Mezclado entre la gente, como uno más, avanzaba con la vista fija en ella.

No estaba sola, pensó, y sin embargo así se sentía, sola. Las dos personas que anhelaba a su lado porque solo ellas le habrían conferido la fuerza y la seguridad que necesitaba, su *pa'i* Ursus y Aitor, estaban a miles de millas de distancia e ignoraban su tragedia.

—¿Qué podría ocurrirme, *pa'i*? —se atrevió a preguntar por fin, faltando pocas varas para alcanzar la calle de Santo Domingo, en cuya esquina con la de San Martín se hallaba la oficina del comisario, un dominico.

—Te interrogará el comisario. Seguramente habrá un notario asentando cada palabra que se diga, así que ya sabes...

—Sí, debo dar respuestas cortas, concisas y no ampliar la información.

—Exacto.

—¿Qué podría ocurrirme después?

—Podrían dejarte ir si no te encontrasen culpable de lo que sea que te acusan.

—¿De qué me acusan?

—Eso es secreto y, tal vez, nunca lo sabremos a ciencia cierta. Tampoco te dirán quién te denunció.

"Murguía", masculló para sí Emanuela.

—Y si no me dejasen ir, ¿qué me sucedería?

—Te arrestarían —contestó el jesuita luego de un silencio, y las dos palabras surgieron con esfuerzo de sus labios apretados.

—Tendrán que pasar por mi cadáver antes de hacerlo —masculló don Alonso.

—Tengamos fe en que nada sucederá —terció don Mikel—. Demasiada gente importante está bregando por el bien de Manú.

El recelo de Emanuela cobró visos de verdad cuando, al entrar en el convento de la orden de Santo Domingo, donde la recibiría el comisario, se topó con Murguía. El padre Hinojosa, don Mikel y don Alonso lo saludaron sin sorprenderse y con expresiones poco amigables. Lope, abiertamente, le destinó un vistazo cargado de desprecio y no lo saludó.

—Señorita Manú —dijo el médico—, buenos días.

—Buenos días, doctor.

—Lamento la aflicción en la que os encontráis, pero quiero que sepáis que he intercedido en vuestro favor.

Emanuela lo observó, confundida, gesto que el padre Hinojosa interpretó erróneamente.

—El doctor Murguía —intervino— es un importante funcionario del Santo Oficio y ha prometido ayudarte.

—Gracias, vuesa merced —dijo, e inclinó la cabeza. La desorientaba ese hombre. Estaba segura de que los oficios de Murguía como familiar la habían metido en ese embrollo. ¿Ahora prometía ayudarla? ¿Cómo? ¿Denunciándola primero y salvándola después? ¿A cambio de qué?

Los hicieron pasar al locutorio, que funcionaba como sala de audiencias, y le indicaron a Emanuela que ocupase una silla de madera y cuero frente a un escritorio muy viejo. Hinojosa y Murguía permanecieron de pie tras ella. Un monje con túnica blanca, los hombros cubiertos por una esclavina con capucha, también blanca, y sandalias en los pies pese al frío, hizo su ingreso con brío, como si estuviese apurado y desease acabar pronto con el asunto. El alba flameó detrás de él. Llevaba el bigote y la barba bien recortados, y la tonsura le había dejado solo una orla de cabello, una especie de halo que le ceñía el cráneo. Antes de que tomase asiento frente a ella, Emanuela le vio el escapulario y un rosario de quince misterios colgados en el cinto. No fue hasta que su mirada se encontró con la del comisario del Santo Oficio que empezó a temblar, aun los dientes le castañeteaban; los apretó para ocultar el golpeteo. Las manos, hechas un puño, se aferraban al crespón gris oscuro del vestido que doña Ederra le había indicado que usase en esa ocasión. Había visto maldad en esos ojos oscuros como el carbón, y un deseo claro de infligir dolor. Tenía miedo; no recordaba haber experimentado ese pánico tan desgarrador. Cerró los ojos e inspiró profundamente. Nadie hablaba, nadie se movía, incluso parecían contener el respiro. Solo se escuchaba el sonido de las hojas que el inquisidor pasaba con rapidez, como si buscase un párrafo y no acertase con la página.

Pensó en Aitor, llenó su mente con la imagen de él. Eso de recrear sus facciones y los detalles de su cuerpo se había convertido en un ejercicio en el que se embarcaba todos los días porque le daba miedo olvidarlo, no de olvidar el amor infinito que sentía por él, eso habría sido imposible, sino de olvidar su rostro, sus cejas triangulares, la curva de su labio superior y la voluptuosidad del inferior, el tamaño de su mano y la forma de sus uñas, el pelo ralo que le crecía en el pecho, el color rojizo de su piel. Lo que nunca olvidaría sería el color de sus ojos.

—En el día 19 de julio del año 1752 de la gracia de Nuestro Señor —habló el notario, y Emanuela volvió a la realidad con un respingo, aunque más calmada—, se da comienzo a la sesión para llevar adelante el interrogatorio a la señorita Emanuela Ñeenguirú, que reside en el número 14 de la calle de Santo Cristo de este Puerto de Santa María del Buen Ayre. Preside la sesión el comisario de este Santo Oficio contra la herética parvedad y la apostasía, padre Urbano de Meliá. —El hombre se aproximó con una cruz de madera que le descansaba en la palma de la mano—. ¿Juráis por el Padre, el Hijo y el Espíritu Santo, y por esta santa cruz, decir la verdad?

—Sí, juro.

El notario asintió en dirección al comisario, que se puso de pie para hablar.

—¿Es vuesa merced Emanuela Ñeenguirú?

—Sí, padre.

—¿Nacida en el pueblo jesuita de San Ignacio Miní?

Le habría aclarado que, en realidad, había nacido en un punto indefinido a orillas del Paraná. Al evocar la recomendación de su *pa'i* Santiago —corto, conciso y sin ampliar—, contestó:

—Sí, padre.

—¿El 12 de febrero del año 1736 de la gracia de Nuestro Señor?

—Sí, padre —respondió, vacilante, mientras se preguntaba cómo se habían hecho con la información.

—¿De padre y madre desconocidos?

—Sí, padre. —No tenía sentido explicarle que su madre se había llamado Emanuela y que yacía en San Ignacio Miní, cuando eso era todo lo que sabía de ella.

—¿Y que, mientras vivió en el pueblo antes mencionado, fue instruida en las disciplinas del *quadrivium* y del *trivium*?

—Sí, padre.

—Bien —dijo el hombre, y levantó la mirada, lo que impulsó a Emanuela a bajar los párpados de inmediato—. ¿Es cierto que vuesa merced concurrió el pasado jueves 13 de julio al espectáculo montado en la plaza de toros del barrio de Montserrat?

—Sí, padre.

—Contad, señorita Ñeenguirú, qué ocurrió ese día.

Emanuela se humedeció la garganta y temió no conseguir articular. *"Eres mi amor y mi orgullo, y mi alegría y mi luz."* La voz de Aitor se filtró en la oscuridad que la circundaba y abrió un haz tibio y luminoso. Recordaba bien aquella tarde en la torreta, en la que ella había creído que moriría a causa del sangrado mensual. Aitor la había consolado con amor y paciencia infinitos, y le había dicho eso: *"Eres mi amor y mi orgullo, y mi alegría y mi luz"*.

—Fui invitada a la corrida de toros —dijo, en voz baja, aunque firme—. Acepté concurrir sin saber qué me esperaba. Cuando me di cuenta de que se trataba de un espectáculo abominable que terminaría con la muerte del toro, mis guardianas y yo abandonamos el circo. Pero antes de partir, vi la posibilidad de entrar en la arena y salvar a la pobre bestia, a la cual le había sido arrancado un ojo y le habían clavado garrochas y banderillas. Estaba sangrando, sufriendo y tenía miedo. Me precipité en la pista y no permití que el torero siguiese lastimándolo. El señor gobernador se compadeció del animal y me lo obsequió. Ahora se encuentra en la casa de la familia Urízar y Vega, donde resido.

—Señorita Ñeenguirú, a mis oídos ha llegado una historia distinta.

—Esos fueron los hechos, padre.

—Se dice que vuesa merced hechizó con malas artes al animal y al torero.

—¡No! —dijo con un hilo de voz, y sintió una mano sobre su hombro, y supo que era la de su *pa'i* Santiago—. No, padre —reiteró, con timbre quebrado—. Solo me aproximé con cuidado y le hablé para tranquilizarlo.

—Dicen que le hablasteis en una lengua extraña, como la que utilizan las brujas para realizar sus conjuros.

Emanuela se quedó mirándolo porque no había entendido a qué se refería el dominico.

—¿Le hablasteis en una lengua extraña, sí o no?

—Le hablé en guaraní, padre.

—Doy fe, padre Urbano —terció el doctor Murguía—. La señorita Ñeenguirú le habló en esa lengua al toro. Al torero le habló en castizo perfecto, y no para encantarlo, sino para decirle que no se acercase a ella.

—¿Cómo sabe vuesa merced que la muchacha habló en guaraní? Yo mismo no sabría reconocer esa lengua.

—Tengo familiares en la ciudad de Corrientes, padre —explicó el médico—, donde el guaraní es la lengua vernácula. En mis visitas, me he familiarizado con ella.

—Ya veo —aceptó el comisario—. ¿Por qué le habló en guaraní, señorita Ñeenguirú?

—Porque es mi lengua madre, la lengua en la que estoy acostumbrada a hablar.

—¿Qué le dijisteis al toro?

—Que me permitiese ayudarlo, que sabía que estaba asustado y sufriendo. Que me permitiese ayudarlo —repitió.

—¿Ayudarlo, cómo?

—Defendiéndolo del torero y de los picadores, no permitiendo que volviesen a lastimarlo.

—¿Qué hizo una vez que el animal le permitió acercarse?

Emanuela habría preferido soslayar esa parte de los hechos; sabía adónde la conduciría. Recordó a su *pa'i* Ursus, con qué empeño había luchado para que su don no cobrase fama y ella acabase atrapada en una pesadilla como la que estaba padeciendo. Se debatió entre mentir o exponer la verdad. Se decidió por esta última, no basada en una cuestión moral, sino porque resultaba evidente que el comisario de la Inquisición tenía ojos y oídos por doquier.

—Lo curé con mis manos.

El dominico simuló sorpresa con una expresión que hablaba a las claras de su conocimiento de esa porción de la historia.

—¿Con vuestras manos, decís? ¿Cómo es eso, señorita Ñeenguirú?

Explicarle a ese hombre lo que percibía cuando sus manos cosquilleaban y se tornaban cálidas era lo más parecido a un ultraje. Tenía la impresión de que desnudarse frente a él no la habría avergonzado tanto.

—A veces, no sé de qué depende, mis manos se tornan cálidas y con ellas puedo sanar ciertas heridas y ciertas enfermedades. Es un don con el que nací. Un don de Dios. No puedo explicarlo.

—¿Un don de Dios, Nuestro Señor?

—Sí, padre.

—¿Queréis decir, señorita Ñeenguirú, que, con vuestras manos, operáis milagros?

—No lo llamaría milagro, padre. Es una sanación.

—¿No consideráis un poco presuntuosa vuestra afirmación, de que con vuestras manos podéis sanar? ¿Por qué Dios os habría bendecido con semejante merced? ¿Quién sois vos, una huérfana criada en una misión de indios guaraníes, para operar milagros y sanaciones?

—No soy nadie, padre.

—Padre Urbano —intervino Hinojosa—, debo recordaros que una de las santas más famosas de las Indias Occidentales, Santa Rosa de Lima, era de extracción humilde, lo mismo que la gran Catalina de Siena. Y son conocidos por el mundo sus milagros, y nadie duda de ellos a causa del origen de estas mujeres. Y también hasta estas tierras han llegado los portentos con los cuales ese monje, Martín de Porres, dejaba a todos atónitos en el Perú. Según entiendo, Martín de Porres era bastardo, sin mencionar que era negro.

A nadie pasó por alto que Hinojosa, además de mencionar al dominico Martín de Porres, se había referido a dos famosas religiosas de la orden de Santo Domingo, santificadas con gran pompa en Roma. El padre Urbano posó sus ojos en los del padre Santiago y asintió a disgusto, y en esa mirada y en ese gesto se evidenciaron los siglos de desconfianza y hostilidad entre las dos órdenes, la de los dominicos y la de los jesuitas.

—¿Vuesa merced habla con los animales, señorita Ñeenguirú?

—Con mis animales, sí, padre.

—¿Por qué?

—Para expresarles mi afecto.

—¿Vuesa merced cree que los animales son seres animados?

La desconcertó la pregunta, y se acordó del corto intercambio que había sostenido con la esposa del gobernador días atrás. *"Los animales no tienen alma"*, había sentenciado le mujer. *"Para mí la tienen, señora"*, había objetado ella. Le costaba creer que doña Emilce la hubiese denunciado al Santo Oficio cuando se había mostrado amistosa y conmovida. ¿Estaría celosa a causa del interés que el gobernador había mostrado por ella y su proeza? ¡Qué enredo!

—Lo creo, padre, desde que mi educador, el padre Octavio de Urízar y Vega, me hizo leer la vida, las obras y los milagros de San Francisco de Asís cuando yo era muy pequeña. Gracias a San Francisco, comprendí que los animales, como criaturas de Dios y a las que él llamaba hermanos, sufren y sienten igual que nosotros. No creo que sus almas sean iguales a las nuestras, sino inferiores. Pero sí creo que las tienen.

Emanuela supo que su respuesta había sido correcta al descubrir la mueca de fastidio del inquisidor. También se lo confirmaron los carraspeos del padre Hinojosa y la manera en que se movía, inquieto, detrás de ella.

—Señorita Ñeenguirú, en casa de los señores Urízar y Vega, ¿contáis con un macho cabrío entre vuestros animales?

—No, padre.

—¿Poseéis una lechuza?

—Sí, padre.

El hombre levantó una ceja con aire sarcástico.

—Bien sabido es que la lechuza es una de las aves favoritas de las brujas.

—No lo sabía, padre.

—¿Por qué poseéis una lechuza?

—Uno de mis hermanos la encontró en la selva y me la regaló. Era yo muy pequeña cuando él me la dio.

—¿Hermano? ¿Tenéis hermanos?

—Hermano de leche —aclaró Hinojosa—. Emanuela se crió con la familia de la mujer que la amamantó cuando la llevamos a San Ignacio Miní siendo una recién nacida.

—¿Qué otra ave poseéis? —prosiguió el inquisidor.

—Padre Urbano —intervino de nuevo el jesuita—, creo que el tema de las aves es muy relativo toda vez que los cuervos también son considerados aves demoníacas y aliados de las brujas, y sin embargo fueron enviados por Dios para alimentar al profeta Elías y salvarlo de una muerte segura. —El sacerdote habría agregado la cita exacta del Antiguo Testamento, pero lo juzgó riesgoso; eso de andar citando los pasajes de la Biblia de memoria y con puntos y señales era una pésima costumbre de los herejes protestantes.

—¿Qué otra ave poseéis, señorita Ñeenguirú?

—Una macagua, padre, una especie de águila, pero más pequeña.

El inquisidor asintió y guardó silencio mientras repasaba los papeles que tenía frente a él, en el escritorio.

—Se dice que ejercéis la medicina. ¿Es eso cierto?

El cambio tan abrupto de tema la desorientó por unos instantes, y le habría gustado no vacilar al contestar:

—No, padre.

—Entonces, ¿cómo explicáis vuestras visitas al cuartel de los blandengues, donde habéis curado la mano de un cabo, la herida de cuchillo de otro y sanado a un soldado del mal de la rosa?

De nuevo la sorpresa la dejó muda. Eran razonables sus dudas acerca de la fidelidad de la esposa del gobernador, pero jamás dudaría de Contreras, ni de Matas, ni de Frías; tampoco del cabo Sancho Perdías. Debía de haber un familiar del Santo Oficio entre los blandengues, o un alcahuete, que por un puñado de reales, la había traicionado.

—Durante los años en que viví en San Ignacio Miní, mi abuelo adoptivo, un curandero guaraní, me explicó cómo usar las plantas para tratar ciertas dolencias, y el padre van Suerk, un físico holandés y sotocura de la misión, me enseñó algunas nociones de medicina. He sido afortunada en contar con ellos y con su generosidad. Además, cuando tenía trece años, el padre van Suerk me llevó a trabajar con él al hospital del pueblo, donde asistía a los enfermos. Eso no me convierte en médico, padre. Con todo, puedo ayudar a quienes sufren, lo considero deber de todo buen cristiano, y es lo que hago.

El inquisidor asintió con aire solemne y volvió a repasar los papeles. Levantó la vista y la fijó en la de Emanuela, que, aunque lo deseara, no habría podido apartarla. El hombre la había congelado con el terror que le inspiraba. De pronto, el frío de esa habitación se tornó insoportable, y la penetró por cada poro hasta alcanzarle los huesos. Los dientes le castañetearon de nuevo y las manos le temblaron.

—Bien, señorita Ñeenguirú —dijo el monje dominico, y se puso de pie.

Emanuela lo imitó con rapidez. La sangre le fluía con frenesí, y sentía un pulso feroz en el cuello. A pesar del frío, una película de sudor le cubrió el rostro, el estómago le dio un vuelco y se mareó. Apoyó las manos en el borde del escritorio y se mantuvo en pie a fuerza de voluntad.

—Muchos han intercedido por vos en el día de ayer, cuando se hizo conocida la noticia de mi convocatoria, desde el doctor Murguía, quien asegura conoceros bien, hasta el señor gobernador, a quien habéis impresionado con vuestra intervención en la plaza de toros el pasado 13 de julio.

Emanuela, que no sabía qué contestar, bajó la cabeza. Se miró las manos, firmemente aferradas al escritorio.

—Os he interrogado exhaustivamente y juzgo que… —Emanuela no se atrevió a levantar la vista durante la pausa deliberada del comisario— habéis respondido con la verdad. No habiendo encontrado en vos rastros de comportamiento herético, ni juzgado vuestras prácticas propias de una bruja, os dejaré marchar.

Emanuela se llevó el puño a la boca, con el que se apretó los labios hasta sentir que los dientes se le hundían en la carne. Cerró los ojos húmedos de lágrimas y contuvo la respiración. El alivio la cubría como una avalancha demoledora.

—No elevaré vuestro caso al Tribunal del Santo Oficio con sede en Lima —siguió hablando el inquisidor—. Pero sabed que os mantendré vigilada, pues vuestras prácticas propias de un físico son indebidas y peligrosas, y en una investigación un poco más profunda, podrían surgir evidencias que indicasen que practicáis la brujería.

—La amenaza no había precisado de eufemismos; había sido expresada con claridad meridiana—. Os conmino a dejar de lado dichos métodos y a dedicaros a leer solo vuestro devocionario y a concurrir a misa todos los días.

—Sí, padre. —La voz le salió llorosa y cortada.

—Realizaréis una donación de doscientos pesos de plata ensayada a la orden de Santo Domingo para reparar vuestras faltas y elegiréis un confesor de entre los nuestros, a quien visitaréis todas las semanas a contar desde mañana.

—Sí, padre.

—La donación deberéis pagarla antes del fin de este mes. Concurrid para ello a la sacristía de nuestra iglesia.

Aunque no tenía idea dónde obtendría esa fortuna, Emanuela contestó:

—Sí, padre.

—Señorita Ñeenguirú, ¿habéis contemplado la posibilidad de profesar como religiosa? Si es cierto que vuestro don procede del Altísimo —expresó, y un cariz difidente e irónico se filtró en su voz—, lo menos que podéis hacer para agradecerle es dedicar vuestra vida a Él.

La idea de pasar año tras año detrás de los muros de un claustro le disparó escenas de su vida en San Ignacio Miní, de la selva, del arroyo Yabebirí, del río Paraná, donde ella había corrido y sido libre como un ave.

—No lo había considerado, padre.

—Pues os conmino a que meditéis sobre esta posibilidad.

—Sí, padre.

—Si os decidierais a profesar, yo intercedería por vos ante la abadesa del convento de Santa Catalina de Siena para que os recibiese sin necesidad de entregar dote, o bien una muy reducida.

—Gracias, padre.

—Os veré mañana, en la misa de once. Podéis marcharos en paz.

—Gracias, padre —susurró, casi desfallecida.

Aguardaron hasta que el comisario y el notario abandonaron la sala de audiencias para salir. El padre Hinojosa sujetó a Emanuela y la condujo hasta el pórtico, donde le estudió la expresión.

—Estás muy pálida —dijo—. ¿Tienes fuerza para hacer la caminata de regreso?

—Debisteis permitirme traeros en el carruaje —se enfadó Lope.

—No era conveniente llegar con tanta pompa —le recordó don Alonso.

—Huela esto, señorita Manú. —Murguía sacó una pequeña ampolla del bolsillo del mismo brandís azul con que había asistido a la corrida, y lo descorchó—. Vamos, huela. Son sales que la revivirán un poco.

El aroma acre del amoníaco la despabiló enseguida y le devolvió un poco de rubor a las mejillas.

—Gracias —dijo, sin mirar al médico.

—¿Podrás caminar hasta la casa, hija?

—Sí, *pa'i*. Ya me siento mejor.

* * *

Al entrar en la sala, hallaron a las mujeres —señoras y esclavas— y a los dos esclavos —Justicia y Elcio— arrodillados frente a una hornacina con la imagen de la Dolorosa circundada por varias votivas encendidas. Los bisbiseos del avemaría se interrumpieron para convertirse en exclamaciones de alegría al comprobar que Emanuela había regresado al seno familiar. Romelia se lanzó a sus brazos, y Emanuela se apretó contra su pecho en busca de la calidez y el aroma familiar de su piel. Justicia le rodeó la cintura con sus brazos delgados y largos, y no se apartó ni siquiera cuando doña Almudena la besó en ambas mejillas.

—Hemos estado con el Jesús en la boca, hijita mía —lloriqueó la anciana—. Temimos lo peor. —Le acunó las mejillas con las manos húmedas y frías—. ¿Estás bien? ¿Te hicieron daño? ¿Te harán llevar un sambenito?

—No, doña Almudena. Siento tanto haberos causado este pesar.

—Pues entonces —intervino Ederra, que se mantenía apartada—, te lo pensarás dos veces antes de dar un numerito como el de la plaza de toros.

—¡Por amor de Dios, Ederra! —explotó don Mikel—. Cierra la boca y ataja tu veneno. ¡Estamos hartos de él!

La mujer horadó a su padre con la mirada, se recogió el ruedo del vestido y cruzó el patio a grandes zancadas.

—Padre Santiago, ¿os quedáis a almorzar? —invitó doña Almudena con una sonrisa que intentaba disfrazar la vergüenza por el comportamiento de su hija—. ¿Lo mismo vuesa merced, don Lope?

Los hombres aceptaron y pasaron a la sala. Emanuela se excusó por unos minutos y se retiró a su dormitorio, seguida por Romelia. Soltó un suspiro en el interior de la habitación, que se mantenía cálida gracias al brasero. Orlando saltó de la cama y corrió hacia ella. Le hizo fiestas y ladró y gañó hasta que Emanuela lo levantó en brazos.

—Shhh. No armes tanto caramillo, tontín, que doña Ederra no está de buen humor. —El calor que manaba del cuerpito del cachorro traspasó la tela del vestido y la reconfortó—. Estoy aterida de frío —le confesó a la esclava, mientras acariciaba los buches de Saite y de Libertad.

—Ven, siéntate cerca de las brasas. Te quitaré los chapines y te colocaré los botines con medias de lana más gruesa. ¿Quieres contarme cómo fueron las cosas?

—Sí. Estaba el doctor Murguía. Entró con nosotros en la sala de audiencias, conmigo y mi *pa'i* Santiago —aclaró—. Como es familiar del Santo Oficio, se le permitió hacerlo. Aunque, según me explicó mi *pa'i* Santiago, es muy irregular.

—Ese te quiere para él.

—Creí que había sido él quien me había denunciado. Pero después, al verlo defenderme frente al comisario, me di cuenta de que lo había juzgado mal.

—¿Cómo te defendió?

—Confirmó que le hablé al toro en guaraní y no en un lenguaje propio de brujas.

—¡Qué! ¿Te acusaban de brujería?

—Tal vez acusar no sea la palabra justa. Más bien, tenían dudas y querían aclararlas.

Romelia soltó un bufido y agitó una mano en el gesto de desestimar la afirmación de Emanuela.

—Esos inquisidores nos miran a todos con ojos torcidos. Pa' ellos, todos somos herejes, pecadores, hebreos, moros. Nos tienen mucha ojeriza a nosotros, los esclavos. Dicen que practicamos la brujería que aprendimos en el África y que echamos maleficios. Ahora yo me pregunto: si en verdad fuésemos brujos tan poderosos, ¿no habríamos conjurado algún maleficio para ganar nuestra libertad?

Emanuela fijó la mirada en la cabeza de la mujer, que, en cuclillas, le colocaba las medias en los pies helados. Le acarició la crespa cabellera, y la esclava levantó la vista, sorprendida.

—¿Qué sucede, mi niña? ¿Por qué esas lágrimas?

—Por ti, porque no eres libre.

Romelia sacudió los hombros para significar que no tenía importancia.

—El inquisidor sugirió que profesase como religiosa. La sola idea me oprimió el pecho y no conseguía respirar correctamente.

—No lo hagas, Manú. Tú no eres pa'l muro.

—Lo sé. Pero, ¿y si me obligasen?

—Tienes a quién recurrir. Lo sabes, ¿verdad? Don Lope, el joven Titus, aun don Alonso y don Mikel, harían cualquier cosa por ti. Que esa idea no anide en tu corazón, mi niña. Morirías dentro de un convento.

—Lo sé. —Bajó la vista y apoyó la mejilla sobre la cabeza de Orlando—. Hoy pensé mucho en él. —Romelia no necesitó que le precisase de quién hablaba—. Pensarlo me dio la fuerza necesaria para enfrentar este trago amargo. —Se cubrió el rostro y se echó a llorar. La tensión del interrogatorio y de lo vivido en los últimos días —el encierro, la mala cara de doña Ederra, el asedio de la gente, el miedo, la inseguridad— demolió su entereza, y en la intimidad de su recámara, en la compañía de la única verdadera amiga que tenía en ese sitio aún extraño y hostil después de más de dos años, se permitió sacar fuera el dolor que la carcomía y la debilitaba.

Romelia la envolvió con sus brazos regordetes y Emanuela le circundó la cintura y hundió la cara en su mandil. Frenético, Orlando se abría paso entre las mujeres y, con desesperación, lloriqueaba y lamía a Emanuela, donde su lengua acertase a caer. Saite y Libertad aleteaban y chillaban en sus alcándaras.

—Eso es, Manú, eso es —la alentó la esclava—. Desahógate, mi niña. No dejes nada dentro, que nada se te pudra en el pecho.

—¡Lo echo tanto de menos! —se animó a expresar en voz alta—. ¡Lo amo tanto! ¡Oh, Romelia! ¿Por qué lo amo de este modo? ¿Por qué no puedo olvidarlo a pesar de su traición?

—¿Por qué luchas contra ti misma, Manú? ¿Por qué te aferras al orgullo herido?

—¡Me traicionó, Romelia! ¡Me mintió!

—Tal vez sea como te dijo su madre, que también es la tuya: Aitor no quería deshonrarte, por eso iba con esa otra. ¡Solo para satisfacer sus instintos, Manú!

Emanuela agitó la cabeza.

—No, no. Él y yo… Teníamos intimidad. Aún soy virgen —aclaró—, pero él y yo…

—Sí, Manú, comprendo. Entonces, quizá sea cierto lo que Aitor te asegura en su carta, que lo hizo por vengarse, por rabia, por celos. Porque tiene el alma negra. Ay, mi niña, sé que tú tienes el alma muy pura, sé que eres buena y generosa, lenta pa'l enojo y que jamás se te pasaría por la cabeza vengarte, ni lastimar a nadie, pero tú eres única, Manú. ¿Acaso no sabes qué débiles y pecadores somos los demás mortales? ¿No puedes encontrar en tu corazón la fuerza pa' perdonar a este Aitor tuyo?

—A veces creo que tengo un hueco en el corazón, que no tengo corazón, que él se lo quedó. A veces siento que estoy muerta.

* * *

Durante el almuerzo, del que doña Ederra no participó porque, según adujo, le dolía la cabeza, se evitó tocar el tema de la Inquisición y del interrogatorio. De igual modo, Emanuela, que removía la comida en silencio y con la vista baja, no consiguió relajarse. Pensaba en las imposiciones del padre Urbano de Meliá, en que debía ir a misa al día siguiente a Santo Domingo, que debía elegir un confesor de entre los padres dominicos, que debía meditar la posibilidad de convertirse en monja y de que tenía que pagar doscientos pesos de plata ensayada. ¿De dónde se suponía que sacaría esa fortuna? No quería pensar en que sus tutores tuviesen que pagar una suma tan enorme por su culpa. Es más, estaba segura de que los Urízar y Vega no contaban con ese dinero.

Al final del almuerzo, el padre Hinojosa se encerró con ella en el despacho de don Mikel y le dio un sermón de media hora.

—¿Cómo puedo marcharme con el padre Altamirano si sé que tú sigues exponiéndote de manera absurda, Manú? ¿Cómo puedo irme tranquilo? Dímelo. ¿Qué es ese asunto de que curaste a esos cabos y soldados de los blandengues? He decidido no mencionárselo a don Mikel ni a don Alonso porque no quiero que se enfaden contigo, pero, dime, Manú, ¿en qué pensabas cuando decidiste meterte en un cuartel lleno de hombres?

—En que me necesitaban, *pa'i*, en eso pensé.

—Lo entiendo, hija, pero ¿comprendes que exponiéndote podrías terminar en el potro donde te descoyuntarían sin pasión para arrancarte la confesión de que practicas brujería y vaya a saber qué otras necedades? Y por evitar el dolor lacerante, te lo aseguro, Manú, terminarías afirmando que eres la hija del mismísimo Lucifer. No pongas esa cara, no me mires con espanto porque haciendo lo que haces, estás buscándote ese fin.

Emanuela aferró las manos del jesuita y las besó.

—No te enfades conmigo, *pa'i*. No tú, a quien quiero tanto.

—Hija mía, sabes cuánto te queremos tu *pa'i* Ursus y yo. Te recogimos a orillas del Paraná momentos después de que nacieras y te hemos visto crecer y convertirte en un ser magnífico. ¿Crees que permitiré que cometas la tontería de terminar en el potro o en la hoguera por tu falta de prudencia? —Emanuela agitó la cabeza para negar—. Por supuesto que no. Quiero que seas juiciosa. Debes prometérmelo, Manú. No más sanaciones, no más escapadas al cuartel, ni a ningún sitio, no más curaciones, no más irrupciones en una corrida de toros, no más nada, Manú. Debes prometérmelo, hija. Solo así podré irme en paz.

—Lo prometo, *pa'i*, pero quiero que sepas que lo considero injusto. Si Dios me dio este don, se supone que es para que ayude a los que sufren, ¿verdad?

—Sí, es injusto, nadie mejor que yo lo sabe, Manú, pero así están las cosas y hay que habituarse. ¿Con qué cara me presentaría ante tu *pa'i* Ursus y ante tu *sy* para informarles que el Santo Oficio te tiene prisionera o que te ha condenado a morir?

—¿Le contarás a mi *pa'i* Ursus lo que ha sucedido?

—Por supuesto, Manú. Sabes que no puedo ocultarle nada acerca de ti. Si no lo hago yo, lo hará Ederra, que está que trina.

—Entiendo. Estoy muy preocupada por esos doscientos pesos de plata ensayada que debo pagar —se acordó de pronto—. ¿Dónde los obtendré, *pa'i*?

—Tú no te aflijas por eso. Don Alonso ha dicho que él se ocupará.

—Sé que los Urízar y Vega no cuentan con tanto dinero.

—Deja eso en manos de tus tutores. Tú solo preocúpate por no volver a cometer necedades que te expongan ante la mirada inquisitorial del comisario Meliá.

—Ya estoy expuesta. Tú mismo lo oíste, *pa'i*, me tendrá vigilada. Desde mañana, tengo que ir a la misa de Santo Domingo. No más a la de San Ignacio.

—Obedécelo en todo, te lo suplico.

—Ya no podré confesarme contigo.

—De todos modos, tendrías que haber elegido a otro puesto que yo partiré en unos días. Elige al padre Bernardo Lorente. Es un dominico, sí, pero más benevolente que los demás y menos fanático. No trabaja para el Santo Oficio. Él y yo nos conocemos. Apenas regrese a casa, le haré llegar un billete en el cual le explicaré que mañana lo buscarás después de la misa de once.

—Gracias, *pa'i*.

—Lorente es menos fanático, Manú, pero no te fíes de él. Quiero que seas cauta en tus afirmaciones y comentarios. Habla poco y no te alejes del catecismo, ni de la doctrina católica, por favor. Tú la conoces como la palma de tu mano.

—No lo haré, *pa'i*, no diré nada que se aleje de las enseñanzas de la Iglesia.

—Otra cuestión, Manú. —La expresión de Hinojosa se oscureció cuando un ceño que Emanuela conocía bien, le convirtió las cejas en una sola línea.

—¿Qué sucede, *pa'i*?

—Hace unos días, Murguía le pidió a don Mikel y a don Alonso permiso para cortejarte.

—¡Oh, no!

—Don Alonso, que conoce tu falta de inclinación hacia Murguía, le dijo, para ganar tiempo, que debían consultarlo con tu verdadero tutor, o sea, con Ursus. Que eso llevaría un tiempo.

Emanuela recordaba la noche en que los señores de la casa se habían apartado para conversar con Murguía, y recordaba también la discusión de don Alonso y doña Ederra unas horas más tarde, tan ruidosa y feroz que, aun ella, en los fondos, la había oído. Emanuela sospechaba que la hermana de su *pa'i* Ursus quería deshacerse de ella. Concertarle un matrimonio con el médico más reputado de la ciudad se le presentaba como la mejor oportunidad, solo que don Alonso no lo aprobaba.

—Le escribiré a mi *pa'i* Ursus y le explicaré que no aceptaré desposar a Murguía. Ni a Murguía, ni a nadie.

—¿A nadie, Manú? Eventualmente tendrás que elegir marido.

—No desposaré a nadie, *pa'i*. Nunca. Mi *pa'i* Ursus me enseñó que el amor es el requisito esencial para celebrar el sacramento del matrimonio.

—Sí, es así, pero…

—Yo amo a Aitor. Lo amaré la vida entera, *pa'i*. Por eso jamás me uniré a otro hombre.

—Hija, óyeme con atención. Murguía ahora se encuentra en una posición muy favorable para presionarte para que lo aceptes. Creo que usará tu vulnerabilidad frente al Santo Oficio y su posición de prestigio dentro de la institución para lograr que le digas que sí, que serás su esposa.

—Antes prefiero morir en el potro, *pa'i*, o en la hoguera.

—¡No sabes lo que dices!

—Lo sé muy bien. Atarme a ese hombre sería peor que ser atada al potro. Él no me ama, solo desea tenerme por mi don y por mis conocimientos en medicina. ¿Crees que no me he dado cuenta? Le fastidió que curase la gota de don Mikel y que rompiera las piedras del riñón de don Cosme. Me quiere para aumentar sus pacientes y sus dineros.

—Entiendo que no quieras desposar a Murguía, pero, insisto, algún día tendrás que hacerlo con otro hombre.

—Nunca, *pa'i*.

—¿Cuál será tu destino, Manú? —se exasperó el sacerdote—. Si no tomas esposo, ¿qué camino seguirá tu vida?

—No lo sé, *pa'i*. Lo que yo deseo es volver a mi pueblo, con mi gente. Extraño mucho a mi *sy*, *pa'i* —admitió, y la voz se le quebró con la última palabra.

—¡Señor! —exclamó el jesuita y elevó los ojos hacia el techo—. ¿Por qué me alejas de Buenos Aires justo ahora?

Emanuela volvió a sujetarle las manos y a besárselas.

—Ve tranquilo, *pa'i*. Prometo que seré juiciosa y que no volveré a exponerme inútilmente. Lo prometo.

—Hija, te lo suplico. Tu *pa'i* Ursus y yo moriríamos de pena si algo llegase a ocurrirte. Y no quiero pensar en el dolor de tu *sy* y de toda tu familia.

—Ve tranquilo, querido *pa'i* —reiteró.

—Sé gentil con Murguía. Hemos ganado un poco de tiempo con esto de que tenemos que solicitar la autorización de Ursus, pero el hombre se presentará aquí de continuo para verte.

—Seré gentil con él, lo prometo.

* * *

Como era miércoles, día en que las señoras de Urízar y Vega recibían a partir de las cuatro de la tarde, el doctor Murguía estaba acicalándose especialmente para visitar a Emanuela. Desde la muerte de su primera esposa, nunca había pensado en contraer nupcias de nuevo. La primera experiencia le había bastado y sobrado. Las mujeres, en general, lo aburrían y fastidiaban con su conversación sin pausa, banal y poco culta. Para desfogar los instintos, estaba el burdel con una variedad de muchachas apetitosas que, por unos reales, hacían lo que se les ordenaba sin chistar.

Ese arreglo había funcionado muy bien hasta que Emanuela Ñeenguirú apareció en su vida. La había conocido dos años atrás cuando la muchacha batallaba por vivir. En esa ocasión, la había tratado con el desapego que empleaba con cualquier paciente. Carente de belleza y muy desfavorecida por la enfermedad, no había hecho mella en él. Cuando volvió a verla en la tertulia en casa de la familia de Riba, en la que se hablaba de su don para sanar, la encontró deliciosa, no a la guisa de las mujeres bellas del burdel, sino de otro modo, uno que no tenía que ver con el aspecto físico —en verdad, Emanuela Ñeenguirú no se destacaba por su belleza—, sino con la delicadeza de su condición femenina. Se le había acercado para averiguar sobre sus supuestas dotes sanadoras y conocimientos de curandera que estaban poniendo en riesgo su menester como médico y, en cambio, se encontró con una placidez que lo atrajo como un insecto al pabilo. Sus ojos azul cobalto, su único rasgo remarcable, lo hechizaron —¿sería una bruja, después de todo?— y quedó prendado de su voz suave y refinada, embellecida con ese acento dulce que evidenciaba que su lengua madre era el guaraní. También lo sedujeron su conversación tranquila, sus conocimientos y su humildad. Después fue descubriendo que la joven prefería escuchar a hablar, y esa, sin duda, era una cualidad. También lo atrajo su andar delicado, que no se desvirtuaba ni siquiera cuando iba por la calle con esas dos aves montadas sobre ella. Si bien su rostro podría haberse juzgado de mediocre, su figura le parecía exquisita. Un poco más alta que las muchachas de su edad, no era delgada, ni desgarbada; por el contrario, sus hombros se mantenían derechos aún mientras bordaba en el estrado, y sus curvas eran marcadas y voluptuosas. De noche, solo en su cama, se imaginaba sus pechos, en los que él solía demorarse cuando estaba seguro de que nadie lo miraba y ella estaba de perfil. Otro aspecto sobresaliente era su cabello, al que él había visto en toda su gloria solo una vez, suelto en largos tirabuzones cuyo color le recordaba al chocolate y que le acariciaban la parte baja de la espalda. Aunque le costase admitirlo, se había enamorado como un muchacho por primera vez en su vida.

Emanuela Ñeenguirú, sin embargo, no estaba interesada en él. Rodeada de hombres jóvenes y agraciados, como el capitán Titus de Alarcón o don Lope de Amaral y Medeiros, que, pese a estar casado, no escondía su devoción por la muchacha, él, un hombre de más de cuarenta, en absoluto atractivo, no tenía ninguna posibilidad de conquistarla.

Comenzó a trazar su plan la tarde en que la muchacha dejó con la boca abierta a toda Buenos Aires después de ejecutar la proeza con el toro. No tenía duda de que su acto de valentía seguiría contándose en los siglos por venir y que, con el tiempo, se transformaría en una leyenda. Él quería ser el dueño de la diosa que había protagonizado esa historia con visos mitológicos.

Se trataba de una intriga riesgosa, que podía volverse en contra si no la planeaba al detalle. Le pidió a otro familiar de la Inquisición, uno que le debía favores y dinero, que la denunciase. Él le proporcionaría los datos para armar la acusación, muchos de los cuales conocía por frecuentar lo de Urízar y Vega, y a otros los obtenía desde hacía tiempo pagándole a Pastrana, una mulatilla que don Mikel había comprado tiempo atrás. Por ella se había enterado de las escapadas de Emanuela al cuartel de los blandengues, donde a su vez consiguió que un soldado, un tal Fabio García, a cambio de unos cuartillos y comida, le detallase las visitas de la muchacha. Lo ponía rabioso imaginarla entre esos criollos zafios, mugrientos y miserables. Por el momento, solo restaba soportar y esperar.

Armó la acusación con información ambigua que, por un lado, atraería la atención del comisario Meliá, siempre dispuesto a probar la importancia de su cargo y justificar los cientos de pesos que ganaba, y que, por el otro, no costaría rebatir. Había sido un golpe de suerte que el comisario Meliá le permitiese comparecer en el interrogatorio. Se lo había pedido como un favor personal. Meliá, que lo tenía en buen concepto, aceptó. Haberla ayudado cuando la acusaban de emplear el idioma de las brujas para echar un sortilegio al toro, como mínimo, significaba haberse ganado la gratitud de la joven, sino su confianza.

La visitaría con frecuencia, se interesaría en su vida, aprendería qué cosas le gustaban y cuáles le desagradaban, le prestaría libros de medicina, le haría pequeños presentes que nadie juzgaría inapropiados, le pediría que le enseñase el guaraní, haría lo que fuese necesario para ganarse su admiración e interés, de modo que el permiso del famoso tutor, el hijo jesuita de don Mikel, se convertiría en una mera formalidad. Sobre todo, y aquí radicaba la clave del éxito de su confabulación, le dejaría bien en claro que, si se convertía en su esposa, el Santo Oficio no volvería a molestarla y que podría, bajo su supervisión, emplear sus manos y sus conocimientos para curar. Emanuela Ñeenguirú no solo le calentaría la cama y se ocuparía de sus necesidades, sino que le proporcionaría un aumento de prestigio y en el número de pacientes. Alcanzaría una fama de la cual hablaría todo el mundo. Vendrían a consultarlo desde los cuatro puntos cardinales del virreinato. Incluso el virrey solicitaría sus servicios. Tal vez acabasen viviendo en Lima, rodeados del boato que caracterizaba a la Ciudad de los Reyes.

Agitó la aldaba de la casa de los Urízar y Vega tres veces, incapaz de contener la ansiedad y entusiasmado con sus planes de grandeza. Le abrió Pastrana, que bajó la vista enseguida —se suponía que los esclavos tenían prohibido mirar a los ojos a las personas de castas superiores—. Igualmente, Murguía captó el rencor que chispeó en la mirada de la mulatilla.

—Buenas tardes, Pastrana —la saludó, simulando cordialidad—. ¿Qué sucede? —le preguntó entre dientes, en tanto la muchacha lo ayudaba a quitarse el barragán de lana. La esclava perseveró en su mutismo. Murguía insistió—: ¿Por qué traes esa cara?

—Vuesa mercé no me dijo que me quería pa' espiar a la señorita Manú, pa' después mandarla de cabeza con los inquisidores.

—¡Yo no te pedí que me contases acerca de ella para eso, estúpida niña! Te lo pedí porque ella me interesa… como mujer.

—¿Pa' casarse con ella?

—Si tengo la suerte de que me acepte, sí.

—¿No jue vuesa mercé quien la denunció con los inquisidores?

—¡Qué idea tan descabellada! Toma. —Le extendió varios maravedíes—. Sigue informándome sobre lo que ella hace y habrá mucho para ti.

La esclava se cruzó de brazos y negó con una sacudida de cabeza.

—Ya no quiero ser su alcahueta. Yo la quiero a Manú.

—¿Crees que le haría daño? —Los ojos grandes y oscuros de la muchacha se atrevieron a mirarlo para comunicarle su aprensión—. Y si te prometiese que te compraré a los Urízar y Vega y luego te manumitiré, ¿me mantendrías informado?

—¿Me daría la libertad? —se pasmó la esclava.

—Sí, te daría la libertad.

—¿Cuándo?

—Una vez que despose a la señorita Manú.

—¿Lo promete?

—¡Pastrana, soy un caballero! No necesito prometer nada. Si te digo que lo haré, lo haré.

—'Ta bien.

Le deslizó los maravedíes en el bolsillo del mandil.

—Ahora ve y anúnciale mi presencia a doña Almudena.

Las mujeres abandonaron el estrado y le señalaron un sofá en la sala. La simpatía de doña Ederra contrastaba con la severidad de doña Almudena. Instantes después, cuando apareció don Mikel, Murguía se dio cuenta de que el viejo, al igual que su esposa, tampoco añoraba su compañía.

—Romelia —habló deprisa Ederra, entusiasmada—, ve a buscar a Manú. Dile que el doctor Murguía nos ha honrado con su visita. Pastrana, tráenos el servicio de mate.

* * *

Después de la charla con Hinojosa, Emanuela se había recluido en su recámara para meditar. Abrumada por los acontecimientos, las recomendaciones y el miedo al futuro, necesitaba alejarse y pensar. Casi en una acción autómata, después de trabar la puerta, buscó su carpeta de dibujos y repasó las hojas. Haber leído *Teatro de los dioses de la gentilidad* la había inspirado para escribir sobre la mitología guaraní, a la cual juzgaba tan rica e interesante como la griega. Además, había decidido acompañar las narraciones de las leyendas con ilustraciones. Desde su partida de San Ignacio Miní, no había vuelto a dibujar, y era una actividad que siempre le había gustado y que fácilmente la sumía en una concentración que la abstraía de la realidad.

Poco a poco, a medida que las páginas pasaban frente a sus ojos, el corazón de Emanuela iba apaciguándose y cesaba de martillear contra su pecho. La respiración se le acompasaba y el ardor en el pecho se desvanecía. Una sonrisa le despuntó en las comisuras en tanto analizaba los dibujos que había realizado de los hijos de Taú y Keraná. Al llegar al séptimo, se encontró con lo que ya sabía: la hoja en blanco. El séptimo hijo de la pareja era Luisón.

Con un suspiro, se puso de pie y buscó la carbonilla que le había regalado Lope. Volvió a ocupar el sitio frente al escritorio y se puso a dibujar. Era una excelente carbonilla, pastosa, densa y muy negra, que se deslizaba con suavidad sobre la hoja. Los trazos cubrían la superficie blanca, y lo que en un principio carecía de lógica, minutos más tarde cobraba sentido. Una hora más tarde, tenía el rostro de Aitor frente a ella, el primero que dibujaba en Buenos Aires. Su gesto era intimidante, con el labio superior ligeramente levantado, como hacía para asustar a sus enemigos, aprovechando sus colmillos, que corroboraban lo que el pueblo sospechaba, que él era el lobisón. Le había remarcado las cejas, aplicando más vigor para que fuesen renegridas y gruesas, uniéndolas en el entrecejo y elevándolas sobre la frente en ese característico e inusual diseño triangular. Dibujó con meticulosa precisión sus tatuajes, porque se los acordaba de memoria: el rombo entre las cejas con la cruz en su interior; las tres líneas paralelas que le recorrían el tabique nasal hasta la punta de la nariz; los dos círculos con un punto en el centro, junto a los rabillos de los ojos; y las cuatro líneas paralelas y punteadas que le surcaban los pómulos. "¡Ojalá tuviese colores!", deseó, pues le habría gustado pintar de amarillo sus iris y de negro su cabello, con esos destellos rojizos que aparecían cuando el sol le daba de lleno.

Llamaron a la puerta.

—Adelante —invitó Emanuela, sin esconder la carpeta con dibujos pues sabía que se trataba de Romelia.

La esclava entró y enseguida aminoró la marcha, contagiada por el ambiente sereno que reinaba en la habitación. Solo se escuchaba el rasgueo del lápiz. Sin pronunciar palabra, Romelia contempló el dibujo sobre el hombro de la joven.

—Es él, ¿verdad?

—Sí.

—Nunca me dijiste que tiene tatuajes en el rostro.

—Se los hizo una anciana abipona mientras vivió con ellos. ¿Recuerdas que te conté que pasó un tiempo con la tribu de su madre?

—Sí. ¿Por qué le dibujaste esos colmillos?

—Porque así los tiene.

—¿De veras? —Emanuela asintió—. Me daría miedo este Aitor tuyo. ¿No le temías, Manú?

—No. Jamás le he tenido miedo. A veces me asustaba porque era muy posesivo y se enojaba tan solo porque yo conversaba con otro muchacho del pueblo. Pero ahora comprendo que no le temía a él, a que me hiciese daño —aclaró—, sino a perderlo. Aun furioso conmigo, Aitor jamás me habría lastimado. Jamás. De eso no tengo duda.

—¿Por qué lo dibujaste, entonces, con esa cara de malo?

—Porque esa era su expresión la mayor parte del tiempo.

—Era malo, entonces.

—No. Lo habían lastimado demasiado desde muy pequeño y siempre estaba listo para defenderse. Pero tiene un gran corazón. ¿Necesitas algo, Romelia?

—Que dice doña Almudena que te espera en la sala, que el doctor Murguía ha venido de visita. No ha perdido tiempo, el muy pícaro.

Emanuela lanzó un suspiro y cerró la carpeta. Se lavó las manos en la jofaina y corroboró en el espejo que ningún mechón se hubiese soltado de las presillas que Romelia le había colocado esa mañana antes de marchar al interrogatorio. No se perfumó, ni se aplicó polvo de alheña en los labios, ni en los pómulos. Quería que la viese descarnada.

—Vamos. Cuanto antes lo enfrente, antes se irá.

—¡Fuerza, Manú!

Entró en la sala, y el doctor Murguía se puso de pie enseguida. Le sonrió, un gesto que, Emanuela juzgaba, le hacía un flaco favor a sus rasgos duros. Ella se limitó a inclinar la cabeza y a caminar hacia las señoras de la casa.

—Siéntate a mi lado, hija —le pidió don Mikel—. Dejad a Manú cebar los mates. Los de ella son mejores que los vuestros.

—¿Un mate, doctor Murguía?

—Sí, por favor. Y me gustaría que me llamaseis Rodrigo.

Emanuela no contestó y siguió concentrada en verter el agua de la caldera en la calabacita con la yerba, mientras doña Ederra sofocaba una risita y doña Almudena suspiraba.

—Don Rodrigo —dijo, y le extendió el mate—. Tened cuidado. Está caliente. —Al inclinarse para entregárselo, el aroma del afeite de Macasar de la peluca de Murguía la tomó por sorpresa y le provocó un ligero malestar.

—Gracias, señorita Manú —dijo el médico, y le tocó los dedos a propósito—. ¿Cómo os habéis sentido después de la prueba a la que fuisteis sometida esta mañana?

—Mejor, gracias.

—Fue un momento duro, ¿verdad?

—Sí, lo fue. Aprovecho para agradeceros por vuestra intervención, don Rodrigo.

—Afortunadamente terminó bien, aunque podría haber tenido un final… trágico. Contáis con mi ayuda siempre que la preciséis, Manú.

—Gracias —dijo, cortante e incómoda por el hecho de que hubiese suprimido el "señorita" y por la amenaza velada.

—Murguía —intervino don Mikel—, tú, que por ser alcalde de primer voto, estás en el ajo, dime ¿qué se dice en el Cabildo acerca del puesto de alférez real para el año que viene? ¿Jerónimo Matorras desea mantenerlo?

—Muy señor mío —intervino doña Almudena—, me haríais feliz si dejaseis de lado esa idea de ocupar de nuevo el cargo de alférez.

—A mí también me gustaría haceros feliz, doña Almudena, Dios sabe que es así, pero lo que a vuesa merced hace feliz, generalmente a mí me sume en una profunda aflicción.

Emanuela se cubrió la boca para sofocar la risa, y lo mismo hizo Murguía. Sus miradas se encontraron y el médico levantó las cejas en un gesto cómplice, que aflojó un poco la tensión entre ellos.

—Es vuesa merced decididamente imposible, don Mikel —declaró la anciana.

Los hombres continuaron hablando acerca del Cabildo y de quiénes participarían en las elecciones que se sostendrían el 1° de enero, como cada año.

—Don Mikel —volvió a tomar la palabra doña Almudena—, ¿debo recordaros que, para esa fecha, estaremos en la quinta de San Isidro?

—No es menester que me lo recordéis, señora, lo sé muy bien. Pero yo no iré hasta tanto sepa si ocuparé el cargo de alférez.

—No podréis quedaros solo en la casa. Nos llevaremos a los cuatro esclavos.

—Dejaréis a Romelia y a Justicia —sentenció el anciano—. Y Manú se quedará para hacerme compañía.

—Con todo gusto, don Mikel —aseguró la joven.

—¡Don Mikel! —se enojó su esposa—. No podéis someter a Manú a las pestilencias y calores de la ciudad por ese bendito capricho de ser alférez.

—Doña Almudena, a mí… —Manú se interrumpió cuando doña Ederra manifestó:

—Me parece muy atinado que Manú se quede para hacerle compañía a mi padre, madre. Con nadie se encontraría mejor, y nosotros estaremos tranquilos sabiendo que él está bien cuidado.

Don Alonso, que había ido a la gobernación por la tarde, ingresó en la sala en ese momento, y mientras entregaba los guantes, el tricornio y el tabardo a Pastrana, sonreía en dirección a Emanuela. La sonrisa se le esfumó al descubrir a Murguía sentado frente a ella. Enseguida compuso la expresión y se aproximó para saludar al médico.

—¿Un mate, don Alonso?

—Yo se lo cebaré, Manú —intervino doña Ederra—. Tú no lo haces como a él le gusta.

—Sí, doña Ederra.

—Manú lo hace muy bien —adujo don Alonso.

—El otro día os quejasteis.

—Pero...

—¿Qué se dice en el fuerte, Alonso? —terció don Mikel—. ¿Se comenta algo sobre lo de esta mañana?

—El gobernador mandó por mí para que le relatase los hechos. Parecía muy consternado. Se alegró cuando le dije que no había pasado a mayores.

—No sé de dónde sacaremos los doscientos pesos para los dominicos —comentó doña Ederra.

—Ese no es problema vuestro, señora —masculló don Alonso, evidentemente molesto, y echó un vistazo a Emanuela, que mantenía la vista fija en su regazo.

—¿Sabes, querido Alonso? —volvió a terciar don Mikel—. Aquí me informa Murguía que Matorras dejará vacante el cargo de alférez real. He decidido presentarme como candidato para las próximas elecciones del 1° de enero.

—Estoy seguro de que os elegirán, don Mikel.

—¡Por supuesto que lo elegirán! —se enfadó doña Almudena—. Nadie quiere ese puesto, que significa una erogación enorme de dinero. Aquí estamos, haciéndonos cruces para conseguir los doscientos pesos que nos ha exigido el inquisidor, y vuesa merced desea presentarse en las próximas elecciones.

—Pues lo haré —persistió el anciano—, Alonso me ha dicho que puedo.

—Yo estaría más que encantado de pagar los doscientos pesos al comisario Meliá —manifestó Murguía, y un silencio de escasos segundos paralizó las almas.

—Oh, no, no, doctor Murguía —salió del paso doña Ederra—. Os agradezco, pero eso no es vuestra responsabilidad, señor. Mi padre le escribirá a mi hermano, que es el tutor de Emanuela. Él se hará cargo de la penalidad.

—Y le escribiréis también por aquel otro asunto, ¿verdad, don Mikel?

El anciano impostó una sonrisa y se limitó a asentir. A Emanuela, la mortificación estaba causándole dolor de estómago. El ligero malestar nacido del aroma punzante de la peluca de Murguía había ido creciendo en tanto los comentarios la alcanzaban como saetas en el pecho. Se puso de pie, dispuesta a excusarse. Don Alonso y el doctor Murguía hicieron otro tanto.

—Doña Almudena —dijo en voz baja.

—Manú —la interrumpió Murguía—, ¿me concederíais el placer de oíros tocar el clavicordio? Ayer estuve en casa de la familia de Riba y la señorita Micaela me dijo que está enseñándoos.

—Oh, no, don Rodrigo. —Agitó la mano en el aire—. No he conquistado aún la técnica. No toco bien. Os aseguro que no sería un placer oírme.

—Por favor —insistió el hombre, y clavó sus ojos pequeños y demasiado pegados al tabique en los de Emanuela, que asintió después de recordar la promesa hecha a su *pa'i* Santiago.

Murguía le extendió la mano y la guió hasta el instrumento. Emanuela se ubicó en la butaca y levantó la tapa. Para su desconsuelo, el médico no regresó a ocupar su sitio en la sala; se quedó de pie, junto a ella. Tocó las dos melodías que mejor dominaba, y, aunque cometió varios errores, Murguía la aplaudió con entusiasmo.

—Bravo, Manú —dijo don Alonso, cuando se unieron de nuevo a la familia—. Has tocado deliciosamente.

—Se salteó varias notas —apuntó don Ederra— y desafinó en otras.

—Sí, es verdad —admitió Emanuela.

—Pero hace pocas semanas que tomas clases —intervino don Mikel—. ¡Demasiado bien, hija mía!

Pastrana anunció la llegada de don Edilson y de don Lope, y Emanuela observó las miradas poco amigables que intercambiaron su amigo de la infancia y don Rodrigo Murguía. Después de unos mates, don Edilson y don Alonso se excusaron y se encerraron en el despacho de don Mikel, y una vez más, Emanuela se preguntó qué negocios los atarían. ¿Tal vez su tutor le pediría prestado los doscientos pesos al comerciante portugués? La mortificación le profundizó la náusea.

—Ese Barroso es un judaizante —masculló Murguía, y solo Emanuela alcanzó a escucharlo.

—¿Qué significa judaizante, don Rodrigo? —preguntó en un susurro.

—¿No lo sabéis? —Emanuela agitó la cabeza para negar, de pronto asustada por el asombro encolerizado del médico—. Pues se trata del hebreo que asegura haberse convertido a nuestra fe y que, en realidad, sigue practicando la suya, la judía —dijo con esfuerzo, como si le costase articular la palabra—. Casi todos los cristianos nuevos son judaizantes. Por cierto, la mayoría de los portugueses lo son —aseguró Murguía.

—Oh.

—Debería denunciarlo con el comisario Meliá.

El estómago de Emanuela se volvió de piedra. Inspiró profundamente para detener la sensación de vómito.

—Me dijo el padre Santiago que vuesa merced es funcionario del Santo Oficio. Familiar —aclaró.

—Sí, es cierto. Desde hace varios años tengo el honor de ostentar ese cargo. Por eso me encuentro en posición inmejorable para ayudaros, Manú —declaró, y movió las manos en un acto reflejo que obligó a Emanuela a poner las de ella fuera del alcance del médico—. Imagino que os han informado de mis intenciones hacia vuesa merced. —Con la vista baja, la muchacha asintió—. Si aceptaseis desposarme, yo podría manteneros a salvo de la Inquisición. Nunca más tendríais que someteros al tormento que sufristeis esta mañana. Yo os protegería de todo mal. Y, bajo mi tutela, podríais seguir curando con vuestras manos y vuestros conocimientos.

"Bajo vuestra tutela", repitió Emanuela para sí.

—Como sabéis, don Rodrigo, esa decisión no me compete, sino a mi tutor, el padre Octavio de Urízar y Vega.

—Pero de seguro una palabra vuestra a mi favor influirá en su decisión.

Emanuela no necesitó contestar; de igual modo, no habría sabido qué decir. Pastrana anunció la llegada de la señora de Andonaegui y del señor Leónidas Cabrera, e interrumpió el diálogo con Murguía, que miró con desprecio al torero cuando este hizo una reverencia a Emanuela y le sonrió con complicidad. Por fortuna, la joven solo inclinó la cabeza y evitó mirarlo a los ojos. Habría correspondido que la señora de la casa realizase las presentaciones, pero visto que doña Almudena estaba muy ocupada admirando las cintas enjoyadas del traje de la esposa del gobernador, Emanuela dijo:

—Doctor Murguía, vuesa merced estaba la tarde de la corrida de toros. De seguro recordáis a don Leónidas Cabrera, el torero.

—Sí, lo recuerdo. Encantado —dijo con un tono que contradecía el significado de la palabra.

—Señor Cabrera, él es el doctor Rodrigo Murguía, el médico de la ciudad.

—Ya sé a quién recurrir en caso de ser aquejado de un mal. Un placer, doctor Murguía. ¿Cómo os encontráis, señorita Manú?

—Bien, gracias, señor Cabrera.

—Por favor, llamadme Leónidas. Os veré el viernes en el baile que dará el marqués de Valdelirios, ¿verdad?

—No lo creo. Como os expresé en vuestra visita anterior, no soy afecta a las fiestas.

—Eso demuestra cuán juiciosa y sensata sois, querida Manú —opinó el médico, y a Emanuela le dio un vuelco en el estómago. Si que se tomase la libertad de llamarla querida le acentuaba la náusea, le costaba imaginar de qué mal sufriría en caso de que ese hombre la tocase.

La sonrisa se borró del atractivo rostro del torero.

—No considero que las muchachas que asisten a fiestas organizadas por personalidades tan reputadas como el marqués de Valdelirios —expresó, y Emanuela se asombró de su tono mordaz— merezcan el calificativo de poco juiciosas e insensatas.

—No —admitió Murguía—. Pero el hecho de que la señorita Manú prefiera permanecer retirada y lejos de cuestiones banales la enaltece ante mis ojos.

—La señorita Manú —siguió litigando el torero— está enaltecida ante mis ojos por otras razones.

—Sí, pero…

—Señor Cabrera —interrumpió Emanuela—, nunca he participado de una fiesta y, aunque no niego que me intriga ver de qué tratan esas celebraciones citadinas, no creo que asistiré a esta pues la organiza el marqués de Valdelirios, quien ejecutará un tratado, el de Permuta —explicó—, que tanto perjudica a mi pueblo.

—Oh —se desconcertó el matador—. ¿Y cuál es vuestro pueblo?

—Yo soy guaraní.

—¡Vuesa merced no es guaraní! —se ofuscó el médico.

—Pues lo soy, don Rodrigo. Por mis venas tal vez no corra sangre guaraní, pero me he criado en un pueblo guaraní y el apellido que me dio mi padre adoptivo es guaraní, y me siento orgullosa de portarlo. Soy guaraní en mi corazón.

—Si es así —declaró Cabrera—, entonces yo tampoco iré al festejo organizado por el marqués.

Pastrana susurró en el oído de doña Almudena.

—Doctor Murguía —habló la anciana—, aquí me dicen que uno de vuestros mulatillos os aguarda en la puerta. Asegura que es urgente. Un paciente os reclama, doctor.

A Emanuela la irritaron el rictus de fastidio que le afinó aún más los labios y la lentitud con que abandonó el sillón. Cuando se inclinó para saludarla con el tricornio en una mano y la vara que le correspondía a su rango de alcalde de primer voto en la otra, la miró con fijeza y le pidió:

—Escribidle a vuestro tutor, os lo suplico, y habladle de mí con afecto.

Emanuela se quedó petrificada, incapaz de asentir, pues planeaba hacer lo opuesto.

—Buenas tardes, don Rodrigo —lo despidió.

El torero sonrió con sarcasmo mientras sorbía su café y la contemplaba sobre el borde de la taza.

—¿Vuestro festejante, el buen doctor?

—Solo un amigo de la familia. Os imploro que no dejéis de asistir a la fiesta del marqués por mi causa, señor Cabrera.

—¿Tanto me despreciáis que no podéis llamarme por mi nombre de pila, señorita Manú?

—Desprecio lo que hacéis.

—Es el oficio que aprendí desde niño. —Cabrera lo expresó con timbre apenado y gesto contrito—. Vivíamos en el campo, mi madre, mi hermano menor y yo. Éramos en extremo pobres. Un hombre, que se dedicaba a criar toros para la lid, me conchabó como peón cuando tenía nueve años, y así fue que comencé a relacionarme con esos animales, a perderles el miedo, a saber enfrentarlos. Mi patrón me envió a la ciudad para que aprendiese el oficio de matador.

—Entiendo.

—La tauromaquia me dio fama, prestigio y me abrió las puertas a salones de los cuales me habrían echado como a un perro en caso de no ser El Cordobés. Pero sobre todo me dio dinero para sacar de la pobreza a mi madre y a mi hermano menor.

Emanuela lo miró a los ojos, cuyo color verde claro causaba un contraste impactante bajo las cejas y las pestañas renegridas. No confiaba en un hombre que mataba por deporte; igualmente, sus afirmaciones y su anhelo por justificarse la conmovían.

—Si sois famoso en la Península, ¿por qué habéis venido a estas tierras tan lejanas, tan apartadas del boato de la metrópoli?

—Porque estoy buscando a mi hermano menor. Escapó meses atrás de Madrid y no hemos sabido nada de él. Mi madre está inconsolable, como podréis imaginaros.

—Lo siento. ¿Creéis que se encuentra en Buenos Aires?

—Seguí una pista, que me llevó hasta Cádiz. Ahí supe que había gestionado un permiso ante el Consejo de Indias para emigrar y que se había embarcado en una nave que tenía como destino final Buenos Aires.

—Os auguro que encontréis a vuestro hermano, don Leónidas.

—Gracias, señorita Manú. —Una sonrisa, la primera sincera, que se reflejaba en sus ojos, le desplegó los labios voluptuosos, aunque de líneas netamente masculinas—. Me complacería que me concedieseis vuestra amistad. La valoraría como pocas cosas, os lo aseguro. Sé que me despreciáis a causa de mi oficio, pero dejadme que os diga que, por el momento, no volveré a pisar la arena.

—¿Cómo es eso, don Leónidas?

—Después de vuestra intervención aquella tarde, se armó un gran jaleo. Los vecinos del barrio de Montserrat, donde se encuentra la plaza de toros, aprovecharon para presentar una queja ante las autoridades del Cabildo y el gobernador arguyendo que el espectáculo ha arruinado el barrio y el valor de sus propiedades. Solicitaron que se demuela la construcción. Por esta razón y hasta que la Audiencia de Charcas se expida, no habrá corridas.

—Aunque solicitaron la demolición de ese sitio macabro por razones de economía y no por compasión hacia los toros, me alegro de que así sea.

Don Alonso y don Edilson volvieron a unirse a la tertulia y saludaron a los recién llegados. Se inició una conversación en la que el interés de don Mikel por hacerse con el cargo de alférez real ocupó el lugar central.

—Es muy loable de vuestra parte —lo encomió la esposa del gobernador—. Es un honor que un vecino de vuestro prestigio y alcurnia, don Mikel, se convierta en el portador del pendón real y de la imagen de nuestro rey, que Dios guarde y prospere.

—Amén —respondió un coro de voces.

—Pues os deseo buena fortuna, muy señor mío —expresó doña Almudena, con sarcasmo—, y también os deseo que no cojáis ninguna peste en el verano pestilente de Buenos Aires.

—¿Cómo podría ser eso, señora mía, si Manú se quedará conmigo?

—¿Cómo? —La alarma en la voz de don Alonso atrajo la atención de todos y una mirada fulminante de doña Ederra—. ¿Manú se quedará en Buenos Aires en el verano?

—Para hacerme compañía. También Romelia y Justicia.

—De ninguna manera —se opuso don Alonso—. Manú no tiene por qué permanecer en una ciudad que se convierte en un sitio fantasma durante el período estival, exponiéndose a los malos aires que de seguro la enfermarán. Su salud nunca ha sido fuerte.

Emanuela bajó la vista, avergonzada, pero antes de hacerlo captó el ceño que pronunció las cejas gruesas y negras de Cabrera; lucía preocupado.

—Es cierto, Manú —intervino Lope, y abandonó su sitio para ubicarse junto a ella—. Sabes que la ciudad no es saludable en los meses más crueles del verano.

—¡Oh, dejad de apabullar a mi niña! —se quejó don Mikel—. Además, solo serán unas semanas. Apenas acaben las elecciones, partiremos para San Isidro. ¿Verdad, Manú?

—Sí, don Mikel.

—Manú viajará con nosotros a principios de diciembre —dispuso don Alonso—. No se hable más.

Esa noche, mientras Emanuela completaba el retrato de Aitor, de nuevo la alcanzaron las voces subidas de tono de doña Ederra y de don Alonso. Si bien solo llegaban palabras sueltas a sus oídos, sospechaba que discutían a causa de ella. Suspiró. Estaba cansada de todo. Fijó la vista en los ojos que la contemplaban con fijeza desde el papel.

—No sabes cuánto deseo volver a San Ignacio, amor mío. No sabes cuánto deseo volver a tus brazos.

Lo besó en los labios y no le importó que estuviesen entreabiertos para exponer los colmillos.

* * *

Muy temprano a la mañana siguiente, José Moro mugió con estruendo, agitó la cabeza y rascó el suelo con las pezuñas cuando su salvadora entró en la caballeriza. La reacción del toro inquietó a las dos mulas y al caballo de don Alonso, hizo reír a Emanuela y escapar a Justicia y a Orlando, que volvieron al rato cuando los mugidos del toro cesaron.

—Ve y trae agua fresca del aljibe para José Moro.

—Su verdadero nombre, Almanegra —apuntó el niño—, le va mejor. Es malo tu toro, Manú.

—Su nombre es José Moro, Justicia. Y no es malo. Está contento porque hemos venido a visitarlo. Así lo expresa. Ve por el agua.

Emanuela llenó una artesa con el grano duro que Edilson Barroso les había fiado y lo colocó bajo el hocico del toro, que comenzó a zampárselo con sonoras engullidas.

—Dentro de un momento —le habló Emanuela al animal, mientras le pasaba la almohaza por el lomo—, Elcio y yo te ayudaremos a subir a una carreta para llevarte al campo donde vivirás en un potrero enorme, lleno de vacas. Quiero que seas bueno y que le permitas a Elcio conducirte hasta allá, donde serás feliz y ya nadie volverá a lastimarte. ¿Me has comprendido, José Moro? El viaje será largo…

—¡Manú!

Emanuela alcanzó a darse vuelta antes de encontrarse prisionera de unos brazos fuertes que la aplastaron contra una casaca corta y azul, fría y con aroma a humo y a tierra. Unos botones blancos se le clavaron en la mejilla.

—¡Titus! —exclamó, y ejerció presión para apartarse—. ¿Qué haces aquí? ¿No deberías estar en el fuerte de Luján?

—Cabalgué como un condenado toda la noche cuando me llegó el mensaje.

—¿Qué mensaje?

—El cabo Contreras envió un chasqui para avisarme que te habían convocado para comparecer ante el comisario del Santo Oficio. ¡Oh, Manú! —exclamó, y volvió a abrazarla—. La sangre se me heló en las venas cuando me enteré. Tenía tanto miedo de llegar y que me dijesen que estabas encarcelada en las mazmorras de la Inquisición.

—Estoy bien, estoy bien.

—Gracias a Dios que estás bien. —La besó en la frente varias veces y, cuando sus labios comenzaron a deslizarse por su sien y su mejilla, Justicia los interrumpió.

—¡Señorito Titus! —El pequeño esclavo derramó la mitad del agua en su corrida hacia el joven capitán.

—¡Ey, Justicia! ¿Cómo andas, amigo mío?

—¡Bien, señorito Titus! ¿Vio el toro que le regaló el gobernador a Manú?

—¿Cómo? ¿Qué hace un toro aquí? —De pronto advirtió la existencia del animal a pocos palmos.

Justicia, de manera atropellada y agitando las manos y revoloteando los ojos, le contó lo ocurrido en la arena. A medida que Titus comprendía el dramatismo de los hechos y las trágicas consecuencias que podrían haber acarreado, su rostro se cubría de un sudor helado, y la cabalgata feroz de la tarde y la noche pasadas comenzaban a cobrar su parte.

—Te has puesto pálido —advirtió Emanuela—. Ven, siéntate en este fardo de alfalfa. Justicia, ve a pedirle a Romelia las sales.

El capitán se dejó caer en el bloque de pastura y se aflojó la casaca y los botones superiores de la camisa.

—Ya me siento mejor. Pensarás que soy un flojo, Manú. Es que he cabalgado toda la noche como un demonio y no he comido nada desde ayer al mediodía. Apenas entré en la ciudad, vine directo hacia aquí. Necesitaba verte, saber que estabas bien. Si te hubiesen encarcelado...

Justicia llegó corriendo con las sales, Romelia entró al cabo, y se armó un gran jaleo.

—¡Voy a prepararle un desayuno! —anunció la mujer—. ¡Bien suculento! Justicia, vete al gallinero y tráeme tres huevos, los más grandes que encuentres.

—¡Sí, Romelia!

—¿Te sientes aún mareado? —susurró Emanuela cuando los esclavos abandonaron la caballeriza y la dejaron en silencio—. ¿Puedes ponerte en pie?

El joven capitán no le contestó y siguió mirando fijamente al toro que comía el grano duro, ajeno a los disturbios que acontecían a pasos de él.

—¿Titus?

—Manú —dijo el militar y se puso de pie—. Miro a esa bestia y no puedo dejar de pensar en que podría haberte matado de una sola cornada.

—Estoy bien. José Moro no me hizo nada. Nada en absoluto. Fue él quien sufrió heridas graves. ¿Notas que le falta el ojo izquierdo? Uno de los picadores se lo arrancó. Pobrecito —sollozó.

El capitán la encerró en un abrazo vehemente y le besó la coronilla. Después de tantos sinsabores, malos momentos y emociones oscuras, Emanuela se relajó y le permitió que la reconfortase, se permitió sentirse protegida. No había olvidado la última conversación que habían sostenido, cuando él le confesó que la amaba y que la deseaba. Tampoco había olvidado el beso.

—Vamos a la cocina. Romelia querrá que comas su desayuno cuando todavía está humeante.

—Sí, vamos —dijo el joven, y, renuente, la soltó.

Se presentó de nuevo por la tarde. Doña Almudena y doña Ederra lo recibieron entre exclamaciones felices y comentarios halagadores. Se quedó a cenar y, durante la comida, don Mikel le contó acerca de las intenciones de Murguía de desposar a Emanuela. Titus apoyó su vaso con furia, hizo tintinear la vajilla y asustó a las mujeres. Emanuela levantó la vista del plato y se topó con sus ojos, cuyo color verde grisáceo había desaparecido para tornarse oscuro y tormentoso.

—No estarás siquiera pensando en aceptarlo, ¿verdad? —la increpó.

—¡Titus! —se escandalizó su tía.

—¿Manú? —insistió el capitán, e hizo caso omiso de la llamada de atención de doña Ederra.

—No, Titus —susurró, incómoda, intimidada—, claro que no.

—Hemos ganado un poco de tiempo diciéndole a Murguía que corresponde a Octavio, el verdadero tutor de Manú, dar su autorización para el cortejo —explicó don Mikel, a quien el asunto parecía divertirlo—. Aún no despaché la carta, pero imaginarás que, si de algo vale mi opinión como cabeza de esta familia, le aconsejaré que no miro con buenos ojos esa unión. Murguía es demasiado pomposo y viejo para mi Manú.

—¡Es un excelente candidato para Manú, padre! —se mosqueó doña Ederra, y solo consiguió ganarse un vistazo furibundo de su esposo.

—Por favor, don Mikel —expresó Titus, su acento tan serio como infrecuente, la vista fija en la de Emanuela, que lo contemplaba como hechizada—, os suplico que agreguéis un párrafo en esa carta donde le comuniquéis a vuestro hijo que es mi más ferviente deseo convertir a Manú en mi esposa y que le suplico que me conceda su permiso para cortejarla.

Aun Romelia y Pastrana, que servían la mesa, profirieron exclamaciones y soltaron gritos de alegría. Doña Almudena lanzaba comentarios frenéticos y planificaba la boda. Al igual que doña Ederra, Emanuela guardaba silencio y detenía la mirada en la de Titus. "¿Por qué no puedo amarte?", se preguntaba. "¿Por qué, mientras me dices que es tu más ferviente deseo convertirme en tu esposa, lo único que me viene a la mente es él, su rostro, el recuerdo de sus besos, de sus palabras, aunque hayan sido mentira?"

—¡Silencio, por piedad! —Don Alonso acompañó su orden con un puñetazo en la mesa—. ¡Romelia, Pastrana, a la cocina! Y vos, mi señora suegra, comportaos. ¡Un poco de circunspección, os suplico!

—Es que estoy tan feliz, Alonso —manifestó doña Almudena, y Emanuela rompió el contacto con el militar atraída por el acento alegre de su guardiana, la primera vez que lo escuchaba.

—Pues estáis cacareando como gallina clueca y no dejáis que Manú hable —la amonestó su esposo—. Manú, querida, ¿qué dices a la propuesta de Titus?

Emanuela sorbió su horchata antes de contestar:

—Si doña Almudena me lo permitiese, me gustaría hablar un momento a solas con él una vez acabada la cena.

—Sí, niña, sí —la autorizó la anciana—. Vosotros podéis ocupar la sala. Ederra y yo los vigilaremos desde el estrado.

Media hora más tarde, Emanuela caminaba delante de Titus y mientras se restregaba las manos y contenía el respiro se preguntaba cómo le explicaría lo que anidaba en su corazón. Al final se decidió por la verdad, porque su querido amigo lo merecía. Se sentaron, ella en un sofá; él acercó un escabel y lo colocó frente a ella. A Emanuela, su postura en la butaca tan baja y pequeña, con las rodillas cerca de la cara y el nivel de la mirada por debajo de la de ella, le arrancó una risa, que la ayudó a distenderse.

—Siempre me haces reír —dijo sin reflexionar.

—Quiero hacerte reír toda la vida.

—Y lo harás porque siempre seremos amigos.

—Quiero ser más que un amigo para ti, Manú. Mucho, mucho más. Sabes que te amo. Te lo confesé antes de irme.

—Sí, me lo confesaste.

—¿Me aceptarás, entonces?

—No, Titus.

—¿Qué? —El capitán se mostró desorientado y le sujetó las manos, pero las soltó enseguida cuando doña Almudena carraspeó—. ¿Piensas aceptar a Murguía?

—Claro que no, aunque creo que se aprovechará de su cargo como familiar del Santo Oficio para asustarme y tratar de convencerme.

—¡Gusano miserable! Lo mataré si llega siquiera a insinuar algo así.

—No lo ha hecho. Es una sospecha.

—No cedas a sus chantajes, Manú, te lo suplico. Cuentas conmigo, Manú. Lo sabes, ¿verdad?

—Sí, lo sé.

—Cásate conmigo. Juro por lo más sagrado que te haré feliz.

—Pero yo no podría hacerte feliz, Titus, y tú mereces serlo.

—Desde que perdí a mis padres años atrás, mis tíos, doña Almudena y don Mikel, han sido mi única familia. Desde niño me gustaba venir a esta casa. Me sentía amado y Dios sabe que me mimaban hasta arruinarme. Después llegó mi prima Crista, a quien quise tiernamente porque era dulce y delicada. Y me amaron todavía más por amarla.

—Y porque ella te amaba a ti.

—Sí —concedió Titus—. Yo conseguía que ella sonriera aún cuando estaba sufriendo. Mi pobre Crista… —La mirada se le perdió en un punto y guardó silencio—. Y después llegaste tú, Manú, y, poco a poco, algo cambió en mí. Esperaba con ansias las visitas a la casa de mis tíos. Como te digo, siempre me ha gustado venir aquí, pero, desde tu llegada, la casa me atraía como nunca. Hasta que me di cuenta de que era la ansiedad por verte, por oírte hablar, por verte sonreír, que es algo que haces muy inusualmente. Quiero que sonrías siempre, quiero hacerte feliz. Permítemelo hacerlo. No soy rico, lo sé. Soy solo un simple capit…

Emanuela lo interrumpió colocándole el índice y el mayor sobre los labios. El contacto afectó Titus, que cerró los ojos y le besó los dedos. Emanuela los apartó antes de que las mujeres la pillasen.

—Eres el sueño de toda mujer, Titus. No me importa si eres pobre, el capitán de los blandengues o un simple soldado. Tú no eres el problema. El problema soy yo. Desde que tengo memoria, amo profundamente a un joven de mi pueblo.

—¿Un indio? ¿Un guaraní? —preguntó con un desconcierto que reflejó su desprecio.

—Sí. —Emanuela se envaró en el sofá—. Un guaraní.

—Discúlpame, Manú. Discúlpame. Me he comportado como aquellos a los que critico por estirados y petimetres, como el doctor Murguía. En realidad, estoy celoso. Es eso, estoy rabioso de celos. ¿Quién es este joven? ¿Él te ama?

—Eso no importa, Titus. Lo único que cuenta es que mi corazón le pertenece y sé que nunca pertenecerá a otro.

—¿Piensas casar con él? —Emanuela sacudió la cabeza para negar, aunque no sabía por qué negaba—. ¿No casarás con él? Entonces, dame una oportunidad a mí. ¡Te haré feliz! ¡Lo olvidarás!

—*Nunca, jamás* lo olvidaré, y eso sería injusto para ti. ¿Sabes, Titus? Aunque ahora transcurra mis días en Buenos Aires, aunque tenga amigos nuevos a los que quiero muchísimo (tú, Micaela, Romelia, Justicia) y aunque durante la jornada no me falten las actividades, ni tenga tiempo para aburrirme, todo lo enfrento con un convencimiento que se encuentra muy profundo en mi corazón, y esta es la primera vez que me animo a decirlo en voz alta: esto no durará. Esta etapa de mi vida es solo un compás de espera. En mi corazón sé que algún día regresaré a mi tierra roja y amada, a mi gente añorada. Y a él, sobre todo a él.

Titus de Alarcón dejó caer la cabeza entre los brazos apoyados en las rodillas. Emanuela se contuvo y no lo tocó. Sufría al verlo sufrir. La atormentaba ser la causa de su padecimiento. Decirle que sí, que lo desposaría, habría sido injusto. Él, su querido amigo Titus, merecía ser amado como ella amaba a Aitor.

—¿Cómo se llama este hombre al que jamás olvidarás? Dime su nombre, Manú.

Emanuela dudó. Rara vez pronunciaba su nombre, lo había hecho pocas veces y solo a Romelia.

—Se llama Aitor —dijo en un hilo de voz.

—¿Aitor?

—Sí.

—Como el abuelo de mi tía Ederra.

—Sí. Mi *pa'i* Ursus lo bautizó en memoria de su abuelo vasco.

Titus fijó la vista en un punto indefinido y Emanuela aguardó sus palabras con el aire cortado.

—Lucharé por ti, Manú —dijo, al cabo—. Un corazón puede cambiar de parecer.

"No el mío", le habría asegurado si no hubiese estado convencida de que lo lastimaría aún más.

—¿Cuándo regresarás a Luján?

—Mañana. Abandoné el fuerte excusando una urgencia, pero tengo que regresar cuanto antes. Unos matreros nos han tenido a maltraer, robando ganando, matando gente, asaltando carretas y carruajes. —Titus se guardó de decir que también vejaban mujeres y niñas.

—Ojalá los apreséis pronto.

—Ese Domingo Oliveira es un portugués ladino, gran conocedor del terreno, hábil con el arreo. No será fácil atraparlo.

—¿Él es el jefe de los matreros?

—Sí. Un tipo despreciable. —Titus sacudió la mano en el ademán de desestimar el tema—. Antes de marcharme quisiera agradecerte por las canastas con provisiones para mis soldados, y las cataplasmas y las hierbas para las tisanas, y todas las cosas que les has enviado con tanta consideración. Contreras, Matas, Frías y Perdías me lo han contado todo.

—No sabes cuánto me angustia no poder ir al cuartel para curar la herida del cabo Matas o para ver los progresos de la pelagra de Frías. Pero solo me permiten salir para la misa. Solo para eso.

—Lo sé, lo sé, no te angusties. Mis hombres lo comprenden. Creo que darían sus vidas por ti, Manú.

—Cuando ayer fui a Santo Domingo, para el interrogatorio, tus hombres, aun Matas, que no debería haber abandonado el lecho, me escoltaron junto con un grupo numeroso de personas. Agradéceles de mi parte, Titus, por favor. Me sentí muy acompañada.

—Lo haré, pero debería haber sido yo el que te escoltara.

—Don Mikel no te habría cedido su lugar a mi lado —afirmó con ligereza en la voz y una sonrisa, pues necesitaba con desesperación cambiar el ánimo lúgubre que la acechaba desde hacía tanto tiempo.

—¡Viejo pícaro!

—Caminó todas esas cuadras hasta Santo Domingo a mi lado. ¿Puedes imaginarlo? Estaba muy elegante, debo admitir, con su bastón y su tricornio nuevo. Pero estimo que su pie debió de darle mucho fastidio. Igualmente, no se quejó una vez, pobre don Mikel.

—Es que tú operas esas maravillas, querida Manú. —Los ojos verde grisáceos de Titus habían vuelto a oscurecerse, aunque sin esa cualidad borrascosa con que la habían mirado en el almuerzo, al enterarse de las intenciones de Murguía.

"¿Por qué no puedo amarte?", volvió a preguntarse Emanuela.

Más tarde, mientras se preparaba para ir a dormir, llamaron a su puerta. Supo que no se trataba de Romelia. Era doña Ederra. La tomó por sorpresa; en contadas ocasiones la mujer la visitaba en el retiro de su habitación. Sobre todo la sorprendió que le sonriese.

—Disculpa que te moleste a estas horas.

—No es ninguna molestia, doña Ederra. Pasad, por favor.

—¿Qué es eso? —La mujer señaló un pote con una mezcla blanca.

—Un ungüento para la piel. ¿Deseáis probarlo?

—¿Tú lo has preparado? —Emanuela asintió—. ¿Para qué sirve?

—Es una mezcla de lanolina, almidón y óxido de estaño. La lanolina mantiene la piel humectada. El almidón la suaviza y el estaño la blanquea.

—Tu piel es muy hermosa, Manú.

—Os regalo el ungüento, señora. Mañana prepararé más.

—Gracias.

Emanuela le entregó el pote y doña Ederra esbozó una fugaz sonrisa al recibirlo.

—¿Deseabais pedirme algo?

—Sí. Según nuestros cálculos, ayer debió de bajarte la regla. ¿Bajó?

—Sí, señora.

—Muéstrame el paño.

No importaba cuántas veces pasase por ese rito; Emanuela no se acostumbraba a la humillación. Desenvolvió el lienzo donde ocultaba los trapos manchados con su sangre menstrual.

—Pensaba lavarlos mañana.

—Está bien —dijo la mujer, mientras les echaba un vistazo.

—¿Doña Ederra? —La mujer la instó a hablar con la mirada—. ¿Por qué controláis los días de mi sangrado?

—Es mi deber como tu guardiana.

—Yo podría hacerlo, de modo que vuesa merced no tenga que malgastar su tiempo.

—No se trata solo de saber qué día te bajará la sangre, Manú, sino de que te baje. —Emanuela ladeó la cabeza y pronunció el ceño—. Octavio asegura que los indios con los que vive tienen una naturaleza muy lujuriosa, propensa a la concupiscencia. Tú no eres una guaraní, pero te criaste con ellos, por lo que sus costumbres se te pueden haber pegado. Mi deber como guardiana es conservar tu pureza hasta que te cases. Debes llegar virgen al tálamo nupcial.

—Ah, comprendo —dijo, mientras reprimía la ira y el dolor. Romelia había tenido razón: la controlaban para asegurarse de que no estuviese encinta y solo porque había vivido entre indios. Se resintió también con su *pa'i* Ursus por expresar que los guaraníes eran más lujuriosos que los blancos. Las miradas que le lanzaba el cachondo de Murguía eran las más lujuriosas que ella había visto y padecido.

—También deseaba agradecerte —prosiguió la señora, como si nada— por haber aceptado quedarte con mi padre mientras él espera las dichosas elecciones del 1° de enero.

—Es un placer para mí, doña Ederra, pero creí entender que don Alonso dispuso que yo marcharía con vosotros a principios de diciembre.

—No —dijo, y cuadró los hombros, un movimiento que doña Ederra ejecutaba cuando deseaba simular el enojo—. Ya hablé con él. Todo ha quedado arreglado. Te quedarás con mi padre.

—Muy bien.

—De hecho, me gustaría que te quedases todo el verano en Buenos Aires. Mi padre no está en condiciones de realizar el trayecto hasta San Isidro en carreta, y solo si tú te quedases para cuidarlo, mi madre y yo estaríamos tranquilas.

—Sí, sí, claro —farfulló, atónita por el pedido.

—¿Cómo marchó tu conversación con mi sobrino Titus? ¿Aceptaste su cortejo?

—No, señora —admitió, temerosa de ofenderla.

—Bien. Creo que te conviene aceptar al doctor Murguía. Es un hombre de medios y su familia cuenta entre las más antiguas de Buenos Aires. Estarás más segura con él que con un muchacho como Titus, sin rentas y solo con un rango de capitán en un batallón de mala muerte.

—Tampoco casaré con el doctor Murguía, doña Ederra —aseveró con voz queda, sin mirarla.

—¿Y con quién diantres piensas casar, niña? Creo que no has comprendido cuál es tu situación en la vida, Emanuela. Huérfana, posiblemente bastarda, criada entre guaraníes, sin dote, sin nada de nada, y, para más inri, sospechada por el Santo Oficio. ¿Qué es lo que pretendes?

—Casarme por amor, doña Ederra.

La mujer soltó un bufido y sacudió las manos en un gesto exasperado.

—¡Amor! ¡Qué ridiculez! El matrimonio no tiene que ver con el amor, sino con la conveniencia. Casarás con Murguía y no se hable más.

—No, no lo haré —susurró Emanuela una vez que la puerta se hubo cerrado.

* * *

Días más tarde, al terminar la misa en la iglesia de Santo Domingo, Justicia las interceptó en el atrio, agitado y ansioso.

—¿Adónde te habías metido? —lo regañó Romelia—. Tuve que ocuparme de enrollar la alfombrita de Manú porque tú habías desaparecido. Tómala. Toca a ti llevarla.

—Perdón, Romelia. No me regañes.

—¿Dónde estabas? —le preguntó Emanuela, con acento gentil, mientras iniciaba la caminata de regreso—. Me preocupaste, Justicia.

—Fui a visitar a mis amigos en el cuartel de los blandengues. ¡Ay! —se quejó, cuando Romelia le propinó un castañetazo en la crisma—. Ahora no te diré a ti de lo que me enteré en el cuartel. Solo a Manú se lo diré.

—¡Habla, mocoso!

—Dinos, Justicia. ¿De qué se trata? ¿Hay algún enfermo?

—¡No, enfermo no! ¡Hay un muerto! Hoy, al amanecer, encontraron degollado al soldado Fabio García.

—¿Quién diablos es Fabio García?

—Es un soldado de los blandengues, Romelia. Lo degollaron.

—Bueno, lo siento por él. Que en paz descanse.

—Le cortaron la lengua. Nadie la encuentra.

—¡Adónde iremos a parar! —La esclava se santiguó—. ¿Por qué le harían una cosa tan horrible?

—¡Por buchón! Me dijo el cabo Contreras que lo mataron por eso, por buchón. Todos sabían que él había sido el que mandó de cabeza a Manú con la Inquisición.

Emanuela se detuvo de golpe y aferró al niño por el brazo.

—¿Cómo has dicho, Justicia?

—Eso, Manú. Que al tal Fabio García lo mataron por denunciarte con el comisario de la Inquisición.

—¡Oh, no!

—Calma, Manú —dijo Romelia—. Son solo habladurías. Pudo haber sido asesinado por cualquier cosa. No te amargues, mi niña.

—¿Cómo sabían que él me había denunciado?

—Dice Contreras que andaba pavoneándose con ropa nueva y calzado costoso. Y también se había comprado un sombrero muy fino. Era obvio que había recibido dinero y que no era la paga, porque esos pobres diablos hace tiempo que no reciben un cuartillo. Una noche se emborrachó, y el soldado Frías le tiró la lengua hasta que García le confesó que le había vendido la información sobre tus visitas al cuartel a un hombre muy bien vestido, muy culto. Frías se lo contó a todos en el cuartel, y los demás empezaron a odiar a García. Por su culpa, tú ya no puedes ir a visitarlos y curarlos. Por su culpa, tuviste que ir a ver al inquisidor. Y bueno, esta mañana lo encontraron muerto. Sin lengua. ¡Ahí tiene, por alcahuete!

—No, Justicia, no —suplicó Emanuela, sin aliento—. No te alegres por eso, te lo suplico.

—Discúlpame, Manú.

Emanuela acarició la mejilla regordeta del niño, mientras se preguntaba cuándo acabarían las consecuencias de un acto tan sencillo como el de salvar la vida a un toro o el de curar a unos soldados. El escándalo parecía no tener fin.

—¿Se sospecha de alguien? —quiso saber Romelia.

—No, de nadie.

En las semanas que siguieron, Emanuela solo abandonó la casa para oír la misa de once en Santo Domingo y para su confesión de los viernes con el padre Lorente. Se había habituado a convertirse en el centro de atención en el atrio y mientras atravesaba las calles; ya no la acobardaban las miradas, ni los comentarios susurrados. Un pequeño grupo siempre la seguía a distancia prudente, y salvo casos esporádicos, nadie se acercaba a pedirle que lo curase o que lo tocase. A escondidas, consciente del peligro al que se exponía, continuaba enviando la canasta con comida para el soldado Frías, lo mismo que las cataplasmas y los ungüentos que acabarían con la pelagra. A veces, agregaba alguna hierba, electuario o tónico para curar la dolencia de algún soldado que Justicia, el responsable de la entrega, le describía.

Echaba de menos a José Moro, que había llegado bien a la quinta de San Isidro y que, en opinión de Elcio, estaba contento en el campo, rodeado de vacas. La preocupaba Libertad, que, desde hacía un tiempo, comía menos y se mostraba poco dispuesta a abandonar su alcándara, ni siquiera para acompañarla a la orilla del río, la única escapada que Emanuela se permitía. Trasponía la cancela empotrada en la tapia francesa que marcaba el fin de la propiedad de los Urízar y Vega y corría hacia la orilla con la desesperación de quien ha cruzado el desierto. Era el momento del día que más añoraba, el de la siesta, cuando no había riesgo de que doña Ederra la pillase. Escapaba hacia ese río que parecía mar y al que nunca se cansaba de contemplar. Se preguntaba qué habría del otro lado y se decía que a Aitor le habría encantado bañarse en sus aguas frente a ese horizonte infinito. Elcio le había advertido que el Río de la Plata, con su cara mansa, escondía un alma perversa que se tragaba a los imprudentes. "No a Aitor", se decía con orgullo, porque nadie dominaba el agua como él. Su destreza como nadador había sido legendaria en San Ignacio Miní.

Mirando el Río de la Plata, atraída y atemorizada al mismo tiempo por su grandeza, hallaba un momento de respiro en su vida de confinamiento, aunque también esa misma grandeza silenciosa acentuaba la soledad y la tristeza que estaban agobiándola. Tal vez no habrían sido tan pesadas si Titus hubiese estado en la ciudad y si su *pa'i* Santiago no hubiese partido con el padre Altamirano para fijar los nuevos límites de acuerdo con el Tratado de Permuta. Las visitas de Murguía se repetían con una tenacidad que acabaría por drenarle las ganas de vivir; sus amenazas veladas le quitaban el apetito y el sueño; sus miradas le revolvían el estómago. A veces deseaba preguntarle por el soldado Fabio García, y el miedo la volvía sensata, por lo que callaba y se quedaba con la duda. No obstante, el instinto le señalaba que había sido Murguía el que le había pagado a García por la información. Pero ¿cómo se había enterado de sus visitas al cuartel? ¿Había un espía en la casa de la calle de Santo Cristo? ¿Doña Ederra?

Las lecciones de clavicordio con su amiga Micaela de Riba y sus conversaciones con Romelia, que constituían un solaz, no alcanzaban a cicatrizar el hueco que se expandía en su alma y que la hacía sentir vacía y sin sentido.

Últimamente, sentada a orillas del río, acababa llorando. Durante un tiempo, había conseguido tragarse las lágrimas. Con el inicio de la primavera, cuando los árboles del huerto rebozaban de flores, las aves trinaban, felices, y el cielo cobraba una tonalidad diáfana y turquesa, Emanuela se convencía de que era la única criatura desdichada en el mundo y se permitía llorar. La Emanuela alegre, sonriente y cariñosa había quedado en el pasado. Esa naturaleza melancólica y miedosa le resultaba ajena, sí, pero, poco a poco, echaba raíces y se convertía en una parte de ella y de su nueva realidad.

¿Qué hay del otro lado del Río de la Plata? ¿El *Yvy Marae'y*, la Tierra sin Mal? "*Te amo, Jasy. Quiero que nunca lo olvides. Y cuando estés entre mis brazos y yo entre dentro de ti, será como haber alcanzado el* Yvy Marae'y."

"No", se respondió, "la Tierra sin Mal no está del otro lado del mar. Está donde esté Aitor".

Juan Ñeenguirú había construido e instalado el órgano neumático en la iglesia que la orden de los Frailes Menores estaba construyendo en Buenos Aires, a pocas manzanas de la Plaza Mayor. Había quedado conforme con su trabajo, lo mismo los franciscanos después de oírlo tocar. El instrumento, sin duda, sonaba muy bien.

De los tres meses de estadía en esa ciudad, lo único que Juan lamentaba era no haber visto a su *pa'i* Santiago. Tobías, el esclavo propiedad de los jesuitas asignado para que lo asistiese, le había contado que Hinojosa había partido hacia el Paraguay a principios de agosto con el padre Altamirano. "¡Qué ironía!", se dijo el muchacho. "Yo aquí, y mi *pa'i* allá."

También lamentaba no haber contado con tiempo para recorrer una ciudad tan grande y prestigiosa. El ensamble de las partes del órgano y su instalación en la iglesia lo dejaban agotado y al final de la jornada solo deseaba volver al colegio de los jesuitas, comer algo, lavarse y echarse a dormir. Incluso había trabajado los domingos, por lo que se había granjeado algunas miradas torcidas de los hermanos franciscanos, que le recordaban que se trataba del día del Señor y que correspondía dedicárselo a Él. Pero Juan, que se había propuesto terminar cuanto antes para regresar a San Ignacio Miní y pasar la Navidad con su familia, trabajaba sin pausa. Al final, había conseguido su objetivo. Era principios de octubre, y estaba a punto de abordar un barco de la Compañía de Jesús que, con viento a favor, atracaría en Asunción hacia mediados de diciembre. Desde allí, tomaría una de las tantas jangadas que se amontonaban en los muelles de la ciudad y que lo conducirían hasta el embarcadero de la misión en dos días, a lo sumo tres.

Iban en silencio, él y Tobías, que guiaba los bueyes de la carreta con gran destreza para sus trece años. Lucía triste; se había encariñado con el bueno de Juan y no deseaba verlo partir. Al principio, su cara desfigurada por la viruela lo había impresionado, reacción que no ofendió al músico guaraní, acostumbrado a que su aspecto provocase asco primero, compasión después. Siempre se acordaba de lo que Aitor le había dicho durante su convalecencia: "Las cicatrices de tu rostro son como las de un guerrero, que ha sobrevivido a la guerra. Debes estar orgulloso, no apenado". Juan le habría recordado que jamás habría sobrevivido a su batalla con la viruela si las manos santas de su querida Manú no lo hubiesen asistido. Se guardó el comentario porque sabía cuánto lastimaba a su hermano escuchar el nombre de la mujer que amaba con locura. El sentimiento de culpa de Juan no había disminuido con el transcurso de los años y le opacó la felicidad que experimentaba por la inminencia de su regreso.

—Mira, Juan —le pidió Tobías, y le señaló una casa—. En esa casa vive una santa.

—¿Una santa?

—Sí, una milagrera. La llaman la niña santa, pero ya no es una niña. Es una muchacha. Muy bonita —añadió, y sonrió arrugando la nariz en un gesto pícaro—. Si te contase lo que hizo, no me lo creerías.

—Cuéntame.

—Se metió en una plaza de toros y hechizó al torero y al toro. Después, pasó sus manos por el lomo del toro, que estaba hecho un nazareno, y lo sanó. También le devolvió el ojo que un picador le había arrancado. El gobernador, que estaba viendo la corrida, le compró el toro y se lo regaló. ¡Dicen que se lo pagó bien salado al dueño de la plaza! ¡Cien pesos! Lo tiene ahí —dijo, y señaló con el pulgar a sus espaldas, pues la carreta seguía avanzando y la casa iba quedado atrás—, en la caballeriza. ¡Es malísimo! Se llama Almanegra. Pero con ella se comporta como un corderito. ¿Me crees, Juan?

—Si tú dices que es verdad, te creo.

—Sí, es verdad. Yo escuché cuando el padrecito Santiago se lo contaba al padre Ramón. Le dijo, muy clarito, que la señorita Manú había…

—¿Cómo has dicho, Tobías?

—Que el padrecito…

—No, no, eso no. ¿Cómo has dicho que se llama la niña santa?

—La llaman Manú.

—Manú. —La palabra brotó como un susurro agitado de labios de Juan, que se giró en el asiento de la carreta y fijó la vista en la casa—. Tobías, ¿a quién pertenece la casa donde vive la niña santa? ¿Quiénes viven allí?

—Los Urízar y Vega.

—Urízar y… —Juan se dio con el puño en la palma y lanzó una risotada—. ¡Ja!

"¡Por supuesto!", aulló de dicha en su interior. "¡La familia de mi *pa'i* Ursus! ¿Cómo no lo hemos pensado antes?"

—¿Qué sucede, Juan?

—Tobías, dices que llaman Manú a la niña santa. ¿Conoces su verdadero nombre?

—No. Solo sé que la llaman Manú.

—¿Cómo es ella? ¿La has visto?

—¡Sí, claro! Ya te he dicho que es muy bonita. El padrecito Santiago es su confesor, así que ella va siempre a visitarlo a la casa de los padres, y yo siempre le abro la puerta. Bueno, ahora no va a ver al padrecito porque está de viaje, pero Manú igualmente va a visitarme y me regala unas confituras muy sabrosas que ella misma hace con yema de huevo y me acaricia acá. —Se señaló la mejilla—. Tiene los ojos más hermosos que he visto.

—¿De qué color son, Tobías?

—Azules, Juan. Muy azules.

—¿Cuál es el nombre de esta calle?

—Santo Cristo.

—¿Y aquella? —Señaló la que acababan de cruzar.

—Santa Lucía. Y la que sigue, por las dudas quieras saberlo, San Nicolás. Pero ¿por qué me haces estas preguntas tan raras, Juan?

—Por nada. Sígueme contando de la niña santa. ¿Qué más puedes decirme?

Para cuando la carreta se detuvo en el puerto, Tobías le había contado que la niña santa había hecho llover durante un tiempo de sequía, convertido piedras comunes en pepitas de oro, volado sobre las torres de la catedral y curado al señor obispo de un conjuro que le había echado una de sus esclavas. Juan se desternillaba de la risa, en parte por las ocurrencias del esclavo, sobre todo porque hacía tiempo que no se sentía tan feliz. ¡Había hallado a Manú! No veía la hora de llegar a San Ignacio Miní y darle la noticia a Aitor.

***

Los bogadores acercaron la balsa al embarcadero y la ataron a los postes. Ayudaron a Juan con su equipaje, mientras él se ocupaba de bajar la caja de herramientas y la del violín, sus bienes materiales más preciados. Se tomó un momento para absorber la familiaridad del lugar que había abandonado casi diez meses atrás, primero para pasar una temporada en el Colegio Máximo de Córdoba dando clases de música y estudiando las composiciones del padre Domenico Zipoli, y más tarde para instalar el órgano en la iglesia de los franciscanos en Buenos Aires. Admiró la feracidad de la selva, inspiró su aroma y cerró los ojos para perderse en sus sonidos.

Uno de los espías que siempre vigilaban los alrededores debía de haber visto la jangada que se deslizaba por el río y advertido en el pueblo de su llegada, por lo que una carreta estaba aguardándolo. Saludó al cochero y se montó a su lado después de acomodar el equipaje en el vagón. Conversaron acerca de las novedades acontecidas en la doctrina durante sus largos meses de ausencia. La carreta se detuvo frente a la casa de los Ñeenguirú. Como aún no era mediodía, Juan no esperaba encontrarse con su madre, que, de seguro, estaría trabajando en el *tupâmba'e* o en el *avamba'e*, por eso se sorprendió al verla sentada en la enramada, frente al telar.

—¡*Sy!* —Saltó de la carreta y corrió hacia ella.

Malbalá se puso de pie y se hizo sombra con la mano. Sus labios rompieron en una sonrisa y soltó una exclamación emocionada al reconocer a su hijo. Se abrazaron.

—¡Hijo, qué alegría me has dado! Pensé que pasaríamos la Navidad sin ti, hijo mío.

—Aquí estoy, *sy*, y traigo maravillosas noticias. ¿Dónde está Aitor? ¿En el aserradero? ¡Ya mismo iré a verlo!

—Aguarda, Juan. —Bajó la voz para agregar—: Aitor no está en el aserradero. Está dentro. Pero no creo que esté de humor para escuchar nada de lo que tengas para decirle.

—¿Por qué? ¿Qué sucede, *sy*?

La mujer cerró los ojos y soltó un largo suspiro.

—Hace un momento, tu *pa'i* Ursus estuvo aquí y se sentó a tomar mates conmigo. Hablamos con libertad porque pensamos que estábamos solos. No sabíamos que Aitor estaba dentro, en la casa.

—¿De qué hablaron? ¿Qué sucede, *sy*?

—Tu *pa'i* vino a contarme que recibió carta de la familia con la que vive Manú. La carta dice que hay un médico muy reputado de la ciudad en la que vive que quiere casarse con ella.

—¡Oh, no!

—Eso no es todo. La carta también dice que un joven capitán de la milicia también la pretende. Imaginarás cómo se puso tu hermano. Lo encaró a tu *pa'i* y le exigió que le dijese dónde está Manú. Pensé que terminaría golpeándolo. Afortunadamente, volvió a meterse en la casa y ahí se ha quedado, echado en la cama de ella. Ya sabes, jamás permitió que la quitásemos.

—Sí, lo sé. Hablaré con él, *sy*. Lo que tengo para decirle es justo lo que mi hermano necesita oír.

—¿De qué se trata, Juan?

—Sé dónde vive Manú, *sy*.

—¡Oh, Dios bendito! —La mujer se cubrió la boca con ambas manos. Los ojos se le colmaron de lágrimas.

Juan asintió con una sonrisa y entró en la casa. Le tomó unos segundos habituarse a la penumbra. Divisó la silueta de su hermano en la pequeña cuja que Emanuela había usado durante más de catorce años. Estaba recostado de espaldas, los brazos a modo de almohada y los pies que le colgaban fuera.

—Aitor, hermano. —Se aproximó con cautela.

—Juan, después te veo, hermano. Ahora no estoy de humor.

Juan se detuvo junto al camastro y lo miró con una sonrisa. Aitor no movió la cabeza y mantuvo la vista fija en el techo.

—Acabo de volver de Buenos Aires.

—Ajá.

—De Buenos Aires, donde vive Manú.

La cabeza de Aitor se ladeó con un movimiento veloz. Sus ojos amarillos se fijaron en los de Juan.

—Sí, Aitor. Nuestra Manú está en Buenos Aires.

Aitor emitió un sollozo y se puso de pie de un salto. A pesar de que era nueve años menor que Juan, era más alto y, por cierto, mucho más corpulento. Juan retrocedió de manera mecánica, y Aitor lo detuvo sujetándolo por los hombros.

—¿Qué has dicho, Juan? ¿Que mi Emanuela está en Buenos Aires?

—Sí, hermano. Nuestra Manú vive allá.

Sin soltar a Juan, Aitor apartó la cara, cerró los ojos y se mordió el labio. Respiró de manera brusca y superficial para controlar el acceso de llanto que lo sofocaba. Las paletas nasales se le expandían y los músculos de las mandíbulas le temblaban. Percibió las manos de Juan que le encerraban el cuello y lo sacudían ligeramente.

—Vamos, hermano, cálmate. Déjame que te cuente todo lo que sé.

—¿Cómo…? —Aitor carraspeó e inspiró para recuperar el control en la voz y en la respiración—. ¿Cómo lo descubriste? ¡Por favor, cuéntame!

—Sí, te diré todo lo que sé. Ven, sentémonos en su cama, la cama de nuestra Manú.

—Sí, sí, sentémonos.

Malbalá, que había presenciado la escena desde la puerta, se aproximó y se sentó junto a Aitor.

—*Sy*, Juan dice...

—Lo oí todo, hijo mío. —Malbalá le pasó las manos por las mejillas húmedas y lo besó en el filo de la mandíbula—. Dejemos que nos cuente lo que sabe.

—Ocurrió en mi último día en la ciudad, para ser más preciso, en mis últimos minutos en la ciudad. Tobías, un esclavo de los padres, estaba llevándome al puerto donde debía abordar un barco con destino a Asunción. Era muy temprano y las calles estaban casi vacías. Tobías me dijo: "Mira, Juan. En esa casa vive una santa". "¿Una santa?", repetí yo. "Sí", me aseguró Tobías, "una milagrera. La llaman la niña santa".

Malbalá ahogó una exclamación emocionada bajo la mano, y Aitor apretó los ojos y los labios e inspiró con violencia.

—Tobías me aclaró que la niña santa ya no era una niña, sino una muchacha. Me contó algunos de los portentos que, se supone, ha hecho, de los cuales le creí la mitad. La verdad es que estaba tomándome la cuestión a chiste cuando Tobías llamó "señorita Manú" a la niña santa.

—¡Oh, Dios! —exclamó Aitor—. ¡No hay duda, Juan! ¡Es ella! ¡Es mi Emanuela!

—Sí, no tengo duda. Es ella, Aitor. ¿Sabes cuál es el apellido de la familia con la cual vive Manú? ¡Urízar y Vega!

—¿Urízar y Vega? —Aitor frunció el entrecejo, confundido.

—¡Mi *pa'i* Ursus —le recordó Juan— es un Urízar y Vega!

—¡Maldito sea! —insultó Aitor, y rompió en una carcajada nerviosa—. ¡El muy hijo de puta la tuvo con su familia todo este tiempo!

—Aitor, por favor, no insultes a tu *pa'i* —le suplicó Malbalá, entre sollozos.

—¡Tengo ganas de arrancarle las pelotas, *sy*! Te aseguro que insultarlo es lo menos en este instante. ¡Maldito cura del demonio!

—La casa donde vive Manú está sobre la calle de Santo Cristo, entre las de Santa Lucía y San Nicolás. Se lo pregunté a Tobías. Lo averigüé por si a ti te interesaba saberlo.

—¿Que si me interesa saberlo? ¡Juan, es lo único que me importa en esta vida! ¡El nombre de la calle donde está mi Emanuela!

Se puso de pie con un impulso enérgico, y Malbalá alcanzó a aferrarle la mano antes de que abandonase la casa.

—¡Hijo, por amor de Dios, piensa lo que harás! Ven aquí, siéntate conmigo y con tu hermano y pensemos bien lo que haremos.

Agitado y con los ojos negros de la emoción, Aitor se dejó caer de nuevo en el camastro. Malbalá le sujetó el rostro y lo obligó a enfocar su mirada desvariada en la de ella.

—¿Qué harás, Aitor?

—Ir a buscarla, *sy*, lo que he querido hacer desde hace más de dos años y medio. Ir por mi Emanuela, ir por mi vida.

—Pero...

—No hay peros, *sy*. Tú, mejor que nadie, sabes que no hay peros. No hay nada, ni nadie que pueda detenerme. Nada ni nadie —remarcó, y por un momento su semblante se serenó y cobró seriedad—. Salgo en este momento. Lo único que necesito de ustedes dos es que me juren que no le dirán a nadie acerca de esto.

—¿No podemos decirle a nadie que sabemos dónde se encuentra Manú?

—No, Juan, a nadie. Si mi *pa'i* se enterase de que lo sabemos, sabría de inmediato que he desaparecido para ir a buscarla, y no quiero pensar qué haría para mantenerme lejos de ella.

—¿Desaparecerás, hijo? ¿Te irás sin decir nada a nadie?

—Sí, desapareceré. Necesito saber que cuento con ustedes. —Sus ojos, que habían recobrado la extraordinaria tonalidad dorada, los horadaron con su intensidad—. ¿Cuento contigo, *sy*? No puedes decepcionarme, *sy*. No con esto. Te necesito de mi lado, *sy*. Te lo suplico. Necesito volver a sentir que estoy vivo. Solo junto a ella lo conseguiré, y tú lo sabes.

—Sí, hijo, lo sé. Pero...

—*Sy* —Aitor le sujetó el rostro con ambas manos—, tú me conoces, sabes cómo soy, sabes que no faltaré a mis responsabilidades. Confía en mí. Te lo suplico, confía en mí. Ahora necesito hacer esto, *necesito* recuperarla.

—Tengo miedo, Aitor.

—¿De qué, *sy*?

—De que ella haya cambiado, de que no sea más la niña que conocimos, de que... de que ya no te quiera, hijo.

—Yo también tengo miedo, *sy*. Pero no puedo quedarme aquí esperando a que me llegue la muerte, porque desde que ella me dejó, me he sentido muerto; tú lo sabes, *sy*. Necesito saber si todavía tengo

198

una oportunidad para volver a sentirme vivo. Y no voy a dejarla pasar. ¡No lo haré, *sy*!

—Cuentas conmigo, hermano.

—Gracias, Juan.

—Mis labios están sellados. A nadie le diré esto que acabo de contarte. A nadie. Lo prometo.

—Gracias, Juan.

—Es ella, Aitor. Es nuestra Manú. Tobías me dijo que la niña santa tenía unos ojos muy bonitos, y cuando le pregunté de qué color eran, me contestó: "Azules, Juan. Muy azules".

La carcajada de Aitor se mezcló con su llanto y, movido por una emoción que no recordaba haber experimentado en sus casi veintidós años, envolvió a Juan y a Malbalá en un abrazo, y lloraron juntos.

—Ve con Dios, hijo —acertó a pronunciar Malbalá entre suspiros llorosos—. Tienes mi palabra de que nunca le diré a nadie por qué te has ido, ni adónde.

—*Aguyje, sy* —le agradeció y la besó en la frente.

—También quiero que vayas —prosiguió la mujer— porque sé que mi hija se ha sentido tan muerta como tú todo este tiempo. Mi corazón de madre lo sabe.

* * *

Vespaciano de Amaral y Medeiros sorbió el brandy y depositó el vaso sobre el escritorio con un insulto. Últimamente todo le salía mal. Meses atrás había perdido no solo al mejor administrador con que había contado *Orembae*, sino a un buen amigo. No cabía duda, continuar el amorío con Nicolasa después del regreso de Hernando de Calatrava había sido un desatino. A decir verdad, cuando Calatrava aceptó quedarse en la hacienda y ocuparse de la contabilidad y de la administración, tareas que él detestaba, había resuelto terminar la relación. Nicolasa no había compartido su decisión, y se había deslizado en su lecho casi todas las noches. Y él no estaba hecho de madera.

Una noche, Calatrava siguió a su mujer y los sorprendió en pleno acto. Se armó un escándalo de órdago. Y el antiguo coronel del ejército de Su Majestad no solo lo acusó de traidor y mal amigo, sino que le echó en cara que lo hubiese enredado en la sublevación de los comuneros y entregado luego en bandeja a las autoridades cuando la revuelta se vino abajo en el 35. Eso le dolió, pues él había intentado salvarlo de que se lo llevasen preso a Lima, sin contar que le había entregado una jugosa cantidad de dinero para que se constituyese en uno de los líderes al comienzo de la revolución.

—¡No puedes acusarme de nada! ¡Deberías agradecerme por haber salvado a tu mujer y a tu hija de una penosa indigencia! ¡Me ocupé muy bien de ellas!

—¡Sí, no me cabe duda! —replicó Calatrava, furioso—. ¡Te ocupaste *muy bien* de ellas!

Florbela y Ginebra, que estaba gruesa de su segundo hijo, observaban la escena desde la puerta de la recámara y, a medida que iban dándose cuenta de lo que estaba aconteciendo, empalidecían y los ojos se les tornaban acuosos. No supo cuándo, pero en algún momento las mujeres se marcharon. Ginebra le dirigía la palabra de mala gana. Florbela, en cambio, ni siquiera compartía las comidas con él.

Contra todo pronóstico, Hernando de Calatrava se llevó a su esposa con él. Al amanecer, tenía una carreta cargada y a Nicolasa sentada en ella. Se presentó en el despacho, vestido y listo para partir.

—Los libros están al día —le informó, y con el sombrero señaló los mamotretos sobre el escritorio—. Esas son las cuentas por pagar y estas, las que te deben. Están arregladas por fecha. Los documentos para el próximo embarque de tabaco y yerba están listos. Los dejé en el primer cajón del bargueño. Y ya contraté el tropero que llevará la mercancía desde el puerto de Santa Fe hasta Buenos Aires. Eso es todo.

—Óyeme, Hernando…

—Vespaciano, págame lo que me debes y me iré. La carreta te la mandaré de regreso.

—Puedes quedártela.

—No la quiero. Solo necesito que me pagues lo que me debes y me iré.

Vespaciano abrió la caja fuerte y extrajo varias monedas. Las colocó sobre el filo del escritorio. Calatrava las recogió. Tintinearon cuando las echó dentro de un talego bien gordo. Sin duda, su amigo había ahorrado bastante dinero en el tiempo en que había trabajado para él.

—Hernando, lamento mucho todo esto.

—Yo lamento haberte conocido, Amaral y Medeiros. Has sido una maldición en mi vida.

—Tal vez. Quiero que sepas que nunca le hablé a Nicolasa de aquella mujer, la de Asunción…

—¡Calla! No oses siquiera mencionarla. Tus labios no son dignos de pronunciar su nombre. —El semblante y la voz se le descompusieron en la última palabra. Apretó el filo del tricornio y bajó la vista.

Amaral y Medeiros guardó silencio, mientras Calatrava recobraba la compostura.

—Lo único que te pido es que cuides de mi hija. Ella no es culpable de los errores que su madre y yo hemos cometido. Si llegase a enterarme de que no la tratas con respeto, o de que la haces sufrir, vendré y te mataré. Sabes que lo haré. Ya no tengo nada que perder. Sé que Ginebra no es feliz con tu hijo, y que él no lo es con ella y que por eso pasa la mayor parte del año en Buenos Aires. Sin embargo, Ginebra está aficionada a tu mujer y a este sitio. No quisiera arrastrarla con nosotros, porque no sé dónde terminaremos. Por eso estoy pidiéndote que la protejas y la respetes. Me lo debes.

—Ginebra es como una hija para mí. La protegeré como he hecho hasta ahora. Ve tranquilo.

Esas habían sido las últimas palabras intercambiadas con Calatrava meses atrás. No había vuelto a saber de él. Ginebra había recibido una carta de su madre donde le contaba que se habían instalado en las afueras de Asunción, en una quinta, y que vivían de sus frutos. Amaral y Medeiros profirió una corta y sarcástica risa al imaginarse a Nicolasa trabajando la tierra, arruinándose las manos y tostándose la piel que tanto cuidaba.

La seriedad volvió a tensar sus facciones bastante arrugadas por el paso del tiempo y por haberse expuesto al sol toda su vida. Sorbió otro trago de brandy. Quería ahogar los recuerdos, y también la frustración. Pocas horas atrás había nacido el segundo hijo de Lope. Más bien, la segunda hija. ¡Un hembra! ¡Otra vez! Ni siquiera había pedido verla. No le interesaba conocerla.

—¡Maldición! ¿A quién le enseñaré cómo gobernar *Orembae*?

Se incorporó en la butaca al escuchar la voz alegre de Florbela. Hacía tanto tiempo que no la oía, menos aún tan contenta; se aproximó a la puerta para espiarla. Su corazón dio un respingo al ver que Florbela hablaba con Aitor. "Hijo mío", pensó. Habían pasado más de dos meses desde su última visita y lo había echado de menos. Las conversaciones con Aitor se habían convertido en uno de los pocos placeres de su vida. Lástima que su hijo no quisiese abandonar San Ignacio Miní e instalarse en *Orembae*.

—¡Qué alegría verte, Aitor! —exclamó Florbela, y a Vespaciano no lo asombró el cariño que su mujer le prodigaba. Se preguntó si lo trataría con el mismo afecto en caso de enterarse de que estaba dirigiéndose al bastardo de su esposo. Para ella, Aitor era un héroe, el que había salvado la vida de Lope y a ella, de una vejación a manos de esa alimaña de Domingo Oliveira.

—Buenas tardes, doña Florbela. Se la ve muy bien.

—¡Hoy he sido abuela de nuevo, querido Aitor! Es auspiciosa tu visita en un día tan dichoso.

—La felicito, doña Florbela. ¿Cómo están Ginebra y el niño?

—La niña, Aitor. Es una niña. Hermosa y sana. La llamaremos María de los Milagros. Ginebra está muy bien. Gracias por preguntar.

—¿Está don Vespaciano? Me urge hablar con él.

—Aquí estoy, muchacho. —Amaral y Medeiros entró en la sala con una sonrisa, al tiempo que la de Florbela se esfumaba y las mejillas se le coloreaban, reacción que Vespaciano encontró adorable. Todavía era una mujer joven —cuarenta y dos años— y muy bonita. Después del período en que su salud había pendido de un hilo a causa de los abortos espontáneos, se había restablecido estupendamente. Había ganado peso y sus curvas se habían acentuado. Amaral y Medeiros no creyó que volvería a desearla, pero así era, la deseaba, tal vez porque no podía tenerla.

—Me retiro, Aitor. Tengo que regresar con mi nieta Emanuela. Está un poco celosa.

Aitor asintió y, aunque trató de simular una sonrisa, no la conjuró. Siempre lo fastidiaba recordar que Lope había llamado a su primogénita con el nombre de la mujer que amaba. Nunca le había preguntado a Ginebra si le molestaba la elección. En honor a la verdad, la joven madre lucía indiferente.

—Le avisaré a Lope que has llegado —prosiguió doña Florbela—. Querrá saludarte. Te quedarás a cenar, ¿verdad?

—No lo sé aún, doña Florbela, pero gracias por la invitación.

—De nada, querido. Siempre eres bienvenido en mi hogar.

Los dos hombres la siguieron con la mirada hasta que la señora se perdió tras el vano de la puerta.

—¡Muchacho! —exclamó Amaral y Medeiros, y lo palmeó en la espalda—. ¿Cómo has estado, hijo?

—Bien. Muy bien —añadió.

—Pasa, pasa. Tómate un brandy conmigo. —Lo guió hasta su despacho sin quitar la mano del hombro de Aitor—. Hacía tiempo que no venías.

—Ha sido un infierno el trabajo en el aserradero. Han llovido los pedidos de muebles y no dábamos abasto.

—Siéntate —le indicó, mientras abría el bargueño y sacaba la botella con la bebida espiritosa.

—Se agradece, don Vespaciano, pero ya sabe: hace tiempo que decidí no volver a tomar. Se me sube a la cabeza muy rápidamente. —Amaral y Medeiros rio por lo bajo, mientras escanciaba una medida para él—. Lo felicito por su nueva nieta.

—¡Bah, no me sirve! Yo quería un macho. Pero es obvio que mis hijos solo saben hacer hembras.

Aitor agitó la cabeza y sonrió.

—Oí que te urgía verme. ¿Ha sucedido algo?

—Necesito llegar a Buenos Aires. Cuanto antes —añadió—. Un asunto urgente me espera. No puedo perder tiempo. Vine hasta acá para preguntarle si su barco zarpará pronto para allá.

—Mi barco está en el astillero de Corrientes. Están terminando de calafatearlo. Tenía algunas pérdidas en la sentina —explicó—. Pero en tres días zarpa hacia Buenos Aires. Si consigues llegar en ese tiempo a Corrientes, puedes abordarlo.

—¡Sí, lo haré! —Aitor se puso de pie—. Necesito partir ahora mismo.

—Calma, calma. Si viajas en una de mis jangadas por el Paraná, llegarás con tiempo a Corrientes.

—¿Cuándo puede partir la jangada, don Vespaciano?

—En un par de horas, tres a lo sumo, lo que le lleve avituallarse. ¿Tanta prisa llevas?

—Sí, mucha.

—¿Es un asunto muy importante el que te espera en Buenos Aires?

—El más importante de mi vida.

Amaral y Medeiros contempló a Aitor a través del escritorio y aguardó en silencio. Conociendo a su hijo, sabía que no compartiría con él ese asunto de vital relevancia; añoraba que lo hiciese, que confiase en él, se abriese y le mostrase sus secretos. Aitor le resultaba un muchacho enigmático, que custodiaba su mundo interior como si de una gema preciosa se tratase.

—No me dirás de qué se trata, ¿verdad?

—No aún. Si tengo éxito, se lo diré.

Amaral y Medeiros mojó la péñola en el tintero y garabateó unas pocas palabras en un trozo de papel y un párrafo más extenso en otro, al que, además de firmar, le agregó un sello de lacre. Se los entregó.

—Esta es la dirección en Buenos Aires de mi cuñado Edilson. Ve a verlo apenas llegues, para que te dé alojamiento y comida. Sabes cuánto te aprecia. Lo hará con gusto. Y esta carta se la presentarás al capitán Vargas para que te permita abordar el *Piadosa*.

—Gracias.

—¿Conoces Corrientes?

—Sí, de mis épocas de hachador y aserrador.

Vespaciano se asomó a la puerta y llamó al mayordomo a los gritos. Adeltú, bastante avejentado y encorvado, lo que deslucía la librea azul y verde, atendió a la orden del amo.

—Dile a Morales que aliste una jangada para que parta de inmediato a Corrientes. ¡Corre prisa, Adeltú! ¡Vamos!

El indio se alejó, mascullando, y Vespaciano regresó a su butaca.

—Gracias —dijo Aitor—. Lo aprecio en verdad. Quería pedirle un último favor.

—Dime, hijo.

—Que no mencione a nadie que estoy partiendo hacia Buenos Aires. Es imperativo que nadie lo sepa, en especial mi *pa'i* Ursus. ¿Cuento con su discreción?

—Cuenta con ella, hijo.

Aitor se inclinó hacia delante y carraspeó.

—Gracias por ayudarme siempre que se lo pido, don Vespaciano.

—De nada. Tú eres mi hijo, Aitor. Mi hijo muy querido. Y mi orgullo. Siempre estaré para ayudarte.

—Gracias —masculló, con embarazo; no estaba acostumbrado a los halagos, ni a las muestras de afecto.

A punto de ofrecerle su apellido, algo que Aitor le había pedido años atrás y que él le había negado, calló. Todavía albergaba la esperanza de conseguir ese título nobiliario. La aparición de un bastardo habido de una india se juzgaría un oprobio en los antecedentes que se suponían impecables. Ya le pesaban sus antepasados portugueses, siempre sospechados de judaizantes, para echarse encima el baldón de engendrar hijos fuera del sacramento del matrimonio. Por cierto, la negativa del provincial de los jesuitas, el padre José Barreda, a escribirle al virrey del Perú en su favor, ni siquiera a cambio de una suculenta donación, había significado un obstáculo que podía costarle su sueño. Ursus le había explicado que, dada la precaria situación en la que se hallaba la orden después del Tratado de Permuta, sospechada de no querer colaborar con la Corona para su ejecución y de solidviantar a los indios para que se sublevasen, el padre Barreda se movía con cautela y no hacía nada que expusiese a la orden o que hiciese peligrar su relación con las autoridades.

—Necesitarás dinero. —Amaral y Medeiros se encaminó hacia el mueble donde guardaba la caja fuerte.

—No, don Vespaciano. No necesito dinero.

—¿Cómo que no? Sé bien que en la misión no manejan metálico y que tú no obtienes nada a cambio de tu trabajo.

—Obtengo todo lo que necesito para vivir. El dinero no vale de nada en la doctrina.

—Pero ahora lo necesitarás.

—Todavía tengo lo que me pagó vuesa merced cuando trabajé aquí y lo que me pagó don Edilson. Me basta.

—¡Que me basta ni ocho cuartos! Vamos, toma. —Le lanzó un talego de cuero, que Aitor atrapó en el aire—. Ahí tienes cincuenta pesos. Si los administras bien, pueden durarte un tiempo.

—Gracias.

* * *

Florbela entró en el dormitorio de su nuera con una sonrisa que sorprendió a Lope. Se apartó del moisés donde dormía su hija recién nacida y se sentó en el borde de la cama, cerca de Ginebra, que lucía bien para ser una recién parida. Comía con ganas.

—¿Qué sucede, madre?

—Acaba de llegar Aitor. Está con tu padre.

Lope escuchó el gemido sofocado de Ginebra y volteó para mirarla. La descubrió sonrojada y con los ojos brillantes. Hacía tiempo que sospechaba que su esposa estaba enamorada del indio; solo un ciego no habría visto cómo se transformaba, y de la muñeca de mármol que era, se llenaba de colores, agitaciones y nerviosismo cuando se lo mencionaba. Se preguntó si serían amantes. Aitor era un visitante asiduo de *Orembae* y muchas veces se quedaba a pasar la noche. Con él viviendo casi permanentemente en Buenos Aires, llevar adelante un amorío no debía de resultar difícil. "Cuando el gato no está…", pensó. No tenía duda de que las niñas que Ginebra había parido llevaban su sangre y no la de Aitor. Las dos eran rubias y de piel muy blanca. No le molestaba que su mujer y el indio fuesen amantes; Dios sabía que él, como esposo, era pésimo; la descuidaba y la tenía abandonada. Le interesaba saberlo por Emanuela. Llegado el caso, podía utilizar la información para distanciarla del hombre al que amaba, porque si de algo estaba seguro era de que, ni el tiempo, ni la distancia habían extinguido el amor que Emanuela sentía por Aitor.

La había lastimado su traición con Olivia. Saber que también se acostaba con Ginebra tal vez no la haría dejar de amarlo, porque así era Manú, fiel a sus sentimientos, pero la mantendría alejada de él.

—Voy a saludarlo —dijo, y se puso de pie—. No lo he visto en años, desde antes de nuestra boda.

—Pregúntale si quiere conocer a la niña —pidió Ginebra, y Lope se limitó a asentir con expresión ausente.

Caminó a paso lento. En verdad, no tenía ganas de ver a Aitor. Lo envidiaba, no solo porque era fuerte, diestro y tuviese un oficio, sino porque poseía un tesoro de incalculable valor: el amor de Emanuela. ¡Cómo necesitaba un trago! Estaba luchando con la ansiedad. Necesitaba el alcohol, sentir que se deslizaba por su garganta y le aliviaba la sequedad, y le distendía la tensión en el pecho.

Se detuvo de golpe frente a la puerta entreabierta del despacho de su padre, atraído por la calidad extraña en la voz de Aitor. La recordaba brusca y autoritaria, y en ese momento sonaba suave y cordial.

—Gracias por ayudarme siempre que se lo pido, don Vespaciano.

—De nada. Tú eres mi hijo, Aitor. Mi hijo muy querido. Y mi orgullo. Siempre estaré para ayudarte.

—Gracias, don Vespaciano.

La garganta de Lope se contrajo y el corazón le dio un vuelco. Los ojos se le enturbiaron. "Oh, no. Oh, no. ¿Aitor es hijo de mi padre? ¿Mi medio hermano?" "*Tú eres mi hijo, Aitor. Mi hijo muy querido. Y mi orgullo. Siempre estaré para ayudarte.*" ¿Cuántas veces, de niño y de no tan niño, había fantaseado con que su padre le dijese algo similar? ¡Cientos, miles de veces! En cambio, Vespaciano de Amaral y Medeiros no había perdido oportunidad de denigrarlo, de hacerlo sentir menos que una basura. El odio, los celos, la rabia y el dolor lo sofocaron. Aitor le había robado todo, el amor de Manú y el de su padre.

Dio media vuelta y corrió a su dormitorio, donde echó la traba antes de abalanzarse sobre la garrafa de chicha.

Capítulo
VII

El 1° de enero de 1753 se celebraron las elecciones de las autoridades que ocuparían distintas funciones en el Cabildo durante ese año. Don Mikel se había hecho con el cargo de alférez real, del cual Jerónimo Matorras se desprendía con gusto; Emanuela se preguntaba por qué. En una ceremonia pomposa en la sala de los altos del Cabildo, Matorras le entregó el pendón real a don Mikel, una pieza de damasco rojo carmesí con flecos dorados. El anciano había rejuvenecido en ese día, y Emanuela, sin comprender por qué ansiaba tanto el puesto de alférez, se sintió feliz por él.

Regresaban de muy buen ánimo a la casa de la calle de Santo Cristo, don Mikel aferrado al brazo de Emanuela, con Romelia y Justicia por detrás; Pastrana y Elcio habían marchado con las señoras y don Alonso a la quinta de San Isidro a principios de diciembre. Iban sorteando charcos y baches pues la noche anterior una sudestada había azotado la ciudad; las calles estaban imposibles. Emanuela se había despertado alrededor de la una de la madrugada a causa del estruendo producido por las ráfagas de viento. Se había envuelto en un rebozo de algodón —de pronto, la temperatura había descendido bruscamente— y recorrido la gran casona para verificar que las ventanas y las contraventanas se hallasen cerradas. Al regresar, sin sueño y un poco agitada, corrió las cortinas y se sentó para observar la tormenta más feroz que recordaba. El río constituía un vacío oscuro en esa noche sin luna y de nubes negras. Solo podía saberse que estaba allí cuando sus olas se elevaban sobre la tapia francesa al final de la propiedad, la engullían y se internaban hasta el sector del jardín de árboles frutales y del huerto, dos porciones del terreno del cual ella misma se había ocupado desde poco tiempo después de la llegada a Buenos Aires, una vez recuperada de su enfermedad. Lo había hallado en un estado de completo abandono, con malezas que ahogaban las pocas hortalizas y frutos que se pudrían en el suelo. Era como si el luto por la muerte de Crista se hubiese extendido también a esa zona de la casa. Emanuela se había propuesto revivirlo. Se trataba de un quehacer que le recordaba su trabajo en el *avamba'e* y que la hacía sentir cerca de su *sy* Malbalá, pues siempre se habían ocupado juntas de mantener en buen estado esa porción de terreno de la familia Ñeenguirú.

La sudestada no solo había devastado el huerto y lavado el suelo, sino que había destruido la tapia francesa, por lo que la propiedad se había quedado sin linde y se extendía hasta el río. A Emanuela, el paisaje sin fin que se abría desde su contraventana y que terminaba en el horizonte la fascinaba, y no deseaba levantar el muro de nuevo, argumento en el que, mientras regresaban del Cabildo, después de haberse celebrado las elecciones, don Mikel se mostró inflexible.

—Manú querida, hay mucho malentretenido y ladronzuelo dando vuelta por la ciudad, sin mencionar a los perros cimarrones. Cualquiera de estos desgraciados podría meterse en nuestra propiedad y hacer daño. Y tú estás alojada en esa recámara que da a los fondos, tan lejos de mí, a merced de los malhechores. ¿No deseas ocupar la habitación que pertenecía a Crista?

—No, no, don Mikel. Estoy muy bien allí. —La sola idea de que doña Ederra regresase del campo y la viese instalada en la cámara sacra en la que se había convertido el dormitorio de su hija muerta, le provocó un estremecimiento—. Me ocuparé de conchabar a alguien para que levante el muro. Dejad eso en mis manos.

—¡Pero nada de tapia francesa, Manú querida! Ya ves cómo el río la pulverizó. Quiero un muro de ladrillos como las paredes que dan sobre la calle de Santa Lucía y la de San Nicolás. No comprendo por qué el antepasado de doña Almudena que construyó esta casa no hizo el muro del fondo tan sólido como los demás. ¡Ah, y una buena puerta de quebracho para ingresar en la propiedad por la playa! —El anciano se rascó la barbilla y perdió la vista mientras reflexionaba—. Sí, un muro de ladrillos y una puerta de quebracho, eso bastará —masculló para sí antes de declarar—: Nos iremos al campo después de que se haya terminado el trabajo.

Emanuela se mordió el labio y caminó con la vista fija en la calzada lodosa. Aún no le había dicho a don Mikel que se suponía que ellos no irían ese verano a San Isidro. A punto de comunicarle la orden que doña Ederra le había impartido tiempo atrás, experimentó un tirón brusco y escuchó la exclamación del anciano, que cayó pesadamente al suelo. Romelia y Justicia corrieron a socorrerlo.

—¡No sueltes la caja con el pendón real! —vociferó don Mikel desde el suelo a la esclava, que se detuvo en seco.

—¿Qué os ha sucedido, don Mikel? —se preocupó Emanuela, mientras se inclinaba para ayudarlo a incorporarse. Justicia intentaba darle una mano.

—He metido el pie en ese bache —explicó el anciano—. ¡Ah, qué dolor!

—¿Dónde, dónde? —se asustó Emanuela. Una rotura de cadera podía significar la muerte en pocos días para un hombre de la edad de don Mikel.

—Creo que me he torcido el talón. Duele como un demonio.

—Permitidme. —La voz masculina se abrió paso entre los quejidos del anciano y las indicaciones sofocadas de Justicia y de Emanuela.

—¡Ah, el señor torero! —exclamó don Mikel, aún con el trasero en la calzada—. Su llegada es más que auspiciosa, muy gentil señor.

—Permitidme que os ayude, don Mikel.

La fuerza del hombre se evidenció un instante después cuando hizo parecer sencillo lo que había resultado imposible un momento atrás: levantar al anciano.

—Doña Almudena me dará una filípica —aseguró don Mikel, entre risas—. Esta chaqueta y estos pantalones son mis prendas más finas.

—Los lavaremos, don Mikel —prometió Emanuela—. Quedarán como nuevos y...

Se calló, intimidada por la mirada del torero. También su media sonrisa la alteró.

—Gracias, don Leónidas —consiguió balbucear—. No sé qué habríamos hecho sin su ayuda.

—Os acompañaré hasta vuestra casa. Apoyaos en mí, don Mikel.

—Sí, muchacho, sí. Muy agradecido, muy agradecido, porque no puedo apoyar este pie. ¿Me habré roto un hueso?

—En un rato lo veremos —prometió el matador.

Leónidas Cabrera no solo acarreó a don Mikel hasta su alcoba, sino que ayudó a Emanuela y a Romelia a desembarazarlo de las ropas embarradas, a cubrirlo con una camisa de noche y acostarlo.

Le revisó el pie y, cuando intentó rotarlo, el herido soltó una imprecación.

—No creo que haya un hueso roto —diagnosticó el torero—. En un oficio como el mío, aprendemos a reconocer roturas, y yo no siento que haya una. De todos modos, si os parece, llamad al físico para que lo confirme.

Una de las cosas buenas que habían acontecido era que Murguía no estaba en la ciudad. Una mañana, a principios de diciembre, se presentó muy temprano y pidió hablar con Emanuela. Le explicó que, durante la madrugada, un chasqui había llamado a su puerta para entregarle una esquela en la cual se le informaba que su único hermano, un notario de la ciudad de Corrientes, había fallecido días atrás. Se lo requería con urgencia para que se ocupase de los tres huérfanos —habían perdido a la madre cuatro años atrás— y para que finiquitase los negocios del difunto.

—No sé cuánto tiempo me llevará este asunto —admitió el médico—, pero volveré lo antes posible de modo de arreglar todo para nuestra boda.

Emanuela se quedó mirándolo en abierta perplejidad, no solo porque el hombre se mostraba insensible a la noticia de la muerte de su único hermano, sino porque la mención de la boda, un tabú entre ellos, la había dejado sin palabras. El cortejo del hombre se había demostrado implacable. La visitaba en las tres ocasiones semanales en las que doña Almudena recibía en su salón, la escoltaba de regreso de la misa de once en Santo Domingo y se le pegaba como una rémora en las pocas tertulias a las que Emanuela había concurrido. En una de esas reuniones, había tratado con extrema brusquedad a Leónidas Cabrera por acercarse y hablarle. Se creía su dueño.

—El doctor Murguía no está en la ciudad —informó Emanuela, y Leónidas apartó la vista del pie de don Mikel y la miró fija y seriamente.

—Seguro que no es el único físico de la ciudad —dijo al cabo.

—¡Ja, ciudad! —exclamó don Mikel—. Esta es una aldea, querido muchacho. Y sí, el único físico es ese matasanos de Murguía, que se largó y ojalá no vuelva.

—No creo que tengamos tanta suerte, don Mikel —masculló Romelia, y los demás rompieron a reír.

—Yo me ocuparé del pie de don Mikel. Con la ayuda de Dios, solo será una torcedura.

—Estaré en las mejores manos, muchacho.

—Lo sé, lo sé, don Mikel —contestó el torero, sin apartar la vista de Emanuela.

* * *

La torcedura de don Mikel, que se pasaba el día sentado o en la cama, con el pie sobre almohadones, resolvió la cuestión de pasar el verano en Buenos Aires más fácilmente de lo que Emanuela había creído, porque en verdad no conseguía reunir el coraje para comunicarle que su hija no los quería en San Isidro.

A los pocos días de enviar un chasqui con un billete para doña Almudena en el cual le contaba del percance de su esposo, recibió otro en el que doña Ederra se lamentaba por el infortunio y le reiteraba que volverían a la ciudad a finales de marzo. Aunque le dolía que no regresasen para acompañar a don Mikel, admitía que estar sola, sin la presencia ominosa de doña Ederra, le haría más llevaderos esos meses, pese a que la ciudad estuviese prácticamente vacía y a que el calor intensificase los malos olores.

Pasaba las horas más tempranas en el huerto, reconstruyendo lo que la sudestada había devastado. A las once, iba a misa, siempre en compañía de Justicia, que la seguía con la alfombrita enrollada bajo el brazo. Después del almuerzo, cuando el sol comenzaba a tornarse despiadado, se refugiaba en la sala, donde las pesadas cortinas de brocatel azul impedían que la luz del mediodía calentase el ambiente. Le leía a don Mikel para distraerlo, le mostraba sus ilustraciones de los monstruos mitológicos y lo hacía reír con sus historias. Le leía las cartas de Titus, que siempre se lamentaba de no poder viajar a Buenos Aires y les refería sus hazañas con los charrúas y con la banda de matreros que tenía en jaque a la campaña.

Avanzaba en su labor de bordado de realce en una pieza que luego aplicaría en la pechera de un tipoy de lana que confeccionaba para su *sy* y que planeaba enviarle antes de que comenzasen los primeros fríos. A la caída del sol, llegaba su momento favorito del día, cuando se escabullía por los fondos de la casa, todavía sin tapia, y se bañaba en el río con una túnica de lienzo como única salvaguarda de su recato.

Le costaba admitirlo, pero las visitas de Leónidas Cabrera, que comparecía a menudo, le agradaban y le arrancaban una sonrisa cuando Romelia anunciaba su llegada. Se convencía de que Cabrera era una excelente compañía para don Mikel, aburrido en su confinamiento. Ella se ubicaba en el estrado, como a doña Almudena le hubiese gustado, y los oía conversar. Cabrera era un hombre mundano, que había vivido intensamente y que compartía sus experiencias con actitud generosa. Generalmente, don Mikel terminaba desternillándose de la risa con sus cuentos. Nunca hablaban de su oficio, lo que asombraba a Emanuela. Al principio de sus visitas, cuando don Mikel le preguntaba algo referido a la tauromaquia, el torero se excusaba aduciendo que a la señorita Manú el tema le desagradaba. Sin levantar la vista de su bordado, alejada en el estrado, Emanuela apretaba los labios para evitar sonreír, segura de que los ojos verdes de Cabrera estaba fijos en su perfil.

Gracias a la lluvia de la noche anterior y al cielo cubierto de nubes grises, ese 15 de enero era una jornada fresca. Emanuela aprovechó que a la siesta la actividad en el mercado de la Plaza Mayor mermaba y fue a comprar unos hilos que necesitaba para su labor y víveres para la cena. Justicia, que iba a su lado, con la canasta en la cabeza, parloteaba sin cesar acerca del trompo que le había regalado El Cordobés el día anterior. Orlando correteaba a sus pies, y ella lo dejaba hacer aunque se embarrase; después lo bañaría en el río. Saite iba posado en su hombro, bajo el parasol, regalo de Lope y de Ginebra, que los protegía de los débiles rayos del sol. Libertad había preferido quedarse en su alcándara, con el pico bajo el ala.

Como había poca gente, acabaron con los compras rápidamente y volvieron a la casa. Lo hacían callados, un poco desmoralizados porque el calor comenzaba a apretar de nuevo. A pasos del portón de mulas, el que se abría sobre la calle de San Nicolás, un silbido que Emanuela habría reconocido entre miles, rasgó la quietud de la siesta. Se detuvo en seco, al mismo tiempo que Saite abandonaba su hombro y echaba a volar. Justicia, con la canasta posada en la cabeza, se volvió, y Emanuela escuchó su grito sofocado.

—¡Manú! —lo oyó susurrar, con acento aterrorizado.

No se atrevía a darse vuelta. No estaba preparada. Apretó el mango del parasol, que se había tornado resbaladizo a causa del sudor repentino en la palma de la mano. Se le aceleró la respiración, un cosquilleo desagradable se le alojó en la boca del estómago y percibió un tirón en la garganta. Se giró para enfrentarlo. Sus ojos, sin embargo, se mantuvieron ocultos bajo el refugio de la sombrilla. La elevó apenas y lo primero que captó fueron sus pies, a los que tantas veces les había cortado las uñas. La sorprendió que llevase sandalias, de esas que calzaban los *pa'i*. A medida que echaba hacia atrás el parasol, más porciones de su cuerpo se desvelaban ante ella. Vestía como siempre en verano, con unos pantalones de paño blanco que le cubrían hasta la mitad de las pantorrillas, y una camisa sin mangas, medio grisácea debido al uso.

—¡Manú!

—Entra en la casa.

—Pero Manú…

—¡Ahora! —le ordenó entre dientes.

Justicia dudó solo un instante, impresionado por la dureza con que Emanuela le había ordenado que se marchase. No quería dejarla sola con ese indio, que tenía ojos de basilisco y la cara surcada por tatuajes. Dio media vuelta y traspuso el portón tan deprisa como la canasta en la cabeza se lo permitía.

Tembló cuando por fin sus ojos chocaron con los de él, y un sollozo que no alcanzó a retener brotó de sus labios. Su cubrió la boca y apretó los párpados. Oleadas de emoción, como esas agresivas y enormes provocadas por la sudestada, que habían destruido la tapia y su huerto, la desestabilizaron y la hicieron trastabillar.

—¡Jasy!

El sonido de su voz la afectó tanto como la imagen de su rostro. Sin elevar los párpados, extendió el brazo hacia delante en el ademán de detenerlo.

—Jasy...

"Jasy." Esa palabra tan íntima, tan amada, tan añorada de nuevo pronunciada por él le acarició los oídos y acarreó tantas memorias. Otro sollozo involuntario se escabulló de entre sus labios. ¿De veras se trataba de él? ¿Estaba soñando? Era demasiado. Todo aquello era demasiado. Demasiadas sensaciones, demasiados recuerdos, demasiadas agitaciones y palpitaciones, demasiadas imágenes para absorberlas de un golpe.

Abrió los ojos. Lo tenía muy cerca. Aunque su silueta se desvirtuaba a través de las lágrimas, identificaba sus facciones, sus tatuajes, el modo en que apretaba las mandíbulas y expandía las paletas nasales para sofrenar el llanto, la línea tensa y trémula en la que se habían convertido sus labios, la sombra de la barba que no había afeitado en varios días. Identificaba incluso esa expresión tan poco frecuente en él, de desolación, de profundo dolor, de arrepentimiento.

"*Jasy, siempre,* siempre *regresaré al sitio donde tú estés. Quiero que confíes en mí. Nunca, nada ni nadie me alejará de ti.*" Las palabras que él había pronunciado en la víspera de su decimotercer cumpleaños la tomaron por sorpresa y fue lo mismo que recibir un golpe en la espalda. Soltó el parasol, que rodó a un costado, se cubrió la cara y se puso a llorar.

—¡Jasy!

Aitor cayó de rodillas y la encerró en un abrazo brutal. Apoyó la frente en su regazo y rompió en un llanto desgarrador. Tan guturales y lastimeros eran sus clamores que Emanuela se descubrió el rostro y se quedó mirándolo. Se percató de que tenía el pelo muy corto. Hundió los dedos en su nuca y lo sintió estremecerse bajo el contacto de sus manos. El llanto recrudeció.

—Shhh... No llores.

—¡Perdóname! —La calidad de su voz, rasposa y vacilante, tan inusual en él, la afectó—. ¡Perdóname, Jasy!

—Shhh… Tranquilo.

—¿Qué está sucediendo aquí? —Romelia irrumpió en la escena con Justicia por detrás, quien, con Orlando en brazos, prefirió guardar distancia del desconocido con los tatuajes.

—Nada, Romelia —expresó Emanuela, con bastante ecuanimidad—. No pasa nada.

Aitor hundió el rostro en el jubón de ella e inspiró profundamente. ¡El aroma de su Jasy! ¡Cuánto lo había echado de menos! Le parecía mentira tener las fosas nasales impregnadas de su perfume, que no había cambiado en esos más de dos años y medio de separación. Ese detalle lo colmó de esperanzas. Se puso de pie y se pasó el dorso de la mano por los ojos.

—Buenas tardes, señora —dijo, con voz rasposa.

Romelia aguzó la vista y apretó el entrecejo.

—¿Aitor? —Una sonrisa en la que faltaban un par de dientes le iluminó el semblante negrísimo—. ¿Vuesa mercé es Aitor Ñeenguirú?

Una risa le barbotó en la garganta y asintió.

—Sí, soy Aitor.

—¡Aitor! ¡Bienvenido seas, muchacho! ¡Pasa! ¡Pasa! ¡Adelante!

Aitor seguía riendo, feliz con el recibimiento de la mujer, de seguro una esclava de los Urízar y Vega, y también por el hecho de que Emanuela le hubiese hablado de él. Siempre había creído que ella, en su exilio, no le contaría a nadie que amaba a un indio. Porque aún lo amaba, ¿verdad? La miró de soslayo. Con las mejillas y la nariz enrojecidas por el llanto y los labios apretados para sofocar una sonrisa, componía la visión más adorable que recordaba. ¿Era ella? ¿En verdad la tenía de nuevo a su lado? La magnitud de lo que estaba viviendo lo sumió en un momento de estupor y se quedó mirándola fijamente, la risa congelada en su garganta y en su expresión. Era su Jasy, y, sin embargo, había cambiado.

—¡Vamos, Aitor! ¡Vamos, hijo! Pasa.

—No sé… —Se cubrió la boca y se aclaró la garganta—. No sé si Emanuela querrá…

Emanuela asintió sin mirarlo. Al adivinar su intención, Aitor se inclinó antes que ella y recogió el parasol de la calle. Se lo entregó. Ella, que seguía rehuyéndolo con la mirada, musitó un gracias y echó a andar hacia el portón. Aitor fue a buscar los morrales que había dejado en el suelo y la siguió.

—Manú me ha hablado mucho de ti. Lo mismo Octavio... el padre Ursus, en sus cartas.

—Espero que bien.

—No siempre —admitió la mujer, lo que inspiró una corta risotada a Aitor—, pero que te quieren mucho, te quieren, hijo.

—Es lo único que me importa en esta vida, señora, que Emanuela me quiera.

—Llámame Romelia.

—¡Yo soy Justicia!

—Un gusto conocerte, Justicia.

—Y él es Orlando, el perro de Manú. Ella lo curó con sus manos. ¡Es verdad!

—Te creo. Sé lo que las manos de Emanuela son capaces de hacer.

Para Emanuela, que caminaba deprisa y delante del pequeño grupo, la declaración de Aitor la sobrecogió, no solo porque la hubiese expresado en un buen castellano, sino porque no le pasó inadvertido el sentido oculto, que se reflejó en el timbre que empleó, esa calidad ronca de la voz con que la había seducido en los momentos de intimidad. Un sofocón, que no tenía que ver con el calor del verano, le abrasó las mejillas.

—Enseguida vuelvo —susurró, y cruzó los fondos de la casa para entrar por la contraventana de su habitación, sabiendo que los ojos de él la seguían, percibiendo en la piel su desconcierto, su nerviosismo, su dolor.

Saite voló detrás de ella y se posó en la alcándara. Emanuela cerró la contraventana y corrió las cortinas. Colocó el parasol sobre la mesa, donde se reclinó, de pronto mareada. La cabeza le cayó hacia delante. Se llenó los pulmones y expulsó el aire largamente. La opresión seguí allí, y allí seguiría durante un buen tiempo.

—Un silbido y corres tras él —dijo a Saite, y con esa ligereza y tono casual intentaba darse ánimos y sofrenar los latidos frenéticos del corazón—. Eres una traidora. —El ave graznó y extendió las alas—. Sí, sé que estás feliz porque Aitor está allí fuera. ¿Puedes creerlo, Libertad? Aitor está allí fuera. —La caburé salió de su letargo y sacudió las plumas—. Sí, ahí fuera está él. Aitor. *Mi* Aitor —dijo, y la voz le tembló.

Había tanto de que hablar, tenía tantas preguntas, tantas dudas que salvar. ¿Cómo la había encontrado? ¿De casualidad o había ido a Buenos Aires *ex profeso* para buscarla?

—Está igual que siempre, aunque más fornido, como si hubiese ganado peso. Tal vez se trate de que lleva el pelo corto. Muy corto

—añadió, mientras se quitaba las presillas frente al espejo, todas excepto las que le recogían los mechones que le enmarcaban el rostro. Le gustó cómo el cabello se derramó, pesado y largo, sobre sus hombros. Quería coquetearle, eso no podía negarlo. Quería que admirase cuán largo llevaba los bucles, cómo le brillaban. Detuvo las manos y contempló fijamente la imagen que le devolvía el espejo. ¿Qué estaba haciendo? Ahí fuera estaba el hombre a quien ella le había confiado la vida, a quien le había entregado su amor, y que la había traicionado. ¿Qué sentía? ¿Rencor? ¿Tristeza? ¿Rabia?

—Felicidad —susurró—. Pura felicidad.

Los ojos se le llenaron de lágrimas, y la dicha que experimentaba porque él hubiese cumplido su promesa, la de que siempre regresaría a ella, se mezclaba con un miedo que nunca había sentido en relación con él, pero que ahora estaba allí, alojado como una espina, que dolía, que supuraba. Temía volver a confiar, a entregarse. ¿Y si la traicionaba de nuevo?

Se enjuagó la cara y se la secó con golpecitos para no volver a enrojecerla. Estuvo a punto de mojarse tras las orejas con el perfume que don Alonso le había regalado en el día de Santa Manuela, pero desistió. Había algo en el aroma natural de su piel que volvía loco a Aitor. Se miró el atuendo, y la envaneció saber que nunca la había visto con ropas típicas de una citadina; a Ginebra sí, pero a ella no. Eran simples: una camisa blanca de holanda muy sutil, un jubón azul que le ceñía la cintura y le destacaba los senos y una saya en una tonalidad marrón muy clara. Sin embargo, él la vería distinta. Quería que la viese mujer.

* * *

Aitor había aceptado el ofrecimiento de Romelia y ocupado un sitio en la banqueta de madera que corría a lo largo de una mesa de algarrobo —había reconocido la madera de inmediato—. Hacía calor en la cocina; él no lo notaba, y sacudía la pierna, ansioso por el regreso de Emanuela, mientras sorbía un tazón de mate cocido sin saborearlo; podría haber sabido a hiel y él no lo habría notado. Romelia hablaba y reía, y Justicia, con el perrito en el regazo, lo estudiaba con ojos ávidos desde el otro lado.

—Se está tardando mucho —manifestó Aitor.

—Dale un momento, muchacho —sugirió la esclava—. Tú sabías que la verías y te preparaste. Pa' ella ha sido un golpe tremendo.

—Sí, sí —musitó, y bajó la vista, avergonzado. Su *sy* siempre le reprochaba que fuese egoísta, que no mirase más allá de su ombligo. Era cierto y no le importaba, siempre y cuando con su naturaleza vil no afectase a Emanuela. Con ella, quería ser perfecto, estar a la altura.

—Romelia, ¿vuesa merced cree que Emanuela se siente bien? ¿Tal vez...? —Quería pedirle que fuese a verla, pero no se animaba; no existía confianza entre ellos.

—Ya vendrá. Y no me llames vuesa merced. Soy una simple esclava.

—Está bien.

—Dale un momento pa' que junte coraje.

—¿Necesita coraje para verme? —preguntó con un matiz de desilusión e incredulidad.

Romelia giró el torso y lo miró a los ojos.

—Sí, Aitor, lo necesita. —Se aproximó a Justicia con una bandeja—. Deja a Orlando y llévale su compota a don Mikel. —El niño emitió un soplido malhumorado—. Y te me quedas con él pa' hacerle compañía. ¡Sin chistar! —exclamó la mujer y elevó el índice a modo de advertencia—. Y no se te ocurra mencionarle a don Mikel de la llegada de Aitor, porque te corto la lengua. ¿Has entendido?

—Sí, Romelia. Aitor, no te vayas antes de que vuelva.

—No lo haré, Justicia —prometió, aunque sabía que se trataba una promesa infundada porque no tenía idea de cómo irían las cosas con Emanuela. Temía que, una vez superada la conmoción del reencuentro, se acordase de por qué lo había abandonado y lo echase a escobazos.

Un mutismo, incómodo para Aitor, pero no para Romelia, que continuó con los quehaceres, inundó la cocina.

—Romelia, ¿cómo fue que me has reconocido? Apenas me viste, me llamaste por mi nombre.

—No hace tanto, Emanuela dibujó tu retrato y me lo mostró.

—¿De veras?

—Así es. Apenas vi tu cara con los tatuajes, te reconocí. El retrato es muy bueno.

El silencio volvió a caer en el recinto. Aitor miraba fijamente un nudo en la madera, mientras se cuestionaba si era sensato hacerse ilusiones. ¿Qué significaba que ella hubiese dibujado su rostro? ¿Que aún seguía amándolo?

—Ella sigue amándote, muchacho.

Apretó el tazón de barro con ambas manos y dejó caer los párpados. Esas palabras le descompusieron la respiración.

—¿Ella te lo dijo, Romelia?

—Sí, me lo dijo. Pero si no lo hubiese hecho, igualmente me habría dado cuenta.

—¿Por qué? —preguntó en un susurro; más bien en un jadeo.

Romelia soltó un suspiro, chasqueó la lengua y, mientras se secaba las manos en el mandil, se sentó del otro lado de la mesa, frente a Aitor.

—Tal vez no debería hablarte de ella, pero no lo hago por metida, ni por chismosa, sino porque he llegado a querer a Manú como si hubiese salido de mis entrañas. No es que sea muy difícil amarla —dijo, y rio por lo bajo.

—No, no es difícil.

—Al poco tiempo de llegar aquí, arrastrando una pena que habría doblegado al espíritu más poderoso, cayó enferma. Muy enferma —añadió con intención, y enseguida se arrepintió de la nota de reproche que había empleado al ser testigo del efecto que causaba en el guaraní: las lágrimas desbordaron sus ojos en un santiamén y la barbilla le tembló—. Durante tres días estuvo a la muerte.

—No lo sabía. Mi *pa'i* nunca me lo dijo.

—Durante esos tres días, hubo momentos en que la fiebre la hizo delirar. Mascullaba palabras que yo no entendía porque lo hacía en guaraní, pero había una palabra que yo sí conocía y que ella repetía con tenacidad. Ella te llamaba. Decía una y otra vez: "Aitor, Aitor".

Sobrecogido por la emoción, incapaz de sofocar la pena que lo privaba del aliento, Aitor apoyó el codo en la mesa y se cubrió la frente en un intento por esconder que lloraba. Romelia esperó antes de volver a hablar. Aitor se incorporó, medio avergonzado, y se pasó las manos por la cara mojada.

—Discúlpame, Romelia.

—'Ta bien. Oye, Aitor, tendrás que tenerle un poco de paciencia, muchacho. Te ama, sí, pero está muy lastimada. Tu traición casi la mata. Estoy segura de que Manú habría llegado a creer que el cielo podía ponerse de color verde, pero nunca que su Aitor la traicionaría.

La nuez de Adán subía y bajaba en el cuello de Aitor, mientras él intentaba reprimir el llanto que lo amenazaba de nuevo. No quería quebrarse otra vez. Necesitaba la mente clara, la voz firme y la sonrisa fresca para cuando Emanuela se decidiese a reaparecer.

—Y sabiendo que la traicioné, Romelia, ¿igual me recibes con tanto afecto?

La negra sacudió los hombros.

—¿Quién soy yo pa' juzgarte, hijo? Te equivocaste, no hay duda de eso, pero todos merecemos una segunda oportunidad. —Le lanzó un trapo a través de la mesa—. Vamos, sécate las lágrimas que ahí está llegando. Que no vea que has llorado.

Emanuela entró en la cocina, y a Aitor le volvió el alma al cuerpo. Había temido que se negase a verlo. Ocupó un sitio junto a Romelia, frente a él, y se inclinó para recoger al perrito, que saltaba y ladraba en torno a ella. Era cachorro todavía, y la lamió y la hizo reír, y Aitor sintió celos por las caricias que Emanuela le dispensaba y por las palabras afectuosas que le dirigía. Lo único que lo reconfortó fue que le hablase en guaraní.

La estudió abiertamente. No le extrañaba que dos hombres estuviesen interesados en desposarla. Se había convertido en una mujer hermosa, sin mencionar la afabilidad de su carácter y lo refinado de su comportamiento. La había perdido cuando ella solo contaba con catorce años. Volvía a verla faltándole poco para cumplir los diecisiete. Esos casi tres años habían operado maravillas en su rostro y en su cuerpo. En su cabello también. Nunca lo había llevado tan largo. Notó que se lo había soltado, y eso lo envaneció. Se aferró a ese pequeño acto de coquetería para no desmoralizarse, porque, si se detenía a analizar la gema preciosa en que se había transformado Emanuela, él, un indio pobre y bruto, tendría que convencerse de que jamás accedería a ella.

Emanuela levantó la vista y la bajó enseguida, avergonzada de saberse el objeto de observación de Aitor. Un sonrojo le calentó las mejillas. Se desalentó al recordar cuando la confianza era tan infinita entre ellos que no habrían dudado en sostenerse la mirada y adorarse en silencio. "Tiempo al tiempo, Emanuela", intentó serenarse. Todavía le costaba creer que lo tenía de nuevo frente a ella.

—¿Tienes hambre? ¿Deseas comer algo? —le preguntó, y lo miró fugazmente.

—No, gracias.

—Manú, hace mucho calor aquí. ¿Por qué no le muestras tu huerto y tus árboles frutales a Aitor?

Lo lastimó que Romelia se refiriese al huerto y a los árboles como de propiedad de Emanuela. Eso significaba que había echado raíces en ese sitio, que los Urízar y Vega la consideraban una de ellos, que formaba parte de esa familia y de esa realidad. Le dolía también que se negase a mirarlo a los ojos. La incomodidad que su presencia le provocaba resultaba evidente.

—Me gustaría mucho ver el huerto —afirmó Aitor.

—Está bien —aceptó Emanuela, y abandonó su sitio con el perrito en brazos.

Caminaron unas varas en silencio. Poco a poco, la certeza de tenerla a su lado, de haberla encontrado, avergonzada o no, reticente o no, inalcanzable o no, nada de eso contaba, iba apaciguando sus dudas, sus temores y sus penas, y daba paso a una dicha y a una paz que solo su Jasy le brindaba. Se dio cuenta de que a él correspondía enfrentar la lucha para recomponer lo que había roto, por lo que era menester que recobrase la calma, la mente fría y el control de la situación.

—No hay mucho que mostrar —la oyó susurrar en guaraní, y la dulzura de su voz le causó un escalofrío, que le erizó los poros del antebrazo—. El 1° por la madrugada, una sudestada arrasó con todo. ¿Ves allá? ¿Ves aquellos escombros?

—Sí.

—Allí había una tapia y una puerta. Las olas las devoraron.

—¿Qué es una sudestada?

—Una tormenta con vientos muy fuertes. El río sube y se lleva todo a su paso. Yo la observé desde mi ventana. —Giró la cintura para señalar en dirección a su recámara—. Me daba miedo, pero también me atraía.

—¿Allí duermes tú?

Emanuela asintió y reinició la marcha. Se detuvo al alcanzar el huerto.

—Como te dije, no hay mucho que mostrar.

—¿Te obligan a que te ocupes del huerto?

—No.

—¿Te gusta hacerlo?

—Sí. Me recuerda a cuando ayudaba a mi *sy* en el *avamba'e*. ¿Cómo está ella?

—Bien. Te echa de menos. Muchísimo. No pasa un día en que no te mencione o se acuerde de ti. Creo que te tiene siempre en su pensamiento.

—Y ella está siempre en el mío.

"¿Y yo?", deseó preguntarle, pero no se atrevió, temeroso de la respuesta, de que desencadenase una discusión a la cual temía. En algún momento tendría que encararla. Por el momento, disfrutaría de su compañía y mansedumbre.

—Ven. Quiero mostrarte mi sitio favorito.

—Sí, muéstramelo —dijo, simulando entusiasmo, aunque de nuevo lo mortificó que ella ya tuviese un lugar preferido. ¿Le gustaba más que su recodo en el Yabebirí, que la cascada bajo la cual se habían amado?

Cruzaron la línea de escombros y avanzaron hacia la orilla del río. Se detuvieron a unas varas donde el agua lamía las piedras. Ella observaba el horizonte; él, a ella. Le habló sin mirarlo.

—¿No crees que deberían haber llamado Paraná a este río y no al nuestro?

Sonrió, no tanto por lo del nombre, sino porque se había referido al Paraná como a *su* río, el de ellos, el que formaba parte de la tierra que ella todavía consideraba su hogar. "¿Verdad que sí, Jasy? ¿Verdad que San Ignacio es todavía tu hogar, tu tierra?"

—Después de todo, este río se parece más a un pariente del mar.

—No sé cómo es el mar —admitió Aitor.

—Yo tampoco, pero me dijo mi *pa'i* Santiago que es igual que este río, solo que de color azul. Debe de ser hermoso.

—No tanto como tú.

—¡Orlando, no te mojes! ¡Ven aquí!

Aitor lamentó su acto impulsivo; sincero, sí, pero impulsivo. Ella no estaba lista. ¿Lo estaría en algún momento? "Paciencia", se dijo, y recordó el consejo de Romelia y los sermones de su *pa'i* Ursus, que siempre lo exhortaba a cultivar esa virtud, ausente en su temperamento.

—¿Este es tu sitio favorito?

—Sí —contestó Emanuela—, la orilla del río. Pero sobre todo me gusta sentarme allá. —Le indicó un tilo con un tronco inusualmente grueso y copa frondosa. Sonrió; sabía cuánto amaba Emanuela el aroma de sus flores, las que solía enredar en su cabellera.

—¿Te gustaría que nos sentásemos un momento bajo su sombra? —preguntó él, e intentó disfrazar la ansiedad.

—Sí, me gustaría.

Emanuela se sentó primero, y Aitor lo hizo junto a ella, que se alejó unas pulgadas en el acto de hacer un espacio que no se precisaba. Orlando se alejó tras una mariposa, y Aitor deseó que no volviese por un buen rato.

—¿Cuándo llegaste a Buenos Aires? —se interesó ella, mientras dibujaba con un palito sobre la tierra húmeda.

—Anoche.

La respuesta la sorprendió. Levantó la cabeza y lo contempló

abiertamente durante unos segundos. Como si se hubiese avergonzado de su reacción, ocultó deprisa la mirada y siguió garabateando.

—¿Dónde dormiste?

—Por ahí —contestó, y eligió no contarle que había comido como un rey y dormido en un lecho blando y cómodo en casa de don
Edilson Barroso. Es más, había pasado una velada divertida y alegre
porque sus queridos amigos, los Marrak, habían sido invitados a la
cena para festejar su llegada.

—¿Por qué viniste a Buenos Aires, Aitor?

—¿Cómo por qué vine, Jasy? A buscarte.

—¿Viniste solo por mí?

Sin ponerse de pie, arrastrando el trasero, Aitor se ubicó frente
a ella, tan cerca que sus rodillas le rozaban la saya.

—Sí, Emanuela, solo por ti. Apenas supe dónde encontrarte,
junté algunas cosas y me lancé como un loco hacia aquí. Mi viaje comenzó a finales de diciembre. Llegué anoche —reiteró.

—¿Cómo supiste dónde encontrarme?

—Juan me lo dijo.

—¿Juan Ñeenguirú, mi hermano? —Aitor asintió, mientras luchaba con las ansias por aferrarle las manos, el rostro, cualquier parte del cuerpo, porque ella acababa de ejecutar el gesto en el que solía
caer cuando algo la desorientaba y que a él siempre había desarmado:
había fruncido el entrecejo, contraído la nariz y ladeado la cabeza—.
¿Cómo lo supo?

—Estuvo instalando un órgano en una iglesia, aquí, en Buenos
Aires. El último día, mientras lo conducían al puerto, el esclavo que
manejaba la carreta le mostró la casa donde vivía una milagrera a la
que llaman niña santa. —Emanuela sonrió, sin interrumpir sus dibujos en el poco espacio que quedaba entre ella y Aitor—. ¿Sonríes,
Jasy? ¿Eso quiere decir que no te molesta que Juan haya descubierto
dónde vives?

—No me molesta. ¿Cómo está Juan?

—Bien, muy contento por haberte encontrado. Siempre se sintió
culpable por nuestra separación.

—Él no tuvo culpa de nada —susurró, mientras rememoraba las
palabras de su querido hermano en el momento de la despedida, allá,
en San Ignacio Miní. *"Sea lo que sea que Aitor haya hecho, quiero
pedirte que algún día lo perdones. Mi hermano ha sufrido demasiado
en esta vida. Perderte a ti para siempre sería demasiado duro para él."*

—No la tuvo, no —reconoció Aitor—. Yo soy el único culpable.

Aguardó con inquietud a que Emanuela hablase. Ella no hizo comentarios y siguió dibujando; una mirada más atenta habría notado que el palito temblaba en su mano y que las líneas de los diseños surgían más irregulares.

—Jasy. —Emanuela detuvo la mano al sonido torturado de la voz de Aitor, pero no levantó la vista—. Soy tan feliz. De nuevo soy feliz. Estar aquí contigo, tenerte de nuevo frente a mí… No sabes lo que eso significa para mí, Emanuela. Tantas veces soñé con nuestro reencuentro. Cuando me despertaba y me daba cuenta de que se había tratado de un sueño… Quería morir. Morí el día en que me dijeron que te habías ido. Y me he sentido muerto durante todo este tiempo. Solo la idea de encontrarte me mantuvo vivo a medias y me daba un motivo para levantarme cada mañana. Me decía: Tal vez hoy descubra dónde está mi Jasy. —Se quebró y se mordió el labio para no romper a llorar de nuevo—. Perdóname. —El ruego flotó hasta Emanuela como un soplido torturado—. Por favor.

Aitor vio la gota que cayó entre ellos y que la tierra absorbió, y después vio caer otra y otra más, y lamentó que hubiese comenzado a llover, hasta que escuchó un gimoteo casi inaudible y se percató del ligero temblor que agitaba los hombros de Emanuela, y se dio cuenta de que había soltado el palito y que se sostenía con ambas manos, sus dedos enterrados en el suelo. Emanuela estaba llorando.

—¡Oh, Jasy! —exclamó. La tomó entre sus brazos, y fue feliz cuando ella no lo rechazó—. No llores, amor mío. No sufras. No merezco tu dolor.

—¡Te amaba! —la escuchó exclamar, y se dio cuenta de que, por primera vez desde que se habían vuelto a ver, una nota de ira y rencor le teñía la voz—. ¡Habría dado mi vida por ti! ¡Te amaba tanto!

—¡Por amor de Dios, no hables como si ya no lo hicieras! ¡Como si nuestro amor fuese cosa del pasado! ¡Te lo suplico! —Aitor no estaba seguro de si Emanuela lo había comprendido; sus exclamaciones habían sido cortadas y deformadas por el llanto, que ya no tenía sentido contener—. ¡Ámame, Jasy! ¡Aunque no lo merezca, ámame! No soy nada sin ti. ¡Nada!

Emanuela se aferró a la pechera de su camisa, apoyó la boca sobre la tela y soltó un alarido que llegó hasta el corazón de Aitor y que le devolvió la sobriedad como por ensalmo. Se quedó mirándola. Ese alarido sobrenatural le había golpeado el pecho y cortado el respiro. Emanuela seguía llorando, con el rostro hundido en su camisa. Pasado el instante de estupor, apoyó la mejilla sobre la cabeza de ella, ajustó los brazos en torno a su cuerpo trémulo y la acunó en silencio.

Emanuela se acordó de lo que siempre le aconsejaba Romelia, que sacara fuera las cosas que lastimaban para que no se pudriesen en el pecho. Acababa de hacerlo. Con ese grito que a ella misma había conmocionado, acababa de expresar el dolor, la rabia, los celos, la humillación y el amor que la devastaban desde hacía casi tres años. Lo había mantenido oculto y atrapado durante demasiado tiempo. Lo había hecho por tantas razones —para que los Urízar y Vega no lo supiesen, por orgullo, para que nadie conociera la humillación que había sufrido— y, sin embargo, había una que opacaba las demás: proteger a Aitor, que nadie lo condenase por lo que había hecho, que nadie sugiriese que tenía el alma negra. La desesperación y la necesidad de aligerar su angustia la habían impulsado a confesarle todo a Romelia. El instinto le había marcado que ella era la persona justa, que no lo juzgaría, ni lo odiaría; no lo habría soportado. Aitor era siempre lo primero en su vida, su bienestar y felicidad estaban antes que nada, por eso la laceraban sus palabras; que le dijese que se había sentido muerto durante ese tiempo lejos de ella la había destruido. ¿Sería verdad, habría sufrido con su ausencia? Sí, ella sabía que sí, por eso había huido, porque había estado segura de que ese golpe le dolería. Se avergonzaba de su comportamiento. En cierta manera, ella también lo había traicionado adoptando una actitud vengativa y destructiva. Se había traicionado a sí misma, a su corazón y al pacto de sangre que habían sellado. Ahora lo veía con claridad.

Apartó un poco la cara y sintió la presión de las manos de él en la espalda, que se resistía a separarse de ella. Emanuela susurró con voz rasposa:

—Perdóname.

—¿Cómo, Jasy?

—Que me perdones.

Aitor la sujetó por los hombros.

—¿Que te perdone qué, Jasy?

—Haberme ido de San Ignacio sin esperar a que regresases —dijo en voz muy baja y sin mirarlo—. Falté a la promesa que te había hecho, que siempre estaría allí, esperando a que regresases. Tendría que haber esper…

Aitor la acalló colocándole el índice y el mayor sobre los labios. Ella guardó silencio y se empecinó en mantener la vista fija en un punto del cuello de él.

—Solo mi Jasy es capaz de pedir perdón a quien la traicionó con tanta bajeza. No, Emanuela, tú no tienes que pedirme perdón por nada. Soy yo el que tiene que hacerlo de rodillas y suplicarle al cielo por tu misericordia. Amor mío... —Le pasó el dorso de los dedos por las mejillas, y lo volvió a hacer, una y otra vez, porque no concebía que su piel fuese tan suave. Se imaginó arrastrando los labios por su vientre y por la cara interna de sus piernas, y tuvo una erección.

—Debí esperarte, Aitor, y hablar contigo. Desaparecer fue una cobardía, ahora lo comprendo.

—Y yo te comprendo a ti, amor mío. Comprendo por qué te marchaste sin esperarme.

—Tal vez mi ausencia no habría sido tan dura si hubiese hablado contigo antes de partir.

—¿Crees por un instante que te hubiese permitido abandonarme? —Emanuela levantó la vista y la fijó en la de Aitor, que sonrió, colmado de ternura al descubrir el desconcierto en esos ojos enormes, de pestañas largas y arqueadas, que a él le recordaban a las de un venado—. ¿Crees que te habría dejado ir, que habría dejado que te llevases el aire que respiro por algo que no había significado nada para mí?

La sola mención del acto de traición, aunque fuese con un roce de palabras, la hizo esconderse de nuevo en su caparazón. Bajó la vista y echó el cuerpo hacia atrás. Al mismo tiempo, inspiró profundamente. Aitor estiró el brazo en el gesto de extender un puente nuevo. Le acarició el pómulo con la punta del índice.

—No vuelvas a pedirme perdón, Jasy. Nunca.

Orlando decidió regresar en ese momento a los brazos de su dueña y se puso a saltar en torno a ella y a lanzarle lengüetazos en la cara. Aitor, que tenía ganas de arrojarlo al río como a una piedra, sonreía y simulaba simpatía por el cachorro.

—¡Ey, Orlando! —dijo, con una rama en la mano—. ¡Ve a buscarla! —La arrojó lo más lejos que pudo, y el perro corrió en esa dirección.

Emanuela se puso de pie, y Aitor, ocultando la desilusión, la imitó.

—¡Orlando, ven aquí!

—¿Ya regresamos?

—Sí. Tengo que ocuparme de cambiar el vendaje de don Mikel. Don Mikel es el padre de mi *pa'i* Ursus —explicó.

—¿Tiene una herida?

—No. Se torció el tobillo días atrás. —Inició la caminata por la orilla en dirección a la casa—. ¿Por cuánto tiempo te quedarás?

La pregunta le dolió.

—El tiempo que haga falta —contestó, sin ocultar la amargura.

—¿Tiempo para qué?

Aitor la obligó a detenerse y a enfrentarlo. Emanuela desvió la vista hacia el río.

—Para que vuelvas a mí. Para que vuelvas a mirarme a los ojos con ese amor tan infinito que me hacía sentir el hombre más fuerte y afortunado del mundo. Para que vuelvas a decirme que me amas, que soy el único para ti, que...

—Tú eras el único para mí, pero yo no lo era para ti. —Emanuela intentó retomar la marcha, pero Aitor la aferró por el antebrazo y la detuvo. Esta vez no la soltó, sino que hundió los dedos en su carne desnuda.

—Tienes todo el derecho de afirmar eso, pero quiero que sepas que no es verdad. La verdad es la que está en mi corazón, y en mi corazón solo estás tú.

—Sé lo que vi, Aitor, y lo que vi es la verdad.

—¡Estaba furioso contigo! ¡Estaba celoso! ¡Celos negros me enceguecían! ¡Te importaban más esos mugrosos enfermos que yo! ¡Te exponías a enfermarte sin pensar en mí, en el dolor que me causarías! ¡Quería lastimarte! ¡Lastimarte como tú me lastimabas a mí! ¡Y lo hice!

—¡Por qué! ¡Solo dime por qué!

Las manos de Aitor se movieron con velocidad y la sujetaron por los brazos, justo bajo las axilas, donde sus dedos se hundieron con crueldad y, al atraerla hacia él, la obligó a ponerse en puntas de pie.

—¡Porque soy un monstruo! ¡Porque soy un luisón, que lastima y desgarra sin piedad! ¡Porque tengo el alma negra y cuando me lastiman, solo pienso en devolver el golpe! ¡Cuando me lastiman, solo busco vengarme!

Se miraron fijamente, los dos tan agitados y absortos que no se percataban de que Orlando ladraba a sus pies. Los ojos de Aitor parecían trepidar mientras se ahogaban con las lágrimas que acabaron por rodar pesadamente por sus mejillas barbudas. La visión de Emanuela se tornó borrosa.

La conmovía la manera en que la desesperación de Aitor se reflejaba en el temblor de sus brazos, lo mismo en el de su barbilla y de su boca, mientras soltaba el aliento de manera superficial y rápida para sofrenar un llanto que acabaría por sofocarlo.

—¿Incluso de tu Jasy querías vengarte? ¿De tu Jasy, que solo vivía por ti?

La emoción con que formuló las preguntas y la dulzura con que sus ojos lo contemplaron fueron su perdición. Por segunda vez, sus rodillas cedieron y cayó frente a ella. Ocultó la cara en su vientre y le circundó las caderas con un abrazo feroz. Emanuela tomó un respiro profundo para soportar el dolor que estaba infligiéndole y le acunó la cabeza. Le permitió que llorase. En él también había demasiado dolor, uno que se había gestado desde su nacimiento, cuando Laurencio Ñeenguirú decidió convertirlo en el objeto de su odio, y lo martirizó y lo denigró y lo golpeó y lo humilló tantas veces como había podido. Y habían sido muchas. La ceja izquierda partida por la mitad era testigo de ese maltrato. Emanuela lloró en silencio al imaginar a un pequeño Aitor de cuatro años recibir el golpe de bastón. Sus manos aumentaron la presión al pensar en lo asustado que debió de haber estado, con la sangre que le empapaba el rostro; en lo desorientado y triste. ¿Le habría dolido cuando su *pa'i* van Suerk le cosió la herida? ¿Le habría dolido después, en los días que siguieron? Sí, por supuesto que sí, y estaba segura de que no se había quejado, pese a su corta edad.

Poco a poco, Aitor fue ganando compostura. Su aliento caliente penetraba a través de las ropas de Emanuela, aun de la gasa de la prenda íntima que le sujetaba los senos, y le erizaba la piel. Le había empapado la tela del jubón y la holanda de la camisa con saliva y lágrimas. Aitor se rebulló y apartó la cara de su vientre. Sin aflojar el abrazo, apoyó la mejilla y dirigió la mirada hacia el río. Emanuela le estudió las pestañas que siempre había envidiado, cargadas de lágrimas, y la manera lenta en que las subía y las bajaba la inundaron de paz y serenidad.

Se puso de rodillas con lentitud, para no sobresaltarlo; se lo veía tan tranquilo. Aitor le sonrió con miedo, y Emanuela le pasó los pulgares bajo los ojos y le devolvió una sonrisa tensa.

—Jasy —imploró él, casi sin voz—, enséñame a ser bueno. Ayúdame a sacar fuera este odio que a veces me consume, que me nubla la mente. Te amo tanto que me asusta de lo que podría ser capaz si mis celos volviesen a enceguecerme.

Ella sonrió de nuevo y se limitó a asentir, sin mirarlo, mientras le acariciaba el pabellón de la oreja, que se destacaba con el pelo tan corto. Sus orejas grandes y sobresalientes eran el único defecto de Aitor, un defecto que Emanuela encontraba fascinante, tal vez porque, consciente de su falta de belleza, la hacía sentirse en menor desventaja.

—Me sorprende verte con el pelo corto. No lo recuerdo así desde el día en que Tarcisio te rapó a la fuerza porque tenías piojos. ¿Por qué lo llevas tan corto?

—Por ti. —Emanuela ladeó la cabeza y frunció el entrecejo, y Aitor apretó los puños para evitar besarla en la boca hasta dejarla sin respiro—. Me lo corté al día siguiente de enterarme de tu partida. Fui al arroyo y me lo corté con el cuchillo. Arrojé la coleta al agua y, mientras la veía desaparecer, me juré que no volvería a dejarlo crecer hasta que tú regresases a mí.

—¿Por qué? —musitó ella, con la voz estrangulada.

—Porque mi cabello era algo de mí que te gustaba, que solo a ti permitía tocar y cortar. Mi cabello era nuestro. Y si tú no estabas ahí para compartirlo, no lo quería. Estar así —dijo, sin pausa, para no darle tiempo a hablar—, de rodillas, uno frente al otro, me recuerda a aquella noche en la torreta, cuando hicimos el pacto de sangre. ¿Te acuerdas, Jasy? —Emanuela asintió—. Tú eras una niña de trece años, mi niña adorada. Eras tan pequeña, amor mío, y confiabas tanto en mí.

—Sí, en nadie confiaba como en ti.

—Ahora te has convertido en una mujer tan hermosa...

—No digas lo que no es, por favor.

Aitor le sujetó el mentón entre el índice y el pulgar.

—Emanuela, mírame. —Ella, a regañadientes, levantó las pestañas—. Eres la mujer más hermosa que conozco.

—No mientas.

—No miento. Tú sabes que no miento porque lo ves en mis ojos. Siempre has sabido descubrir la verdad en ellos.

—¿Eso crees? —Aitor percibió que Emanuela se tensaba y que su expresión se endurecía—. Ya no sé qué pensar, ni qué creer, Aitor. El día en que me traicionaste, algo se rompió dentro de mí. Se rompieron la fe y la confianza, dos sentimientos que eran naturales en mí. Ahora me cuesta confiar o creer en las personas. Si mi Aitor fue capaz de traicionarme, ¿qué puedo esperar de los demás?

Aitor apretó los ojos y cerró los puños. Esas palabras estaban causándole un dolor físico. La escuchó ponerse de pie y necesitó conjurar toda su voluntad para imitarla. Caminaron en silencio hasta que él no toleró más su mutismo y la detuvo aferrándola por la muñeca.

—Perdóname, amor mío. Te imploro que me concedas tu misericordia.

Emanuela no soportaba esa mirada cargada de angustia y de dolor. Le acarició el pómulo con la punta de los dedos.

—¿Algún día podrás perdonarme? —preguntó él, con acento torturado.

—Te perdoné hace tiempo.

—Si me perdonaste hace tiempo, ¿por qué no le permitiste a mi *pa'i* Ursus que me dijese dónde estabas? —exigió saber, más sorprendido que molesto.

—Porque te perdoné, pero no consigo olvidar.

Emanuela retomó la marcha. Infeliz y confundido, Aitor iba tras sus pasos. Temía que, cuando llegasen a la casa de los Urízar y Vega, Emanuela lo despidiese para siempre. *"No consigo olvidar."* No la culpaba. La escena que había presenciado en la barraca debió de haberla devastado, destruido, vaciado. No acertaba con las palabras para definir lo que su Jasy, una joven inocente de catorce años en esa época, habría experimentado al verlo fornicar con otra. Aunque culpable, traidor, bajo, vil, ruin, aun siendo una criatura con el alma negra, lucharía por recuperarla; era lo único que contaba en su vida. Lo movía el instinto de supervivencia, puesto que, sin ella, mejor se colgaba de un árbol. Se dio cuenta de que la lucha por reconquistar a Emanuela era como la que se inicia en un acto instintivo para salvar la vida. Urgía preparar un discurso para cuando ella intentase despedirlo.

—¿Qué harán con este muro que la tormenta destruyó?

Su comentario banal la tomó por sorpresa. Se detuvo, observó los escombros y luego a él.

—Don Mikel quiere que un alarife lo reconstruya, pero no he tenido tiempo de buscar uno.

—Pues lo tienes frente a ti, Jasy.

—Tú eres hachero y aserrador, no alarife.

Era cierto, pero su amigo Conan Marrak, que había pasado años bajo tierra, levantando muros y apuntalando túneles en las minas de estaño, era un gran alarife.

—Sé cómo construir un muro, Emanuela —se jactó—. No la tapia francesa que tenían aquí, sino uno que soportará la próxima tormenta. Además, le pediré a un amigo que entiende de esas cosas, que me eche una mano.

—¿Un amigo? ¿Tienes un amigo en Buenos Aires?

—Sí. Su nombre es Conan y viene del otro lado del mar. Trabaja para don Edilson Barroso, tío de Lope. Lo conocí en *Orembae*. ¿Aceptas mi oferta? Lo haré gratis. Por ti, amor mío.

—No, no. Don Mikel les pagará. No quiero que trabajen gratis, ni tú, ni tu amigo.

—Solo pido alojamiento y comida.

Emanuela bajó el rostro para ocultar el rubor y la sonrisa traviesa. Aitor, riendo, colocó el índice bajo su barbilla y la obligó a mirarlo.

—¿Qué dice mi Jasy? ¿Se compadecerá de su Aitor y le dará alojamiento, comida y trabajo? Mi vida está en tus manos, amor mío —dijo, de pronto serio.

—Está bien.

La alegría le explotó como un cañonazo en el pecho y si Emanuela no hubiese echado a andar deprisa, la habría hecho dar vueltas en el aire. Más tranquilo después de esa pequeña victoria, caminó tras ella. Sus ojos se clavaron en el balanceo de su trasero, y quedó boquiabierto. Horas atrás, mientras la había seguido desde el mercado, había reparado en el cambio profundo que había sufrido su anatomía. Se acordaba de una niña alta para su edad, aunque delgada y menuda. Ahora se encontraba frente a una mujer que en altura no había crecido ostensiblemente —a Dios gracias; siempre había temido que Emanuela lo superase, como Malbalá lo había superado a Laurencio abuelo—, pero que había ganado en curvas y redondeces. La saya de verano, ligera y poco abultada, se adhería a sus caderas y le marcaba el trasero porque ella, para caminar más aprisa y evitar el barro, había recogido el ruedo sobre el costado derecho y, sin darse cuenta, ajustaba el tejido con el puño. El jubón le ceñía la cintura, que se había afinado al punto de hacer pensar a Aitor que la rodearía por completo con las manos. Los hombros seguían siendo delicados y huesudos. Y el cabello... Quería enroscar esos bucles en su antebrazo y obligarla a echar la cabeza hacia atrás, mientras la tomaba como los animales. Su pene volvió a tensarse.

Orlando se aproximó corriendo y ladrando. Emanuela, al girarse un poco e inclinarse para recogerlo, reveló un montículo de piel muy blanca que se elevaba bajo el jubón y la camisa, y la erección de Aitor se acentuó hasta formar un bulto bajo el pantalón blanco. Ansiaba que sus senos se volcasen en sus manos, pesados, suaves y plenos, y ver cómo sus pezones se endurecían a causa de la excitación que él le causaba, y meterlos en su boca y chuparlos y morderlos... "¡Basta!", se ordenó; de lo contrario, acabaría por humillarse a pasos de ella. ¿Cuántas veces le había sucedido en el pasado? Muchas. Demasiadas. Su Jasy contaba con el poder de hacerlo eyacular con tan poco: una mirada, una caricia, una fantasía.

Conjuró recuerdos desagradables para bajar la protuberancia bajo el pantalón antes de entrar en la cocina. Justicia saltó de la silla y corrió a su encuentro. Se detuvo frente a él y le dedicó una sonrisa desdentada.

—¡No te fuiste!

—No, no me fui. Y me quedaré a dormir aquí, en la casa.

Romelia, que se afanaba con un guiso junto al fogón, se dio vuelta con la cuchara de madera en alto.

—¿Cómo es eso, Aitor? —preguntó, con un timbre alegre.

—Aitor reconstruirá el muro que la sudestada destruyó —intervino Emanuela—. Mientras lo haga, se alojará aquí. No creo que don Mikel tenga problema —añadió, de pronto recelosa.

—¡Claro que no! —acordó Romelia.

—¿Dónde dormirá? —se interesó Justicia.

Romelia y Emanuela intercambiaron vistazos deliberados.

—Contigo —decidió la esclava—, en el jergón de Elcio.

—Ven —dijo Emanuela—, trae tus cosas. Te acompañaré a tu pieza.

En el umbral de la habitación de Justicia y del tal Elcio —aparentemente pasaba el verano en otro sitio, junto con los patrones—, Aitor se dijo que, por su Jasy, cambiaba la comodidad y el lujo de la recámara que le había ofrecido don Edilson a ese cuarto de paredes enmohecidas y piso de tierra. Emanuela regresó con sábanas limpias, una pastilla de jabón y una toalla. Armó la cama en silencio. Aitor, que simulaba extraer cosas de sus morrales, la observaba de reojo, ávido por un vistazo de su escote o por el balanceo de sus caderas mientras se inclinaba para ajustar las sábanas.

—Justicia, lleva dos baldes de agua al cuarto patio y la palangana. De seguro, Aitor querrá tomar un baño.

—¡Sí! —exclamó el niño, evidentemente a gusto con su nuevo compañero de cuarto.

Emanuela depositó el lienzo de algodón y la pastilla de jabón a los pies de la cama. Se los señaló.

—Gracias.

—De nada.

—Gracias por recibirme en tu casa.

—Esta no es mi casa.

—¿No? ¿Cuál es tu casa?

Emanuela agitó un hombro. En realidad, no tenía casa, no pertenecía a ningún sitio. Le decían que no era guaraní, pero ella tampoco se sentía blanca. La habían obligado a abandonar San Ignacio Miní, el sitio que consideraba su hogar, a causa del color de su piel. Salvo ese detalle, en lo demás, ella era guaraní, con el alma roja como la tierra del Paraguay.

—¿Cuál es, Jasy? —Aitor avanzó hacia ella y le acarició la columna del cuello con el dorso de los dedos.

Emanuela bajó los párpados lentamente y se permitió ese instante de gozo. Los pezones se le endurecieron, e incluso el cuero cabelludo se le erizó con el contacto de él.

—Tú eres mi hogar, Jasy. Donde tú estés, ahí está mi hogar.

"¡Sí! Mi hogar también eres tú, amor mío", admitió para sí, incapaz de articular las palabras. La desconfianza había asomado la cabeza y le había atado la lengua.

—Jasy, te amo tanto, amor mío. —Emanuela se sobresaltó al sentir los labios de Aitor y su aliento en la frente—. Tengo miedo. —La confesión la afectó, también el timbre vacilante con que él la había expresado—. Sabes que no le temo a nada. Tú lo sabes —subrayó con pasión, sin apartar los labios de la frente de ella.

—Sí, lo sé.

—Pero ha habido una cosa a la que le he temido desde que tenía cuatro años, cuando la luz de mis ojos apareció frente a mí. Mi *pa'i* Ursus la trajo desde la orilla del Paraná y la puso en una caja, y yo ya no pude apartar la vista de ella. Era una pequeña luna, tan pálida y hermosa era esa criatura. Era mi Jasy, mi pequeña, dulce y amada Jasy. Me sentí tu dueño desde el instante mismo en que posé mis ojos sobre ti. Eras mía, mía y solo mía, pero los demás no parecían comprenderlo, y yo era muy niño, y nadie me respetaba, ni me consideraba digno, así que no me quedaba otra que estar siempre cerca de ti, atento, vigilante, como un perro guardián, para que nadie te arrebatase de mi lado, ni los hombres, ni la muerte. He vivido con ese terror desde que tenía cuatro años, Emanuela, desde que Tupá me bendijo contigo. El terror de perderte... —Se le congestionó la respiración y no pudo seguir hablando.

Emanuela elevó la mano y le acarició la mejilla a ciegas.

—Shhh... Tranquilo.

—No puedo volver a perderte, amor mío. No creo... —Se le cortó la voz y empezó a soltar el aliento por la boca, de manera acelerada y superficial.

—Shhh... No vas a perderme.

Al sonido de esa promesa, Aitor sofocó un sollozo, y sus manos, hambrientas de ella, volaron a su cintura y se aferraron a su carne con la desesperación de uno que está ahogándose. Apoyó la frente en su hombro y lloró quedamente. En sus casi veintidós años, no recordaba haber llorado tanto como en ese día, y su debilidad lo habría humillado si no hubiesen sido los ojos de su Jasy los que la presenciaban.

La caricia de Emanuela sobre su mejilla y sus siseos casi inaudibles fueron calmándolo. Por alguna razón que ella no llegaba a comprender, el aroma de su piel lo colmaba de vigor.

—¿Quieres que te afeite? ¿Trajiste tu navaja?

Irguió la cabeza y se secó los ojos con pasadas bruscas del antebrazo.

—Sí, la traje. —Le dirigió una sonrisa en la que sus colmillos saltaron a la vista y cortaron el aliento de Emanuela—. Nada me haría más feliz que me afeitases, Jasy.

Justicia se precipitó en la pieza.

—¡Ya está lista el agua, Manú!

—Gracias, Justicia. Indícale a Aitor dónde se encuentra el cuarto patio para que se dé un baño. —A Aitor le dijo—: Te encontraré aquí para afeitarte.

—Gracias, amor mío.

* * *

Aitor había caído rendido en el pequeño camastro después de haber vivido una de las jornadas más intensas de su vida; no obstante, el sueño lo rehuía. El niño hacía rato que roncaba suavemente, después de contarle que, de grande, sería un curandero, un quimboto, como los llamaban entre su gente de color, gracias a que Manú estaba enseñándole de plantas y tisanas, emplastos y bálsamos. Tal vez sufría de insomnio a causa de otras cosas que Justicia le había contado, como que el capitán Titus de Alarcón era lo más parecido a un héroe mitológico y que estaba loco por Emanuela, y que El Cordobés, un torero famoso y adinerado de la Península, la miraba con ganas de comérsela. Intrigado, Aitor le preguntó cómo había conocido al Cordobés, y Justicia le relató una historia con visos de fábula. Si él no hubiese conocido a Emanuela, la habría descartado y juzgado como la invención de un niño. Se le congelaba la sangre al imaginarla frente a un toro que debía de pesar diez veces lo que ella. En palabras de Justicia, Almanegra —así se llamaba el animal, y Aitor había soltado una carcajada a la mención del nombre— se había convertido en un corderito frente a la niña santa.

La noche calurosa y los mosquitos tampoco lo ayudaban a relajarse. Daba vueltas en el camastro y se echaba aire agitando el sombrero. Una sonrisa le despuntó en las comisuras al recordar lo bonita que se había presentado su Jasy para la cena. Parecía ser que, entre esas gentes copetudas de la ciudad, se acostumbraba a cambiar la vestimenta antes de cenar. Emanuela había acompañado a don Mikel para que no estuviese solo, pero luego había ido a la cocina para comer con ellos, lo cual había arrancado gritos de alegría a Justicia. Él, en cambio, se había quedado mudo, estudiándola, absorbiéndola, olfateándola, porque un nuevo aroma la rondaba, un perfume dulce y floral. El vestido era de una tela que hacía un sonido atractivo cuando rozaba. Su color, de un azul muy vivo, no oscuro, sino brillante, le resaltaba el de los ojos. Romelia había señalado que la tonalidad del vestido le iba a sus bucles castaños y a su piel tan blanca, y Aitor asintió, arrobado.

Durante la comida había estado muy callada, escondiendo sonrisas y rubores detrás de un abanico de plumas turquesas. Había cambiado. Su Jasy cariñosa, saltarina y conversadora, simple con el tipoy, las trenzas y los pies descalzos, se había convertido en una joven sensata, apacible, que hablaba poco y que prefería escuchar, muy refinada en sus maneras y elegante en su vestimenta. Esa nueva Emanuela lo atraía tanto como la niña de trece años a la que le había pedido que lo desposase. Se dijo que, con cualquier otra, se habría sentido en desventaja. Ella, poseedora de una virtud de la que pocos podían jactarse, la de adaptarse a un príncipe y a un mendigo con el mismo donaire y bondad, lo hacía pensar que él era el rey del mundo por poseerla.

Cansado de la cama, del calor y de los mosquitos —no lo picaban porque se había urucuizado, pero su zumbido lo irritaba—, salió al fresco y encendió su pipa con un tabaco que le había regalado don Edilson, cuyo aroma denso y dulce y el agradable sabor con que le inundó la boca le mejoraron el humor. Había vuelto al vicio después de que Jasy lo abandonase. Le había servido para aplacar la ansiedad.

Caminó sin rumbo. Era noche de luna llena, que se reflejaba sobre el río en una gran franja plateada. Se detuvo frente a la contraventana de la habitación de Emanuela; estaba cerrada y con las cortinas corridas. Se quedó ahí fumando, cerca de ella, todavía incrédulo de haberla encontrado. *"No vas a perderme."* Esa promesa había coronado un día iniciado con ansiedad, miedo y sin esperanzas. No debió dudar del corazón generoso y compasivo de Emanuela. Sin embargo, quería más, *necesitaba* más, un nuevo pacto de

234

sangre que ninguno volviese a romper, ni él por acostarse con otra, ni ella por abandonarlo.

Un chasquido lo sacó de sus meditaciones. Golpeó la cazoleta de la pipa contra la palma de su mano para limpiarla de los restos de tabaco y la echó dentro de la faltriquera del pantalón. Más sonidos; provenían de la habitación de Emanuela. Resultaba imposible ver a través de la cortina. Conjeturó que debía de estar asfixiándose con la puerta cerrada. A punto de golpear el vidrio, a riesgo de asustarla, se echó hacia atrás cuando la contraventana se abrió y, tras las cortinas, emergió una visión de Emanuela que le robó el aliento. No se dio cuenta de que Orlando le apoyaba los cuartos delanteros sobre las pantorrillas y lo saludaba con ladridos, ni que Libertad salía volando y desaparecía en la noche. Solo la percibía a ella, que, después de reprimir un alarido, se quedó mirándolo con la mano sobre el corazón. Parecía un ángel, con el cabello completamente suelto, incluso los mechones que le rodeaban la cara, y con ese vestido ligero y blanco, que la cubría por completo, desde la base del cuello hasta los pies, y que al mismo tiempo era tan revelador. Una brisa se lo pegó al cuerpo, y Aitor obtuvo la confirmación de su sospecha: debajo no llevaba nada. Sí, parecía un ángel, y, al mismo tiempo, los pezones erectos que se perfilaban bajo el tejido y el triángulo negro que se adivinaba entre sus piernas la convertían en la mujer más real, mundana y apetecible que él había visto.

—¿Qué sucede? ¿Necesitas algo? —se preocupó ella.

—No podía dormir. Salí a tomar el aire. Y tú, ¿adónde ibas?

—Tampoco podía dormir. El calor es sofocante. Voy al río a darme un baño. —Levantó el paño de algodón que le descansaba en el antebrazo.

—¿Puedo ir contigo?

—Sí.

El corazón de Emanuela había cesado de batir por miedo —la figura de Aitor, negra en la noche, la había asustado— para bombear, desenfrenado, a causa de su cercanía. ¿Cuánto tiempo más resistiría antes de suplicarle que la hiciese gozar, que la acariciase en el punto que estaba volviéndola loca y por el cual había decidido ir al río para refrescarse y, probablemente, aliviarse con las manos, como había hecho durante ese tiempo lejos de él? "Tendría que ser fuerte y aguantar", se reprochó, sin firmeza. "Por orgullo y dignidad, tendría que aguantar." Durante esas horas en la cama, a solas y en silencio, había tenido tiempo de comprender lo que había vivido durante ese día inolvidable. Aitor había viajado durante semanas, lo había dejado todo para ir tras ella apenas supo dónde hallarla. Había cumplido su promesa. ¿Acaso no era eso amor? ¿No demostraba que en verdad la amaba como le había jurado en la torreta? Sin embargo, el veneno se instilaba en sus venas, y el resentimiento la paralizaba cuando aquella escena sórdida de la cual nunca se desharía se recreaba en su mente.

Caminaron en silencio hacia el río, y cuando Aitor le buscó la mano y entrelazó sus dedos con los de ella, Emanuela no lo rechazó. ¿Ese simple contacto lo afectaría a él del modo en que la afectaba a ella?

—¿Haces esto a menudo? —preguntó él en voz baja para respetar la armonía de la noche—. Me refiero, salir sola y bañarte en el río.

—Sí, me da mucha paz.

—¿No es peligroso, Jasy?

—No.

Lo miró de reojo y justo captó cuando él se mordía el labio inferior y fruncía el entrecejo.

—No volveré a hacerlo sola si no quieres.

La cabeza de Aitor se giró rápidamente hacia ella, y la sonrisa de dientes blanquísimos en la noche y el brillo casi infantil de sus ojos constituyeron la mejor recompensa a su ofrecimiento.

—No quiero. No vuelvas a hacerlo sola, amor mío. Hazlo conmigo o con nadie.

—Está bien —cedió, y supo que el muro tras el cual había escondido su corazón comenzaba a desmoronarse a causa de los embates de la sudestada que era Aitor Ñeenguirú.

¿Cuántas veces había soñado con bañarse en el Río de la Plata con él? Tantas como veces había dirigido su mirada hacia el horizonte. Le costaba creer que estuviesen adentrándose en sus aguas de la mano, riendo y exclamando cuando las olas mansas les mojaban una porción mayor del cuerpo. La bata de liencillo, la que usaba para bañarse en la tina, no le recataría las partes pudendas, y su silueta quedaría expuesta casi como al desnudo. La idea, en lugar de inquietarla, la colmó de una excitación de la cual debería haberse avergonzado después de las enseñanzas que doña Almudena y doña Ederra le habían metido en la cabeza a fuerza de repetirlas todas las tardes en el estrado mientras bordaban y cosían. Ese recuerdo le borró la sonrisa. Ella jamás se había avergonzado de entregar su cuerpo a Aitor, jamás había creído que fuese pecado. La intimidad compartida había sido el regalo dichoso y perfecto que su amor les había concedido. ¿Él habría mancillado esa intimidad y ese amor al entrar en el cuerpo de Olivia, al permitir que ella lo tocase, al tocarla él a ella? Como siempre que conjuraba esa imagen, su ánimo se descomponía.

Soltó la mano de Aitor y se zambulló en el agua. Le habría gustado nadar hacia el horizonte y no volver a verlo. No, lo que le hubiese gustado habría sido olvidarlo, arrancarlo de su corazón, de su mente, de sus ojos, de su boca, de entre sus piernas. Su amor por Aitor era como una maldición que un espíritu del Paraná le había echado la noche de su nacimiento, porque no era normal pensar en él a cada minuto del santo día, durante casi diecisiete años. A veces le daba por pensar que estaba poseída por él.

Aitor la alcanzó fácilmente y la aferró por el tobillo. La atrajo hacia él con un tirón brusco que la puso en sus brazos. Agitados, luchando por mantenerse a flote, se miraron a la luz de la luna.

—¿Qué haces? —se enfureció él—. No te adentres en un río que no conoces. No sabes cuáles son sus trampas, sus corrientes, sus remolinos. Podrías ahogarte.

—¡Suéltame!

—¡Jasy! —Su agresividad lo apabulló y la liberó como si lo hubiese mordido.

La vio nadar hacia la costa y la siguió unos instantes después. No le permitió salir del agua. La aferró por la cintura para retenerla. Emanuela luchó con una ferocidad que lo fastidió. La subyugó enseguida y terminó encima de ella, sobre la marisma. El agua les lamía las piernas. Se miraron con ojos ardientes, y Emanuela cesó de contorsionarse cuando el destello de los iris y las pupilas de Aitor cobraron un fulgor prodigioso. Era la visión más sobrecogedora que había visto: su rostro contorsionado por la rabia y la confusión, y las llamas de su pasión que asomaban en el abismo de sus ojos. El aliento le quedó atrapado tras un gemido, y enseguida se le nubló la vista. Apartó la cara cuando él bajó la cabeza para besarla.

—No quiero que me beses.

—Pero lo haré. Es lo que más anhelo desde hace casi tres años.

—No soportaré que tus labios me toquen.

—¿Qué dices? —Su pregunta, con acento torturado, desorientado y entristecido, la hizo tambalear en su enojo; sin embargo, el poderío de los celos era avasallador.

—No soportaría que me tocases con los labios con que la besaste a ella.

—A ella jamás la besé.

Emanuela intentó desasirse, rebulléndose con los bríos de una gata rabiosa, en vano. Aitor era infinitamente más fuerte y pesado. Se detuvo, corta de aliento y dolida.

—¿Por qué siempre has pensado que soy tonta, Aitor?

—¿Qué dices, Emanuela? Jamás he pensado que seas tonta. Creo que eres la persona más culta que conozco.

—Cultura e inteligencia son dos cosas distintas. Tú no eres culto, pero sí muy inteligente. Eres rápido de entendederas y pícaro, lo sé. Pero yo no soy tonta, Aitor. ¿Por qué me insultas haciéndome creer que nunca la besaste?

Se quedó mirándola. Perdía las esperanzas con las que había comenzado esa aventura nocturna. Ella lucía infranqueable en su ira, en sus celos, en su dolor. No sabía cómo llegar a la herida que él mismo le había ocasionado para sanarla. Descansó la frente en la de ella y suspiró.

—Emanuela, toda mi vida te he amado demencialmente. Toda mi maldita vida, Emanuela. Pero cuando tú todavía eras pequeña, mi amor por ti comenzó a hacerme sentir cosas extrañas, cosas que se reflejaban en mi cuerpo y que me avergonzaban. Tú, inocente como eras, te sentabas sobre mis piernas y te refregabas en mi verga sin saberlo, y yo me ponía duro como el quebracho, y me sentía indigno, y sucio, porque tú eras la niña santa, la pureza hecha persona. Aprovecharme de tu inocencia me habría convertido en el monstruo que todos aseguraban que yo era. No sabía qué hacer con esas sensaciones. Me perturbaban. Hasta que una noche, cuando tenía dieciséis años, más o menos, Olivia se me ofreció, y la tomé, no porque fuese ella, podría haber sido cualquier otra, no importaba, porque solo te veía a ti cuando cerraba los ojos, era contigo que gozaba, contigo, solo contigo, porque toda mi maldita y condenada vida se reduce a ti, Emanuela. Todo, *siempre*, ha girado en torno a ti.

Se quedaron en silencio, contemplándose en lo profundo de sus almas.

—Déjame acariciarte.

Aitor aflojó la sujeción, y Emanuela deslizó el brazo derecho y le apartó unos mechones del rostro.

—¿No era suficiente yo para ti? —Él apretó el ceño en un gesto de confusión, y ella se explicó—: ¿No era suficiente cuando mis manos te acariciaban el *tembo*? —Emanuela percibió que el pene de Aitor crecía y cobraba dureza contra su estómago—. ¿No bastaba que con mis manos te hiciese lanzar tu semilla y que me marcases con ella en todo el cuerpo?

Un sonido ronco retumbó en la garganta de Aitor. Volvió a sujetarla de manera viciosa y le infligió dolor.

—Siempre me has hecho poner duro con unas pocas palabras. No sé cómo lo haces.

—Respóndeme. ¿No era suficiente yo para ti?

—Sí, lo eras —exhaló él, con los ojos cerrados.

—Entonces, ¿por qué… con ella?

—Cuando fuiste un poco mayor, después de que te llegó el sangrado, supe que no me contendría por mucho tiempo, a pesar de que todavía eras pequeña. No podía quitarte la virginidad antes de casarnos, eso lo sabía bien, y estaba dispuesto a aguantarme. Pero tú eras tan dulce y te mostrabas tan dispuesta, y parecías quererlo y disfrutarlo tanto como yo…

—¡Lo quería y lo disfrutaba tanto como tú!

—Sí, lo sé, amor mío, lo sé. Esa intimidad que tuvimos durante ese tiempo fue más que suficiente para mí y fueron los momentos más felices de mi vida, esos y cuando me dijiste que serías mi esposa. No volví a tocarla, no lo necesitaba. Tú, que eras el amor de mi vida, me dabas el placer que necesitaba para aliviar lo que tú misma me causabas con solo sonreírme y mirarme como si yo fuese el mejor hombre que pisaba la Tierra.

—Entonces, ¿por qué me traicionaste?

—Ya te lo expliqué, por celos, por sed de venganza, para lastimarte, porque así soy, Jasy, un hombre malo. No quiero hablar de lo que pasó esa noche porque sé cuánto te angustia, pero solo quiero que sepas que no conseguí acabar, fue imposible. La culpa me quitó la fuerza.

Aitor descansó de nuevo la frente en la de ella y bajó los párpados.

—Cuando te vi esa noche con ella —la escuchó hablar con timbre inseguro—, me pregunté: ¿Quién es ese hombre? Sabía que eras tú, de eso no tenía duda. Te había reconocido de inmediato. La pregunta surgió de pronto, como si alguien me la hubiese dicho al oído. ¿Quién es ese hombre? Y tuve miedo de la respuesta. Alguien había tomado el lugar de mi adorado Aitor y le hacía hacer cosas que me herían profundamente.

—Amor mío… —susurró, en tono de súplica, mientras le acariciaba la mejilla con los labios.

—Esa noche se quebró la confianza ciega que te tenía, pero eso no fue lo peor. Lo peor fue darme cuenta de que no te conocía. Eso fue devastador. No sé cómo explicarlo. Tú me pertenecías, eras solo mío y nadie te conocía como yo. Eso era lo que yo creía, lo que me llenaba de felicidad. Esa noche, todo se rompió. Me habían quitado mi tesoro más valioso, me lo habían robado. Me sentí una crédula, una... tonta. ¡Qué tonta había sido por creer en ti! —Apretó los ojos y apartó la cara en un vano esfuerzo por ocultar el llanto.

—Por favor, te suplico, no digas eso. —Le besaba el filo de la mandíbula, la sien, la oreja—. No dejes de creer en mí. Si tú no crees en mí, estoy perdido.

—Siempre me consideraste una tonta —lloriqueó.

—¡No, Emanuela! No seas injusta. Tú eres y serás mi orgullo. Jamás, nunca te consideré una tonta. Es algo que, simplemente, no me pasaba, ni me pasa por la cabeza. Tal vez te protegía demasiado. A veces mi *sy* me exigía que te dejase en paz, me decía que estaba ahogándote. Pero tú eras el aire que yo respiraba, y eras pequeña, e inocente, tan inocente, mi dulce Jasy, y yo me volvía loco pensando que algo malo podía sucederte, temía que alguien se aprovechase de ti, que te arrebatasen de mi lado. Esos pensamientos me hacían perder el control, y te sofocaba, lo sé, y tal vez eso te llevó a pensar que yo no te respetaba, ni admiraba. Emanuela, mírame, por favor.

Giró la cabeza hasta que sus ojos se entrelazaron con los de él. Había tanta pena, desesperación y necesidad en esa mirada que Emanuela ahogó un quejido.

—¿Tienes idea de lo que significó para mí, para el luisón del pueblo, temido y despreciado aun por el que creía mi padre, que la niña a la que todos veneraban como santa me amase? ¿Que ese tesoro del pueblo, que esa niña de los ojos azules, me mirase a mí como si yo fuese un dios? ¿Tienes idea de lo que eso fue para mí? —Emanuela movió apenas la cabeza para negar, los ojos grandes y fijos en los de él—. Fuiste mi salvación. Fuiste mi redención. Sin ti, sin tu amor constante e incondicional, habría acabado cometiendo tantos errores. Pero te tenía a ti, y eso era todo lo que necesitaba para soslayar lo malo. Tengo a mi Jasy, me decía. ¿Qué carajo me importa si me acusan de luisón, si mi padre no me quiere, si mi madre no me protege? —Emanuela soltó un sollozo y se mordió el labio—. Tengo a mi Jasy —repitió él, y, de pronto exhausto, apoyó la frente sobre la de ella, cuya respiración agitada a causa de contener el llanto le golpeaba los labios. Aitor inspiró con avidez su aliento, fragante y fresco. Siempre había sido un misterio para él que la boca de su Jasy oliese tan bien, en todo momento. Se imaginó introduciendo la lengua para saborearla, y su pene siguió creciendo.

Aitor percibió la caricia sutil, como el roce de una pluma, en la mejilla que ella le había afeitado por la tarde. Se dio cuenta de que lo tocaba con la punta de los dedos, que los hacía descender por el filo de la mandíbula hasta alcanzar el mentón, los guiaba hasta la base del cuello para arrastrarlos de nuevo hasta dibujarle las pantallas sobresalientes de las orejas. Nada lo aquietaba como el contacto con Emanuela, la caricia de su aliento o el sonido de su voz.

—Tienes a tu Jasy —la oyó susurrar, y apartó la cabeza con un movimiento brusco, temeroso de haber soñado las palabras porque estaba seguro de que, durante unos segundos, se había quedado dormido.

—¿Cómo has dicho, amor mío?

—Tienes a tu Jasy.

Un sonido estrangulado, parte risotada, parte sollozo, brotó de la garganta de Aitor. Emanuela liberó la otra mano, y le acunó el rostro con las dos.

—Siempre me has tenido. Tu Jasy es tuya y de nadie más. —Una lágrima de Aitor le golpeó la mejilla—. A pesar de estar tan herida y confundida, jamás dudé de cuánto te amaba, de cuánto te amo. Esa era una certeza que ni siquiera me cuestionaba. Has estado conmigo, en mi corazón, en mi alma y en mi cuerpo desde que tengo memoria. Tú eres el centro de mi vida, Aitor.

—¡Jasy, amor mío! —Sus labios cargados de lágrimas y de saliva cayeron sobre los de ella, que abandonaron toda resistencia, toda duda, todo rencor y se abrieron para recibirlo. El intercambio fue devastador, terrible. La pasión reprimida durante tanto tiempo desbordó de sus cuerpos y, con un impulso demoledor, se concentró en sus bocas, y se mezcló con la dicha del reencuentro, pero también con la rabia de los celos, el dolor de la separación, el miedo a la pérdida y la desesperación por un amor que los ataba desde el inicio de sus vidas y que a veces resultaba demasiado gigantesco y poderoso para controlarlo. Se trataba de un arco iris de sentimientos tan distintos, en algunos casos contrapuestos, que los apabullaba. Eso eran ellos, tenían que aceptarlo, esa seguidilla de contradicciones unidas por un hilo indestructible del que jamás podrían zafarse. El amor de ellos jamás se cortaría.

La alegría de Aitor era inefable y, pese a ser consciente de que estaba asfixiándola, cargándole su peso y penetrándola con la lengua hasta la parte más profunda de su boca, no conseguía detenerse. Las manos de Emanuela ajustadas en su nuca, los ruiditos que emitía y las contorsiones de sus caderas no lo ayudaban a actuar con sensatez, porque nadie mejor que él, cazador y aserrador, sabía que exponerse de esa manera, al abierto, en un territorio desconocido, era un desatino. Solo la preocupación por la seguridad de su Jasy le devolvió la sobriedad y lo arrancó de ese mundo mágico en el que se adentraba cuando su cuerpo se ponía en contacto con el de Emanuela.

Cortó el beso y se retiró apenas para observarla. Una sonrisa inspirada por la ternura le despuntó en las comisuras. Su Jasy permanecía con los ojos cerrados y la boca abierta, formando una o.

—Te amo, Emanuela. Te amo tanto que... —La voz se le quebró.

Emanuela le cubrió las mejillas con las manos y le acarició los párpados cerrados con los pulgares.

—¿Qué? Dime. —Aitor sacudió la cabeza; se negaba a hablar—. ¿Estás feliz? ¿Feliz de haber encontrado a tu Jasy? —Él asintió, siempre con los labios apretados y los ojos cerrados.

—No puedo creerlo —admitió casi sin aliento, con timbre nasal.

—Gracias por haber venido a buscarme, por cumplir con nuestro pacto de sangre.

—¡Oh, Jasy! —Apretó la cara en el cuello de Emanuela e inspiró profundamente en la búsqueda de la familiaridad del perfume que tanto lo aplacaba—. Gracias a ti por perdonar mis miserias, por aceptarme de nuevo y quererme a pesar de mis fallas y mis debilidades. —Le rozó apenas la boca con los labios, y la notó fría—. Regresemos. Tienes frío.

—Tu cuerpo me da calor.

—Todo el calor que necesites, amor mío. Pero entremos. No conozco esta zona, no sé si es peligrosa, y no quiero exponerte.

—Libertad anda por ahí. Ella nos alertaría de un peligro.

—Sí, confío en Libertad, lo mismo en Saite, pero no traje mi cuchillo y eso me pone nervioso.

Aitor la ayudó a levantarse y, en tanto Emanuela se sacudía la túnica y se la despegaba del cuerpo, él la admiraba al contraste de la luz de la luna. Su delicada cintura, el corte femenino de sus hombros, sus pechos de mujer que se apretaban bajo el lienzo, sus pezones erectos, sus caderas redondeadas, sus piernas de curvas suaves, el triángulo de vello oscuro, aun sus pequeños pies, componían la visión más perfecta que recordaba. En esos años lejos de él, había crecido unas pulgadas, no muchas, y había ganado en peso, lo que le había torneado el cuerpo con exquisita armonía. En esos años lejos de él, su niña se había convertido en la mujer que le hacía bullir la sangre tan solo con acomodarse el vestido y el cabello.

Emanuela levantó la vista y lo pilló devorándola con la mirada de un yaguareté hambriento, y se sonrojó al descubrir la prominencia que le levantaba la tela de los calzones. Se cubrió con el lienzo y sonrió, avergonzada. Aitor soltó una carcajada y le pasó el brazo por la cintura.

—Vamos —dijo, y a continuación emitió el silbido con el que, años atrás, había entrenado a la caburé.

Libertad chilló y los sobrevoló hasta que terminó posándose en la muñequera que Aitor le ofrecía. Emanuela ya se las había notado, las que ella le había confeccionado en su decimoctavo natalicio con las fibras del *ysypo paje* y un mechón de su cabello. Estaban muy ajadas, y las tinturas —azul y amarillo, por los colores de sus iris— se habían desleído, descubriendo la tonalidad cruda de la fibra, lo que hablaba de que las había usado siempre, de que nunca se había separado de ellas.

Caminaron en silencio hasta la recámara de Emanuela. Aitor posó a Libertad en su alcándara y, mientras acariciaba el buche de Saite con el dorso del índice, comentó:

—Me tranquilizaba saber que ellos estaban contigo. Sabía que te protegerían.

—Libertad no ha estado muy bien últimamente, Aitor. Me sorprendió que esta noche quisiese salir.

Se dio vuelta y se encontró con la mirada de ojos enormes de Emanuela. Lucía nerviosa, el pecho le subía y le bajaba rápidamente. Se aproximó con una sonrisa que intentaba calmarla y darle ánimo.

—Ya es vieja, Jasy. Ha durado tanto porque tú la has cuidado muy bien, pero si hubiese vivido salvajemente, ya habría muerto.

—No quiero que me deje.

Le cerró la mano en la nuca y la atrajo para besarla, y mientras su lengua la penetraba y le arrancaba unos ronroneos que amenazaban con acabar con su cordura, reflexionaba que había tanto de qué hablar, tantos planes que trazar, tantas cuestiones que solucionar. Las manos de Emanuela, prendidas a sus brazos con delicada ansia, le comunicaban que su necesidad por él era tan visceral como la de él por ella, y eso le bastaba para relajarse y pensar que, fuera lo que fuese que les tocase enfrentar, lo harían juntos.

—Desearía quedarme toda la noche contigo, Jasy, pero si lo hago, no será para dormir. —Emanuela se ruborizó de nuevo y bajó las pestañas, y Aitor encontró su reacción tan tentadora como el perfil de los senos que presionaban bajo la túnica o el de sus pezones erectos—. Y hoy fue un día muy largo para los dos.

—Sí, muy largo, pero el más feliz de mi vida.

—Sí, el más feliz de nuestras vidas, amor mío, pero necesitamos descansar, sobre todo si mañana tengo que comenzar a construir el muro.

—Ya le dije a don Mikel que he contratado al mejor alarife de la ciudad. Me preguntó quién me lo había recomendado y le di el nombre de don Edilson, que es amigo de él. Espero no haber hecho mal.

—Hiciste bien, amor mío. Advertiré a don Edilson. También le diré que no le diga que me llamo Aitor.

—¿Por qué?

—¿Tú ya le dijiste mi nombre? —Emanuela negó con la cabeza—. Es una precaución exagerada, lo sé, pero no quiero que mi *pa'i* Ursus sepa que estoy aquí. Al menos por ahora. Él no sabe que vine a buscarte —aclaró.

—Está bien.

—Si pregunta, le daremos mi segundo nombre, Francisco.

La sonrisa pícara de Emanuela casi desarmó las intenciones de dejarla en paz por esa noche. Volvió a sujetarla por la nuca y a circundarle la parte baja de la cintura con todo el brazo. Ella le ofreció la boca y se amoldó a su cuerpo con una entrega que lo hizo proferir un gemido ronco de deleite. Abandonó sus labios para arrastrar la boca por el filo de su mandíbula, por la parte posterior de la oreja, por la columna de su cuello que lo impresionaba, tan delgado era.

—¿Sabes lo que feliz que me haces? ¿Sabes lo feliz que soy?

—No, dímelo.

—Inmensamente feliz, amor mío. Me haces inmensamente feliz.

—Y tú a mí.

—Eres mi tesoro, mi vida, el aire que respiro. Gracias por amarme, Jasy.

Capítulo
VIII

—¿De cuándo acá Marica con guantes? —bromeó Romelia a la mañana siguiente, cuando Emanuela se presentó en la cocina, al alba, ataviada con un traje que vestía en ocasiones especiales. Confeccionado en un tafetán ligero, ideal para el verano, con listones blancos y rosa, su belleza radicaba en un gandujado en la pechera que resaltaba la silueta de los pechos.

—Siempre usas un jubón y una saya —le recordó la esclava.

—Por favor, ajústame el cordón. Sola no pude —dijo, y le dio la espalda.

—¿Qué podrá ser lo que te ha hecho cambiar? Me resulta difícil adivinarlo —siguió bromeando la esclava, mientras tiraba de la cinta y le ataba un moño.

Emanuela se dio vuelta y la abrazó.

—¡Cómo te brillan los ojitos, niña mía! Nunca te había visto tan hermosa ni tan feliz.

—Lo soy, Romelia. Soy feliz.

—Veo que tu Aitor ha sabido componer las cosas entre ustedes.

—Todavía hay mucho de qué hablar, mucho que sanar, no voy a mentirte, pero tampoco puedo engañarte, ni engañarme. Verlo de nuevo ayer fue como volver a la vida.

—Lo sé, mi niña, lo sé. Y soy feliz por ti.

—Gracias, Romelia. Si don Mikel preguntase por las señas del alarife, le darás el segundo nombre de Aitor, Francisco. Díselo también a Justicia. No me gusta pedirles que mientan, pero Aitor no quiere que mi *pa'i* Ursus se entere de que está aquí. Todavía. Prometo escribirle a mi *pa'i* muy pronto y contarle lo que está sucediendo.

—Cuenta conmigo, Manú. Hija, estás hermosa, no hay duda de eso, pero no quiero que te presentes así a la misa de once en Santo Domingo. No quiero que ese inquisidor, el tal Urbano de Meliá, te vea tan bonita. Dirá que eres una mala mujer, que sale a hechizar a los hombres con su belleza. Ya sabes la sarta de bobadas que esos inquisidores son capaces de vomitar.

—Romelia, por favor, baja la voz. Una comentario así podría conducirte directo a la mazmorra de Santo Domingo.

—No hay nadie, Manú.

—El Santo Oficio tiene ojos y oídos donde menos te lo esperas.

—¿Crees que haya un alcahuete aquí, en la casa?

—No lo sé.

—Pero lo sospechas, ¿verdad?

—Sí. Usaré el rebozo negro, ese con flecos. Es grande y me cubrirá bien. ¿Qué estás preparando para el desayuno? —se interesó, y se acercó al sector donde ardían varios fogones.

Un rato más tarde, entraron Justicia y Aitor, con los cabellos mojados y ropas limpias. Un sonrojo cubrió las mejillas y el cuello de Emanuela al descubrir la mirada ávida de su amado, que la recorrió de pies a cabeza.

—¿No está hermosa hoy nuestra Manú?

—¡Sí! —acordó Justicia—. Nunca usas ese vestido a menos que tengas una tertulia —comentó con inocencia, y Romelia carcajeó—. Tampoco te dejas el pelo suelto en la casa.

El rubor de Emanuela se pronunciaba, y Aitor encontró encantador que siguiese aparejando la mesa en un intento por ocultar el embarazo. Tomó asiento, y Emanuela le colocó una taza de mate cocido frente a él y unos bollos de pan de maíz tibios. Desayunaron mirándose a través de la mesa, sin prestar atención al parloteo incesante de Romelia y de Justicia, hasta que el niño dijo "cuando a Manú la llamó el inquisidor", y Aitor cortó el contacto visual con Emanuela para preguntar:

—¿Qué has dicho, Justicia?

El niño alternó miradas desoladas entre los adultos. Emanuela le apretó la mano y lo animó con una sonrisa.

—En julio del año pasado —tomó la palabra—, el Santo Oficio, o la Inquisición, que es lo mismo, me convocó para explicar unos hechos que habían acontecido.

Aitor se quedó mirándola con los párpados congelados y la boca entreabierta. Lo que tantas veces les había advertido su *pa'i* Ursus, que a la Inquisición no le agradaban las santonas y las milagreras y que las perseguían, se volvía realidad. El desayuno se le convirtió en una piedra en el estómago.

—¿Por qué? —atinó a balbucear.

—Por un asunto con un toro...

—¿La corrida del toro?

—Sí. ¿Cómo lo sabes?

—Yo le conté de Almanegra —admitió Justicia.

—Pues muchachito —lo reprendió Romelia—, tienes la lengua muy larga y muy floja. Y desde ahora te advierto que no quiero que hables con nadie acerca de Aitor, y si te preguntan quién es, les contestas el alarife, y se te preguntan el nombre, les dices Francisco. ¿Te ha quedado claro?

—Sí, Romelia.

—Yo llevaré el desayuno a don Mikel, Manú. Ocúpate de tu Aitor.

—Gracias, Romelia.

Cruzaron el cuarto patio en silencio y se adentraron en la zona de los árboles frutales. En especial de los limoneros y de los naranjos, emanaban aromas agradables. Sin palabras, Aitor le rodeó la cintura y la apoyó contra el tronco de un castaño. Se miraron con fijeza y seriedad. Emanuela le acarició el entrecejo para distenderlo.

—No quiero que te preocupes por lo del Santo Oficio. No sucedió nada. Fue un susto, una advertencia.

—Jasy, creo que tengo el alma congelada de miedo. Todo lo que mi *pa'i* Ursus nos advirtió sobre la Inquisición era verdad.

—Sí, lo era.

Le acunó la cara y le besó los labios con reverente ligereza.

—¿Qué te hicieron, amor mío?

—Nada. Un inquisidor, el padre Urbano de Meliá, me hizo preguntas, me sugirió que me entregase a Dios como monja y me castigó con una pena de doscientos pesos. Los pagó don Alonso, el cuñado de mi *pa'i* Ursus. También me impuso la obligación de ir a misa todos los días a las once en Santo Domingo. Yo antes iba a la misa de los *pa'i*, pero se ve que hay ojeriza entre la orden de Santo Domingo y la Compañía de Jesús, por lo que no me dejan ir a San Ignacio. Y también tuve que dejar de confesarme con mi *pa'i* Santiago y elegir un sacerdote dominico. Igualmente, mi *pa'i* Santiago está de viaje. Habría tenido que elegir a otro, y el padre Bernardo es un buen hombre, no te preocupes.

—¿Que no me preocupe? Sé lo que esos inquisidores bestiales son capaces de hacer. Una vez se lo pregunté a mi *pa'i* Ursus. Si alguien tocase uno solo de tus cabellos… —Apoyó la frente en el tronco, sobre la cabeza de Emanuela, y agradeció el contacto áspero para aplacar las ganas de descuartizar a esos diablos con sotanas y rosarios.

—Quiero que te quedes tranquilo. Sé que estoy vigilada, por lo que me cuido mucho. No más sanaciones, no más curaciones, no más nada. Aunque todo me parece muy injusto, he tenido que ocultarme. Prácticamente no salgo a la calle. Hasta hace poco tiempo, siempre se juntaba gente en la puerta principal, la que da sobre la calle de Santo

Cristo, y en el portón de mulas, sobre la de San Nicolás. Algunos eran curiosos, pero otros eran personas con dolencias y enfermedades, y a mí se me partía el corazón por no poder ayudarlas.

—Piensa en mí —le suplicó con vehemencia—, solo piensa en que a mí se me partiría el corazón y moriría de dolor si algo malo te sucediese. No te expongas, amor mío, te lo imploro.

—No lo haré. Bésame, Aitor.

Le acarició los labios con los suyos sin besarla, solo los arrastraba de una comisura a la otra, para apreciar su mullida suavidad. El aliento de Emanuela surgía en cortas exhalaciones, su respiración iba agitándose. Sus manos se volvían inquietas. Le abandonaron los hombros, le vagaron por los brazos y se deslizaron bajo su camisa. El contacto sobre su piel desnuda lo tomó por sorpresa y le causó una erección instantánea. Que le acariciase las tetillas y las hiciese rodar entre sus dedos estuvo a punto de desgraciarlo.

—No, amor mío, no. Voy a…

—¿A qué? —lo instó con acento seductor.

—A acabar dentro del pantalón, y es el único que tengo —explicó Aitor, con los ojos cerrados.

—Mmmm… Tendremos que poner remedio a eso. Hoy iré a comprar género a lo de don Edilson para confeccionarte al menos dos. ¿Cómo dormiste anoche?

—Muy bien. Me acosté feliz y me levanté feliz. ¿Y tú?

—Tardé en dormirme. Daba vueltas en la cama. —Le pasó los dedos por el pelo cortísimo, y Aitor cerró los ojos—. Me costaba creer que estabas a pocas varas de mí, durmiendo en casa de la familia de mi *pa'i*. Aún me cuesta creer tenerte aquí, estar entre tus brazos.

—Para mí también esto sigue siendo un sueño, pero uno del que jamás volveremos a despertarnos, porque nunca volveremos a separarnos, ¿verdad, Jasy?

—Verdad.

A punto de preguntarle por un tema que le ponía de punta los pelos de la nuca, cerró la boca. La voz de Justicia, que llamaba a Manú, se aproximaba.

—¡Aquí estamos!

—Manú, don Mikel quiere que vayas a leerle y a tocar el clavicordio.

—Dile que enseguida voy.

—'Ta bien.

—¿Tocar el qué?

—El clavicordio. Un instrumento parecido a un órgano, pero más pequeño y con sonidos más brillantes y metálicos. Quiero tocar para ti en algún momento.

—Sí, amor mío.

—Tengo que irme, pero no quiero dejarte solo.

—No te preocupes. Yo iré a lo de don Edilson, después a lo de mi amigo Conan, que querrá tomar medidas para el muro, y después seguramente iremos a una olería a comprar los ladrillos.

—Aquí no las llaman olerías, sino fábricas de ladrillos. Pregúntale a Justicia. Él, seguro, conoce una.

—¿Tienen carreta aquí?

—No —se desanimó—. Está en la quinta de San Isidro.

—No te preocupes. Pediré prestada la de don Edilson.

—No te olvides de que a las once tengo que ir a misa. Estaré de regreso al mediodía.

Emanuela hizo el ademán de emprender el regreso a la casa, cuando Aitor la atrajo hacia él y volvió a acorralarla contra el tronco del castaño. Cayó sobre su boca. Esta vez no se trató de caricias suaves, sino de un beso en el que su lengua irrumpió dentro de ella sin miramientos, con el absurdo propósito de calmar las ansias que seguían instaladas en sus genitales, consciente de que se proponía apagar el fuego echándole más leña. Emanuela entreveró sus dedos en la parte posterior de la cabeza de Aitor y lo pegó a su boca con una exigencia que lo desestabilizó y le arrancó un gruñido. Sus brazos le circundaron la parte baja de la cintura y comenzaron a levantarla al tiempo que su lengua se tornaba más exigente y buscaba alcanzar un punto dentro de ella al que nunca parecía acceder. Emanuela barbotó un gemido y le apretó los hombros. Él lo malinterpretó y se retiró de inmediato.

—Perdóname —jadeó, con la frente sobre la de ella—, he sido un bruto. Es que… —Calló para recobrar el aliento—. Es que he soñado tanto con tu boca, con los besos que nos dábamos… Soy como un hambriento frente a un plato de comida, Jasy.

Emanuela quería pedirle que se ocupase de la tensión entre sus piernas, quería pedírselo como lo había hecho años atrás en la torreta, con esa confianza sin límites que compartían. Se dijo que no lo hacía porque era pleno día, Justicia andaba merodeando, don Mikel esperaba y ella tenía muchas cosas que hacer, cuando en realidad no le suplicaba que le proporcionase placer porque le daba vergüenza. Trató de no entristecerse; más bien pensó que volverían a ser lo que habían sido en San Ignacio Miní, dos personas que compartían el alma.

***

Emanuela regresó de misa con Justicia a la zaga. Se había demorado un poco más de lo usual porque había ido a la tienda de don Edilson y comprado telas para confeccionar pantalones y camisas a Aitor. Sin saludar a don Mikel, como acostumbraba, se dirigió a su recámara, donde se quitó el rebozo, se refrescó con el agua de la jofaina, se perfumó y se soltó el cabello. Fue a la sala y, como vio que don Mikel dormitaba en su silla, con el pie sobre un escabel, cruzó el patio principal en puntas de pie y en dirección a la cocina. Romelia pelaba unos choclos y tarareaba una melodía que Emanuela solía tocar en el clavicordio.

—¡Pero si aquí llega la enamorada del Río de la Plata!

—Buenas tardes, Romelia —dijo, sonrosada y sonriente—. ¿Has sabido de Aitor? ¿Ha regresado?

—Sí, está en los fondos con el otro alarife. Hace rato que están ahí, tomando medidas y viendo el terreno.

—El sol está fortísimo. Les llevaré un poco de horchata.

La mantenía en vasijas de barro en el sótano de la cocina para conservarla fresca. La agitó con el cucharón y la escanció en dos vasos de estaño. Preparó la bandeja, a la cual agregó dos servilletas de hilo y unos bollos azucarados con trozos de manzanas, que Romelia había freído momentos antes; estaban tibios. Como a Justicia no se lo veía por ningún lado, le pidió a la esclava que la acompañase con una banqueta.

Pasado el sector del huerto y el más denso de árboles frutales, Emanuela avistó a Aitor en el linde del terreno. El corazón le dio un brinco, y sabía que se le habían enrojecido las mejillas. Lo deseaba con un ansia que le provocaba las familiares cosquillas en el estómago y le volvía húmeda la entrepierna. Lo veía de perfil, con el sombrero de paja asido por la copa y con el cual se golpeaba la pierna en una acción repetitiva y mecánica. Su gesto de reconcentrada atención, con el entrecejo fruncido y la vista fija en un joven que le hablaba, la hizo apreciar su condición de mujer con un vigor renovado, como si la fuerza, la seguridad y la reciedumbre que comunicaban su pose, su cuerpo de aserrador y su expresión le exacerbaran el sentido de la delicadeza de su condición de fémina.

Siguió avanzando, nerviosa por encontrarlo. Todavía le sabía mal no haber reunido el coraje para pedirle bajo el castaño que le aliviase el latido que la acompañaba desde la mañana, que había perdido un poco de intensidad durante la misa, pero no desaparecido, y que en ese momento, a la visión de él, se le acentuaba. Caminar no la ayudaba a deshacerse de la incómoda puntada. Orlando ladró, y la cabeza de Aitor giró hacia ella. Romelia soltó una corta exclamación, y Emanuela no necesitó que le explicase que los ojos de Aitor la habían maravillado. El sol le bañaba el rostro oscuro, en el que los iris fulguraban como el oro.

—¡Parecen los ojos de un gato! —se escandalizó la mujer.

"En San Ignacio", reflexionó Emanuela, "dirían que son los del luisón".

Aitor le destinó una mirada tan penetrante, casi despiadada, que la respiración se le cortó. "Señor mío", pensó, "qué criatura tan magnífica has creado". Le costaba creer que nadie lo amase como ella, que nadie viese la belleza de su alma con la claridad que ella la veía. Ni siquiera el propio Aitor conseguía verla.

—Buenas tardes —saludó, de pronto tímida frente al ardor con que Aitor la observaba, haciendo caso omiso de Romelia, de Justicia y del muchacho alto, más bien larguirucho y pálido, que también la contemplaba fijamente, aunque con ojos mansos de un desleído celeste.

—Buenas tardes —contestó el joven en un castellano de pesado acento extranjero.

—Les hemos traído de beber y de comer —dijo Emanuela, mientras acomodaba la bandeja en la banqueta—. Imagino que un refrigerio les sentará bien en un día tan caluroso como este.

—¡Qué rico, Manú!

—¡Saca la mano, tú, mocoso atrevido!

—No sabía que estabas aquí, Justicia. En caso contrario, te habría traído horchata a ti también. Puedes ir a servirte un vaso.

—¿Puedo, Manú? —preguntó, atónito, pues la horchata se racionaba.

—Sí, puedes.

—¡Un vaso! —le recordó Romelia, en tanto el niño se alejaba corriendo, con Orlando tras los pies.

—Emanuela, él es mi amigo, Conan Marrak.

Le sonrió, y la sonrisa nació de su corazón porque era la primera vez que Aitor llamaba a alguien "amigo".

—Conan, ella es Emanuela, mi prometida, de quien tanto te he hablado.

A la palabra "prometida", Romelia emitió una exclamación, algo entre una risotada y un grito espantado. El sonrojo de Emanuela le alcanzó incluso las orejas. La mirada feroz que Aitor le lanzó primero a la esclava, luego a ella, esa mirada en la que la furia se le mezclaba con el orgullo herido y que Emanuela conocía bien, la asustó.

—Buenas tardes, señor Marrak. Un placer conocerlo.

—Buenas tardes, señorita.

—Gracias por aceptar ayudar a Aitor con la construcción del muro —dijo, y le pasó la servilleta y el vaso de horchata.

—Si mi amigo quiere que construya un muro, yo lo construyo, señorita Emanuela.

Le habría pedido que la llamase Manú, pero prefirió ser prudente; los celos de Aitor no conocían límite. Le ofreció el plato con buñuelos.

—Los hicimos con manzanas de mi huerto.

—Gracias. Huelen muy bien.

Aitor no había tomado el vaso de la bandeja, y Emanuela supo, conociéndolo como lo conocía, que esperaba que repitiese el gesto que había tenido con su amigo, que se lo entregase en la mano, con la servilleta. Así lo hizo, y al pasarle el vaso, le acarició deliberadamente los nudillos y, como le daba la espalda a Romelia y a Marrak, le dibujó con los labios la frase "te amo". La expresión de Aitor se suavizó un poco y un amago de sonrisa despuntó en sus labios tensos.

—Esta bebida es muy sabrosa, señorita Emanuela. Y está muy fresca.

—La preparo con almendras, las que cosecho de mis almendros —dijo, y señaló hacia el bosque de árboles frutales.

—Y estos bollos, son deliciosos.

—Son obra de Romelia —admitió Emanuela—. ¿Te gusta tu horchata, Aitor?

—Sí.

—En nuestro pueblo —explicó Emanuela a Conan—, no conocemos la horchata porque no hay almendras, pero preparamos una bebida con mate que es muy fresca.

—Emanuela —intervino Aitor—, Conan y yo necesitamos seguir tomando medidas.

—¡Oh, sí, claro! Disculpen la intromisión. Nosotras ya nos vamos.

—Gracias por la horchata y los bollos —dijo Conan, nervioso por la falta de cortesía de su amigo.

—Almorzaremos cerca de las dos y media de la tarde —informó Emanuela—. Aquí se come muy tarde —aclaró, en dirección de Aitor—. Los esperamos en la cocina.

—Don Edilson nos invitó a almorzar a su casa —anunció Aitor— y después tenemos que ocuparnos de otras cuestiones. Volveré tarde.

—Muy bien. Les deseo un buen día. Un placer haberlo conocido, señor Marrak.

—El placer es mío, señorita Emanuela.

Emanuela recogió el ruedo del vestido y, sin mirar a Aitor, dio media vuelta y se alejó con un peso en la garganta y los ojos calientes.

—Discúlpame, Manú. Por mi culpa, Aitor se enojó contigo.

—Le molestó tu reacción cuando me presenté como su prometida.

—Me tomó por sorpresa. No sabía que habías aceptado casarte con él.

—No lo hice. Quiero decir, una vez acepté ser su esposa. Después… pasó lo que pasó, y todo se perdió. Ayer no hablé con él de ese tema. ¡Es que tan solo regresó ayer! —se exasperó.

—Yo no debí reaccionar así. Discúlpame.

—No te preocupes, Romelia. Aitor es muy sensible a las reacciones de los demás porque siempre lo mortificaron con que era el luisón del pueblo. Si él juzga que alguien se burla o lo mira torcido, se vuelve muy agresivo. De todos modos, estaba enojado antes de que tú soltaras esa exclamación. Lo conozco como nadie, y *sé* que estaba enojado. Me preguntó qué habrá sucedido para ponerlo así.

* * *

Aitor regresó alrededor de las ocho a la casa de los Urízar y Vega. Entró en la cocina, y Romelia se sobresaltó.

—Discúlpame, Aitor. No te reconocí.

—¿Dónde está Emanuela?

—En la sala, con don Mikel. ¿Ya cenaste?

—No.

—En un rato, serviré la cena.

Apareció Justicia, y la sonrisa eterna de sus labios se pronunció al toparse con Aitor.

—Manú está en la sala —le informó el niño—, tocando el clavicordio para don Mikel. ¿Te gustaría escucharla?

—Oye, Justicia, no me parece…

—Sí, me encantaría —la interrumpió Aitor—. Llévame con ella.

En tanto cruzaban patios y estancias, la música, de sonidos cristalinos, iba cobrando vivacidad, lo mismo que el nerviosismo de Aitor por volver a verla. La había tratado mal frente a Conan Marrak, y tenía ganas de darse de latigazos. Su mal carácter lo dominaba de nuevo, y no quería justificarse, pero enterarse por boca de don Edilson que su sobrino Lope, que en ese momento se hallaba en *Orembae* por el nacimiento de su segunda hija, se pasaba la mayor parte del año en Buenos Aires, le había despertado cuánto demonio lo habitaba, y no eran pocos. Durante sus visitas a la casa de Amaral y Medeiros, jamás preguntaba por su hermano, ni pedía saludarlo. Nunca le había caído simpático; enterarse de que estaba locamente enamorado de Emanuela no había colaborado para mejorar los sentimientos que le despertaba. Lope, el tal Titus —que hasta nombre de héroe mitológico tenía—, El Cordobés, el matasanos… ¿Cuántos hombres salivaban tras su mujer? Tenía ganas de morder a alguien.

Justicia lo guió a través de una sala no tan lujosa como la de Amaral y Medeiros, aunque elegante y muy amplia. Se ubicó tras un cortinado para espiarla. Su imagen enseguida lo serenó, también la melodía que tocaba con destreza. Sus dedos largos acariciaban las teclas, y ejercían un efecto aplacador en él, como si, en realidad, le tocasen la piel. La notó concentrada, aunque tranquila; ningún ceño ni mueca perturbaban sus facciones; le gustaba lo que estaba haciendo, y lo frustró saber que no contaba con el dinero para comprarle un instrumento como ese. Observó en torno, la sala, los muebles, los cortinados, la platería, las figuritas de porcelana, y otra vez deseó ser rico.

Don Mikel aplaudió cuando la melodía acabó, y Emanuela, al girarse en la butaca para sonreírle, avistó a Aitor. El rostro se le iluminó, y la sonrisa no se le alteró pese a que él le devolvió un gesto enfurruñado, el cual, ella sabía, escondía dolor e inseguridad más que rabia. De seguro se habría enterado por boca de Justicia o de don Edilson, o vaya a saber de quién, del asedio de Murguía. Lo que fuese, solo quería correr hacia él y tranquilizarlo para que no sufriese inútilmente. ¿Acaso pensaba que ella, por revancha, casaría con otro?

—¡Bravo, Manú! ¡Bravo! Qué grandes progresos has hecho en poco tiempo, querida niña.

—Gracias, don Mikel. Iré a ver si falta mucho para la cena.

—Ve, hija, ve.

Se dirigió hacia Aitor con una sonrisa y sin perder el contacto visual. Se detuvo tras el cortinado, y siguió mirándolo, casi al mismo nivel, porque se había puesto los botines y los tacos la elevaban unas pulgadas.

—Justicia —susurró—, ve con don Mikel, que está aburrido.

—Sí, Manú.

El niño se alejó, y ella no tardó en colocar la mano en la nuca de Aitor y atraerlo para besarlo. Él no respondió, y ella, como si nada, deslizó los labios por su mentón, por la mandíbula, por el cuello, y cuando estuvo cerca del oído, le preguntó:

—¿Por qué estás tan enojado? ¿Por qué me trataste mal frente a tu amigo? ¿Por qué dudas de mi amor, después de todo lo que hemos vivido?

Aitor la aferró por la cintura con manos agresivas, la arrastró hacia un corredor en penumbras y la aprisionó contra la pared. Le mordió el cuello y se lo chupó con malicia, y Emanuela gimió a causa del padecimiento y de la excitación. Su cuerpo respondió como siempre, convirtiéndose en un caos de pulsaciones, pinchazos y humedades. Entreveró los dedos de ambas manos en la nuca de él y, en un acto instintivo, se refregó contra su erección. Aitor echó la cabeza hacia atrás, y el gemido se le estranguló en la garganta.

—Estoy loco de celos —admitió al fin, y las gotas de saliva y el aliento cálido que le golpearon la oreja le intensificaron la erección de los pezones hasta hacerle doler.

—Soy tuya, solo tuya.

—¿Así que Lope vive en Buenos Aires la mayor parte del año?

—¿No lo sabías?

—¡No, Emanuela!

—¡Baja la voz!

—¿Por qué? ¿Porque te daría vergüenza que el padre de mi *pa'i* Ursus te pillase refregándote contra la verga de un indio?

—No. Porque me pediste que no hablase de ti con él. Si de mí dependiese, iría ahora mismo y le diría: Don Mikel, le presento al hombre que amo, al único hombre que he amado, que amo y que amaré. Pero él no merece mi amor, don Mikel, porque no confía en mí. Él piensa que soy de su misma calaña, que por revancha, por rabia, me entregaré al primero que se cruce en mi camino. Pero yo no soy como él.

Se sostuvieron la mirada durante unos segundos.

—No, tú no eres como yo —claudicó Aitor, con acento contrito y semblante vencido, y enseguida buscó el punto tras la oreja de ella donde se concentraba su perfume, ese que lo tranquilizaba, solo que esa vez se le dio por preguntarse si su Jasy olería tan bien entre las piernas, y en lugar de calmarse, acabó por pronunciar la erección—. Afortunadamente, no eres como yo, Jasy.

Al moverse para hablar, los labios de Aitor le acariciaron el cuello, y a Emanuela, las cosquillas se le propagaron por el torso para concentrarse en ese punto entre las piernas que no necesitaba más estímulo. Le pasó los dedos por el cuero cabelludo y le acarició la espalda para confortarlo.

—Lope y yo somos amigos, Aitor.

—Él está enamorado de ti.

—Jamás lo menciona. Sabe que terminaría con nuestra amistad si lo hiciese. Se ha comportado como un caballero.

—Él vive aquí por ti, Emanuela.

—Creo que vive aquí para estar lejos de su padre y de un matrimonio sin amor. Ha sido de gran conforto, sobre todo al principio, cuando yo estaba tan mal y no conocía a nadie.

Se retiró del cuello de Emanuela y volvió a horadarla con sus ojos.

—Después conociste al tal Titus de Alarcón, ¿verdad?

Emanuela suspiró.

—Sí, lo conocí a él.

—No creas que no sé que quiere casarse contigo. Me enteré de casualidad, cuando mi *pa'i* Ursus se lo decía a mi *sy*. También sé del médico.

—El doctor Murguía.

—Murguía —repitió con desprecio.

—Es un mal hombre, Aitor.

—¿Y el tal Titus? Según Justicia, es lo más parecido a Tupá.

—Titus es muy noble y bueno. Cuando me pidió que me casase con él, le hablé de ti, de mi Aitor, de que eras el dueño de mi corazón, de que jamás te olvidaría. Le dije que te amo y que no podría pertenecer a otro, solo a ti.

Aitor la besó con la desmesura que siempre le provocaba la mansedumbre de Emanuela y en ese beso de lengua desmadrada se confundieron los celos, la pasión, la ira, la impotencia, sobre todo la impotencia, porque quería llevársela lejos, a un sitio donde la tuviese solo para él, para no compartirla con nadie, donde nadie la desease, ni la admirase.

—¿Y qué hay con El Cordobés?

Emanuela se lamió la saliva y levantó los párpados lentamente.

—¿Quién?

La sinceridad de su desconcierto lo alegró.

—El torero a quien le impediste seguir lastimando a Almanegra.

—Su nombre no es Almanegra. Es José Moro.

—No me cambies de tema. ¿Qué hay con el torero?

—Nada. Absolutamente nada.

—Justicia dice que te mira con ganas de devorarte.

—Justicia es un niño pequeño con una gran imaginación.

—Justicia es un niño pequeño muy pícaro, que sabe de la vida y de la gente más que mi Jasy.

—Me recuerda a ti cuando tenías su edad. Sí, es muy pícaro —concedió, y ahogó una risita que en él tuvo el efecto de un bálsamo; le apagó las últimas brasas de la ira que lo había malhumorado el día entero—. Ya no me reprendas, ni me reproches más —le pidió, mientras le mordisqueaba el filo de la mandíbula—. Te pasas la vida enojado conmigo, con tu Jasy, que tanto te ama.

Le buscó la boca y comenzó a provocarlo con la lengua. Le hurgaba las comisuras, se la pasaba por los dientes, le lamía el frenillo y la apretaba contra la punta de los colmillos, consciente de que la presión de los dedos de Aitor en su cintura se tornaba insoportable.

—Estás jugando con fuego —le advirtió él, con voz tensa.

—Me gustaría quemarme —admitió ella, y siguió adelante con las caricias. Su mano derecha vagó desde el hombro de Aitor, por los pectorales, sobre su vientre chato y hasta cerrarse en su erección. Aitor, que había contenido el respiro anticipando el final, lo soltó con un sonido gutural, que la hizo sonreír, orgullosa—. ¿Te gusta? —lo provocó, mientras subía y bajaba la mano por la protuberancia.

—Sí —jadeó él.

—¿Me deseas?

Aitor soltó un bufido simulando exasperación y echó el mentón hacia atrás. Emanuela se lo mordió con ligereza y luego de lamer la hendidura que lo partía en dos, arrastró la lengua por el cuello, la hizo juguetear sobre la nuez de Adán y continuó hasta la depresión que se formaba en la base, donde la hundió con intención, y debía de tratarse de un punto sensible de Aitor a juzgar por el sacudón que dio su cuerpo.

—¡Oh, Jasy! —dijo entre dientes, y Emanuela no supo si se trataba de un reproche, una súplica o un cumplido.

—¿Me deseas? —insistió ella, mientras su mano continuaba acariciándole el miembro.

—Sí. Eres lo único que deseo, lo sabes.

—¿Lo sé? Dime qué pensaste cuando volviste a verme ayer, en la calle. ¿Te parecí bonita? ¿He cambiado mucho?

—El *tembo* se me puso duro cuando te vi en el mercado.

—Mmmm… —ronroneó Emanuela, y comenzó a desatarle la jareta del pantalón.

—Jasy… No… Aquí no.

Emanuela rio con malicia. Le gustaba tener el control, y sabía que él se lo concedía porque todavía se sentía culpable por haberla traicionado. Iba tan en contra de la índole de Aitor que se preguntó hasta cuándo le permitiría seguir adelante con ese juego. Lo supo enseguida, cuando, al intentar deslizar la mano bajo los calzones, él la aferró por la muñeca, le colocó ambos brazos sobre la cabeza y los sujetó con una mano, contra la pared, mientras con la otra le apretaba la mandíbula hasta hacerle sobresalir los labios. Sus ojos refulgían en la penumbra con rabia y excitación.

—¿Qué estás buscando, Emanuela? ¿Volverme loco?

Ella lo contempló fijamente durante algunos segundos, y se dio cuenta del instante en que su mirada comenzó a ponerlo incómodo.

—Quiero que borres de mi mente la imagen que tengo de tú y de ella, juntos en la barraca. Quiero que me hagas el amor y que llenes mi mente de imágenes nuestras, de ti y de mí, amándonos, dándonos placer, sintiéndonos uno solo.

—Jasy —barbotó un poco después, y sus ojos estupefactos vagaron por el rostro de ella, apreciando cada facción, cada detalle, desde la belleza de sus pestañas y el color sorprendente de sus ojos, hasta la forma peculiar de su nariz, las delgadas mejillas, los labios, y recién en ese momento tuvo cabal conciencia de que su niña se había convertido en mujer. Cerró la mano libre sobre el seno de ella y le apretó el pezón erecto con el índice y el pulgar. Emanuela echó la cabeza hacia atrás y gimió largamente. Aitor siguió masajeándole el seno, oprimiéndole el pezón, mientras su boca caía sobre la de ella y la penetraba sin piedad. Emanuela apartó la cara y le dijo:

—Una vez, en la torreta, me dijiste que tú llenarías la ansiedad que siento aquí —le refregó el monte de Venus contra el pene—, este vacío que me provoca tan solo mirarte, olerte, tocarte. Quiero que cumplas tu promesa.

—¿Te casarás conmigo?

—¿Por qué preguntas eso ahora?

—Hoy, cuando te presenté como mi prometida a Conan, Romelia se sorprendió, se burló tal vez, y tú también.

—No me importa lo que Romelia hizo. Son cuestiones de ella. Y sí, me sorprendí. Pero me puse feliz también. Muy feliz.

—¿Te casarás conmigo?

—¿Qué tiene que ver con lo que te he pedido?

—Tiene *mucho* que ver, Emanuela. —En ocasiones, cuando pronunciaba su nombre con esa cadencia, le daba miedo—. Si te hago mía —dijo, y empezó a recorrerle las mejillas con los dientes y la lengua—, si entro dentro de ti como tantas veces he soñado, muy profundo dentro de ti, si te lleno el vientre con mi semilla, ya nunca, ¿entiendes bien?, nunca podrás abandonarme. No podrás volver atrás. Te atarás a mí para toda la vida, pase lo que pase, así sea un rey el que te ofrezca matrimonio, tú serás mía, la mujer de un indio. ¡Júramelo!

—¡No voy a repetir un juramento que hice con sangre muchos años atrás y que he cumplido cada día desde aquella noche! ¡Un juramento que tú violaste!

—¡Tú también, abandonándome!

—¡Ah! —exclamó Emanuela, frustrada.

Aitor se maldijo. ¿Cómo habían escalado las cosas hasta ese punto? Le liberó los brazos y apoyó la frente sobre la de Emanuela.

—Jasy, Jasy… No quiero discutir contigo, no quiero.

Las manos de Emanuela le cubrieron el rostro. No necesitaba que nadie le explicase la inseguridad que Aitor intentaba esconder tras su despliegue de enojo, impaciencia, exigencias y demandas. Nadie lo conocía como ella. Lo aterrorizaba la idea de volver a perderla. El día anterior, en un momento de debilidad, se lo había confesado. Ya no sabía de qué argucia ni chantaje valerse para atarla a él. Esa ciudad, ese ambiente citadino, la presencia de tantos hombres a los que él consideraba por encima de su condición de indio debían de estar volviéndolo loco. La inseguridad no era un sentimiento que él acogiese con paciencia, simplemente porque le resultaba ajeno y despreciable.

—Yo tampoco quiero pelear, amor mío. Solo quiero hacerte feliz.

—Jasy.

La voz de Romelia que la llamaba a la mesa los arrancó del capullo en el que se refugiaban.

—¡Enseguida voy, Romelia!

Aitor la besó como si se tratase de su última oportunidad de penetrarle la boca y de devorar sus labios. Agitados, las frentes unidas, los ojos cerrados, se quedaron unos segundos en silencio.

—¿Puedo ir a tu recámara esta noche? —preguntó él, y su acento comedido casi hizo reír a Emanuela.

—Sí, ven.

* * *

Aitor fumaba su pipa en la oscuridad de los fondos de la casa, la vista en la contraventana de la habitación de Emanuela. No había podido acompañarlos durante la cena en la cocina. Unos amigos de don Mikel —todos ancianos, le aclaró Romelia— se presentaron para beber bajativos y jugar a los naipes, y Emanuela tuvo que hacer los honores. Por muy viejos que fuesen esos señores y por mucho que se empeñase en sofocar la ira, los celos estaban matándolo. Su mujer tenía que atender a los invitados del dueño de casa, mientras él comía en la cocina y la esperaba en los fondos como un perro. Aspiró el humo del tabaco y, al soltarlo, cerró los ojos. Repitió varias veces la operación hasta relajarse. No quería enfrentar a Emanuela de malhumor. La había recuperado el día anterior y ya estaba celándola, reprochándole, hostigándola. *"Yo tampoco quiero pelear, amor mío. Solo quiero hacerte feliz."* Lo había llamado amor mío en contadas ocasiones, por lo que cada vez que lo hacía, él lo atesoraba. Se acordaba de la primera vez como si se tratase del día anterior, cuando estaban llevándoselo acusado de asesinar a la esclava, y su Jasy le había susurrado: *"Creo en ti, amor mío"*, y resultó paradójico que en una de las peores instancias de su vida, la felicidad lo hubiese desbordado. ¿Qué había hecho de bueno para merecer a la criatura más perfecta que existía? Él no era nadie, no tenía riqueza ni educación ni apellido español rimbombante, y nunca había deseado esas cosas, salvo por Emanuela. Por ella quería ser rico y poderoso, para que nadie osase quitársela. Quería convertirla en una reina. ¡Qué bien le sentaban esos vestidos de géneros coloridos! ¡Qué bien le destacaban la pequeña cintura y los pechos! Necesitaría dinero, mucho dinero para comprarle docenas de ellos.

Encendió nuevamente la pipa, y el tabaco volvió a expeler su aroma fragante y punzante. Se acordó de don Edilson, que se lo había regalado, y pensó en la propuesta que le había formulado esa mañana, la de quedarse en Buenos Aires y ayudarlo en sus actividades de contrabandista. Era ilegal, sí, pero el portugués le había explicado que, sin el contrabando, Buenos Aires habría perecido largo tiempo atrás. La ridícula disposición de la Corona española, por la cual las mercancías entraban en las Indias Occidentales únicamente por los puertos de Veracruz o de Portobelo y desde allí por el Callao, cercano a Lima, había propiciado el nacimiento de un flujo ilegal incesante de todo tipo de objetos, desde los más banales hasta los más necesarios, que ingresaban por las costas del Río de Plata. En la capital del virreinato quedaban las mercancías de mejor calidad, y a Buenos Aires se enviaban las sobras, que arribaban a precios inaccesibles —el viaje en carreta, larguísimo y riesgoso, encarecía los costos— y mayormente averiadas o echadas a perder.

—¿Qué pretendía el rey, muy cómodo en su trono de Madrid? —adujo don Edilson—. ¿Que los porteños se quedasen impávidos dejándose robar por los limeños y viviendo una vida de miseria? ¡Pues no!

—¿Y Lope? —quiso saber Aitor, que acababa de enterarse de que pasaba la mayor parte del año en Buenos Aires, la ciudad donde vivía su mujer—. ¿Él también participa del negocio de contrabando?

—No, Lope ni siquiera sabe de este negocio. Tal vez lo sospecha, pero mira hacia otro lado. No está hecho para estas cuestiones. A él le gustan la poesía y la música. Se ocupa de los cargamentos de su padre, sí, pero eso sucede unas veces al año y le lleva poco tiempo. Vive acá para no estar cerca de mi cuñado ni de su esposa.

La contraventana de la recámara de Emanuela se iluminó, y él advirtió, tras la cortina de gasa, una silueta que se movía con grácil feminidad. Abandonó las reflexiones y solo pensó en ella, en lo que compartirían en unos minutos. Resultaba inverosímil, después de lo vivido y de lo padecido, que por fin fuesen a convertirse en uno solo, que estuviesen a punto de renovar, de nuevo con sangre, el pacto de amor eterno.

* * *

Emanuela abandonó el estrado, se excusó con don Mikel y sus amigos simulando cansancio y se encaminó a su habitación. Había cumplido con el papel de anfitriona; les había servido jerez y vino de Castilla, los había tentado con buñuelos de manzana y confituras de almendras y, por último, los había deleitado tocando el clavicordio. Después, ocupó su sitio en el estrado y se dedicó a coser. Esa tarde había cortado dos camisas para Aitor tomando como modelo una que él le había dejado sobre el camastro. No corría riesgos; don Mikel no habría distinguido una costura de un tejido, ni de un bordado. Cuando se pinchó el dedo por segunda vez de tan ansiosa que estaba, decidió que ya había cumplido con don Mikel y que podía marcharse. La sonrisa del dueño de casa le ratificó su convicción.

Se alejó con las dos camisas hilvanadas en el antebrazo y una palmatoria en la mano. Caminaba deprisa, mientras sonreía con aire travieso. Después de tanto sufrimiento, había llegado el momento de ser feliz, de entregarse al hombre que lo era todo en su vida. Se detuvo de pronto, y el pabilo vaciló hasta casi apagarse, y en la oscuridad en la que quedó sumida durante unos instantes, se le oprimió el pecho con un pensamiento que le borró la sonrisa: ¿habría claudicado demasiado deprisa? ¿Lo había perdonado fácilmente? Siendo él como era, egoísta y manipulador, ¿sabría apreciar el regalo que ella le había hecho, el de recibirlo de nuevo entre sus brazos? Pronto se uniría a él en cuerpo y alma, y no habría marcha atrás. ¿Debía dar ese paso o interpretar el papel de la injuriada y hacerlo desear y sufrir por más tiempo? Sacudió la cabeza, confundida. ¿De dónde nacían esas preguntas? Ella no era así. Prefería la sinceridad, y su brújula en la vida siempre había sido el corazón. ¿Por qué especularía en esa instancia tan feliz? ¿Por temor, por desconfianza? "¿Y si vuelve a engañarme?", se preguntó. Quizá debería haberlo obligado a rogar más, a pasar más tiempo de rodillas frente a ella, a llorar y a suplicar por su perdón durante más tiempo.

—¡No! —masculló en la penumbra del corredor. Esos pensamientos no nacían de su amor, sino de su dolor, de la herida que aún supuraba y que ella sanaría amándolo y entregándose, no haciéndolo sufrir y rogar por algo que terminaría por darle. El inmenso amor que anidaba en ella era de él, de su Aitor. No soportaba la idea de verlo padecer. Más de dos años y medio lejos de ella, desconociendo su paradero y el destino que le había tocado, debían de haber sido una tortura. "¿No lo castigaste suficientemente, Manú?" Sí, el castigo debía de haber sido brutal. En ese instante, en que recomenzaba la marcha hacia su dormitorio, se cuestionaba cómo había sido capaz de mantenerlo lejos durante tanto tiempo.

Entró en su dormitorio, y Orlando lo hizo detrás de ella. El perrito, que día a día abandonaba la traza de cachorro, saltó sobre la cama.

—No, Orlando —dijo, mientras encendía más velas de sebo—. Bájate de allí. A Aitor no le gustará verte sobre el lecho. Usa tu canasta.

Un golpeteo en el vidrio de la contraventana la sobresaltó. Orlando se echó a ladrar y las aves agitaron las alas en sus perchas. Emanuela se humedeció los labios de pronto resecos y fue a abrir. Apartó la cortina y lo vio a través del vidrio, con la luz de la luna que lo bañaba y lo circundaba con un halo frío y blanco. La juzgó una visión bella e imponente. Los ojos de él, que en la noche habían adoptado una tonalidad opaca, como la del bronce sin lustrar, la subyugaban a través del vidrio. Era consciente del poder que ejercían sobre ella, sobre su voluntad. Se preguntó si sería normal albergar un sentimiento tan inconmensurable por otro ser humano. Ella no conocía a nadie que amase como ella amaba a Aitor. Y mientras seguía mirándolo, sabiendo que ese hombre era su destino, que lo había sido desde el día mismo de su nacimiento, se recordó que amarlo como lo amaba no dependía de ella. Ese amor simplemente la habitaba, y nada podía hacer para extirparlo, como no habría podido extirparse el corazón sin causarse la muerte. Era un sentimiento extraño, porque así como la colmaba de una dicha indescriptible, también la sumía en la amargura más honda. El amor era, pues, hermoso y espantoso; bueno y malvado; generoso y egoísta; risa y llanto; caricias y golpes; dulzura y amargura; alegría y tristeza. Ahora comprendía que no era del todo cierto lo que el apóstol San Pablo aseguraba en la primera carta a los Corintios. El amor era paciente y servicial, pero también impaciente y exigente. El amor no era envidioso, pero sí celoso y egoísta. ¿Lo disculpaba todo, lo creía, esperaba y soportaba todo? Sí, pero a veces se volvía suspicaz, inflexible y desconfiado. Lo único que acordaba por completo con el apóstol era que el amor no pasaba jamás. Ella moriría amando a Aitor, y tal vez lo seguiría amando después de muerta.

Corrió la falleba y abrió la contraventana. Retrocedió, y Aitor entró con paso decidido y un ceño que le volvía más diabólicas las cejas triangulares.

—¿Por qué no me abrías? ¿Te has arrepentido, Jasy?

—No, no —farfulló, y se abrazó a él y ocultó el rostro en su cuello que olía a tabaco y al jabón que ella le había dado—. Te vi tan hermoso bajo la luna y pensé en nuestro amor, tan grande, tan infinito, tan poderoso, y tuve miedo, Aitor. Mucho miedo.

—Sí, te entiendo. A nuestro amor es a lo único que temo, porque es lo único que es más poderoso que yo. Es lo único que en verdad puede destruirme.

—Nunca te faltará, porque cualquiera que sea nuestro destino, si de algo estoy segura es de que nunca morirá en mí esto que siento por ti. *Nunca* —remarcó, y como siempre se mostraba prudente y medida al hablar, que lo expresase con tanta vehemencia lo colmó de gozo.

Le aferró la cara con las manos y le arrastró los pulgares por los pómulos. Emanuela se tomó de su cintura.

—¿Te acuerdas de cuando te dije que yo no era sino por ti?

—Sí, me acuerdo.

—Este tiempo tan largo sin ti me lo confirmó. No soy nada sin ti, Jasy, solo una cáscara vacía, sin alma. Cuando te fuiste, te llevaste mi alma. —Se inclinó y le pasó los labios entreabiertos por la boca—. Te fuiste y me dejaste sin alma, Jasy.

—Es que tú y yo la compartimos, amor mío.

—Dímelo de nuevo, otra vez. Dime amor mío.

—Amor mío. Te deseo tanto.

—Oh, Jasy.

—¿Tú también me deseas?

Aitor le clavó la mirada, de pronto serio, y le aferró la mano, que guió hacia abajo y colocó sobre su erección. Se sorprendió de la sorpresa de ella, que abrió grandes los ojos y dibujó una exclamación con los labios al encontrarlo duro y listo para penetrarla. ¿Es que aún no se convencía de que con muy poco lo excitaba?

—Solo bastó mirarte a través del vidrio e imaginar que te quitaba este vestido para ponerme así.

—Quítamelo. Quítame el vestido.

Se dio vuelta, se recogió el cabello y le expuso las cintas que le ajustaban el corsé en la espalda. Aitor las desató con rapidez y la besó en el punto que ella había expuesto al apartarse el cabello, donde terminaba el cuello y nacía el hombro, y se lo mordió y lo lamió con la lengua, como quien lame el pringue de un plato. Emanuela llevó los brazos hacia atrás y cerró las manos en los glúteos de Aitor. Percibió el estremecimiento de su cuerpo contra el de ella, y también la mordida que se profundizaba, y el sonido ronco que brotó de su garganta y que se le expandió por el torso, y que a su paso fue dejando anarquía y caos; los pezones se le endurecieron al punto de hacerla jadear de dolor, el estómago se le llenó de cosquillas y el familiar latido entre las piernas cobró un ritmo veloz y punzante. Arrastró los dedos y los introdujo en la hendidura que le separaba las nalgas, tanto como el pantalón se lo permitía. El efecto en Aitor fue demoledor: se sacudió y emitió un gemido ronco, casi el rugido de una bestia. Emanuela sintió la presión de su erección en la base de la espalda y la violencia inconsciente con que sus manos le apretaron la cintura.

—¡Jasy!

—¿Te gusta?

—No más, amor mío —suplicó con la voz tensa—, o todo acabará en mis calzones.

La obligó a volverse, y a Emanuela la impresionó la mueca torturada de él. Le besó con delicadeza los labios para borrársela y, sin apartarlos, le confesó:

—Soy tan feliz.

—Dime por qué.

—Porque no hay lugar más perfecto que tú, Aitor, por eso. Porque pronto estarás dentro de mí, como lo deseé tantas veces desde que me contaste cómo eran las cosas entre un hombre y una mujer. —La respiración de él se congestionaba con cada palabra, en tanto, sus manos iban desembarazándola del vestido—. Porque me entregaré al hombre que amo con todas las fuerzas de mi corazón.

El vestido cayó a los pies de Emanuela, y Aitor la sujetó para ayudarla a salir de él. La estudió de arriba abajo. La cubría una camisa larga hasta la mitad de los muslos, de un tejido blanco muy sutil, tanto que se le transparentaban los pezones. Por debajo de la camisa y hasta las rodillas, vestía unos calzones del mismo género. Inclinó la cabeza y se metió el pezón derecho dentro de la boca. Lo succionó a través del tejido, y apretó las manos para sostener a Emanuela, que, después de una convulsión y un gemido que asustó a los animales, se desmadejó entre sus brazos. Aitor le succionó el otro pezón con la intención de seguir arrancándole esos sonidos que le volvían de piedra el pene y le tensaban los testículos hasta un punto incómodo. La arrastró con él, se sentó en el borde de la cama y la colocó entre sus piernas. No sabía si ella era consciente de que se habían movido; a duras penas se mantenía en pie. Con los ojos cerrados y la cabeza echada hacia atrás, le ofrecía los pezones en inocente abandono, mientras entreveraba los dedos en los cabellos de sus sienes, sin darse cuenta de que estaba tirándoselos y le hacía doler, lo cual le servía para mantener a raya la lujuria que, en caso contrario, ya lo habría desgraciado.

—Déjame sacarte la camisa, Jasy. Quiero verte los pechos.

Emanuela irguió la cabeza, que parecía pesarle, y levantó los párpados al mismo tiempo que los brazos. Aitor la desvistió como si se tratase de una niña adormilada y arrojó la prenda sobre el vestido.

—Oh, Jasy… —susurró con reverencia ante la visión de sus senos, y se acordó de una ocasión en la que, mientras ella le entregaba los regalos por su natalicio, él había espiado uno a través de la sisa del vestido. Aquel había sido el pecho de una niña apenas desarrollada, encantador en su pequeñez y delicadeza. Frente a él, se erguían los pechos redondos, pesados y bien formados de una mujer, de *su* mujer, los que le prodigarían infinito placer por el resto de su vida y los que alimentarían a sus hijos. Eran de una blancura lechosa como él jamás había visto; ni siquiera recordaba tan blancos los de Ginebra.

Hundió la cara entre ellos y la refregó, primero con movimientos bruscos, producto del exceso al que lo conducía esa situación, la de tener a su Jasy medio desnuda y excitada entre las piernas, pero después mermó hasta que sus mejillas los acariciaron de manera tal de apreciar su forma redonda, el peso de su carne, la suavidad de la piel, sobre todo la de los pezones. Nunca había visto pezones de un rosado tan pálido aun erectos, ni tan suaves. No eran pequeños como había imaginado, sino gordos y duros. Devoró uno y lo hizo rodar en su lengua antes de succionarlo con una fuerza que no midió. Emanuela le clavó las uñas en la nuca, soltó un alarido y se tensó. Aitor pensó que la había lastimado, aunque al descubrirla con los ojos cerrados, la cabeza ladeada, las mejillas muy arreboladas y la boca entreabierta por donde soltaba el aliento acezante, se dio cuenta de que había alcanzado el alivio.

—Jasy, ¿estás bien? —preguntó, medio pasmado, medio incrédulo.

—Aitor, de nuevo —pidió ella—. Otra vez —insistió, mientras él la estudiaba, confundido—. Dame placer otra vez.

—¿Sentiste placer, Jasy? ¿Como el que te daba con mis manos, amor mío?

Ella movió apenas la barbilla para asentir, y Aitor lanzó una carcajada. Su pequeña e inocente Jasy ocultaba un tesoro, esa pasión de la que nadie habría sospechado y de la que solo él tendría conocimiento y gozaría. Le bajó los calzones, que acabaron junto al vestido y a la camisa. Emanuela había ganado algo de sobriedad y, aunque silenciosa y un poco floja, lo seguía con mirada atenta. Aitor comenzó a acariciarle las nalgas con pasadas muy suaves que iban aproximándose al resquicio entre los dos cachetes. Sin apartar los ojos de los de ella, introdujo los dedos de su mano derecha y le rozó el ano, una y otra vez, y volvió a carcajear con orgullo de macho cuando Emanuela soltó un clamor angustioso y arqueó la espalda. De inmediato introdujo en su boca uno de los pezones ofrecidos y comenzó a succionar sin piedad. Se pringó el dedo mayor con los jugos de Emanuela y volvió a las caricias entre las nalgas.

—¿Te acuerdas de aquella vez en la torreta, cuando me diste placer con mi *tembo* calzado aquí, entre los cachetes de tu culo?

—Sí —farfulló, sin aliento, y lo tomó por sorpresa porque había creído que no estaba escuchándolo, tan perdida y solitaria lucía en su goce.

—Nunca pude olvidar aquella vez, Jasy, y cuando tu ausencia se me hacía muy pesada, cerraba los ojos y me tocaba la verga imaginando que la tenía aquí, en tu culo.

—Yo también me tocaba —la oyó confesar en un murmullo—, como tú me habías enseñado. Y también pensaba en ti, en nosotros juntos, en la torreta, en la cascada, en mi cama, y me daba placer, pero no era lo mismo. Faltabas tú.

—Jasy... Amor mío.

Volvió a llenarse la boca con un pezón y a succionarlo para luego estirarlo y soltarlo. Producía un sonido húmedo que lo enloquecía. El pecho rebotaba a causa del peso, y componía un espectáculo que lo conducía al umbral del alivio. No continuaría con ese juego o acabaría como cuando era adolescente.

—Chúpame, Aitor. De nuevo. Oh, sí, así, fuerte.

—Mírame —le exigió, y cuando sus ojos se encontraron, él le dedicó una sonrisa de dientes desvelados entre los cuales yacía su pezón.

—Aitor, tus colmillos...

La mordió apenas, permitiéndole que viese los dientes que tanto le gustaban, y aprovechó para penetrarle la vagina con el dedo mayor, una acción arriesgada, pues si bien se lo había hecho en el pasado, había transcurrido mucho tiempo, y ella era inocente. Tendría que haberle advertido. Emanuela abrió grandes los ojos y lo miró con desesperación.

—Tranquila, Jasy —le susurró, mientras movía el dedo hacia dentro y hacia fuera, muy lentamente.

—Aitor...

—¿Te acuerdas de la vez que me dijiste que nuestro amor no era pecado, sino una bendición, y que nada de lo que compartiésemos tú y yo sería pecado? ¿Lo recuerdas, Jasy?

—Sí, pero...

—Hoy, que vamos a estar juntos como marido y mujer por primera vez, quiero que sepas que todo mi cuerpo es tuyo, y que tu cuerpo es mío. Que, mientras nos guste a los dos, podemos hacer lo que queramos. ¿Te gusta o prefieres que saque el dedo?

Emanuela se mordió el labio y lo miró con una mueca de susto antes de asentir.

—Me gusta. Todo lo que me haces me gusta.

La sensación de orgullo y dicha que experimentó se le reflejó en la sonrisa que volvió a desvelarle los dientes, y que a su vez hizo sonreír a Emanuela. Nada la espantaba, ni escandalizaba. Era sincera en todo, no había falso recato en ella, ni miedo, e ignoraba el poder que su actitud le confería. En realidad, era la confianza que depositaba en él lo que lo volvía poderoso, y deseó que esa confianza que él había destruido en una noche de insensatez, comenzase a reconstruirse con ese acto de amor.

—Mi Jasy. Mi dulce, adorada y perfecta Jasy.

—Aitor, te amo.

—Y solo por eso vivo, Emanuela, para que tú me ames.

Quería enloquecerla de placer, llenarla de imágenes de ellos, borrarle las espantosas que nunca tendría que haber presenciado, ahogarla de placer, hacerle olvidar el sufrimiento. Deslizó la mano por el monte de Venus, rozando la suavidad del vello que aún no había tenido oportunidad de estudiar con minuciosidad, y le buscó el punto hinchado, caliente y viscoso.

—Sí, Aitor. Sí, tócame allí.

—Te gusta, ¿verdad?

—Sí, sabes que sí.

—Lo sé, amor mío. ¿Y esto también te gusta? —Le succionó el pezón derecho, luego el izquierdo. Los atormentaba con los dientes y los acariciaba con la lengua, y, mientras tanto, agitaba el pequeño botón entre sus piernas y deslizaba hacia atrás y hacia delante el dedo mayor dentro de su vagina. Debido a que concentraba su atención en ella, en advertir cualquier signo de dolor, incomodidad o vergüenza, Aitor lograba dominar su propio deseo, aunque no sabía por cuánto tiempo se mantendría estoico.

La imaginación de Emanuela habría sido incapaz de fantasear con una experiencia como la que Aitor estaba haciéndole vivir. A lo que estaba sometiéndola iba más allá de cualquier fantasía en la que ella hubiese caído para provocarse placer. Era muy diestro, de eso no cabía duda, y tal vez la habilidad que ahora le prodigaba la hubiese adquirido durante sus experiencias con otras mujeres. Sí, *otras mujeres*, porque desde hacía tiempo sospechaba que Olivia no había sido la única; también se había acostado con la esclava y vaya a saber con cuántas en sus largas ausencias. Ese pensamiento, que debió de haberla irritado, paradójicamente la excitó. En ese instante, en el que su cuerpo se sacudía y vibraba a manos de Aitor, entendía que los encuentros compartidos en la torreta o en el arroyo habían sido apenas un atisbo de lo que un hombre y una mujer compartían cuando no se interponían barreras ni restricciones.

No sabía dónde fijar la atención, porque las manos, los dedos y la boca de él parecían estar en todas sus partes sensibles. No controlaba los jadeos que brotaban de sus labios, ni sabía cuándo había comenzado a mecer la pelvis, ni por qué los dedos de los pies se le curvaban dentro de los botines. Cerraba los ojos y solo veía los colmillos de Aitor clavados en sus pezones, y sus labios ajustados en torno a ellos, succionando como si mamase, e imaginaba sus dedos dentro de ella, en sitios que la avergonzaban, pero que, sometidos a la destreza de Aitor, le causaban un placer para el que no contaba con la voluntad de negarse. Se le dio por comparar a Aitor con un músico, porque al igual que este, que sabía qué cuerda o qué tecla tocar para arrancar sonidos armoniosos al instrumento, su amado le conocía los puntos secretos que la hacían vibrar.

Otra vez, igual que minutos antes, cuando él se había prendido a su pecho y lo había succionado por primera vez, reconoció la ola que subía y crecía en la parte baja de su vientre, donde confluían las energías que Aitor le despertaba. Supo que faltaba poco, intuyó que sería demoledor, que nada de lo anterior se le compararía. Agitó la pelvis y se aferró a él sin darse cuenta de que le clavaba las uñas en la nuca. La ola de placer por fin la golpeó, y solo atinó a llamarlo a él; gritó "¡Aitor!" mientras el alivio la bañaba. Debió de perder la conciencia durante escasos segundos porque, al levantar los párpados, se encontró en la cama, y no recordaba cómo había llegado ahí. Aitor se erguía sobre ella, mientras le estudiaba el rostro con una mueca reconcentrada.

—Jasy, ¿estás bien, amor mío? —Emanuela apenas encontró la fuerza para asentir con la cabeza—. ¿Te gustó? —Le ofreció una sonrisa lánguida y satisfecha, que lo hizo reír—. ¿Mucho, más o menos, nada?

—Mucho, muchísimo. Quítate la ropa —le pidió, y se obligó a levantar los párpados. Solo una vez, mientras él se bañaba en el Yabebirí, lo había visto de lejos completamente desnudo, y ansiaba volver a verlo. Quería sentir el peso de su cuerpo sobre el de ella y el contacto de sus pieles.

Aitor vivió un momento extraño mientras se desvestía, y se quedó quieto, con la camisa y los calzones puestos y los pantalones en la mano. De pronto temió que se tratase de una fantasía, porque, después de todo lo padecido, la escena que tenía frente a él le resultaba demasiado perfecta para ser verdad: su Jasy, una mujer de casi diecisiete años, con el pubis y los pechos al aire, relajada y sonrosada a causa del placer, lo esperaba en un lecho mullido y grande para entregarse a él.

—Aitor. —Su voz, cargada de apuro y ansiedad, lo rescató del instante de incredulidad.

La estudió mientras terminaba de desvestirse, y buscó los rincones del cuerpo de su mujer donde había vestigios de él. Tenía los pezones cargados de saliva, hinchados y de una tonalidad mucho más intensa que su rosado natural. Le había impreso un moratón en el cuello y otro en el seno izquierdo donde la había mordido con crueldad. Los rizos oscuros entre sus piernas brillaban con los jugos del placer, y aunque él anhelaba saborearlos, ya no estaba dispuesto a prolongar la necesidad de enterrarse dentro de ella. Esas piernas cubiertas por las medias de seda blanca y los botines aún calzados estaban volviéndolo loco. Si bien había fantaseado infinidad de veces con la primera vez de Emanuela, la realidad estaba sorprendiéndolo.

Aitor caminó hacia la cama, y Emanuela se irguió sobre los codos para observarlo en su desnudez. Su mirada vagó por ese cuerpo fibroso de aserrador y hachero, y el orgullo y el deseo se expandieron por su pecho y volvieron a alojarse entre sus piernas. Fijó la vista en su pene erecto, que casi le rozaba el vientre.

—Emanuela, mírame —ordenó él desde los pies de la cama—. No tengas miedo.

—Está bien —dijo, sin convicción, y Aitor rio antes de trepar en la cama y gatear hacia ella. Se colocó en cuatro patas, con las manos a los costados de su cabeza y las rodillas clavadas tan próximas a sus piernas que las rozaban. Lo que más impactaba a Emanuela era el pene de Aitor, que se le clavaba en el vientre, justo en el ombligo.

Aitor inclinó el rostro y le besó los labios con ligereza. Las manos de Emanuela le tocaron la cintura y se deslizaron hacia su espalda con evidente nerviosismo; estaban húmedas y un poco frías.

—Quiero que sepas que nunca he sido tan feliz como en este momento, y es gracias a ti, amor mío. Dos días atrás, mientras te seguía por el mercado y hasta esta casa, no sabía cuál sería mi destino. Estaba en tus manos, Jasy. Y ahora, que estoy a punto de cumplir el sueño que me persigue desde que tengo quince años, tal vez antes, creo que nadie en este mundo puede ser más feliz que yo. Que por fin seas mía, completamente mía… No hay palabras que lo describan, Emanuela.

—Tengo miedo —admitió, y bajó la vista.

—Jasy, mírame. Mírame —insistió—. Todo lo que hicimos recién, todo el placer que te di, te preparó para que ahora estés húmeda y blanda para recibir mi verga dentro de ti.

Emanuela lo contemplaba con recelo y con miedo.

—¿Confías en mí?

La expresión de ella adquirió sobriedad. Se sostuvieron la mirada. Aitor acababa de formular una pregunta que implicaba un gran riesgo, porque si de algo se había ocupado la noche de su estúpido encuentro con Olivia era de destruir la confianza que su Jasy había depositado en él. Haber perdido su confianza y la admiración con que lo miraba seguía doliéndole como el día en que se enteró de que ella lo había abandonado.

—Sí, confío en ti.

Cerró los ojos cuando una oleada de alivio le aflojó los músculos de los brazos que no sabía que tensaba. Soltó un suspiro y apoyó la frente sobre la de ella. Sintió las manos de Emanuela en sus mejillas, y la ansiedad con que le buscó la boca lo desembarazó del mal sabor que le había dejado ese momento de duda y pánico, y lo devolvió a la recámara donde su Jasy había gozado dos veces gracias a sus manos y a su boca y donde pronto lo recibiría dentro de ella.

—Aitor, dime que me deseas, dime que te parezco hermosa. Me gusta cuando me hablas mientras me haces todas esas cosas que me haces, mientras recuerdas nuestros momentos en la torreta o en el arroyo. Yo no he olvidado nada de lo que vivimos, Aitor. Nada.

—Jasy… Amor de mi vida. —La besó en la frente y en los párpados y regresó a su boca para acariciarle los labios mientras le contaba—: Dos días atrás, cuando me puse en camino para buscar la casa de los Urízar y Vega, crucé la plaza y el mercado sin saber que te encontraría. Iba distraído, viendo un poco cómo son las cosas en la ciudad, y de pronto me detuve en seco. Ahí estabas tú, amor mío, tesoro de mi vida, de perfil, en un puesto de verduras, eligiendo no sé qué, pero lo hacías con tanta delicadeza y sonreías sin mirar a Justicia por algo que te decía, y el vendedor te miraba a ti con ganas de comerte como si fueses un durazno, y yo quería matarlo, pero también quería aproximarme y hablarte con serenidad, y no ser el bruto de siempre. Ah, Emanuela, ese momento no lo olvidaré mientras viva. Verte por primera vez después de tanto tiempo… Nada me habría preparado para eso. Y ahí, frente a todo el pueblo, y aunque medio estúpido por la sorpresa, mi *tembo* se alzó para saludarte, tan feliz estaba. —Emanuela achinó los ojos al proferir una risita burlona—. Sí, sí, ríete de tu Aitor y de su amor por ti. Me colgué uno de los morrales hacia delante para taparme el bulto, y te seguí por el mercado. Me di cuenta de que tu presencia llamaba la atención. Alguien te había reconocido, y la voz se había corrido de que la niña santa estaba haciendo el mandado, así que, pese a Saite, que se enfurecía, algunos te importunaban, te tocaban el vestido, el parasol, y tú seguías como me imagino que lo haría una reina. Y me sentí menos, me di cuenta de que era un pobre indio vestido con harapos…

—¡No! —Emanuela le tapó la boca en una acción mecánica—. No, Aitor, no. Tú estás por encima de todos. Nadie es más que tú. Tú eres un rey ante mis ojos. *Mi* rey. No me importa cómo vistas. Si tú vieses lo que hay en mi mente y en mi corazón, te darías cuenta de que eres mi dueño, mi señor, y nuestro amor es mi dios.

—¡Jasy! —Nunca imaginó que en esa instancia, cuando el olor de las partes íntimas de Emanuela aún flotaba en la recámara y el eco de sus gemidos le retumbaba en los oídos, se emocionaría y los ojos se le llenarían de lágrimas—. Déjame amarte, Emanuela. Por favor, déjame entrar dentro de ti y sentirme tu dueño para siempre. Déjame calmar esta angustia que me carcome desde que tengo cuatro años. Déjame pensar que ya no tendré que luchar contra todos por ti, para que nadie se atreva a apartarte de mi lado.

Emanuela le echó los brazos al cuello y lo obligó a recostarse sobre ella. Los codos de Aitor se flexionaron, y su torso le tocó los pechos. Emanuela arqueó la espalda y los refregó contra la piel de él, apenas cubierta por una mata de vello negro y ralo.

—Quería sentir el contacto de mis pechos contra tu piel.

Aitor retrocedió unas pulgadas hasta poner la cara a la altura de los senos de Emanuela. Se dedicó a acariciarlos con pasadas suaves de sus mejillas, de su frente, del mentón, de la nariz. Lo enloquecían los gritos gozosos que ella profería y la manera inconsciente en que sus dedos se le clavaban en el cuero cabelludo. Terminó por meterse un pezón erecto y grueso en la boca y succionarlo con un ímpetu que la hizo echar la cabeza hacia atrás y soltar un lamento, mezcla de padecimiento y de júbilo. En un acto instintivo, Emanuela separó las piernas debajo de él.

—Nunca voy a saciarme de ellos —admitió él.

—¿Te gustan?

—Sí, están volviéndome loco. No puedo dejar de chuparlos —admitió, y mordió ligeramente el derecho porque ella estaba mirándolo y sabía que la excitaban sus colmillos. Una sonrisa vanidosa le hizo refulgir los ojos cuando Emanuela curvó de nuevo la espalda y gimió.

—Te pertenecen, Aitor. Nunca nadie los ha visto ni tocado ni saboreado. Son solo tuyos, amor mío.

—Y nunca nadie los tocará, o perderá primero la verga, después la vida.

—Aitor... Cúbreme con todo tu cuerpo. Quiero sentir tu peso sobre mí.

Antes de complacerla, introdujo los dedos entre los pliegues de su sexo y comprobó que estaba caliente, mojada e hinchada, lista para recibirlo. Se acostó sobre ella y, después de permitirle la experiencia de sentir todo su peso, se retiró apenas. Le besó la frente.

—Escúchame, Jasy. Voy a entrar dentro de ti muy suavemente. Pero habrá una barrera que me impedirá seguir si no la rompo primero, así que tendré que usar un poco de fuerza. Después, me quedaré quieto durante un momento para darte tiempo a que te acostumbres a mi *tembo*.

Emanuela asintió y sonrió, mientras le pasaba los dedos por los labios.

—Gracias.

—¿De qué? —se extrañó él.

—Por haber sido mi maestro, por haberme explicado siempre todo con sinceridad. Nunca olvidaré cuando pensé que moriría porque me había llegado el sangrado, y tú, con tanta paciencia, me lo explicaste. Con los años me di cuenta de que debió de ser difícil para ti. Explicarme todo eso, quiero decir. Yo era una niña inocente.

—Sí, muy inocente. Muy dulce e inocente. Y muy mía. Y sí, fue difícil. Estuve a punto de pedirle a mi *sy* o a mi *jarýi* que lo hiciesen. No soy bueno con las palabras, y ese era un tema delicado. Pero después me dije que era una tarea que me correspondía a mí, pues tú lo experimentarías solo conmigo.

—Sí, solo contigo. Entra dentro de mí, Aitor, para llenar el vacío.

—Rodéame la cintura con las piernas.

—Tengo los botines puestos.

—No importa. Vamos, rodéame con tus piernas. Así, muy bien. Mírame. Quiero saber qué piensas.

—Que te amo, eso pienso. Y pienso en... —Se detuvo y se mordió el labio y un ceño le arrugó la frente cuando Aitor comenzó a deslizarse dentro de ella.

—Relájate, amor mío, afloja los músculos. Sigue contándome en qué piensas.

—En el soneto de Shakespeare, en lo ciertas que son sus palabras.

—Sí —acordó Aitor, y la afirmación le surgió como un soplido torturado. La carne de Emanuela, tan estrecha, tan caliente, se ajustaba en torno a él con viciosa sujeción, como si pretendiese estrangularlo, devorarlo, tragarlo. Nunca había practicado una penetración tan intensa, ni siquiera cuando había desvirgado a Ginebra. Debió de imaginar que el cuerpo de su Jasy le ofrecería una experiencia única. Ella seguía hablando con la voz entrecortada, luchando por hacerle creer que estaba tranquila, que su pene, que la invadía y le expandía la carne, no la incomodaba ni le hacía doler, y él la amó por eso, por ser valiente y por entregarse con confianza a él.

—¡Oh, Dios, Jasy! —la interrumpió, ajeno a lo que ella barbotaba.

Detuvo la penetración y hundió la frente junto al rostro de ella, en la cama. Apretó los párpados y se mordió el labio con crueldad para contener la eyaculación.

Emanuela guardó silencio. El aliento que Aitor exhalaba rápida y superficialmente por la boca le quemaba el cuello. Advirtió por el rabillo del ojo el brazo izquierdo de él, que lo sostenía para que su peso no la aplastase. Los músculos, rígidos bajo la piel oscura y cubierta de sudor, que formaban nudos y protuberancias en los cuales los tatuajes de triángulos y estrellas cobraban preeminencia, le dieron la idea del esfuerzo físico en el que Aitor se había embarcado. Le deslizó las manos por la espalda empapada y las apoyó en sus brazos, preocupada. Él no parecía estar disfrutándolo.

—¿Aitor? —Él se mantuvo callado y siguió respirando en su cuello, y Emanuela notó que los brazos se le tensaban aún más—. ¿Estoy haciendo algo mal? ¿No te gusta?

—¿Qué? —Levantó la cabeza de repente y la observó con un ceño tan marcado que la asustó.

—¿No te gusta? —susurró, con acento quebrado.

—Jasy, Jasy… No sabes lo que dices. —Se la quedó mirando con ojos ardientes—. Dios me ayude, Emanuela, cuánto te amo.

Frunció el entrecejo. Esas palabras habían sonado como la aceptación de una sentencia, más que una declaración de amor.

—¿Por qué tienes esa cara? ¿Por qué te detuviste?

—Porque estoy a punto de explotar. Porque siempre soñé con este momento, enterrarme profundo dentro de ti, pero nunca imaginé que sería tan… —a punto de decir diferente, expresó—: especial.

—¿Sí? —dijo, con acento esperanzado.

—Sí. No sabes lo bien que me siento dentro de ti. No querré salir.

—No salgas.

—Mi Jasy… —murmuró con dulzura.

—Te amo, Aitor. No sabes cuánto, amor mío. Termina de entrar dentro de mí. Te necesito dentro de mí.

—Mírame. Mírame todo el tiempo.

—Sí.

Aitor movió la pelvis para introducirse algunas pulgadas, y Emanuela ahogó un quejido y le hundió las uñas en los brazos. Siguió empujando, atento a ella, pero decidido a introducirse por completo. La cabeza de su pene se encontró con la barrera de la virginidad.

—Jasy, ahora habrá un poco de dolor. Pasará rápido, te lo prometo. —Emanuela asintió con los ojos tan abiertos, que provocaron una corta risotada a Aitor. La besó en la punta de la nariz—. Eres la cosa más hermosa que existe.

Su pelvis embistió y se abrió paso a través del obstáculo. Emanuela profirió un alarido y quedó rígida debajo de él.

—¿Jasy? ¿Estás bien? —Emanuela asintió, con los párpados apretados y una respiración irregular—. Ya está, amor mío. Ya pasó lo peor. —Le depositó una ringlera de besos en la frente, sobre las cejas, sobre los ojos cerrados, en la nariz, sobre la boca, en el cuello, y mientras la reverenciaba con sus labios, iba pronunciando palabras de aliento y de amor—. Gracias por ser mía. Gracias por este dolor que significa que solo has sido mía. Gracias por amarme, tesoro mío, razón de mi vida. ¿Cómo te sientes? ¿Duele? Háblame.

—No duele tanto ahora. Estoy bien.

—Tengo mucha necesidad de moverme dentro de ti, pero no me animo. Temo causarte más dolor.

—No me causarás dolor. Hazlo, muévete.

Aitor sabía que estaba mintiéndole, que le dolía y le latía. Aun así, su egoísmo se aprovechó de la generosidad de ella, y la excitación que lo dominaba, de su inocencia, y se retiró un poco para volver a resbalar dentro de su interior cálido y apretado. Lo hizo despacio, sin apartarse de sus ojos, que lo miraban con cara de susto.

—Te amo —masculló él, corto de aliento.

—Y yo a ti, Aitor.

El vaivén de su pelvis no tardó en cobrar vigor y pronto se vio arrastrado de nuevo por la inexplicable sensación que significaba estar hundido en la mujer que había sido y sería todo para él; lo único, lo sagrado, lo fundamental, el aire, la alegría, el sentido, el futuro. Eufórico, loco de felicidad, le penetró la boca con una lengua tan ardiente como el miembro que se impulsaba cada vez más dentro de sus entrañas. Pugnaba por prolongar las embestidas, disfrutar de ese momento, el primero de miles, porque la sensación era gloriosa, y nada de lo experimentado se le comparaba.

Emanuela hundió las uñas en los brazos de Aitor y, de manera instintiva, ajustó su pelvis en un ángulo donde él pudiese tomarla más profundamente. Había pasado el dolor intenso, ese que le había congelado la respiración y la había alcanzado hasta en la punta de los pezones. Solo quedaba un ligero latido. La excitación volvía a apoderarse de ella. Los sonidos roncos y el aliento acelerado de Aitor, el peso de su cuerpo, la manera en que mantenía rígido el torso y agitaba la pelvis, la desmesura con que su mano derecha se le ajustaba a la coronilla y la usaba como punto de apoyo para embestir dentro de ella, el beso que estaba dándole, cada detalle despertaba el deseo después del dolor. Ese beso era como ninguno del pasado. Había una necesidad visceral en la agresividad con que su lengua le llenaba la boca, con la que sus labios absorbían los de ella, como si intentase ocultar una onda pena con un talante prepotente y pendenciero. Ladeó la cabeza y se acopló al beso intentado igualar la rudeza de Aitor. La reacción de él fue instantánea: soltó un rugido dentro de su boca, aumentó los embistes, deslizó la mano entre sus cuerpos y le presionó el punto entre las piernas que, ella sabía, escondía el secreto del goce. Emanuela apartó la cara y profirió un alarido de placer, que desapareció cuando Aitor explotó dentro de ella y sus gemidos roncos y guturales rebotaron en las paredes de la habitación.

Levantó los párpados y se encontró con el rostro de Aitor, transfigurado en una mueca torturada, como si un padecimiento indescriptible le impidiese respirar. Con la cabeza echada hacia atrás y los tendones rígidos en el cuello, siguió embistiéndola y bañándole las entrañas con su semilla. Lo juzgó el instante más desconcertante, maravilloso y sublime de su vida. Aitor transido por el placer que ella y su cuerpo le habían brindado era una imagen que se llevaría a la tumba. Sus gemidos fueron mermando, lo mismo sus embestidas, que no cesaron del todo, sino que se convirtieron en una fricción circular entre sus piernas, como si nunca hallase la completa satisfacción, como si el fin nunca llegase, como si no lograse alcanzar cierto punto dentro de ella.

Se desmoronó, exhausto, agitado y cubierto de sudor. Un instante después, se movió hacia un costado y se cubrió los ojos con el antebrazo. El pecho le subía y le bajaba con rapidez, y a Emanuela le pareció que la mano que le colgaba sobre la cara le temblaba. Le tocó el pecho, y, como si hubiese activado un resorte secreto, Aitor, sin cargarla con su peso, se cerró sobre ella con posesividad y ocultó el rostro en el arco que formaba su hombro.

Emanuela confirmó la sospecha: Aitor temblaba. ¿A causa del esfuerzo físico? Le besó la cabeza y le dibujó círculos en la espalda con la punta de los dedos.

—¿Pensabas mandar por mí algún día? ¿Pensabas volver a mí?

La pena que ella había advertido en el beso se transparentaba en esas preguntas formuladas sin mirarla, a escondidas. Debían de atormentarlo.

—Sí —contestó con la certeza que da la verdad—. Aitor, mírame, por favor.

Él levantó la cabeza lentamente, y sus ojos desconfiados se fijaron en los de ella. Estaba muy afectado, muy emocionado, todavía sacudido por el placer más absoluto que había experimentado, y mortificado por haber preguntado lo que se había jurado que no le preguntaría simplemente porque no tenía derecho y también porque le temía a la respuesta. Bajó los párpados cuando la mano de Emanuela le acarició la frente y le pasó el pulgar por el entrecejo para distendérselo.

—Iba a volver a ti, Aitor. No dudes de eso. Mi vida lejos de ti era, como tú has dicho, una cáscara vacía. Yo también lo era. Pero estaba muy dolida, muy lastimada, y necesitaba tiempo para sanar.

—Sí, lo sé. No tenía derecho a preguntarte. Perdóname.

—Tienes todos los derechos sobre mí, los has tenido desde el día en que nací.

Levantó la mano para acunarle la mejilla, pero Emanuela entrelazó los dedos con los de él y la atrajo hacia su boca.

—¿Por qué estás temblando?

La obligó a ponerse de costado y calzó la espalda de ella en su pecho. Cerró los brazos en celosa actitud, y lo impresionó lo pequeña que seguía siendo aún con casi diecisiete años. Emanuela movió el trasero para acomodarse, y los testículos y el pene de Aitor respondieron de inmediato, como si minutos atrás no hubiesen quedado medio muertos después de haber disfrutado del mejor sexo de su vida. Aitor se instó a reprimir el deseo. No volvería a tomarla, no tan pronto. Solo albergar la idea evidenciaba su índole egoísta. No lo haría. Su Jasy debía de estar irritada y dolorida, aunque no se quejase.

—Siento tu corazón latir fuerte contra mi espalda.

—Sí —susurró él, con acento áspero, y la dulzura con que lo había comentado y lo melodioso del timbre de su voz lo ayudaron a

277

calmarse. Seguía conmocionado. Tan concentrado había estado en prepararla, en darle placer, en que esa primera vez fuese memorable para ella, que no había caído en la cuenta de lo que él estaba a punto de experimentar. Entrar dentro de Emanuela, hundirse en su carne, que se abría para hacerlo gozar, oír los gemidos de su Jasy, descubrir en el frenesí con que sus manos lo aferraban la misma pasión que lo dominaba a él, cada detalle lo había conducido a un alivio devastador. Después de tan sublime momento, sobrevino uno de pánico y también de angustia, cuando pensó que podría haberla perdido, que ella una vez lo había abandonado.

Emanuela se removió para levantarse y Aitor se lo impidió.

—¿Qué pasa? ¿Por qué quieres salir de mis brazos?

—Porque algo escurre entre mis piernas. Deseo limpiarme. Estoy incómoda.

"¡Mierda!" Se había olvidado de ella, de sus necesidades.

—Quédate en la cama. Yo te limpiaré. ¿Dónde hay un trapo?

Emanuela le señaló un pequeño arcón donde guardaba los jirones de estameña que usaba para el sangrado. Aitor empapó uno en la jofaina y lo estrujó. Se aproximó a la cama, y descubrió que Emanuela se había cubierto con la manta y que lo contemplaba con vergüenza.

—Yo lo haré —dijo, y estiró el brazo para recibir el trapo.

—No, Jasy. Es algo con lo que he soñado durante años. No me quitarás ese placer simplemente porque ahora sientes vergüenza después de que mi lengua, mis manos y mi verga estuvieron en todo tu cuerpo. —Soltó una carcajada que le aligeró los pensamientos negros al advertir el rubor que cubría las mejillas de Emanuela—. Vamos, amor mío. Déjame ver para que te limpie. —Se sentó en el borde de la cama y le quitó la manta—. Además, hace calor para que te tapes.

—Estoy sucia… ahí.

—No, sucia no, Jasy. Es mi semilla mezclada con tu sangre lo que te escurre.

Emanuela abrió grandes los ojos, y Aitor aprovechó su asombro para separarle las rodillas. La limpió con una minuciosidad exagerada con la intención de desplegarle los labios y conocerla de memoria.

—¡Aitor, no mires tanto! ¡Me da pena!

—Jasy, este *tako* maravilloso, perfecto y hermoso es todo mío. —Se inclinó y la besó en varios puntos, arrancándole exclamaciones y risas después—. Tú lo llevas entre las piernas, pero es mío. ¿Te duele?

—Muy poco.

—¿Estás cómoda?

—Sí.

Aitor abandonó la cama, y Emanuela se incorporó sobre los codos para observarlo desplazarse en su desnudez. Las velas arrojaban una luminosidad vacilante y dorada sobre su piel oscura y le lamían los músculos que se flexionaban con cada movimiento. Entreabrió los labios y se le secó la boca mientras lo contemplaba asearse el *tembo*, que seguía bastante erecto, pese a todo. El deseo volvió a golpearla, y el malestar y el ardor entre las piernas se profundizaron. Necesitaba distraerse. Abandonó la cama y la preparó para dormir. Retiró la manta y abrió el rebozo. Se quitó los botines y las medias. Levantó su ropa y la de Aitor del suelo y las acomodó sobre el respaldo de la única silla. Ahogó un gritito cuando los brazos de él le rodearon la cintura por detrás y la pegaron a su cuerpo. La besó en el cuello y le habló al oído.

—No te pasees así, Jasy, moviendo ese culito como si fueses un pato, porque ya tengo el *tembo* duro de nuevo y no podré tomarte por un tiempo.

—Está bien.

—Vuelve a la cama.

Aitor cerró la contraventa con llave y corrió las cortinas, y se aseguró de que estuviese puesta la traba de la puerta que daba al corredor. Se acomodó en el lecho, de costado, frente a ella, que lo seguía con ojos hambrientos y un poco confundidos. Su silencio y humor taciturno la desorientaban.

—Aitor, quiero que sepas que fui muy feliz. Recién, cuando entraste dentro de mí, sentí… que eras mío, muy mío, como nunca te había sentido. ¿A ti también te gustó?

—Jasy… —susurró, y cerró los ojos para ocultar la emoción—. Tú no puedes comprender lo que esto que acabamos de compartir significa para mí.

—Dímelo, quiero saber.

—Fue más, mucho más que el placer físico, que casi me mata. Quedé temblando y el corazón todavía me late sin freno. Debí saber que, cuando hiciéramos el amor, me sacudirías de pies a cabeza. Contigo todo es especial, Emanuela. Nada de lo que tú me das o me haces sentir o vivir es común, o aburrido, o normal. No sé por qué eres así, tan especial, tan distinta, tan perfecta, y tampoco sé por qué yo, de todos los mortales, tuve la suerte de ganarme tu amor, pero no voy a cuestionar el designio de Tupá.

—Yo siento lo mismo por ti, que nadie se te compara, que nadie te llega a los talones. Mi Aitor es mi único héroe. Quiero que te quedes toda la noche conmigo. Si estuviesen en la casa doña Ederra o doña Almudena, no me atrevería. Pero como no están, quiero que duermas conmigo. Justicia y Romelia no dirán una palabra. —Aitor asintió—. No puedo creer que tu semilla esté dentro de mí y que mañana la llevaré conmigo como me prometiste aquella vez. ¿Lo recuerdas? —Aitor volvió a asentir, con ganas de pedirle que cambiase de tema—. ¿Y la pondrás ahí todos los días? —Aitor asintió una vez más, resignado a que la erección siguiese creciendo—. ¿Lo prometes?

—Sí, amor mío.

—Este ha sido nuestro nuevo pacto de sangre. Con mi sangre y con tu semilla, hemos renovado los votos de nuestro pacto de amor eterno, el que hicimos aquella noche en la torreta.

Incapaz de continuar reprimiéndose, Aitor la sujetó por la parte fina de la cintura y se apoderó de su boca. Ella se acopló a sus exigencias y se abrió a él. Deslizó la mano entre sus cuerpos y le aferró el pene. Aitor cortó el beso, echó la cabeza hacia atrás y arqueó la columna.

—¡Ah!

—Sé que me necesitas y que no te atreves a pedírmelo porque temes lastimarme. Pero quiero aliviarte. *Necesito* aliviarte, Aitor. Dime cómo quieres que lo haga.

—Con tu boca —dijo, y enseguida se arrepintió porque temió escandalizarla.

—Enséñame cómo —pidió ella, y se movió para incorporarse.

Aitor la atrajo de nuevo a la seguridad de sus brazos y le apoyó los labios sobre la mejilla.

—Siempre será así contigo, Emanuela —le advirtió, con acento rabioso, como si se tratase de una amenaza, como si esperase que ella se opusiera—. Nunca tendré bastante. Siempre estaré buscándote para tomarte, donde pueda, cuando quiera. No voy a poder sacarte las manos de encima. Querré mi verga enterrada dentro de ti todo el tiempo. Porque no sabes lo bien que me sentí cuando la hundí en tu carne y te toqué las entrañas. No tienes idea, Jasy.

Emanuela le acunó la cara con las manos y lo obligó a mirarla.

—¿Me lo prometes?

Aitor soltó una risotada.

—Sí, Jasy, te lo prometo.

—Gracias. Ahora enséñame cómo aliviarte con la boca.

Aitor le permitió deslizarse fuera de su abrazo. Emanuela retiró la sábana y expuso la desnudez de Aitor. Con la mirada fija en su erección, se humedeció los labios y lo oyó gemir de nuevo. Le aferró el miembro y lo apretó como él le había enseñado años atrás. Retiró el prepucio y descubrió la cabeza de un color magenta oscuro. Unas gotas transparentes la coronaban. Se inclinó y las lamió.

—¡Oh, sí, Jasy! —exclamó Aitor, mientras se contorsionaba—. Mételo en tu boca y chúpalo como yo te chupaba los pezones, amor mío.

Emanuela se colocó en cuatro patas entre las piernas de Aitor e introdujo la erección en su boca hasta que le tocó la garganta. Aitor se irguió con la ayuda de los codos para observarla, y el espectáculo que descubrió le cortó el aliento. No había destreza en la técnica de su Jasy; no obstante, el placer que estaba dándole era sublime. ¿Cuántas veces había fantaseado con que sus labios gruesos formasen un aro en torno a su verga? Sin embargo, Emanuela se las ingeniaba para opacar sus fantasías. Sus pechos se balanceaban, su boca se aferraba a su erección, su respiración se agitaba, y él se preguntaba por qué, habiendo nacido maldito, era tan afortunado.

—No quiero acabar en tu boca, Jasy. Basta.

Ella prosiguió succionando y apretándolo con las manos. Su lengua le envolvió la cabeza del pene y le acarició dos veces el frenillo, y Aitor no tuvo oportunidad de retirarse. Un chorro de semen golpeó el paladar de Emanuela, que tragó y siguió succionando. Aitor aullaba el nombre de ella con voz ronca y cerraba los puños en la sábana para controlar los embistes de su pelvis y evitar lastimarla. Emanuela emergió de entre sus piernas y le dirigió una sonrisa mientras se pasaba el dorso de la mano por la boca. Aitor se quedó mirándola, atónito.

—Jasy… —dijo, aún sumido en el estupor.

—¿Lo hice bien?

—Sí, amor mío. Eso fue perfecto. —La sonrisa de Emanuela se profundizó y Aitor soltó una carcajada—. Veo que luces muy satisfecha —apuntó con ironía.

—Quiero aprender todas las cosas que te gustan. Quiero que sepas que siempre querré satisfacerte, donde sea, cuando sea, mi cuerpo es tuyo, porque acabo de descubrir que no hay nada que me guste más en esta vida que hacer el amor contigo.

—Jasy… Esa boquita tuya va a terminar matándome.

—¿Por las cosas que te dice o por cómo te chupa el *tembo*?

—¡Jasy! —exclamó, y tras la mueca de simulado asombro se ocultaba la dicha: su Jasy, divertida, alegre y ocurrente, había vuelto a él.

Emanuela salió de la cama y retornó con un trapo húmedo para limpiar a Aitor, que la miraba desde su posición relajada y aún sonreía. Quería que terminase pronto y regresase a sus brazos. La necesidad se tornó apremiante.

—Basta. Déjalo, está limpio. Ven aquí. A mis brazos. Ahora.

Se ubicaron de costado, uno frente al otro, con las cabezas elevadas en las manos. El brazo de él la rodeaba por completo y la urgía a acercarse, tanto que se chocaron las narices. Rieron por lo bajo hasta que la risa fue disipándose, fundiéndose en el silencio de la habitación. Se sostenían la mirada sin incomodidad, sin vergüenza, sin reservas, ni rencores.

—Gracias —susurró Aitor.

—¿Por qué?

—Por todo. Por amarme como nunca nadie me ha amado, por haberte entregado a mí esta noche, por haberme regalado tanto placer, por hacerme tan feliz, por elegirme a mí. Sobre todo, por perdonarme y por aceptarme de nuevo.

Emanuela bajó las pestañas y suspiró, y Aitor se maldijo por haber mencionado lo del perdón; estaba recordándole que la había traicionado.

—¿Jasy? ¿Qué pasa, amor mío?

—Aitor, no quiero que dudes de que sí planeaba volver a ti. —Le cubrió la mejilla con la mano—. No pasaba un minuto del día en que no pensase en ti, en cómo estarías, qué estarías haciendo, si te acordarías de mí.

Aitor emitió un soplido ruidoso. Le habló sin apartarse, con un timbre entre angustiado y enojado.

—Emanuela, cada maldito minuto de cada maldito día te he pensado. Abría los ojos y pensaba en ti, y de noche, antes de dormirme, acariciaba tu collar de conchillas y la piedra violeta, y leía el soneto, y me preguntaba lo mismo que tú, si yo viviría en tus pensamientos como tú vivías en los míos. —Emanuela ahogó un sollozo—. Shhh… No más lágrimas, Jasy. Quiero agradecerte por no permitirme destruir lo más perfecto que tengo en la vida, nuestro amor. Lo puse en riesgo, Emanuela, casi lo destruyo por ser así, tan imbécil, por tener el alma negra, y si tú no fueses como eres, la persona más buena, generosa y misericordiosa que conozco, hoy yo no sería el hombre más feliz por haberte convertido en mi mujer. Quiero que sepas que el regalo de tu perdón es lo más preciado para mí y que nunca lo olvidaré.

Emanuela sonrió con labios inseguros y le trazó con el índice las líneas de los tatuajes del rostro.

—Aitor, te llevo tatuado en el alma. No en el corazón, sino en el alma, que es eterna y que te amará para siempre, hasta el día del Juicio Final.

—Jasy… —jadeó, emocionado.

—Shhh… No más lágrimas, amor mío.

Aitor asintió y sonrió con esfuerzo. Cayeron en un cómodo mutismo en el que Emanuela le acariciaba la sien y la oreja, y Aitor cerraba los ojos y se distendía. Los abrió de pronto al escucharla hablar.

—Te escribí muchas cartas que nunca envié.

—¿De veras?

—Sí. Cuando el dolor se hacía intolerable, me sentaba y te escribía. Me hacía bien. Sabía que no las enviaría, pero me hacía bien contarte cómo me sentía.

—¿Las conservas? —Emanuela asintió—. Las quiero. —Ella agitó el mentón para negar—. Las quiero, Jasy. Son mías.

—Sí, son tuyas, pero algunas son muy crueles. Estaba muy lastimada.

—Son las crueles las que más merezco, Jasy, por haber sido el imbécil que fui. Las quiero. —Emanuela claudicó con un ligero asentimiento—. Y tú, ¿recibiste la que yo te envié?

—Sí. Puedo recitártela de memoria. Romelia no quería que la releyese porque me ponía muy mal.

—Jasy… Dios mío, Jasy…

La expresión mortificada de Aitor le resultó intolerable, y lo besó en los labios para aligerar su pena y su culpa.

—Ya pasó todo, Aitor. Lo peor quedó en el pasado. Ahora somos felices de nuevo.

—¿Podrás olvidar? —se atrevió a preguntar.

—No. —Aitor bajó las pestañas y asintió con resignación—. Pero estoy segura de que miles de imágenes bellísimas con las que iremos llenando nuestra vida irán opacando las que me trajeron tanta tristeza.

—Sí —acordó, desanimado—, tal vez.

—¿Aitor?

Levantó la vista y la encontró sonriente y sonrojada, los ojos chispeantes y los labios brillantes de saliva.

—¿Qué?

—Quiero que sepas que nada de lo que imaginé se compara con lo que me hiciste sentir esta noche, cuando entraste dentro de mí, cuando llenaste el vacío, cuando calmaste el latido y la punzada.

—Pero te hice doler —le recordó él.

—Tenía que ser así. Y solo por esta vez, ¿verdad?

—Tal vez te moleste un poco la próxima vez que lo hagamos. Después, estoy seguro de que no sentirás nada, solo placer.

—¿Cuándo será la próxima vez? ¿Pronto? —quiso saber, con una mirada ilusionada.

Aitor soltó una risotada y le mordió el cuello y le hizo cosquillas. Emanuela reía y chillaba, mientras intentaba liberar las manos para defenderse. Quedó atrapada bajo el peso de él. Agitados, se quedaron quietos, mirándose fijamente, con sonrisas primero, serios después.

—Pregúntame algo, Jasy. Rápido.

—¿Por qué?

—Porque estoy muy caliente y no voy a tomarte de nuevo esta noche. Vamos, pregúntame algo que me distraiga.

—¿Cómo es que hablas tan bien el castellano? He querido preguntártelo desde que llegaste y siempre lo olvido.

—Tomé lecciones con mi *pa'i* Ursus. Todos los días, menos los domingos. Sabía que, cuando supiese dónde vivías, iría a buscarte, y el castellano me sería muy útil.

—Hablas muy bien. Me quedo sorprendida cada vez que te escucho hablar con Romelia o con Justicia.

—Tu Aitor no es ningún tonto, Jasy.

—Eres una de las personas más inteligentes que conozco, te lo he dicho muchas veces. Siempre te admiré por eso, por ser tan rápido para pensar, para encontrar soluciones, para resolver problemas.

—¿Qué más? Dime qué más te gusta de mí.

—Tu valentía. No le temes a nada, y eso me hace sentir segura. Nunca me siento tan segura como cuando estoy contigo. ¿Sabes? Cuando entré en la arena aquel día para defender a José Moro, Lope no se atrevió a entrar conmigo. Se protegió detrás de un muro de madera. Y no pude evitar pensar en ti, en que no habrías vacilado en entrar conmigo para protegerme.

—Habría entrado sin pensarlo dos veces.

—Lo sé, no tengo duda. Y me acordé de la ocasión en que me seguiste dentro de la porqueriza para sacar a Timbé y cuando ordeñaste a su madre porque yo te lo pedí.

Aitor sonrió y la besó en los labios con suavidad.

—Haría cualquier cosa por ti, Emanuela.

—Y yo por ti, Aitor. Daría mi vida sin pensarlo.

—Jasy, si tú murieses, yo me quitaría la vida.

—¡Oh, no!

—Sí, quiero que lo sepas. Cuando te dije que no soy nada sin ti, no estaba diciéndote algo bonito, ni lo decía por decir. Estaba diciéndote la verdad. Y ahora también estoy diciéndote la verdad.

Emanuela le rodeó la nuca con los brazos y hundió la nariz en el cuello de él. Había consecuencias del amor que se inspiraban que la asustaban y la atormentaban, y aunque no se atrevió a admitirlo en voz alta como él, porque las enseñanzas cristianas la ataban como cadenas, ella sospechaba que tampoco querría seguir viviendo si él muriese.

—¿Jasy?

—¿Qué?

—Don Edilson me ofreció trabajar para él.

—¿En la tienda?

—No. En su negocio de contrabando.

—Eso es ilegal, Aitor.

—Lo sé. Pero don Edilson asegura que, sin el contrabando, Buenos Aires no podría existir.

Emanuela había oído esa justificación hacía poco, en oportunidad de una visita de Edilson Barroso a don Mikel. El comerciante se quejaba de la estolidez de los ministros del rey que le hacían firmar órdenes que perjudicaban a los súbditos que poblaban los territorios más alejados de Lima. Don Mikel, el alférez real de la ciudad, no parecía inclinado a contradecirlo; más bien asentía con aire de aprobación.

—Me ha ofrecido una excelente paga, Jasy. Podré darte una vida de reina, amor mío.

—Yo no quiero nada, solo a ti.

—Lo sé, pero yo quiero darte lo mejor.

Emanuela asintió. Conocía el origen de esa necesidad, la de prodigarle los mismos bienes con los que habría vivido de casarse con Murguía o con Titus.

—Aitor, estoy tan enamorada de ti que podría vivir en el tronco de un isipoi, siempre y cuando lo hicieses contigo. Sería la mujer más feliz del mundo.

Aitor volvió a reír.

—Sí, sé que lo serías, pero yo no, porque quiero rodearte de cosas lujosas. Verte con esos vestidos tan hermosos, sentada tocando el clavicordio, entre muebles costosos y con gente refinada... Es duro para mí, Jasy, porque es obvio que perteneces a este mundo, por eso quiero dártelo.

—Tú eres mi mundo, Aitor. ¿Qué tengo que hacer para que lo entiendas?

—Amarme siempre y dejarme que te llene de cosas bonitas y lujosas.

—¿Por eso quieres trabajar con don Edilson aunque sea ilegal?

—Sí, por eso. Él asegura que las autoridades hacen la vista gorda, que nadie molesta, que la cosa es sin riesgos. Tendría que viajar de tanto en tanto.

—¿De veras? —La expresión de Emanuela desveló su decepción—. ¿Muy lejos?

—A Colonia del Sacramento, a Montevideo, a Río de Janeiro. No más lejos que eso. No pongas esa cara, Jasy. Me partes el alma.

Emanuela se ocultó en el pecho de Aitor.

—¿Qué pasará con San Ignacio? —se atrevió a preguntarle.

—No volveré, Jasy. Si tú no puedes estar ahí, yo tampoco. Si me quedé todo este tiempo, si jamás me moví de la doctrina fue en la esperanza de saber de ti, de que a mi *pa'i* Ursus se le escapase el lugar donde te hallabas.

—¿No volviste al monte?

—No. Trabajaba con don Clemente en el aserradero.

Emanuela se quedó muda, mirándolo fijamente. No volver a su amada selva como aserrador y hachero, y trabajar codo a codo con las personas que lo habían marginado y anatematizado debía de haber sido un martirio para alguien con la personalidad de Aitor. Le besó los labios suave y largamente.

—Perdóname.

—¿Por qué? —se escandalizó él.

—Por haberte hecho sufrir todo este tiempo, por haberte ocultado dónde estaba.

—Lo merecía, Jasy. Aunque sufrí como un condenado, lo merecía. Y ya te dije que no me pidas perdón.

—No soporto tu dolor.

—Quedó en el pasado, como tú misma acabas de decir.

—Abrázame, Aitor. Fuerte, abrázame fuerte.

—Mi Jasy...

Volvieron a caer en un mutismo cómodo y relajado. Emanuela apartó el rostro del pecho de Aitor y elevó la mirada para observarlo. Él bajó sus ojos para encontrarse con los de ella, que le sonrió con timidez.

—¿Cuándo empezarás a trabajar para don Edilson?

—Apenas Conan y yo terminemos de construir el muro.

—¿Conan también trabaja para don Edilson?

—Sí. Él, su padre y su tío. Son todos buena gente.

—Conan parece muy decente y buena persona.

—Lo es.

Emanuela se cubrió la boca para bostezar, y Aitor le besó la frente.

—Duerme, Jasy. Cierra los ojos y descansa.

—No te irás, ¿verdad?

—Nunca. Aquí estaré cuando despiertes.

Aitor tardó en conciliar el sueño. Contempló a Emanuela dormir entre sus brazos hasta que el último pabilo se consumió. La estudió con minuciosidad; quería memorizar cada rasgo de su rostro y descubrir los cambios. Cuando la oscuridad lo rodeó, descansó la cabeza en la almohada y cerró los ojos. Las imágenes de lo que acababa de compartir con su mujer lo inundaron y se le aceleró el pulso. Enseguida comenzó a excitarse. El cuerpo desnudo de Emanuela pegado al de él, su respiración serena que le acariciaba el cuello, sus manos que lo sujetaban con ansiedad, como temiendo que se escapase, la suavidad de sus piernas en contacto con las de él, y sobre todo los recuerdos de su entrega, de sus gemidos, de su libertad para gozar y amar, lo enardecían. Apretó los párpados y se esforzó por cambiar el curso de sus pensamientos. Se concentró en las tareas del día siguiente, en la oferta de don Edilson, en qué era lo mejor para su futuro con Emanuela. Si se quedaban en Buenos Aires, Lope estaría cerca de ella, algo que había querido evitar y por lo cual había rechazado una oferta de trabajo en *Orembae*. Era duro escucharla hablar de su medio hermano, de las cosas que hacían juntos, de las vivencias que habían compartido. Lo primero que le dictó su naturaleza egoísta fue: "¡Llévatela lejos!", tal vez a Montevideo o a Río de Janeiro. "Piensa en ella", le dijo una voz más benévola. Su Jasy había hecho amigos en esa ciudad. Arrancarla de sus afectos por la necesidad de alejarla de su medio hermano, del capitán de Alarcón y del matasanos, causarle una nueva pena, lo juzgó cruel. ¿Acaso no le había dado muestras de su fidelidad y constancia? La besó en la frente y le susurró:

—Quiero que seas feliz, amor mío.

* * *

Aitor levantó los párpados lentamente. En algún momento de la noche, tal vez a causa del calor, Emanuela se había apartado hacia la orilla de la cama; le daba la espalda. Giró el cuello y miró hacia la contraventana. Estaba amaneciendo. Orlando abandonó su canasta y se paró en dos patas del lado donde dormía su dueña. Aitor se levantó, lo llamó y le permitió salir para que hiciese sus necesidades. Dejó la cortina cerrada y la contraventana entreabierta de modo que se filtrase la brisa del amanecer. Se recostó con cuidado para no hundir el colchón con brusquedad. Se puso de costado y observó la espalda de su mujer, y deseó pasar la mano por la marcada depresión que se formaba en su cintura, y subir por la curva del glúteo y volver a descender por la de su pierna. Se imaginó pasándole la lengua por cada pulgada del cuerpo, recreó en su mente los gemidos de la noche anterior, los ruegos de ella, y la erección terminó casi paralela a su vientre. Se movió con cuidado y se detuvo antes de rozarle la espalda con el torso. Aún flotaba sobre la cama el olor del sexo que habían compartido por primera vez la noche anterior, el ferroso de la sangre virginal de su Jasy y el perfume fascinante y propio de su piel, ese que lo embrujaba desde que tenía memoria, la conjunción del aroma de las flores del naranjo, con el de la tierra húmeda y el de la hierba recién cortada. Incapaz de reprimir el impulso, le apartó los bucles y la olfateó detrás de la oreja hasta dar con el punto donde la esencia se acentuaba. Lo rozó con la punta de la lengua, mientras su mano vagaba por las sinuosidades que había admirado minutos atrás.

Emanuela se giró hacia él y quedó acostada de espaldas. Aitor le observó los pechos de mujer y los pezones relajados, posición en la que su tonalidad rosada traslúcida se exacerbaba. Le acarició los rizos oscuros sobre el monte de Venus, y sonrió al comprobar la respuesta instintiva en el resto de su cuerpo: los labios se separaron, la cabeza se echó ligeramente hacia atrás, la respiración cambió el ritmo, los pezones se endurecieron, cobraron un matiz más encarnado, las piernas se abrieron apenas. Se movió con delicadeza, le apartó las rodillas y se ubicó entre ellas. Emanuela se rebulló e hizo ruiditos con la boca. Aitor le rozó los pliegues ocultos entre las piernas, sus dedos vagaron con suavidad hacia arriba y hacia abajo, percibiendo cómo, segundo a segundo, la humedad se convertía en una viscosidad fragante y abundante. Pegó el torso a sus muslos, separó las carnes de Emanuela y hundió la cara para lamerlas. Su lengua se volvió ávida en tanto el sabor de los jugos de su Jasy le impregnaba la boca y los gemidos que emitía medio dormida le colmaban los oídos. Había deseado saborearla desde hacía tanto tiempo, lo había imaginado tantas veces, que, mientras se saciaba sin freno, una percepción de irrealidad lo envolvía. La escuchó clamar su nombre con voz adormilada y sintió su mano en la cabeza y sonrió, embargado por la dicha más pura. Estiró el brazo izquierdo y se apoderó de un seno. Apretó un pezón, luego otro, duros como piedras, y Emanuela se convulsionó hacia atrás.

—¡Aitor!

Siguió chupando el pequeño botón con voracidad, alentado por los gemidos de Emanuela, por el frenesí con que sus manos se le asían al cuero cabelludo, por el vaivén de su pelvis. Insertó el mayor dentro de su vagina, luego el índice, y los movió hacia adentro y hacia afuera, poniendo atención de presionar la pared de arriba. Olivia le había enseñado que allí se ocultaba un punto de especial sensibilidad. Bastaron tres fricciones para que Emanuela explotase en su boca. Aitor siguió devorándola y penetrándola con los dedos, en tanto las olas de goce la devastaban, haciéndola contorsionarse sobre el colchón y soltar gritos de los que era absolutamente inconsciente, como también de la fuerza que empleaba para aferrarse a sus cabellos cortos. Se arrepintió de haber dejado la contraventana entreabierta; si Justicia o Romelia andaban por los fondos, la escucharían, y él no quería compartir ningún aspecto de la intimidad con su mujer, ni siquiera los gemidos que le regalaba en el placer.

Emanuela terminó por aplacarse y quedó, agitada y blanda, con un brazo echado sobre la cara. Aitor, de rodillas entre sus piernas caídas, la observaba extasiado. Su sueño, por el que había luchado toda la vida, era realidad. Quitó los dedos del interior de su mujer y los lamió con apetito. Le depositó besos desde el nacimiento del monte de Venus hasta el ombligo, donde le provocó un respingo y un jadeo al hundírselo con la punta de la lengua, para proseguir hasta los pezones, el cuello y finalmente la boca.

—Buen día, amor mío —susurró, y Emanuela estiró los labios en una sonrisa bajo los de Aitor, que estaban mojados y resbaladizos—. Eres tan sabrosa como la miel, Jasy, como la miel silvestre que recogíamos en la selva.

—Te encantaba la miel silvestre.

—¿Y te acuerdas de que nunca me saciaba?

—Siempre temía que te indigestases.

—Nunca me voy a saciar de ti, Jasy.

—Recuerdo cuando me diste placer por primera vez, en la torreta, y me dijiste que estaba muy mojada y que algún día me lamerías... ahí.

—Yo también lo recuerdo. ¿Te asusté en aquella ocasión? Siempre temía asustarte, hacerte vivir cosas para las que no estabas preparada.

—No me asustaste. No entendía bien qué estabas diciéndome, pero nunca me asustabas. Confiaba ciegamente en ti —declaró, y se quedaron quietos, mirándose en lo profundo de los ojos. Emanuela no había podido evitar cierta nota de reproche, y Aitor la había percibido.

—Lo sé —admitió él antes de inclinar la cabeza para besarla. Se abrió paso entre sus dientes sin paciencia, con la misma codicia que había desplegado entre sus piernas. Emanuela se entregó a su desenfreno sin oponer resistencia. Le ofreció el cuello, al que Aitor mordió sin piedad.

—¿Cómo te sientes, Jasy? ¿Cómo amaneciste?

—¿Y me lo preguntas? En la gloria.

Aitor carcajeó y le cubrió el rostro de besos.

—Me haces tan feliz.

—Y tú a mí, Aitor. Hazme el amor. Siento de nuevo esa necesidad dentro de mí, ese vacío que anoche desapareció cuando entraste en mí.

—Jasy... No quiero lastimarte, amor mío.

—No me lastimarás. Hazme el amor. Te necesito.

Aitor se quedó mirándola, tironeado entre el deber y la excitación que le volvía pesados y tensos los testículos. Apretó los labios en torno a un pezón de Emanuela, que ahogó un gemido y le acunó la cabeza con una mano, mientras con la otra le acariciaba la espalda con fricciones impacientes. Bajo sus dedos, percibía las marcas que le habían dejado los azotes, y lo amó y lo admiró aún más.

—Chúpame, Aitor. Ah, sí, sí. Más fuerte. Ahhh... ¡Tómame! Quiero sentirte dentro de mí. No aguanto más.

Emanuela le circundó la parte baja de la espalda con las piernas y movió la pelvis hasta sentir que la dureza de Aitor se le clavaba en el vientre.

—¡Jasy! —exclamó sobre su pezón, entre enfadado y emocionado.

—Aitor, te necesito.

Se irguió sobre ella y, mientras se acariciaba la longitud de su miembro erecto, la miraba con fijeza. Ella le devolvía la mirada con ojos tormentosos; el azul se había vuelto negro. En silencio, sin perder el contacto visual, se inclinó entre las piernas de Emanuela y se sujetó el pene para guiarlo entre sus pliegues resbaladizos. La provocó desplazándolo hacia arriba y hacia abajo, presionándolo contra el punto donde latía el deseo, donde sabía que la volvía loca, y ella se lo confirmaba arqueándose, gimiendo como si padeciese una tortura, estrujando las sábanas con los puños. Se recostó sobre ella, cuidando de no aplastarla, y comenzó a penetrarla lentamente.

—Oh, Aitor... —susurró ella, con la nuca curvada hacia atrás de modo que él solo le veía la columna del cuello surcada por venas azules y el pequeño y respingado mentón que lo había cautivado desde que su Jasy era pequeña. Se lo mordió con dulzura.

—Yo también te necesitaba —le confesó—. Tenía tanta necesidad de ti, de enterrarme de nuevo en tu cuerpo. No hay mejor lugar que tú, Emanuela. ¿Te hago mal? Dime lo que sientes. Quiero que esta vez sea perfecto. Sé que anoche sufriste, que el dolor fue intenso.

—Aitor, anoche fue el momento más feliz de mi vida. Lo de anoche nunca lo olvidaré.

Siguió deslizándose dentro de ella con suavidad. Cuando la excitación lo consumía y la eyaculación lo amenazaba, se detenía y se retiraba unas pulgadas, sin salir del todo. Cerraba los ojos y se concentraba. Volvía a intentarlo con la misma gentileza de instantes atrás. Poco a poco, fue introduciéndose dentro de ella, su carne apretada fue abriéndose, aunque paradójicamente, también fue atrapándolo, apretándolo, succionándolo. Era un martirio moverse con tanta lentitud en un *tako* estrecho y caliente como ese.

Emanuela se volvía exigente, y al clavarle los talones en la cintura y sujetarle el trasero con manos agresivas, desbarataba su resolución de ser suave y de darle tiempo para que se amoldase. La excitación y la premura de ella lo convencieron de que no había padecimiento, solo placer y una necesidad intolerable alojada en las tripas.

—Aitor, bésame.

Lo hizo, la penetró con la lengua al mismo tiempo que se retiraba de ella para volver a deslizarse con un impulso limpio y certero. Emanuela sollozó en su boca, un poco a causa del dolor, también del placer, y le clavó las uñas en los hombros mientras un escozor la cubría de pies a cabeza; él lo sintió en su propio cuerpo. Le sujetó la cadera hasta colocarla de modo que su miembro la penetrase por completo, hasta tocarle las entrañas. Esa idea, la de que su Jasy lo recibiese por completo, lo chupase y estrangulase, le hizo perder el control. Comenzó a moverse con impulsos largos y violentos. Salía por completo y volvía a enterrarse hasta el fondo. El sonido de su carne chocando con la de Emanuela, que producía un sonido húmedo y resbaloso, el olor a sexo que se intensificaba con el sudor que los cubría, el desenfreno con que las manos de su Jasy le vagaban por el cuerpo, como si en ningún sitio hallasen paz, sus jadeos y gemidos entrecortados, cada aspecto de esa experiencia sumaba a la excitación que lo conducía a comportarse como había jurado no hacerlo, al menos no en esa segunda vez, con ella todavía irritada. Las embestidas se volvieron más cortas y más bruscas. Se apartó de la boca de Emanuela para observarla. Sus senos, que se agitaban al ritmo desenfrenado de los golpes con los que se impulsaba dentro de ella, lo hechizaron durante unos segundos para lanzarlo luego en un nuevo frenesí. Le atrapó un pezón entre los dientes y lo mordisqueó. Emanuela se arqueó y profirió un clamor.

—¡Apriétame, Jasy! Tensa los músculos dentro de ti como si quisieras extraer hasta la última gota de mi semilla. ¡Ahhh! —exclamó cuando ella lo complació. En un acto mecánico, lanzó la cabeza hacia atrás y quedó paralizado en un grito mudo—. Jasy... —jadeó un momento después, con la voz tirante—. Más, dame más, amor mío. —Siempre había sido igual con ella, desde que la había iniciado en las artes amatorias cuando era casi una niña. Años más tarde, ella volvía a donarle el corazón y lo arrastraba en un huracán en el que la lujuria más inmoral se mezclaba con el amor más puro. La sensación era extraordinaria y abrumadora, única y poderosa, desconocida y preciosa.

El alivio de Emanuela no tardó en llegar. Su cuerpo se tensó, y un grito se estranguló en su garganta cuando el goce la obligó a arquear la nuca. No medía la saña con que clavaba las uñas en las nalgas de Aitor, ni el exceso que empleaba al hundir los talones en sus piernas. Se había adherido al torso de él con una actitud salvaje, como si nunca lo tuviese lo suficientemente dentro de ella, como si la necesidad de fundirlo con ella, de volverse uno, no bastase.

—¡Jasy! —exclamó Aitor, y emitió un clamor largo y angustioso cuando el primer chorro de semen se derramó en Emanuela, y siguió impulsándose dentro de ella sin medir la fuerza involucrada, solo contaba el placer indescriptible que lo tenía prisionero como una hoja lo es del viento.

A pesar de las respiraciones irregulares y la sangre que aún le pulsaba en los oídos, Emanuela escuchaba los gemidos roncos y potentes de Aitor y percibía la rapidez con que sus glúteos se flexionaban bajo las manos de ella en una danza implacable para penetrarla cada vez más profundamente. Con un último impulso y un último sonido ronco, Aitor permaneció quieto sobre ella. Sus pechos se entrechocaban y sus alientos se golpeaban las pieles evidenciando lo sudadas que estaban. Emanuela apartó la cara para buscar aire fresco, y Aitor se dio cuenta de que estaba abrumándola. Se retiró de ella sin ganas y se apartó hacia el costado. Giró el cuello y se quedó mirándola en tanto esperaba que se le normalizase la respiración. Ella seguía con los ojos cerrados, y un sonrojo le cubría los pómulos. ¿Era posible amar tanto a otro ser humano? ¿Cómo explicarle sin lastimarla, ni recordarle su traición que había sido la mejor cópula de su vida? ¿Cómo explicarle sin ofenderla que las otras palidecían en comparación? ¿Que el placer lo había dejado sin aliento y que había sido tan intenso que nunca acababa de vaciarse en ella? Prefirió callar y rodó de lado para pegarse a su cuerpo. Emanuela elevó los párpados y se volvió para mirarlo. Le sonrió con timidez, los ojos llenos de esperanza.

—Aitor…

—Sí, amor mío, lo sé. —Estiró la mano y le apartó unos mechones que se le adherían a la frente—. No hay palabras para describirlo, ¿verdad? —Emanuela agitó la cabeza para negar y a Aitor, el gesto lo colmó de ternura—. Ven aquí, a mis brazos.

—No creí que hacer el amor fuese tan… sublime.

—Nunca es de este modo, Jasy —se atrevió a expresar porque ella tenía que saber que lo que compartían era especial.

—¿No?

—No, amor mío, no. Esto que acabamos de vivir juntos es único.

—¿Es la primera vez que sientes de este modo?

—Sí —contestó Aitor con cautela, pese a que Emanuela había formulado la pregunta sin rastro de antagonismo.

—Me alegra de que haya sido conmigo.

Emanuela emitió un gritito de sorpresa cuando Aitor se colocó repentinamente encima de ella y, mientras se sostenía con un codo, con la mano del otro brazo le rodeó la mandíbula.

—Porque hice el amor *contigo* sentí de este modo. Porque eras *tú* la que estaba debajo de mí. Porque mi verga estaba en *tu* tako. *Nadie* me habría hecho experimentar lo que acabo de vivir. *Nadie*, excepto tú.

—Me haces feliz diciéndomelo. Me haces sentir especial.

—Tú no eres especial, Jasy. Tú eres la única. Y así como solo tú puedes procurarme semejante goce, te aseguro que tú solo lo experimentarías conmigo. Estoy dispuesto a jurártelo por lo más sagrado, Emanuela. *Solo* conmigo.

Emanuela liberó las manos y le rodeó el cuello, donde la sangre le pulsaba con la misma intensidad con que la miraba.

—Te creo, Aitor, no necesito juramentos. Además, ¿para qué los quiero? Nunca yaceré con otro que no seas tú. Te lo prometí cuando tenía trece años, renové mi voto anoche cuando te entregué mi virginidad y cumpliré la promesa hasta el día de mi muerte.

Los ojos de Aitor se tornaron brillantes, y Emanuela advirtió que la nuez de Adán le subía y le bajaba con rapidez y el brazo que lo sostenía temblaba.

—Tenía tanto miedo de que te casases con otro —le confió con angustia—. Me habías abandonado. Estaba desesperado. Me decía que si habías sido capaz de abandonarme podías ser capaz de entregarte a otro. Hubo momentos en los que creí que enloque…

—Shhh… —Le acunó el rostro y le acarició los labios con los de ella—. Sé que falté a mi promesa y por eso te pido perdón. Perdóname, amor mío.

—No quiero que me pidas perdón, Jasy. Me haces sentir más mierda de lo que soy.

—Pero yo necesito que me perdones, Aitor. Quiero que nuestras heridas cicatricen, y el perdón es el mejor bálsamo. Perdóname. —Aitor asintió de mala gana y sin mirarla—. Quiero que comprendas algo: una cuestión fue haberme ido del pueblo sin haberte esperado porque estaba rabiosa de celos y de dolor, y otra muy distinta habría sido entregarme a otro. ¿Crees que podría soportar sobre mi cuerpo las manos de uno que no fuese mi adorado Aitor?

Aitor apretó los párpados y convirtió la boca en una línea tensa, como si la imagen de otras manos sobre su Jasy le hubiese causado un sufrimiento físico.

—Jasy, no sé de qué sería capaz si te viese con otro —admitió, sin animosidad, más bien con resignación.

—Serías capaz de todo, amor mío, lo sé. Pero jamás me verás con otro, no del modo en que te lastimaría.

Aitor suspiró y escondió la cara en el cuello de ella. Inspiró varias veces para colmar sus fosas nasales con el aroma de su Jasy. Todo lo referido a Emanuela siempre había sido excesivo, desbordado, inexplicable, aterrador y magnífico; sin embargo, lo que acababa de compartir con ella, esa pasión que aún le bullía en las venas, elevaba el vínculo que los ataba a una nueva dimensión, que lo volvía todavía más excesivo, desbordado y aterrador. Cayó de costado, aturdido por la revelación, y se cubrió la cara con el antebrazo.

—Jasy, no sé si soportaré a ningún hombre cerca de ti como no sean mi *pa'i* Ursus o mis hermanos.

Emanuela emitió una risita divertida que, pese al ánimo turbulento de Aitor, lo hizo reír. Se le erizó la piel al sentir los labios pulposos de ella sobre el pectoral.

—Tengo amigos a los que quiero como a mis hermanos y que me gustaría que fuesen tus amigos. No quiero que los ahuyentes de mi vida.

Aitor se guardó las palabras que le barbotaron en la garganta porque sabía que si las decía en voz alta, que la vida de ella le pertenecía solo a él y que él decidiría con quién la compartiría, la asustarían, la enojarían tal vez.

—¿Qué planes tienes para hoy? —se interesó Emanuela.

—Iremos a la olería con Conan y Justicia. Le pedí prestada la carreta a don Edilson.

—Y don Mikel me dio los reales para comprar los ladrillos.

—Muy bien.

—Don Edilson te aprecia mucho. ¿Por qué?

—Lo conocí en *Orembae*. Me conchabó para que le hiciese de baquiano. Quedó conforme.

—¿Eso es todo?

—Sí.

—¿No será que te aprecia especialmente porque le salvaste la vida a su sobrino Lope y el honor, la vida también quizás, a su hermana?

—¿Cómo lo sabes? ¿Te lo contó Lope?

—Sí. —Lo besó en la barbilla donde empezaba a crecer el vello—. Y me sentí muy orgullosa de mi amado Aitor.

—¿Hablas de mí con él?

—Solo una vez, cuando le dije que te amaba como el aire que respiro.

—¿Así le dijiste, como el aire que respiro? —Emanuela asintió y prosiguió depositando besos sobre el filo de su mandíbula—. ¿Cómo fue que se encontraron en Buenos Aires?

—Ginebra, él y yo viajamos juntos en el barco del padre de Lope hasta Buenos Aires. Zarpamos en Asunción. Ellos estaban iniciando su viaje de bodas.

Aitor asintió con gravedad, sin traslucir la ira que lo dominó. Si le hubiese contado a su padre acerca de su Jasy, del amor que le tenía, sobre todo de lo desesperado que estaba por haberla perdido, Amaral y Medeiros le habría revelado que había viajado en su barco hasta Buenos Aires. Pero su padre desconocía el vínculo que lo unía a Emanuela.

—¿Adónde me llevarás de viaje de bodas? —quiso saber ella, con talante juguetón, ajena a la amargura de Aitor.

—Adonde tú quieras, Jasy.

—Quiero que me lleves a esa cascada de la que tanto me hablaste, esa muy alta, mucho más alta que la nuestra, donde prometiste hacerme el amor. Después quiero nadar contigo en el pozo de agua cristalina, entre los aguapés.

Aitor la contemplaba desde su postura relajada, por debajo de las pestañas, mientras ella dibujaba con el índice sobre sus pectorales. Se dio cuenta de que escribía Aitor y Jasy, tal como había hecho en la caña donde había guardado los dibujos, y el amor que le calentó el cuerpo le alejó los malos recuerdos.

—¿Cuándo nos casaremos, Aitor?

—Hoy mismo.

Emanuela rio, nerviosa, y sacudió la cabeza.

—No es tan fácil —admitió—. Mis tutores no están en la ciudad y además tenemos que contárselo a mi *pa'i* Ursus. Quiero que él nos case.

—Jasy, tal vez tengas que dejar de lado esa idea, la de que mi *pa'i* Ursus nos case. Tú no puedes volver a San Ignacio Miní. Tienes prohibida la entrada, al menos hasta que este gran lío por el Tratado de Permuta se arregle.

Emanuela abrió grandes los ojos; era la primera vez que Aitor mencionaba el acuerdo entre la España y el Portugal.

—Y dudo de que mi *pa'i* Ursus viaje a Buenos Aires para casarnos. —Emanuela asintió con aire pesaroso, y Aitor le acarició el pómulo con el dorso del índice—. Amor mío, ¿has pensado que tal vez tengamos que huir para casarnos?

—Sí. La amenaza de Murguía me preocupa.

—¿Qué amenaza? —Aitor la aferró por la muñeca y detuvo los dibujos que ella ejecutaba sobre su pecho—. Jasy, ¿qué amenaza?

—No fue una amenaza explícita, más bien encubierta. Él es familiar de la Inquisición. Los familiares no son parientes de los inquisidores —le aclaró—, sino funcionarios que colaboran para descubrir herejes. Espías, ni más ni menos. Después del interrogatorio al que fui sometida y en el que Murguía estuvo presente, me dijo que si lo desposaba, él me protegería del Santo Oficio, que podría seguir curando con mis manos *bajo su tutela* y que no volvería a pasar por una situación tan espantosa. Aunque no lo parezca, fue una amenaza.

—¡Seguro que lo fue! Maldito hijo de puta. Dime dónde vive. Iré a hacerle una visita.

—A Dios gracias, tuvo que viajar a Corrientes por un asunto de familia. No sé cuándo regresará. Ojalá nunca lo haga. Doña Ederra me presiona para que lo despose.

Aitor la envolvió con sus brazos y la besó en la coronilla.

—Jasy, tú me tienes a mí ahora. Quiero que te olvides de ese matasanos. No volverá a dirigirte la palabra.

—Gracias, Aitor.

—Deja todo en mis manos. Sea como sea, tú y yo haremos una vida juntos. Nadie podrá separarme de ti. Ni el mismo Tupá.

—¡No digas eso, Aitor! ¡No desafíes a Tupá!

Aitor asintió, con el entrecejo fruncido y los ojos en llamas. Se contemplaron en silencio. Aitor le acarició la mejilla, y Emanuela percibió sobre la piel la aspereza de la de él, que iba a tono con la expresión procelosa con que la miraba. Le atrapó la mano y le besó la palma, cubierta de callos amarillentos y duros y pequeñas cicatrices. Le pasó los labios por las durezas y los cortes, orgullosa de tener a su lado a un hombre fuerte y diestro. Le guió la mano hasta uno de sus pechos y se frotó el pezón endurecido con las callosidades y las asperezas. Se mordió el labio para acallar el placer, mientras lo miraba fijamente, atenta a la seriedad con que él la estudiaba. Nunca apartó la vista de ella, y en tanto sus ojos iban tiñéndose de negro, la respiración se le aceleraba y el pecho le subía y le bajaba con rapidez.

Aitor se incorporó con lentitud. Apartó la mano que ella mantenía pegada al seno y desplazó su cuerpo por encima de ella. La obligó a darse vuelta de modo que Emanuela quedase sobre el vientre.

—Quería verte el culo —admitió él, con acento ronco, teñido por la excitación, mientras le acariciaba los montículos que formaban sus nalgas con pasadas suaves. Le admiraba el trasero, y se acordaba de la vez que lo había visto en la torreta, tan blanco y pequeño. Había crecido, se había vuelto regordete y tentador. El contraste del color de su mano sobre la piel lechosa de su Jasy lo afectaba como pocas cosas, y la boca se le hizo agua. Le mordió la carne y, a cada mordida, la lamió para mitigar el dolor. Los glúteos se le tornaron rosados y calientes, y la excitación de Aitor comenzó a escalar sin freno. Su lengua se volvió atrevida y se introdujo en la hendedura y la recorrió de arriba hacia abajo varias veces hasta que se detuvo para hundirse en su ano. Como Emanuela se quejaba e intentaba darse vuelta para impedirle seguir adelante con esas atenciones perversas, le sujetó las muñecas y las clavó en el colchón, pegadas a las caderas.

—Aitor, por favor —suplicó—, no lo hagas.

—¿Por qué no, Jasy, si me complace?

—Está mal —alegó, sin convicción.

—¿Quién lo dice?

—Pues…

—¿Te olvidas tan pronto de lo que aseguraste tiempo atrás, que nada que compartiésemos en la intimidad de nuestro amor sería malo, que nada que naciese de nuestro amor sería pecado?

—Sí, pero esto es… escandaloso.

—¿No te gusta?

Emanuela guardó silencio y bajó los párpados. No se opuso cuando Aitor reinició el juego con la lengua, y se concentró en las sensaciones que le suscitaba para responder a la pregunta. Sintió cómo le crecía la hinchazón entre las piernas, cómo el cosquilleo se tornaba caliente y húmedo y cómo los pezones le picaban contra la sábana. Comenzó a agitar la pelvis sin remedio, y la risita macabra de Aitor, en lugar de enfadarla, la excitó.

—Sí, me gusta —admitió.

—Te amo por confiar en mí. Te amo con locura, Jasy. ¿Lo sabías?

—Sí, lo sé —susurró sin pensar, atenta a la mano de él que se deslizaba entre ella y el colchón y le apretaba un pezón. Alzó la cabeza y soltó un lamento. Aitor se elevó sobre ella, se sujetó el miembro y desveló la cabeza cargada de sangre y coronada por gotas de lubricación.

—Míralo, Jasy.

Emanuela giró el cuello y descubrió sobre su hombro a Aitor de rodillas, erguido por encima de ella, que la miraba con ojos implacables, mientras se apretaba el pene y se lo masajeaba con lentitud. Su expresión de visceral pasión le produjo un vuelco en el estómago y una aceleración en las pulsaciones que se tornaron dolorosas entre las piernas. Se pasó la lengua por el labio inferior para hidratarlo, y Aitor, que siguió su acción inconsciente con mirada atenta, emitió un gruñido de satisfacción y le sonrió mostrándole los colmillos.

—Mi *tembo* está hambriento de ti.

—Y yo de él.

Aitor apoyó una mano sobre el colchón, junto a la cadera de Emanuela, y con la otra guió la cabeza del pene entre las nalgas de ella, hacia arriba y hacia abajo, ejerciendo una ligera presión en el ano. Emanuela jadeó el nombre de él, gimió y elevó el trasero para salir al encuentro de su erección. La respiración de Aitor se tornó trabajosa y rápida, y emergía, ruidosa, por sus paletas nasales dilatadas. Sus labios se entreabrieron.

—Aitor... Te necesito.

Lo tuvo sobre ella en un instante, todo el cuerpo de él cubriendo el de ella. Se trató de una sensación impactante que la paralizó de excitación. Se quedó quieta, con la cabeza echada hacia atrás y la respiración cortada. La piel de los brazos y de las piernas y los pezones se le erizaron cuando él le habló al oído.

—Debería dejarte tranquila, pero no puedo, amor mío.

—Aitor, por favor...

Introdujo la mano entre las piernas de Emanuela y comprobó que estuviese lista para recibirlo.

—Estás tan mojada para mí.

—Tómame. Por favor.

Equilibró el peso con los brazos y se hundió entre las piernas de Emanuela. La carne de ella ofreció un poco de resistencia antes de engullirlo por completo. Se enterró con una penetración suave, aunque firme, que los dejó a ambos quietos y jadeando. Aitor se inclinó y le mordió el hombro, y Emanuela se estremeció y profirió un lamento. Las embestidas de él comenzaron, al principio con delicadeza, prestando atención al bienestar de su Jasy, pero en tanto los rebotes de su carne contra el trasero de ella lo distraían, la frecuencia de las arremetidas se tornó casi violenta.

—Estamos haciéndolo como los animales, Aitor.

—Sí, amor mío, como los animales. ¿Te gusta?

—Sí, me gusta sentir todo tu cuerpo sobre el mío. Siento el movimiento de tu vientre en la parte baja de mi espalda.

—Y a mis huevos cuando te golpean el culo, ¿los sientes, Jasy?

—Los pegó a ella y movió la pelvis en círculos.

—Sí, los siento.

—Y a mi verga, Jasy, ¿la sientes?

—Sí. Me llena por completo. Hasta el final.

Aitor volvió a morderla.

—Me vuelves loco, Emanuela. Estoy loco por ti.

—Este placer que me das… Nunca imaginé que sería tan maravilloso, tan perfecto.

—Es perfecto porque es contigo. Bésame, Jasy.

Emanuela giró la cabeza, y los labios de Aitor cayeron sobre los de ella y los succionaron con la misma agresividad que él empleaba para impulsarse en su interior.

—Apriétame dentro de ti. ¡Sí! Más, Jasy, más. Muévete, amor mío. Hacia atrás y hacia delante, sóbate contra el lecho, sóbate el sitio que yo siempre te toco.

Alcanzaron una cadencia perfecta entre las acometidas de él y el balanceo de ella. En el silencio de la habitación, apenas herido por el aleteo ocasional de Saite o de Libertad y los trinos de las aves que comenzaban el día, sus respiraciones aceleradas, sus jadeos y gemidos y el choque de sus carnes alimentaban una excitación profunda e incontrolable. Aitor se tensó cuando los músculos de Emanuela lo succionaron y comprimieron en el instante previo al alivio.

—¡Aitor! —exclamó ella.

El clímax la paralizó antes de lanzarla de nuevo a esa danza en la que se friccionaba en el colchón en la esperanza de prolongar el goce. Aitor le mordía el filo de la mandíbula, le succionaba el lóbulo y el labio inferior, siempre sonriendo, feliz de verla alcanzar un placer que él sabía perfecto. Cerró los ojos y levantó el mentón para estirar el cuello hacia atrás y cortar el paso del aire. Tenía la impresión de que el goce era más violento cuando ahogaba el respiro. Se sacudió dos, tres veces contra el trasero de Emanuela, y, al mismo tiempo que su pene liberaba la semilla dentro de ella con una eyaculación feroz, un rugido estremecedor, profundo y animal, que hizo chillar a las aves rapaces y escapar a Orlando, llenó la recámara y provocó una conmoción en Emanuela, que, aún medio aturdida a causa de su propio orgasmo, irguió la cabeza para captar la última imagen de Aitor antes de que sus brazos colapsaran y se derrumbase sobre ella.

Emanuela llevó la mano hacia atrás y acarició la cadera y las nalgas de Aitor, que se sacudió y gruñó en su oído. Sonrió, complacida, al percibir que su pene, aún alojado en sus entrañas, reaccionaba al contacto.

—Me hubiese gustado verte mientras gozabas —le confió—. Nunca habías gritado de ese modo tan… primitivo.

—Estaba muy caliente. Todavía siento el placer en el *tembo* y todavía tengo duras las bolas. ¿Te aplasto, amor mío?

—No. Me gusta sentirte tan cerca de mí.

—Estoy dentro de ti, Jasy. Tú eres el mejor lugar del mundo, Emanuela. Tú eres mi *Yvy Marae'y*, amor mío.

—Te amo, Aitor. Te amo tanto. Este amor es tan perfecto, y la unión de nuestros cuerpos es tan sublime… Es el mejor regalo que nuestro amor nos da.

Aitor le besó la mejilla.

—Tú eres lo mejor, Jasy. Tú eres mi tesoro más preciado, lo único que cuenta en mi vida.

—¿Por qué nos amamos tanto?

Aitor sonrió mientras entrelazaba los dedos con los de Emanuela y los apretaba.

—Puedo darte muchas razones de por qué te amo, Jasy, pero al final de cuentas es un misterio por qué siento este amor tan inmenso solo por ti. Porque solo tú me inspiras este sentimiento, solo tú.

Se quedaron en silencio, Aitor cubriéndola por completo, aún dentro de ella, las manos entrelazadas y las mejillas en contacto.

—Me encantó esta posición, Aitor. Creo que es mi favorita.

Él rio por lo bajo y la besó en la sien.

—Conozco otras formas para montarte por detrás, Jasy. Las pondremos en práctica y elegirás cuál te gusta más.

—No puedo esperar.

—Mi niña insaciable.

—No soy tu niña. Soy tu mujer.

Aitor se retiró de ella y le permitió volverse. Se ubicaron de costado, uno frente al otro. Emanuela le acarició los labios.

—Creo que siempre serás mi niña, Jasy. No podré evitarlo, amor mío. Siento una necesidad muy grande de protegerte. Siempre estoy preocupado por tu bienestar. Tendrás que tenerme paciencia.

—La paciencia es una de mis virtudes.

—Mi niña virtuosa… —bromeó él, y le besó la punta de la nariz.

—Un momento atrás, mientras me hacías lo que querías y yo te lo permitía y nada me importaba, no me habrías llamado virtuosa. Todo lo contrario.

—Eso es algo que me fascina de ti, Jasy, que siempre conservas la pureza del corazón aun en medio de la lujuria que compartimos. A mis ojos, eres virtuosa en cualquier circunstancia.

—Porque me entrego a ti con este amor infinito que te tengo.

Aitor asintió y tragó varias veces para diluir el nudo en la garganta. Había estado tan cerca de perderla, a ella, su tesoro, que no acababa de convencerse de que la tenía desnuda entre sus brazos, que la había disfrutado como nunca había disfrutado de una mujer y que la había hecho feliz amándola y dándole placer. Emanuela le acarició el pelo corto y le sonrió con ternura, consciente de las emociones que lo embargaban.

—Cuéntame cómo están las cosas en el pueblo. Me refiero a cómo están después de haberse enterado de lo del Tratado de Permuta.

Aitor carraspeó y le apartó unos mechones del rostro. Le resultaba difícil dejar de tocarla, y se daba cuenta de que a ella le sucedía lo mismo.

—La cosa está que arde. Muchos abandonaron el pueblo y viajaron a las doctrinas que están del otro lado del Uruguay para defenderlas contra la invasión de los portugueses.

—¿Alguno de mis hermanos viajó?

—Sí, Bartolomé, Fernando y Marcos. —Laurencio nieto había viajado con Bartolomé, su padre, pero Aitor no se avenía siquiera a pronunciar su nombre.

—Agradezco a Dios que tú no hayas ido, Aitor, y le pido por mis hermanos.

—Habría ido, Jasy, pero no quería moverme del pueblo. Temía perderme alguna información acerca de tu paradero. Y así habría sido.

—Prométeme que no irás, Aitor. Temo que será un baño de sangre.

—No iré. Ahora solo me importas tú.

—Gracias. Me alegra saber que estarás a salvo, pero no puedo dejar de pensar en todas esas almas. ¿Qué será de ellos?

—A mediados del año pasado, los de Santo Ángel y San Miguel comenzaron el traslado, pero los de San Nicolás se negaron a hacerlo. Entonces los demás los imitaron. Ahora la cosa está en un compás de espera. Para colmo, los de San Luis, que se habían avenido a mudarse a las nuevas tierras elegidas por los *pa'i*, fueron atacados por los charrúas, que dicen que esas tierras son de ellos, y tuvieron que volver a su tierra original, que ahora la reclaman los portugueses.

—Qué gran lío. No termino de comprender por qué el rey firmó ese acuerdo que tanto nos perjudica.

—Mi *pa'i* Ursus dice que hay gentes en la España que quieren perjudicar a la Compañía de Jesús.

—¿Conociste al *pa'i* Altamirano, el comisario que envió la orden desde Roma? ¿Visitó San Ignacio Miní?

—Sí, pero no fue bien recibido. Algunos aseguran que es un portugués disfrazado de jesuita.

—¡Oh! ¿Y tú lo crees así, Aitor?

—No, pero más vale que el comisario se cuide las espaldas, porque conociendo a mi gente, temo que su vida corra peligro.

—¡Mi *pa'i* Santiago está con él, Aitor! —se angustió Emanuela—. ¡Es su secretario!

—Ellos conocen la situación, Jasy. Saben que es riesgosa. Se mantendrán alertas. No quiero que te preocupes. Salgo un momento —anunció, y se movió para abandonar la cama—. Tengo ganas de mear.

—No salgas —le pidió Emanuela, y un sonrojo le cubrió las mejillas—. Usa mi orinal. —Se bajó de la cama y se desplazó desnuda hasta el mueble con espejo y cajoneras. Se acuclilló para extraerlo de la parte más baja. Al volverse con el recipiente de latón en la mano, descubrió que Aitor la había seguido y que la miraba con hambre, los ojos negros, los labios entreabiertos y el pene de nuevo duro y enorme. El deseo de él la alcanzó como un puño que se le alojó entre las piernas. Los pezones le hormiguearon. Se mantuvo inmóvil cuando lo vio avanzar y no emitió sonido cuando se apoderó del orinal y lo dejó, olvidado, en el suelo. Tampoco habló cuando la aferró por la nuca y la obligó a darle la espalda, ni se quejó cuando, con una ligera presión, le dio a entender que pegase el torso contra la pequeña mesa. Los pezones sensibles acariciaron la madera, y Emanuela se mordió el labio y espiró ruidosamente por la nariz. La enardecía la actitud de Aitor, que la dominase con el silencio y con su cuerpo, con sus ojos de luisón, que la tomase sin consideraciones, que la usase para su satisfacción. Aitor pegó el torso a la espalda de ella y le mordió el músculo del hombro.

—Perdóname —le pidió en un susurro ardiente.

—¿Por qué?

—Porque no puedo detenerme, Jasy. No consigo saciarme de ti. No puedo dejar de pensar en mi verga dentro de ti. Recién caminaste desnuda, y tus tetas rebotaban y... cuando te agachaste para buscar el orinal, tu culo... Me vuelve loco tu culo, Emanuela.

—¿Quieres tomarme de nuevo?

—Sí —admitió, con timbre avergonzado, mientras le acariciaba el costado de las piernas y le depositaba besos en la mandíbula. Impulsado por el silencio de ella, se apresuró a agregar—: Si estás muy dolorida, puedo aliviarme como aquella vez en la torreta, con mi verga entre los cachetes de tu culo. —Se los separó con cuidado y se posicionó entre ellos.

Emanuela, con la mejilla pegada en la mesa, sonrió. Llevó las manos hacia atrás y se sujetó a los glúteos de Aitor, que, al impulsarse hacia delante, asaltado por un acceso de excitación, hizo temblar la péñola en el tintero.

—Yo también te necesito dentro de mí. Una vez que despiertas este deseo, solo tú puedes calmarlo.

Le besó la mejilla cálida y rosada con reverencia y también la boca medio aplastada contra la mesa.

—Gracias, amor de mi vida. —Deslizó la mano derecha entre las piernas de Emanuela y comprobó que estuviese lubricada—. Estás lista para recibirme, Jasy —se jactó.

—¿Vas a tomarme aquí, sobre la mesa?

—Sí. Hace rato que te imagino en esta posición. Quiero que volvamos a fornicar como los animales, con tu culo contra mis huevos.

Emanuela gimió y movió la pelvis en círculos contra el bulto de Aitor. La había excitado que emplease esa palabra, fornicar. La guió para que se pusiese en puntas de pie antes de penetrarla con una estocada que lo colocó profundo dentro de ella. El quejido lamentoso de Emanuela lo obligó a detenerse y aguardar a que se acostumbrase a su invasión. Apretó los dientes y los párpados y contuvo el aliento hasta que la amenaza de eyaculación remitiese. Sentía los latidos de la carne de Emanuela en torno a su miembro. Se inclinó sobre su espalda y le preguntó:

—Jasy, ¿estás bien?

—Sí —dijo, tensa, como si padeciese.

—¿Quieres que me retire? Me salgo, Jasy.

—No, por favor, no —suplicó, y el anhelo sonaba sincero en el timbre de su voz—. No me dejes. Me siento vacía sin ti.

Le mordisqueó el pabellón de la oreja, en tanto metía las manos entre ella y la mesa y se apoderaba de sus pechos y le pinzaba los pezones con el índice y el mayor. Emanuela se arqueó con un gemido largo y angustioso, y Aitor rio de pura satisfacción masculina.

—¿Te gusta esta posición, Jasy?

—Sí —suspiró ella.

—También te haré poner en cuatro patas y te la meteré por detrás mientras me agarro a tus tetas y te aprieto los pezones.

—Aitor… Muévete. Muévete dentro de mí, por favor.

—Sí —le susurró al oído—. Sí, amor mío.

La risa había desaparecido de su voz; se expresaba con un acento más bien atormentado que se reflejaba en la expresión del rostro.

Se irguió y se sujetó a la cintura de Emanuela antes de comenzar a mecerse dentro de ella con una cadencia prudente; estaba en el umbral del clímax.

—¿Me sientes dentro de ti?

—Sí, pero distinto esta vez. Es como si tocases otras partes. ¿Tú qué sientes?

—Que me aprietas como si quisieras estrangularme.

—Estoy apretándote como me enseñaste, Aitor. ¿Lo hago bien?

—Sí —barbotó la respuesta como una exhalación.

—Aitor, más fuerte, más rápido.

La complació. Los impulsos se volvieron embestidas veloces, casi frenéticas. La mesa se sacudió, la péñola saltó fuera del tintero y un par de libros acabó en el suelo. Se recostó sobre Emanuela y le introdujo la mano entre las piernas, donde la friccionó hasta que obtuvo lo que quería, a su mujer gimiendo su nombre en una parálisis de placer. Se retiró de ella por completo y volvió a entrar con un impulso sordo que acabó en una expulsión de semen tan violenta que lo arrojó hacia atrás y que despegó a Emanuela de la mesa, y que fue seguida por eyaculaciones cortas que dilataron el goce. Eso no era normal, lo sabía. Después de haberla tomado tres veces en... ¿cuánto tiempo?, ¿una hora?, el placer aumentaba, su necesidad se volvía inextinguible, inagotable. La sostuvo pegada contra su cuerpo, una mano calzada en el pubis de ella y un brazo cruzado sobre sus senos. Emanuela quedó laxa, con los pies colgando y la cabeza caída hacia atrás, los ojos cerrados, el aliento raudo y las mejillas arreboladas, agotada a causa del esfuerzo al que la había sometido su talante egoísta y avaro. La imagen le inspiraba una mezcla de ternura y deseo carnal tan desconcertante y paradójica como exquisita. Le besó el pómulo y mantuvo los labios entreabiertos y pegados a su piel, donde siguió respirando con exhalaciones cortas y una expresión de ceño muy apretado. No se decidía a apartarla de la seguridad de sus brazos; no quería sentir el vacío que sobrevendría cuando la dejase ir para comenzar el día; le resultaba insoportable compartirla, aun con Romelia, Justicia y el viejo don Mikel.

—Amor mío, tú no sabes lo que me das.

—¿Qué? Dímelo, Aitor.

—No soy bueno con las palabras, Jasy. Yo no soy culto como tú, pero... No sé cómo decirlo.

—Dímelo con tu corazón.

Pasado un momento, expresó:

—Contigo a mi lado, no quisiera que la vida terminase jamás.

—Porque nuestro amor le da sentido.

—*Tú* le das sentido a la vida.

—Y tú a la mía.

—Gracias por la mejor noche y el mejor despertar de mi vida.

—Fue literalmente un placer, señor Ñeenguirú.

La risotada de Aitor le resonó en el pecho y la hizo vibrar. Se rio a su vez.

—¿Tienes hambre?

—Estoy famélico.

—¿Quieres que pida agua para lavarnos antes de ir a desayunar? Yo lo necesito.

—Hueles muy bien, Jasy. —Le clavó la nariz en el cuello y le causó cosquillas—. Hueles a mí y a sexo.

—Quiero oler a ti y a nuestro amor siempre. No me lavaré.

—Hazlo. Te sentirás más cómoda. Iré a bañarme al río. Tú lávate aquí, tranquila.

—Esta noche haré preparar la tina y nos daremos juntos un baño. Te gustará. Ya lo verás.

—Esta noche prometo dejarte en paz.

—No te creo.

Aitor rompió a reír, y Emanuela se le colgó al cuello y lo acalló con un beso.

Emanuela lo espiaba desde el huerto y se mantenía alejada para no distraerlo. Aitor y Conan habían regresado antes del mediodía con los ladrillos, las herramientas y la cal para preparar la argamasa. Habían descargado y acomodado los implementos y enseguida se habían dedicado a rastrillar los detritos de la antigua tapia francesa. Alrededor de las dos de la tarde, luego de acompañar a don Mikel en su comida, Emanuela, con la ayuda de Justicia y de Romelia, extendió un mantel bajo los árboles frutales e improvisó un almuerzo frío para los trabajadores que consistía en gallina al escabeche, choclos asados, huevos duros, *kiveve* e higos en almíbar del huerto de Emanuela, a los que había macerado en agua con carbón durante dos días para que se volviesen crocantes.

Conan y Aitor devoraban en silencio, lo mismo Justicia, mientras Romelia y Emanuela, que picoteaban de esto y de aquello, se ocupaban de mantener los platos llenos y los vasos con horchata. Comían con las manos y en un ambiente distendido pese al mutismo, a veces interrumpido por un comentario de Justicia o un ladrido de Orlando, que exigía a su dueña un trozo de pollo o una cucharada de *kiveve*. Aitor lanzaba vistazos velados a Emanuela, prácticamente echado sobre la pieza de tela. Ella no lo miraba y, sin embargo, se ruborizaba porque percibía la persistencia de sus ojos y porque se acordaba de lo que habían compartido pocas horas atrás.

—Gracias por la comida, señorita Emanuela. Gracias, Romelia. Todo ha estado exquisito.

—De nada, señor Marrak. Y llámeme Manú, por favor.

Aitor, que devoraba un higo entero, detuvo la masticación y alternó vistazos aviesos entre uno y otro.

—Y vuesa merced llámeme Conan.

—Conan, le daré un ungüento que preparamos en mi tierra, urucú lo llamamos, para que no vaya a arrebatarse con el sol. Vuesa merced es muy blanco.

—Le agradezco, Manú.

—No dejen de cubrirse la cabeza, ni de tomar el agua que les dejé en la garrafa. Tal vez sería mejor que no trabajasen en las horas de sol más fuer...

—Bueno —pronunció Aitor, molesto—, creo que es hora de volver al trabajo. —A punto de limpiarse las manos en las piernas del pantalón, se detuvo a la voz de Emanuela.

—Romelia y yo hemos traído aguamaniles para lavarse. Aquí tienes —dijo, y colocó frente a él una palangana con agua a la que le había agregado unas gotas del bálsamo de romero, laurel y menta, el mismo con que lo había ungido en el pasado después de afeitarlo.

—Lávame —le ordenó Aitor, y extendió las manos, que Emanuela tomó con delicadeza para sumergirlas en el aguamanil.

—Aquí tiene otra palangana, don Conan —indicó Romelia—. Vamos, Justicia. Ayúdame a llevar esto a la cocina.

—Justicia, después le llevas el ungüento de urucú a Conan. ¿Recuerdas cuál es?

—Sí, Manú, el que está en la vasija verde.

—Sí, ese.

Los esclavos partieron con los trastos hacia la casa, y Conan, luego de higienizarse deprisa, volvió al límite de la propiedad para continuar con el rastrillado. Emanuela, ajena al movimiento en torno a ellos, le lavaba cada dedo, incluso bajo las uñas, que tenía muy largas y que planeaba cortar esa noche. El enojo de Aitor se irradiaba sobre ella como el calor de un brasero. Ella proseguía con su faena disfrutando de ese simple contacto después de haber creído que esas manos tan amadas jamás volverían a tocarla. Se le contrajo un músculo entre las piernas y enseguida se le humedecieron los calzones al evocar las prácticas en las que Aitor la había iniciado en la intimidad de su recámara.

—¿Por qué te sonrojas?

—Porque estoy acordándome de cuando me tomaste en la mesa.

Los dedos de Aitor se entrelazaron con los de ella bajo el agua. Emanuela alzó la vista y se quedó quieta ante la imponencia de su expresión. Le hubiese dado miedo de no haber sabido cuánto la amaba.

—¿Por qué le pediste que te llamase Manú?

—Porque no quiero que me llame Emanuela. No quiero que nadie me llame Emanuela.

—¿Por qué?

—Porque solo tú me llamas así.

Guardaron silencio mientras le secaba las manos. Él se inclinó y le besó el cuello, y se quedó allí, mordisqueándola y oliéndola. La arrastró a la parte más densa del bosque de árboles frutales y buscó la intimidad que le brindaba el grueso tronco de un castaño. La inmovilizó tomándola con una mano por la nuca y cruzándole un brazo por la parte baja de la espalda. Le cubrió la boca con la suya y la penetró con una lengua inexorable. Emanuela le sujetó los hombros y se abandonó a la ira, los celos y la pasión de él.

—No quiero que te preocupes por otros, solo por mí —le exigió con mordidas en el filo de la mandíbula.

—Es tu amigo, Aitor. No quiero que enferme de insolación. Es muy blanco. Nosotros estamos acostumbrados a la brutalidad del sol, pero es evidente que él no.

—No me importa.

—Él está levantando el muro porque tú se lo pediste. —El tono de reproche y la firmeza de la declaración lo obligaron a detener su juego y a prestarle atención—. No me gusta que seas indiferente con quienes te aprecian y te quieren. Se nota que Conan te considera su amigo.

Aitor asintió sin mirarla. Emanuela, que lo conocía como nadie, supo que en el ceño que le oscurecía la frente, se ocultaban la vergüenza y el arrepentimiento, que no admitiría abiertamente por orgullo. Le pasó la mano por las cejas para distendérselas y le dibujó con el índice la silueta triangular.

—Te amo —susurró ella, para confortarlo.

Aitor suspiró y apoyó la frente en la de ella.

—Quiero que me enseñes a ser mejor persona, Jasy. Quiero ser mejor para ti.

—Tú eres lo mejor para mí.

—Pero soy egoísta y rencoroso, y nunca pienso en las necesidades de los demás. Siempre pienso en mí primero.

Emanuela lo sujetó por las sienes y lo obligó a mirarla.

—Porque desde pequeño tuviste que protegerte del maltrato de mi *ru*, porque si tú no pensabas en ti nadie lo habría hecho. Mi *sy* te ama profundamente, pero, frente a mi *ru*, tenía que simular indiferencia para no levantar su ira, que se habría vuelto en contra de ti. Por eso eres como eres. Y yo te amo por haber pasado por todo aquello y haberte convertido en un hombre magnífico pese a todo.

—Pero tú nunca dirías que soy noble y bueno, como el tal Titus de Alarcón.

—Pero te amo a ti, con locura, con todas las fuerzas de mi ser, hasta el fin de los tiempos. A Titus lo respeto y le tengo cariño, pero nada más.

—¡Ah, Jasy! —Volvió a ajustar el brazo en torno a su espalda y la mano en la nuca hasta obligarla a ponerse en puntas de pie. No la besó; se quedó mirándola fijamente, y aunque lo había visto miles de veces a lo largo de sus casi diecisiete años, Emanuela volvió a perderse en el color exótico, casi inverosímil de sus ojos, ese amarillo dorado que entre su gente había servido para confirmar la índole de lobisón de Aitor y que a ella le quitaba el aliento.

—Eres tan hermoso —pensó en voz alta, y lo acarició con la punta de los dedos.

Él bajó los párpados lentamente y soltó el aire por la nariz con la sonoridad que hablaba de que había estado reteniéndolo.

—Jasy, quiero que vuelvas a mirarme con la adoración y el respeto que lo hacías cuando eras mi niña preciosa en San Ignacio. Lo hacías con tanta devoción, amor mío, como si yo fuese un dios para ti, y eso era todo lo que necesitaba para sentirme capaz de cualquier cosa. Quiero eso de nuevo en tu mirada, Jasy. Sé que lo perdí por mi culpa, por mi traición, por el ser bajo que soy.

—No... —Emanuela le cubrió la boca con la mano—. No vuelvas a decir que eres un ser bajo, te lo suplico. Tú eres mi Aitor, mi amado Aitor. Nuestro amor es más fuerte que cualquier traición. ¿Crees que anoche me habría entregado a ti si no te adorase, si no confiase en ti?

Él agitó la cabeza para negar; no pronunció palabra, mantuvo los labios apretados y los ojos ocultos tras las pestañas. Estaba muy emocionado.

—Siempre has sido impaciente —comentó Emanuela con acento risueño—. Siempre has querido que todo te sea concedido rápidamente, ahora mismo. Eres exigente.

—Sí —admitió él, con voz quebrada.

—Quiero que seas paciente y dejes de atormentarte. Poco a poco iremos reconstruyendo lo que se rompió la noche en que te encontré con ella. Poco a poco, amor mío.

Aitor suspiró y asintió. Permanecieron callados, las frentes en contacto, las manos tensas sobre sus cuerpos.

—¿Cómo te sientes? —susurró él—. Toda la mañana estuve arrepintiéndome por haberte tomado tantas veces. ¡Mierda! Soy una bestia, Jasy. Es que no podía parar. Cuando creía que ya me había satisfecho, te miraba de nuevo y volvía a calentarme. —Ni él mismo podía creer la cantidad de veces que le había hecho el amor; jamás le había sucedido con otra—. ¿Cómo te sientes? —insistió ante el mutismo de ella.

Emanuela contenía la risa al verlo abrumado por la culpa. No le diría que a media mañana, antes de ir a misa, al sentir la piel tirante e irritada, había hecho un baño de asiento con una infusión de melisa, y que luego de secarse con golpecitos delicados, se había aplicado un ungüento que su *taitaru* le había enseñado a preparar con grasa de cerdo y hierbabuena; la había aliviado enseguida. En cambio, le susurró:

—Me siento tu mujer, así me siento. Llevo tu marca entre las piernas y tu semilla en mis entrañas. Y mis pezones todavía están sensibles a causa de tu boca y de tus dedos. Toda la mañana estuviste conmigo, te llevé en mi cuerpo. Toda la mañana estuve sonriendo y sonrojándome a causa tuya, aun cuando oía misa y después, mientras me confesaba.

Los ojos de Aitor habían adquirido un matiz tan oscuro que a Emanuela la asombró; la pupila le abarcaba el iris por completo. La contemplaba con una expresión inescrutable; solo en el fuego negro de su mirada y en la impiadosa sujeción de sus manos se adivinaba la tormenta de pasión y deseo que lo devastaba. Aitor le encerró el rostro con las manos y le rozó los labios, y le aprisionó el inferior con los dientes, y lo succionó y finalmente terminó por invadir su boca y besarla con el hambre que le resultaba imposible sofocar aunque hiciese votos y promesas en ese sentido.

—Vete, Jasy —la conminó—. Vete ya o terminaré tomándote contra este árbol.

Aflojó el brazo en la cintura y la mano en la nuca y los apartó con reticencia. Emanuela sonreía y le acariciaba la mejilla. Se tomaron de la mano. Emanuela retrocedió y, cuando quedaron unidos apenas por las puntas de sus dedos, Aitor se echó hacia delante, le aferró la muñeca y la atrajo con un jalón. Emanuela cayó entre sus brazos, ahogada de risa, que se intensificó cuando él le hizo cosquillas en el cuello con los dientes y el mentón áspero.

—Gracias por el almuerzo que nos preparaste, amor mío. Estaba exquisito.

—Lo preparé solo para ti, pensando en ti.

—Gracias. ¡Ahora vete!

Emanuela se recogió el ruedo del vestido y corrió entre los árboles hasta el cuarto patio, donde se topó con Romelia, que se detuvo con una batea en la mano y la miró con ojos aguzados.

—Tienes los labios hinchados, las mejillas ruborizadas y te chispean los ojos. Me pregunto qué habrás estado haciendo.

Emanuela rio, dichosa, y le quitó la batea para ayudarla. Caminaron hacia la cocina.

—Justicia dice que, cuando se despertó esta mañana, Aitor no estaba en su cama.

—Había ido al río a bañarse.

—Y antes de ir al río, ¿adónde había ido?

Emanuela sonrió con la vista en la batea. Su reflejo se desfiguraba en el agua alborotada; no obstante, la felicidad se adivinaba aun en esa imagen distorsionada. Romelia suspiró.

—Espero que sepas lo que haces, Manú.

—Lo amo, Romelia.

—Lo sé. No me malentiendas, Manú. Estoy feliz de que haya vuelto a ti, de que la vida los haya reunido de nuevo. Solo me pregunto si no ha sido muy pronto.

—Le he pertenecido desde el día de mi nacimiento. Hemos esperado demasiado.

—¿Y qué fue de la mujer con la que te engañó?

—No lo sé —admitió, y una sensación desagradable fue tiñendo de negro la luz con que Aitor la había cubierto. Apoyó la batea sobre la mesa y se puso a enjuagar los vasos de estaño y los platos de arcilla, mientras su cabeza se llenaba de ideas truculentas. Al terminar, con el ánimo caído, le pidió a Romelia que la ayudase a quitarse el vestido. Se pondría ropas cómodas para trabajar en el huerto; siempre la serenaba el contacto con la tierra.

Durante las horas de sol más fuerte, trabajó en el huerto con las hortalizas de hojas verdes —lechuga, espinaca, acelga—, que crecían a la sombra. Después se mudó al otro, el que necesitaba luz y desde el cual tenía una buena visión de los fondos de la propiedad. Y desde allí lo observó el resto de la tarde, mientras quitaba la maleza, retiraba las piedras, las ramas y otros residuos que había arrastrado la tormenta e intentaba salvar las pocas hortalizas que quedaban. La alegró verlo reír con Conan; no deseaba que perdiese al único amigo que le conocía por unos celos infundados. Lo contemplaba con una opresión en el pecho, mezcla de felicidad y de angustia. La pregunta de Romelia la torturaba. Después de todo, ¿qué había sido de Olivia?

* * *

Conan Marrak había partido después de la jornada de trabajo y se había llevado con él la carreta de don Edilson. Aitor observaba desde el río los avances de la obra, mientras se enjabonaba. Habían retirado los escombros, trazado el perímetro con una cuerda y jalonado los sitios donde levantarían las columnas para sostener un muro de tanta longitud. Al día siguiente comenzarían a excavar. Se enjuagó y salió del agua. Se secó con aire ausente, mientras fijaba la mirada en la vastedad del río. Pensaba en Emanuela, en el futuro incierto en el que solo una certeza contaba: la había recuperado y no volverían a separarse. Las imágenes de la noche anterior y de esa mañana le hicieron sonreír a la nada. Tal vez, razonó, esa noche debería dormir en la pieza de los esclavos, en la cuja del tal Elcio, porque dudaba de poder contenerse. Regresó a la propiedad, ansioso por verla. De seguro ya se habría cambiado para la cena y puesto ese perfume que la circundaba como un halo y que le estimulaba las fosas nasales cada vez que ella agitaba los bucles.

Se detuvo a cierta distancia del portón de mulas, donde Justicia hablaba con tres hombres, dos con uniformes militares —casaca corta y azul, con solapas rojas y botones blancos, y pantalones del mismo rojo de las solapas— y el otro con camisa sin mangas y chiripá. Tanto los uniformes como las prendas campestres lucían desgastados y con varios remiendos. Se fijó en las armas que llevaban: uno de los uniformados iba con sable; los otros con lanzas; no les vio cuchillos.

—¡Justicia! —lo llamó, y atrajo la atención de los hombres—. ¡Ven! —El niño trotó hasta él con cara seria—. ¿Quiénes son esos? ¿Qué buscan?

—A Manú.

Aitor se envaró y volvió la mirada hacia los extraños, que lo estudiaban con expresiones poco amistosas a las que estaba habituado; un indio de su catadura, con tatuajes y ojos de yaguareté, siempre despertaba miedo y desconfianza, en especial entre los militares.

—¿Qué quieren con ella?

—Son soldados del Regimiento de Blandengues, del mismo al que pertenece Titus. La adoran a Manú.

—¿Qué quieren con ella? —repitió.

—No lo sé. Iba a buscarla. Pero de seguro es pa' que cure a alguno de ellos.

—Mierda —masculló entre dientes, en tanto el esclavo se alejaba corriendo.

Emanuela se presentó en la cocina, cambiada y perfumada. Él, sin embargo, no prestó atención a esos detalles.

—¿Vas a ir a ver qué quieren? —la increpó, olvidado de sus promesas en el instante en que los celos lo embriagaban.

—Sí, acompáñame. Debe de tratarse de algo muy serio para que hayan venido. Desde el interrogatorio del inquisidor, no habían vuelto a pedirme que los curase.

—No vayas.

—Aitor, alguien podría estar muriendo.

—¡Mierda, Emanuela!

La palidez súbita que se apoderó de sus mejillas y el temblor de sus labios le devolvieron la sensatez. Hacía dos días que la había recuperado; no debía abusar; era menester proceder con cautela; ella podía enfurecerse, hartarse y mandarlo al demonio.

—Perdóname —masculló—. Es que me aterra que te arriesgues.

—Vamos a ver de qué se trata y luego evaluaremos. Acompáñame, por favor.

Justicia y Romelia caminaron detrás de ellos. Aitor colocó una mano en la cintura de Emanuela, que le dirigió una mirada dulce consciente de que su acto le servía para marcar territorio y definir su posición ante los soldados. Los hombres la vieron aparecer, y las sonrisas se les congelaron en los rostros al descubrir la mano oscura del indio sobre el vestido de surá azul zafiro de la señorita Manú. Se quitaron los sombreros e inclinaron las cabezas.

—Buenas tardes, cabo Contreras. Buenas tardes, cabo Matas. Soldado Frías —dijo en dirección del que iba vestido con camisa y chiripá.

Los tres respondieron a su saludo con reverencia pese a la incomodidad que les causaba la mano de ese indio en la cintura de la niña santa.

—Les presento a mi prometido, el señor...

—Francisco de Paula Almanegra —completó Aitor, e hizo caso omiso de la risotada de Justicia, que se calló enseguida al recibir un coscorrón de la esclava. Nada le importaba excepto que Emanuela lo hubiese presentado como su prometido. Esa simple palabra, en especial dirigida a esos tres, lo hizo sentir importante; más bien, superior.

—Buenas tardes —lo saludaron los hombres.

—Señorita Manú, lamentamos venir a importunarla. Sabemos que no debemos molestarla...

—No es molestia, cabo Contreras —lo interrumpió Emanuela, evidentemente nerviosa, y Aitor se preguntó si la habría enojado que se inventase el nombre—. Dígame qué lo trae hoy aquí.

—Se trata de mi hermana —intervino el cabo Matas, e hizo dar vueltas el sombrero entre sus manos—. Ha cometido un disparate, señorita Manú, y desde la mañana está echada en su camastro, gritando de dolor y perdiendo sangre por... pues... entre... las piernas —añadió en voz baja.

—¿Qué disparate ha cometido?

—Pues... —Matas dirigió una mirada nerviosa en dirección a Justicia.

—Vete pa' la cocina —le ordenó Romelia.

—Pero...

—¡Vete pa' la cocina, he dicho!

Justicia se alejó pateando el aire y refunfuñando.

—¿Qué disparate, cabo Matas?

—Se quitó la criatura que llevaba en el vientre. El malnacido que la preñó se mandó mudar y la abandonó. Si llego a poner mis manos en él...

—Iré por mis cosas. ¿Dónde vive su hermana?

—Con mis padres, cerca de la Quinta de Riglos.

La zona, también llamada del Retiro, se hallaba lejos del centro, hacia el norte, y a menudo se anegaba a causa de los pantanos malolientes.

—Enseguida regreso.

—No pensarás ir, ¿verdad? —se enojó Romelia, mientras correteaba a su lado.

—No habrá forma de hacerla cambiar de parecer —la previno Aitor, con aire sarcástico—. La conozco muy bien, Romelia. Cuando camina con el torso echado hacia delante y frunce los labios de esa manera, ay, mi Dios, no hay quién la haga cambiar de parecer.

Emanuela apretó la boca y ladeó la comisura para ocultar la risa.

—¿Conque Francisco de Paula Almanegra? —dijo, en cambio.

—Ese es mi nombre. Además, ya habíamos quedado en que me haría llamar de ese modo. Lo de Almanegra no es del todo mentira, y tú lo sabes mejor que nadie, Emanuela.

La expresión pícara y el acento sensual que empleó hicieron carcajear a Romelia. Emanuela le lanzó un vistazo de fingido enojo.

—No hay de qué reír, Romelia. Inventarse un apellido no es juego de niños.

—Es que pienso en tu toro, Manú, en tu Almanegra...

—En José Moro, querrás decir.

—Es que le va muy bien Almanegra, Manú. Tienes que aceptarlo.

—Le va muy bien ¿a quién? ¿A mí o al toro?

La negra se dobló de risa y terminó limpiándose las lágrimas con el mandil.

—Eres imposible, Romelia. Ayúdame a preparar el canasto con mis cosas. Asegúrate de poner los pétalos de rosas disecados y las flores de aristoloquia.

—Esas hieden como carroña.

—Sí, pero son excelentes para normalizar las cuestiones de la matriz y del sangrado. Mi *taitaru* siempre lo decía. Me pregunto si quedará algo de raíz de *Elaeagnus angustifolia*. —Habían llegado al cuartito, y Emanuela se estiraba para alcanzar los potes de barro donde conservaba las hierbas que disecaba.

—¿Cuál es la *elañus...* como sea? —preguntó Romelia, mientras destapaba las vasijas y las olía.

—Lo que tú llamas árbol del paraíso. Es específico para hacer bajar las criaturas muertas en el vientre materno. Si no quedó raíz del árbol del paraíso busca el pote con la de la calaminta, que es *quid pro quo* de la anterior.

—¿Que es qué?

Al volverse, se dio cuenta de que Aitor había desaparecido.

—Quiere decir que la calaminta reemplaza al árbol del paraíso en esta cuestión.

La negra asintió con expresión ausente y siguió recolectando las hierbas.

—¿Quieres que vaya contigo, mi niña?

—No, Romelia. Aitor me acompañará. Necesito que te quedes y asistas a don Mikel.

—¿Qué le diré? Preguntará por ti.

—Que me siento indispuesta, que estoy guardando cama. No sé, lo que se te ocurra.

—Oye, Manú, todo esto me da miedo. No deberías ir, mi niña. ¿Y si esos demonios de la Inquisición te atrapan?

—No lo harán. Iré bien embozada y no saldremos por el portón de mulas, que podría estar vigilado, sino que saldremos por los fondos y caminaremos por la costa.

—Manú, mírame. Por la señal de la Santa Cruz —recitó la negra, y fue dibujando pequeñas cruces en la frente, los labios y el pecho de Emanuela—, de nuestros enemigos líbranos, Señor, Dios Nuestro. En el nombre del Padre, del Hijo y del Espíritu Santo.

—Amén —replicó Emanuela, y besó el pulgar de la negra.

—Ve con Dios, hija mía.

Aitor la esperaba apoyado en el portón de mulas. El trío de blandengues le lanzaba vistazos desconfiados, que a él lo tenían sin cuidado. La vio aproximarse, completamente cubierta por un chal negro y con una canasta en el brazo, y se incorporó y cuadró los hombros en un acto mecánico que hablaba de protección y posesión. Sus miradas se encontraron. Emanuela la fijó en el arco que le cruzaba el pecho, y una emoción inesperada le calentó el pecho. Hacía años que no lo veía con el arco. ¿Dónde lo había escondido durante esos días?

—Entren, por favor —indicó a los militares—. Saldremos por los fondos de la propiedad y caminaremos por el río.

El sol todavía brillaba pero cada vez más cerca del horizonte. El atardecer se acercaba y daría paso a la oscuridad de la noche. Ese pensamiento inquietaba a Aitor. Iba bien armado, con su arco, su carcaj de flechas en la espalda, el cuchillo en la cintura y la honda al cuello. No confiaba en esos tres. ¿Y si decidían matarlo para hacerse con su Jasy, para violentarla? Cerró la mano en torno al arco de madera. Emanuela, que iba tomada de su brazo, debió de percibir la tensión porque llamó su atención apretándole la carne. No quería distraerse mirándola; la tentación, no obstante, lo doblegó.

—¿Qué? —preguntó de mal modo.

—¿Estás bien? Te noto intranquilo —comentó ella en guaraní.

—¿Por qué debería estarlo? A mí mujer la tiene amenazada la maldita Inquisición, mientras un grupo de pasmarotes a quienes no conozco vienen a reclamarla y a llevársela vaya a saber dónde, y estoy solo para protegerla. No, no estoy intranquilo —remató, con sarcasmo, y devolvió la vista al frente—. Estoy rabioso.

—Son buenas gentes, Aitor. Ellos no nos harán nada. Al contrario, nos protegerán.

—A mí nadie me protege excepto yo mismo. Y a ti *solo yo* te protejo, ¿está claro, Emanuela?

—Sí, Aitor. —Caminaron unas varas en un silencio hostil hasta que Emanuela volvió a mirarlo con una sonrisa tímida—. Me gustó volver a verte con el arco en bandolera. ¿Dónde lo tenías?

—Lo había dejado en casa de don Edilson. Él me advirtió que está prohibido ir por la calle con armas. Pero ahora esa orden no puede importarme menos.

La familia del cabo Matas vivía en una casucha de paredes de adobe y techo de paja. El soldado empujó la puerta, que en realidad era un cuero estirado en un bastidor armado con cañas, y la invitó a entrar. La recibieron el calor, el olor a moho y a velas de sebo barato, y enseguida relajó la nariz; no quería ofender a los dueños de casa. Una mujer, con el rostro contraído por la pena y empapado en lágrimas, emergió de un rincón oscuro y la miró con esperanza.

—Madre —dijo el cabo Matas—, ella es la señorita Manú, la niña santa.

La mujer emitió un sollozo, cayó de rodillas y le besó el ruedo del vestido. Emanuela lo retiró con un jalón delicado y se puso en cuclillas. Le acarició la cabeza.

—Lléveme con su hija, por favor.

De camino hacia la pieza, Emanuela se encontró con los ojos acuosos de un hombre, que había mantenido distancia y guardado silencio. Por el parecido, dedujo que se trataba del padre del cabo Matas. Le sonrió e inclinó la cabeza en señal de saludo, y el hombre barbotó un "Dios la bendiga". La mujer apartó una cortina y le indicó que entrase en una pieza escasamente iluminada. La palidez de la joven que yacía en el lecho, con los labios resecos y los pómulos sumidos, le presagió lo peor. Miró hacia atrás, sobre su hombro, y vio a Aitor en la entrada. Su amor por él la desbordó. Descubrirlo a sus espaldas, siempre atento a ella y a su seguridad, le demostró, de una manera más contundente que el sexo compartido la noche anterior y esa mañana, cuánto la amaba y la atesoraba. Le sonrió al pedirle:

—Espérame afuera, por favor. —A la mujer le dijo, mientras hurgaba en su canasta—: Necesito que haga hervir agua. Que el agua borbotee en el fuego lo que le lleve rezar cinco credos. Luego la echa en tres tazones distintos para preparar tisanas con estas hierbas. —Le entregó tres bolsitas de tela, una con los pétalos de rosa, otro con la aristoloquia y la última con raíz de árbol del paraíso.

—Enseguida lo preparo, niña santa.

—Llámeme Manú, por favor. ¿Cuál es su nombre?

—Delia. Y el de mi hija, Aurelia.

Emanuela asintió y se arrodilló junto al camastro. Procedió como su *pa'i* van Suerk le había enseñado: comprobó la vitalidad del corazón apoyando el pulgar en la vena de la muñeca. El pulso era débil, la muchacha estaba a la muerte. Levantó la sábana y descubrió un charco de sangre a la altura de la entrepierna. Se despojó del chal, que cayó sobre sus hombros, inspiró profundamente y bajó los párpados. A ciegas, guió las manos sobre el bajo vientre de la moribunda, que soltó un quejido antes de quedarse quieta de nuevo.

Emanuela pensó en su propio vientre, colmado con la semilla de Aitor, y se dejó embargar por el amor infinito que sentía por él desde que era una niña, desde que tenía memoria. Recordó escenas de su vida con él en el sitio secreto del arroyo, en la selva, en el pueblo. Se acordó de las risas y de las aventuras compartidas; de los regalos que él le había hecho y de los que ella le había entregado a él. Recordó el primer beso en los labios, apenas un roce que él le había dado como al pasar después de sellar el pacto de amor eterno. Revivió la noche en que le confesó que la quería como esposa. Las palabras de su *taitaru* se filtraron entre las memorias y le arrancaron un sollozo en el que había felicidad, pero también melancolía. *"Tú eres lo único que Aitor tiene. Tú eres lo único que él quiere."*

La picazón en las manos se incrementó hasta convertirse en un calor que ella se esforzó por infundir en el cuerpo casi exangüe de Aurelia. Se imaginó que ese calor cauterizaba la herida por la cual estaba escapándosele la vida. Le pidió con el pensamiento que luchase por vivir, que no le causase una pena tan honda a sus padres y a su hermano, que se aferrase al amor de ellos hasta que amainase la tormenta y que soltase la pena por el engaño sufrido y por el niño perdido; no tenía sentido conservarla en el corazón.

Levantó los párpados lentamente, embargada por un gran cansancio. Se dio cuenta de que Aurelia emitía quejidos y movía ligeramente la cabeza. Con una mano todavía sobre su vientre, le colocó la otra en la frente y le siseó para apaciguarla. Pasaron los minutos, y la joven comenzó a aquietarse. Emanuela emergió del sopor y movió los ojos en torno hasta que cayeron sobre la muchacha. Le acercó una vela al rostro y advirtió que un tenue rosado le cubría las mejillas. Volvió a tocarle la vena de la muñeca y sonrió al comprobar que las pulsaciones eran más rápidas y vigorosas. Se puso de pie y la destapó. La sangre seguía encharcada, pero ya no brillaba, sino que había adoptado un color más opaco que hablaba de que comenzaba a coagularse. Le levantó el ruedo de la enagua y le retiró los calzones ensopados.

Delia entró con los cocidos y, al ver la prenda que chorreaba la sangre de su hija, sollozó.

—Tranquila —se apresuró a decir Emanuela—. La hemorragia ha cesado. Estoy quitándole esto porque quiero cambiarla para que esté cómoda.

—¿La...? ¿Ya no le brota sangre de... ahí abajo?

—No, Delia. Ya no.

—¡Porque tú la detuviste, niña santa! —Apoyó la tabla de madera con las tisanas sobre una silla y volvió a arrodillarse frente a Emanuela para besarle las manos—. ¡Tus manos la salvaron, niña santa! ¡Tus manos benditas! ¡Gracias, gracias! —exclamaba entre besos y lágrimas.

Emanuela levantó la mirada y se topó con los hombres asomados bajo la cortina, que la contemplaban con ojos brillantes. No veía al padre de la joven, pero lo escuchaba sollozar en la otra pieza. Retiró las manos de los labios de Delia y se apresuró a proteger el recato de Aurelia bajándole la enagua.

—Delia, todavía no podemos cantar victoria. Aurelia está muy débil. Perdió mucha sangre. Es imperativo que beba los cocidos. Cabo Matas, ayúdenos a mover a su hermana para cambiar las sábanas y el jergón.

—Yo lo ayudaré —ofreció el soldado Frías, y entre los dos la movieron a otra cama, la del matrimonio.

En tanto Delia se ocupaba de acondicionar la cuja de su hija, Emanuela acomodó a la paciente sobre su regazo y le fue dando cucharadas de las tisanas, sobre todo la preparada con raíz del árbol del paraíso.

—Vamos, Aurelia. Bebe. Te hará bien.

La muchacha se quejaba débilmente y tragaba el bebedizo. A veces batía las pestañas e intentaba abrir los ojos; la debilidad la doblegaba, y desistía.

—No te esfuerces —le susurraba Emanuela—. Ya podrás levantar los párpados. Ahora deben de pesar como el plomo. Es porque estás débil. Pero si bebes esto que estoy dándote —la engatusaba—, podrás volver a abrirlos muy pronto. Bebe.

—Amargo… —farfulló la joven.

—Sí, lo sé. Es amargo. ¿Delia?

—¡Mande, niña santa!

—¿Tendrá un poco de azúcar o de miel para endulzar la tisana?

—No —se avergonzó la mujer—. El azúcar y la miel son lujos que no podemos darnos.

—No importa —masculló Aurelia.

—¡Hija! —se emocionó la madre, que no la había escuchado hablar en horas.

—Mamá… Perdóneme.

—¡No, hijita, no! Nada que perdonar. Bebe lo que la niña santa está dándote, hija. Ella te ha salvado la vida.

Su hermano la cargó, ya no como un peso muerto, y la depositó en el camastro con jergón seco y sábanas limpias. Le irguieron la cabeza con almohadas, y Emanuela siguió dándole sorbos pequeños de las tisanas. Aurelia acabó por dormirse.

—Cabo Matas, hay que airear esta habitación. Hace mucho calor aquí, y no quiero que Aurelia se afiebre. Levante la cortina, mantenga abiertos la puerta de entrada y ese ventanuco.

—Como ordene, señorita Manú.

—Necesito salir un momento. Necesito tomar aire fresco —anunció, y se secó la frente perlada de sudor.

Aitor le pasó el brazo por la cintura y la condujo fuera del rancho. El aire del atardecer le voló unos bucles que se le habían escapado del moño y que, al acariciarle la nuca, le produjeron un escalofrío.

—¿Tiemblas, Jasy?

—Abrázame, Aitor.

Con un movimiento hábil y preciso que hablaba de las miles de veces que lo había ejecutado, deslizó el arco hacia atrás de modo que fuese la cuerda lo que le cruzase el pecho. La atrajo hacia él y cerró el abrazo. Le gustaba sentirla débil y pequeña contra su cuerpo. Le gustaba que fuera más baja que él. Le gustaba saber que lo necesitaba. Ella no lo necesitaba a él en la misma medida en que él a ella; pero en ese momento en que Emanuela le pedía que la envolviese con su amor y su fuerza, él se permitía soñar que el sentimiento era mutuo. Le besó la coronilla.

—Te amo, Jasy. Tanto que ni siquiera puedes imaginarlo. Te amo más, mucho más que a la vida. No sé cómo explicarlo —añadió con aire frustrado—. Las palabras no bastan.

Emanuela guardó silencio y se limitó a apretar el abrazo. Un rato más tarde, plantó el mentón en los pectorales de Aitor, elevó la vista y le sonrió.

—Gracias por estar aquí, por haberme acompañado.

—Te acompañaría a cualquier parte, Jasy.

—Lo sé. Y yo te seguiría a cualquier parte, porque donde tú estés, ahí está mi hogar.

—¡Jasy!

Le clavó la mirada antes de apoderarse de su boca. La besó con la pasión que acostumbraba y le exigió que lo dejase entrar para saborearla, y sin embargo Emanuela notó una suavidad con que raras veces la trataba. Aitor interrumpió el beso para pedirle:

—Dímelo de nuevo, eso que acabas de decir.

—Tú eres mi hogar. No sé por qué te emocionas si te dije que sería capaz de vivir en la raíz de un isipoi siempre y cuando lo hiciese contigo.

—Sí, me lo dijiste, lo sé, pero esto es distinto. Yo soy tu hogar, Jasy. El hogar es lo más importante para una persona —declaró, con el asombro de quien ha descubierto un hecho revelador.

—Sí, es verdad. Y tú eres lo más importante para mí y lo sabes porque también te lo he dicho.

Aitor apretó el brazo con que le sujetaba la parte baja de la espalda y le pasó una mano ansiosa por el rostro.

—Quiero ser lo único —susurró él con acento de súplica.

Emanuela soltó un suspiro y movió la cara para besarle la palma, y la sostuvo contra su mejilla.

—Lo eres, amor mío. Lo eres.

—Lo dices casi con fastidio, con resignación.

—Porque me da miedo saber que eres lo único que hace latir mi corazón. Me aterra. Te dije que me convertí en una cáscara vacía durante este tiempo lejos de ti. Respiraba, comía, dormía, vivía… Todo lo hacía de manera mecánica, sin la alegría de mis días junto a ti.

—Jasy, amor mío…

—Y así como aceleras las pulsaciones de mi corazón y me llenas de alegría, tienes el poder de hundirme en la amargura más profunda. Tanto poder, Aitor. —Sacudió la cabeza y se mordió el labio y tragó varias veces para sofocar la emoción.

Aitor ajustó el abrazo y le besó la sien.

—Es el mismo poder que tú ostentas sobre mí, Jasy. Exactamente el mismo.

Un carraspeo los hizo volverse en dirección a la casucha. Los dos cabos y el soldado se hallaban bajo la enramada y los observaban sin ocultar la sorpresa. Aitor percibía la curiosidad que los embargaba, las ganas de preguntar como una mujer tan refinada como Emanuela se encontraba entre los brazos de un indio con la cara tatuada.

—¿Sí, cabo Matas?

—Mi hermana ha vuelto a despertar. Pide verla.

Emanuela se recogió el ruedo del vestido y caminó hacia el rancho. Los hombres se apartaron para darle paso. Aitor se detuvo y los miró uno a uno a la cara, mientras elegía las palabras en castellano para expresar correctamente el mensaje.

—Si la curación que acaba de ocurrir ahí dentro llegase a los oídos equivocados, a mi mujer podría costarle la vida. Si eso ocurriese, yo acabaría con cada uno de ustedes.

—El bienestar de la señorita Manú es de capital importancia para nosotros, señor Almanegra —manifestó el cabo Contreras, y a Aitor le gustó que lo llamase "señor". Señor Almanegra sonaba muy bien, confería la cuota de miedo y respeto que él necesitaba frente a los hombres blancos.

—La curación de mi hermana, señor Almanegra —añadió el cabo Matas—, será un secreto que mi familia, mis amigos y yo guardaremos en nuestros corazones y del cual nunca hablaremos. Lo juro por mi vida.

Aitor asintió con una expresión seria y un ceño tan pronunciado que el rombo tatuado había desaparecido entre los pliegues del entrecejo.

—Entre, por favor —lo invitó Matas—. Bebamos unos tragos de chicha para aflojar la tensión.

—Chicha no. —Aitor había aprendido a las malas lo traicionero que era el alcohol. En esos parajes desconocidos, con gentes en las que no confiaba, necesitaba permanecer despierto y atento.

—¿Unos mates?

—Un mate se agradece —dijo, y regresó a la misérrima habitación, donde el padre de Matas aprestaba los aparejos en la mesa.

—Le pedimos disculpas por lo poco que tenemos para ofrecerle a usted y a la señorita Manú —se disculpó el hombre, que no debía de ser tan anciano, pero lo parecía—. Las cosas han ido de mal en peor últimamente. —Le ofreció el mate, que Aitor aceptó con una inclinación de cabeza—. Yo trabajaba aquí nomás, en lo que era antes la Quinta de Riglos, ahora de propiedad de la Compañía del Mar del Sur, que comercia mayormente con esclavos. Pero me enfermé y, cuando quise regresar, ya me habían despedido y mi trabajo lo estaba haciendo otro. Mi mujer y mi hija son lavanderas y apenas sacan para comprar yerba, pan y poco más. Y mi hijo… —Destinó una mirada cargada de orgullo y afecto—. ¿Cuánto hace que no reciben la soldada, Lindor?

—Siete meses, padre.

—Hace siete meses que no nos pagan —ratificó el cabo Contreras—, y muchos más que no nos renueven los uniformes, que no nos dan las armas que nos corresponden y que nos alimentan a mazamorra y pan duro.

—Así no podemos seguir —apuntó Frías—. Yo, señor Almanegra, me enfermé a causa de la comida que nos dan en el cuartel. Se me llenó la piel de lamparones rojos. Pensábamos que era lepra, y nadie quería acercárseme. Hasta que la niña... Su mujer de usted me curó. Es una santa. Y yo le debo la vida porque... Bueno, había pensado en colgarme de un árbol —admitió, sin mirar a la audiencia.

—A mí también me salvó la vida —expresó Matas—. Me ligué una cuchillada en un antro del Bajo y la sangre manaba como de una fuente. La señorita Manú la restañó con sus manos santas.

—Y a mí me salvó la mano —dijo al que llamaban Contreras, mientras levantaba la izquierda y le mostraba una cicatriz en la palma—. Me explotó el trabuco mientras lo probaba después de haberlo limpiado. El estado de nuestras armas es deplorable. El buen doctor Murguía no quiso asistirme porque él solo se ocupa de los *vecinos*. En fin, que si no hubiese sido por la señorita Manú, estoy seguro de que la habría perdido.

Aitor lo contempló con una expresión indescifrable, mientras sorbía de la bombilla. De los tres, el cabo Contreras era el que menos en gracia le caía porque lo había pillado mirando con demasiada ternura a su Jasy.

—Dígame, don Matas... —Aitor se dirigió al dueño de casa.

—Mi nombre es Ismael.

—Dígame, don Ismael, ¿qué hacía en esa compañía de la que me habló?

—Carga y descarga. No es una tarea fácil en un puerto como el de Santa María del Buen Ayre, que tiene poca profundidad. Los barcos permanecen a más de una milla de la costa, por lo que la mercadería, la humana y la otra, se alija en carretas de enormes ruedas y luego se transporta a tierra.

Aitor siguió haciéndole preguntas e Ismael Matas respondiéndolas. Se notaba que había disfrutado de su trabajo y que lo conocía bien. Decidió hablarle a don Edilson acerca de él; tal vez le resultaría útil para la actividad de contrabando. Matas conocía el Bajo —así llamaban los porteños a la zona cercana al río— como la palma de su mano; incluso le había mencionado unas cuevas naturales en las barrancas donde solían esconderse los esclavos cuando escapaban. La única traba la representaba el hecho de que fuese el padre de un cabo de los Blandengues. Conan le había dicho que, entre otras responsabilidades, ese regimiento se ocupaba de luchar contra el comercio ilegal de mercancías. Miró en torno con disimulo. Lo que lo rodeaba no era pobreza, sino miseria. No tenían siquiera azúcar para endulzar las tisanas de la enferma. Un hombre en esa posición desesperada, ¿no aceptaría un trabajo aunque fuese ilegal, a pesar de que su hijo estuviese en el bando contrario?

Alrededor de las diez de la noche, Emanuela anunció que emprendería el regreso. Acomodó sus potes y bolsitas en la canasta y se embozó por completo. Se aproximó a Delia y le entregó unos reales.

—Es imperativo que Aurelia se alimente bien durante los próximos días. Que coma carne y que tome el caldo donde la preparan. También debe tomar leche, mucha leche. Y comer lentejas y morcillas. Mañana, apenas pueda, volveré para ver cómo sigue. Vamos, Delia, reciba las monedas.

—Qué vergüenza —masculló la mujer—. Niña santa, le salvas la vida a mi Aurelia y además nos das dinero cuando deberíamos ser...

—Shhh... No digas más. Acepta las monedas por el bien de tu hija.

—Gracias, señorita Manú —murmuró el cabo Matas, con la vista en la gorra que hacía girar entre sus manos—. Prometo que le devolveré hasta el último maravedí cuando reciba mi paga. Ahora será mejor que volvamos. Se ha hecho muy tarde.

Delia e Ismael besaron las manos de Emanuela, y ella los dejó hacer. La emotividad de la despedida afectó los ánimos y los mantuvo callados durante los primeros minutos del trayecto de regreso. Aitor mantenía a Emanuela pegada a él y los sentidos aguzados. Se recriminaba por haber consentido a esa aventura en un paraje al que no conocía y que, según Frías, era peligroso debido a las tabernas de mala muerte que poblaban esa zona ribereña, donde se juntaban los troperos y gente de la peor calaña para beber y acostarse con prostitutas. No había luna llena, pero su luz bastaba para iluminar el camino. De todos modos, el soldado Frías y el cabo Contreras avanzaban en la vanguardia sosteniendo fanales con sus lanzas.

A pocas varas del zanjón al que llamaban de Matorras, un arroyo hediondo que desaguaba en el Río de la Plata, Aitor se detuvo de golpe, y Emanuela se descubrió apenas el rostro para mirarlo.

—¿Qué sucede? —susurró Matas, que iba junto a ellos.

Aitor se llevó el índice a los labios para pedirle que guardase silencio. Estaba seguro de que había escuchado un sonido que no armonizaba con el de los insectos y las alimañas nocturnas. Además, el olor del aire había cambiado, y hacia él flotaba un aroma rancio, mezcla de sudor humano con el de una bebida de alcohol barata: chicha o ginebra. ¿El viento habría cambiado de dirección y arrastraría el aroma de Frías y Contreras? Aitor se recordó que ni Frías, ni Contreras habían bebido y que no olían tan mal.

—Muchachos —llamó Matas a sus amigos.

Los asaltantes emergieron de los matorrales que crecían en torno al pontezuelo que cruzaba el zanjón. Aitor contó ocho, uno con trabuco; los demás con cuchillos. Colocó a Emanuela detrás de él y le susurró en guaraní:

—No te apartes de mí por nada del mundo.

—Está bien —contestó, con acento vacilante y el puño cerrado en la camisa de Aitor.

—¿Qué buscan? —los increpó Matas—. Somos militares. Mejor que bajen esas armas si no quieren terminar tras las rejas.

Los delincuentes soltaron risotadas que evidenciaron su estado de ebriedad. "Mejor", reflexionó Aitor. Cuanto más borrachos, más torpes.

—Antes de que tú termines con una pelota de plomo en el hocico, nos gustaría que nos dieran todo el dinero que llevan encima y a la muchachita que se oculta detrás de ese —dijo uno, el que iba armado con el trabuco, y señaló a Aitor, cuyo corazón dio un golpe antes de comenzar a latir con rapidez. Acababa de reconocer al que llevaba la voz cantante: Domingo Oliveira, el antiguo capataz de *Orembae*, al que le había clavado un flechazo en el trasero antes de arrebatarle a Olivia y al que le había arruinado los planes para vejar a doña Florbela. Sin esperar, empuñó el arco con un ademán tan veloz que ni siquiera Emanuela, ubicada a sus espaldas, logró distinguir y lanzó el primer flechazo, que se clavó en el hombro de Oliveira. El portugués profirió un grito desgarrador y dejó caer el arma. Le siguieron otros tres flechazos, que cayeron como una lluvia sobre los asaltantes, con la rapidez necesaria para evitar que los demás reaccionasen. Dejaron fuera de juego a tres de la banda.

—¡Es él! ¡Es él! —exclamó Oliveira, mientras se arrastraba y tanteaba el suelo en busca del arma; cada tanto se detenía y se apretaba el brazo, cerca del hombro, donde tenía clavada la saeta—. ¡Atrápenlo, ineptos! ¡Maldito indio! ¡Reconocería esos ojos amarillos en cualquier parte! ¡Atrapen a ese demonio!

Aitor no atinó a sacar otra flecha del carcaj; uno de los maleantes se le echó encima.

—¡Matas, mi mujer! —alcanzó a vociferar antes de entreverarse en una pelea cuerpo a cuerpo.

Cayeron al suelo, y el carcaj se incrustó en la espalda de Aitor, causándole un dolor agudo. Se rebulló hasta hacerlo deslizar a un costado, tiempo que el atacante aprovechó para cerrarle las manos en torno al cuello. Aitor no se había criado en un ambiente hostil, con un padrastro golpeador y seis hermanos mayores que lo provocaban y peleaban continuamente para nada; había aprendido a defenderse y también a atacar. Apretaba las muñecas del atacante que presionaba para cortarle el flujo de aire. El hombre era fuerte y pesado, y Aitor se hallaba atrapado debajo de él. No tenía espacio para maniobrar, y la presión en su garganta aumentaba lenta, pero fatalmente. Se concentró en una acción que acababa de decidir, tratando de olvidarse del instinto que le indicaba que no apartase las manos de los antebrazos del atacante. Por un momento, tendría que luchar contra el impulso primitivo y arriesgarse.

Hizo algo que desorientó al asaltante: abrió las manos y las apartó. Acto seguido, las colocó como si fuesen filos y golpeó con toda la fuerza que fue capaz de conjurar los costados del cuello del hombre, que soltó un grito y echó la cabeza hacia atrás. Aitor le asestó dos puñetazos en el costado, a la altura del hígado. Los golpes lo desestabilizaron, pero no se lo quitaron de encima. Aitor le dobló la muñeca, y el delincuente volvió a exclamar de dolor, tiempo que Aitor aprovechó para empujarlo. El atacante acabó de espaldas en el suelo, donde recibió varias trompadas en el rostro que no consiguió desviar pese a los manotazos que soltaba. Aitor extrajo el cuchillo de su faja y lo hundió en el costado izquierdo del hombre. Sin esperar a comprobar los resultados de la puñalada, saltó de pie y estudió la situación. Frías y Contreras mantenían alejados con sus lanzas a dos salteadores que avanzaban con cuchillos. El otro se cernía sobre Matas, que empuñaba el sable con la derecha, mientras estiraba hacia atrás la izquierda para sujetar a Emanuela por el antebrazo y protegerla con su cuerpo.

Aitor escuchó el chasquido que produce el gatillo al ser accionado. Se giró con velocidad y descubrió que Oliveira había recuperado el trabuco y que apuntaba a Matas. Cargó la honda con una piedra de las que llevaba en su faltriquera y disparó, y, aunque Oliveira se hallaba a la altura del suelo, donde la oscuridad se profundizaba, acertó en la mano que sostenía el arma, la cual cayó por segunda vez. Corrió hacia el portugués y, después de patearlo en la mandíbula y dejarlo inconsciente, se hizo con el arma de fuego. Apuntó y disparó al que atacaba a Matas, que cayó de espaldas con un gemido. Los otros dos, los que acorralaban a Frías y a Contreras, echaron un vistazo en torno, se miraron entre sí y decidieron escapar por los mismos matorrales por donde habían emergido.

Aitor recogió el arco del suelo, se lo cruzó en el torso y corrió hacia Emanuela, que temblaba e intentaba en vano sofrenar el llanto.

La expresión desorientada y aterrada con que lo miró y el modo en que estiró las manos hacia él le provocaron un sentimiento tan poderoso y profundo que lo congelaron por unos segundos. La envolvió con un brazo y la instó a ponerse en movimiento.

—Vamos, amor mío. Larguémonos de aquí.

Corrieron por la costa, guiados por la luna, sin mirar hacia atrás, aunque sabían que los demás no se hallaban muy lejos pues escuchaban sus pasos, que se hundían en la marisma. A Emanuela le daba la impresión de que el brazo de Aitor, que le rodeaba la parte baja de la espalda y se le calzaba bajo las costillas, la levantaba y la separaba del suelo, al que sus botines apenas rozaban. Se precipitaron por los fondos en la propiedad de los Urízar y Vega. Aitor, casi sin aliento, le rodeó la cara con las manos y le ordenó, como si lo hubiese hecho con una niña, que corriese a la casa.

—¡Ven conmigo! —lo urgió ella, sin soltarle la mano.

—Sí, enseguida. ¡Ve!

Emanuela no se atrevió a contradecirlo. Se levantó el ruedo del vestido y corrió con la canasta aún calzada en la cadera. Aitor apoyó las manos sobre los muslos y se inclinó para recuperar el aliento. Inspiró varias veces y llenó sus pulmones de aire. Le ardía la garganta y tenía la boca seca. Aparecieron Frías, Matas y Contreras, y se detuvieron repentinamente al descubrir el brillo de sus ojos dorados en la oscuridad. Aitor avanzó hacia ellos y los contempló con ojos fieros desde unas varas de distancia.

—Si vuelven a poner en riesgo la vida de mi mujer, los degollaré. Están advertidos.

—Lo siento, señor Almanegra —habló Matas—. En verdad, lo siento profundamente. Haber expuesto a la niña santa a esto… No me lo perdonaré. Pero… Mi hermana… Ella estaba muriendo.

—Basta. No me importan sus excusas. Están advertidos —repitió.

—Señor Almanegra —dijo Frías—, quería agradecerle. Sin usted, no habríamos salido con vida de esa trampa. Eran demasiados. Si usted no hubiese abatido a tantos con sus flechas, pues no habríamos contado el cuento, señor.

Aitor asintió con una mueca impaciente y malhumorada.

—Es cierto, señor Almanegra —se aunó Matas—. Mi hermana le debe la vida a la niña santa y nosotros, a vuesa merced —expresó, y a Aitor no pasó inadvertido que hubiese empleado la fórmula de respeto de uso obligado para dirigirse a los copetudos de la ciudad.

—Nunca había visto a alguien lanzar flechas con tanta rapidez —habló Contreras por primera vez—. ¡Y acertar en plena oscuridad! ¿Cómo hizo usted eso?

Clavó la mirada en el cabo que menos le agradaba y lo estudió hasta que el hombre se puso incómodo.

—En mi tierra, las mejores presas se cazan de noche. —Dio media vuelta y se alejó hacia la oscuridad del bosque de árboles frutales.

Halló a Emanuela en la cocina, en brazos de la negra Romelia, que la acunaba y le besaba la frente. Justicia le acariciaba la espalda con una mano torpe, mientras Orlando, apoyado en dos patas sobre sus piernas, gañía e intentaba lamerle la cara.

—Aquí llegó tu Aitor —susurró la esclava.

La muchacha rompió el abrazo con rapidez, se secó los ojos con el rebozo y caminó a ciegas hacia él, que la apretó contra su pecho y le pegó los labios a la coronilla.

—¡Perdóname! —le rogó en guaraní.

—¿Por qué?

—Tú no querías que fuese —expresó, entre hipos y sollozos— y yo te desobedecí.

—Le salvaste la vida a la muchacha —le recordó Aitor para animarla.

—Sí —susurró ella.

—Manú, querida —intervino Romelia—, ¿por qué no vas a tu recámara y te pones cómoda? Allí te llevaré la cena. Y después, podrás darte ese baño que me pediste esta mañana. Ya pusimos la tina en tu cuarto, y tengo el agua lista en el fuego.

—Está bien —farfulló—. Manda cena para Aitor también.

—Por supuesto, mi niña.

* * *

Sin articular palabra, Aitor la obligó a sentarse en el borde de la cama. Emanuela lo siguió con la mirada en tanto él se quitaba el arco, el carcaj, el cuchillo, la faltriquera con piedras y la honda, e iba acomodándolas sobre el mueble. La asombraba lo sereno que se mostraba después de haber sufrido una experiencia aterradora. A ella le temblaban las manos; él, en cambio, las empleaba con la seguridad de siempre. Si cerraba los ojos, veía a ese gigante echado sobre Aitor con las manazas en torno a su cuello. Se cubrió el rostro y se echó a llorar. Aitor se sentó junto a ella y la envolvió en un abrazo.

—¡Quería ayudarte! ¡Quería, pero el cabo Matas me había sujetado y no me dejaba escapar!

—Shhh... Ya pasó. Ya todo pasó.

—¡Pudiste haber muerto por mi culpa! —exclamó, y se golpeó el pecho con el puño.

—No hagas eso, Jasy. Por favor, cálmate. Ya pasó.

—Yo quería ayudarte —reiteró, sin fuerzas, y se apartó los mechones del rostro con una mano temblorosa y una actitud aniñada que tocaron el corazón de Aitor—. Quería golpearlo en la cabeza, en la espalda, en cualquier parte para ayudarte.

—Gracias, amor mío.

—No lo hice. No me agradezcas.

—¿No dice mi *pa'i* Ursus que la intención es lo que cuenta?

—Sí.

Aitor la desvistió. Le quitó los botines primero y le masajeó los dedos de los pies aún cubiertos por las medias. Lo asaltaron imágenes de la noche anterior, de cuando la poseyó por primera vez con las medias y los botines puestos, de cuando ella le hundió los tacos en la carne del trasero. La erección lo tomó por sorpresa y se acordó de que le había prometido que no la tocaría. Siguió despojándola de las prendas hasta desnudarla. Emanuela se cubrió los pechos y lo miró con vergüenza, lo que causó un acceso de risa en Aitor.

—No te rías, por favor, y pásame mi salto de cama. —Le señaló con el mentón la prenda que colgaba de una escarpia. Aitor la ayudó a ponérsela. La abrazó por detrás y le calzó la barbilla en el hombro.

—¿Crees que entremos los dos en ese barril?

—No es un barril. Es una tina. Y sí, creo que entraremos.

—No podré contenerme, ¿sabes? Te lo prometí esta mañana, pero no creo que pueda. Dame la mano. —Emanuela le permitió que se la guiase hacia atrás y que la apoyase sobre el bulto que le presionaba bajo los pantalones—. ¿Sientes qué dura la tengo por ti?

—Sí, lo siento. —Cerró la mano en torno a la erección y la comprimió a través de la tela ligera.

—Jasy... —dijo él con voz torturada.

Emanuela giró apenas el rostro y le besó el filo de la mandíbula.

—Aitor, estoy muy mojada para ti. Fíjate.

Lo oyó emitir un sonido extraño, que la excitó aún más. Sin darse cuenta, ajustó su puño en torno al miembro de él cuando Aitor deslizó la mano por la abertura de la bata y luego entre sus piernas. De nuevo lo escuchó proferir ese gemido gutural, al que se aunaron los de ella cuando Aitor comenzó a friccionar los dedos entre los pliegues húmedos de su sexo.

Llamaron a la puerta, y Emanuela se sobresaltó. Levantó la cabeza y captó en el pequeño espejo una imagen que le quitó el aliento: Aitor chupándose los dedos impregnados con sus fluidos; cerraba los ojos mientras los lamía como si se tratase de una confitura. Deseó poseer un espejo enorme para admirarlo mientras la penetraba y la poseía como a los animales, mientras los músculos de su espalda y los de su trasero se ondulaban en tanto su miembro se impulsaba dentro de ella.

Se aclaró la garganta, se acomodó el cinto de la bata y abrió la puerta. Romelia entró con una bandeja y la apoyó sobre la mesa.

—¿Cómo te sientes, Manú?

—Estoy mejor. Gracias. ¿Don Mikel se retiró a dormir?

—¡Qué va! Sus amigos vinieron a jugar a los naipes. Desde aquí no los escuchas, pero ahí están, medio borrachos y apostando cualquier cosa. También está don Edilson y justo escuché cuando don Mikel le preguntaba por el alarife Francisco.

Romelia rio por lo bajo y sacudió la cabeza. A Emanuela no le causó gracia. Ese tema del cambio del nombre no le gustaba. Una cosa era inventar el nombre de un supuesto alarife que don Mikel, impedido como estaba, jamás conocería, y otra inventarse un apellido para presentarse ante la autoridad que representaban el cabo Contreras, el cabo Matas y el soldado Frías. ¿Hasta dónde llegaría la mentira? Como siempre, Aitor no le temía a nada y se arriesgaba sin destinarle un pensamiento a las consecuencias. ¿Por qué, en primera instancia, había querido ocultar su verdadera identidad? ¿Porque no quería que su *pa'i* Ursus se enterase de que estaba en Buenos Aires? ¿Solo por eso?

—¿Preguntó por mí? A don Mikel me refiero.

—Cada dos por tres. Sabes que eres la luz de sus ojos. Cuando le dije que tenías una jaqueca y que te habías recostado, quería que lo ayudásemos a llegar hasta aquí pa' verte. Le dije que dormías.

—¿Le pusiste el emplasto en la torcedura?

—Sí. Tú lo verás mañana, pero creo que ese pie está mucho mejor.

—Gracias, Romelia. Si quieres traer el agua mientras cenamos, puedes hacerlo.

Comieron en silencio, concentrados en los ojos y en los movimientos del otro, destinándose sonrisas, algunas tímidas, otras cargadas de anticipación. Romelia y Justicia descargaban agua caliente en la tina y la mezclaban con fría contagiados por la actitud furtiva y sigilosa de los amantes. Romelia le susurraba las órdenes a Justicia o se las indicaba con señas. Se retiraron al cabo y se llevaron la bandeja con ellos. A Emanuela la asombraba que no le diese vergüenza que los esclavos supiesen que Aitor pasaría la noche con ella. A pesar de haber expresado sus escrúpulos, Romelia se comportaba como si fuesen esposos, y eso la embargaba de una inesperada dicha.

—Ven —lo llamó—. Quiero desvestirte. —Le desató los lazos de la camisa y se la quitó por la cabeza. Le besó los pectorales varias veces y le succionó las tetillas, lo que arrancó un gemido ronco a Aitor—. En pocos días tendré listas dos camisas nuevas. Y ahora te tomaré las medidas para confeccionarte un pantalón. Este necesita un lavado urgente.

—Y esto —dijo Aitor, y se acarició la erección— necesita de tu atención *urgente*.

Emanuela rio, y Aitor sonrió, dichoso al verla más repuesta del ataque que habían sufrido. No se demoraría en imaginar lo que podría haber sucedido en caso de no haber vencido a los asaltantes porque perdería el buen humor y se volvería más posesivo y obsesivo. Todavía no se había permitido reflexionar acerca del encuentro con ese malparido de Domingo Oliveira. Lo dejaría para más tarde. Solo lamentaba no haberle insertado una flecha en el corazón.

Emanuela se agachó para ayudarlo a salir de los pantalones y de los calzones. Con la mirada al suelo, le preguntó:

—¿Quién era el hombre que nos atacó? Te conocía, ¿verdad?

—Sí. Es Domingo Oliveira, el antiguo capataz de *Orembae*.

Se puso de pie y arrojó los pantalones y los calzones sobre el respaldo de la silla.

—¿El que atacaste para salvar a…? —Se detuvo, sorprendida de que le costase pronunciar el nombre de esa mujer—. ¿A ella? —completó.

—Sí —contestó él. Si lo afectó su momento de vacilación, no lo demostró—. Y también el que ahuyenté cuando intentaba vejar a doña Florbela, la madre de Lope.

—Dios nos libre y nos guarde de ese demonio.

—Amén.

—Domingo Oliveira —repitió, más para sí—. El nombre me resulta familiar.

—Me habrás escuchado mencionarlo; tal vez a Lope.

Emanuela sacudió la cabeza y frunció el entrecejo en el gesto de quien se esfuerza por recordar.

—No, no… Tal vez esté imaginándolo.

Le acarició el torso con la intención de ir sintiendo en la palma de la mano la sinuosidad y la dureza de los pectorales. Después hizo otro tanto en los brazos y admiró la belleza de los tatuajes que los circundaban. Le besó el pecho con reverencia.

—Eres tan fuerte —susurró sin despegar los labios de su piel, que se erizó a causa de un escalofrío—. Me sentí tan orgullosa de ti esta noche. No creas que no me di cuenta de que, sin ti, esos malvados habrían acabado con nosotros. Creo que, en medio de la tragedia que se desarrollaba delante de mí, me excité al verte arrojar esas flechas.

Los dedos de Aitor se hundieron un poco más en su cintura.

—Vamos al agua —le pidió con un timbre oscuro y demandante.

—Se supone que debería bañarme con una bata de lienzo. —La señaló; colgaba junto al sitio que había ocupado el salto de cama. Aitor hizo un ceño y se volvió para mirarla, confundido. Emanuela rio de su ignorancia—. Fue una de las primeras cosas que me dijo doña Ederra, que no debía mostrarle mis vergüenzas a Dios, que Él estaba en todas partes y que no debía mostrarle mis partes pudendas a Él. —La mueca de estupefacción de Aitor le arrancó una carcajada—. Mira. —Sacó la prenda del clavo—. ¿Ves estos cortes? —Aitor asintió—. Por aquí metes las manos para lavarte.

—Y tú, Jasy, durante todo este tiempo, ¿debiste bañarte con esta cosa encima? —La sujetó para soltarla con desprecio.

—Sí, *debía* hacerlo. Doña Ederra o doña Almudena siempre venían a vigilarme.

Aitor se la quitó y la arrojó al suelo.

—Pronto te sacaré de aquí y nos iremos para siempre y seremos felices. No volverás a ver a estos citadinos chupacirios.

—Don Mikel y don Alonso son muy buenos conmigo.

—Podrán ser buenos como el pan, Jasy, pero son parte de esta vida, de estas costumbres que no tienen nada que ver con las nuestras. Por muy severos que hayan sido los *pa'i* con nosotros, jamás nos exigieron que nos bañásemos con esas cosas encima. Vamos al agua.

Se ubicaron uno frente al otro. Emanuela le sonrió con timidez.

—¿Te gusta? —quiso saber.

—Sí.

—¿Está bien la temperatura del agua? ¿No está muy caliente?

333

—No.

—Relájate. Hemos vivido un momento muy desagradable y tú llevaste la peor parte. Quiero que te relajes. —Se arrodilló frente a él y se untó las manos con la pastilla de jabón hasta que se colmaron de espuma—. Voy a lavarte. Empezaré por el cabello.

—Primero suéltate el tuyo. Me gusta cuando te lo sueltas para mí.

Se quitó las presillas, y los bucles le cubrieron los hombros y la espalda. Aitor le acunó la mejilla.

—Lávame.

Los pechos de Emanuela rebotaban frente a sus ojos al ritmo de las vigorosas fricciones con que le lavaba el pelo. Aitor los observaba instándose a no tocarlos. Si les ponía las manos encima terminaría faltando a su promesa. Se limitó a estudiarlos. Lo fascinaban la curva que formaban, que le desbordasen el pequeño torso y el color encarnado de los pezones erectos. Había pensado que su Jasy, menuda como era, tendría senos pequeños. Esa generosidad de su carne lo sorprendía y le causaba un hambre que no dominaría por mucho tiempo. La erección se le pronunció al descubrir dos pequeños lunares en el costado del seno izquierdo. ¿Siempre los habría tenido allí? Se dijo que los tocaría y nada más. Apoyó la punta del índice primero en uno, luego en el otro. Emanuela detuvo por un instante el lavado, bajó el mentón para ver qué sucedía y siguió lavándolo.

—Me gustan estos lunares. Yo no tengo uno solo en todo el cuerpo.

—Será cosa de las pieles claras —conjeturó ella—. Bajo el seno derecho, tengo otro un poco más grande.

—¿Puedo verlo?

Emanuela asintió con indiferencia mientras le lavaba los pabellones salientes de las orejas. Aitor apreció el peso del seno en la mano, y el efecto fue inmediato: la boca se le llenó de saliva, la respiración se le tornó más lenta, los testículos se le tensaron y el pene se le pegó al vientre. Lo levantó con una delicadeza que no reflejaba la tormenta de sensaciones que sufría su cuerpo. El lunar estaba escondido, casi en el límite donde empezaban las costillas; era más grande, sí, y mucho más oscuro; era negro, y resaltaba, solitario, en la blancura de la piel. Sin pensarlo, lo tocó con la punta de la lengua, y notó que Emanuela detenía el lavado y permanecía quieta. Dibujó una línea entre el lunar y el nacimiento del pezón. Recorrió la areola con una lamida que arrancó gemidos quedos a Emanuela. Su excitación se evidenciaba también en la manera inconsciente con que se asía a sus orejas. La sorprendió hundiendo el pezón con la punta de la lengua para luego engullirlo y succionarlo. Emanuela emitió un clamor profundo. Envolvió la cabeza de Aitor y la pegó a sus senos. Lo obligó a abandonar el pezón derecho y a ocuparse del izquierdo, así, una y otra vez.

—Tócame —le imploró—. Abajo.

Aitor, que le cubría los glúteos con las manos, deslizó los dedos de la derecha por la hendedura, le rozó el ano y prosiguió hacia la vagina. El agua no era capaz de diluir la densa lubricación que la cubría.

—Oh, Jasy... —susurró antes de seguir chupando el pezón.

Emanuela se mecía sobre su mano, que le recorría los pliegues húmedos y le provocaba gemidos que a veces se convertían en sollozos.

—Dime cómo soy allí abajo, Aitor —le pidió al oído, con un acento agitado que lo enardeció—. Yo nunca me he visto.

—Eres perfecta, con rizos oscuros y labios rosados que se hinchan cuando te caliento.

—¿Labios rosados? Me gustaría verme.

—Ponte de pie. —Se miraron con la genuina intensidad que se despertaban—. Jasy, no hay nada más hermoso que tú. Amor mío... —La acarició la mejilla con el dorso de los dedos. Ella inclinó la cara y bajó los párpados—. Ponte de pie.

Lo obedeció, como siempre, y lo observó desde arriba.

—Separa las piernas. —Lo hizo hasta que sus pies encontraron el confín de la tina—. Ahora, cuando se aquiete el agua, podrás verte.

Se quedaron inmóviles. Se sostuvieron la mirada. Emanuela sonrió con timidez y Aitor le pasó el pulgar por los labios.

—Mírate, amor mío. —La superficie serena del agua servía de espejo—. Usa las manos para conocerte. Aparta los rizos y obsérvate. —Emanuela lo hizo—. ¿Ves qué hermosas eres?

—¿A ti te gusta?

—Sí, tu *tako* es perfecto. Como tantas veces lo imaginé.

—¿Lo imaginabas, Aitor?

—Sí. Cuando estaba solo en el monte, te imaginaba y me masturbaba.

—¿Mastur...?

—Me masturbaba. Me tocaba y me provocaba placer —le explicó.

—Yo también —admitió ella, sin vergüenza, la vista atenta a la superficie que le revelaba una parte de su cuerpo que veía por primera vez.

—Mira. —Aitor le introdujo dos dedos en la vagina y sonrió ante la exclamación de Emanuela—. Por ahí entra mi *tembo* y por ahí saldrán nuestros hijos cuando nazcan. Por aquí sangras cada ciclo de luna.

—¿Y aquí? ¿Qué hay aquí? —Señaló un punto más arriba, el que dolía y pulsaba cuando Aitor la excitaba—. Tócame ahí. —La complació, y las rodillas de Emanuela cedieron—. ¡Aitor! —Le clavó las uñas en los hombros. Él volvió a apoderarse de un pezón y lo succionó con apetito—. ¡Ahhh! ¡No te detengas! ¡Más rápido! ¡Más...! —El orgasmo la ahogó, y por un instante quedó sin aliento. Su cabeza cayó hacia atrás, y Aitor observó, extasiado, las venas azules en el cuello tirante que se convulsionaba con los gemidos lamentosos que le brotaban de los labios y que marcaban el ritmo de las fricciones de su pelvis sobre los dedos de él.

—¡Sí, Jasy! ¡Goza para mí, amor mío! ¡Goza para tu Aitor!

Emanuela apoyó la frente en el hombro de él, que la besó en la mejilla y siguió acariciándola entre las piernas porque le gustaban los espasmos que sufría con cada pasada de sus dedos.

—¿Estás bien? —Emanuela asintió—. ¿Crees que podrías recibirme, que podría entrar dentro de ti? Sé que te promet...

—Shhh... —Le cruzó el índice sobre los labios—. No es cuestión de si me siento bien o no, Aitor, o de si te permito o no entrar dentro de mí, sino de que te necesito. Todo el día estuve pensando en este momento, cuando te tendría dentro de mí.

La sujetó por el filo de la mandíbula y la atrajo a sus labios.

—Siéntate sobre mí y rodéame la cintura con las piernas. ¿Me sientes?

Sumergió la mano y le sujetó el miembro. Retiró el prepucio y acarició la cabeza con el pulgar. Aitor se sacudió bruscamente, y el agua rebasó la tina y salpicó las tablas del piso. La sujetó por la cintura, la elevó sobre su pene y la empaló en él. Emanuela soltó un lamento, arrugó la cara y se sujetó a los bordes de la tina, y a Aitor se le cortó el respiro. Había culpa en la manera en que la miraba, pero también devoción, éxtasis, admiración y complacencia. No se movió en tanto esperaba que terminase de recibirlo, que lo acomodase en su interior.

Emanuela levantó los párpados lentamente y se encontró con la mirada de Aitor fija en ella, y una emoción le explotó en el pecho y le calentó los ojos. Nadie la hacía sentir tan amada, ni deseada. O tal vez solo con él se lo permitía. No habría soportado que otro la codiciase con la fuerza devastadora de Aitor. En el deseo de él no había solo hambre por su cuerpo o por la cópula que compartían, sino también una necesidad de ella, como la del niño que precisa de la madre para subsistir; y lo mismo experimentaba ella por él, y era ese aspecto de su relación el que la convertía en peligrosa. Entreveró los dedos en la parte posterior de su cabeza y le habló sobre los labios.

—¿Me sientes tan tuya como yo me siento?

—Jasy, no creo que siquiera empieces a entender lo que siento por ti.

—Soy tuya, Aitor.

—Sí, *mía*, solo mía —acordó con acento enfebrecido y mordidas en el cuello.

—¿Para siempre?

—No habrá fin para nosotros, Jasy. *Nunca.*

Emanuela le buscó los labios, y el beso que se desató fue lento, profundo, deliberado, como un reflejo de lo que acontecía entre sus piernas. Se abandonó a los movimientos que le imponían las manos de Aitor calzadas en la cintura. Primero la llevaron hacia atrás y hacia delante, presionándola hacia abajo, mientras su lengua le ocupaba la boca y la recorría con lamidas lánguidas. La respiración comenzó a congestionarse y acelerarse, y lo mismo ocurrió con el vaivén al que la sometía Aitor y la invasión de su lengua, que se volvió casi agresiva. Sus manos se tornaron más exigentes, más crueles, más brutales. Sentía crecer la ansiedad en el bajo vientre, sabía que faltaba poco para que llegase el placer. Él la friccionaba en el punto exacto, y ella ceñía la carne en torno a su miembro para proporcionarle lo que tanto le gustaba.

—Emanuela —lo escuchó susurrar con voz torturada.

—¿Qué, amor mío?

—No hay nada mejor que esto, *nada.* Estar enterrado dentro de ti... Tan apretado dentro de ti. Oh, Jasy... Lo imaginé tantas veces durante estos años.

—Dime de nuevo que conmigo es especial.

—Es especial porque es contigo, Jasy. Eres tú el secreto. Tú lo eres todo. Tú eres lo único que tengo, lo único que quiero. Te amo tanto. Nunca me dejes. Por favor, no vuelvas a separarme de tu lado.

—No lo haré.

—¡Júralo!

—Lo juro, Aitor.

Volvieron a besarse, y así los sorprendió el alivio, con sus bocas unidas. Emanuela cortó el beso sin darse cuenta y arrastró los labios por la mandíbula de Aitor y le clavó las uñas en el cuero cabelludo mientras gemía de placer y se agitaba sobre su pene. Aitor tuvo un momento de parálisis con la primera salida de semen, a la que siguieron varias más y que lo sumieron en un goce en el que no midió los clamores roncos que profirió, ni la manera despiadada con que hundía los dedos en los muslos de Emanuela. Orlando gañó en su canasta. Saite agitó las alas y graznó. Solo Libertad mantuvo la calma; extrajo la cabeza del ala y la giró por completo.

Se aquietaron los sonidos que brotaban de sus gargantas y cesaron los espasmos de sus cuerpos. Perduraron la rigidez de los músculos, las respiraciones rápidas y las manos tiesas. Aitor mantenía la boca abierta y los dientes clavados en el hombro de Emanuela. Los despegó lentamente y admiró las marcas violáceas. Le quedaría un moratón, como otros que ya le había impreso. Levantó uno por uno los dedos y supo que en las piernas también quedarían testimonios de su desmesura. En lugar de lamentar haberla llenado de cardenales, se solazó con la idea. Nunca nadie rozaría esa piel, ni la saborearía, ni la marcaría, ni la gozaría.

—¿Estás cómoda con las piernas en torno a mí?

—Sí.

—¿Podríamos quedarnos un rato más de este modo? No quiero salirme de ti.

—Y yo no quiero que lo hagas. —Ajustó el abrazo en torno a su cuello y le depositó besos pequeños. Comenzó en la frente; le besó el rombo, y le acarició el entrecejo con los labios para alisar la eterna arruga, y le dibujó con la punta de la lengua el diseño de las cejas. Le besó los párpados, mientras pensaba que debajo de ellos se ocultaban los ojos más bellos y exóticos que conocía, ojos que la devoraban con su fuego amarillo y que la hacían sentir mujer. Le besó la línea tatuada que le bajaba por la nariz, y los círculos bajo los ojos, y los pómulos salientes, y el filo de la mandíbula. Se detuvo sobre la boca, a escasas pulgadas, y sonrió. Aunque estaba con los ojos cerrados, Aitor se dio cuenta.

—¿Por qué sonríes?

—Porque me siento dichosa.

—¿Por qué?

—Porque tú me amas. Es el regalo más grande que Tupá me ha hecho.

—¿Más grande que el don para sanar?

—Sí, mucho más grande. Tú y nuestro amor son mis tesoros más preciados.

Aitor le cubrió las mejillas arreboladas con ambas manos y se quedó mirándola. Emanuela notó las lágrimas que le anegaban los ojos y la tensión que le afinaba los labios.

—La noche en que nací, Tupá me quitó a mi madre, pero me dio a mi Aitor, a mi adorado Aitor.

Las lágrimas que se suspendían en precario equilibrio en el borde de los párpados desbordaron y rodaron por sus mejillas.

—¿Por qué me amas si no soy nadie? —Su pregunta emergió como un soplo cargado de angustia.

—Tú afirmas que no eres nadie. Yo afirmo que lo eres todo.

—¿Por qué me amas? —Emanuela se dio cuenta de que lo inquiría con sincero desconcierto.

—Siempre me sentí muy amada y protegida por todos mis hermanos, aun por Bruno, que era de mi edad. Todos me hacían sentir importante. Pero estaban mis hermanos y estabas tú. Desde pequeña supe que había una diferencia. Tal vez no lo sabía con certeza, pero Aitor era distinto. Aitor era mi favorito. No era lo mismo ver llegar a Andrés o a Marcos que verte llegar a ti. Una alegría que me hacía reír sin motivo se apoderaba de mí, y corría hacia ti porque necesitaba, esa es la palabra, *necesitaba* que me tomaras entre tus brazos, como si tú fueses una parte de mí que me faltaba y con la que, al volver a unirme, me sentiría entera. Un día me dije que esto que sentíamos no era normal, y concluí que se debía a que compartíamos el alma. —Las lágrimas de Aitor caían en silencio, y Emanuela se las barría con la punta del índice—. Era una idea extraña, no sabía de dónde salía. Tal vez se trataba de una herejía. No lo sabía. Entonces, me llegó tu carta en la que me decías: Y si no quieres decirme dónde estás, te buscaré siempre. Te buscaré hasta encontrarte, hasta con mi último suspiro, porque tú y yo somos la misma persona, y no vivimos si no estamos unidos. Nos necesitamos para vivir. Yo te necesito, Jasy. Mi vida, de ahora en adelante, solo tendrá sentido en tanto la use para encontrar a mi otra mitad, que eres tú, amor mío. Tuyo y solo tuyo, para siempre. Aitor. —Sobrevino una pausa en la que sus ojos compartieron tal vez el intercambio más profundo, sincero, poderoso e intenso de sus vidas—. Te amo porque eres una parte de mí y yo soy una parte de ti. Te amo porque no hay sol sin ti. Porque me siento viva contigo y muerta sin ti. Porque daría mi vida por ti y porque tú la darías por mí, como lo demostraste tantas veces, esta noche, por ejemplo. Te amo porque tú me amas sin importarte que sea la niña santa. Pero nuestro amor, Aitor, no tiene explicación, porque no es de este mundo. Y por eso es mágico y perfecto y único y sobrecogedor. Por eso me da miedo y me da felicidad. No nació acá, en esta Tierra, sino en el Cielo. Y es el don más grande que Tupá me dio.

Aitor temblaba entre sus brazos e intentaba, en vano, contener el llanto que le rugía en el pecho. La encerró en un abrazo brutal y rompió a llorar. Emanuela soportó la inclemencia de sus brazos, que le comprimían las costillas, y le acarició la nuca y la espalda. Aitor intentó decir algo, pero la angustia deformó sus palabras.

—Eres tan amado, Aitor. Por mi *sy*, por mi *pa'i* Ursus, por mi *taitaru*, por mi *jarýi*, por mi tío Palmiro… Ellos te aman profundamente, pero nadie te ama como tu Jasy.

—Lo sé —balbuceó, con voz congestionada—. Lo sé. Es solo que no… no entiendo por… qué. Tengo miedo de que… un día despiertes y te des cuenta de que no soy nadie y me dejes.

—Los únicos miedos que te acosan, Aitor, son por causa mía. Tengo miedo de que un día despiertes, te des cuenta de eso y me dejes para ser libre.

Aitor agitó la cabeza varias veces para negar, mientras reía con el rostro húmedo de lágrimas y la expresión de quien acaba de oír un disparate.

—¿De veras le temes a que te deje para ser libre?

—Sí. Los miedos nos atan, y tú detestas que te quiten la libertad. Desde pequeño, la libertad fue lo más importante para ti.

—No. Tú y solo tú has sido, eres y serás lo más importante para mí. Todo se reduce a ti.

—Y mi mundo se reduce a ti, que eres inmenso y te crees nada. Y por eso te amo aún más, si es posible, porque eres orgulloso, pero no vanidoso. —Emanuela lo sujetó por las sienes y la pasó los pulgares por las mejillas y se inclinó para besarle la nariz—. No sé por qué Tupá nos cree merecedores de este amor. Solo nos queda agradecerle por esta bendición.

—Pero tú sí mereces todas las bendiciones porque eres santa. Pero ¿yo?

—No hay mérito en mí, Aitor.

—¿Qué? —La afirmación de Emanuela lo escandalizó.

—Siempre fui amada y tratada como la reina del pueblo. Siempre me veneraron como a una de esas imágenes que hay en las iglesias. ¿Te acuerdas de mis natalicios, cuando la gente formaba fila para darme sus regalos y tocarme? ¿Qué mérito hay en mí? En cambio, tú eres el verdadero santo porque Tupá te desafió haciéndote nacer en el seno de una familia y de un pueblo que te despreciaron y te rechazaron. Tu corazón tendría que estar lleno de odio y de rencor. En cambio, está lleno de amor.

—Solo por ti.

—No. También amas a mi *sy*, a mi *pa'i* y a tantos otros. El rencor que sientes, Aitor, es lógico y solo por las personas que te lastimaron. No te atormentes por eso. Yo también lo sentiría. —Y habría añadido: "Lo siento por Olivia", pero calló.

—Me das paz, amor mío. —Volvió a estrechar el abrazo con menos fervor y apoyó la mejilla en su hombro—. Contigo me siento invencible. Solo cuando me faltas es que...

—¿Me sientes? Te tengo entre mis brazos, te tengo dentro de mí. Nunca te dejaré.

Aitor asintió y se quedó quieto, aferrado a ella, que guardó silencio mientras le acariciaba la espalda. Los minutos pasaron, y Emanuela fue percibiendo cómo la serenidad retornaba a sus cuerpos; las pulsaciones se aquietaban, los músculos se distendían y sus pechos subían y bajaban lentamente.

—Tengo que enjuagarte el pelo —le susurró, y él, medio adormilado, levantó la cabeza de su hombro y asintió.

Emanuela cerró los ojos e inspiró cuando, al levantarse, el pene de Aitor se deslizó fuera de ella. Salió de la tina, se secó los pies en un felpudo y caminó hacia el mueble para hacerse de la jofaina. Aitor la seguía con ojos celados por los párpados caídos.

—Tal vez deberías haberte puesto esa bata para bañarte. Estoy calentándome de nuevo al verte pasearte así, desnuda. —Emanuela emitió una risita pícara, y Aitor profirió un soplido impaciente—. No me ayudas, Jasy.

—¿Crees que quiero ayudarte? —Se acercó al filo de la tina—. Además, con bata o sin ella, igualmente me habrías tomado. —Aitor gruñó un sí—. Echa la cabeza hacia atrás para que te enjuague. Cierra los ojos.

Echó la cabeza hacia atrás, pero no cerró los ojos. Quería verla desde esa posición. Elevó los brazos y le acarició las mejillas y luego la parte externa de los pechos. Emanuela se estremeció y derramó un poco de agua sobre el suelo. Se urgió a concentrarse; Aitor parecía dispuesto a proseguir con ese juego de manos, que vagaban por sus pechos, su cintura y sus nalgas, para volver a empezar en los pechos y así varias veces.

—Te cortaré las uñas. —Lo miró bajo las pestañas para estudiar su reacción, mientras le masajeaba el cuero cabelludo para emulsionar el jabón que se había secado. Aitor se limitó a sonreírle en aquiescencia—. ¿Por qué les dijiste a esos blandengues que tu apellido era Almanegra? Una cosa es que le inventemos un nombre a don Mikel, que en realidad es tu segundo nombre, y otra inventarse un apellido y comunicárselo a la autoridad.

—¿Qué autoridad? ¿Esos pobres diablos?

—Bueno… Son militares después de todo.

—Militares con uniformes en harapos y sin armas. ¡Vaya militares! El ejército guaraní es un centenar de veces mejor que el de estos blandengues. Hoy habrían perecido a manos de Oliveira y de su banda si yo no hubiese estado allí.

—Lo sé, y te lo reconocí. —Le besó la frente—. Gracias por habernos salvado la vida. Pero volvamos al tema del apellido.

—Jasy —Aitor suspiró con impaciencia—, siempre quise cambiarme el apellido. No soporto llevar el apellido de ese hijo de puta de Laurencio abuelo. Cuando escuché el nombre de tu toro, me quedó sonando en la cabeza. Me pareció muy a propósito. Cuando hoy se presentaron esos soldados, me vino a la mente y lo solté así, sin más, sin pensar.

—Ya veo. Pero no es que uno pueda cambiarse el apellido sin más, Aitor.

—Don Edilson tiene un amigo empleado en la gobernación, uno que lo ayuda a fraguar documentos para sus mercancías, las de contrabando. Le pediré que me consiga un salvoconducto con mi nombre nuevo, Francisco de Paula Almanegra.

—¿Qué amigo? ¿Sabes cómo se llama?

—No. Don Edilson no lo ha mentado.

¿Se trataría de don Alonso? Él era un funcionario de la gobernación, uno con acceso a la documentación importante que firmaba José de Andonaegui; lo sabía porque el propio don Alonso le contaba acerca de sus responsabilidades y tareas. ¿De allí vendría el dinero con que, en los últimos tiempos, costeaban ciertos lujos, el puesto de alférez real de don Mikel, por ejemplo, y las compras en la tienda del portugués?

—Entiendo que quieras cambiar el apellido, pero ¿y el nombre?

—Aitor es poco común. Si llega a oídos de mi *pa'i* que hay un Aitor por estos lares, sabrá que soy yo.

—¿Cuál es el problema de que mi *pa'i* lo sepa?

Aitor encogió los hombros y un ceño le ensombreció el gesto.

—Aún no es tiempo, Emanuela.

—Está bien —concedió, sumisa, y decidió fiarse de él, de su juicio, aunque la asustaba que su espíritu fuese tan arriesgado y poco respetuoso de la autoridad, de las leyes y de las convenciones.

Volvió a la tina y terminó de bañar a Aitor, que se mostraba dócil mientras ella, concentrada en su tarea, lo enjabonaba.

—Lávame la verga y los huevos.

—Sí.

—Me calientas cuando me contestas sí con esa vocecita y haces todo lo que te pido.

—*Siempre* he hecho todo lo que me has pedido, desde que era una niña.

Aitor extendió los brazos sobre el borde de la tina, llevó la cabeza hacia atrás y cerró los ojos, en tanto Emanuela le higienizaba los genitales. El pene creció y se endureció entre sus manos. El pecho de Aitor comenzó a agitarse. Sus labios se entreabrieron y las paletas de la nariz se le dilataron.

—He terminado —anunció Emanuela—. Ahora me lavo rápidamente y salimos.

—Yo te lavaré.

—Está bien. —Le entregó la pastilla de jabón—. Empieza por las piernas. —Las sacó fuera del agua.

Aitor le besó el empeine y la hondonada que se formaba después del talón.

—Tu piel es tan suave —se maravilló—. Y no tienes nada de vello. Recuerdo que había comenzado a crecerte —se extrañó.

—Me lo quito.

—¿De veras? ¿Cómo?

—Con una receta de Romelia. Cocino una pasta con azúcar y limón y, cuando está muy espesa y tibia, la aplico sobre el vello. Al tirar para quitármela, lo arranca.

—¿Duele?

—Un poco.

—¿Por qué te lo quitas, Jasy? A mí no me molestaría.

Se lo quitaba porque las indias no tenían vello, y ella quería tener las piernas suaves y lustrosas como su *sy*. Como Olivia.

—Ni mi *sy*, ni mi *jarýi* tienen vello en el cuerpo. Quiero ser como ellas.

—Pero ellas son indias, Jasy. Tú eres una blanca. Los blancos *tienen* vello.

—Tú eres indio y tienes vello. En el pueblo decían que te crecía porque eras el luisón. Sé que no es por eso, pero ¿por qué, entonces? ¿Por qué crees que te crece la barba y tienes vello en el cuerpo?

Aitor continuó lavándola en silencio y evitó mirarla. Emanuela lo seguía con ojos atentos.

—Porque soy hijo de un hombre blanco.

Emanuela permaneció callada y quieta, un poco por la sorpresa; también porque temía espantarlo si hacía algún movimiento o decía algo.

—¿Mi *sy* nunca te contó quién es mi padre?

—No —susurró—. Aquel día en el que confesó frente al pueblo que no eras hijo de mi *ru*, no dijo quién era tu padre. Pensé que algún día me lo diría, pero siempre guardó el secreto. Creo que ni siquiera se lo ha dicho a mi *pa'i* Ursus en confesión.

—Mi *pa'i* lo sabe.

—Oh.

—Yo se lo dije. ¿Quieres saber quién es mi padre?

—Sí.

—¿Por qué?

—Porque quiero saber todo acerca de ti. Porque te amo. ¿No te gustaría saber quién era *mi* padre o por qué mi madre murió dándome a luz a orillas del Paraná?

—Sí, me gustaría saberlo.

—¿Por qué?

Aitor emitió un soplido en forma de risa.

—Porque quiero saber todo acerca de ti —la imitó—. Mi padre se llama Vespaciano de Amaral y Medeiros.

—¿Vespa...? ¿De Amaral y Medeiros, como Lope de Amaral y Medeiros?

Aitor asintió.

—Mi padre es el padre de Lope.

—¡Oh, Dios bendito! Son hermanos.

—Medio hermanos.

—Sí, sí, medio hermanos, pero hermanos al fin. ¡Qué maravillosa noticia, Aitor! —Él la miró con un ceño que manifestaba su asombro y confusión—. ¡Lope siempre te ha querido y admirado tanto!

—Siempre ha querido y admirado lo que es mío, es decir, tú. Le advertí tiempo atrás que le arrancaría los huevos con los dientes si osaba intentar algo contigo.

—Lope es un hombre casado, Aitor. Él y yo solo hemos sido amigos, lo sabes.

—Sí, amigos. Por eso vive a cientos de leguas de su mujer y a pocas varas de la mía.

Emanuela le encerró la cara con las manos y lo besó en los labios.

—Ustedes son hermanos, amor mío. Lope será mi cuñado algún día. Tú eres el tío de su hija y del que nació en diciembre.

—Otra niña —informó Aitor, a regañadientes.

—¡Dios la bendiga! Pues tú eres el tío de esas niñas. Y el cuñado de Ginebra. Seremos una familia muy feliz.

—Ay, mi Jasy, tu inocencia y bondad me conmueven, pero las cosas no serán así. Lope no sabe que somos medio hermanos y dudo de que algún día lo sepa. Pero lo más importante es que no lo quiero cerca de nosotros porque está enamorado de ti, Emanuela.

—Pero...

—¡Basta!

—Está bien —farfulló, y bajó la mirada.

Aitor chasqueó la lengua y la encerró en un abrazo destemplado.

—¿No te das cuenta de que los celos me vuelven loco?

—Perdóname.

—No, amor mío, no me pidas perdón. —La besó con suavidad en la frente y le habló sin apartar los labios—. Perdóname tú a mí. Y gracias por soportar mi mal carácter y mis exigencias. —Deslizó la boca hasta acabar sobre la de ella, que se abrió de inmediato para recibirlo. Esa disposición a complacerlo siempre, a darle con el gusto, a apaciguarlo, a comprenderlo le provocó la mezcla de sentimientos que solo ella le inspiraba y que lo enardecía, esa ternura y mansedumbre que se fundía en un deseo carnal y lujurioso.

—Rodéame de nuevo la cintura con las piernas.

Emanuela obedeció y ajustó los brazos en torno a su cuello. Se miraron fijamente.

—Te deseo —susurró ella, y se admiró de la reacción de las pupilas de Aitor, que se dilataron y le oscurecieron los iris.

—Necesito ver cuando mi verga se entierra en tu carne, Jasy, cuando tu carne me traga y me aprieta, y la mesa tiene la altura perfecta para eso.

—Está bien.

Aitor se incorporó con ella prendida a su torso y salió de la tina. Chorreaban agua, y a ninguno le importó. Le apoyó el trasero cerca del filo de la mesa y la recostó con cuidado. Colocó el tintero y los demás utensilios del recado de escribir sobre la silla. Emanuela se incorporó sobre los codos para verlo desnudo, y su mirada se detuvo en la erección de él. Sin palabras, con una mano gentil pero firme entre sus senos, la obligó a recostarse de nuevo.

—¿Estás incómoda?

—No.

—Apoya los pies en el filo de la mesa y separa las piernas. —Calzó las manos bajo su trasero y la acomodó a su gusto—. ¿Estás bien? —Emanuela asintió, aunque la avergonzaba exponerse tan abiertamente—. Te he imaginado en esta posición cientos de veces mientras me masturbaba. —El embarazo y la incomodidad desaparecieron con esas palabras, y una pesadez cálida y húmeda le cosquilleó entre las piernas, al tiempo que un rubor le cubría el rostro—. He querido tomarte de este modo desde que me acuerdo, Jasy. Tenerte así, abierta para mí, rendida a mí, para hacer lo que quiera contigo.

Aitor le deslizó la mano por la rodilla y descendió por la pierna hasta acariciarle los rizos del pubis, lo que causó un estremecimiento en ella. Subió por el vientre y se detuvo sobre el seno izquierdo, al que contuvo y masajeó. Emanuela arqueó la espalda y profirió un jadeo cuando Aitor le atrapó el pezón entre los dientes. La provocó mordiéndoselo delicadamente y succionándoselo. Su otra mano, mientras tanto, se ocupaba de su vagina.

—Dime que puedo hacer contigo lo que quiera, lo que se me antoje —le exigió con el pezón en la boca. Su aliento le caldeó la areola y le secó la saliva, y le provocó una tirantez que se extendió hasta el punto que él le acariciaba con la otra mano.

—Sí, puedes hacer conmigo lo que quieras. Sabes que te permito hacerme cualquier cosa. Así ha sido desde que me iniciaste en esto cuando era apenas una niña.

—Sí, mi dulce niña. Mi amada y adorada niña.

—Sí, Aitor, así… Más rápido.

—¿Te gusta, amor mío?

—Sí —jadeó—. Sabes que sí. Muérdeme con tus colmillos, Aitor. Y chúpame. Más fuerte.

No le permitió aliviarse. Cuando la sintió blanda, caliente y muy húmeda, se sujetó el miembro, le lubricó la cabeza bañándola en los jugos de Emanuela y la penetró lentamente porque quería deleitarse viendo cómo se enterraba cada pulgada de su carne en la de ella. Aitor se regodeaba en la visión que componía su pene oscurecido por la sangre y surcado de venas hinchadas mientras se hundía entre los labios inflamados y viscosos del *tako* de su mujer.

Emanuela lo miraba a él, extasiada. La transformación en la expresión de Aitor la afectó íntimamente. La vio convertirse de concentrada y seria en sorprendida y emocionada. Sus cejas fueron elevándose y los ojos oscureciéndose. Entreabrió la boca. La respiración salía, ruidosa, por sus fosas nasales dilatadas. Sobre todo la conmovió la reverencia con que observaba la unión de sus carnes. Aitor resopló con un sonido estentóreo y, aferrado a sus caderas, empujó con ímpetu para introducir la última pulgada. Echó la cabeza hacia atrás y, durante unos instantes, se quedó estático, ignorando que la lastimaba al asirle las caderas con tanta rudeza. La cubrió con el torso y calzó las manos por debajo, en sus hombros. Se mantuvo quieto de nuevo, con la boca tensa sobre su pezón. Respiraba de manera irregular, y Emanuela supo que estaba sofrenando la eyaculación.

—Jasy... —susurró—. Creo que esta se acaba de convertir en mi forma favorita de amarte.

—¿Te gustó verme mientras te tomaba dentro de mí?

—Sí —afirmó, con la voz agravada.

—Cuéntame, dime qué te gustó —le pidió, mientras le peinaba el cabello de la nuca con los dedos.

—Todo. Mi verga muy dura entrando dentro de tu pequeño *tako*, que lo recibía y lo tragaba y lo estrujaba... —Guardó silencio, mientras respiraba con esfuerzo—. Estás muy húmeda e hinchada, amor mío, y eso me vuelve loco porque sé que lo estás para mí, *por* mí.

—Me excité cuando me dijiste que te habías masturbado pensándome en esta posición. Me gustaría verte masturbándote.

Aitor ahogó una risotada.

—No pienso masturbarme si te tengo cerca, Jasy.

—Yo podría hacerlo. Masturbarte. Con mi boca. Con mis manos.

Aitor levantó la cabeza, clavó el mentón en el pecho de Emanuela y la observó a través de las pestañas.

—Mírame —le ordenó, y ella obedeció enseguida—. Dime que esto que compartimos te enloquece y te hace tan feliz como a mí.

—Me gustaba cuando nos tocábamos y nos dábamos placer en la cascada o en la torreta, pero nunca imaginé que esta intimidad me haría tan feliz y me haría sentir tan plena y tan mujer. *Tu* mujer. Sí, Aitor, me enloquece y me hace feliz tenerte dentro de mí, o cuando me dices cosas indebidas mientras me tomas, o cuando me acaricias, me chupas y me lames en todas partes, algunas que yo no conocía y que descubrí contigo, y cuando me enseñas nuevas posiciones y cuando me haces sentir hermosa y deseada. ¿Y yo, Aitor? ¿Te satisfago? ¿Soy todo lo que necesitas?

—Amor mío... Tú eres la vida y el aire que respiro.

—Pero, en la cama, ¿te satisfago?

Sonrió, movido por la ternura, y la besó entre los senos.

—Sí, me satisfaces. Solo por un momento —añadió, y rio ante la confusión de Emanuela—. Enseguida vuelvo a calentarme con solo verte y quiero saltarte encima como un yaguareté sobre su presa. Y me siento un hijo de mala madre porque apenas si te desvirgué la noche pasada, pero siempre ha sido así contigo, Jasy, aun cuando eras niña y no entendías nada de estas cosas. ¿Sabes cuántas veces me alivié en mis pantalones ahí, frente a ti, solo porque tú me tocabas?

—¿De veras?

—Sí. Era humillante, pero no podía evitarlo. Tú no te dabas cuenta o si notabas algo extraño y me preguntabas, yo te decía una mentira y te conformabas. —Le succionó el pezón y le mordisqueó el seno—. Nunca me saciaré de ti. Sé que te estaré siempre encima, que no podré sacar mis manos de tu cuerpo, que querré mi verga enterrada en tu cuerpo el mayor tiempo posible. Sé también que te cansarás de mí y que me echarás a escobazos, y tu pobre Aitor se irá como un perro apaleado a lamerse las heridas, solo y triste, sin su Jasy. —Emanuela reía con la imagen, y Aitor pensó que ningún clavicordio, ninguna flauta, ninguna chirimía, ningún órgano sonaba tan melodioso como la risa de su Jasy—. ¿Te burlas de tu pobre Aitor?

—¡Sí!

Aitor le hizo cosquillas en los costados de la cintura, y Emanuela se retorció a las carcajadas, mientras intentaba, sin éxito, quitárselo de encima. Las cosquillas se volvieron caricias, las risas fueron desvaneciéndose y las miradas, intensificándose. Aitor comenzó a mecerse dentro de ella, aplicando una ligera presión en sus hombros, donde se sujetaba.

—Estoy creciendo de nuevo dentro de ti, Jasy. ¿Me sientes?

—Sí —susurró—, me llenas por completo.

—Ahí te pondré de nuevo mi semilla, muy dentro de ti.

—Sí.

Los impulsos de Aitor fueron cobrando vigor y velocidad, y la presión de sus manos en los hombros de ella se tornó casi intolerable. A Emanuela la embelesó presenciar el cambio en él, el instante en que su amado perdió el control que a duras penas intentaba conservar y se dejó llevar. La emocionó la transformación de sus rasgos, que abandonaron la rigidez y la seriedad para contraerse en una mueca de dolor. Aun así, enajenado como estaba a causa de la excitación, se acordó de ella. Retiró la mano de su hombro y la usó para friccionarle el punto donde explotaba el placer.

Emanuela se tensó y arqueó la nuca como transida por un agudo padecimiento. Relajó el cuello y comenzó a agitar la cabeza hacia uno y otro lado, con los párpados muy apretados y la boca abierta por la que escapaban gemidos y lamentos. Hundía los talones en el trasero de Aitor, se aferraba a su espalda con actitud desquiciada y presionaba la pelvis para extraer la última gota de ese goce inefable. Él la admiró en el orgasmo con una expresión de éxtasis. Desvelaba los colmillos en una sonrisa macabra mientras seguía impulsándose dentro de ella con golpes cada vez más cortos, veloces y rabiosos. Su ronco quejido inundó la habitación, y la violencia de su alivio sacudió la mesa, golpeó la silla y derribó algunos utensilios del recado de escribir.

—¡Mierda! —masculló, casi sin aliento, aturdido por lo que acababa de experimentar—. Oh, Jasy... —farfulló, caído sobre ella—. Amor mío, vas a matarme.

—¿Te gustó?

—Jasy, es el mejor polvo que me he echado en la vida.

—¿Polvo?

Aitor rio y la besó en la barbilla. Se le había pegado la expresión desde su amistad con don Edilson, que usaba ese eufemismo, el de aspirar polvo de tabaco, para ausentarse y visitar el burdel.

—Sí, amor mío, polvo. Echarse un polvo es lo mismo que copular, que fornicar.

—¿Nosotros fornicamos, Aitor? —El timbre preocupado de Emanuela le llegó al corazón.

—Fornicamos, nos echamos un polvo, copulamos, follamos, como dicen los españoles, pero sobre todo, Jasy, hacemos el amor.

—Sí, hacemos el amor. Solo lo he hecho contigo, Aitor, tú lo sabes, pero creo que si no nos amásemos tanto, no sería tan perfecto ni maravilloso ni intenso.

—No, no lo sería.

La recogió de la mesa y, con su carne aún dentro de ella, se desplazó hacia la cama, donde la acomodó con cuidado antes de recostarse a su lado. La abrazó y la mantuvo pegada a él. Compartieron un rato en silencio y se miraron fijamente.

—¿Aitor?

—¿Mmmm?

—¿Cómo supiste quién era tu padre?

—Oí a mi *sy* cuando se lo confesaba a él, a mi padre. Así fue cómo me enteré y también cómo se enteró él. Yo estaba ahí, escondido. La había seguido. Y la oí confesárselo —reiteró.

—¿Por eso ibas a menudo a *Orembae*, para estar con él?

—Sí. Él quería que fuese su capataz.

—Pero tú le dijiste que no —recordó Emanuela—. ¿Por qué?

—Porque no te quiero cerca de Lope.

—Comprendo. ¿Cómo es tu padre, Aitor?

Se tomó un momento para contestar. Nunca se había puesto a pensar en cómo era Vespaciano de Amaral y Medeiros.

—Es alto y fornido, rubio, con los ojos azules similares a los tuyos, no en la forma, sino en el color. Tiene la piel muy curtida por el sol, pero donde el sol no le da, es muy blanco, tan blanco como tú, como del color de la leche. Es muy autoritario y gritón. Sus hombres le temen.

—Lope le teme.

—Sí. Lope y mi padre tienen personalidades muy distintas. Opuestas, diría.

A Emanuela la conmovió que lo llamase "mi padre", y le besó los labios.

—En cambio, por lo que describes, pienso que tú y tu padre semejan mucho.

—¿Qué insinúas, Jasy? ¿Que soy autoritario y gritón?

—Bueno, rubio y de ojos azules no eres.

Aitor rompió en risotadas, que contagiaron a Emanuela. Se contemplaron a través de ojos acuosos y se acariciaron entre las últimas risas.

—Te amo, no sabes cuánto.

—Y yo más, porque te amo pese a que eres autoritario y gritón.

—Sí, lo sé. Gracias, amor mío.

—¿Aitor? ¿Te hace feliz ser el hijo de Amaral y Medeiros?

—¿Feliz? Nunca me lo pregunté. Feliz soy solamente cuando estoy contigo, Jasy. Esa es la verdad. Me gusta estar con mi padre, pero él no me hace feliz.

—¿Lo quieres?

Aitor curvó la boca y levantó las cejas para expresar su ignorancia o despreocupación.

—Siento afecto por él, supongo.

—Y él, ¿crees que te quiere?

—Sí —contestó sin dudar, con una certeza que asombró a Emanuela.

—¿De veras?

—Sí, me lo ha dicho. Y me ha dicho también que soy su orgullo.

—Sin conocerlo, lo amo a tu padre por amarte.

—Jasy —rio Aitor—, eres mi alegría.

—¿Te reconocerá como su hijo?

—No.

—¿No? ¿Se lo pediste, Aitor?

—Una vez, años atrás, le pedí que me diera su apellido y me dijo que no podía.

—¿Se lo pediste para quitarte el apellido Ñeenguirú?

—No. Ni siquiera pensé en eso cuando lo hice. Se lo pedí por ti, para darte un apellido de blanco, un apellido respetable e importante.

—Aitor… —susurró, estupefacta.

—No sé por qué te sorprendes, Jasy. Ya te lo dije: todo se reduce a ti.

*U*rsus apoyó sobre la mesa la carta del padre Bartolomé Piza, el capellán de la misión Santo Ángel, y se masajeó el puente de la nariz. La situación del otro lado del río Uruguay empeoraba día a día. Piza le narraba que había convencido a un grupo de indios de que abandonasen la misión antes de que los portugueses llegasen para reclamarla. Después de cuarenta leguas de recorrido, los indios desertaron y volvieron a la doctrina. El jesuita también había desandado el camino porque no podía abandonarlos a su suerte. Se encontró con un pueblo sublevado, inmerso en el desorden y en la indisciplina. Se quejaba de que no atendían el trabajo en el *tupâmba'e*, ni en el *avamba'e*, de que se emborrachaban y se amancebaban con mujeres ajenas. Al alcalde del pueblo, que se le había dado por unirse a los sublevados, el padre Bernardo Nusdorffer, superior de las misiones de visita en Santo Ángel, lo había amenazado con quitarle la vara, a lo que el indio le había respondido que no la necesitaba, ni a la vara, ni a semejantes disparates. Según Piza, el padre Altamirano, que, con el título de comisario, debía asegurarse de que los jesuitas diesen cumplimiento al Tratado de Permuta, no ayudaba mucho. Desde la misión de Santo Tomé, escribía cartas en las que exhortaba a los capellanes de las doctrinas para que iniciasen la mudanza de los pueblos. *"¡Como si fuera tan fácil!"*, se quejaba Piza en su carta. Lo peor era que el cuento de que Altamirano era un portugués disfrazado de jesuita seguía propagándose entre los indios. Ursus temía por el comisario Altamirano y también por su amigo Santiago de Hinojosa, que se había convertido en su secretario y lenguaraz.

Rompió el sello de la segunda carta que Damián, el *tapererepura* de San Ignacio Miní, que controlaba el estado de los caminos y llevaba y traía correspondencia, le había entregado esa mañana. Era del padre Luis Charlet, capellán de San Juan. Sus párrafos no eran más alentadores que los de Piza, y ya hablaba de que las indias se armaban con lanzas y macanas y que proclamaban estar dispuestas a morir junto a sus esposos para defender la tierra de sus antepasados. Aun los niños se ejercitaban con el arco y la flecha. Ursus se preocupó al imaginar la reacción de los indios cuando llegase la cuadrilla al mando del marqués de Valdelirios para comenzar a mojonar la zona en conflicto. Terminó de leer la carta y, al igual que había hecho con la anterior, la del padre Piza, prestó atención a cualquier mención de un indio con los ojos amarillos que anduviese soliviantando a la gente. Leyó la despedida del padre Charlet y suspiró. Ninguna noticia acerca de Aitor.

¿Dónde se habría metido ese muchacho? Había desaparecido hacia finales de diciembre, estaban a 18 de enero, y nada sabían de él. Solía pasarse varios días en el monte, cazando, pero nunca más de una semana. ¿Habría tenido un accidente? ¿Lo habría picado una serpiente o devorado un yaguareté? ¿Se habría precipitado de un árbol? Un sudor frío le cubrió la frente y debajo de la nariz. Pensar en que su muchacho no regresase jamás le anegó la mirada. Tragó con dificultad y se puso de pie. Se calzó el sombrero y abandonó la casa de los padres. Caminó hacia lo de Ñeenguirú. ¿Y si finalmente se había decidido a marcharse para unirse a sus hermanos guaraníes, los afectados por el Tratado de Permuta? "¡Dios lo quiera!", dijo para sí, aunque no se tratase de un deseo sensato. Si los indios de las misiones en paz decidían aunarse en masa a las afectadas por el acuerdo, aquello podía convertirse en un pandemónium y acabar con la obra que tanta sangre, lágrimas y trabajo le habían costado a la Compañía de Jesús.

En su doctrina, las consecuencias del Tratado de Permuta se vivían con ánimo supersticioso. Corrían voces que afirmaban que el alejamiento de la niña santa de la misión les había traído mala suerte. Tupá se había enfurecido al enterarse de que habían exiliado a su hija dilecta, y la ira divina había caído sobre ellos en la forma del acuerdo desventajoso e incomprensible que Fernando VI había firmado con el rey portugués y que tanto los perjudicaba. A Ursus le parecía que la gente lo miraba con menos respeto y con actitud desafiante.

Halló a Malbalá como de costumbre, en la enramada, sentada frente al telar. Sus dedos largos y oscuros se movían con una destreza que nunca dejaba de admirar.

—Buenas tardes, Malbalá.

—Buenas, *pa'i*. ¿Un mate?

—Siempre es bienvenido. —Tomó asiento en un tocón y se aventó aire con el sombrero—. Gracias —dijo, cuando la india le entregó la calabacita con la infusión.

—¿Has recibido carta de mi Manú, *pa'i*?

—No, hija. Pero ya debe de estar por llegar alguna.

—En la última que me escribió —comentó Malbalá, de nuevo frente al telar—, la que recibí para la época de la fiesta de la Inmaculada Concepción, la noté muy caída. Algo le está pasando a mi hija, lo sé. Aunque no me lo diga, yo la conozco como nadie. Mi Manú no está bien, *pa'i*.

Ursus suspiró y apretó la mano en torno al mate. Sabía por Hinojosa los detalles del interrogatorio al que la había sometido un comisario del Santo Oficio y del cual había salido con bien. No obstante, que la Inquisición hubiese puesto los ojos en ella lo enfermaba de preocupación. Si la situación no hubiese sido tan comprometida a causa del Tratado de Permuta, habría viajado a Buenos Aires para traerla de regreso a la seguridad de San Ignacio Miní. Pero eso podía significar un alto costo, por ejemplo, que al regresar, se encontrase solo con los ancianos y los niños; o que el provincial Barreda lo exiliase por desobediencia.

—No está para nada contenta con esas propuestas matrimoniales que ha recibido —prosiguió Malbalá—, sobre todo con la del médico.

—Manú no tiene por qué casarse con ese médico, ni con ningún otro. Lo sabes bien, Malbalá, jamás la obligaría a desposar a alguien en contra de sus deseos.

—Pero la señora con la que vive le insiste, *pa'i*. Quiere que se case con el médico.

—¿Ella te lo dijo, Malbalá? —Ursus se puso en guardia—. ¿Te dijo que la señora con la que vive le insistía en que aceptase al médico?

—No me lo dijo así, con todas las palabras. Ya sabes cómo es Manú. Pero me di cuenta por ciertos comentarios que me escribió.

Ursus le devolvió el mate y se rascó el mentón. Sin duda, "la señora con la que vive" y que la presionaba era Ederra, pues no se imaginaba a su madre hostigando a Emanuela para que aceptase a un pretendiente al que no amaba. Albergaba un gran cariño por Ederra, pero su amor de hermano no lo enceguecía al punto de negar sus defectos. El de salirse con la suya y hacer su voluntad a costa de la felicidad ajena era uno de ellos.

—No quiero que Manú se case con alguien a quien no ama, *pa'i*. No quiero que mi niña sea infeliz.

—No se casará con nadie a quien ella no acepte libremente. Te doy mi palabra. ¿Qué has sabido de Aitor?

—Nada, *pa'i*.

Ursus le estudió el perfil, mientras la mujer entrelazaba los hilos de colores. Era una excelente mentirosa o le decía la verdad.

—¿No te preocupa que su ausencia ya vaya para el mes?

—No, *pa'i*. Mi hijo sabe cuidarse.

—Sí, lo sé. Pero desde que decidió aceptar el trabajo en el aserradero y quedarse en el pueblo, nunca se había marchado por más de unos días. Por eso estoy preocupado. En *Orembae* no está. Ayer fui a bautizar a la nieta de Amaral y Medeiros y este me aseguró que hace tiempo que no lo ve, ni sabe de él.

Ursus no apartó la vista de Malbalá, que siguió con su labor en silencio y con el semblante relajado. El jesuita había pensado que, a la mención de su antiguo amante, padre de su hijo Aitor, alguna reacción despuntaría en las facciones oscuras de la mujer. Nada. Sí, era una hábil mentirosa, resolvió.

—¿Por qué piensas que decidió marcharse?

—Estaba muy intranquilo, *pa'i*. Tú lo conoces tanto como yo y sabes que no puede estarse quieto demasiado tiempo. Si decidió hacer una vida en el pueblo y abandonar la que hacía en el monte como aserrador fue para… Bueno, tú sabes por qué, *pa'i*.

—Lo sé, hija. Por eso mismo me preocupa su ausencia prolongada.

—Su naturaleza de vagabundo tira fuerte, y por eso siempre termina por irse por un tiempo.

—Este tiempo está siendo demasiado largo, Malbalá. ¿Habrá decidido seguir a sus hermanos mayores y unirse a la lucha de los pueblos del otro lado del Uruguay?

—No lo sé.

—¿O se habrá ido a pasar una temporada con tu familia, en el río Bermejo? —Ursus se refería a la tribu abipona, a la cual pertenecía Malbalá.

—Sí, es posible. Aitor siente un gran cariño por su abuelo, sus tíos y primos.

—¿Qué has sabido de Bartolomé, Fernando y Marcos?

—Muy poco, *pa'i*. Sabes que mis hijos no me hablan desde que confesé haberle sido infiel a su padre.

—Bruno, Juan y Aitor siguen queriéndote y respetándote —le recordó el jesuita.

—Sí, lo mismo mis nietos y nueras, pero mis hijos… —Se interrumpió, y Ursus notó que tragaba con dificultad y que los ojos comenzaban a brillarle. La mujer carraspeó, parpadeó varias veces y prosiguió—: Jesuila —se refería a la mujer de su hijo mayor, Bartolomé— vino ayer a visitarme y me contó que Damián le trajo carta de Laurencio nieto. Los cuatro están en San Nicolás, su padre, él y sus tíos, Fernando y Marcos.

—¿Qué más te dice? ¿Cómo está la cosa?

—No muy bien, *pa'i*. Dice Jesuila que dice Laurencio nieto que se corre la voz de que la Compañía quiere venderlos como esclavos a los portugueses.

—¡Carajo! —exclamó en castellano, y remarcó el insulto con un golpe de sombrero en el costado de su pierna—. Discúlpame, Malbalá. Mi carácter vasco a veces saca lo peor de mí.

—No te disculpes, *pa'i*. El enojo es muy humano.

—Sí, tienes razón —acordó, con gesto vencido—. Es que la mentira y la injusticia me resultan intolerables. ¡Que digan que los queremos vender a los portugueses! Justamente a los portugueses, de quienes los defendimos a capa y espada durante el siglo pasado.

—¿*Pa'i*? —dijo Malbalá, y se giró en su escabel para mirarlo de frente—. ¿Por qué está sucediendo todo esto? ¿Por qué el rey nos ha perjudicado tanto con ese acuerdo que hizo con los portugueses cuando su padre, el anterior rey, nos llamó las joyas de su Corona?

—Ay, hija —suspiró—, porque así como el enojo es muy humano, también lo son la ambición y la sed de poder, y en todo este entuerto, esas dos son las reinas.

* * *

Hernando de Calatrava recorría las calles embarradas y deformes de pozos y baches, y meditaba que nunca le había gustado Asunción. No era mejor que Villa Rica, su ciudad natal, también pobre y pequeña. Sin embargo, Asunción, además de sus falencias estructurales y urbanísticas, se había convertido en el escenario de los momentos más trágicos de su vida, cuando, por una decisión equivocada, la de participar en la revuelta de los comuneros, acabó perdiendo más de quince años en una mazmorra de Lima.

A veces se arrepentía de haber renunciado a su puesto de administrador en *Orembae*. Se decía que debió de haber hecho la vista gorda al desliz de su mujer y seguir como si nada. Después de todo, él ya no la deseaba, y Nicolasa tenía derecho a satisfacer sus instintos, más allá de que estaba casi seguro de que se había entregado a la lascivia de Amaral y Medeiros no por su naturaleza lujuriosa, que no tenía, sino para asegurar su bienestar y el de su pequeña hija. Por eso no le reprochaba la traición, ni la trataba con desdén. Después de todo, él, como marido, siempre le había faltado. Se limitaban a un trato frío, pero cortés, y las únicas conversaciones que iniciaban tenían a Ginebra o a su nieta como protagonista, y eso ocurría cuando recibían carta de *Orembae*. El resto del tiempo, guardaban distancia, cada uno ocupado en los quehaceres de la quinta que malamente les daba de comer.

Se cubrió la nariz con un pañuelo cuando una oleada fétida —probablemente un animal muerto— le azotó las fosas nasales. Unas varas después, cuando juzgó que el mal olor se había disipado, inspiró con avidez. En el pasado, esa ansiedad al llenar los pulmones habría desembocado en un acceso de tos. En el presente, y gracias a la infusión de astillas de guayacán, o de *yvyra-vera*, como la llamaban los guaraníes, sus pulmones cobraban fortaleza. La disciplina de beber la infusión siguiendo las instrucciones del *paje* Ñezú —en ayunas por la mañana y antes de irse a dormir— daba sus frutos. El padre Ursus se aseguraba de que nunca le faltase la provisión de astillas de guayacán; en el pasado se las había llevado personalmente a *Orembae*; en el presente se las enviaba al Colegio Seminario de los jesuitas en Asunción.

Siguió avanzando por la calle que lo conducía al Barrio de las Barcas, colindante con el puerto y cercano al monasterio de Santo Domingo. Como miembro de la milicia, ese había sido su lugar de residencia en el pasado. Allí había comprado una casa para compartir con la única mujer a la que había amado hasta la locura y de cuyo recuerdo no conseguía desprenderse. Lo atormentaban la culpa y el deseo por saber de ella. Por eso se encontraba allí, frente a la casucha que, junto a su María Clara, le había resultado un palacio. Ella echaba luz a cualquier oscuridad, expulsaba la tristeza y embellecía lo feo.

Se quitó el tricornio y se quedó mirando la fachada envejecida, con las paredes que, por mucho que se las enjalbegara, siempre terminaban manchadas por el lodo bermellón que lanzaban las carretas y los carruajes o que salpicaba la lluvia. No era la primera vez que abandonaba su quinta en las afueras de Asunción para aventurarse en los recuerdos. La vez anterior se había atrevido a llamar a la puerta e inquirir por la familia Calatrava, que había ocupado la vivienda más de quince años atrás. La esclava que lo atendió le dijo que su amo había comprado la casa muchos años atrás, pero que ella no sabía nada de nada. Al preguntarle quién era su amo, la joven respondió con orgullo que se trataba del señor jefe de la policía del Cabildo. Ante esa respuesta, Calatrava decidió no seguir indagando; no quería meterse en líos con un hombre de la ley.

¿Qué había sido de María Clara? La pregunta lo había torturado durante los quince años de prisión en Lima y seguía persiguiéndolo en ese tiempo de libertad. En verdad, él no era menos cautivo en ese momento de lo que lo había sido en la mazmorra limeña. Sus recuerdos, culpas y demonios constituían una prisión, no de piedras, ni de barrotes de hierro, sino de angustia y de dudas.

Se calzó el tricornio y comenzó a desandar el camino. Arrastraba los pies por el barro igual que arrastraba el alma debilitada por el dolor. Volvió a cubrirse con el pañuelo, esta vez para ocultar un acceso de tos, que lo sorprendió pues hacía semanas que no tenía uno. Apartó el pañuelo de la boca y no se atrevió a mirarlo; tal vez unas gotas de sangre descollarían sobre el algodón blanco. Levantó la vista, todavía acuosa, y se quedó mirando al sacerdote que, desde unas varas, lo observaba con atención. Era un dominico, a juzgar por el hábito blanco, imposible de conservar prístino en una ciudad como esa; sin remedio, el ruedo se había teñido de una tonalidad rojiza. No resultaba una rareza ver a esos curas pasearse por el Barrio de las Barcas; su monasterio se hallaba muy cerca.

Ahogó una exclamación cuando lo reconoció: era el inquisidor Claudio de Ifrán y Bojons. Lo acometió un nuevo acceso de tos. Al reponerse y volver a enfocar la vista, se dio cuenta de que el sacerdote había desaparecido. Giró hacia uno y otro lado, pero no lo individualizó entre las gentes que poblaban la calle.

"Dios mío", se angustió. "¿Qué diantres hace ese demonio aquí? Tal vez", se dijo, "hace lo mismo que yo". El vacío en el estómago se convirtió en una náusea. Cerró los ojos e inspiró varias veces. Intentó calmarse antes de reiniciar la marcha. Le había dicho a Nicolasa que visitaría el mercado para vender los productos de su quinta y no quería demorarse más de lo debido. En tanto avanzaba, iba cavilando acerca de ese encuentro. La última vez que había visto al dominico había sido en Lima, la madrugada en que, junto con el mensajero de los jesuitas, había emprendido el viaje hacia Asunción. El dominico lo había acechado desde la bruma y solo había pronunciado una palabra: Calatrava, que había sonado como una advertencia, una amenaza, una promesa. Y ahora lo encontraba en el lugar donde se había creído a salvo de su garra diabólica. ¿Qué hacía un miembro reputado del clero y de la más alta sociedad limeña en un pozo como ese? "Lo mismo que tú", se reiteró.

Hernando de Calatrava era un hombre práctico, que seguía albergando el espíritu de un militar valeroso y arriesgado; no creía en supersticiones, ni en malos agüeros. No obstante, encontrarse de cara con su enemigo lo golpeó con dureza. Lo asaltaron escrúpulos y feas ideas, y se convenció de que nada bueno le deparaba el destino.

—Aitor, estás sonriendo a la nada —comentó Conan, sin dejar de excavar—. En mi tierra dicen que quien solo se ríe, de sus maldades se acuerda.

Aitor masculló una respuesta y prosiguió con la faena de abrir una zanja en el límite de la propiedad de los Urízar y Vega. Estaba acordándose de algo, sí, pero no de sus maldades, sino de Emanuela y de lo bellísima que lucía con él clavado dentro de ella, mientras el alivio la hacía gritar y contorsionarse debajo de su cuerpo. Aunque había contado con la entrega y la pasión de su Jasy —desde niña había desplegado una naturaleza ardiente—, de manera irremediable la situación lo sumía en una especie de delirio y estupor. Desde siempre se había sabido dueño de su cuerpo, de su alma y de su corazón, pero esa certeza no hacía la realidad menos inverosímil.

—Te vuelves a sonreír, Aitor. Veo que tu prometida te ha endulzado el humor.

—Vamos, trabaja y cierra el pico. Urge acabar con este muro.

—Sí, sí, acabemos con este muro. Solo que no puedo dejar de notar que te sonríes. Creo que, desde que te conozco, esta es la primera vez que te veo sonreír. —Aitor siguió cavando en silencio—. ¿Aitor?

—¿Qué?

—Me alegra que las cosas entre tú y tu prometida se hayan aclarado.

—Gracias —masculló.

—¿No temes que Emanuela se enoje contigo en cualquier momento por tu traición y te mande al demonio?

Aitor clavó la pala en la tierra y se incorporó para mirar a Conan. A juzgar por el ceño que le volvía tenebrosa la expresión, el comentario le había caído mal.

—Un primo mío —se apresuró a explicar el cornuallés— engañó a su mujer. Ella lo descubrió y lo echó de la casa. Al final, terminó por aceptarlo de nuevo. Pero al tiempo mi primo se fue por voluntad propia. No aguantaba que su mujer, cada dos por tres, le echase en cara lo de la traición, lo celase y no le tuviese confianza.

Aitor agitó la cabeza para negar y recomenzó a cavar.

—Emanuela no es así. Es distinta de todas las hembras que conozco. Una vez que concede algo, el perdón, por ejemplo, no lo retira. Es muy constante y fiel a sí misma, y así como no concede las cosas porque sí, tampoco se retracta con facilidad. La fidelidad de Emanuela es la más sólida que conozco.

—Eres un hombre afortunado, amigo mío.

—Lo soy. —Sin detener los golpes que daba con la pala, dijo—: Anoche acompañé a Emanuela a un sitio y, cuando regresábamos, nos atacó un grupo de bandidos.

Conan se detuvo y lo observó con expresión cautelosa.

—Tu prometida se encuentra bien, ¿verdad? En caso contrario, no sonreirías como lo has hecho toda la mañana, ¿no es cierto, Aitor?

—Sí, está bien. Nos acompañaban unos soldados del fuerte, unos blandengues conocidos de mi mujer. Creo que maté a algunos bandidos y herí a otros. Al que estoy seguro de no haber despachado al infierno es al jefe de la banda. A Domingo Oliveira. ¿Lo recuerdas? ¿El capataz de *Orembae*?

—¿El que atacó a la hermana de don Edilson?

—Sí.

—¡Maldito hijoputa! Sigue cometiendo bellaquerías, por lo que parece.

—Sí. Querían nuestro dinero y a mi mujer.

—¿Cuántos eran?

—Conté ocho.

—¿Y vosotros?

—Cuatro y mi mujer.

—¡Mierda, Aitor! ¿Cómo hicieron?

—Despaché a varios a puro flechazo y con el cuchillo. Después tomé a mi mujer y corrí como alma que lleva el diablo.

—Hay que contárselo a don Edilson —propuso Marrak.

—Hablando de don Edilson, ¿seguirán trabajando para él ahora que se ha resignado a no encontrar casiterita en el Paraguay?

—Tú desconoces la novedad. Don Edilson les comentó anoche a mi padre y a mi tío que conoció a un aventurero portugués en la Colonia del Sacramento que asegura poseer un mapa en el cual se halla indicada la ubicación de una mina de estaño. Por lo que el aventurero le dio a entender, no se encuentra muy lejos de la zona por donde buscamos contigo casi tres años atrás. Le ha ofrecido vendérselo por diez mil pesos de plata.

—No me fiaría —manifestó Aitor—. ¿Por qué se desharía del mapa? ¿Por qué no explotaría la mina él mismo?

—Aitor, saber dónde se halla escondido un metal y poder extraerlo son dos cosas muy distintas. Necesitas mucho dinero para montar una explotación minera, sin mencionar los permisos de la Corona para apropiarte de la mina y del metal. Este portugués, según les contó don Edilson a mi padre y a mi tío, desea regresar a Lisboa y no complicarse la vida con minas y cuestiones de las que no entiende nada. Asegura que se ganó el mapa en una partida de naipes.

—Me huele a mentira.

—Podría ser, pero don Edilson está dispuesto a arriesgar. Le ofreció la mitad, cinco mil pesos de plata. Ahora habrá que esperar a ver si el aventurero acepta. En ese caso, de nuevo marcharíamos hacia la zona de las misiones y tú vendrías con nosotros —añadió, con un entusiasmo que Aitor no compartió—. ¿No deseas hacer de baquiano, Aitor?

—Mi futuro es un poco incierto ahora —admitió.

—Entiendo, pero a mi padre, a mi tío y a mí nos gustaría volver a lo nuestro, la minería. Esto del contrabandeo… No es para nosotros.

Aitor se incorporó y columbró a la lejanía haciéndose sombra con la mano.

—Ahí vienen los blandengues, los conocidos de Emanuela —anunció—. ¿Qué diantres querrán ahora estos imbéciles?

—Veo que no te caen bien.

—No quiero que se acerquen a mi mujer.

—Por otro lado —razonó Conan—, tener amigos entre los militares nunca está de más. No te apresures, no te dejes llevar por los celos y el mal carácter. Escucha qué vienen a decirte. Tal vez puedas sacar provecho.

Aitor emitió un sonido sin separar los labios, una especie de ronquido, que, Conan supo, expresaba su acuerdo. Los militares se aproximaban, y Aitor los aguardaba con una expresión de cejas muy pronunciadas, ojos aguzados y labios tensos.

—Buenas tarde, don Francisco.

—Buenas —contestó Aitor, y, aunque los blandengues desviaron la mirada hacia el cornuallés, no se molestó en presentarlos—. ¿A qué han venido?

—A agradecerle de nuevo por habernos salvado la vida anoche —admitió el soldado Frías.

—Y este —dijo, señalando a un uniformado que lo miraba con ojos como platos, una mezcla de admiración y miedo a la que Aitor estaba habituado—, ¿quién es?

—El cabo Sancho Perdías. Le hablamos de vuesa merced, de lo que hizo anoche, y quiso conocerlo.

—Buenas tardes —saludó Perdías, y Aitor se limitó a levantar el mentón a modo de respuesta.

—Nos preguntábamos —tomó la palabra Lindor Matas— si vuesa merced estaría dispuesto a enseñarnos el uso del arco y de la flecha. Nos sería muy útil en nuestro oficio.

Aitor paseó la mirada por cada uno de los blandengues, en tanto meditaba acerca de la conveniencia que le había señalado Marrak, la de tener amigos entre los militares.

—Sí, podría ser —contestó, y los hombres sonrieron, aliviados, todos excepto Contreras—. Pero desde que no ven un real de su paga desde hace meses, me pregunto cómo me compensarán por este servicio. —Emitió una carcajada desprovista de alegría al descubrir los semblantes avergonzados de los soldados—. No se preocupen. No les exigiré nada a cambio… Por el momento. Tal vez llegará el día en que les pediré un favor. Vuelvan mañana, a esta hora. Comenzaremos entonces. Ahora tengo que seguir con mi trabajo —dijo, y se movió para aferrar la pala de nuevo.

—Nos gustaría invitarlo a tomar unos tragos hoy, a la caída del sol —manifestó el soldado Frías, y Aitor asintió de manera casi imperceptible—. Hay una pulpería en la calle de Santo Cristo, del otro lado de la plaza, casi en la esquina con la de San Carlos. Estaremos allí después de que las campanas suenen para el último ángelus.

Aitor volvió a asentir y, sin despedirse, comenzó a excavar.

—¿Quieres que te acompañe? —ofreció Conan Marrak una vez que los soldados se alejaron por la costa.

—Sí. Primero iremos a ver a don Edilson. Después iremos a ese sitio.

—Lo conozco. Allí se juntan los soldados, los del Regimiento de Dragones y los del de Blandengues. Beben unos tragos de ginebra y apuestan los pocos reales que poseen.

Una hora más tarde, Aitor dio por terminado el trabajo y se dirigió, junto con Conan, al cuarto patio, donde se lavaron en la batea que les llenó Justicia.

—¿Dónde está Emanuela? —preguntó al esclavo, mientras se enjabonaba los sobacos.

—En la habitación del tercer patio, preparando una de sus medicinas. Hoy le trajeron un paquete que le envió el padre Octavio.

—¿Quién?

—Ustedes lo llaman *pa'i* Ursus. Nosotros, Octavio. En el paquete había muchas hierbas y semillas que Manú había mandado pedir en su última carta. ¿Quieres que vaya a buscarla, Aitor?

—Sí.

—'Ta bien.

Se enjuagó y se secó. Antes de marchar a la pieza de Justicia, donde mantenía sus pertenencias, se despidió de Conan.

—Te veo en lo de don Edilson.

—Allí te veo.

Entró en la pieza y su mirada se clavó en la camisa extendida sobre la cuja, lavada y planchada y con una flor de madreselva en el sitio que tocaba el corazón. Emanuela le había prometido esa mañana que se la lavaría y se la plancharía con sus propias manos. Sonrió al escuchar el ligero chirrido de los goznes mientras se abría la puerta. Era ella. Podía olerla, como olía en la selva los aromas que lo guiaban hasta su presa. Se tensó cuando la sintió detrás de él. Lo excitó que se aproximase en silencio. El deseo que manaba de ella, el calor que brotaba de su cuerpo lo alcanzaban como una caricia en la espalda. Imaginó sus pezones que se erizaban y su sexo que se volvía caliente y resbaladizo. Inspiró bruscamente cuando ella apoyó la mano abierta entre sus omóplatos. Ese simple contacto terminó por volverle de piedra el pene y le tensó los testículos.

Emanuela lo tocó con la otra mano, las dos manos blancas y pequeñas, bien cuidadas, en su espalda oscura, y le dibujó las marcas que el látigo le había impreso años atrás. Las deslizó hasta su trasero y le acunó las nalgas y se las apretó delicadamente. Se tapó el bulto en un acto mecánico por contener lo que se avecinaba con demasiada prisa. Ya no era aquel muchacho inexperto que se aliviaba en los pantalones; sabría contenerse, más allá de que el deseo demoledor que ella le provocaba solo con un roce tuviese aún el mismo efecto.

—Me encanta esta parte de tu cuerpo —la oyó susurrar con los labios pegados en su columna vertebral.

—Llámalo culo. Quiero oírte llamarlo culo.

La boca de Emanuela se estiró sobre su piel en una sonrisa.

—Amo tu culo, Aitor. Cuando te desnudas frente a mí, quiero que te gires para poder verlo. No tienes vello allí, y tu piel me parece untuosa, como la crema, y quiero lamerte y morderte hasta hacerte gritar.

—Jasy… —exhaló—. Me vuelves loco con tan poco, amor mío. Solo con unas palabras me pones duro como un tronco de lapacho.

—¿Tan duro?

—Sí.

—Cuando te espié aquella vez en la cascada, me fascinó tu cuerpo desnudo, pero recuerdo que… tu culo fue lo que más me gustó.

—¿Por qué?

—Me pareció suave y no me equivocaba. No tienes vello aquí. Me gustó que fuese pequeño, y que se le marcasen esas depresiones a los costados cuando te movías. Me gustan mucho estas depresiones. Y también me gustó que fuese redondeado y respingado. —Emanuela remarcó el comentario pasándole las manos por las curvas y sonrió al ver que la piel se le erizaba y que Aitor se estremecía—. Me gusta que tu cuerpo sea mío, Aitor.

—Y mi corazón y mi alma, Jasy.

—Eres tan hermoso, amor mío. —Le arrastró los labios por la espalda, y Aitor reaccionó llevando los brazos hacia atrás y sujetándole el trasero. Emanuela le aflojó la jaretera de los pantalones para deslizar las manos por debajo de la tela.

—No llevas los calzones —dijo ella, sin asombro, con la voz afectada por la excitación.

—No. ¡Jasy! —Aitor estranguló el clamor que nació cuando Emanuela le acarició las nalgas y le pasó la punta del índice por el ano, tal como él hacía con ella, una y otra vez, con suavidad. Desde su posición, Emanuela observaba con fascinación cómo se le remarcaban los huesos y los músculos de la mandíbula, mientras él apretaba los dientes para reprimir los gemidos y controlar los movimientos convulsivos. También apreciaba su desesperación por no ser ruidoso en la crueldad con que le clavaba los dedos en el trasero.

—¿Te gusta, amor mío?

—Sí. —La calidad enronquecida y forzada de la voz de Aitor le inspiró una sonrisa—. Oh, Jasy… Me vuelves loco.

Las manos de ella lo rodearon dándole la impresión que se dirigirían hacia el punto donde se concentraban su excitación y su necesidad. A pocas pulgadas, ascendieron para acabar en sus tetillas, duras como piedras. Las masajeó entre el índice y el pulgar, y los jadeos de Aitor se intensificaron y sus músculos se agitaron con temblores.

—A mí me fascina cuando me muerdes, me aprietas y me succionas los pezones. Y a ti, ¿te gusta?

—Sí. Cualquier cosa que tú me hagas me gusta. Estoy a punto de desgraciarme en los pantalones, como cuando era un muchacho y tú me tocabas.

—Y si te hago esto, ¿qué ocurrirá?

Introdujo las manos bajo el pantalón y empuñó la erección y le acunó los testículos.

—¡Ahhh! ¡Carajo! —insultó, y se inclinó bruscamente hacia delante.

Emanuela temió que lo escuchasen. Giró la cabeza hacia la puerta para constatar que siguiese cerrada.

—¡No muevas la mano, Jasy!

La quitó con lentitud, lo mismo la que le envolvía los testículos. Apoyó la frente en la espalda de Aitor y suspiró.

—Aitor, te necesito. Estoy... Me duele. Ahí abajo.

Se volvió hacia ella, la encerró en un abrazo febril y hundió la cara en su cuello.

—Te deseo tanto —susurró.

—Hazme el amor —suplicó Emanuela.

Aitor se recordó que don Edilson lo esperaba en su tienda y que después había acordado encontrarse con los blandengues. La separó para observarla y lo impresionó la necesidad visceral que desvelaba su expresión. Resultaba asombroso el choque entre la inocencia y la lujuria que convivían en su gesto, en su cuerpo, en su mirada anhelante. Era desconcertante y, al mismo tiempo, lo seducía como nada. Su Jasy niña aún vivía en esa mujer.

Le atrapó el labio inferior entre los dientes. Emanuela gimió y le hundió los dedos en los brazos. La sujetó por la nuca y le cubrió el trasero con la otra mano antes de apoderarse de su boca para succionarla y penetrarla en un preludio de lo que planeaba hacer con su verga. La pegó a su erección y se refregó contra su vientre. Sintió que los dedos de Emanuela le subían por la nuca, se entremetían en sus cabellos cortos y le empujaban la cabeza para profundizar el beso. Esa simple acción desencadenó un arrebato de pasión que destruyó la ínfima posibilidad de irse sin más demora para cumplir con sus compromisos.

—Amo que me desees tanto como yo a ti.

—Tanto que me duele.

—Dime qué quieres que te haga.

—Quiero que me hagas el amor.

—¿De qué manera? —le preguntó, con la boca que vagaba por la mejilla de Emanuela.

—Contra el tronco del castaño. —Aitor se retiró y la miró con las cejas elevadas—. Desde que lo mencionaste ayer, después del almuerzo, no he dejado de pensar en cómo sería —se explicó Emanuela, con las mejillas rojas de vergüenza.

La comisura izquierda de Aitor comenzó a estirarse en una sonrisa. Ajustó la jareta del pantalón, se cubrió con la camisa, entrelazó sus dedos con los de ella y la condujo medio corriendo hacia los fondos del terreno, donde los árboles frutales formaban un bosque. La tomó por los hombros y la apoyó contra el castaño. El pecho de Emanuela subía y bajaba con inspiraciones veloces, el color en los pómulos se le había acentuado y el fuego en sus ojos los volvía de un azul tan puro y brillante, que Aitor no conseguía apartar la mirada de ellos. Se acordó de la piedra preciosa que una vez le había visto llevar a doña Florbela en unas arracadas largas, que le rozaban el trapecio. Como le habían hecho pensar en los ojos de su Jasy, se atrevió a preguntarle:

—¿Cómo se llama esa piedra, doña Florbela?

—Zafiro, Aitor.

"Zafiro", había repetido él una y otra vez para no olvidarlo. Un día cubriría a su Jasy de zafiros.

—Aitor —suplicó Emanuela, y lo sacó de su trance.

—¿Qué, amor mío?

—Te necesito.

Introdujo a ciegas las manos bajo la costosa tela del vestido, deshizo el nudo de los calzones y se los deslizó por las piernas. Solo rompió el contacto visual para pasarlos por los pies, calzados con unos chapines de guadamecí, que los dotaban de una forma pequeña y adorable. Regresó a sus labios para besarla salvajemente y, mientras le devoraba la boca, le prometía:

—Esta noche te haré el amor con esos zapatitos puestos. Desnuda por completo y con esos zapatitos puestos.

—¿Y con las medias de seda también?

—Sí —exhaló él—, con las medias también. Estoy tan duro.

—¿Me harás el amor en cuatro patas como me prometiste?

—Jasy...

—¿Y me acariciarás los pechos mientras estás dentro de mí?

Aitor le destinó una mirada que la habría asustado de no conocer el poder que ella tenía sobre él. No obtuvo respuesta. Lo vio aflojarse la cintura del pantalón, bajarlo apenas y extraer su miembro. Él había dicho la verdad, estaba muy duro. Emanuela hizo el ademán de sujetarlo, pero Aitor la frenó aferrándola por la muñeca. Negó dos veces con la cabeza. Le levantó el ruedo del vestido y la sujetó por la cintura. La espalda de Emanuela golpeó el tronco del castaño, y ella, de manera instintiva, le rodeó la cadera con una pierna y el cuello con los brazos. Aitor empuñó su pene y lo guió por los pliegues resbaladizos de Emanuela, que se estremeció y le mordió el filo de la mandíbula.

—Jasy, pega la cabeza en el tronco. Quiero verte mientras te meto la verga.

Emanuela obedeció, y sus miradas se entrelazaron. Aitor la penetró con una embestida que le arrancó un quejido. Arqueó el cuello contra la rugosidad del tronco y se mordió el labio para soportar el padecimiento y el placer, una combinación desconcertante, embriagadora, adictiva. El confinamiento del corsé le impedía tomar el aire suficiente para calmar la quemazón en los pulmones, y este ahogo parecía acentuar los latidos entre sus piernas, el goce, el dolor, la necesidad, la pasión, el amor. Clavó las uñas en la nuca de Aitor y los talones de los chapines en su trasero.

Aitor se mantenía quieto, mientras la estudiaba con atención, los ojos fijos en los de ella. Unos segundos después, comenzó a impulsarse. La necesidad de moverse lo volvía exigente y poco paciente.

—¿Estás bien? —Emanuela asintió—. ¿Era esto lo que imaginabas? —Volvió a asentir—. ¿Te gusta?

—Sí, mucho.

Aitor cambió el ángulo de los impulsos, y Emanuela gimió y echó la cabeza hacia atrás.

—¿Era esto lo que necesitabas?

—Sí.

—Dímelo. Dime qué necesitabas.

—Tu... verga.

—Sí, mi verga. ¿Qué sientes, Jasy?

—No pares, Aitor —le pidió, con acento agitado—. ¡Así! ¡Oh! ¡Sí, ahí! ¡Friccióname ahí! ¡Más fuerte! —exigió, y meció la pelvis contra la de él para aumentar la sensación que crecía entre sus piernas.

—¡Dime qué sientes!

Bajo los párpados, Emanuela imaginaba los músculos del trasero de Aitor, que se apretaban y relajaban en tanto él se clavaba cada vez más profundamente dentro de ella. La imagen encendió un fuego dentro de ella que la condujo al borde del clímax.

—Dímelo, Jasy —le imploró él.

—Siento... Siento que estoy a punto de aliviarme. Siento que tu carne... me posee, me llena, me calma y me excita, las dos cosas al mismo tiempo. Te siento mío. Siento a mi Aitor tan dentro de mí, y nada se compara con eso. El gozo... El gozo es infinito.

—¡Jasy! —Aitor pronunció su nombre con timbre desesperado y le clavó los colmillos en la piel desnuda de la curva que se formaba al final del cuello.

Emanuela emitió un lamento que se cortó abruptamente. Se tensó y cerró los ojos. Con la cabeza pegada al tronco y los labios entreabiertos, Aitor se dijo que era una imagen que nunca se cansaría de admirar, y se prometió conducirla al placer una y otra vez solo para tenerla tan vulnerable, entregada y hermosa como en ese instante, para atarla a él para siempre, para que Emanuela se volviese adicta a su verga, como un alcohólico lo es de la chicha, para que se arrastrase a sus pies y le implorase que le diese el placer que la hacía gritar.

El orgasmo la sacudió contra el árbol. Se cerró sobre Aitor y ocultó el rostro en su hombro. Agitó la pelvis con frenesí para prolongar lo que se le escapaba, lo que ansiaba, lo efímero, lo perfecto, y en esa lucha, comprimió los músculos de su vagina en torno al pene de Aitor, que se derramó dentro de ella con un alivio demoledor. El clamor de él ahuyentó a las aves y ahogó los gemidos de Emanuela, que levantó los párpados para encontrarse con el gesto de su amado, una mueca de padecimiento con los labios separados y tensos en un grito que se dilataba en el silencio y que revelaban sus colmillos largos y filosos, el entrecejo perdido entre los pliegues de un ceño brutal, y los párpados tan apretados que las pestañas surgían como púas. Aitor llevó el cuello hacia atrás y desató el gemido ronco que se le había atascado en la garganta y que inundó de nuevo el bosque. Sus embestidas fueron cobrando un ritmo más lento aunque siempre violento y acabaron en una oscilación hacia arriba y hacia abajo, hacia uno y otro costado. Estaba refregándose en ella, con los dedos que le mordían la carne de los glúteos. Cada apretón y cada pasada le arrancaban un destello al placer que todavía latía entre las piernas de Emanuela.

—Aitor… —pronunció corta de aliento, y apoyó la mano abierta en el cuello de tendones como sogas de él, donde sintió el pulso enloquecido y la manera brusca en que se le movía la nuez de Adán—. Amor mío…

Aitor le depositó delicados besos en el rostro, mientras la golpeaba con una respiración superficial.

—Gracias —lo escuchó susurrar entre besos.

—¿Por qué?

—Por tantas cosas, Jasy. Por esto que acabas de darme.

—Yo también te agradezco por esto que acabas de darme.

—Sí, pero tú me das tanto más, amor mío.

—Te daré todo lo que desees, todo lo que necesites. Todo lo que soy es para mi Aitor.

—Jasy... —Le besó los párpados con reverencia—. No te merezco, amor mío.

—Si eres capaz de darme este placer todos los días, serás más que merecedor del amor de tu Jasy.

Aitor profirió una carcajada y la besó y la mordisqueó en el cuello. Emanuela se retorcía e intentaba apartarlo; la risa la ahogaba y las ballenas del corsé se le hincaban en las costillas.

—¡Basta, por favor! ¡No puedo respirar!

—Sí, sí, perdóname. —Arrastró los labios por la frente de ella y lentamente fue retirando los dedos de su trasero y bajándola. Los pies de Emanuela tocaron el suelo, y una flojedad se apoderó de sus rodillas.

—Te tengo. —Aitor le rodeó la cintura y la sostuvo.

—Gracias. Tú también debes de estar cansado después de haber soportado todo el peso.

—Jasy, después de pasarme la vida aserrando y cargando troncos, tú no eres nada.

—Sí, claro.

Aitor le sujetó el rostro con ambas manos y la obligó a mirarlo.

—Si pudieses verte en este momento, toda ruborizada después de haber sido mía... Nunca me cansaré de decirte que eres lo más lindo que he visto en mi vida. Eres bella en todos los sentidos. —La besó en el entrecejo para distendérselo y rio al descubrir que Emanuela bajaba las pestañas en un gesto tímido, en tanto el rubor se acentuaba en sus mejillas—. ¿Avergonzada, Jasy? ¿Después de todo lo que tu Aitor te ha hecho?

—Me gusta saber que me encuentras bonita —admitió en voz baja.

—Mucho más que bonita. Mi Jasy es bella, la más bella, y todos la codician, pero ella es solo de su Aitor.

—Sí, solo de él.

Se abrazaron, y Aitor la besó en la coronilla. Se quedaron unos instantes en silencio, disfrutando de la brisa fresca del atardecer, del trino de las aves y del murmullo del río al lamer la marisma.

—¿Cómo te sentiste hoy? —quiso saber Aitor—. ¿Tuviste sueño? —Emanuela ladeó la cabeza, confundida—. Lo pregunto porque no pude contenerme y, a pesar de haberte amado hasta muy tarde, te

369

desperté a la madrugada para tomarte de nuevo. Perdóname, Jasy. Estaba muy caliente.

—¿Por qué debo perdonarte? Y si yo me despertase... caliente, como tú dices, ¿podría despertarte para que me amases?

La sonrisa de Aitor, en la que desveló los dientes y que le hizo chispear los ojos dorados, le provocó un vuelco en el estómago. A veces la tomaba por sorpresa el efecto que un simple acto de ese hombre tenía sobre su ánimo y su cuerpo.

—Sí —contestó con timbre enronquecido—, podrías despertarme. Siempre que me necesites para aliviarte, lo haré, Jasy.

—Y yo estaré para ti. Siempre.

Se besaron con la languidez en que los había sumido el orgasmo, que cambió cuando las manos de Emanuela descendieron hasta las nalgas de Aitor y las sujetaron con vigor. Los labios y la lengua de él se volvieron exigentes y demandantes. Se apartó de ella y le quitó las manos del trasero.

—No, Jasy. Basta. Tengo que irme. Don Edilson me espera en su tienda. Ponte los calzones. —Los recogió del suelo y se los extendió.

—¿Por qué no me lo dijiste antes? No te habría retenido.

—¿Cómo negarme? De todos modos, no habría podido salir de aquí si antes no bajaba el bulto que me provocaste.

Emanuela se cubrió la boca para ocultar una risita, y Aitor la tomó por los brazos y la obligó a ponerse en puntas de pie. Le aplastó la boca con la de él antes de prometerle:

—Te veré esta noche en tu recámara. Tal vez llegue un poco tarde. Tus amigos los blandengues me invitaron a tomar unos tragos cerca del fuerte.

—Oh.

—Quieren agradecerme por haberles salvado el pellejo anoche.

—No tomes mucho, por favor.

—No. Una vez cometí ese error, el de tomar mucho. No volveré a caer en esa trampa.

Emanuela le habría preguntado a qué se refería, pero calló; no deseaba retrasarlo. Aitor la sujetó de la mano e iniciaron el regreso a la casa. Se detuvieron frente al portón de mulas.

—Don Mikel me avisó que esta noche cenará con él el inquisidor Urbano de Meliá.

—¿El hijo de puta que te interrogó? —Emanuela asintió—. ¿Por qué cenará con don Mikel?

—No lo sé. Don Mikel dice que le envió un billete diciéndole que deseaba cenar con nosotros.

—¿Se invitó solo? —Emanuela volvió a asentir—. Maldito inquisidor del infierno.

—Por favor, Aitor, modérate. Es por ti que te lo pido, amor mío.

—Sí, sí, no te preocupes. Ten cuidado con lo que dices, Jasy, te lo imploro.

—Seré muy cauta. También asistirán mi confesor, el padre Bernardo, y otras personas más, entre ellas doña Emilce, la esposa del gobernador Andonaegui. No podré excusarme hasta que el último de los invitados se haya ido. ¿Me esperarás en mi recámara si llegas antes de que la cena acabe?

—Por supuesto, amor mío.

—Le diré a Romelia que te sirva la cena en la cocina, apenas llegues.

—Gracias. —La besó en la frente.

—Por favor, si lo ves al cabo Matas, pregúntale por su hermana Aurelia.

—Lo haré.

* * *

—¡Eh, muchacho! ¡Bienvenido! —lo saludó don Edilson al verlo entrar en el despacho de su tienda.

—Buenas tardes, don Edilson.

—Siéntate. ¿Un poco de café?

—No estoy muy habituado al café, don Edilson. Le agradezco.

—No tengo nada más para ofrecerte aquí.

—Está bien. Se agradece lo mismo.

—¿Cómo van tus cosas?

—Bien.

—Se te ve bien. Y me alegro porque en dos noches, la noche del domingo —aclaró—, llegará de Río de Janeiro un cargamento que he estado esperando desde hace tiempo y te necesito bien despierto y preparado. El desembarco se hará en la zona del Retiro. No la conoces. Es hacia el norte de la ciudad…

—La conocí anoche.

—Ajá —se interesó don Edilson.

—Estuve en casa de un hombre que trabajaba para una compañía… Compañía del Mar del Sur, si recuerdo bien.

—Recuerdas bien —ratificó Edilson Barroso.

—El hombre se enfermó y, cuando regresó, lo habían despedido. Necesita trabajar. Conoce bien la zona. Se ocupaba de bajar la mercancía de los barcos de la Compañía del Mar del Sur. Pensé que podría interesarle.

—Sí, me interesa. Siempre estoy necesitado de gente calificada, sobre todo ahora que los Marrak volverán a su antiguo menester, el de rastrear una mina de estaño. —Aitor se lo quedó mirando y, por prudencia, no preguntó—. Tal vez hayamos dado con una —prosiguió Barroso—. Un tipo asegura tener un mapa donde se halla localizada una con una veta muy rica. Ofreció vendérmela.

—¿Es de fiar?

—Creo que sí. Por lo pronto, el mapa es de la zona por donde anduvimos contigo hace casi tres años. Ese es un buen indicio. Podría haber sido de cualquier parte; el virreinato es enorme. No obstante, el mapa es de la zona del Paraguay, donde hay mucha presencia de casiterita en los arroyos y ríos. Te necesitaremos en caso de que concluya este negocio. Si me hago con el mapa, tú serás nuestro baquiano. En nadie confío como en ti, muchacho.

—Gracias, don Edilson —masculló.

—Pero volvamos al hombre de la zona del Retiro.

—La única contra es que el hombre tiene un hijo que es cabo de los blandengues. Podría alcahuetearnos y estaríamos arruinados.

—Ajá. —Edilson Barroso se sobó el mentón—. Puede ser una contra o una gran ventaja. ¿Sabes, Aitor? Todos tenemos un precio. Y contar con la amistad de uno del Regimiento de Blandengues podría sernos de mucha utilidad.

—Hoy tomaré unos tragos con el hijo de este hombre, con el cabo de los blandengues —aclaró—. Me debe un favor.

—¿De veras?

—Anoche lo salvé de que lo pasaran a mejor vida.

—¿Cómo es eso, muchacho?

—Volvíamos del Retiro de estar con su familia y nos atacó una banda de malvivientes. El jefe de la banda es conocido nuestro: el malnacido de Domingo Oliveira.

—¡Caín! —explotó el portugués, y asestó un golpe al escritorio—. ¡Judas! ¡Maldito hijo de perra! ¿Así que está en Buenos Aires? Si llego a ponerle las manos encima…

—Le metí un flechazo y un par de patadas en la jeta, pero no creo que lo haya matado.

—¡Qué pena! ¡Ese hijoputa tiene más vidas que un gato! Maldito… —masculló Barroso, y permaneció unos segundos con la atención en otra parte—. Disculpa, muchacho. Volvamos a lo nuestro. Dile a ese hombre, el de la Compañía del Mar del Sur, que venga a verme. ¿Cómo se llama?

—Ismael Matas.

—No le digas de qué se trata el trabajo. Deja eso de mi parte. En cuanto a su hijo, ¿qué tipo de hombre es? ¿Crees que se dejaría comprar fácilmente?

—No lo conozco tanto, pero sé que hace meses que no ve un real.

—Sí, lo sé. La soldadesca hace tiempo que no recibe la paga. Creo que podríamos sumarlo a nuestra causa. —Don Edilson se puso de pie y Aitor lo imitó—. Me gustaría quedarme a conversar contigo, Aitor, pero tengo una cena en casa de un vecino ilustre. —Ejecutó un ademán pomposo que hizo sonreír a Aitor—. Los Urízar y Vega, donde estás haciéndote pasar por alarife —añadió, con un guiño.

—Don Edilson, recuerde que, para don Mikel, soy Francisco.

—Sí, sí, ya sé que no quieres que el padre Ursus sepa que estás en Buenos Aires.

—Gracias.

—No hay de qué.

Aitor temió que el portugués desease ahondar en el porqué de mantener oculta su presencia en la ciudad y en su interés por trabajar en casa de los Urízar y Vega. No quería hablarle de Emanuela. Don Edilson demostró su temperamento práctico al no interesarse en los asuntos ajenos cuando rodeó su escritorio para acompañarlo hasta la salida sin hacerle preguntas, ni comentarios. Aitor aprovechó la oportunidad y le mencionó el cambio de nombre.

—¿Así que deseas *realmente* cambiar tu nombre?

—Sí.

—¿Por qué?

—Primero, para protegerme ahora que me dedicaré al contrabando con vuesa merced. Segundo, porque aborrezco el apellido de mi padrastro.

Don Edilson volvió a sobarse el mentón y asintió con la vista en el suelo. Por fortuna, no lo inquirió acerca del apellido de Laurencio abuelo, ya que era probable que el portugués supiese que Emanuela era una Ñeenguirú.

—Sería necesario un salvoconducto —caviló el portugués—. Podría pedírselo a don Alonso de Alarcón, aunque tardará un poco el asunto porque Alarcón se ha marchado a su quinta en San Isidro por los meses del verano.

"Don Alonso de Alarcón", repitió Aitor para sí, "el cuñado de mi *pa'i* Ursus".

—¿Cómo querrías llamarte? —Barroso regresó al escritorio y embebió la péñola en el tintero.

—Por mi segundo nombre, Francisco de Paula.

El portugués escribió el nombre en un papel.

—¿Y el apellido?

—Almanegra.

* * *

Se topó con Conan Marrak en la entrada de la tienda de Barroso. El muchacho se calzó el sombrero y Aitor, con una agitación del mentón, lo conminó a ponerse en marcha. Caminaron por las calles de tierra, sorteando pozos, basura y animales muertos. La fetidez se tornaba insoportable.

—¿Se supone que ellos son los civilizados y nosotros los salvajes?

—¿Por qué lo preguntas, Aitor?

—No me llames de ese modo frente a los blandengues.

—Está bien. ¿A qué te refieres con los civilizados y los salvajes?

—A esto. —Extendió el brazo derecho para abarcar la calle—. Al mal olor. En nuestros pueblos, ni en las épocas de temperaturas más elevadas habría un olor tan hediondo como este, ni siquiera cerca de los baños y letrinas.

—Me gustaría conocer tu pueblo algún día.

—No creo que vuelva allí.

—Oh. —El cornuallés guardó silencio y no lo indagó. Conocía ese gesto de su amigo guaraní, cuando miraba derecho al frente, las cejas muy puntiagudas y apretadas y los labios rígidos.

A Conan no pasaron inadvertidas las miradas desdeñosas, algunas asustadas, todas desconfiadas, que les lanzaban los transeúntes; en realidad, que le lanzaban a Aitor. No era un hombre muy alto, tampoco bajo, pero sí corpulento, aunque lo que más impresionaba era su semblante oscuro y de rasgos acusados y tatuados y sus ojos rasgados, de un color inverosímil. Conan razonaba que, si no lo conociese, él también le habría temido.

—Creo que Almanegra te va muy bien —expresó, siguiendo la línea de sus pensamientos.

Aitor soltó una carcajada tan espontánea y sincera, nada de las risotadas sarcásticas a las que lo tenía acostumbrado, que Conan se quedó mirándole el perfil mientras seguían caminando.

—¿Qué dice tu mujer al respecto?

—No le gusta. Además dice que es muy riesgoso cambiarse el nombre.

—Tal vez le habría gustado un apellido menos... atemorizador.

—Me siento cómodo con Almanegra. Creo que me va muy bien, como tú dices. —Después de una pausa, Aitor agregó—: Ella piensa que soy bueno y que tengo el alma pura y blanca, así que no le gusta mi nuevo nombre.

—Tal vez ella ve una parte de ti que no le muestras a los demás.

En ocasiones, su amigo Conan Marrak le recordaba a su *taitaru*.

—Soy el que ves, Conan. Soy el que te llevó a decir que el apellido Almanegra me va bien.

—Manú te ama, Aitor, y te conoce como nadie. —Conan escondió la sonrisa al escuchar el gruñido que soltó su amigo, más a modo de advertencia que de aquiescencia; estaba claro que no le gustaba que se hablase de su mujer—. Dime, ¿cómo se te ocurrió ese nombre? Almanegra.

—Es el nombre de un toro.

—¿De un toro de tu pueblo?

—No. Es de Emanuela.

—¿Manú tiene un toro?

La expresión de Conan hizo reír a Aitor.

—Sí, tiene un toro. El gobernador se lo compró después de que ella se metiese en la plaza donde se hacen las corridas y la detuviese para proteger a la pobre bestia. —Aitor volvió a carcajear ante el gesto estupefacto de Marrak—. Te he dejado mudo.

—Sí, mudo y sorprendido. ¿Se metió en la arena y detuvo la corrida?

—Sí.

—He asistido a un par de corridas con don Edilson. ¿Has estado tú alguna vez en una?

—No —admitió Aitor.

—Es un espectáculo desagradable y cruel. Pero por mucha pena que me inspirase el animal, no me hubiese atrevido a entrar en la arena. —Sacudió la cabeza y sonrió—. Tu mujer es única, Aitor.

—Sí, lo es.

Entraron en la pulpería, y los murmullos se acallaron cuando los parroquianos posaron sus ojos en Aitor. Conan Marrak sintió un instante de incomodidad y de miedo. Aitor, en cambio, observó el cornuallés, no reparaba en los vistazos recelosos, ni demostraba inquietud, sino que estudiaba el interior con la actitud de un cazador alerta.

—Allí están los blandengues —dijo—. Buenas —saludó al llegar a la mesa.

—Buenas tardes, don Francisco.

—Tome asiento —lo invitó Matas—. Su amigo de usted también. ¡Genaro, otra ronda de chicha!

—¡Enseguida, cabo!

Un silencio incómodo se apoderó de la mesa en tanto esperaban la bebida. Aitor dedujo, a juzgar por los ojos medio vidriosos y las narices enrojecidas de los blandengues, que hacía un buen rato que empinaban el codo. El soldado Frías parecía el más afectado por el alcohol.

—La señorita Manú me dijo —manifestó Frías con voz pastosa, y miró a Aitor— que no bebiese. Por lo de la pelagra —aclaró, y se señaló el dorso de la mano, donde aún quedaba la sombra de una mancha roja.

—Pero tú bebes lo mismo —alegó Contreras.

—Sí. Es un vicio.

—Un vicio que ya no puedes permitirte, Frías —comentó el tal Perdías—. Le debes mucho a don Genaro.

—Ustedes también le deben.

—Sí, pero ni la cuarta parte que tú —dijo Matas—. Somos más moderados.

Apareció el pulpero con una bandeja de latón y vasos de estaño.

—Pa' ti nada, Frías. Ya me debes demasiado.

—Tráigale a él también —intervino Aitor, y todos se volvieron para mirarlo. Don Genaro lo observó con miedo.

—Verá, buen hombre… El soldado Frías ya ha bebido…

—Yo pagaré lo que se consuma en esta mesa. Tráigale de beber a Frías. —Don Genaro se quedó mirándolo sin pestañear y con la boca entreabierta, en el gesto de decir algo—. ¿Por qué me mira como un pasmarote? ¿Cree que por ser indio no puedo pagarle? —Aitor se puso de pie, y Conan, en un acto mecánico, lo aferró por la muñeca.

—No, no —se apresuró a disculparse el pulpero—. Enseguida le traigo de beber a Frías.

Aitor volvió a su banqueta, y el murmullo se reanudó en la pulpería. Los parroquianos, que habían presenciado el intercambio con atención, ahora estudiaban al indio de mala catadura y cuchicheaban.

—Gracias, don Francisco —dijo Frías.

Aitor asintió antes de exigir:

—Llámeme Almanegra, a secas.

—Como vuesa merced mande.

—Me gustaría hacer un brindis por don… por Almanegra —se corrigió Matas—. Por habernos salvado la vida ayer, en el zajón de Matorras. Pocas veces he visto a alguien con esa destreza para manejar el arco y la flecha. —Elevó el vaso y los demás lo imitaron.

—¡Salud! —exclamaron a coro.

Aitor apenas si se mojó los labios con la chicha y depositó el vaso sobre la mesa. Estudió a los blandengues con ojos celados. Ninguno le inspiraba confianza, a excepción de Matas, al que juzgaba el más trasparente. Los soldados se embarcaron en una conversación que era más un lamento. La falta de paga, las malas condiciones de los cuarteles y las quejas por sus superiores se volvieron una constante.

—Aunque hay que hacer una excepción a la hora de hablar del capitán de Alarcón —opinó el cabo Perdías—. ¡Ese muchacho sí que es de ley!

Los demás asintieron al comentario. Aitor, en cambio, se tensó.

—Hablando del capitán de Alarcón —intervino Contreras—, llegó esta tarde del fuerte de Luján.

La tensión de Aitor se acentuó y cerró la mano en torno al vaso que no había vuelto a llevarse a la boca.

—No lo vi —dijo Matas—. ¿Qué hace en Buenos Aires?

—Viene persiguiendo a una banda de forajidos que está cometiendo toda clase de desmanes en la campaña —señaló Contreras.

—¿No será la que nos atacó anoche? —se preguntó Matas.

—Tal vez —dijo Perdías—. Deberían darle aviso.

Aitor se puso de pie con un movimiento intempestivo que sobresaltó a sus compañeros de mesa. Conan Marrak lo imitó enseguida.

—Debo marcharme. —Colocó algunos reales sobre la mesa—. Esto debería bastar.

Matas cubrió las monedas y las arrastró hacia el filo de la mesa, en dirección de Aitor.

—Se agradece, Almanegra, pero nosotros fuimos hoy a invitarlo.

—Pero la cuenta la pago yo. Cabo Matas, acompáñeme afuera. Necesito hablar con usted. Buenas tardes —saludó en dirección a los demás. En la puerta de la pulpería, Aitor dijo—: Mi mujer quiere saber cómo está su hermana.

—Dígale que muy bien. Con las monedas que nos dio, le hemos comprado leche y unas morcillas para que se reponga.

—Mañana la llevaré para que la vea. Más bien temprano, por la mañana.

—Temprano no podré dejar el cuartel.

—No se preocupe. Me acuerdo del camino. La llevaré solo.

—Dígale a su mujer que el cabo Matas le agradece por todo y que mi vida está a su servicio, con el permiso de usted, Almanegra.

Aitor asintió y se quedó mirando la mano que Lindor Matas le ofrecía. La estrechó con firmeza.

—Mañana nos vemos para empezar con la práctica del arco y la flecha —le recordó el militar.

—Así es. Buenas tardes.

Aitor caminó con su amigo Conan hasta que se separaron en el Plaza Mayor. Casi corrió hasta la casa de la calle de Santo Cristo, urgido por un presentimiento desagradable. Entró por el portón de mulas y marchó a la cocina, donde Romelia se afanaba en llenar platos y colocarlos en una bandeja.

—¡Aitor, qué susto me has dado!

—¿Quiénes han venido a cenar?

La esclava hizo un ceño, confundida por la pregunta.

—Bueno… El inquisidor que interrogó a Manú…

—Sí, y también su confesor, y don Edilson. ¿Quién más?

—Don Eustaquio, un amigo de don Mikel, y la mujer del gobernador. El Cordobés, el torero —aclaró—, y el señorito Titus.

"El Cordobés y el *señorito* Titus", masculló para sí. Acababa de confirmar su presunción.

Salió de la cocina, entró en la casa por la habitación de Emanuela y se aventuró en los interiores. Se ubicó en el mismo sitio desde donde la había espiado dos días atrás, el mismo día en que la había convertido en mujer. La escena que vio lo golpeó con dureza. Emanuela tocaba el clavicordio, mientras un militar —el tal Titus de Alarcón, no cabía duda— le volvía las páginas de la partitura. Otro se mantenía cerca y clavaba la vista en los pechos de su Jasy, que el vestido azul le remarcaba notablemente. Se fijó en que Alarcón era de buena prestancia y bastante más alto que él. Era muy alto, en realidad; tal vez le llevase una cabeza. A poco estuvo de irrumpir en la sala cuando el militar se inclinó para murmurarle y Emanuela rio.

—¡Mierda! —masculló, y desanduvo el recorrido para terminar en la cocina. Se sentía un idiota, se sentía burlado y menospreciado.

¡Qué bien lucía Emanuela esa noche! El vestido azul le iba como un guante a su silueta, y también le realzaba el color de los ojos y la blancura de la piel. Tenía grabadas en las retinas las imágenes del torero con los ojos fijos en el escote de su mujer y la de Alarcón inclinándose para susurrarle al oído. A punto de regresar a la sala e irrumpir como un demonio, se topó con la mirada de Romelia.

—¿Qué te sucede, Aitor? —La contempló fijamente y no le contestó—. Fuiste a la sala, ¿verdad? La viste con Titus, ¿no es así?

—La vi, sí. El muy imbécil le pasaba las hojas mientras ella tocaba el clavicordio y le susurraba al oído. Y ella reía.

—Son muy amigos, Aitor.

—Él no quiere ser su amigo. La quiere por esposa.

—Y Manú, ¿qué quiere Manú? —Midieron sus voluntades con recias miradas—. Manú te quiere a ti por esposo, a pesar de tu traición. Ella te quiere a ti, Aitor. Tú no habías venido a buscarla hasta aquí, y ella ya le había respondido a Titus que no porque amaba a otro. ¿Qué pensabas hacer hace un momento? Entrar en la sala como un forajido y lanzarte sobre Titus.

—Sobre Titus y sobre ese maldito torero, que no apartaba los ojos de los pechos de mi mujer. Se los voy a arrancar, como dicen que le arrancaron un ojo a Almanegra.

—Aitor, no puedes hacerle eso a Manú. Entrar en la sala como un loco y lanzarte sobre dos de los invitados de don Mikel… La avergonzarías. ¿Qué explicación le daría Manú a don Mikel? ¿Que el alarife que contrató para levantar el muro del fondo se volvió loco?

Los ojos de Aitor destellaban entre los párpados celados.

—Cálmate, muchacho. Controla tu temperamento. Hazlo por ella.

Aitor dio media vuelta y abandonó la cocina a largas zancadas. Cruzó el cuarto patio, el huerto, el bosque de árboles frutales y saltó la zanja que habían cavado con Conan Marrak. Se quitó la camisa mientras avanzaba hacia el río y terminó de desnudarse en la orilla. Se zambulló para nadar. El agua siempre tenía un efecto sedativo sobre su ánimo convulsionado. Salió más tranquilo. Caminó, completamente desnudo, hasta el tilo, el sitio favorito de su Jasy. Se sentó en el mismo punto que había compartido con ella pocos días atrás, aunque parecían años. Se puso a pensar en lo rápido que había obtenido el perdón de Emanuela, en lo poco que le había costado recuperarla. Había sufrido y esperado con el alma en vilo, atormentado por la posibilidad de que ella no cediese. Finalmente, ella, para no verlo sufrir y porque era fiel a su corazón, lo había aceptado de nuevo sin embarcarse en los juegos de caprichos y vanidades típicos de las hembras. ¿Tenía derecho a reprocharle lo que había visto? Después de todo, que un hombre le pasase las páginas de las partituras y que le hablase al oído no podía compararse con lo que ella le había visto hacer con Olivia, por poco que hubiese significado para él.

Se quedó sentado bajo el tilo, con las rodillas flexionadas y los brazos en torno a las piernas, tan absorto en el horizonte que no reparó en que el sol había desaparecido, engullido por la noche, hasta mucho tiempo después. Inspiró profundamente el aroma de las flores del tilo, que le recordaban a su Jasy, a cuando se las entretejía en el cabello para estar perfumada. "Cuando sea rico, le compraré los perfumes más costosos", se prometió. Le preguntaría a don Edilson cuál era la fragancia más codiciada por las mujeres y se la compraría a su Jasy. Le colocaría unas gotas detrás de las orejas y entre las piernas y le haría el amor. Apartó las rodillas y se miró el pene; se había puesto duro.

Se vistió y regresó a la casa. Experimentó un momento de alegría al descubrir que se filtraba luz por el cortinado de la contraventana de la recámara de Emanuela. El corazón fue aumentando su ritmo en tanto se aproximaba. Intentó entrar, pero estaba con llave. Llamó dos veces. La cortina se corrió apenas para revelar el rostro delgado y largo de Emanuela. Su sonrisa le causó emoción y rabia, una combinación que atizó a sus demonios, los que habían vuelto a su guarida en la playa. Emoción, porque sonreía, dichosa, al verlo. Rabia, porque también le había sonreído al tal Titus.

Emanuela le echó los brazos al cuello apenas Aitor traspuso el umbral. Él no la tocó, sino que, a ciegas, cerró la contraventana y puso la traba.

—¡Me hiciste falta! —exclamó ella sobre su boca.

—¿De veras? —ironizó él.

Emanuela se apartó sin soltarlo y lo contempló, desorientada.

—¿Qué sucede?

Aitor se deshizo del abrazo y retrocedió dos pasos.

—Desvístete —le ordenó.

—¿Qué sucede, Aitor?

—Quiero que te desnudes, Emanuela. —Ella se quedó mirándolo con la cabeza ladeada y el entrecejo fruncido—. ¿Traes los chapines que tenías hoy mientras fornicábamos en el castaño?

Emanuela asintió como autómata, golpeada por el uso de la palabra "fornicábamos".

—Date vuelta. Te desajustaré los cordeles.

Lo hizo con manos bruscas y las deslizó entre el vestido y la camisa de holanda. La escuchó emitir un quejido al aprisionarle los pechos y sobarle los pezones con los pulgares.

—Estos son solo míos —le susurró por detrás, antes de alejarse—. Date vuelta y termina de desvestirte.

Emanuela obedeció. Sin mirarlo, con el mentón al pecho, fue quitándose el vestido, la camisa y los calzones. Quedó desnuda frente a él, a excepción de las medias que le cubrían hasta mitad del muslo y los chapines de guadamecí. Con la vista baja, cruzó el brazo derecho sobre los senos y se cubrió la vulva con la mano izquierda.

—No te atrevas a ocultarme tu cuerpo.

Apartó el brazo y la mano y se expuso ante él. Levantó la vista al escuchar que Aitor se movía. Estaba quitándose la camisa; luego siguió con el pantalón. No llevaba calzones. Emanuela le miró la erección y después los ojos, que lucían más achinados que de costumbre.

—Acuéstate.

Lo obedeció. Sospechaba a qué se debía ese despliegue de ira y dominio: se había enterado de que Titus estaba en la ciudad y de que había cenado en casa de los Urízar y Vega. Ella se lo habría dicho, no planeaba ocultárselo; es más, ansiaba contárselo porque Titus acababa de confesarle que había acabado en Buenos Aires siguiendo la pista de una banda de forajidos liderados por un portugués de nombre Domingo Oliveira. Ella, en su afán por proteger a Aitor, no le había mencionado el encuentro con el bandido la noche anterior, cerca del zanjón de Matorras.

Se recostó en silencio y se quedó quieta con la vista fija en los listones de madera que cruzaban el techo. Parecía la víctima ofrecida en sacrificio. Aitor trepó a la cama por los pies y gateó hacia ella. Emanuela continuó inmóvil, aunque la respiración la traicionaba: sus pechos subían y bajaban rápidamente. Contuvo el aliento cuando Aitor le apoyó una mano, con los dedos desplegados, sobre el escote. Se le erizó la piel con el contacto, con el calor y la humedad que transmitía. Se mordió el labio y bajó los párpados en una reacción autómata, mientras la mano de él, siempre muy abierta, descendía entre sus senos, por su vientre y se detenía sobre el monte de Venus. Gimió y arqueó el torso en una invitación para que siguiese su descenso.

—Y esto es definitivamente mío.

—Sí —jadeó.

Aitor se colocó a horcajadas sobre ella, las rodillas hundidas en el colchón a la altura de las costillas de Emanuela.

—Extiende los brazos hacia atrás.

Hizo como se le ordenaba y alcanzó a ver el deseo feral que despuntó en los ojos de Aitor cuando sus pechos se agitaron. Le inmovilizó las muñecas con la mano derecha. Emanuela se contorsionó, buscando desasirse, sintiendo la quemazón que le causaba en la piel la cincha en la que se había convertido la sujeción de Aitor.

—Quiero tocarte.

—No.

—¿Por qué no?

La nota de dolor en la voz de ella casi dio por tierra con su rabia. No le contestó y la miró con odio. Le lamió los pezones, se los rozó con los dientes y se los succionó con chupadas dolorosas. Emanuela agitaba la cabeza de un lado a otro, loca de deseo, ajena a que el cabello le envolvía el rostro y le dificultaba la respiración.

Aitor se detuvo y se irguió para mirarla. Le quitó los mechones que le cubrían la cara.

—Aitor… No te detengas, por favor. —Se miraron—. ¿Por qué me miras de ese modo?

Él no contestó. La obligó a separar las piernas y se impulsó dentro de ella sin prepararla, sin preámbulos. Se deslizó fácilmente porque la vagina de Emanuela estaba viscosa. Sin soltarle las muñecas, que aún sujetaba sobre su cabeza, hundió la mano izquierda en el colchón y apartó el torso del de ella cuanto le fue posible. Emanuela dio vuelta la cara y le besó el nacimiento del antebrazo. El gesto casi neutralizó su furia de nuevo. Se instó a recordar la risa de Emanuela mientras el capitán de los blandengues le susurraba. Eso bastó para avivar las llamas.

No apartó la mirada de la de ella en tanto siguió penetrándola, golpeándola entre las piernas con brutalidad. Cada embestida producía el sonido de sus carnes que chocaban, y eso lo enardecía de deseo, excitación y rabia. Se cuidaba de no friccionar ese punto de ella en el que residía el placer. Tenía los músculos agarrotados por el esfuerzo de mantenerse alejado. "¡Pero muerto antes de permitirle que acabe!" Quería que sufriese, que lo desease, que se quedase con las ganas de lo que solo él podía darle.

Emanuela apartó la cara y pegó la mejilla sobre la almohada.

—¡Mírame! —Por primera vez en la noche, no lo obedeció—. ¡Emanuela, mírame!

Que no la llamase Jasy en esa instancia la destrozó. Mantuvo la cara apartada, y le resultó imposible contener las lágrimas. Su cuerpo se sacudía con la brutalidad de cada asalto de él, sus senos rebotaban y le hacían doler. Sus piernas yacían, sin vida, a los costados de él. Comenzaba a sentir la comezón en sus brazos por la falta de circulación. El dolor en las muñecas se acentuaba.

Aitor alcanzó su alivio, y ella apretó los párpados. Jamás pensó que no desearía admirarlo en el momento en que más suyo lo sentía. Le dolía el corazón a causa de unos latidos lentos y desacompasados. Él cayó como un peso muerto sobre ella y le soltó las muñecas. Lo golpeó en la espalda para sacárselo de encima. Aitor salió de ella y se movió hacia el costado. Emanuela se colocó de lado, lejos de él, y se convirtió en un ovillo.

Aún atrapado en el arrebato del alivio, Aitor resollaba, a medias incorporado, con los codos hundidos en el colchón y la cabeza colgando, la frente casi tocaba la almohada. Hasta que escuchó los sollozos de Emanuela, y giró de golpe para mirarla. La descubrió ovillada en el filo de la cama; su espalda se sacudía con el llanto. La insensatez de lo que acababa de hacer lo golpeó como un puñetazo en el estómago. Tal vez fuese irremediable, tal vez ella lo despreciaría después de eso y no querría volver a verlo. Quizá sucedería lo que Conan había presagiado: le reprocharía su aventura con Olivia, le lanzaría a la cara el odio y el resentimiento que, seguramente, seguían habitando en su corazón.

El pánico se apoderó de él. Se acercó rápidamente y se cerró sobre ella, que intentó resistirlo, pero él ajustó los brazos, y Emanuela no tuvo posibilidad de quitárselo de encima. Él era tanto más fuerte. Lloró con pasión.

—Perdóname, Jasy. Perdóname, amor mío. Te amo. Te amo como a nada, ni nadie en este mundo.

—No... —sollozó, y movió la cabeza para alejar el oído en donde él le decía mentiras.

—Sí, te amo.

—Mientes.

—Te amo, Jasy. Tanto, amor mío. Tanto, que me vuelvo loco, como ahora, y te lastimo, a ti, mi tesoro más preciado. —Tras una pausa, admitió—: Quería castigarte.

—¿Por qué? ¿Por qué querías castigarme?

Él guardaba silencio. La voz congestionada y entrecortada de Emanuela lo había traspasado como un filo; la vergüenza le impedía hablar.

—Los celos me enceguecieron —admitió, al cabo—. Te vi con Alarcón.

Sus sospechas acababan de confirmarse. Aunque no lo admitiría frente a él, comprendía su reacción. Ella había abandonado San Ignacio Miní para castigarlo. Por supuesto, no se comparaba lo que él había hecho con la cena inocente que ella acababa de compartir con Titus. No obstante, conocía la profunda oscuridad de Aitor en la que su sentido de la posesión y su virilidad, tras los cuales se había escudado desde pequeño para sobrevivir, debían ser respetados, o las consecuencias eran extremas.

—Mientras tocabas el clavicordio —dijo, y Emanuela advirtió que el matiz agresivo retornaba—, le sonreías y le coqueteabas.

—¡No le coqueteaba!

—¡Él te susurraba al oído, Emanuela! ¡Y tú reías!

—Aitor… —Emanuela volvió la cara hacia él, y sus miradas se encadenaron. Había ira, dolor, pasión y amor en sus ojos dorados, que refulgían y le quitaban el aliento. Giró el cuerpo con delicadeza hasta ponerse de costado, de frente a él, que no apartó la vista, como si la desafiase a contradecirlo.

Aitor esperó que le soltase las palabras que merecía, las que le recordarían su traición con Olivia, las que le dirían que era un ser despreciable, al cual no conservaría a su lado. Casi dio un respingo cuando Emanuela le acunó la mejilla. Reaccionó apretando la mandíbula, dilatando las paletas nasales, endureciendo los labios. La sorpresa lo había conmocionado.

—Toda la noche pensé en ti. Estaba preocupada por ti, quería saber si habías regresado, si estabas a salvo, si me esperabas aquí, para amarme. Mientras comía, le pregunté varias veces a Romelia y a Justicia por ti, hasta que Romelia me dijo que sí, que habías vuelto. No sabes el alivio que sentí. Por eso, mientras tocaba el clavicordio, sonreía, estaba feliz porque te sabía cerca de mí, a salvo.

—¿Qué te susurró ese infeliz para hacerte reír?

—Me dijo que Leónidas Cabrera, el torero —aclaró—, no se acercaba porque me temía. Pensaba que lo hechizaría como en la plaza de toros, aquel día.

—¡Qué comentario estúpido! ¡Y peligroso, con el inquisidor a dos pasos de ti!

—Sí, tienes razón —murmuró, al tiempo que asentía y se pasaba el dorso de la mano por la nariz que goteaba.

Su aquiescencia lo desarmó. Su actitud de niña lo ablandó.

—Mírame —pidió, sin el acento autoritario de costumbre—. Por favor. —Emanuela elevó las pestañas aglutinadas a causa de las lágrimas y lo observó con miedo—. Estabas hermosa con ese vestido azul.

—Me lo puse pensando en ti, en que te gustaría.

—Me conoces, sabes lo que me gusta.

—Pero tú a mí no me conoces. No pongas esa cara de aturullado. Si me conocieras, no dudarías de mí. ¿Crees que le permitiría a Titus o a cualquiera que se propasase conmigo? ¿Que tocase siquiera uno de mis cabellos sabiendo que todo mi cuerpo te pertenece?

—No —admitió, y lo pronunció como una exhalación, porque de pronto se le había comprimido el pecho y el aire no fluía normalmente. La abrazó con destemplanza—. No, no, no —repitió, mientras la besaba el rostro por todas partes. Su mano se deslizó entre las piernas de ella.

—¿Qué haces? —Emanuela lo detuvo—. ¿Así piensas componer lo que estropeaste? ¿De este modo? —Aitor se la quedó mirando; lucía perdido, confuso y contrito—. Lo haces porque sabes que mi cuerpo no me pertenece cuando tú lo reclamas. Haces de él lo que te place, y sabes que no opondré resistencia. Te aprovechas, Aitor. No es justo. ¿Por qué ríes con ese gesto de suficiencia?

Aitor la besó en el cuello y le habló al oído.

—Río de felicidad porque es lo más lindo que me has dicho.

—¿Más lindo que cuando te digo que te amo?

—Entonces, es lo segundo más lindo que me has dicho.

—¿Más lindo que cuando te digo que eres el centro de mi mundo y que no tengo ojos para otro que no seas tú?

—Pasó al tercer lugar. Pero tercer lugar y todo, lo que me dijiste me hizo feliz y me puse duro, Jasy. No pude evitarlo. —Aitor le guió la mano hasta su erección—. Jasy… —susurró, y le mordisqueó el lóbulo de la oreja—. Acabo de poseerte y ya quiero hacértelo de nuevo. Nunca se acaban contigo estas ganas.

—Házmelo otra vez, Aitor. Pero hazme el amor.

—Siempre te hago el amor, aun cuando estoy enojado.

—Recién dijiste que habíamos fornicado en el árbol.

—No, amor mío —le aseguró, mientras dibujaba un sendero de saliva con su boca abierta y la cerraba en torno a un pezón. Sonrió, satisfecho, cuando Emanuela le clavó los dedos en el cuero cabelludo para instarlo a continuar con la succión.

—Pero tú lo dijiste —protestó ella.

—Sí, porque cuando la fiera que hay en mí se desata, hace cualquier cosa por lastimar.

—¿Qué haremos con esa fiera, Aitor? ¿Qué haremos con tus celos, amor mío?

—Tenme paciencia, Jasy. Te lo suplico.

Emanuela gimió y llevó la cabeza hacia atrás cuando los labios de Aitor le succionaron el pezón y su lengua endurecida se lo estimuló con movimientos rápidos y envolventes.

—Sí, Aitor, así. Más. Por favor.

Al cabo, le quitó el pezón de la boca, que salió con sonido húmedo, como el que se produce al descorchar una botella, y le ofreció el otro.

Emanuela lo envolvía con las piernas y le recorría los brazos, la espalda y el trasero con manos licenciosas y desenfrenadas que hablaban de su excitación. Gemía y se contorsionaba debajo de él. Aitor había planeado darle placer antes de volver a hundirse dentro de ella, pero el deseo lo obnubilaba y terminó por invadirla como minutos antes, sin preámbulos. Emanuela arqueó el torso, lo sujetó por la nuca y le clavó los chapines en las nalgas.

Se ocupó de que alcanzasen juntos el clímax y el goce. Al caer, rendido, sobre ella, aún entre jadeos, le susurró sobre su pecho:

—Si tú no me tienes paciencia, Jasy, nadie la tendrá.

—No es cuestión de que te tenga paciencia, Aitor. Es cuestión de que no puedo vivir sin ti.

* * *

Emanuela se despertó acalorada. Le llevó unos segundos darse cuenta de que ardía solo una vela en el mueble, delante del espejo, y de que Aitor, con la cabeza elevada sobre el codo, la contemplaba con seriedad; sus rasgos, de todos modos, lucían distendidos. Elevó la mano y le acarició la mandíbula. Aitor se la besó.

—Tengo calor —murmuró Emanuela.

—Abriré la puerta y la contraventana para que corra aire.

—Gracias.

Se levantó, y Emanuela se acomodó para observarlo. La sola visión de su cuerpo flexible, oscuro y untuoso le causó el efecto que conocía y que le ablandaba sus partes pudendas, las humedecía, las calentaba y las preparaba para él, solo para él, porque jamás había experimentado algo remotamente similar a lo que su Aitor le provocaba ante la visión de otro hombre. Era su esclava.

Aitor se acomodó junto a ella, de costado, sin tocarla. La besó en los labios con un roce ligero.

—Corre un aire fresco, ¿no crees?

—Sí. ¿Qué hora será?

—No lo sé. Las tres, tres y media.

—¿Qué tienes?

—Nada —se sorprendió él.

—Algo tienes. ¿Te sientes bien? —inquirió, y le pasó la mano por la frente.

El estómago de Aitor hizo un ruido cavernoso, que arrancó risas a Emanuela y sonrisas a Aitor.

—Tengo hambre. No cené.

—¿Por qué no me lo dijiste antes? —Emanuela se incorporó y abandonó la cama.

—¿Qué haces?

—Iré a la cocina para ver si quedó un poco de la carne de esta noche —manifestó, mientras hacía un nudo con el cinto de la bata.

Aitor se puso deprisa el pantalón y la siguió. Salieron por la contraventana y caminaron a paso rápido. Aitor iba detrás de ella y echaba vistazos hacia la oscuridad de los fondos del terreno, que, sin muro, estaba abierto para que cualquiera se introdujese. En la cocina, Emanuela atiborró una bandeja con choclos fríos, carne asada, papas y zanahorias hervidas y lavó tres tomates, con los que preparó una ensalada con huevos duros. La visión de la comida le había abierto el apetito. Agregó dos duraznos y regresaron al dormitorio.

—Jasy, cerraré aquí —dijo, y se aproximó a la contraventana—. No es seguro.

—Está bien. Y también cierra la puerta que da al corredor. Estamos lejos, no creo que don Mikel nos escuche. Solo por las dudas.

Aitor la sujetó por detrás y le besó el cuello.

—¿Podría escuchar a mi mujer cuando la hago gritar de placer?

—Sí —admitió, y se afanó en servir los platos para no mostrarle el sonrojo.

Comieron en silencio sentados en la cama. Emanuela observaba a Aitor, que devoraba los choclos y la carne haciendo ruido con la boca.

—Toma. —Le extendió una servilleta cuando él amagó a limpiarse con el antebrazo.

Aitor clavó la mirada en el paño y luego lo aceptó. Se limpió con pasadas poco elegantes.

—¿Qué? —la increpó.

—Eres muy libre.

—¿Por qué lo dices?

—Porque comes disfrutando de la comida y no te importa cómo lo haces.

—¿Lo hago mal?

—De acuerdo con las reglas que me impartieron a mí, sí. Pero a mí me gusta verte disfrutar y ser libre.

—No quiero que te avergüences de mí por mi manera de comer, Jasy.

—Jamás me avergonzaría de ti, ni por tu manera de comer, ni por nada.

—Y si tuviese que compartir la mesa con los que esta noche cenaron aquí, con la esposa del gobernador, por ejemplo, o el inquisidor, ¿no te avergonzarías?

—No.

—¿Y frente a Alarcón y al torero?

—Tampoco.

—Quiero que me enseñes a comer como lo hacen los blancos. Quiero saber hacerlo de acuerdo con sus maneras.

—¿Por qué?

—Ya te lo dije hace unos días: porque llegaré a ser muy rico y muy importante, y no quiero que nadie se burle de mí.

—¿Por qué afirmas con tanta seguridad que algún día serás rico e importante?

—Porque así será.

Emanuela ladeó la cabeza y aguzó la mirada. Lo estudió durante unos segundos. Aitor siguió comiendo.

—¿Por qué quieres ser rico e importante?

—Por ti.

—Ya te lo dije, Aitor: no lo necesito. Solo te quiero a ti, tal y como eres.

—Lo sé, pero *yo* lo necesito. Quiero darte lujos y bienestar. No quiero volver a discutir sobre este tema.

—¿Y si no lo logras? ¿Si no logras conseguir dinero y prestigio?

—Logro todo lo que me propongo, Jasy. Deberías saberlo.

—¿De veras? —dijo, con una sonrisa irónica—. Conque logras todo lo que te propones. ¿Y qué te has propuesto que hayas logrado?

—Que seas mía.

La sonrisa de Emanuela se esfumó, y el corazón le saltó en el pecho.

—Me lo propuse cuando no tenía siquiera cinco años y lo logré, con todo en mi contra. Siendo el luisón del pueblo, despreciado por todos, aun por mi propia familia, y siendo tú la venerada por esa misma gente que me repudiaba, haber logrado que me eligieras a mí como tu hombre… Ese es mi mayor logro. Pero también logré encontrarte cuando me dejaste y logré que me perdonases. Y también logré que te entregaras a mí y que me permitieses darte placer. Verte en el placer, Jasy… Ningún paisaje me parece más lindo que tu rostro cuando te alivias. —Emanuela bajó las pestañas y percibió el calor que le enrojecía los pómulos—. Ninguna música es más hermosa que tus gemidos o cuando pronuncias mi nombre mientras gozas con mi verga dentro de ti. También logré otras cosas menos importantes —dijo, y cambió tan abruptamente el tono de voz, que Emanuela levantó la cara con asombro—. Menos importantes, sí, pero logros al fin. Logré ser el mejor aserrador y hachero del pueblo. Nadie conoce la selva, ni los árboles como yo. Nadie es mejor que yo para derribarlos, trocearlos y acarrearlos, muchas veces sin la ayuda de un buey. Logré ser el mejor cazador, aun mejor que mi tío Palmiro, y lo dice él, no lo digo yo. Puedo acertarle a un *mborevi* en la oscuridad solo guiándome por el olfato y el oído. Acierto a un blanco a cientos de varas, con mi honda y con mi arco. Sí —dijo, más como si hablase para él mismo—, he logrado muchas cosas. Lograré que te conviertas en mi esposa y lograré llenarte de lujos y vestidos y joyas.

Emanuela apartó la bandeja que se interponía entre ellos y, en cuatro patas, caminó hacia él. Le acarició la nariz con la de ella.

—Hay algo que nunca lograrás, amor mío.

—¿Qué sería eso?

—Que deje de amarte.

Aitor le sujetó el rostro y la miró en lo profundo de los ojos. No hubo necesidad de palabras. Emanuela dejó caer los párpados lentamente y separó los labios apenas. Aitor le mordisqueó el inferior y se lo succionó con delicadeza.

—Amo tu boca, Jasy. Amo que sea tan suave y mullida.

—Y yo amo la tuya. —Se apartó un poco y despegó la mano derecha del colchón para trazarle la silueta del labio superior—. Me encanta la forma que tiene. Es perfecta, como la de un corazón. —Emanuela pasaba el índice por el labio, la vista fija en el recorrido de su dedo, mientras Aitor la miraba con una concentración en la que retenía el aliento sin darse cuenta—. Y me gusta la sombra de la barba y del bigote, y el corte de tu mentón, y la hendedura que se forma justo en medio.

—Le acarició la depresión de la barbilla con la punta de la lengua, y Aitor soltó el aliento por la nariz y cerró los ojos—. Eres tan hermoso. A veces me pregunto cómo alguien tan hermoso como tú se fijó en mí.

Aitor levantó los párpados y se la quedó mirando con una seriedad que fue desvaneciéndose en tanto una sonrisa le agitaba las comisuras.

—Me enamoré de ti cuando mi *pa'i* Ursus te subió a la jangada el día en que naciste. Yo pensé que traía a una pequeña nutria peluda y mojada.

—¡Una nutria! ¿Tan fea era?

—Sí, fea. Pero la más bella a mis ojos. Mi Jasy. Y ahora te has convertido en la mujer más hermosa que conozco. —Emanuela sacudió la cabeza para contradecirlo, y él volvió a sujetarla—. Sí, la más hermosa. No puedo evitarlo, Emanuela. Te veo y me pongo duro. Aun el primer día en el mercado, después de más de dos años y medio sin verte, a pesar de la emoción, de la inquietud, de la ansiedad, de la angustia, de todo… Me puse duro al verte, amor mío. Es como si mi *tembo* tuviese vida propia cuando de ti se trata.

—¿Estás duro ahora?

—Sí. Se te abrió la bata y te cuelgan las tetas y se sacuden cuando te mueves. Eso me puso duro.

—Tómame así, Aitor, en cuatro patas. Lo prometiste.

Aitor retiró las manos del rostro de ella y la miró como estudiándola. Asintió con un gesto solemne.

—Quédate donde estás —le ordenó.

—Está bien.

Descendió de la cama y retiró la bandeja; la apoyó sobre la mesa. Se detuvo detrás de ella, junto al filo de la cama. La tomó por las caderas y, sin palabras, le indicó que retrocediese. Los pies de Emanuela colgaron fuera, y sus rodillas se hundieron en el confín del colchón. El silencio en que Aitor le levantó la bata y la suavidad que empleaba la sorprendieron con una ráfaga de excitación. Echó el trasero hacia atrás, en una súplica callada. Aitor le contuvo y masajeó un seno con la mano derecha mientras con la otra le acariciaba la curva de las nalgas. Gimió y echó la cabeza hacia atrás cuando Aitor le encerró y apretó el pezón entre el índice y el mayor.

—Tu culo, Jasy… Me enloquece. —Lo expresó con la boca a escasas pulgadas de la hendedura que le separaba las nalgas. Su aliento le rozó la piel y se la erizó. Un latido lento y punzante la sorprendió en el ano, y soltó un gemido. Aitor estiró los brazos y le atrapó ambos pechos. Sonrió sobre el trasero de Emanuela cuando el cuerpo de ella se estremeció de deleite.

—Dime de nuevo que puedo hacer contigo lo que me plazca.

—Haz conmigo lo que te plazca. —Enseguida se arrepintió cuando la lengua de Aitor se hundió entre sus glúteos y le tocó el sitio donde la pulsación se había vuelto incómodo—. ¡Aitor! —exclamó, al principio con la intención de detenerlo; no obstante, cuando volvió a pronunciar su nombre con un acento ronco y estrangulado no sonó a reproche—. No deberías hacer eso —declaró de todos modos, instigada por la culpa y también por la vergüenza.

—¿No debería? ¿Por qué? ¿No te gusta?

—Sí —balbuceó, luego de una pausa—, me gusta.

—Me parecía.

Aitor le mordisqueó la curva del cachete y se puso de rodillas en el suelo para proseguir con las caricias de sus dientes en las piernas.

—Clávame los colmillos, Aitor.

—Te gustan mis colmillos de luisón, ¿verdad, Jasy?

—Sí.

—¿Clavados en ti?

—Sí. En mis pezones sobre todo.

—Separa un poco más las rodillas, amor mío. Así, muy bien. —Introdujo la mano izquierda entre los labios de la vulva y la encontró tan mojada que se asombró. Sonrió, satisfecho, mientras se embardunaba el pulgar con sus jugos. Se puso de pie.

—Quiero que estés tranquila. No me resistas en esto, Jasy.

—¿En qué? —inquirió, de pronto alarmada.

—Solo quiero darte placer, amor mí. Mucho placer. —Se dedicó a tranquilizarla acariciándola entre las piernas, arrancándole gemidos, viéndola temblar, hasta que juzgó que estaba lista para lo nuevo. Colocó la punta del pulgar en el acceso del ano, y Emanuela se sacudió—. Tranquila, Jasy.

—Aitor, no.

—Empuja hacia afuera mientras te lo meto. Haz fuerza como cuando ca...

—¡Aitor!

—Así mi dedo entrará más fácilmente —se justificó—. Hazlo.

Como de costumbre, lo obedeció, aunque mortificada. Era la situación más embarazosa que había enfrentado. Jamás imaginó que en los juegos del amor se involucraría esa zona tan abyecta de su anatomía.

—Empuja, Jasy. Más fuerte.

El dedo se deslizó dentro y, tras una sensación de incomodidad, Emanuela sintió un cosquilleo agradable, que cobró potencia cuando Aitor le estimuló el punto entre las piernas con la mano derecha. El pulgar se revolvió apenas dentro de ella, primero con movimientos tentativos y lentos, lo mismo que las caricias entre sus piernas. Poco a poco, los movimientos se intensificaron y se convirtieron en agitaciones veloces y frenéticas. Emanuela comenzó a relajarse y a permitir que el goce tomase el control.

—Sí, Jasy, eso es, muévete sobre mis manos como si estuvieses montándome.

—Aitor…

—Sí, amor mío, sé que es muy intenso. Pero quiero darte mucho placer.

La mano y el pulgar de Aitor aumentaron la velocidad al percibir que el cuerpo de Emanuela se tensaba antes del clímax. Rio, dichoso, al oír los alaridos de su mujer. Jamás había sido tan bulliciosa en el goce. La veía echar la cabeza hacia atrás y sacudirse y agitar la pelvis con desesperación. Lamentaba no poder verle el rostro. "Algún día", se juró, "le haré lo mismo pero con un gran espejo frente a ella". Los codos de Emanuela cedieron y terminó con el rostro sobre el colchón. Su trasero quedó elevado, al aire.

Aitor no le permitió reponerse. La asió por las caderas y se introdujo en su vagina con un impulso que lo colocó profundo en sus entrañas. Se quedó quieto, clavado en ella. Los músculos de Emanuela, tan apretados y calientes, lo comprimían sin piedad. Comenzó a moverse, deseando prolongar la sensación, aunque consciente de que no se dominaría por mucho tiempo. La visión de su carne, cubierta por un vello oscuro, que golpeaba el trasero lechoso de Emanuela y lo sacudía fue su perdición. Hundió los dedos en sus caderas y curvó el torso hacia atrás cuando la primera efusión de su semilla se disparó dentro de Emanuela. Profirió un gemido largo y enronquecido antes de recomenzar los embistes y a refregarse contra las nalgas de ella en el intento por extraer la última gota que le daba placer. Cayó sobre su espalda y la aplastó contra el colchón. Se colocó de lado y la encerró entre sus brazos.

Emanuela percibía la agitación de Aitor por el modo en que su pecho le tocaba la espalda cada vez que se henchía de aire. Su aliento le provocaba un erizamiento en la nuca. Llevó la mano hacia atrás y le acarició el filo del pabellón de la oreja. Aitor se estremeció con la caricia y apretó el abrazo y le cruzó una pierna sobre la cadera. Emanuela no podía moverse.

—¿Aitor?

—¿Qué?

—Recién… Eso que me hiciste… Fue el alivio más fuerte e intenso que me has dado.

Aitor rio por lo bajo y le besó la cabeza.

—Yo te enseño mis maneras en la cama y tú las tuyas en la mesa.

—¿Quieres que alguna vez te haga eso con el dedo… ahí?

—¿Lo harías si te lo pidiese?

—Por supuesto.

—¿No te daría asco?

—Absolutamente no —replicó, escandalizada—. Sería feliz dándote tanto placer.

Aitor la besó en el cuello y mantuvo los labios apoyados mientras sonreía.

—No —dijo, con suavidad—, no quiero que me lo hagas. Eso es solo para ti.

* * *

El calor les impedía dormir, por lo que alrededor de las cinco y media marcharon al río y se dieron un baño; Aitor, desnudo; Emanuela, con la bata de liencillo, que, al adherirse a su silueta, le desvelaba el triángulo de rizos negros y los pezones erectos.

—¿Se supone que esa prenda es para cuidar el recato? —se burló Aitor.

—Eso dice doña Ederra.

Salieron del agua y se sentaron bajo el tilo. Aitor le quitó la bata, y Emanuela escudriñó los alrededores.

—Jasy, estás conmigo —le recordó, mientras la secaba con fricciones rápidas—. ¿Piensas que te habría desnudado si no supiese que estamos solos?

—¿Cómo lo sabes con certeza? Tal vez haya alguien escondido en esos matorrales.

—No hay nadie allí.

—¿Cómo lo sabes? —insistió ella.

—Porque el viento viene en esa dirección. Se hubiese alguien allí, lo habría olido.

—Oh.

—Ahora vístete.

—¿No haremos el amor?

—¿Aquí? —Emanuela asintió—. No, Jasy. No puedo bajar la guardia en este sitio.

—Tienes razón —admitió, con pesar.

Se puso ropas cómodas: una blusa de soplillo en una tonalidad rosa pálido, un jubón de percal blanco y una falda de nanquín gris con un faralá plisado en el ruedo. En tanto se cubría las piernas con medias de seda y se calzaba con los chapines, observaba a Aitor, que se secaba la cabeza con la vista perdida en el horizonte. Tenía el miembro semierecto porque en el agua se habían tocado y besado.

—¿En qué piensas?

—En el inquisidor con el que cenaste anoche. ¿Qué quería?

—Nada en particular. Vigilarme, supongo. Me hizo muchas preguntas, a las que respondió don Mikel en su mayoría. —Se peinó el cabello pasando los dedos entre los bucles mojados—. Y me preguntó si había pensado en su sugerencia, la de ordenarme como monja. Murguía le envió una carta desde Corrientes y le preguntó por mí.

—Por eso quiso verte —concluyó Aitor.

—Tal vez. Por fortuna, Murguía le informó que pospondrá su regreso porque los asuntos de su hermano difunto se hallaban en un gran estado de abandono y anarquía.

—El tal Murguía ya no es problema tuyo, Jasy. Quiero que te olvides de él.

—Lo intentaré. Pero le temo.

Aitor se ató el lienzo en torno a la cintura y se sentó junto a ella. La atrajo hacia sus brazos y la obligó a sentarse entre sus piernas. La besó en la sien.

—¿Por qué le temes si estás conmigo? A nada debes temer cuando estás conmigo.

—A nada le temo. Es solo que recuerdo cuando Murguía me pidió que me casase con él y me estremezco del asco y del miedo, solo por el recuerdo.

Aitor apoyó el mentón sobre la coronilla de Emanuela y ajustó el abrazo en torno a ella. Se quedaron en silencio, mientras compartían el espectáculo del amanecer sobre el Río de la Plata.

—¿Cuándo me darás mis cartas? Las que me escribiste y nunca me enviaste.

—Después de que destruya las más crueles.

—No. Ya te dije que esas son las que más merezco leer. Me las darás hoy.

—Está bien.

—¿Te gustaría ir a ver a la hermana de Matas?

Emanuela se giró en su abrazo para mirarlo a la cara. Su sonrisa de ojos bien abiertos y chispeantes arrancó una corta carcajada a Aitor.

—Con qué poco te contentas, amor mío.

—¿Me llevarás?

—Sí.

—Entonces —dijo, y se puso de pie—, es mejor que nos pongamos en marcha. Tengo que estar de regreso antes de la misa de once.

—Primero quiero que desayunemos. No emprenderemos esa caminata con el estómago vacío.

* * *

En lo de Matas, los recibieron como a reyes. Delia besó las manos de Emanuela y le agradeció a Aitor con lágrimas en los ojos que le hubiese llevado a la niña santa. Las mujeres entraron en la pieza donde Aurelia reposaba, y don Ismael señaló una banqueta a Aitor, que se quitó el sombrero antes de sentarse. Sacó del morral un talego con yerba y otro con azúcar de excelente calidad, regalos de don Edilson, y los empujó en dirección al dueño de casa.

—Convídeme unos mates, don Ismael. Esa yerba es excelente. La cosechan y estacionan en las doctrinas de los jesuitas, sin palo ni tanto polvo.

—¡Dios lo bendiga, señor Almanegra!

—Llámeme solo Almanegra, don Ismael.

El hombre asintió y se puso de pie para disponer los aparejos del mate. En un momento, estuvo cebando; incluso, convidó a las mujeres. Aitor lo veía moverse dentro de la casa y se dio cuenta de que no era tan viejo como le había parecido dos noches atrás, cuando lo conoció agobiado y con el alma en vilo a causa de la agonía de su hija. No era muy alto, aunque bastante fornido, de seguro como consecuencia de las tareas de acarreador que había desempeñado para la Compañía del Mar del Sur.

—Oiga, don Ismael. Ayer estuve con un comerciante de la ciudad, don Edilson Barroso. ¿Lo conoce usted? El que tiene la tienda sobre la calle del Rosario, entre la de San Martín y la de la Santísima Trinidad.

—Sí, cómo no. El dueño de la tienda de abarrotes más pituca de Buenos Aires. No lo digo porque haya entrado jamás, sino porque es lo que se comenta. ¿Qué hay con él?

—Anda necesitando gente. Yo le hablé de usted.

—¿De veras? —El semblante del hombre se iluminó y cobró un repentino aspecto juvenil.

—Don Edilson me dijo que vaya a verlo a su tienda, cuando guste.

—¡Pues hoy mismo iré! ¡Gracias! ¡Dios se lo pague!

Media hora más tarde, Emanuela emergió de la pieza contigua con una sonrisa. Dio unas indicaciones a Delia, le entregó más saquitos con hierbas disecadas y dejó subrepticiamente unos reales sobre la mesa. Regresaron a paso rápido y, al igual que a la ida, evitaron el sitio donde los habían atacado los maleantes. Entraron en lo de Urízar y Vega por la playa y se toparon con Conan, que preparaba la argamasa. El muchacho se quitó el sombrero y ejecutó una ligera inclinación hacia Emanuela.

—Buenos días, Manú.

—Buenos días, Conan. ¿Se ha puesto el ungüento que le entregó Justicia?

—Sí. Me ha salvado de la mordacidad del sol. Le agradezco infinitamente, Manú.

—¿Ha desayunado?

—Sí, gracias.

—Debo dejarlos ahora. Tengo que asistir a la misa de once.

Aitor la escoltó hacia la casa. A la altura de la quinta de árboles frutales, la obligó a salirse del camino y la condujo hasta el castaño. La tomó entre sus brazos y la miró con una sonrisa antes de decirle:

—Un último beso antes de que te marches.

Emanuela le acunó el rostro con las manos y elevó la cabeza para salir al encuentro de sus labios. Se preguntó si el vuelco que le daba el estómago y la aceleración de los latidos se producirían siempre que Aitor la rozase con la boca, hasta que fuesen viejos. Se demoró en esa caricia y disfrutó de la carnosidad de sus labios. Le mordió el inferior y se lo succionó, y él acabó con el juego suave. La envolvió en un abrazo posesivo, casi doloroso, y la penetró con una lengua exigente que, ella sabía, le reclamaba por el cordial saludo que le había destinado a Conan Marrak. Lo amó por eso, por sus celos despiadados, por su inseguridad, por el mal carácter que disfrazaba con un beso desaforado, en el que ladeaba la cabeza hacia uno y otro lado buscando internarse cada vez más en ella, al tiempo que iba estrechando los brazos hasta hacerle doler las costillas. Emanuela rompió el contacto y le suplicó:

—Aitor... Me asfixias.

—Perdóname, Jasy. —Aflojó un poco el abrazo y le cubrió el rostro con besos.

—Amo tus besos, amor mío, pero estabas dejándome sin aliento.

Unieron sus frentes y guardaron silencio mientras recobraban la ecuanimidad.

—Gracias por haberme llevado a casa del cabo Matas. Me hizo feliz verlos tan contentos con la pronta convalecencia de Aurelia.

—Esos te deben la vida de su hija.

—Y yo te debo la felicidad de mi vida.

La sonrisa de Aitor, como la de un niño, muy amplia, que le desvelaba los colmillos puntiagudos y largos, que le elevaba los pómulos y le llenaba de luz los ojos dorados, la dejó muda y le arrebató el aliento tanto como el beso que acababan de compartir. Elevó la mano y le pasó la punta de los dedos por los labios estirados.

—Esta sonrisa —balbuceó— es lo más lindo que me has dado, Aitor.

—¿Más lindo que el placer que te di anoche?

—Sí. El placer es maravilloso, pero verte sonreír así... Aitor, quiero hacerte feliz, y esta sonrisa me dice que lo estoy logrando.

—Emanuela. —De pronto empleó una solemnidad para hablar que, inexplicablemente, la excitó—. Estos pocos días que hemos compartido después de tanto tiempo separados han sido los más felices e importantes de mi vida.

—Para mí también.

Se abrazaron con fervor. Emanuela no conjuraba la fuerza para apartarlo e ir a misa.

—¿Qué harás hoy?

—Terminar de coser tus camisas y comenzar a confeccionarte el pantalón. Por fin pude tomarte las medidas anoche. Este pantalón —dijo, y le pasó las manos abiertas por el trasero— necesita un lavado urgente, señor Ñeenguirú.

—Ahora soy el señor Almanegra. Y tú te convertirás en Emanuela Almanegra. Suena bien, ¿no lo crees, Jasy? —Ella asintió con una sonrisa, absorta en la alegría de él—. ¿Quién iba a decirlo? La niña santa llevará el apellido del luisón y será una Almanegra. ¿Cómo es que se dice cuando algo es contradictorio y absurdo?

—¿Una paradoja? —tentó Emanuela.

—¡Sí! Es una paradoja que la niña santa lleve el apellido Almanegra.

—Llevaré el apellido que me des, con tal de que sea tuyo y de que eso me convierta en tu esposa.

La sonrisa de Aitor se desvaneció lentamente. Tragó varias veces y, al percibir que los ojos se le calentaban, supo que Emanuela los vería brillar. Asintió con una mueca seria, mientras le apartaba mechones del rostro con caricias torpes.

* * *

Titus de Alarcón entró en la casa de Urízar y Vega por el portón de mulas. Antes de sorprender a Manú para escoltarla a la misa de once en Santo Domingo, quería conocer al alarife que, don Mikel le había contado la noche anterior, se ocupaba de reconstruir el muro que la sudestada del 1° de enero había demolido. Quería comprobar la catadura del hombre. Con don Mikel postrado con una torcedura, sin mencionar que era viejo y estaba bastante oxidado, la casa se hallaba prácticamente sin protección, a merced de cualquier bandido. Además, era un recomendado de don Edilson Barroso. No se fiaba de ese comerciante portugués. Lo sabía metido en el contrabando, pero no era eso lo que le preocupaba. Después de todo, ¿qué hombre de negocios en el Puerto de Santa María del Buen Ayre no era contrabandista? Habrían perecido sin las mercaderías ilegalmente adquiridas, por lo que él, como capitán de los blandengues, hacía la vista gorda. Edilson Barroso no le inspiraba confianza por otras cuestiones, más relacionadas con la índole de su carácter. Demasiado expansivo, simpático, adulador. Su moral era dudosa.

Se detuvo de golpe al escuchar una risita claramente femenina. Giró el rostro y alcanzó a ver el volante plisado del ruedo de una saya gris que se internaba en la quinta de árboles frutales. Estaba casi seguro de haber visto a Manú con esa falda en el pasado. Caminó en puntas de pie y se ocultó detrás de un nogal al advertir que había alguien a unas varas, una pareja, en realidad; un hombre y una mujer. Estaban besándose. Se asomó tras el tronco y, aunque la mujer le daba la espalda, la reconoció de inmediato: era Manú. No se precipitó a rescatarla porque era claro que participaba voluntariamente de ese beso ardiente, más bien virulento. Al hombre jamás lo había visto. Un indio, determinó tras unos instantes de observación. Era un poco más alto que Manú y muy fornido; los brazos desnudos que se apreciaban con facilidad gracias a la camisa sin mangas daban fe de ello; eran gruesos, tal vez los brazos de alguien que necesitaba la fuerza para trabajar, y los músculos se le remarcaban en tanto ajustaba el abrazo en torno a la constitución menuda de Manú. Estaban tatuados, lo cual le imprimía a la escena, de por sí indecorosa, una sordidez adicional.

La actitud y la pose del indio irradiaban un inequívoco mensaje acerca de la posesión visceral que Manú le provocaba; parecía querer devorarla y fundirla en su cuerpo a fuerza de comprimirla. Los brazos la rodeaban y la inmovilizaban; aún las piernas del hombre, que se adivinaban gruesas y fibrosas bajo la delgada tela del pantalón, la envolvían.

Ella cortó el beso, y él se mostró contrito tras unas palabras susurradas de Manú, que Titus no llegó a oír. No se atrevía a abandonar el escondite para aproximarse y obtener una mejor visión; temía ser pillado. Era consciente de que procedía mal quedándose ahí, violando la intimidad de esos dos. No obstante, permanecía clavado bajo el árbol, prendado de la sensualidad despiadada que manaba de los amantes, incapaz de apartar la vista, aunque la visión lo lacerara como una flecha hundida en su carne. Manú, *su* Manú, en brazos de otro, de un indio, de un ser inferior. Él era mejor que ese hombre de piel oscura y ropas baratas. ¿También tenía tatuajes en la cara?, se preguntó, incrédulo. No podía confirmarlo a causa del juego de luces y sombras en ese bosque de árboles frutales.

Los amantes seguían hablando; lo hacían con fluidez, y era evidente la confianza que existía entre ellos. Sus celos y su devastación alcanzaron el paroxismo cuando ella se quedó mirándolo, como en trance, porque él le sonreía. La vio acariciarle los labios y susurrarle. Él habló, y ella se ruborizó, y así siguieron, hasta que ella le dijo algo que provocó una mutación instantánea en el indio, que de sonreír con una mueca vanidosa casi pasó a la emoción. La nuez de Adán le subía y le bajaba rápidamente, y apretaba los labios para que no le temblasen.

Titus dio media vuelta y, sin importarle si lo escuchaban o si lo veían, emergió del bosque y abandonó la casa, el alarife por completo olvidado. No tenía ganas de regresar al cuartel. Necesitaba meditar, sacarse de encima la desilusión y los celos. ¡Habría dado cualquier cosa para que Manú lo contemplase y acariciase con esa devoción! Ese indio pobre, más bien miserable, era el más rico de los hombres a sus ojos.

¿Quién era? ¿De dónde había salido? ¿Cómo y cuándo había conquistado el corazón de su Manú? Entonces, una escena amarga volvió a golpearlo y repasó una por una las palabras de Manú: *"Eres el sueño de toda mujer, Titus. No me importa si eres pobre, el capitán de los blandengues o un simple soldado. Tú no eres el problema. El problema soy yo. Desde que tengo memoria, amo profundamente a un joven de mi pueblo".* "¿Un indio? ¿Un guaraní?" Ella había respondido con orgullo que sí y le había asegurado que su corazón pertenecía a ese hombre y que nunca pertenecería a otro. *"¿Cómo se llama este hombre al que jamás olvidarás? Dime su nombre, Manú."* Tras un momento de duda, ella había respondido Aitor.

La esperó en el atrio de Santo Domingo. Se estremeció al verla salir envuelta en un halo de santidad, con el misal de nácar en una mano cubierta por un guante de encaje blanco, mientras con la otra se cerraba el rebozo de algodón negro a la altura de la barbilla. Lo hizo rabiar su actitud deshonesta. Una hora atrás había estado besándose y manoseándose con un indio, y en ese momento avanzaba entre la gente, que intentaba tocarla y pedirle favores, con el aire de una santa.

Se quitó el tricornio y la llamó.

—¡Manú! —tronó su voz de militar.

—¡Titus!

—¡Señorito Titus! —exclamó Justicia, y corrió hacia él con la alfombrita enrollada bajo el brazo.

—Hola, Justicia —dijo, cortante, y el niño frenó en seco y se quedó mirándolo—. ¿Estás sola? —se dirigió a Emanuela—. ¿Dónde está Romelia?

—En el mercado —contestó, con el entrecejo fruncido.

—Justicia, ve a comprarte unas cocadas en el puesto de esa negra. —Le colocó unos cuartillos en la mano extendida y esperó a que el niño se alejase para volver a hablar. Lo hizo sin mirarla—. Fui a buscarte para escoltarte a misa.

—Qué pena que nos hayamos desencontrado —expresó, recelosa, y comenzó a caminar en dirección al puesto de la esclava.

Titus la detuvo tomándola por el codo, que soltó enseguida. Emanuela ladeó la cara y lo miró de costado, tras el rebozo.

—Te vi con ese hombre, Manú. En la quinta de árboles frutales. Estabas con un hombre. Besándote.

La sorpresa y la impresión la dejaron muda durante algunos segundos. Al cabo, asintió y bajó la vista.

—¿Quién es él? Es un indio, ¿verdad?

—Sí, es indio.

—¿El indio de tu pueblo, Manú?

Emanuela se debatió entre decirle la verdad o inventar una mentira. Aitor no quería que revelase su presencia en Buenos Aires, y, aunque no entendiese bien por qué, lo respetaba. Por otro lado, Titus sospechaba que la había visto con el hombre al que ella se había referido el día en que se había negado a casarse con él. No quería faltarle el respeto mintiéndole; no quería perder su amistad. Se limitó a asentir.

—Después de casi tres años junto a nosotros —dijo el capitán de Alarcón—, ¿todavía encuentras agradable la compañía de un indio? ¿No te resulta escasa y estrecha?

Los pómulos de Emanuela se colorearon bajo el rebozo, y el capitán se dio cuenta de que no se trataba de un rubor producto de la vergüenza, del recato o del calor del mediodía, sino de la ira.

—Titus, el color de mi piel podrá decir que soy blanca, pero mi corazón es guaraní. Una de las virtudes que más admiraba en ti era tu falta de prejuicios. Admiraba que respetases a las personas por lo que había en su corazón y no por sus características raciales. Creo que me equivoqué.

Emanuela hizo el intento de reanudar la marcha. Titus volvió a frenarla por el codo.

—Discúlpame, Manú. He sido un idiota. Han hablado los celos que me carcomen, no yo. Discúlpame —insistió luego de unos segundos en los que se miraron fijamente.

—Está bien.

—¿Puedo escoltarte de regreso?

Emanuela asintió con semblante serio, y Titus temió que su amistad se hubiese resentido para siempre.

—Es Aitor, ¿verdad? De quien me hablaste tiempo atrás, ¿no es así? —Emanuela volvió a asentir—. ¿Lo amas mucho?

—Sí. Por eso no acepté comprometerme contigo, porque sabía que, tarde o temprano, volvería a él. En el instante en que Aitor apareciese frente a mí, volvería a él. Sin remedio. Le he pertenecido desde pocos minutos después de nacer, Titus. Y así será hasta el día de mi muerte.

—¿Cómo es eso, que le perteneces desde pocos minutos después de nacer?

—Tú conoces la historia de cómo fue que terminé criándome en una misión jesuítica del Paraguay.

—Sí, sí, Octavio te encontró a orillas del río Paraná, sobre el pecho de tu madre. Acababas de nacer.

—Sí, así fue. Aitor estaba en la balsa esa noche en que mi *pa'i* Ursus me encontró. Mi *pa'i* me puso dentro de una canasta y, desde ese momento, hasta muchos días después, hasta que yo estuve fuera de peligro, Aitor, que tenía casi cinco años, no se apartó de mi lado, lo cual fue juzgado como un prodigio porque era un niño muy inquieto y movedizo. Lo es aún. Nunca se apartó de mí, Titus. Mi *taitaru*, mi abuelo —tradujo—, que es un hombre sabio y un gran sanador, asegura que Aitor irradiaba tanto amor por mí que terminó insuflándome la fuerza que yo no tenía para sobrevivir. Y sé que es cierto: le debo la vida, Titus. Pero no le he pertenecido desde pocos minutos después de nacer por haberme salvado la vida, sino porque él es parte de mí. Somos uno en realidad y compartimos el alma. Y no importan la distancia ni las circunstancias. Nuestro amor es más poderoso, es constante, es eterno. Es indestructible.

Avanzaron por la calle de Santo Domingo en silencio, circundados por el sonido incesante de los pregoneros, de los perros, de las carretas, de los rebuznos de las mulas, de las campanas que invitaban a rezar el ángelus y de los ruidos que hacía Justicia al engullir las cocadas.

—No hay forma de competir con un amor tan enorme —expresó Titus, aunque en realidad meditaba en voz alta.

—No la hay. Y aunque él y yo no estuviésemos juntos, no aceptaría a nadie, porque cada vez que recibiese una caricia de ese otro, al cerrar los ojos, lo vería a él. No me gusta el engaño, Titus. Detesto la mentira.

—Lo sé. Sé la clase de nobleza que te guía, por eso te quiero… te quería a mi lado. Confiar en otra persona nunca es fácil, Manú. Pero contigo… Contigo es tan fácil. Eres menuda y suave, pero inalterable como el más noble de los metales, y fuerte como la más noble de las maderas.

—Gracias.

—Espero que él sepa apreciarte.

—Me ama, Titus.

—Ese no es un gran mérito, Manú —declaró el militar, con un tono más relajado—. Amarte a ti es una de las cosas más fáciles que existen.

Emanuela sonrió y siguió avanzando con la vista al suelo y el misal sobre el pecho.

—¿Tiene tatuajes? Lo vi desde cierta distancia, pero me pareció que los tenía. En el rostro —añadió, y dibujó un círculo en torno a su cara— y en los brazos.

—Sí, los tiene. En el rostro y en torno a los brazos.

—No sabía que los guaraníes se tatuaban.

—Los guaraníes no; los abipones. La madre de Aitor no es guaraní, sino abipona. Aitor pasó un tiempo con su familia materna. Se los hizo hacer en esa época.

—Me gustaría conocerlo. A tu Aitor.

Emanuela experimentó una opresión en el pecho y apretó el pequeño libro.

—No creo que sea una buena idea. Él sabe que tú… pues…

—Que estoy enamorado de ti.

—Que me pediste en matrimonio.

—No soy santo de su devoción, ¿verdad? —preguntó, con risa en la voz.

—No.

—Entiendo.

—Ese es su único defecto, ser tan celoso, tan posesivo.

—Yo sería igual, Manú. Cuando un hombre ama de veras a una mujer, la considera de su propiedad. Su propiedad más valiosa.

—De igual modo, creo que tú no serías como Aitor. Tú serías más comprensivo. Es tu naturaleza.

—¿Él es violento, Manú? ¡Dímelo!

—Oh, no, no. Jamás me ha levantado la mano, si a eso te refieres. Al contrario, es muy protector. Lo es con fiereza. Tiene un espíritu vehemente y apasionado. Todo lo lleva al extremo. Es muy decidido y temerario. Logra todo lo que se propone, sin excepción.

—Y tú eres lo que él más codicia.

Emanuela no respondió. Titus advirtió tras el rebozo que sus mejillas volvían a colorearse.

—¿Cómo fue que se reencontraron? ¿Tú lo mandaste llamar?

—No. Él se enteró dónde estaba y vino a buscarme.

—Comprendo. ¿Hace mucho que llegó?

—No. Volvimos a vernos el 15 de enero.

Titus calculó que hacía solo cuatro días.

—¿Cuáles son sus intenciones?

—Quiere que nos casemos.

El capitán asintió sin mirarla, con la vista perdida al frente.

—Y tú, Manú, ¿deseas casarte con él?

—Es lo que más anhelo en la vida, Titus.

Se detuvieron en la entrada principal de lo de Urízar y Vega, sobre la calle de Santo Cristo.

—Entraré con vosotros un minuto. Quiero echarle un vistazo al alarife que contrataste. Estando don Mikel prácticamente impedido de caminar y con mi tío en San Isidro, es mi deber mostrarme con el uniforme a ese hombre y hacerle saber que estáis protegidos.

Emanuela le apoyó la mano enguantada en el antebrazo. El contacto detuvo al militar en seco. Le miró la mano y luego a ella a los ojos. Emanuela se apartó rápidamente.

—Titus, el alarife, Francisco de Paula Almanegra, es en realidad Aitor.

—¿Se ha cambiado el nombre? —Emanuela asintió—. ¿Por qué?

—Porque detestaba el que le había dado su padrastro —murmuró, sin saber si la respuesta era del todo verdad—. Él y un amigo suyo, Conan Marrak —se apresuró a seguir—, están levantado el muro. No debes preocuparte por nosotros. Aitor nos protege.

—Y el tal… ¿Marrak has dicho?

—Conan Marrak. Es empleado de don Edilson y amigo de Aitor. Es un hábil alarife y está echándole una mano para levantar el muro más aprisa.

—¿Marrak? ¿Es inglés, acaso?

Emanuela empalideció tan deprisa que Titus se lanzó hacia ella y la sujetó por el hombro.

—Tranquila. ¿Por qué luces tan impresionada?

—Sé que los ingleses tienen prohibida la entrada en el virreinato.

—¿Es inglés, entonces?

—No lo sé —admitió—, pero no quiero que le hagas daño si llegase a serlo. Es un muchacho de gran nobleza, muy trabajador y responsable.

—No lo haré, Manú. Estoy demasiado ocupado detrás de ese demonio de Domingo Oliveira para preocuparme por un inglés inofensivo.

—¿Has sabido algo de él? De Domingo Oliveira.

—No. La pista que seguíamos se ha diluido aquí, en la ciudad.

—¿Almuerzas con nosotros?

—No, Manú, gracias. Lo mejor será que me prepare para regresar a Luján.

—Oye, Titus. —Emanuela se mordió el labio y bajó la vista.

—¿Qué, Manú? Dime qué necesitas —la exhortó.

—Quería pedirte un favor.

—El que quieras. Dime.

—¿Podrías guardar silencio acerca de la presencia de Aitor en la ciudad? Los Urízar y Vega no saben que él está aquí. Sé que doña Ederra se lo tomaría a mal. Ella es muy severa conmigo…

—Lo sé. Sé que mi tía es muy dura contigo, Manú. No te preocupes. No diré una palabra. Igualmente, dudo de que los vea en los próximos meses y jamás les escribo. Cada vez tengo más obligaciones en la campaña, con tantos asaltantes de caminos, abigeos y matreros dando vueltas. Despídeme de don Mikel, por favor.

—Lo haré. Ve con Dios, querido Titus.

—Gracias, Manú. Adiós, Justicia.

—Adiós, señorito Titus. Se agradecen las cocadas.

—Adiós —volvió a decir mirando a Emanuela. Pese a estar en la calle, le dio un beso en la frente. Giró sobre sus talones y se alejó a paso rápido hacia la Plaza Mayor, con el sable que le golpeaba la pierna a ritmo constante.

Emanuela suspiró y se volvió hacia la entrada. Hurgó en su escarcela y extrajo una llave larga y oscura, con la que abrió la puerta principal. Se encaminó a su recámara para lavarse y acicalarse antes de ver a Aitor. Necesitaba verlo desesperadamente. La conversación con Titus la había, por un lado, liberado; por el otro, conmocionado. Titus de Alarcón, a quien había creído carente de prejuicios, se había horrorizado al descubrirla en los brazos de un indio. Para ella, estar entre indios había sido, desde siempre, lo más natural, por lo que le costaba entender que alguien se escandalizase. El militar había calificado la compañía de Aitor como "escasa y estrecha". ¿Escasa y estrecha? Su relación con Aitor era tan rica, compleja y satisfactoria que le dio risa la descripción tan absurda y obtusa. Pero así eran los blancos, hipócritas y crueles. En ese instante se hizo la luz y comprendió con una claridad meridiana la necesidad de Aitor de cobrar jerarquía y fama. Él había captado la animosidad de los blancos desde un principio y había previsto que lo marginarían y maltratarían. Por mucho que la Corona española y las Leyes de Indias protegiesen a los habitantes originales de las tierras conquistadas, en la realidad la situación era distinta. Opuesta, de hecho. No por nada se habían creado las reducciones, para proteger a los indios de los regímenes de la mita y la yanacona, ambos en manos de los encomenderos. Necesitaba ver a Aitor, abrazarlo y decirle cuánto lo amaba.

Se perfumó con el ungüento fabricado con almizcle de yacaré y esencia de franchipán que su *taitaru* le había enviado de regalo, se soltó el cabello pese al calor —sabía cuánto le gustaban sus bucles a Aitor— y se pellizcó los pómulos para darles color. Saite se le montó en el hombro dispuesta a salir un rato. Emanuela extendió la mano para animar a Libertad a acompañarla, pero luego de frotar la cabeza contra su pulgar, el ave volvió a esconderla bajo el ala. La caburé la tenía preocupada; el día anterior le había preparado sus pelotitas favoritas, de carne y cebolla, y la lechuza apenas las había picoteado.

Fue a la cocina primero, para preparar una bandeja con un refrigerio, al que Romelia agregó unas torrejas de arroz y queso que había freído esa mañana. Orlando y Justicia corretearon detrás de ella hacia el límite de la propiedad.

—Buenas tardes, Conan.

—Buenas tardes, Manú.

A Aitor, Emanuela lo miró a los ojos y le sonrió, pese a que él estaba serio, como siempre que ella hablaba con otro hombre.

—Les traje un refrigerio. El almuerzo no será hasta dentro de dos horas. Aquí se come muy tarde. Prueba esto, Aitor. —Le extendió el plato con las torrejas—. Le pedí a Romelia que lo preparase para ti. Sé que te gustarán.

—Gracias —farfulló él—, pero los probaré más tarde. Ahora tengo las manos muy sucias. —Las extendió para mostrárselas.

Emanuela asintió y eligió una del plato. Se acercó con la vista fija en él y le colocó la torreja cerca de la boca.

—Pruébalo.

Sin apartar los ojos de los de ella, Aitor mordió y, luego de masticar un momento, gimió de placer.

—Muy bueno —admitió.

Emanuela sonrió y entrelazó los dedos de la otra mano con los de él, sin importarle que estuviesen llenos de barro y de argamasa. "Te amo", le dibujó con los labios en guaraní, y volvió a sonreír ante el semblante emocionado y la mueca un poco desorientada de él.

—¿Más? —Aitor asintió, y ella le dio el resto—. ¿Le gustan, Conan? —preguntó, sin perder el contacto visual con el hombre al que alimentaba en la boca.

—Excelentes, Manú. Mis felicitaciones para Romelia.

—Se las daré.

Minutos más tarde, el plato estaba vacío y la jarra de aguamiel por la mitad.

—Los dejaremos ahora —anunció Emanuela—. Les avisaremos cuando esté listo el almuerzo.

—Gracias por todo, Manú.

—De nada, Conan.

Se alejó con Saite en el hombro y Orlando y Justicia que caminaban a su lado. Se frenó de golpe al escuchar el silbido de Aitor. La macagua voló hacia él y se posó en la deslucida muñequera. "Le confeccionaré otras", decidió Emanuela, mientras observaba a Aitor colocar algo en el pico del ave y hablarle en voz baja, cerca de la cabeza. Saite regresó a ella, se posó sobre su hombro y soltó una flor en la mano abierta de Emanuela. Se trataba de esas muy simples, similares a margaritas en miniatura, de color blanco, que crecían a orillas del río y que invadían el terreno de los Urízar y Vega. Doña Ederra las llamaba "hierbajos". A ella le parecían hermosas en su pequeñez y delicadeza. Aitor la había recogido en ese momento, mientras ella se alejaba. La espontaneidad del acto la conmovió. Ató la flor al lazo del jubón, sobre su pecho, y levantó la vista para mirarlo. No le importó que Conan y Justicia fuesen testigos de ese intercambio.

"Te amo", volvieron a dibujar sus labios, y cubrió la flor con la mano. Aitor, serio, se limitó a asentir antes de volverse para seguir con la construcción del muro.

* * *

Esa noche, Aitor entró en la recámara de Emanuela y se encontró con que preparaba la tina en un ambiente apenas iluminado por dos velas. Un aroma agradable y familiar se suspendía en el aire.

—Acabo de bañarme en el río.

—¿No te gustaría acompañarme de nuevo aquí? —Emanuela se volvió para mirarlo, con los ojos brillantes y las mejillas sonrosadas a causa del vapor del agua, y Aitor pensó que lucía adorable—. Puedo afeitarte, si lo deseas. Ya comienza a crecerte la barba de nuevo.

Aitor asintió con una sonrisa ladeada. Sobre la cama, lavadas y planchadas, estaban las dos camisas nuevas que Emanuela le había confeccionado, una con mangas cortas y la otra sin mangas, como a él le gustaba porque le proporcionaba libertad para moverse. La sorprendió sujetándola por detrás y pegándola a su pecho.

—Gracias por las camisas, amor mío.

—De nada —contestó ella, y apoyó las manos sobre las de él—. Más tarde quisiera probarte el pantalón. Hoy lo corté e hilvané.

—Está bien.

Se sumergieron en el agua tibia y suspiraron cuando sus músculos se distendieron. Emanuela relajó la espalda contra el pecho de Aitor.

—¿A qué huele?

—¿No lo reconoces?

—Me resulta familiar, sí.

—Diluí en el agua un poco de ungüento de almizcle de yacaré y esencia de franchipán. Mi *sy* me perfumaba con él cuando era pequeña.

—Sí —recordó él, y le besó la columna del cuello—. Solías volverme loco con ese aroma.

—Ayer me llegó un paquete de San Ignacio. Lo trajo Tobías, uno de los esclavos de los *pa'i*. Había muchas cosas; entre ellas, una vasija con este ungüento. Mi *taitaru* sabe cuánto me gusta.

—¿Recibiste cartas también?

—De mi *sy* y de mi *pa'i* Ursus.

—¿Qué te dicen? ¿Me mencionan?

—Como de costumbre, no te mencionan. Jamás me hablan de ti en sus cartas. ¡Como si con eso pudiesen borrarte de mi cabeza y de mi corazón!

—Mi *sy* sabe que estoy aquí, en Buenos Aires, pero, como ella no sabe escribir y es Bruno el que escribe las cartas por ella, no me menciona por prudencia.

—Debe de estar preocupada por ti. No sabe que has llegado con bien. Le escribiré y le diré que estamos juntos…

—No —la interrumpió Aitor—. Mi *pa'i* Ursus podría leer tu carta y enterarse de que estoy aquí, contigo.

—No lo haría, Aitor. Él no leería una carta dirigida a otra persona.

—Lo sé, pero no quiero arriesgarme.

—Mi *pa'i* no se oponía a nuestro amor. ¿Por qué temes tanto a que se entere de que estás aquí?

—No le temo, Emanuela. No le temo a nada, solo a que tú me dejes.

—Ya sabes que no lo haré —dijo, con un mohín cargado de culpa.

—Gracias, amor mío. Después me darás las cartas que me escribiste y que nunca me enviaste.

—Está bien —murmuró ella, y volvió la cara para seguir con el tema de Ursus. Aitor le contuvo los pechos y le estimuló los pezones con el índice, y ella olvidó lo que iba a decirle. Apoyó la cabeza sobre el hombro de él y soltó el aliento.

—¿Sabes con cuánta ansiedad esperé hoy este momento? Estoy muy caliente.

—Aitor. —Emanuela cerró las manos en las rodillas de él.

—¿Me sientes duro?

—Sí, en mi espalda.

—Muy duro, Jasy. Estoy así desde el mediodía, cuando me diste de comer en la boca y me dijiste que me amabas.

—Pobre mi Aitor, trabajar con esa molestia entre las piernas. ¿Por qué no llamaste a tu Jasy para que solucionase tu problema?

—¿Te burlas de tu esposo, mujer malvada?

—No. ¿Cómo osaría?

—¿Ahora estás dispuesta a ayudarme con *este* problema? —La aferró por la vulva y aplicó presión para pegarle el trasero a la erección.

—Sí, sabes que sí. Haría cualquier cosa por ti.

Emanuela intentó girarse para envolverlo con las piernas, tal como había hecho la vez anterior, pero Aitor la detuvo al sujetarla por la cintura.

—No te des vuelta. Elévate y ponte de rodillas. —Lo obedeció—. Separa las piernas hasta que choquen con la pared de la tina.

Así lo hizo y esperó. El agua se agitó en torno a ella cuando Aitor se sentó sobre sus talones y calzó las piernas entre las de ella.

—Apóyate sobre mi *tembo*, Jasy. ¿Estás cómoda?

—Sí.

—¿Te gusta esta posición?

—Sí, mucho. ¿Y a ti?

—Sí. Tu culo sobre mi *tembo* me calienta como nada. Lo veo bajo el agua.

—Tómame, Aitor.

—Aférrate al borde de la tina.

Aitor se sujetó a sus senos y le prensó los pezones con el índice y el mayor. Emanuela bajó los párpados y gimió.

—Esto te gusta, ¿verdad, Jasy?

—Sí. Me encanta que me toques los pechos.

—Eran pequeños la última vez que los vi en San Ignacio. Y fue lo primero que llamó mi atención cuando te descubrí de perfil en el mercado: cuánto habían crecido. Y me imaginé prendido de ellos. Me imaginé chupándotelos. Fueron tantas las ganas que me puse duro enseguida, ahí, en medio de la gente. Nada me importaba. Te había encontrado. —Rio sobre la espalda de Emanuela. Su aliento, al acariciarle la piel húmeda, le causó un erizamiento que se concentró en los pezones hasta que estos cobraron una rigidez dolorosa. Se contorsionó de placer y dolor sobre la erección de Aitor, y ajustó las manos en el borde de la tina hasta que los nudillos se le tornaron blanquecinos.

—Aitor —imploró, la voz tensa—, acaríciame los pezones. Me duelen.

—Sí, amor mío.

Lo hizo con delicadeza y movimientos circulares; la parte más suave de la palma de su mano apenas rozaba la punta del pezón.

—¿Mejor?

—Sí.

—Elévate un momento, Jasy. —Aitor se sujetó el miembro por la base y lo guió por la parte final de la hendedura entre los glúteos de ella hasta colocarlo en la entrada de su vagina—. ¿Lo sientes, Jasy? —Ella respondió con un jadeo—. Tómame, amor mío. Baja poco a poco y tómame. Necesito estar dentro de ti. ¡Ahhh! —Las manos de Aitor volaron a los pechos de Emanuela cuando la carne de ella comenzó a cerrarse en torno a él.

La posición estrechaba el ingreso y la sensación de Aitor se intensificaba; como de costumbre, el control se tornaba difícil.

—Un momento, Jasy. Detente. —Apoyó la frente sobre la espalda de ella y le golpeó la piel con respiraciones veloces—. Ahora sigue.

—¿Te gusta, Aitor?

—Me vuelve loco.

—¿Más que cuando me tomas por detrás y puedes verme el trasero?

—Ahora también puedo vértelo.

—Entonces, ¿esta posición te gusta más?

—Cualquier posición contigo me hacer perder la cabeza, Jasy.

Emanuela rio por lo bajo, y Aitor experimentó esa conmoción de sentimientos que solo su Jasy le inspiraba, la mezcla del deseo más carnal y lujurioso, y la ternura que le habría despertado una criatura vulnerable.

El trasero de Emanuela se apoyó sobre su pelvis, mientras ella terminaba de acomodarlo por completo en su interior. Se quedó mirando la imagen bajo el agua, la que componían las nalgas blancas y redondas de ella sobre la pelvis oscura y velluda de él. Era una visión que, no importaba cuántas veces observase, lo hechizaba cada vez.

—Jasy —suspiró, y se reclinó para morderle el músculo del hombro—. Muévete, amor mío. De esta manera. —Cerró las manos en la parte fina de la cintura de ella y la guió en una danza que involucraba movimientos hacia atrás y hacia delante, hacia un costado y el otro, y en círculos—. ¡Apriétame, Jasy! ¡Aprieta tu carne y estrújame, amor mío! ¡Oh, sí, así, así!

A Emanuela la sorprendió un orgasmo que la tensó como la cuerda de un violín. Su torso formó un arco. Algo poderoso acababa de desatarse en ella, una energía nueva que no había experimentado en las otras ocasiones. Vio luces de colores bajo los párpados y sintió las oleadas de placer que le acariciaban las piernas y le volvían tan sensible la piel que apreciaba cada centímetro en contacto con la de Aitor. Cayó en la cuenta de que gritaba como si estuviesen torturándola, y siguió haciéndolo, incapaz de callarse. Una vez que sus alaridos de gozo se convirtieron en tenues gemidos advirtió que Orlando gañía y que Saite y Libertad aleteaban y chillaban.

Emanuela supo que la necesidad de Aitor se tornaba imperiosa cuando sus dedos se le clavaron en la cintura y la obligaron a elevarse y bajar sobre su pene con agitaciones rápidas, más bien frenéticas, dos, tres, cuatro veces antes de bañarla con el primer chisguete de su semilla. La respiración de Aitor brotó como un soplido violento, al que siguió un gemido tan profundo y doliente que Emanuela interrumpió el respiro y permaneció estática de manera inconsciente. Lo sintió agitarse con espasmos enérgicos en tanto seguía eyaculando en sus entrañas. La sujeción de él en su cintura se volvió implacable. Sus manos treparon con movimientos torpes para cerrarse sobre sus senos. Ella siguió apretándolo dentro de sí y recomenzó los balanceos en círculos con lenta cadencia; eso parecía gustarle.

Aitor fue aplacándose, y Emanuela, recostada sobre el torso de él, con los ojos cerrados, fue percibiendo cómo los músculos se le distendían. Los gañidos de Orlando, todavía asustado y ovillado en su canasta, componían el único sonido que perduraba.

—Orlando —susurró Emanuela—, ven aquí. —Sin levantar los párpados, colgó la mano sobre el borde de la tina y sonrió cuando el hocico húmedo del perro se la olisqueó—. No te asustes, cariño. No pasa nada. Aitor y yo estamos bien.

—Sería mejor sacarlo afuera —propuso él, con timbre risueño.

—Prefiero que se acostumbre. No me gusta dejarlo solo.

—Cuando todavía vivíamos regidos por el ser antiguo, las gentes de mi pueblo construían grandes chozas que compartían con varias familias. Eran enormes y no tenían divisiones. Allí, las parejas hacían el amor en presencia de los demás. No les importaba —apuntó—. Después, cuando llegaron los *pa'i* y nos enseñaron el buen ser, nos dijeron que eso estaba mal, muy mal.

—¿Tú qué opinas?

—Aunque me hubiese criado de acuerdo con las reglas del ser antiguo, te habría llevado a la selva para hacerte el amor donde nadie pudiese verte, no porque pensase que hacer el amor estuviese mal, como creen los blancos, sino porque no habría soportado que nadie te viese en el alivio, Jasy. Cuando gritas porque te doy placer, cuando explotas en torno a mi *tembo* y me aprietas tanto... Jasy... Eso no lo compartiría *jamás* con nadie.

Emanuela llevó la mano hacia atrás y le acarició el filo de la oreja con el pulgar y le acunó la mejilla.

—Hoy grité más que otras veces, ¿verdad?

—Sí. Me gustaría hacerte gritar siempre así.

—Esta vez sentí más, Aitor. Todas las veces fueron maravillosas, pero hoy... Hoy fue más intenso.

—Lo haremos así tantas veces como quieras, amor mío.

—Gracias. ¿A ti te gustó también?

Aitor rio y le mordisqueó la espalda, lo que causó cosquillas a Emanuela.

—¿Tú qué piensas, Jasy?

—Pienso que sí.

Aitor la encerró en un abrazo y le besó la nuca que ella había despejado al levantarse el cabello en un rodete.

—Sí, amor mío. No imaginas cuánto me gustó. Todavía estoy dentro de ti y siento los últimos coletazos de placer. Aun relajada, me aprietas.

Aitor la enjabonó desde esa posición, con la lentitud y la lasitud que se habían apoderado de su cuerpo y de su ánimo después del alivio que había gozado. Emanuela le guiaba las manos. La enjuagó ayudándose con la jofaina y disfrutó del silencio apacible que compartían, mientras el agua que caía en la tina constituía el único sonido que los circundaba. Salieron. Aitor la envolvió con un lienzo de algodón y la secó, y, mientras lo hacía, la observaba con fijeza. Ella le devolvía la mirada con ojos cargados de curiosidad. Le acarició la mejilla antes de preguntarle:

—¿En qué piensas, Aitor?

—En lo que significas para mí. A veces te observo y me parece mentira haberte recuperado. En ocasiones te miro y tengo miedo de que vuelvas a desaparecer.

—No lo haré.

Aitor le cubrió los hombros con el lienzo y le rozó el filo de la mandíbula con el dorso de los dedos. Emanuela le atrapó la mano y se la besó, en cada nudillo y en los callos amarillentos y duros que se le habían formado tras años de empuñar el hacha y el serrucho.

—No vuelvas a dejarme, amor mío.

—Nunca —contestó ella y se colocó la mano de él en la mejilla—. Ya no sufras por eso.

Aitor deslizó las manos bajo el lienzo que la cubría y la atrajo hacia él. Le habló con fiereza al oído:

—Sea lo que sea que suceda entre nosotros, tienes que prometerme que nunca olvidarás que te amo con locura y que no existe nada en esta vida que pueda cambiar eso.

Emanuela frunció el entrecejo.

—¿Por qué me dices sea lo que sea que suceda entre nosotros? Me asustas.

—No, Jasy. —La besó en la frente—. Es una manera de decir. Solo quiero que estés segura de que mi amor por ti es lo único que cuenta en mi vida. *Tú* eres lo único para mí. Tu nombre es la última palabra que me viene a la mente antes de dormirme y la primera cuando me levanto, y esto viene ocurriéndome desde que tengo memoria.

—A mí me sucede lo mismo, Aitor. Y me da miedo.

—¿Me tienes miedo, Jasy?

—No a ti. A nosotros, a que dependamos tanto el uno del otro. Ya te lo dije: yo, sin ti, soy una cáscara vacía.

Se quedaron mirándose. La seriedad de Aitor no intimidaba a Emanuela; había una luz de admiración y amor profundo en sus ojos amarillos. A veces, cuando lo observaba a conciencia como en ese instante, se quedaba sin aliento frente a su belleza, en especial la de sus ojos rasgados y ribeteados por unas pestañas tan negras, espesas y arqueadas que parecían de mujer. ¿Las tendría así su padre, el señor de Amaral y Medeiros? Porque no eran como las de Malbalá. Le acarició el hueso de la frente con la punta del índice y la silueta de las cejas tan peculiares. Él no pestañeaba, no se movía; tan solo la seguía con ojos hambrientos. Le sonrió con timidez.

—Gracias por la florecilla que me enviaste hoy con Saite. No te la agradecí durante el almuerzo porque no estábamos solos.

—Gracias por haberme alimentado en la boca cuando no podía tomar la comida.

—De nada. La conservaré para siempre, a la florecilla —explicó—. Por la tarde, la envolví en papel de arroz y la coloqué dentro del libro de sonetos de Shakespeare, para que se seque y me acompañe siempre. La puse justo en la página del soneto ciento dieciséis, nuestro soneto.

—¿Sabes, Jasy? Aunque sea solo un indio pobre, me siento el hombre más rico del mundo por tenerte. Eres un tesoro de incalculable valor. No existe otra como tú.

Emanuela cerró los brazos en torno al cuello de él y le sonrió con picardía.

—Y por cierto que no existe otro como tú, con esos ojos amarillos de yaguareté que yo amo tanto.

—De luisón —la corrigió él.

—Me gusta ser amada por el luisón.

—¡Ja! —carcajeó Aitor—. ¿No te da grima que digan que soy el luisón del pueblo?

—Secretamente, me excita. Solo yo puedo domar a la fiera.

—¿Conque domar la fiera, eh?

Emanuela emitió un chillido cuando Aitor la levantó en brazos y la llevó en andas hasta la cama. La soltó, y Emanuela rebotó en el colchón. Se echó sobre ella y la cubrió con su cuerpo.

—¡Ahora el luisón te devorará! ¡A ver cómo lo domas!

Le mordisqueó el cuello y le hizo cosquillas en los costados. Emanuela suplicaba entre risas y se contorsionaba bajo el peso de él.

—¡Por favor, detente! ¡Por favor!

—¿No es que puedes domar a la fiera?

—¡No puedo! ¡Me rindo! ¡Me rindo!

Aitor detuvo el asalto y la besó en la frente. Le quitó los mechones que le cubrían el rostro. Volvieron a mirarse en lo profundo de los ojos. Sus pechos agitados se chocaban y con sus respiraciones se acariciaban la piel. Los ojos de Aitor comenzaron a vagar por el rostro de Emanuela, y la recorrían con avidez, como si quisiese estudiar y memorizar cada detalle de sus facciones.

—¡Dios, cuánto te amo! —exclamó, antes de caer sobre su boca con el hambre que había presagiado su mirada.

Se besaron con un fervor implacable y, cuando Emanuela deslizó las manos por la espalda de Aitor y las cerró en su trasero, él profirió un gemido y movió la pelvis para penetrarla. Se hundió en su vagina lentamente, mientras mantenía la boca quieta y rígida sobre la de ella y le humedecía los labios ensalivados con respiros que hablaban del esfuerzo en el que se concentraba para subyugar la prisa que le provocaba el deseo. Emanuela no le rodeó la cintura con las piernas, sino que las dejó caer, laxas, a los costados. Había aprendido en esos pocos días de tanta intensidad sexual que cada posición guardaba un secreto; que, dependiendo de cómo alineaban sus cuerpos y de cómo Aitor se introducía dentro de ella, cobraban vida unos u otros puntos, y que cada uno le brindaba un goce especial y distinto.

—Quiero que nos aliviemos juntos —expresó él, mientras se mecía sobre ella con lentitud, más bien con precaución—, al mismo tiempo.

—Está bien. ¿Qué debo hacer?

Aitor sonrió, movido por la ternura, y la besó en la frente.

—Nada. Solo entregarte a mí.

Volvieron a besarse, y mientras el pene de Aitor se retiraba y se hundía en la vagina de Emanuela, su lengua le llenaba la boca. Se sentía colmada por él, abrumada por su poder, por su fuerza, y aunque estaba completamente a su merced, una sensación de seguridad la embargaba de dicha.

Los embistes de Aitor adquirieron ímpetu. El hueso de su pelvis le rozaba el punto que latía entre sus piernas y que exigía mayor atención. Él pareció leerle el pensamiento porque, apoyado sobre el codo izquierdo, con la mano derecha se lo tocó de esa manera que revelaba su pericia. Le aplicaba la presión justa y lo hacía girar hacia uno y otro lado. Emanuela se tensó ante la inminencia del alivio.

—¡Apriétame, Jasy! —suplicó Aitor, casi sin aliento.

Las embestidas se volvieron frenéticas, las respiraciones agitadas cambiaron por gemidos y sonidos guturales que asustaron de nuevo a Orlando. Aitor se aferró a Emanuela con una vehemencia estática, mientras su trasero se contraía y distendía velozmente bajo las manos de ella. Era la única parte de su cuerpo que permanecía en movimiento mientras el resto de su anatomía había caído en una especie de parálisis. Los impulsos se frenaron de golpe. Emanuela explotó en el alivio, al tiempo que Aitor se derramaba en ella. Gritaron al unísono. Emanuela arqueó el cuello y Aitor le clavó los colmillos en la vena que él sentía palpitar velozmente bajo la punta de la lengua. Así permanecieron hasta que el placer fue diluyéndose entre sus piernas.

Aitor arrastró los dientes por la garganta de ella. Le besó las marcas rojas que le habían impreso sus colmillos, y siguió besándola con una suavidad y una reverencia que se contraponía a la brutalidad y la lascivia con que acababa de tomarla. Quería comunicarle cuánto valía para él.

Emanuela apoyó la cabeza en el colchón, y Aitor siguió besándola en el rostro, delicados y pequeños besos que descendían sobre su frente, los párpados cerrados, el entrecejo, las cejas, la curva aguileña de su nariz.

—No logro saciarme, Jasy. Perdóname. No puedo dejar de pensar en hacerte el amor. Todo el día estoy con esa idea en la cabeza, en cuándo llegará el momento en que volveré a entrar dentro de ti. Y cuando lo hago, cuando estoy hundido en tu carne, solo me alivio unos minutos para luego volver a sentirme urgido por esto que despiertas con cualquier gesto, amor mío.

—Porque soy tu *Yvy Marae'y*, Aitor. Y tú eres el mío, mi Paraíso, mi Tierra sin Mal. ¿Cómo pretendes que habiendo conocido el Paraíso, sabiendo dónde se encuentra, no queramos volver a él una y otra vez?

—¿Tú también sientes esta urgencia, Jasy?

—Todo el día. Y te siento aún después de horas de habernos amado porque mi *tako* queda sensible por haberte tenido dentro de mí, y pienso en que tu semilla está en mis entrañas, y que va conmigo a todas partes, y eso me pone feliz. Es como estar siempre contigo, Aitor.

—Amor mío... Gracias por entregarte a mí de esta manera, sin límite. Gracias por permitirme hacerte lo que me plazca. Y no lo digo solo por el placer que me das, que es el más perfecto que existe, sino porque me haces sentir que recuperé tu confianza, la que perdí como un idiota aquel día...

—Shhh... —Emanuela lo acalló apoyándole los dedos sobre la boca y los retiró para besarlo con delicadeza—. Cuando me pediste que fuese tu esposa, aquella noche en la cárcel de San Ignacio, ¿imaginabas que sería tan perfecta y maravillosa nuestra intimidad?

—Sabía que el sexo contigo sería perfecto. Pero no podía saber cómo sería para ti. Temía asustarte porque... Bueno, como ves, no te dejo en paz y te someto a cuanto capricho me viene a la cabeza. Tenía miedo de asustarte —repitió—. Por la educación que te habían dado mi *pa'i* Ursus y mi *sy*, eras muy inocente. Pero desde el principio me sorprendiste con tu entrega, tu confianza y tu libertad.

—Y con mi amor.

—Sí, y con tu amor. Igualmente, por mucho que me amases, podrías haberte sentido escandalizada con mis prácticas.

—Soy una persona de mente abierta. Eso me dijo una vez don Alonso.

—¿Ah sí? —Aitor frunció el entrecejo—. ¿Cómo es ese don Alonso? ¿Se porta bien contigo?

—Sí. Es muy gentil.

—No demasiado, espero.

—¿A qué te refieres?

—A que esté enamorado de ti.

—¡No, claro que no! Es el esposo de doña Ederra, Aitor. ¿Crees que todos los hombres se enamoran de mí? ¡Ni siquiera soy bonita!

—Eres el ser más bello que pisa la Tierra, Emanuela, y sí, creo que todos se enamoran de ti. Solo un idiota no te apreciaría. —Apoyó la frente sobre la de la muchacha y suspiró—. Perdóname, Jasy. Siento que todos me amenazan con arrebatarme mi tesoro.

Emanuela rememoró el intercambio sostenido con Titus ese mediodía y cómo sus palabras la habían cambiado al demostrarle que Aitor tenía razón al sentirse despreciado.

—Tu tesoro no quiere que nadie lo aparte de tu lado. Quiero que estés tranquilo y no te angusties por esto. Ni siquiera si un rey me pidiese por esposa aceptaría. Ni aunque me lo pidiese el rey más poderoso y rico del mundo yo dejaría a mi Aitor. De igual modo me pregunto, ¿qué sucedería si una reina quisiese a mi Aitor? ¿Él me dejaría por un mundo de riqueza y esplendor, ya que parece tan interesado en hacerse rico?

Aitor rompió a reír. Las vibraciones de su plexo solar recorrieron el cuerpo de Emanuela.

—¿Por qué ríes? Es una duda legítima, ¿no lo crees?

—No, no lo creo. Es una duda ridícula. Quiero mis cartas —exigió, de pronto, sin pausa—, las que nunca me enviaste. No, Jasy —le advirtió cuando Emanuela ejecutó una mueca para objetar—, no esperaré un minuto más. Las quiero. Ahora.

Se movió hacia el costado para permitirle abandonar la cama. La siguió con una mirada cargada de posesión y deseo, mientras le admiraba la cintura afinada y el trasero redondeado.

Después de rebuscar en el mueble con espejo, Emanuela regresó a la cama con un manojo de cartas atado con una cinta. Se lo entregó antes de recostarse a su lado.

—Esta —le mostró una muy manida— es la que tú me escribiste. La trato con delicadeza porque la he desplegado tantas veces que el papel está a punto de cortarse.

—¿Tiene muchos errores de ortografía? Siempre me atormentó que los tuviese.

417

Emanuela rio; la mueca desolada de él era algo que siempre la sorprendía y divertía.

—Amé cada error de ortografía y de gramática de tu carta.

—Entonces los tenía.

—Sí. Te reconocía en ellos, y me emocionaba saber que tu mano había tocado el papel y escrito esas frases. Lo besé tantas veces...

Aitor desató la cinta que envolvía las cartas y contó doce, como el día del cumpleaños de su Jasy, meditó.

—Lo único que te pido —la escuchó decir— es que no las leas frente a mí. Hazlo en otro momento.

—Solo una, por favor. Elígela tú —le propuso.

Emanuela suspiró.

—Lee la última. Esta. Mientras la lees, acomodaré un poco la ropa y prepararé el pantalón hilvanado para medírtelo.

Aitor asintió con semblante ausente, mientras desplegaba el papel y se acomodaba boca abajo para leer. Emanuela le dio la espalda y se cubrió con la bata. Se ocupó de secar el agua que sus juegos sexuales habían derramado sobre los tablones de madera y de recoger y doblar las prendas de Aitor que regaban el suelo. Sonrió para sí. Siempre había sido desordenado. Un sonido extraño, como un respiro ahogado, la hizo volverse de golpe. Aitor, con los codos hundidos en el colchón, se apretaba los ojos con el pulgar y el índice. La carta temblaba en su otra mano. Agitaba la cabeza, mientras intentaba ahogar el llanto, en vano, pues las lágrimas escapaban bajo sus dedos, se escurrían por sus mejillas y acababan mojando el papel. Emanuela, absorta en la angustia de él, pensó: "Ojalá que sus lágrimas borren esas palabras escritas con dolor y desesperación". Un ronquido estrangulado de él la sacó del trance.

—No, no —gimoteó, y arrojó la prenda sobre la silla y se recostó junto a él—. No, amor mío, no llores. —Le pasó la punta de los dedos sobre la sien, y los hundió en el cabello negro con mechones de un rojizo fugaz, y acabó en su nuca, desde donde descendió por la espalda de él—. Por esto no quería que las leyeses. Fueron escritas en un momento de amargura. Te extrañaba, sufría por nuestra separación, estaba muy triste.

Sin apartar los dedos que le cubrían los ojos, Aitor susurró:

—Haberte hecho sufrir de este modo, Jasy... Está matándome.

—Tienes el poder de hacerme sufrir porque mi amor por ti es inmenso, infinito, todopoderoso. Pero ahora me haces la criatura más feliz de la Tierra. ¿Lo sabes, verdad?

—Por ser así, como soy, tan… alma negra, tengo miedo de volver a lastimarte.

—Y yo volveré a perdonarte.

Ante esas palabras, Aitor se quebró. El llanto que, a duras penas sofocaba, adquirió una fuerza que su voluntad no pudo contener. Lloró amargamente. Lágrimas rodaban por los pómulos de Emanuela, impotente ante el sufrimiento de su amado. Le quitó la carta, arrepentida por haberle contado de su existencia. ¿Tal vez lo había hecho para que las leyese y se abismara en el hueco profundo de su dolor? Sí, se las había mencionado en la seguridad de que él no cejaría hasta hacerse con ellas, y en la seguridad de que lo lastimarían. ¿Lo había perdonado realmente si necesitaba castigarlo y hacerlo padecer todavía? Verlo llorar como ni de niño lo había visto, con esa desesperación y tristeza, le provocó una pena tal vez más profunda que la que había inspirado las letras de esas cartas, las cuales, acababa de decidirlo, terminarían en el fuego de la cocina a la mañana siguiente, porque si la última carta, escrita después de más de dos años de separación, cuando su ira se había extinguido, lo había quebrantado de esa manera, no quería imaginar el impacto que tendrían las primeras.

—Shhh… —Lo besó en la cabeza, en el pabellón grande de la oreja, en el filo de la mandíbula, donde los músculos se contraían a causa de la tensión del llanto—. Quiero que seamos felices, Aitor. No más lágrimas. —Le quitó la carta, la hizo un bollo y la arrojó al suelo—. No más dolor para nosotros. Shhh… Tranquilo, amor mío.

Fue calmándolo con caricias, besos delicados y palabras susurradas. Aitor apoyó la mejilla sobre el colchón y se quedó quieto, con los ojos cerrados, mientras recibía la calidez con que las manos y el aliento de Emanuela le aliviaban el padecimiento de la herida que se había abierto al leer esos párrafos de caligrafía preciosa y palabras incisivas. No merecía la compasión de su Jasy, ni su perdón. No obstante, los aceptaba y los recibía con los brazos abiertos porque, en el fondo, era un cobarde, y vivir sin ella lo aterraba.

La sintió moverse, como si se dispusiera a abandonar la cama, y levantó los párpados con rapidez. La detuvo sujetándola por la cintura.

—No te vayas.

—Pensé que dormías.

—No. Estaba relajado, pero no dormía.

—¿Quieres que te afeite?

—Bueno.

Aitor ocupó la silla y se entregó a los cuidados de Emanuela. La seguía con ojos atentos mientras ella le enjabonaba el rostro.

—Yo conservo el soneto que tradujiste al guaraní, el de Shis...

—Shakespeare.

—Ese. Lo encontré en la torreta, bajo el collar de conchillas y la piedra violeta. —Emanuela afilaba la navaja sobre la tira de cuero y no lo miraba—. Ese soneto me dio esperanza, Jasy. ¿Por qué me lo dejaste?

—En ese momento no comprendía qué me empujaba a traducirlo. Después entendí que lo había hecho para que supieses que nada cambiaría mi amor por ti, ni la distancia, ni el tiempo. Ni la tempestad que había significado tu traición —añadió, tras una pausa—. Quería que lo supieras.

—Gracias. No sabes cuánto significó para mí en un momento en el que creía que mi mundo se derrumbaba. Me emborraché esa noche, en la torreta. —Emanuela se colocó detrás de él y lo obligó a recostar la cabeza entre su seno—. Hice muchas estupideces esa noche, Jasy, la noche en que supe que te habías marchado.

—¿Qué estupideces?

—Amenacé a mi *pa'i* Ursus con mi cuchillo. —Emanuela detuvo la navaja—. Le dije que lo destriparía si no me decía dónde estabas. Estaba como loco.

—No debí irme sin enfrentarte —murmuró—. Fui una cobarde. Por mi culpa, podría haber ocurrido una desgracia.

—Después —prosiguió Aitor—, fui a la torreta y me emborraché con una bebida muy fuerte que me había regalado el padre de Conan.

—No estás acostumbrado a beber, Aitor. Debió de hacerte mucho daño.

—No recuerdo nada de lo que sucedió esa noche en la torreta, solo recuerdo que soñé contigo, que entrabas, me perdonabas y me pedías que te hiciera el amor. ¡Qué feliz fui durante esas horas de borrachera! Al otro día, quise morirme cuando me di cuenta de que todo había sido una ilusión y de que te había perdido.

—¿Te sentías mal?

—Muy mal. No he vuelto a beber una gota desde entonces.

—Prométeme que nunca caerás en ese vicio, el que se llevó a Laurencio abuelo.

—Te lo prometo.

—Ahora relájate y déjame que termine de afeitarte.

—Está bien.

Emanuela lo afeitaba y pensaba en lo que Aitor le había revelado. En tanto las imágenes que él acababa de describir cobraban vida en su mente, sentía que perdía la compostura. Se mordió el labio y detuvo las manos porque le temblaban. Sin duda, ella había sufrido primero con la traición y después con el distanciamiento; pero él también había padecido.

Más compuesta, acabó de afeitarlo y, luego de quitarle los restos de jabón, le pasó la piedra alumbre, que tenía propiedades antisépticas y astringentes. La había conocido en Buenos Aires y ella la usaba pasándosela por las axilas para no sudar. Era ideal después del afeitado porque evitaba el enrojecimiento y los poros infectados. Se inclinó de costado y lo besó en la mejilla.

—Te ha quedado muy suave, amor mío.

—Gracias, Jasy.

—¿Estás muy cansado?

—Un poco —dijo, y Emanuela rio porque se le cerraban los párpados.

—¿Puedo probarte el pantalón?

—Mañana.

—Está bien. Vamos a dormir.

Emanuela sopló los pabilos, y la habitación se sumergió en una oscuridad en la que se perfilaban las siluetas de los muebles y de la cama gracias a la luz de luna que se filtraba por la contraventana. Aitor ya estaba acostado, desnudo, como era su costumbre. Emanuela se quitó la bata. Estaba por cubrirse con el camisón cuando Aitor le pidió:

—No te lo pongas. Hace mucho calor. Además me gusta sentir tu piel desnuda.

En silencio, extendió el camisón sobre el respaldo de la silla y se acomodó junto a él, que la recogió entre sus brazos y la besó en la frente. Emanuela suspiró, de pronto exhausta.

—¿Aitor?

—¿Mmmm?

—¿Sabés qué pienso a veces, Aitor?

—¿Qué?

—Que no existe, ni existió en el mundo un amor más grande que el que siento por ti.

—Pero sí existió y sí existe, y es el mío por ti, porque yo te amé primero, cuando ni siquiera tenía cinco años y tú acababas de nacer, y te amé en silencio cuando todavía tú no podías comprender lo que me provocabas. Y esperé con paciencia el día en que podría hablarte de mis sentimientos, y cuando por fin ese día llegó, estaba aterrado de perderte, de asustarte. Y fui yo el que te hizo jurar con sangre que me amarías para toda la eternidad, y fui yo el que te pidió que fueses mi esposa. Si yo no te hubiese amado primero, hoy sería uno más de tus hermanos de leche.

—Nunca fuiste uno más de mis hermanos, y lo sabes. Además, no te costó tanto convencerme de que me dejase cortar el dedo y de que fuese tu esposa, así que no te hagas el héroe. Me tenías en un puño y lo sabes.

Aitor rio por lo bajo y la aferró por la mandíbula con una mano para besarla en los labios.

—Hacía cualquier cosa que tú me pidieses —siguió recordando Emanuela—. Eras mi dueño. Lo eres. Siempre lo serás.

—Qué lindo eso que me dices, que soy tu dueño.

—¿Para qué negar la realidad?

—Suenas resignada, Jasy.

—Que seas mi dueño tiene sus desventajas, pero luego, cuando me das tanto placer, cuando me haces gritar con tu *tembo* dentro de mí, me olvido de que eres gruñón, impaciente y celoso, y solo me acuerdo de que te amo con locura.

—Y pensar que le había prometido a mi *sy* que te llevaría virgen al altar —bromeó él—. En cambio, mira en lo que te he convertido.

—En la mujer más feliz del mundo.

Capítulo
XI

En la rutina en que fue convirtiéndose el pasar de los días, Emanuela y Aitor encontraban una dicha que los mantenía exultantes y risueños. Copulaban constante y salvajemente, como los conejos que doña Almudena criaba en el cuarto patio. El momento siempre era propicio, cualquier oportunidad se aprovechaba y nunca hallaban la saciedad, y ni siquiera dejaron de hacerlo cuando, el 31 de enero, a Emanuela le bajó el sangrado. Colocaron un paño sobre la cama y trapos húmedos a mano para limpiarse, y se amaron. Al retirarse de ella, Aitor se observó el pene empapado en sangre y semen, y comentó:

—Nunca imaginé que ver esto me calentaría tanto.

En ocasiones, Aitor se ausentaba de noche para ocuparse de los negocios que lo relacionaban con Edilson Barroso y sus cuestiones ilegales. Emanuela lo esperaba con la cena y, a veces, cuando el sueño la vencía, él la despertaba al regresar y hacían el amor. Emanuela siempre gozaba entre los brazos de Aitor, pero esas ocasiones en las que ella lo recibía aún envuelta en las brumas del sueño, en las que él le desnudaba el cuerpo desmadejado por el cansancio y la penetraba cuando no había conseguido levantar los párpados, eran especiales, más intensas, más carnales, más lujuriosas, como si por tratarse de un momento robado, de un placer furtivo que se permitían en la oscuridad y el silencio de la noche, los sentidos se aguzasen, como si estuviesen a flor de piel. En esas oportunidades, él dormía hasta tarde gracias a unas cortinas que Emanuela había confeccionado con piezas de percal negro empleadas para cubrir muebles y ventanas en la época de luto por Crista, y que impedían que el sol del verano lo perturbase. Ella iniciaba su jornada a la hora de siempre, muy temprano; se sentía vital y sin sueño. Se había dado cuenta de que, así como Aitor se agotaba cada vez que se vaciaba en sus entrañas, a ella le confería una energía que la mantenía en movimiento el día entero.

A veces Emanuela, para probarse que aún le quedaba un mínimo de control, luchaba por resistirlo y apartarlo, sin éxito. La verdad era que su cuerpo pertenecía a Aitor, él lo conocía de memoria, sabía cómo doblegarlo y dominarlo, y a ella solo le quedaba rendirse y entregarse. Su temeridad la asustaba, y la preocupaba que los descubriesen cuando él se proponía hacer el amor en sitios insólitos, como la vez en que la tomó contra la pared de la sala, a escasas varas de don Mikel, que ya no se encontraba tan impedido como al principio del verano, pues su pie sanaba bien. O la oportunidad en que la poseyó en el confesionario de Santo Domingo. Aitor se había deslizado dentro de la iglesia al final de la misa de once y se había ocultado en el confesionario junto al cual Emanuela pasaría al salir del templo. La iglesia se vació, y Emanuela permaneció rezando, sentada sobre su alfombrilla, con Justicia a su lado. Al cabo, se puso de pie. El niño enrolló el tapete y se dirigieron hacia la salida. La portezuela del confesionario se abrió, y Emanuela y el niño se detuvieron en seco.

—Entra —le ordenó Aitor, que se hallaba sentado en el sitio que ocupaba el sacerdote.

Emanuela se lo quedó mirando con ojos grandes; los de él, negros en la penumbra del interior del compartimiento, la observaban con una fijeza que ella conocía, sabía lo que presagiaban. Era consciente de que si ponía un pie dentro, él le haría lo que se propusiese y ella se lo permitiría, allí, en la casa del Señor.

—Espérame fuera —susurró a Justicia, que miró alternadamente a la muchacha y al indio antes de marcharse.

Emanuela se aseguró de que no hubiese nadie y entró. Aitor cerró enseguida, puso la traba y corrió el visillo de un género tupido color violeta. Rayos de luz tenue que ingresaban por la rejilla de los ventanucos laterales herían la oscuridad del interior. Ella, de pie, lo miraba; él la miraba desde su asiento; con todo, su posición de ventaja no le confería ningún dominio sobre la situación. La atracción que él ejercía sobre su cuerpo y su alma era todopoderosa.

Aitor le colocó las manos sobre la cintura y la obligó a ubicarse sobre sus rodillas. Le besó la columna del cuello, expuesto gracias al rodete que le mantenía confinados los bucles, y permaneció unos segundos inspirando su aroma, el que se concentraba detrás de su oreja y que, ella sabía, ejercía una fascinación que lo apaciguaba.

—Hija mía, eres una feligresa muy piadosa. —Su voz ronca, como si acabase de despertar, le provocó un temblor. Decidió seguirle el juego.

—Tengo mucho por qué rezar, padre.

Sonrió al percibir que el pene de Aitor cobraba vida bajo su trasero. Las manos de él abandonaron su cintura, se introdujeron bajo el jubón y le cubrieron los senos.

—¿Por quién rezas, hija mía?

—Por el hombre que amo.

—¿Solo por él?

Aunque no era verdad, Emanuela contestó lo que él necesitaba oír.

—Solo por él.

Aitor la recompensó masajeándole los pezones y succionándole el lóbulo de la oreja.

—¿Qué le pides a Dios?

—Que lo proteja de todo mal, que me lo conserve con bien toda la vida y que lo haga feliz.

La respuesta pareció agradarle porque una de sus manos comenzó a levantarle el ruedo de la pollera. Había renunciado a impresionar a Aitor con sus vestidos bonitos y lujosos; demasiados lazos y presillas y los corsés tan ceñidos dificultaban los coitos rápidos en los que se embarcaban en cualquier momento del día. Con una camisa, un jubón y una saya, era más fácil.

Ansió que se dirigiese al punto entre sus piernas que había comenzado a molestarla con una fastidiosa pulsación. Aitor, en cambio, le acarició las rodillas y el muslo, y el latido aumentó hasta obligarla a gemir.

—Voy a gritar —le advirtió con voz congestionada, mientras se sujetaba a los marcos de los ventanucos.

—No grites, hija mía. La penitencia será muy severa.

—Entonces no me toque, padre. Por favor.

Aitor hizo caso omiso de la súplica y siguió adelante con las caricias, en el pezón izquierdo y en las piernas.

—¿Hace cuánto que no te confiesas, hija mía?

—Un día, padre.

—¿Has pecado de nuevo durante ese día?

—Sí, padre.

—Dime qué pecados has cometido.

—He fornicado.

Aitor le mordió la oreja al tiempo que emitía un quejido ronco que le caldeó la piel. La presión contra sus nalgas se intensificaba.

—¿Con quién?

—Con el hombre que amo. Solo con él, padre.

—¿Con nadie más?

—Con nadie más.

—¿Por qué solo con él?

—Porque no soportaría que otro me tocase, padre. Me daría repulsión. Le pertenezco a él, padre. Solo a él.

—¿Cómo fornicaron?

—¿Debo darle los detalles, padre?

—Sí, hija mía, los detalles.

—Desde que me confesé ayer, mi amado me tomó tres veces, padre.

—Tres veces… Un hombre exigente.

—Sí, padre.

—Dime cómo.

—Cuando regresé de misa, después de confesarme, fui a llevarle su refrigerio como de costumbre mientras él y su amigo levantan el muro en la casa donde vivo. Él se ofreció a llevar la bandeja de regreso a la cocina. Yo sabía, padre, que su intención era otra —Aitor rio por lo bajo a pesar de sí—, pero acepté su ayuda porque tenía muchas ganas de que me hiciera el amor.

—Eres una gran pecadora, hija mía.

—Sí, padre. Me tomó contra el tronco del castaño. A mí me gusta mucho ese castaño. Y me gusta mucho cuando él me toma ahí.

Aitor le desató el lazo que sostenía los calzones y se los bajó sin pedirle que se levantase. La prenda le colgó en los pies. Emanuela sentía la protuberancia de Aitor contra la piel desnuda del trasero. Se contorsionó para ubicarlo entre sus nalgas. Aitor ahogó un gemido, le cerró las manos en torno a la cintura con una sujeción cruel y le mordió el músculo del hombro.

—¿Qué más te hizo ese depravado, hija mía? —exigió saber con timbre torturado.

—Volvió a tomarme después del almuerzo, padre. Me encerró en la habitación del tercer patio donde diseco mis plantas medicinales y me tomó de nuevo.

—¿Cómo?

—Desde atrás, padre.

Aitor se incorporó a medias, con Emanuela sobre las rodillas, y se bajó los pantalones.

—Desde atrás, ¿cómo?

—Me obligó a apoyar las manos sobre el borde de la mesa, dejó mi trasero al aire y puso su *tembo* dentro de mí desde atrás.

—Y a ti, hija mía, ¿te gustó?

—Sí, padre. Mucho.

Aitor volvió a morderla, en el cuello esta vez, y Emanuela jadeó y bajó los párpados al imaginarse los colmillos hundidos en su carne.

Aitor respiraba de manera veloz y le golpeaba la piel que él acababa de humedecer con su saliva. El efecto era devastador: el erizamiento se extendía y le hacía doler los pezones. Aitor pareció darse cuenta de su malestar porque le aflojó la cinta del jubón, metió las manos bajo la camisa y se los acarició con delicadeza. Emanuela echó la cabeza hacia atrás y exhaló un suspiro.

—Hija, sigue contándome sobre tus pecados de la carne. Son muchos y graves.

—Sí, padre, lo sé, pero no puedo evitarlo.

—Tu hombre no te deja en paz —afirmó.

—Yo no quiero que lo haga, padre.

Aitor rio. Sus manos abandonaron el comportamiento delicado y se volvieron más osadas. La izquierda siguió ocupándose de estimular los pechos de Emanuela, mientras la derecha le acarició el vientre, que se convulsionaba ante la suavidad de ese contacto en contraposición con la lascivia empleada para jugar con los pezones.

—¿Qué sucedió después de que te tomase desde atrás?

—Volvió a tomarme por la noche, cuando regresó de sus correrías.

—Ajá… ¿Tú dormías?

—Sí, padre. Dormía profundamente. Desperté cuando ya lo tenía dentro de mí.

—No pudiste evitarlo, entonces.

—No, padre.

—¿Fue un lindo despertar?

—El más hermoso, padre. ¡Oh! —exclamó, sorprendida, cuando la mano de Aitor abandonó repentinamente su vientre y se hundió entre los pliegues de su intimidad, calientes, hinchados y húmedos.

—Nada de gritos, hija mía, o ya sabes: el castigo será muy severo.

—¿Qué castigo me corresponde, padre?

—Tus pecados son graves, hija mía.

—Lo sé, pero, como le dije, no puedo evitarlo. Mi amado es mi debilidad.

—¿Lo amas mucho, hija mía?

—Tanto, padre, que daría mi vida por él.

Aitor cerró los ojos y apoyó la frente sobre la nuca de Emanuela, de pronto embargado por la ternura y la emoción que solían sorprenderlo en situaciones lujuriosas como la que estaba viviendo. Nunca detuvo las caricias y, al percibir que ella estaba a punto de acabar, le susurró:

—Acabo de decidir tu penitencia, hija mía.

—¿Cuál es, padre? —se avino a preguntar Emanuela, en un hilo de voz.

—Que te entregues a mí en este momento.

—¡Oh, no! Yo solo le pertenezco a mi amado.

—Entonces, no te daré la absolución.

—Prefiero ir al infierno, padre, antes que traicionar a mi amado Aitor.

—¡Jasy! —Aitor la rodeó la mandíbula con una mano y le giró el rostro para apoderarse de su boca. Emanuela echó un brazo hacia atrás, se tomó de su nuca y le devolvió el beso con la voracidad que él le exigía.

—Levanta un poco el trasero. —Ella obedeció, apoyándose en los marcos de los ventanucos, y él se sujetó el pene con la mano y lo pasó por las carnes de ella para lubricarle la cabeza—. Ahora desciende sobre mi verga, Jasy. Quiero estar dentro de ti. Tanto, amor mío.

Emanuela había creído que, debido al confinamiento y a la imposibilidad de expresar su desahogo, el alivio no resultaría tan satisfactorio. En cambio la sorprendió. Aitor le cubría y apretaba el cuello para evitar que gritase, mientras con la otra mano le sobaba uno y otro seno; a veces sus caricias se tornaban brutales y la sujeción en torno a su garganta se volvía peligrosa. Le faltaba el aire y, sin embargo, no protestaba. Seguía meciéndose sobre él sin descanso, con el único objetivo de hallar el goce y aplacar la ansiedad tiránica que la dominaba y la doblegaba cada vez que Aitor decidía conducirla por ese camino de sexo y lujuria. Se trató de un placer tan intenso que debió de perder la conciencia durante algunos instantes, pues cuando volvió a la realidad del confesionario, Aitor ya se había aliviado y jadeaba, con los dientes clavados en el hombro de ella.

Conjuró fuerzas de flaqueza para ponerse de pie. Aitor se ocupó de los demás: de atarle las cintas del jubón, de ajustar la jareta de sus calzones, de acomodarle la camisa dentro de la falda y de colocarle tras las orejas algunos mechones que habían escapado del rodete. Le pasó el pulgar por dos moratones que comenzaban a despuntar en su cuello y se los besó.

—Te he dejado mi marca —dijo, con orgullo, para nada preocupado de que alguien lo notase—. Sal primero, Jasy. Yo esperaré un poco aquí dentro. Nos vemos en la casa.

Se limitó a asentir y se marchó, con él todavía entre las piernas y en todo el cuerpo.

* * *

En contra de los pronósticos, el débil vínculo que había unido en un principio a Aitor con los blandengues se solidificaba, aun con el cabo Contreras, quien le había despertado las mayores suspicacias durante los primeros encuentros. Se reunían a diario al atardecer en un terreno detrás del fuerte, cercano al río, donde realizaban sus prácticas de tiro al blanco con el arco, a las que también se les unía Conan Marrak. Aunque los blandengues iban adquiriendo mayor pericia con el correr de las clases, aun Frías, quien al comienzo se había juzgado un caso perdido, ninguno negaba que nunca alcanzarían la maestría de Almanegra. "Almanegra ha nacido con un arco en la mano", había comentado Matas en una ocasión, e incluso la mueca severa de Aitor se resquebrajó en una especie de sonrisa. En opinión del cabo, el arco era una extensión de su cuerpo y lo empleaba con la misma agilidad y comodidad que a sus brazos y a sus piernas.

Después de las ejercitaciones, se echaban unos tragos al coleto en lo de don Genaro. Si los demás notaban que Aitor no tocaba su bebida, que invariablemente terminaba en el estómago de Frías, no lo mencionaban. Aunque habían comenzado a tutearlo y a relajarse en su presencia, no se confundían: el indio los habría despanzurrado con el cuchillo que ocultaba bajo la camisa si lo hubiesen ofendido o importunado. Los tatuajes y el gesto invariablemente serio, en el cual las cejas diabólicas se convertían en el marco perfecto para sus ojos de color sobrenatural, no constituían simples rasgos físicos, sino que eran un reflejo de su naturaleza violenta, oscura e inquieta. A ninguno le habría gustado despertar el demonio que acechaba tras esos iris amarillos. Solo la presencia de la niña santa ejercía un ascendiente benéfico en su temperamento, y era admirable ver el modo en que sus ojos como piedras se convertían en oro líquido ante su presencia.

De los cuatro blandengues, en quien Aitor más confiaba era en el cabo Lindor Matas, que se mostraba muy agradecido porque le había conseguido un trabajo a su padre en la tienda de abarrotes de Barroso. Aitor no estaba seguro de cuánto sabía Matas acerca de las tareas que su padre desempeñaba durante las noches en que descargaban las carretas que emergían del río repletas de artículos ilegales. Lo más probable era que estuviese al tanto y, al igual que la mayoría de los porteños, mirase hacia otra parte. Después de todo, él poseía un oficio honorable y lícito, ¿y qué obtenía a cambio? Por otro lado, desde que don Ismael trabajaba para don Edilson, los Matas habían pagado la renta atrasada de la tapera en la que vivían y comprado alimentos que le habían permitido a Aurelia recuperarse por completo.

Lindor Matas también se sentía en deuda porque Emanuela había empleado a Aurelia para que las ayudase con las tareas domésticas en la casa de la calle de Santo Cristo. Don Mikel se había mostrado de acuerdo y había terminado por aficionarse a la muchacha tan delicada, silenciosa y suave. Emanuela temía la reacción de las patronas cuando regresasen de San Isidro, en especial la de doña Ederra, por lo que fomentaba el vínculo con el viejo patriarca, que la defendería en caso de necesitarlo. Por ejemplo, le había enseñado a colocar el emplasto y vendar el tobillo de don Mikel, a afeitarlo y recortarle el escaso pelo que le quedaba, y a cortarle y lustrarle las uñas de las manos y de los pies. La animó a que le confeccionase casacas, chupas y calzones que el anciano luciría en las próximas celebraciones de la ciudad; la muchacha se había revelado una diestra modista. Lo único que Aurelia no hacía era leerle pues no sabía; tampoco escribía. No obstante, su buena disposición para oír las aventuras de los tiempos de militar del anciano, como también acerca de la importancia del puesto de alférez real, reemplazaban la falta de lectura.

En un principio, la joven se presentaba a trabajar temprano por la mañana y regresaba a su casa en el Retiro alrededor de las seis de la tarde. Pasaba a buscarla su hermano Lindor o, en caso de que este se hallase de guardia, alguno de sus compañeros. Ninguno había olvidado el ataque sufrido por la banda de forajidos, y si bien no se había vuelto a saber del tal Domingo Oliveira, no pondrían en riesgo a una muchacha dulce como Aurelia Matas. El inconveniente de realizar ese largo recorrido a diario y de cruzar el zanjón de Matorras —el pontezuelo lucía precario aun para soportar el peso de una joven tan menuda como Aurelia— y el riesgo de toparse con malentretenidos acabaron el día en que don Mikel le ofreció ocupar una de las habitaciones del tercer patio destinadas a los esclavos. Romelia le destinó la cama de Pastrana.

—Ya veremos cómo nos arreglamos cuando esa pícara regrese.

—Gracias, Romelia.

—De nada, Aurelia. Es una alegría tenerte aquí. Una gran ayuda también.

Emanuela, Romelia y Aurelia se convirtieron en grandes amigas en poco tiempo. Las dos más jóvenes poseían naturalezas similares, esas que creen en la bondad innata de los demás y que se confían sin cuestionar, y las tres eran de afable disposición. Aurelia sentía devoción por Emanuela, y aunque a nadie mencionaba que le debía la vida, ni siquiera a Romelia, se desvivía por demostrar cuánto la quería y respetaba. En una ocasión en que estaban solas pelando arvejas, Aurelia rio por lo bajo y comentó como al pasar:

—Almanegra te mira como si quisiese devorarte.

Emanuela sonrió sin levantar la vista de la vaina.

—Es vehemente en todo lo que hace, aun en el modo de mirar.

—A nadie mira como a ti, Manú.

—Lo sé.

—Te ama.

—Y yo a él, Aurelia.

En el silencio que siguió se exacerbaron los crujidos de las chauchas al abrirlas para vaciarlas.

—¿Estás segura de que te ama?

Emanuela levantó la vista, no tanto por la pregunta, sino por el acento con que Aurelia la había formulado, nervioso, inseguro.

—Sí, lo estoy.

—¿Cómo?

Emanuela suspiró y siguió quitando las arvejas de la vaina.

—No es simple responder a esa pregunta. Podría decirte que simplemente lo sé, que lo siento, pero en realidad lo sé y lo siento por tantas cosas que él ha hecho a lo largo de mi vida. Él me ha brindado esa seguridad gracias a su comportamiento a lo largo de los años.

—¿Lo conoces desde hace mucho?

—Desde el día en que nací.

—Oh. No lo sabía.

—Nos hemos amado desde niños.

—Entiendo.

—Y tú, Aurelia, ¿has amado o amas a alguien?

—Sí, amé. Amé mucho, Manú. Al padre de mi hijo —añadió tras una pausa—. Pensé que me amaba. Él me dijo que me amaba. —Aurelia abrió con violencia la vaina y las arvejas saltaron al suelo—. Me mintió —masculló con los dientes apretados.

Resultó una novedad verla enojada y alterada. Emanuela colocó la mano sobre las pequeñas de la muchacha, que se aquietaron enseguida.

—No te culpes por haberle creído. Las mentiras se dicen para que los demás las consideremos verdades.

—Me sentí… Me siento una tonta por haberle creído, por haberle entregado mi… mi virginidad.

—Lo hiciste por amor.

—Sí. Y después me llené de tanto odio y resentimiento que recurrí a una mala mujer y destruí a mi hijo. —Soltó la chaucha y se cubrió la cara—. ¡Dios mío, perdóname!

Emanuela se puso de pie y abrazó a la joven, que apoyó la cabeza sobre su vientre y lloró.

—Maté a mi propio hijo, Manú. ¿Cómo pude hacer una cosa tan abominable? ¡Merecía la muerte, Manú, no que tú me salvases!

—No estás pensando en el dolor que les habrías causado a tus padres y a tu hermano. Estabas desesperada, sola, triste. Te sentías traicionada y abandonada.

—¡Tú nunca lo habrías hecho!

"No, nunca", reflexionó Emanuela.

—Aunque Almanegra te traicionase y te abandonase como Ernesto me traicionó y me abandonó a mí, tú jamás te desharías de su hijo. Lo sé, lo sé.

—Shhh… Tranquila.

—Nunca volveré a tener paz en mi espíritu.

—¿Has hecho confesión?

—No me atrevo.

Si el padre Santiago de Hinojosa hubiese estado en Buenos Aires, Emanuela no habría dudado en exhortar a su amiga para que le confesase su pecado. Los jesuitas tenían un modo que los distinguía de las demás órdenes, la costumbre de ponerse en los zapatos de los feligreses, comprender sus debilidades y defectos y de no caer sobre ellos con juicios tan severos. Por eso se habían ganado críticas acerbas de otros sectores de la Iglesia y enemigos en todas partes, pero no cejaban en su tradición. Sin embargo, su *pa'i* Santiago seguía de viaje, y ella no se atrevía de sugerirle a Aurelia que lo hiciese con su confesor, el padre Bernardo, o con cualquier otro. Temía que la convenciesen de que, para expiar su falta, debía elegir el muro. Dada la culpa que la agobiaba, Aurelia terminaría por aceptar. Ingresaría en un convento —con velo blanco, por cierto, porque no contaría con el dinero suficiente para pagar la dote exigida para profesar con el velo negro—, se convertiría en la sierva del convento y se sometería a flagelaciones que la purgarían del pecado. Moriría joven, con el cuerpo ultrajado por los extensos ayunos, el uso del cilicio y de la disciplina. Conocía bien esas prácticas pues el padre Bernardo, que, dentro de todo, se caracterizaba por ser bastante moderado, se las había mencionado como efectivas para mantener lejos la tentación del demonio.

Besó la cabeza de su amiga y le secó las lágrimas con el ruedo del mandil.

—Vamos, ánimo. Cuando mi *pa'i* Santiago regrese de su viaje, irás a verlo. Él te dirá las palabras justas para aliviar tu peso.

—Nadie puede aliviar mi peso, Manú. Maté a mi niño, al hijo de mis entrañas.

—Pero te arrepientes.

—¡Oh, sí, me arrepiento! —La miró con ojos desesperados y anhelantes.

—Estar arrepentida es lo único que necesitas para ser absuelta.

—¿De veras?

—Por supuesto. Es la única condición que el Señor nos pide al momento de brindarnos su perdón mediante el sacramento de la confesión. Y, claro, la firme intención de no volver a pecar.

—¡Nunca volvería a hacerlo! —exclamó, y resultaba tan infrecuente verla explotar en esas muestras de vehemencia, que Emanuela sonrió y le acarició la frente.

—No lo harás, estoy segura.

—No lo haré, Manú, porque jamás volveré a entregarme a otro hombre. Lo juro. —La joven cruzó los dedos sobre los labios para sellar su promesa.

* * *

El 12 de febrero, natalicio de Emanuela, Aitor se despertó antes que ella y sacó de debajo de la cama los regalos que le había preparado. Los acomodó con actitud sigilosa sobre la mesa antes de recostarse a su lado y arrancarla del sueño con besos delicados y caricias.

—Despierta, amor mío —la instaba con susurros.

Emanuela se rebullía entre sus brazos y ejecutaba sonidos con la boca que lo hacían reír. La risa se extinguió y la sonrisa fue diluyéndose y una mueca emocionada tomó su lugar. Tenerla entre sus brazos, desnuda, tibia, confiada y adormecida después de haber superado la prueba que había significado su traición, seguía resultándole increíble. Allí estaba su Jasy, saciada y plena, convertida en una mujer que no terminaba de sorprenderlo con su generosidad y su entrega.

—Feliz día, amor mío.

Las pestañas de Emanuela se agitaron. Levantó los párpados con varios parpadeos. El azul de sus ojos siempre le robaba el aliento, y esa mañana lucían cerúleos como el cielo sin nubes, y la circunferencia del iris remarcada con un anillo azul oscuro.

—Qué hermosa eres —pensó en voz alta, y Emanuela sonrió y le acarició la frente, la sien, la oreja, el filo de la mandíbula. Sus dedos iban despertando el deseo que le erizaba la piel—. Feliz día —repitió Aitor, y la besó ligeramente en los labios.

—Te acordaste.

—Me he acordado de tu cumpleaños desde siempre, Jasy. Cuando pasaba semanas en el monte aserrando, perdía la noción del tiempo, pero cuando sabía que tu natalicio se aproximaba, me ocupaba de no perderle el rastro para no faltar del pueblo ese día.

El azul de sus ojos brilló al efecto de las lágrimas.

—Nunca faltaste —le recordó con voz afectada—. Recuerdo cuánta angustia me causaba pensar en que te olvidarías, en que no vendrías. Nunca lo olvidaste.

—Nunca.

—¿Ni siquiera durante estos años lejos de mí?

—Lo recordé *especialmente* durante estos años lejos de ti, Jasy.

—Yo también he recordado tu natalicio, Aitor. Me ponía más melancólica que de costumbre. Te escribía una carta e iba a misa para rezar por ti. Le prendía una vela a Tupasy María y le imploraba que te preservara de todo mal.

—Me habría gustado leer esas cartas. Lamento que las hayas quemado, Jasy.

—Fue lo mejor. Eran tristes, algunas estaban llenas de ira, de resentimiento. Eso ya quedó atrás.

—Sí, ya quedó atrás, amor mío. —Le besó la sien—. Hoy quiero que sea un día lleno de felicidad para ti. No más tristeza. Prométemelo.

Selló su promesa con un beso en los labios. Aitor se incorporó de pronto.

—Quiero darte mis regalos —anunció con la ansiedad que a Emanuela le recordaba a cuando era niño.

Abandonó la cama y le extendió la mano para que lo acompañase. Emanuela la aceptó y soltó una risita cuando acabó estrechada contra el pecho de él. Aitor le besó la frente.

—Algún día, cuando sea rico, te convertiré en una reina. Por ahora, me conformo con darte estos presentes que no alcanzan a reflejar lo inmenso que es mi amor por ti.

Emanuela elevó la vista y la clavó en la expectante de él. Le colocó una mano sobre la mejilla y le sonrió.

—Son otras cosas, no las materiales, las que reflejan la inmensidad de tu amor.

—¿Cuáles? —preguntó él, y siguió depositando pequeños besos y mordiscos en su rostro.

—Por ejemplo, que en tus tiempos como aserrador en el monte te hayas preocupado por seguir el paso del tiempo para no olvidarte de mi natalicio. —Aitor soltó el aire por nariz con la sonoridad de la risa—. Que, con apenas diez años, me confeccionases un collar con conchillas. —Más risas—. Que me cargases en brazos y corrieses hacia el pueblo el día en que la raya me atravesó la pierna con su espina. —El gesto sonriente de Aitor se esfumó con la evocación—. Aun hoy no comprendo cómo lo hiciste. ¡Eras solo un niño! Tu amor también se refleja en la manera en que me miras, en que me besas y cuando me haces el amor. Pero sobre todo sé que tu amor es inmenso porque me salvó la vida el día en que nací.

—No, Jasy —farfulló él, desorientado, tal vez avergonzado.

—Sí, Aitor. Mi *taitaru* y mi *jarýi* dicen que el amor que irradiabas por mí, junto a la vasija en la que me habían puesto, era tan cálido y poderoso como el fuego junto al cual me tenían. Según ellos, tu amor fue la fuerza que me envolvió y me protegió y me animó para que siguiese luchando. Tu amor me hizo vivir. Esa es la verdad, Aitor, y nada me hará cambiar de parecer.

Aitor asintió con una sonrisa apretada, ojos anegados y mentón trémulo. Emanuela le acunó la cara y se la cubrió de besos.

—Gracias por haberme salvado la vida, amor mío. —El aliento de Aitor lo abandonó como un soplido violento, y sus manos se ajustaron sin consideración en la cintura de Emanuela—. Porque si no hubiese vivido esta vida, no habría conocido a mi adorado Aitor, no habría sido amada por él. Quiero que sepas que mi amor por ti es tan inmenso y eterno como el tuyo por mí. Soy una mujer rica, Aitor. No necesito lujos ni joyas ni vestidos.

—Pero yo quiero dártelos, Jasy.

—Pero no a costa de tu vida, Aitor. Te lo suplico.

—No a costa de mi vida. Te lo prometo. ¿Qué sentido tendría?

—Bésame. Por favor —le imploró.

Sus cuerpos desnudos se amoldaron, sus carnes tibias se rozaron y sus manos se recorrieron, mientras un beso sin ternura ni delicadeza, sino con una pasión descarnada llenaba el ambiente de sonidos que a su vez alimentaban el fervor que los consumía. Aitor apartó la boca e inspiró profundamente.

—Quiero darte mis regalos.

—Sí.

—Ven. —Se ubicó en la silla y sentó a Emanuela en sus rodillas—. Lo primero que quiero darte es esto. —De un talego extrajo el collar de conchillas y el cordel con la piedra violeta. Emanuela se cubrió la boca para refrenar el sollozo—. Son tuyas, amor mío. No quiero que vuelvas a separarte de ellas. —Se las pasó por la cabeza y se las acomodó sobre el escote—. Quería verte de este modo, Jasy, completamente desnuda y con mi collar y mi piedra sobre tu piel. Después, cuando hagamos el amor, tú me montarás. Te pondrás a horcajadas sobre mí, con mi verga muy profunda dentro de ti, y yo te veré gozar con los collares que te hice entre las tetas.

Emanuela le besó la unión al final de la mandíbula, justo en el punto donde nacía el lóbulo, y le susurró:

—Cuando me dices esas cosas, siento que algo entre mis piernas se calienta, se hincha, se pone húmedo.

Los dedos de Aitor se introdujeron en la vulva de Emanuela y se abrieron paso entre los labios inflamados y mojados. Extrajo los dedos y los chupó sin apartar la mirada de la de ella.

—¿Y tú sientes lo que está ocurriéndome a mí? —Emanuela agitó la cabeza con la boca entreabierta, y movió el trasero para acomodar la erección de Aitor—. Jasy… Quieta —suplicó—. Primero los regalos. —Levantó la tapa de su morral y sacó una canasta que Emanuela recordaba bien—. Te la olvidaste cuando dejaste el pueblo casi tres años atrás.

Emanuela asintió y arrastró la pequeña canasta sobre sus piernas. Estudió con admiración cada objeto: los jabones de perfume exquisito —a juzgar por sus aromas, uno era de vetiver y el otro de nerolí—; el frasco con loción de rosas que, al destaparlo e inspirarlo, le provocó una emoción que le aceleró los latidos del corazón; y el juego de peine, cepillo y espejo de madreperla. En el fondo descubrió una pieza de género de holanda.

—Mi *sy* la ha lavado con jabón y enjuagado con limón varias veces —explicó Aitor, nervioso—. Me decía que si no lo hacía se tornaría amarilla.

—Sí, es verdad. —Emanuela se llevó la tela al rostro e inspiró el perfume a limpio. "Querida *sy*", pensó. ¡Cuánto la echaba de menos!

—¿Te gustan estos regalos, Jasy?

—Son preciosos, Aitor. ¿Dónde los compraste?

—No los compré. Me los dio la madre de Lope cuando le salvé la vida a su hijo.

—¿Para ti? —se extrañó.

—No. Me los dio para mi *sy*, pero yo solo pensaba en regresar y dártelos a ti. Quería ver tu cara de sorpresa cuando vieses cosas tan bonitas y costosas.

—Oh, Aitor. —Le sujetó el rostro por las mandíbulas y lo besó en los labios—. Gracias, amor mío. Gracias por pensar siempre en mí.

Aitor asintió, serio. Emanuela levantó la botella que contenía la loción de rosas y la estudió. Ella no tenía nada de vidrio, y admiró el material y el tallado en la base del frasco. Se colocó un poco del producto en la mano y se untó los hombros, el cuello y el escote por debajo del collar de conchillas y la piedra violeta. Aunque no lo miraba, sabía que los ojos de Aitor seguían el curso de sus manos, las que se movían con deliberada lentitud para extender la crema. El aroma de las rosas los circundaba y los encerraba en una burbuja que los aislaba del mundo y de sus amenazas, y en donde solo contaban ellos y la pasión que su amor les inspiraba.

Emanuela elevó las pestañas, y su mirada se detuvo en la de Aitor. Las pupilas dilatadas habían devorado el dorado de sus iris. Había hambre en esos ojos, y exigencia, e impaciencia. Clavó la vista en los labios de ella antes de apoderarse de su boca, y de morderla, succionarla, acariciarla con la lengua.

Emanuela pasó una pierna hacia el otro costado y se acomodó a horcajadas sobre él. Entrelazó los dedos en la parte posterior de su cabeza y lo atrajo hacia ella, al tiempo que abría la boca para invitarlo a entrar. Aitor lanzó un gemido ronco, y su erección latió bajo el trasero de Emanuela, que comenzó a mecerse con una cadencia lenta, hacia atrás y hacia delante, envolviéndolo en sus pliegues, untándolo con sus jugos.

—Jasy… —jadeó él antes de recoger los pechos de Emanuela y llevarse un pezón a la boca, lo que le arrancó un clamor a ella, que se sostuvo de sus hombros y echó la cabeza hacia atrás.

Aitor calzó las manos bajo las nalgas de Emanuela y la obligó a elevarse unas pulgadas para acomodarse dentro de ella. Los dos gimieron y jadearon con sus bocas pegadas, mientras la vagina de ella se deslizaba sobre la erección. Después de aguardar unos segundos para que Aitor recuperase el control sobre sí, Emanuela comenzó a moverse guiada por las manos de él en las caderas. Tomada de su nuca, lo instaba a proseguir con las atenciones que le dispensaba en los pezones, los que él abandonaba de tanto en tanto para arrastrar los dientes desnudos por la curva del seno y terminar clavándole los colmillos en todas partes. Emanuela los observaba hundirse en su piel y agitaba la pelvis. Había hallado el punto exacto donde la fricción calmaba las pulsaciones dolorosas entre sus piernas y la conducía al goce.

Aitor le colocó el pulgar dentro de la boca.

—Chúpalo. Chúpalo bien, Jasy.

Obedeció sin apartar la vista de sus ojos demandantes y oscuros. Aitor lo extrajo brillante de saliva y, sin advertencias, se lo deslizó dentro del ano. Emanuela explotó segundos más tarde. Aitor sonreía y le mordía el cuello expuesto, en tanto ella se convulsionaba en torno a su pene y gritaba. Cerró las manos en su cintura y la levantó y la bajó sobre su erección tres veces antes de seguirla en el placer. Permanecieron estáticos, él inspirando con ruido y de manera agitada, y la boca entreabierta sobre el pezón de Emanuela; ella, con los dedos hundidos en los hombros de él y la frente apoyada en su cabeza.

—Cuéntame qué hacías el día de mi natalicio durante este tiempo lejos de mí —quiso saber con él todavía en su interior.

Aitor succionó el pezón antes de soltarlo, y Emanuela identificó la conexión entre ese punto y el que habitaba en su *tako*.

—Este tiempo lejos de ti fue un calvario para mí, pero los días de tus natalicios, los dos que pasé lejos de ti… —Suspiró con la nariz clavada en su escote—. Fueron un infierno.

—No me cuentes, entonces.

—Mejor no. Soy tan feliz, Jasy… No quiero que nada empañe esta felicidad.

Emanuela lo besó en la frente y lo apartó para mostrarle su sonrisa.

—Gracias por este maravilloso natalicio. Gracias por tus regalos.

—Falta uno. El mío.

—Pero…

—Esos no te los compré yo, Jasy. —Señaló con el mentón hacia la mesa—. Me los dio doña Florbela, pero no los compré con el resultado de mi trabajo.

—¿Y qué otro regalo me harás? —quiso saber, juntando las manos bajo el mentón y batiendo las pestañas, lo que hizo reír a Aitor.

Se incorporó con Emanuela a cuestas, que le rodeó la cintura con las piernas y fue depositándole besos en el rostro hasta que la sentó en el borde de la cama. Aitor se arrodilló en el suelo y extrajo una caja de madera, que Emanuela recordaba haber visto en un cuartillo del tercer patio donde arrumbaban cosas viejas; se la veía limpia, sin polvo ni telas de araña. Aitor se la colocó sobre las piernas y le lanzó un vistazo ansioso y expectante, y de nuevo Emanuela pensó en su naturaleza vulnerable, como la de un niño, y un acceso de puro amor le calentó el pecho. Extendió los brazos hacia él.

—Ven. Dame un beso. —Aitor se inclinó y la besó en los labios—. Gracias por este regalo.

—No lo has visto aún.

—Me encantará, sea lo que sea, porque me lo das tú.

Levantó la tapa de madera y apartó el rústico lienzo que cubría su contenido. Se trataba de un vestido. Emanuela acarició la tela antes de desplegarlo frente a ella.

—¿Te gusta? ¿El color está bien? Don Edilson aseguró que las señoras lo piden porque está de moda en Madrid. Y yo pensé que le iría bien al color de tus ojos. Las medidas las tomamos…

Emanuela lo oía barbotar, nervioso, inseguro de su buen gusto y de su buen juicio, y de nuevo la asaltó esa urgencia en el pecho, la de tener tanto amor por él que no le cabía dentro.

—Aitor —lo interrumpió—, es simplemente bellísimo. Este color rosado es uno de mis favoritos junto con el azul.

—Te imaginé con él y me pareció que te quedaría muy bien.

—Espero no decepcionarte. Ven, siéntate a mi lado.

Emanuela volvió a desplegar la prenda. Se dio cuenta de que si bien la confección era sencilla, sin cintas enjoyadas ni galones ni aljófares ni labores de pasamanería, estaba realizada por una mano diestra y muy prolija; las puntadas era parejas y pequeñas y había detalles de buena terminación.

—Es bellísimo —volvió a maravillarse—. ¿Quién lo confeccionó?

—Aurelia.

—¡Oh!

—Estos dos días en que don Mikel le permitió ir a su casa, se lo pasó cosiendo para ti. ¿En verdad te gusta, Jasy?

—Sí, amor mío. Es hermoso. Bellísimo. Lo estrenaré hoy para ti. —Volvió a acariciar el género, una muselina suave y traslúcida.

—Don Edilson me dijo que esa tela se llama ma… mu…

—Muselina.

—¡Exacto! Me aseguró que es muy fina y muy preciada. ¿Tú lo crees, Jasy? ¿Te parece muy fina?

—Es exquisita, Aitor. Y sí, muy preciada. Y el color… Nunca tuve un vestido de un color tan hermoso.

—Ese azul que tienes es muy bonito.

—Sí, pero este lo es más.

—¿De veras?

—Sin duda. Ayúdame a ponérmelo. Quiero lucirlo para ti todo el día.

Emanuela se cubrió con las medias de seda y los calzones, se ciñó la crinolina —una armazón de crin de caballo y almidón— y luego entró en el vestido. Aitor le ajustó los lazos en la espalda y los apretó en la cintura antes de atarlos. Emanuela se dio vuelta y se alejó dos pasos para que él tuviese una mejor visión.

—¿Qué opinas?

—Que eres lo más lindo que he visto en mi vida.

Emanuela rio de pura dicha y se echó en sus brazos.

—¡Siempre me dices lo mismo!

—Porque es la verdad.

—Gracias, amor mío. Me has sorprendido con este regalo tan perfecto y hermoso.

—Algún día te llenaré de vestidos, tantos que tendrás que usar dos por día.

—Los llevaré solo si tú estás para que pueda coquetearte.

—Estaré, y solo los lucirás para mí.

—Solo para ti.

—No me equivocaba: este color hace que tus ojos se destaquen aún más. Qué bellos ojos tienes, Jasy.

—Pero ni la sombra de lo magníficos que son los tuyos. —Aitor sacudió los hombros para desestimar su declaración—. ¿Vas a decirme que no tienes los ojos más bellos que existen?

—La leyenda sostiene que los ojos del luisón son amarillos, así que… Ya ves, fueron una maldición para mí.

—Pues yo los admiro, los amo y espero que nuestros hijos los hereden.

Aitor la abrazó y le habló al oído.

—Y que nuestras hijas hereden los tuyos, amor mío. Pero que todos nuestros hijos, niños y niñas, hereden tu corazón, que es generoso y bueno.

—Y la nobleza y la valentía de su padre.

—Quiero pedirte algo.

—Lo que quieras —contestó ella de inmediato, sorprendida; él rara vez pedía.

—¿Recuerdas los retratos que dibujaste para mí en mi último natalicio que pasamos juntos? —Emanuela asintió—. Pues quisiera que me dibujases uno tuyo. Solo tú, Jasy, para que lo lleve siempre conmigo y pueda mirarlo cuando no estés cerca de mí.

—Siempre estaré cerca de ti.

—No siempre. En unas horas te irás a la misa de once y no estarás cerca de mí. ¿Lo harás, Jasy? ¿Lo harás por mí?

—Sí, claro que sí.

* * *

Don Mikel no recordó que era el natalicio de Emanuela, lo cual se convirtió en una ventaja pues le permitió moverse con la libertad de costumbre. Romelia organizó un almuerzo al aire libre, bajo el tilo a orillas del río, al que se unieron además de Conan Marrak, los cabos Matas y Perdías; Frías y Contreras, que no podían abandonar el cuartel, le mandaron sus salutaciones. Delia e Ismael, devotos de la niña santa, le enviaron de regalo una mañanita que la propia Delia había tejido con hilo en una tonalidad lavanda. Aurelia, por su parte, le entregó una cinta de satén rosa, en clara combinación con la tela del vestido que le había confeccionado, en la que había pegado flores previamente bordadas. Emanuela estiró la mano y apretó la de la muchacha y le agradeció con una sonrisa. Más tarde, en privado, la regañaría por haber gastado dinero, al igual que sus padres. La propia Aurelia se la ató al cuello, y todos admiraron el conjunto tan avenido que formaba con el traje de muselina.

Aitor la veía circundada por la admiración y el cariño de la gente, y lo asaltaban sentimientos encontrados; por un lado, de orgullo, de que esa mujer única y preciosa le perteneciese solo a él, cada pulgada de su cuerpo, cada pulgada de su corazón y cada pulgada de su alma, para toda la eternidad; por el otro, de posesión, que lo impelía a llevársela lejos, donde no tuviese que compartirla con nadie. Y pese a lo fuerte que era este último, lo disimulaba por amor a ella, que, al contrario de él, siempre disfrutaba de la compañía de la gente.

Alrededor de las cinco de la tarde, mientras Aitor y Conan había retomado sus tareas de alarifes, llegó Elcio de San Isidro. Traía canastas colmadas de frutas, con las que Romelia prepararía confituras y las almacenaría para el invierno, y una carta para Manú.

—Debe de ser de doña Almudena —conjeturó Romelia—. Se habrá acordado de tu natalicio, no como el olvidadizo de don Mikel.

—Es de don Alonso —intervino Elcio, con actitud indiferente, mientras se papaba una cazuela de mazamorra con miel.

441

Emanuela y Romelia se miraron con extrañeza. Solo una urgencia habría compelido a don Alonso a escribirle. Rompió el sello de lacre y leyó con inquietud.

Mi querida Manú, sabe que me gustaría estar hoy allí contigo, en el día de tu natalicio. No lo he olvidado, pero me ha resultado imposible viajar para verte. Doña Ederra no se ha sentido bien desde ayer. Una jaqueca, nada grave. Pero esto me ha retenido aquí cuando desearía estar junto a ti para celebrar tu nuevo año de vida. Lamento que el infortunio de don Mikel te haya mantenido lejos de nosotros este verano, el cual espero que termine pronto para volver a verte. Alonso de Alarcón. P. D. Almanegra, o José Moro, como tú lo llamas, goza de excelente salud y se lo ve feliz pastando en el campo.

La carta la dejó aturdida y con una sensación incómoda. Volvió a leerla en la creencia de que la interpretaba erróneamente. Las palabras, aunque medidas y gentiles, dejaban entrever claramente los sentimientos de quien se suponía su tutor y guardián.

—¿Qué dice? —se impacientó Romelia—. ¿Algún problema en San Isidro?

—No, ningún problema —contestó con ecuanimidad—. Solo una misiva para enviarme sus recuerdos en el día de mi natalicio.

Romelia frunció el entrecejo. A punto de expresar su desconcierto, calló al notar la casi imperceptible negación que Emanuela ejecutó con la cabeza. *"¿Cómo es ese don Alonso? ¿Se porta bien contigo?" "Sí. Es muy gentil." "No demasiado, espero." "¿A qué te refieres?" "A que esté enamorado de ti."* Una vez más, el instinto de Aitor se demostraba certero. A veces le daba la impresión de que, por haber pasado la mayor parte de su vida en la selva, rodeado de animales, había desarrollado un sentido que le permitía captar sentimientos que los demás mortales no percibían.

No tuvo tiempo de detenerse a meditar en las consecuencias de que don Alonso albergarse por ella un cariño que fuese más allá del paternal. Aurelia regresó corriendo a la cocina y, agitada y turbada, anunció que don Mikel requería la inmediata presencia de Manú en la sala. La esposa del gobernador Andonaegui y don Leónidas Cabrera, el torero, acababan de llegar para presentarle sus respetos por el día de su natalicio.

—¿Cómo lo habrán sabido? —se extrañó Romelia, en tanto aprestaba la bandeja con el mate.

Emanuela pasó por su recámara para refrescarse y rehacerse el rodete. No se perfumó, ni se coloreó las mejillas ni los labios con carmín. Lo último que deseaba era hacerle creer a Leónidas Cabrera que se ponía bonita para coquetearle. Había supuesto que, una vez que menguase la admiración nacida el día del despliegue con José Moro en la arena, el torero la olvidaría. Los meses transcurrían, y su fijación con ella seguía inconmovible. Agradecía que Aitor se hallase en los fondos construyendo el muro y que no hubiese escuchado que El Cordobés había ido a visitarla.

—¡Niña mía! —la recibió don Mikel, y le extendió los brazos desde el sillón que raramente abandonaba desde que se había torcido el tobillo—. ¡Niña de mi corazón! ¿Cómo no me has recordado que hoy es tu natalicio?

—No tiene importancia, don Mikel.

—¿Que no tiene importancia? ¡Por supuesto que la tiene! ¡Disculpa a este viejo desmemoriado!

—Todo disculpado, don Mikel. —Se volvió hacia la mujer de Andonaegui—. Doña Emilce, qué gusto volver a veros.

—El gusto es todo mío, criatura. Cuando Leónidas me dijo que hoy era tu natalicio, deseé venir a saludarte.

Emanuela asintió con una sonrisa que disimulaba su confusión. ¿Cómo se había enterado El Cordobés de su natalicio? No se volvió a mirarlo.

—Espero que no sea inoportuna nuestra visita.

—Todo lo contrario, doña Emilce.

—Te he traído una pequeñez, Manú. —La mujer le entregó un abanico con varillas de sándalo y país de gasa blanca con diseños pintados al óleo.

—¡Es bellísimo, señora! —Lo abrió y apreció las peonías en varias tonalidades de rosa. Se dijo que le iba muy bien con el vestido que Aitor le había regalado—. Vuesa merced no ha debido molestarse. Os lo agradezco infinitamente. —Se volvió sin pausa hacia el torero—. Buenas tardes, don Leónidas.

—Feliz día, Manú. —Le tomó la mano y se inclinó sobre ella, sin besarla—. Espero que, hasta ahora, hayáis tenido una jornada memorable.

Emanuela bajó las pestañas y farfulló un "sí, gracias", incómoda porque la hubiese llamado Manú y no señorita Manú.

—¡Ja! —intervino don Mikel—. ¿Cómo puede ser eso, querido muchacho, cuando no sabíamos que era su natalicio?

—Romelia, Justicia y Aurelia sí lo sabían, don Mikel. No os preocupéis, me han festejado y mimado en exceso. Sentaos, por favor. Romelia traerá la bandeja con el mate en un momento.

—Estás muy hermosa, querida Manú —comentó la mujer del gobernador—. Ese color rosado le sienta muy bien a tu semblante.

—Sobre todo al azul de sus ojos —apuntó el torero—. ¿No lo creéis así, doña Emilce?

—Sí, Leónidas, tienes razón. Los realza. ¿De quién heredaste ese color de ojos, Manú? Es remarcable.

—No lo sé, doña Emilce. No conozco a mi familia de sangre.

—Mi hijo, el jesuita —terció don Mikel—, la halló a orillas del río Paraná junto al cuerpo de su madre. Acababa de parirla. Mi Manú era apenas una recién nacida cuando mi hijo la encontró.

—¡Oh, bendito sea Dios! —exclamó la mujer, al tiempo que el torero se inclinaba hacia delante con una profunda marca entre las cejas.

—Mi madre estaba viva aún —comentó con serenidad—. Mi *pa'i*... El padre Ursus, el hijo de don Mikel, me dijo que sus ojos eran oscuros.

Romelia entró con el mate e interrumpió la conversación. Emanuela se puso de pie para ayudarla.

—Que ya supe quién le alcahueteó al Cordobés cuándo era tu natalicio —susurró la esclava.

—¿Quién? —se interesó Emanuela, mientras llenaba con yerba el mate de plata, de uso obligado en caso de recibir invitados especiales.

—Ese pillo de Justicia.

—¿Cómo lo sabes?

—Lo encontré empachándose con cocadas y nueces confitadas. Cuando le pregunté cómo se había hecho con eso, me dijo que lo había comprado con los cuartillos que El Cordobés le había dado pa' que le revelase una información acerca de ti que le interesaría, la de que hoy día era tu natalicio.

—Qué pícaro es. Ese sabe más cosas de la vida que nosotras. ¿Cómo está Aitor?

—No se ha enterado de nada, si eso quieres saber. Y le he dicho a Justicia que le cortaré la lengua si le va con el cuento de que El Cordobés está aquí. Se está lavando en el cuarto patio. En un rato nomás se irá pa' verse con los blandengues.

—¿No ha preguntado por mí? —se sorprendió.

—No pongas esa cara de dolida, Manú. Sabes bien que preguntó por ti. Le dije que estabas con don Mikel.

Emanuela tomó su lugar de cebadora y comenzó la ronda del mate, al que el torero se había aficionado. Romelia repartía tarteletas de durazno, buñuelos de manzana y cuadrados de bizcochuelo con crema batida. En tanto la esposa del gobernador elegía entre las delicias y preguntaba a don Mikel por doña Almudena y doña Ederra, Cabrera se dirigió a Emanuela.

—No os he traído mi regalo pues doña Emilce sugirió que sería imprudente dado que no soy vuestro prometido ni un pariente cercano, pero moría de deseos por hacerlo. Espero poder entregároslo muy pronto.

Emanuela apretó el mango de la caldera y mantuvo la vista fija en el mate mientras vertía el agua.

—Tal vez seréis el responsable del empacho de un niño —balbuceó, tensa.

—¿A qué os referís, Manú? —se interesó el torero, con risa en la voz.

—En que Justicia está glotoneando con cocadas y confites que compró en un puesto de la calle con los cuartillos que vuesa merced le dio para obtener cierta información.

—El niño me la ofreció. Yo pagué por ella.

—Señor Cabrera —se envaró—, no debió rebajarse a las estratagemas de un niño.

—Ese pillo tiene cuerpo de niño, pero la mente de un tahúr.

A su pesar, Emanuela sonrió.

—Sí, tenéis razón. Es un pillo sin remedio, demasiado inteligente para su propio bien.

—Justicia sabe que estoy enamorado de ti, Manú —declaró Leónidas Cabrera, que cambió al tuteo sin más—, por eso me ofreció la información. Y yo aprecio que lo haya hecho.

—Por favor —susurró entre dientes—, callad.

—¿Por qué? Estoy enamorado de ti, Manú. ¿A quién más debería decírselo?

—Vuesa merced no está enamorado de mí. Impresionado, quizá, pero no enamorado. —Se atrevió a levantar la vista y a mirarlo a los ojos. Cabrera le devolvió una expresión confusa.

—¿Impresionado?

—Sí, a causa de mi don. Siempre ha sido así, don Leónidas. La gente me admira por mi don y confunde el cariño con ese otro sentimiento.

—¿Crees que te quiero a mi lado por las mismas razones que ese médico de pacotilla?

—Por favor, bajad la voz.

El Cordobés carraspeó y sorbió de la bombilla.

—Murguía te quiere para usarte por tu don, para llenar su faltriquera con monedas de oro, pero yo no —expresó con la mandíbula tensa y en un murmullo apretado—. Me importa bien poco tu don, Manú. Es más, lo considero un aspecto peligroso que podría ponerte de nuevo en manos de los inquisidores. Lo que me enamoró de ti fue tu bondad, tu compasión hacia una criatura como Almanegra, a quien torturábamos e incitábamos por diversión. —Le devolvió el mate con actitud agresiva y le rozó los dedos con intención—. En especial, me atrajo tu valor. Estoy pensando en dejar las corridas. Por ti, Manú.

—No deberíais hacerlo por mí, don Leónidas, sino porque es una salvajada sin sentido, una crueldad inútil. ¿Y osáis llamaros una cultura civilizada?

—Lo haré movido por esas razones, Manú, pero si tú no te hubieses presentado aquella tarde en la arena, haciendo gala de la muestra de coraje más extraordinaria que he tenido la fortuna de presenciar en mis veintisiete años, jamás habría pensado en abandonar mi oficio. Tu aparición fue un mojón en mi vida, de esos que cambian para siempre a las personas.

—Os felicito, don Leónidas. Sé que las corridas son vuestro medio de sustento, así que comprendo el sacrificio en el que os embarcáis.

—Durante todos estos años de fama, he ganado suficiente dinero para vivir holgadamente y sin hacer nada por lo que me resta de vida.

—Oh.

—Lo pongo a tus pies, Manú. Cada maravedí que compone mi fortuna te pertenece si me aceptas por esposo.

—Me siento halagada, don Leónidas, pero mi respuesta es no.

El torero se echó hacia atrás en el canapé y desnudó los dientes en una sonrisa sarcástica. Emanuela se sintió afectada por la belleza del gesto, en el que los dientes blancos descollaban en la piel aceitunada.

—Tan segura de sí —pensó Cabrera en voz alta—, tan decidida y ecuánime. Eso también admiro en ti, Manú. En verdad, admiro cada aspecto de tu cara persona. Son joyas de incalculable valor, aun tu testarudez.

—No es testarudez, don Leónidas.

—¿Es que acaso ya aceptaste al capitán de Alarcón?

—No.

—¡Ja! —exclamó, y su exabrupto cortó la charla que sostenían don Mikel y la mujer de Andonaegui.

—¿Qué ocurre, Leónidas?

—Nada, doña Emilce. Os pido excusas por mi muestra de escasa educación. Manú me contaba acerca de una monería de Orlando —dijo, y acarició la cabeza del perro que se acurrucaba a los pies de su dueña.

—¿Qué habéis sabido de vuestro hermano? —se interesó don Mikel—. ¿Alguna novedad, muchacho?

Emanuela apreció el cambio súbito en la expresión del torero, que se ensombreció cuando sus párpados se entrecerraron y ocultaron el vivo verde de sus ojos.

—Tuve información de que lo habían visto trabajando en los muelles de la Colonia del Sacramento. Hacia allí fui hace unos días, pero llegué tarde. Había partido.

—¿Se sabe hacia dónde?

—No, don Mikel. Lamentablemente no.

—Lo siento —murmuró Emanuela.

—Yo también —afirmó el torero, con voz oscura.

* * *

Nicolasa de Calatrava se estudió las uñas. En los primeros tiempos de esa vida infamante de trabajo, penurias y escaseces, aunque terminase partida de cansancio después de trabajar la tierra y ocuparse de la casa, las lavaba, quitaba la mugre que se acumulaba debajo, las limaba y lustraba. Con el correr de las semanas se dio cuenta de que era en vano. La belleza duraba unas pocas horas, las de la noche, cuando nadie las apreciaba, ni siquiera su esposo, pues Hernando de Calatrava dormía en un camastro en la sala. A la mañana siguiente, las uñas volvían a resquebrajarse, ensuciarse y opacarse. Al final, abandonó la rutina y, cada tantos días, se limitaba a cortarlas. De ese modo habían alcanzado el estado calamitoso en el que se encontraban, cuando en otra época, crecían largas y fuertes y brillaban, al igual que ella. Sus uñas evidenciaban la decadencia que la circundaba y la ahogaba. Reflejaban su ánimo derrotado y la decrepitud a los que Hernando la había conducido.

Alzó la mirada y se hizo sombra con la mano. Lo avistó en la lejanía del terreno, curvado sobre el azadón con el que abría surcos en la tierra. A diferencia de ella, esa vida le sentaba bien. Había regresado tan achacoso y delgado después de haber transcurrido tantos años encerrado en la prisión de Lima, que se asombraba de no haber quedado finalmente viuda. Debería haber sabido que Hernando de Calatrava era más fuerte que un buey y más terco que la mula que tenían para tirar el carro. Primero como administrador de *Orembae* y ahora como propietario de esa pequeña parcela, Calatrava iba encontrando el sentido de su vida y recuperando la salud. Cierto que sus pulmones se habían resentido para siempre en las entrañas de esas mazmorras inmundas y húmedas y que, a veces, por las noches, parecía que acabaría por ahogarse. Nunca sucedía, y a la mañana siguiente se levantaba, un poco ojeroso y macilento, y se ponía a trabajar. Había ganado peso y tenía buen apetito. El sol le había donado una tonalidad cobriza a su piel, en la que refulgían los ojos negros, los mismos de Ginebra, con una vida renovada, como si un filtro mágico les hubiese devuelto la juventud, que también se apreciaba en sus cabellos, encanecidos y ralos al llegar de Lima, y que en la actualidad lucían más oscuros y abundantes; ella los veía brillar cada vez que Calatrava interrumpía la tarea y se quitaba el sombrero para secarse el sudor de la frente con el pañuelo atado a la muñeca. Los de ella, en cambio, estaban encaneciendo prematuramente, volviéndose opacos y escasos. Cada noche, cuando los cepillaba, tenía la impresión de que cientos quedaban atrapados entre los dientes del cepillo. Una acción que casi era tan propia de ella como la de respirar, cepillar su larga cabellera antes de ir a la cama, se había vuelto un suplicio. Terminaría pelada.

Todo era por culpa de Hernando de Calatrava, su esposo. Lo odiaba con un sentimiento tan acendrado, tan enquistado en su corazón, que a veces aferraba el mango del cuchillo con el que cortaba la verdura para la sopa, fijaba sus ojos en él, que se ocupaba de las cuentas en la única mesa que tenían, y se imaginaba clavándoselo en la espalda. Ella se había casado enamorada, y la realidad se había ocupado de desbaratar sus sueños de amor casi desde el principio. Después de dos años de matrimonio y de haberse convertido en la envidia de las mujeres de Villa Rica —el por aquel entonces teniente coronel de Calatrava arrancaba suspiros aun en las ancianas—, Nicolasa se halló sola y encinta. Su esposo había marchado a Lima a cargo de una comisión importante. Volvió a verlo un año más tarde, ya convertido en coronel, y le presentó con orgullo a la pequeña Ginebra, una niña tranquila y de una belleza sin igual, de cutis claro y cabello y ojos renegridos como los del padre. Calatrava se mostró amoroso con la pequeña, aunque distante con la madre. Se lo notaba nervioso y de mal humor, ansioso, como si Villa Rica y la pequeña casa que compartían le resultasen un confinamiento insoportable. Poco tiempo después de su regreso de Lima, anunció que marcharía a Asunción, donde cuestiones de capital importancia lo requerían. Acabó mezclándose en las revueltas comuneras, que terminaron en el 35 con la victoria aplastante del gobernador de Buenos Aires, Bruno de Zabala, quien apresó a los rebeldes, entre ellos el coronel Calatrava, ejecutó a varios y envió al resto engrillado a Lima. Durante los años que vivió en Asunción como uno de los jefes supremos de los comuneros, Calatrava viajaba a Villa Rica con poca frecuencia. La comunicación entre marido y mujer era, sobre todo, epistolar. En cada carta y en cada visita de Calatrava, Nicolasa le suplicaba que las llevase a vivir con él a Asunción, a lo que el coronel se negaba aduciendo que no quería arrastrarlas a su suerte. Allí se vivía peor que en Villa Rica, y las cuestiones políticas eran muy complejas. Él estaba más tranquilo si ella y Ginebra se mantenían lejos de todo aquello.

Después de la muerte de su madre y de su hermana mayor, Nicolasa se quedó con Ginebra como única compañía. Las mujeres villarriqueñas que le habían envidiado la suerte el día de su boda con el gallardo teniente coronel Calatrava, ahora se mofaban y la marginaban. Algunos hombres se acercaban a su puerta para pedirle favores sexuales a cambio de dinero; era *vox populi* que Calatrava no les enviaba lo suficiente para sustentarse. Solo sus vecinos, un matrimonio de ancianos sin hijos, que se había encariñado con la pequeña Ginebra, evitaban que la madre y la niña se sumiesen en la más abyecta indigencia.

Desde Asunción llegaban noticias, siempre malas, ya fuesen de tipo político o personal. La revuelta estaba siendo combatida con mano de hierro por el virrey en la persona de Bruno de Zabala, y se prometía un castigo ejemplar para los que habían osado levantarse en contra de Su Majestad Felipe V. Se decía que el coronel Calatrava era jugador y mujeriego, que se emborrachaba e insultaba al rey. Nicolasa, presa de la angustia y del temor, le escribía cartas en las que le confiaba los rumores que llegaban a sus oídos. En las respuestas bastante espaciadas, Calatrava le aseguraba que se trataba de calumnias que sus enemigos desperdigaban para arruinarlo. En cuanto al dinero, no podía enviárselo porque no estaban pagándole el salario. Las cosas pintaban muy mal.

Finalmente, la revuelta fue sofocada hacia fines de mayo del 35, y Calatrava partió, degradado y humillado, hacia Lima, de donde Nicolasa pensó que nunca regresaría. A partir del arresto de su esposo, las dificultades arreciaron. El propietario de la pequeña casa que rentaba le exigió los varios meses que le adeudaban. A Nicolasa solo le quedaba su rosario de cuentas de peridoto por vender, único recuerdo de su madre, y de los ancianos vecinos solo recibía lo justo para comer, porque también eran pobres. A punto de ser desalojadas y de mudarse con sus vecinos, donde deberían acomodarse como pudiesen dado que la casa era pequeña, se presentó Vespaciano de Amaral y Medeiros montado en un corcel imponente y se convirtió en el paladín que las rescató en el momento de penurias. ¿Alguien podía culparla por haberse entregado a sus brazos? ¿Alguien podía achacarle que no le hubiese sido fiel a un marido que la había abandonado a poco de desposarla para correr tras sueños de revueltas y libertad? ¿Alguien podía acusarla de mala mujer cuando su esposo había provisto a duras penas a ella y a su hija de lo necesario para subsistir? No se arrepentía de los años que había yacido entre los brazos expertos de Amaral y Medeiros, pese a haber cometido adulterio y traicionado la confianza de su única amiga, la bondadosa Florbela. Esos años en *Orembae*, donde había conocido la seguridad, donde no les habían faltado ni la comida ni el vestido ni un techo, habían sido los más felices de su vida. Había conseguido casar a su hermosa Ginebra con el heredero de la fortuna de Amaral y Medeiros, que tal vez en poco tiempo se convertiría en un conde, marqués o duque, lo que el dinero de Vespaciano consiguiese comprar. Lope no era el marido que Ginebra habría deseado, lo sabía, pero los hombres nunca resultaban lo que una esperaba. Mejor casarse con uno que, al menos, proveyese generosamente para satisfacer las cuestiones materiales.

Nicolasa sospechaba que Lope tenía una amante en Buenos Aires. Ginebra no se quejaba, y él se presentaba cada tanto, permanecía unos meses en *Orembae*, le hacía un hijo —dos hijas, en realidad—, y se marchaba, para dejarla de nuevo tranquila en compañía de sus suegros, con los que se llevaba muy bien, y de sus pequeñas, Emanuela y María de los Milagros.

Arrojó la pala con la que removía la tierra de las plantas de espinaca, que cayó en punta unos palmos más allá y quebró una de apio.

—¡Maldición! —masculló, y se limpió el sudor de la frente.

Cuando todo parecía perfecto —Ginebra acababa de hacerse con el apellido de Amaral y Medeiros y ella tal vez terminase ocupando el lugar de Florbela, ya que nunca había sido de constitución fuerte, y la seguidillas de abortos le habían resentido la salud para siempre—, Calatrava volvía a entrar en su vida para desbaratarla y arruinarla. ¡Cuánto lo odiaba! ¿Por qué no había muerto en la prisión de Lima?

Si al menos no llevasen esa vida misérrima. La tierra les pertenecía, eso era verdad, pero no contaban con indios encomendados, ni con esclavos para trabajarla, y ellos tenían que ocuparse de todo, desde cuidar los animales del corral y alimentar y ordeñar a la vaca hasta arar la tierra, cultivarla y recoger la cosecha, sin mencionar el huerto, las tareas domésticas, confeccionar ropa —de labor, nada bonito ni lujoso—, remendar la que se rompía, lavarla y plancharla. Las labores eran infinitas, y las horas transcurrían sin que ella las emplease para otra cosa que no fuese deslomarse, arruinarse las manos, las uñas y broncearse la piel, a la cual en el pasado había destinado horas y horas de cuidados para mantenerla blanca y sin arrugas; ahora lucía bronceada y seca, pese a la humedad del ambiente.

Calatrava le había prometido que comprarían una esclava con lo que obtuviesen de la cosecha del algodón. Contaba con eso, con una sierva que le aligerase al menos las labores de la casa, y, sin embargo, esa concesión, que le compraría una esclava, no menguaba en un ápice el odio que su esposo le inspiraba. La fantasía de acuchillarlo por la espalda era solo eso, una fantasía porque estaba segura de que no sería capaz de llevarla a cabo. La sensación de la hoja deslizándose dentro de la carne, chocando con huesos y cortando tendones, y la idea de la sangre tibia, borbollando y manchándolo todo, le provocaba náuseas. Si se decidía a deshacerse de él, emplearía un método más simple, que implicase menos empeño y esfuerzo físico de su parte, un método que no la señalase como la culpable. ¿Veneno, tal vez? Las indias conocían toda clase de venenos. Recordaba en *Orembae* cómo la mujer de Adeltú combatía las ratas del sótano mezclando la carnada que usaba para atraerlas con la savia de la lechetrezna, que, se decía, era muy venenosa. Algo de cierto debía de haber pues las ratas aparecían muertas, con el estómago duro y las patas tiesas. O quizá fuese mejor preparar un poco de *cantarella*, el tóxico favorito de los Borgia en la Roma del siglo XV; ella lo había leído en un libro de historia que había encontrado en la biblioteca de Vespaciano. Se preparaba con entrañas de cerdo y arsénico, los cuales se maceraban en un frasco sellado durante treinta días. Luego se separaba la masa hedionda de los jugos. Estos se secaban hasta que cristalizasen. Se decía que la *cantarella* era la forma de arsénico más efectiva y difícil de rastrear en el cuerpo de la víctima. El problema era conseguir el arsénico. Los boticarios lo empleaban para preparar sus medicinas, pero no lo vendían. De igual modo, hacerse de arsénico y tiempo después asistir al entierro de su esposo no se juzgarían como dos hechos independientes.

Suspiró y se incorporó para ir en busca de la pala que había caído sobre el apio. Regresó a las espinacas y, mientras removía la tierra, meditaba. En caso de que lograse desembarazarse de Calatrava, ¿qué haría después? Por cierto, ella sería incapaz de llevar adelante la propiedad. Vendería esa parcela de tierra y compraría una casa en Asunción. Y después, ¿qué? ¿Cómo se sostendría? Recurriría a Vespaciano, resolvió. Lo invitaría a retomar su amorío en esa casa de la ciudad, y lo harían con discreción para que nadie le fuese con el cuento a Florbela. ¿Vespaciano la querría de nuevo? Después de esos años de escasez y de yugar como un buey, su belleza se había resentido. ¿Seguiría encontrándola atractiva?

Sus planes se desbarataron el día en que recibió carta de Ginebra, en la cual le informaba que a don Vespaciano le había dado un soponcio, que lo había dejado postrado en cama. *"Desde el día del ataque, a excepción de mover los ojos y un poco los labios, ha quedado completamente paralizado, y hay que asistirlo en todo"*, relataba su hija con desapego, sin saber que destruía las esperanzas de su madre.

* * *

Ursus repasaba la carta que había recibido esa mañana, mientras se quitaba las vestiduras sacerdotales con las que acababa de decir la misa vespertina. El monaguillo lo ayudaba, y él se movía con aire ausente. El padre Tadeo Henis, responsable de la misión de San Lorenzo, uno de los siete pueblos en conflicto a causa del Tratado de Permuta, le aseguraba en su misiva que, entre los indios de otras doctrinas que habían llegado para colaborar con sus hermanos en dificultad, él no recordaba haber escuchado el nombre Aitor Ñeenguirú. Había un muchacho con ese apellido, sí, pero se llamaba Laurencio. *"Según me informan, pertenece a San Ignacio Miní, pero está afincado en San Nicolás. Cada tanto se aparece por aquí, en San Lorenzo. También he sabido que merodea por San Juan y Santo Ángel. Lo tengo por un pillo, si me permites que te lo diga, estimado Ursus"*, le había confiado el jesuita proveniente de la Bohemia. *"Lleva y trae chismes que malquistan a los indios y, con los ánimos exaltados como están, ese tipo de comportamiento es desafortunado. La desunión entre estos pueblos, los orgullos desmedidos y los intereses espurios serán la perdición de estas gentes."*

452

En resumidas cuentas, caviló Ursus, Aitor no se hallaba tampoco en San Lorenzo. No se detendría a pensar en lo mal que estaba la situación derivada del Tratado de Permuta. Estaba cansado de vivir con el Jesús en la boca, temiendo que cada día explotase lo inevitable. Él se esforzaba por seguir adelante, como de costumbre, atendiendo a las cuestiones de la misión y de sus indios. La desaparición de Aitor era su gran preocupación por esos días. Ya estaban a finales de febrero, y el muchacho no aparecía. Temía por su vida. A veces la angustia lo mantenía despierto toda la noche. Malbalá, en cambio, se mostraba compuesta y serena, lo mismo Vaimaca y Ñezú. ¿Sabrían dónde se hallaba o se trataría de la naturaleza fatalista propia de esas gentes, que les permitía afrontar las desgracias con más ecuanimidad? Palmiro Arapizandú, por el contrario, comenzaba a inquietarse. Ursus sabía que Aitor había abandonado la vida de aserrador y hachero que tanto le gustaba por una sola razón: permanecer en San Ignacio con la esperanza de hacerse de un dato que le desvelase el paradero de Emanuela. ¿Acaso se habría enterado de que la muchacha se hallaba en Buenos Aires, bajo la tutela de los Urízar y Vega, y había viajado hacia allá?

Abandonó la sacristía por la puerta lateral y, mientras echaba llave, escuchó una voz apagada que lo llamaba. Se dio vuelta. Olivia lo contemplaba con ojos cansados y preocupados. Se dio cuenta de que había perdido peso y de que lucía avejentada, con la piel sin lustre y adherida a los pómulos.

—Buenas tardes, *pa'i*.

—Buenas tardes, hija. ¿Querías verme?

—Sí, *pa'i*. Quería preguntarte si sabes dónde se encuentra Aitor.

Era la primera vez que la muchacha le preguntaba por él en esos casi dos meses de desaparición. Agitó la cabeza para negar.

—Temo por él, *pa'i*. ¿Le habrá sucedido algo malo allá, en la selva?

—¿Él te dijo que se iría a la selva, Olivia?

—No, *pa'i*. Él nunca me dice nada. Sabes que no me dirige la palabra.

—Entonces, ¿por qué mencionaste la selva?

—No se me ocurre otro sitio donde pueda haber ido.

—¿Le preguntaste a Malbalá? Ella tal vez lo sepa.

—Asegura que no, *pa'i*.

Ursus aflojó la tensión en el pecho y exhaló un suspiro.

—Te prometo que, apenas sepa algo acerca de él, te lo haré saber. Sigamos rezando, Olivia, pidiendo por su regreso con bien.

—Sí, *pa'i*, así lo haré. Bendición, *pa'i*.

Ursus le cubrió la coronilla con la mano y la bendijo entre bisbiseos.

—Ve con Dios, Olivia.

—Gracias, *pa'i*.

La muchacha se alejó por el jardín que rodeaba la iglesia, y Ursus la siguió con la mirada hasta que desapareció de vista. La angustia se convirtió en tristeza.

Aitor ingresó por la abertura en la pared que, al día siguiente, cubrirían con una puerta de quebracho. El herrero ya les había entregado los cerrajes, y Aitor había pagado de su faltriquera una copia de la llave para él y otra para Emanuela. Lo mismo había hecho con la de la contraventana de la recámara de Emanuela, de modo de poder acceder a ella con libertad.

Era una noche muy oscura, sin luna y con nubarrones, y había resultado ideal para llevar a cabo las actividades de contrabando. Estaba cansado después de haber conducido con mano de hierro los bueyes que tiraban la carreta de ruedas más altas que él y que se adentraban en el río hasta colocarse junto a la chalana, una embarcación pequeña, ideal para navegar en el traicionero Río de la Plata gracias al fondo plano. Su trabajo no terminaba ahí; también ayudaba a la tripulación a alijar las cajas de madera y los sacos de cuero repletos de productos ilegales. Conducía de regreso los bueyes a la costa, donde un grupo a las órdenes de don Edilson aligeraba la carreta, que volvía a rodar río adentro para seguir con la descarga. Esa noche la rutina se había repetido tres veces. En tanto la carreta hacía su recorrido de nuevo hacia la chalana, sus compañeros —los Marrak, don Ismael Matas y un muchacho nuevo, un peninsular de nombre Manuel— estibaban las mercancías en una de las cuevas naturales que se formaban en las barrancas a orillas del río. Era el mejor depósito. Tenerlas en la tienda de la calle del Rosario constituía un gran riesgo en caso de que cayese una inspección del Cabildo o de las autoridades de la Real Hacienda, que se ocupaban del cobro de los almojarifazgos. Don Edilson tomaba esas medidas prudentes pese a contar con un aliado en la oficina misma del gobernador Andonaegui, que los ayudaba a fraguar la documentación para justificar la mercancía que se hallaba en el inventario de su tienda. El portugués era un hombre desconfiado, y Aitor se decía que solo siendo de esa manera, receloso, suspicaz y malicioso, se alcanzaba un lugar de poder y riqueza. Tomaba nota mentalmente y proseguía con su trabajo.

En ese momento, mientras cruzaba los fondos de lo de Urízar y Vega, se despojaba de la coraza con la que se cubría a diario para enfrentar al mundo y pensaba en acabar, desnudo y vulnerable, entre los brazos y las piernas de su Jasy. Lo sorprendió ver la luz del pabilo que se filtraba entre los resquicios de las gruesas cortinas de percal negro. Sonrió, complacido de que lo esperase despierta a pesar de ser tan entrada la madrugada. Introdujo la llave en la cerradura y se dio cuenta de que la puerta estaba abierta. Entró enojado a causa de la negligencia de ella. ¿No se acordaba de que los habían asaltado e intentado matar? Se detuvo en seco al descubrirla sentada en el suelo, la espalda contra la pared, y Libertad en su regazo. Sollozaba sin hacer ruido.

—¡Jasy! —Cayó de rodillas frente a ella—. ¿Por qué lloras, amor mío? —La obligó a mirarlo al elevarle el rostro por la barbilla—. ¿Qué sucede? Dime.

—Aitor… Libertad…

—¿Qué le sucede? —preguntó, aunque lo sospechaba.

La caburé lucía empequeñecida y estaba con los ojos cerrados y las garras contraídas. El buche le subía y le bajaba en una respiración rápida y anormal.

—La hallé a los pies de su alcándara. Se había caído… —La voz se le quebró—. Creo… Creo que está muriendo. —Rompió a llorar de nuevo y apoyó la frente en el pecho de él, que se sentó a su lado y la envolvió en un abrazo. La besó en la sien.

—¿Y tus manos, Jasy?

—Lo he intentado, pero nada sucede. A veces, cuando Tupá ha decidido llevarse a alguien, no me permite curarlo.

—Sé que no es consuelo, amor mío, pero Libertad es vieja y tal vez esté cansada de vivir.

—Lo sé.

—Como te dije tiempo atrás, si ha vivido tanto ha sido por ti, por los cuidados que le has prodigado y porque ella quiere estar contigo.

—No puedo perderla, Aitor. Me da miedo lo que sentiré cada mañana cuando abra los ojos y no la vea en su alcándara.

Aitor no sabía qué replicar; él le temía a lo mismo, a perderla a ella, a su Jasy. El miedo se le alojaba en las vísceras y se las estrujaba con viciosa crueldad. Conocía cada sentimiento, cada emoción y cada pensamiento, todos negros, que nacían a partir de la pérdida del ser amado. Volver a experimentar ese calvario lo aterraba.

—¿Por qué no vamos a la cama?

—No quiero dejarla sola.

—La llevaremos con nosotros. Vamos.

Aitor quitó el cobertor y abrió el rebozo. Emanuela depositó con delicadeza a Libertad y se quedó mirándola, mientras Aitor la desvestía y la cubría con el camisón; incluso le quitó los lazos del cabello, le deshizo las trenzas y la guió para que se sentase en el borde de la cama, donde le desenredó los bucles con el cepillo de doña Florbela. La ayudó a acostarse junto al ave y la cubrió con la sábana. Se inclinó y la besó en la mejilla antes de apartarse para asearse un poco y prepararse para meterse en la cama. Cuando lo hizo, el cansancio ya había vencido a Emanuela, que dormía de costado, con la caburé en el hueco que formaban su brazo y su pecho.

* * *

Aitor levantó los párpados lentamente, y en la penumbra de la recámara, enseguida escuchó un sollozo contenido. Emanuela estaba sentada en el borde de la cama y le daba la espalda. Sus hombros se mecían al ritmo del llanto. Se incorporó lentamente, para no sobresaltarla. La circundó con las piernas y la pegó a su pecho. Por sobre el hombro de ella, advirtió que sostenía a Libertad contra el regazo y que su frente tocaba el cuerpo rígido de la caburé.

—Se fue, Aitor —susurró entre sollozos—. Mi adorada Libertad me ha dejado.

—Pero yo estoy aquí y jamás te dejaré.

—Al final, todos se van.

—Shhh… No digas eso. Yo no me iré jamás.

Decidieron enterrarla bajo el tilo, a orillas del río, en el sitio favorito de Emanuela. Aitor cavaba una fosa, mientras Emanuela, con un bulto en los brazos, observaba cómo la pala se hundía en la tierra húmeda. El bulto era Libertad, a quien había envuelto en una pieza de tela de algodón blanco que le había dado Romelia. La esclava, de pie junto a ella, la sostenía por la cintura. Justicia guardaba silencio con una mano compasiva en el antebrazo de la muchacha; también miraba la labor del indio. Saite se hallaba en el hombro de su dueña. Desde el día anterior se comportaba de manera extraña. No había querido abandonar la recámara cuando Emanuela salió para asistir a la misa de once; tampoco había querido comer, pese a que le habían ofrecido las bolitas de carne y arroz que tanto le gustaban. No se había movido de su alcándara, y cuando Emanuela encontró a Libertad en el suelo, Saite estaba a su lado, con las alas extendidas y el pico entreabierto, en una actitud protectora.

Aitor apoyó la pala en el tronco del tilo y extendió la mano hacia Emanuela, que avanzó en dirección del pozo abierto en la tierra y se acuclilló para depositar a Libertad. Aitor lo hizo al mismo tiempo y juntos acomodaron el bulto sobre la tierra fragante. Se miraron.

—Te amo tanto —susurró él.

—Y yo a ti —contestó ella, aunque sin ánimo. No conseguía deshacerse de la idea de que la muerte de Libertad era un acontecimiento de mal agüero, un auspicio de sucesos que la harían sufrir tanto como haber depositado a su adorada caburé en ese pozo frío y húmedo. Se recordó que lo mismo había pensado en ocasión de la muerte de Kuarahy y había resultado lo contrario: se había descubierto al asesino de la esclava y Aitor había regresado al pueblo libre de culpa. ¿Por qué, entonces, presentía que algo malo caería sobre ellos?

* * *

El sábado 10 de marzo, Emanuela asistía a la misa de once en Santo Domingo. Nada oía de lo que el sacerdote predicaba desde el púlpito. Sus pensamientos volvían a la noche pasada, en la que Aitor, después de hacerle el amor, le había dicho que huirían antes de que sus tutores regresasen de la quinta de San Isidro, lo que solían hacer hacia finales del mes. ¿Adónde?, le había preguntado ella, con cierta cuota de resquemor, en tanto meditaba que ese cambio radical, el de abandonar la seguridad de los Urízar y Vega e iniciar una vida junto a su amado, era el acontecimiento que la muerte de Libertad había presagiado. Con ligereza, mientras le besaba el cuello, Aitor le había respondido que lo hablaría con don Edilson. Su destino, cavilaba Emanuela, dependía de la voluntad del comerciante portugués. Donde él quisiese enviar a "su mano derecha", como llamaba a Aitor últimamente, allí se dirigirían. La recorrió un temblor de ansiedad, expectación y miedo.

Abandonó la iglesia con Justicia a la zaga y caminó por las calles embarradas concentrada en sortear charcos y baches, aunque con la mente en Aitor y en el futuro que los aguardaba. Pensó en su *pa'i* Ursus y en su familia, en especial en su *sy*. Les dejaría cartas a ambos explicando la decisión. Sabría que se alegrarían por ella. Algún día, se prometió, cuando las aguas agitadas como consecuencia del Tratado de Permuta se aquietasen, regresarían a San Ignacio Miní y vivirían todos juntos.

—¡Mira, Manú! —Justicia la atrajo a la realidad y le señaló un grupo de gente que se congregaba en torno al rollo de la Plaza Mayor—. ¿Qué crees que esté pasando? ¿Estarán azotando a alguien?

Emanuela se puso en puntas de pie y estiró el cuello.

—Están leyendo un bando. Ven, acerquémonos.

Los últimos que componían el círculo la reconocieron y los contemplaron con azoro, a ella y a Saite, que iba montada en su hombro. "La niña santa", susurraban, mientras hacían corro y le permitían acercarse a la pieza de papel que colgaba de la columna de piedra. Emanuela avanzaba con una sonrisa e inclinaba la cabeza a modo de saludo. Se detuvo frente al bando y lo primero que vio fue que lo firmaba el gobernador Andonaegui.

Sus ojos se movían deprisa en tanto avanzaban en el texto, y la lectura, que había comenzado con un gesto plácido, acabó con uno endurecido y pálido.

—¿Qué pasa, Manú? —se preocupó Justicia.

—Nada. Vamos. —Levantó el ruedo embarrado de la saya y giró para alejarse de ese bando que tan profundamente la había lastimado.

Cruzó la Plaza Mayor a paso veloz y nervioso, tanto que Saite abandonó su hombro para volar hasta la casa. No daba crédito a lo que acababa de leer. El gobernador Andonaegui informaba que el pasado 27 de febrero, en la estancia de la misión de San Miguel, llamada Santa Tecla, el grupo de demarcación portugués, el que llegaba para cumplir el acuerdo y fijar los primeros mojones de los nuevos límites, se había topado con un retén de guaraníes al mando del cacique Sepé Tiarajú, que les había impedido el paso y la realización de sus tareas. A la orden del comandante portugués de que los dejasen avanzar, el cacique respondió que ellos no acatarían sus mandatos, puesto que nada representaba para ellos la autoridad del soberano de los portugueses. En cambio, le aseguró que actuaban en nombre del rey Fernando VI y del gobernador Andonaegui, que defendían la tierra que pertenecía a la Corona española, el suelo donde descansaban sus antepasados. La comitiva de demarcación se retiró y denunció al cacique Sepé y a sus secuaces ante el gobernador de Río de Janeiro, Gomes Freire de Andrade, que montó en cólera y se lanzó a presionar a sus pares en el Río de la Plata para que tomaran, de una vez por todas, cartas en el conflicto. El suceso fue volviéndose cada vez más colorido a medida que se transmitía de boca en boca, y hasta llegó a hablarse de una escaramuza y de muertos.

Andonaegui finalizaba el bando acusando a los guaraníes del crimen de *laesae maiestatis*, de rebelión y de traición. Los calificaba de irrespetuosos de la autoridad del rey y amenazaba con una dura ofensiva para hacerlos entrar en razón. En breve, él mismo marcharía a la cabeza del ejército de Su Majestad para sofocar la revuelta.

Emanuela entró en la casa de los Urízar y Vega dominada por la ira, y cruzó el patio principal casi corriendo y ni siquiera prestó atención cuando don Mikel la llamó desde su silla. Abrió la puerta de su recámara y se quitó el rebozo con movimientos bruscos. Lo arrojó sobre la cama, junto a la cual se quedó quieta y acezante, la vista fija en la manta, cuyo tejido comenzó a desdibujarse cuando sus ojos se arrasaron. El mentón le tembló y se mordió el labio. "Será una masacre", se atormentó. Se agachó para recoger a Orlando, que saltaba y gañía a sus pies. Lo apretó contra su pecho, al mismo tiempo que cerraba los párpados en un intento por frenar el llanto, sin éxito.

Romelia y Aurelia la encontraron sentada en el borde de la cama, llorando y con el perro en la falda.

—¡Manú! —exclamaron la unísono.

La esclava se sentó junto a ella y Aurelia se acuclilló a sus pies.

—¿Qué sucede, Manú? No me asustes, hija —le suplicó Romelia—. ¿Te sientes mal? ¿Le sucedió algo a Ai... a Almanegra? —se corrigió.

—No, no —sollozó, y aceptó el pañuelo que Aurelia, siempre solícita y servicial, le ofrecía—. Gracias. No ha sucedido nada, no se preocupen.

—Don Mikel nos envió. Dice que entraste de la calle como alma perseguida por el demonio, y que no te detuviste a saludarlo como sueles hacer.

—Sí, es cierto. Estaba muy conmocionada. Es que leí un bando de camino hacia aquí que me perturbó.

—¿Qué decía, Manú? —se preocupó la esclava.

—El señor gobernador ha declarado en rebeldía a los pueblos guaraníes del otro lado del Uruguay porque no se avienen a cumplir el Tratado de Permuta, y ha decidido partir al mando de un ejército para doblegarlos. Sé que mis hermanos presentarán batalla. Son muy orgullosos y celosos de su tierra, sé que lo harán. Será una carnicería, Romelia. —Se cubrió la boca con el pañuelo y apretó los ojos.

—Aurelia, tráele un vaso con agua fresca, por favor.

La muchacha usó la pequeña jarra de barro que Emanuela siempre tenía con agua fresca en la mesa de noche y llenó un vaso.

—Toma, Manú.

—Gracias, Aurelia. Lamento haberlas asustado. Es que… —Se secó las lágrimas y bebió un sorbo—. Es todo tan injusto. Correrá sangre, lo sé. Y mis hermanos Bartolomé, Fernando y Marcos están ahí, dispuestos a pelear. Tal vez otros de mis hermanos se hayan unido a ellos en este tiempo, no lo sé.

Cayó un silencio entre las mujeres. Emanuela apoyó la cabeza en el hombro de Romelia y entrelazó las manos con Aurelia, que había vuelto a colocarse a sus pies. De manera imprevista, Emanuela manifestó:

—¡Iré a ver a Andonaegui! ¡Tengo que explicarle cómo son las cosas!

—Manú —intervino Romelia—, no creo que el gobernador te reciba, hija.

—No pierdo nada con intentarlo. Nadie comprende la reacción de mi gente porque nadie los conoce, no como yo. Puedo explicarle, puedo hacerle entender que se trata de una gran injusticia. Es un buen hombre. Tiene un gran corazón.

Romelia le encerró la cara entre las manos y le sonrió con benevolencia.

—Manú, Manú… ¿Qué sabemos nosotras, pobres mujeres, de los entuertos que arman los hombres con su ambición desmedida y sus mezquindades? El gobernador es un simple siervo del rey, que tiene que cumplir y hacer cumplir a rajatabla los caprichos de Su Majestad, que está lejísimo de aquí y que nada sabe ni entiende de nosotros. Más bien, dime una cosa que me tiene preocupada: ¿te bajó el sangrado?

Las mejillas de Emanuela se colorearon y dejó caer las pestañas antes de agitar la cabeza para negar.

—Tenía que venirte el 28, Manú. Hoy es 10 de marzo. Lo sé porque se lo pregunté a don Mikel.

Emanuela levantó la vista al sentir que Aurelia le apretaba las manos. Se miraron fijamente. La joven le dirigió una sonrisa de labios inseguros y ojos brillantes.

—¿Has tenido náuseas por las mañanas? No, claro que no —se contestó Romelia a sí misma—, yo lo habría notado. ¿Te has sentido cansada?

—No —musitó Emanuela.

—¿Te duelen los pechos?

Rompió el contacto con Aurelia para mirar a la esclava. Sí, le dolían los pechos, en especial los pezones; por esos días no soportaba siquiera el contacto con la holanda de la camisa. Había conjeturado que la molestia era consecuencia del fervor con que Aitor se los chupaba y mordía.

—Sí —admitió en voz casi inaudible.

Romelia cerró lentamente los ojos y soltó el aire contenido por la nariz.

—¿Crees que Manú está preñada, Romelia?

—No lo sé, Aurelia, podría ser. Esperaremos unos días más antes de comenzar a preocuparnos.

Emanuela guardaba silencio y paseaba la mirada de ojos muy abiertos entre Romelia y Aurelia. ¿Por qué la apabullaba la noticia? ¿Por qué la sorprendía al punto de dejarla sin palabras? Ella y Aitor se habían amado sin moderación y constantemente desde mediados de enero, cuando había decidido entregarse a él. Un hijo era la consecuencia natural. Sin embargo, la idea la pasmaba y asustaba.

—¿Qué dirá Almanegra? —se preocupó Aurelia.

—¡Ja! —Romelia se puso de pie; una energía belicosa la envolvía—. ¡Pues qué dirá! Más le vale que diga que está feliz. Y si no lo dice, tendrá que vérselas con la negra Romelia. Porque estoy segura de que le gustó mucho cuando…

—Estará feliz —la interrumpió Emanuela, y se dio cuenta de que hablaba sin asidero—, si es que la noticia es cierta —añadió, y el rubor de sus mejillas se intensificó.

¿En verdad Aitor estaría feliz? Tal vez un niño, en esas circunstancias, entorpecería sus planes de fuga y sus sueños de riqueza.

—Si lo de tu embarazo es cierto, Manú —dijo Romelia—, tendrás que irte, mi niña. Huir lejos. Doña Ederra no debe saberlo.

—¿Por qué? ¿Qué le haría? —preguntó Aurelia.

Romelia suspiró y agitó la cabeza.

—Nada bueno. Deshonrar el nombre de la familia Urízar y Vega con un bastardo, que así lo llamarían, sería algo que jamás te perdonarían, hija mía.

—Pero ¿qué le harían? —insistió Aurelia.

—Supongo que la esconderían, en un convento o en la quinta de San Isidro. Tal vez le quitarían al niño y lo regalarían.

—¡No! —Emanuela se puso de pie y Orlando saltó al suelo—. ¡Nadie me quitará a mi hijo!

Se cubrió el vientre con las manos. Romelia la aferró por los brazos.

—Calma, Manú. Ni siquiera estamos seguras de que estés embarazada. Calma, mi niña. Nadie te quitará a tu hijo. Antes tendrían que pasar sobre mi cadáver.

Emanuela se abrazó a la esclava. Percibió la mano de Aurelia que le acariciaba el cabello que le cubría la espalda.

—Manú, cuenta conmigo para lo que necesites. Yo te seguiré adonde tú vayas. Si estoy viva, es gracias a ti. Mi vida te pertenece. Cuidaré de ti y de tu hijo como si fuesen de mi propia sangre.

—Gracias, Aurelia.

Emanuela se enjugó la cara y la secó dando golpes delicados para evitar enrojecerla aún más. Romelia le arregló el peinado, y Aurelia, con una mueca sugerente, le mostró el frasco de perfume que don Alonso le había regalado en el día de Santa Manuela. Se quedó mirándolo, en tanto rememoraba la carta que le había enviado casi un mes atrás en ocasión de su natalicio. En ese momento, veía con otros ojos el regalo que había juzgado inocente en aquel momento, y comprendió el enojo de doña Ederra. Sacudió la cabeza para negar, y Aurelia, desconcertada, lo devolvió al mueble.

—Ahora ve y preséntate con don Mikel, que debe de estar muy preocupado por ti.

Emanuela asintió. De camino a la sala se puso a pensar en que, cuando abandonase la casa de la calle de Santo Cristo, Romelia y don Mikel quedarían atrás, y esa idea la deprimió aún más. Le hizo bien referirle al anciano acerca del bando, la serenó explicarle los motivos que la convencían de que el acuerdo era un desatino y acabó entusiasmada contándole de su pueblo y su gente.

—Iré al fuerte —expresó, luego de una pausa en su apologético discurso.

—¿Para qué, Manú?

—Quiero hablar con el gobernador y explicarle cuestiones y circunstancias que nadie conoce. Intentaré convencerlo de que no se desplace con el ejército hacia el Paraguay.

Una sonrisa benevolente curvó las comisuras del viejo vasco.

—Ay, querida Manú. —Le palmeó la mano—. Nada conseguirás, mi niña. Te aseguro que Andonaegui tiene tantas ganas de hacer cumplir el acuerdo como tú, y sin embargo *debe* hacerlo o podría terminar preso en las mazmorras del fuerte.

Emanuela apretó el ceño y ladeó la cabeza.

—¿Cómo es eso, don Mikel?

—Te hablaré con franqueza, aunque si me escuchase Ederra, terminaría dándome una zurra. Andonaegui, al igual que la mayoría de los funcionarios de Su Majestad, compró su cargo, es decir, ingresó una suma abultada de dinero en las arcas del rey para que se le concediese el cargo de gobernador del Río de la Plata. ¿Para qué? En la esperanza de poder enriquecerse en estas tierras dejadas de la mano de Dios. Y créeme, Manú, Andonaegui abandonará el Río de la Plata siendo un hombre mucho más rico del que era cuando puso pie en esta bendita tierra. ¿Y sabes cómo consiguió hacerse con esa riqueza? Contrabandeando, principalmente a través de la Colonia del Sacramento. Don Edilson podría hablarte durante un buen rato acerca del gobernador y de su participación en el negocio. Entonces, ¿crees que Andonaegui está feliz con la idea de que la España entregue los pueblos de los jesuitas a cambio de la Colonia del Sacramento? —Don Mikel agitó la cabeza—. Lo dudo. El comercio ilegal se complicará cuando las autoridades y el ejército de Su Majestad tomen posesión de esa plaza. Hoy, con la connivencia de los portugueses y de los ingleses, que son los principales abastecedores de mercancía, el flujo comercial va y viene sin interrupciones ni mayores escollos. Por lo que no es necesario que tú le expliques a Andonaegui lo injusto que sería viajar hacia el otro lado del Uruguay para combatir a tu gente. Por razones muy distintas de las tuyas, él tampoco quiere hacerlo, pero *debe*. Al final de su mandato, en el juicio de residencia, sería duramente condenado si se opusiese a dar cumplimiento al Tratado de Permuta firmado por Su Majestad. Terminaría engrillado en un barco rumbo hacia la España, donde pasaría varios años en prisión.

Don Mikel sorbió su rosolí sin apartar la vista de la de Emanuela, que suspiró antes de hablar.

—Don Mikel, gracias por explicármelo con tanta claridad. Gracias por confiar en mi entendimiento. Ahora comprendo que mi acción habría resultado fútil.

—Sí, mi niña. —Don Mikel guardó silencio mientras estudiaba el semblante pálido de la muchacha—. Y lo que es peor, podría haberte causado problemas, no tanto con Andonaegui, que te estima muchísimo, sino con los del Santo Oficio. Con esos demonios —dijo y bajó el tono de voz— nunca se sabe. Tienen ojos y oídos en todas partes, y voto a Dios de que no les habría gustado que te inmiscuyeses en este asunto. ¡Vaya uno a saber con qué pasmarota nos habrían salido esta vez!

—Tenéis razón —dijo, sin ánimo.

—De igual modo, mi explicación, si bien clarificadora, no sirvió para quitar esa mueca triste de tu hermoso rostro.

Emanuela rio con desgano ante la mentira piadosa, la del hermoso rostro.

—Temo por mi gente. Algunos de mis hermanos están allí, listos para presentar pelea.

—Mi niña, los hombres toman decisiones y deben atenerse a las consecuencias. Si los guaraníes de esos siete pueblos están dispuestos a presentar pelea para defender la que consideran su tierra, también están dispuestos a dar la vida en la contienda.

—Lo sé —murmuró.

—¿De qué vale la vida, Manú, si no somos capaces de vivirla de acuerdo con nuestros ideales? Mejor muerto que vivir con la frustración de no haber peleado por la gloria.

Emanuela asintió, más allá de que no compartía el juicio de don Mikel. Ella prefería vivos a sus hermanos, aunque frustrados, a tener que llorarlos frente a sus tumbas. ¿Se trataría de un pensamiento egoísta?

* * *

A diferencia de Emanuela, Edilson Barroso sí concurrió al despacho del gobernador en el fuerte al enterarse de su decisión de marchar con el ejército para aplastar a los insurrectos guaraníes. Se trataba de un acontecimiento inusual, el de Barroso de visita en el fuerte, ya que, fuese para mantener oculta su relación con el jefe de los amanuenses, don Alonso de Alarcón, o su acuerdo comercial con Andonaegui, el portugués guardaba la distancia para evitar las sospechas. Si bien en el pasado había simulado con escrúpulo los vínculos que lo unían a las autoridades de Buenos Aires, en el presente la situación imponía una conversación en la que urgía aclarar ciertos puntos. De todos modos, don Edilson abandonó el fuerte sin haber conseguido nada en concreto. Palabras más, palabras menos, el gobernador le había explicado lo mismo que don Mikel le había expuesto a Emanuela.

—Lo único que podemos hacer para conservar la Colonia del Sacramento en manos portuguesas —propuso Barroso al final de la charla— es seguir instigando a los indios para que se rebelen y propiciar las circunstancias en las que el ejército de Su Majestad cometa tantos errores como sean posibles en su campaña. —Arqueó una ceja a la espera de la respuesta del gobernador.

—Soy un militar, Edilson. Se supone que conozco de estrategias y campañas. No puedo cometer errores flagrantes sin arriesgarme a que me los echen en cara en el juicio de residencia.

—Adversidad del clima, muerte del ganado que sirve para alimentar a la soldadesca, malos baquianos, muchas cuestiones pueden estropear una campaña sin que la culpa caiga sobre el que está al mando. Aquellos parajes infestados de alimañas e indios son muy traicioneros, José.

El gobernador había mascullado y farfullado monosílabos con una expresión que Barroso no acertaba a definir si era preocupada o colérica. Tal vez se había sobrepasado en esa oportunidad. Lo saludó y se retiró, sin saber a ciencia cierta si el gobernador haría caso de las sugerencias. Al llegar a su casa, se encontró con Aitor, que lo aguardaba en la sala.

—¡Muchacho! —dijo, de pronto animado—. Ven, pasa. ¡Ciro! ¡Ciro! —Un esclavo entró trotando en la sala—. Nos preparas algo de comer y de beber y nos lo llevas al despacho.

—Sí, amo Edilson.

—Pasa, Aitor, pasa.

—Venía para decirle que ya pasamos las cajas de madera que estaban en la cueva del río al depósito.

—Bien, bien —dijo, con aire ausente—. Siéntate, Aitor. Iba a convocarte. Necesito hablar contigo.

—Mande, don Edilson.

—En tu tiempo viviendo en la misión, recibiste entrenamiento como soldado, ¿no es así? —Aitor asintió y aguzó la vista en actitud suspicaz—. Y eres eximio en el uso del arco y de la flecha.

—¿Qué quiere decir eximio? —preguntó, con gesto y acento desconfiados.

—Que eres muy bueno manejando el arco y la flecha.

—Sí, lo soy —contestó, y no había un rastro de vanidad en su respuesta, sino un aire de precaución.

—Pues, en este momento, necesito de tu habilidad como soldado. Quiero pedirte que vayas del otro lado del río Uruguay y que te unas a los ejércitos guaraníes para impedir que el Portugal se haga con esas tierras. Sabré compensarte con largueza.

Aitor guardó silencio, sus ojos fijos en don Edilson, que sonrió incómodo, amedrentado de pronto por el fuego que despedía de esa mirada.

—¿Por qué?

—Verás, muchacho. Como sabes, hay en danza un acuerdo que la Corona española firmó con la Corona del Portugal por la cual la España recupera la Colonia del Sacramento y le entrega a los portugueses las tierras del otro lado del Uruguay. —Aitor asintió con el ceño cada vez más apretado—. Mis compatriotas, si los conozco un poco, no soltarán ni un almud de tierra de la Colonia si antes no pueden hacerse con su parte. Y esto, Aitor, nos conviene.

—¿Por qué?

—Porque en la Colonia del Sacramento se halla nuestro centro de operaciones. Es desde allí que manejamos cómoda y libremente el contrabando que fluye sin pausa hacia el Puerto de San Felipe de Montevideo y el de Santa María del Buen Ayre. Si los españoles se apoderasen de esa ciudad y la convirtiesen en una plaza militar, la cosa se dificultaría, tanto que tendríamos que buscar otro asiento para nuestro comercio. Pero ¿cuál sería mejor que la Colonia? Ninguno, créeme. Geográficamente, es el sitio perfecto. Hoy, los portugueses y los ingleses, que son nuestros mayores proveedores de mercancías, se mueven con libertad y sin escollos en la Colonia, y por eso es tan fácil el contrabandeo.

—Comprendo —masculló Aitor—, pero en esta ocasión, don Edilson, no puedo ayudarlo. No puedo dejar la ciudad e irme a pelear.

—¿Por qué no? —se asombró el comerciante.

—Hay cuestiones importantes que me obligan a quedarme aquí.

—¿Una mujer?

Aitor lo miró fijamente, sin desvelar nada. Un mutismo cayó entre los dos hombres mientras Ciro apoyaba la bandeja y les servía el refrigerio. Edilson sorbió un trago de carlón y aguardó a que el esclavo cerrase la puerta para volver a hablar.

—La cuestión importante que te retiene aquí es una mujer, ¿verdad? ¿Manú, tal vez?

Las paletas nasales de Aitor se dilataron y sus ojos cobraron un destello dorado que no era cálido, sino temible. Edilson Barroso soltó una carcajada.

—¡Relájate, muchacho! ¿Crees que no me he dado cuenta de que Manú es tu mujer? Soy más pícaro que un demonio, Aitor. Lo he sabido desde hace tiempo. No ha sido difícil descubrirlo. Vamos, no me mires como si deseases clavarme veinte flechas en el pecho. Dime una cosa, Aitor, ¿Manú te corresponde?

—Ella ha sido mía desde el día en que nació.

—¿Y te corresponde? —insistió el portugués.

—Sí.

—Pues saberlo me hace feliz. ¿Vais a casaros?

—Sí —respondió, incómodo de revelar su intimidad a alguien.

Se puso de pie dispuesto a marcharse y, pasado el impulso, se recordó que había ido hasta la casa del portugués para definir su futuro y el de su mujer.

—Espera, muchacho, espera. Tengo una propuesta que hacerte. Podrías casar con Manú y yo te daría el dinero necesario para instalarla en una casa, con esclavos y todo lo que necesite para estar a gusto, y luego marchar a la región del Uruguay para hacerte cargo de ese asunto.

—No pienso dejarla sola en Buenos Aires.

—¿Qué tiene de malo esta ciudad? Aquí vive gente que la quiere y que la protegería en tu ausencia. Estoy ofreciéndote mucho dinero, Aitor, tanto como para que compres una casa, los muebles y todo lo que desee Manú, sin mencionar una pensión para que ella pueda sostenerse holgadamente mientras tú peleas contra los portugueses.

—En Buenos Aires hay gente que la quiere, pero también muchos peligros que la acechan.

—Entonces, te irás con ella a la Colonia del Sacramento. Allí comprarás una casa. En esa ciudad vive una hermana de mi madre, una señora anciana respetable y bondadosa que la acogería bajo su ala si yo se lo pidiese.

Aitor sacudió la cabeza dos veces para negar sin apartar la vista de la de Barroso.

—Lo siento, don Edilson, pero no me separaré de mi mujer ni aunque me ofrezca todo el oro del mundo. Podría hacerlo por unos pocos días si vuesa merced necesitase que viajase a la Colonia o a otro sitio cercano, pero no me separaré de ella para irme meses y meses a pelear. Además, podría morir y dejarla sola. No lo haré.

—Entiendo —se resignó el comerciante portugués.

—Y yo entenderé si no desea seguir trabajando conmigo.

—¡Pero qué dices, muchacho! Nada de eso. Te has convertido en mi mano derecha y me sacas de encima la parte más pesada del trabajo y lo haces mejor de lo que yo mismo lo haría. No creas que enviarte a pelear me daba gran placer, por el contrario. Me movía un pensamiento que me preocupa desde hace tiempo: si la Colonia cayese en manos españolas, no sé si podríamos seguir adelante con el contrabando, y eso sería un desastre.

—Lo comprendo. Pero si ahora metemos mercancías bajo las narices de los españoles, ¿por qué no podríamos hacerlo cuando la Colonia esté en manos de ellos?

—No es lo mismo, Aitor. El puerto de la Colonia es diferente del de Santa María del Buen Ayre. No ofrece tantos accidentes geográficos y es mucho menos extenso. Si la España quiere recuperar la Colonia es porque sabe que allí se encuentra el nido de los contrabandistas y que, destruyéndolo, acabará con todo lo demás.

—Entonces —reflexionó Aitor—, si lo del contrabando acabase, tendríamos que encontrar esa dichosa mina de estaño.

—¡Si contásemos con esa suerte, muchacho, nos haríamos ricos como Creso!

Aitor se dijo que le preguntaría a su Jasy quién era Creso; no dudaba de que ella, siendo la persona más culta que conocía, lo sabría.

—Tal vez tengamos suerte —prosiguió don Edilson— y el mapa que acabo de comprar nos conduzca hasta una fuente de riqueza segura. No perdamos la fe.

—¿Cuándo querrá partir para buscar esa mina? —De nuevo la posibilidad de alejarse de su Jasy le congeló el estómago.

—No por ahora, muchacho. La cosa está muy complicada con este asunto del Tratado de Permuta para alejarme de aquí.

—Don Edilson, ¿vuesa merced me quiere por un tiempo en Buenos Aires?

—Si no estás dispuesto a marchar hacia la región en disputa con los guaraníes, sí, te necesito en Buenos Aires por un tiempo.

—Entonces, necesitaré rentar una casa, pero alejada de la Plaza Mayor. ¿Qué lugar me aconseja?

Aitor atendió a las disquisiciones de Barroso acerca de la conveniencia de este o aquel barrio, y se esforzó por no perderse en el discurso del portugués, rápido y lleno de nombres desconocidos. Al final, le prometió indagar con prudencia entre sus amistades acerca de una casa pequeña para rentar en las afueras de la ciudad.

Aitor abandonó la casa de Barroso sumido en una tormenta de pensamientos. Se preguntaba si no se había precipitado al negarse a aceptar la oferta de instalar a Emanuela en la Colonia, donde se hallaría más segura que en Buenos Aires, por mucho que la casa se ubicase en un arrabal. Era menester apartarla de Lope, de Titus de Alarcón, de Murguía y, sobre todo, de la Inquisición. Desestimó la posibilidad casi de inmediato cuando las pulsaciones se le desataron al imaginarse dejándola sola en la Colonia para regresar al Puerto de Santa María del Buen Ayre, y se acordó de lo que su madre le había reprochado años atrás, que tenía un corazón egoísta y que le gustaba complacerlo. *"La amas, sí, no lo dudo"*, había expresado en referencia a Emanuela, *"pero no puedes comparar tu amor con el de ella"*. Estaba seguro de que su amada Jasy habría sacrificado sus anhelos y su comodidad sin un instante de duda si con eso lo hubiese puesto a salvo y preservado de todo mal. Él, por el contrario, no estaba dispuesto a alejarla, ni siquiera por el bien de ella.

—Sabré protegerla —masculló—. Nadie me la arrebatará.

El resto de la tarde se dedicó a las prácticas de tiro con el arco, y mientras corregía, indicaba y enseñaba a ese grupo de blandengues, se decía que habría sido capaz de organizar los ejércitos de las misiones y enfrentar a los portugueses. Por momentos la idea le hacía calentar la sangre y latir fuerte el corazón; un rato después, con el rostro de Jasy en la cabeza, la euforia por participar de una guerra se desvanecía como la niebla al salir el sol.

Después de la ejercitación en ese paraje del río, marcharon a la pulpería de don Genaro. Aitor apenas se mojó los labios con la ginebra, actitud que, él se daba cuenta, los demás notaban pero sobre la cual seguían sin hacer comentarios. Le temían, por eso lo sorprendió que Lindor Matas lo presentase como "un amigo" a un camarada de armas que se aproximó a saludarlos. "¿Somos amigos?", se preguntó Aitor, y siguió cavilando acerca de una respuesta con la que no atinaba. La amistad era un vínculo que le resultaba ajeno. Nunca había tenido amigos; por cierto no los necesitaba. Solo a Conan Marrak habría otorgado ese título, a pesar de que nunca se había abierto por completo con el cornuallés.

A la única que necesitaba era a su Jasy, y resultaba extraordinario que siguiese emocionándose y el corazón le brincase en el pecho cada vez que volvía a verla, como si hubiesen pasado años desde la última vez en lugar de pocas horas. En esa oportunidad, la halló en la cocina de los Urízar y Vega preparando una torta de espinacas que él había devorado días atrás y que ella le había prometido hacer de nuevo. Se llevó el índice a los labios para silenciar a Justicia y le guiñó un ojo antes de escurrirse dentro echando mano de sus dotes de cazador sigiloso. La sujetó por detrás y la levantó, lo que le provocó un respingo y una exclamación. Él, riéndose, le mordía la nuca y la besaba, en tanto Emanuela se rebullía.

—¡Aitor, casi me matas del susto!

—Perdón, Jasy. Perdón, amor mío. No pude resistir la tentación. —La depositó en el suelo y la joven se giró para enfrentarlo—. Perdón —farfulló con una sonrisa.

Emanuela se quedó mirándolo con la cuchara de madera en el aire como si se dispusiese a golpearlo.

—¿Por qué me miras de ese modo, Jasy? —preguntó él, divertido.

"Porque tal vez te daré un hijo dentro de nueve lunas", pensó.

—Porque eres hermoso y te deseo —habló en guaraní para que Justicia, que los observaba entre risas, no comprendiese.

La asombró la reacción de él: los ojos se le oscurecieron como si una nube negra se hubiese posado sobre ellos, el gesto sonriente se le distendió hasta la seriedad y los labios se le separaron sutilmente. Se los besó sin ser correspondida. Solo percibió el aliento agitado de él sobre su boca húmeda y la premura con que sus manos se cerraron en torno a su cintura.

—Ve a bañarte. En una hora cenaremos.

—¿Cenarás con nosotros? —preguntó, con la frente apoyada en la de ella y los ojos cerrados.

—Sí.

* * *

Alonso de Alarcón aplicó una ligera presión a las espuelas, y su caballo abandonó el trote y se echó a galopar. Faltaba poco para llegar a Buenos Aires. Una sonrisa, la primera sincera en mucho tiempo, le despuntó en las comisuras, e inspiró para colmar sus pulmones del aire fragante del atardecer. Faltaba poco para volver a ver a Manú. Aún se preguntaba cómo había soportado el confinamiento al que lo había sometido su esposa durante el verano sin la compañía de su dulce y querida Manú. Al enterarse del percance de su suegro, la torcedura que lo había recluido en la casa de la calle de Santo Cristo, su primera reacción había sido lanzarse hacia la ciudad para pasar los meses estivales con ella. Ederra había sido de otra opinión.

—¿Piensas que, por no saber latín ni griego, soy estúpida, Alonso? ¿Crees que no sé que te importa un maravedí el bienestar de mi padre y que lo único que deseas es volver a Manú?

—¿De qué hablas, mujer? —Había intentado mostrarse enfadado y ofendido; lo cierto era que Ederra, desde el primer día, lo leía como un libro, y ocultar sus emociones y pensamientos se había demostrado una empresa difícil, si no imposible.

—Hablo de que no regresarás a la ciudad y que dejarás las cosas como están: mi padre y Manú en Buenos Aires, y nosotros aquí. Y, cuando acabe el verano y regresemos, Manú tendrá que abandonar la casa.

—¿Qué dices? —se alteró.

—Lo que has oído, Alonso. No me hagas explicarte una obviedad.

—¡Tu hermano no lo aprobará!

—A Octavio lo dejas de mi cuenta. Yo sabré lidiar con él. Pero Manú se irá de casa y no le quedará otra alternativa que aceptar la propuesta matrimonial de Murguía o la sugerencia del inquisidor Meliá: entrar en el convento de las dominicas. No se hable más del asunto.

En aquella oportunidad, había optado por asentir y callar. Su estrategia consistiría en distraer a su esposa, en hacerle creer que sus ideas, sus celos y suspicacias eran infundados. Después de años, había vuelto a hacerle el amor, más allá de que, lo que durase el acto y mientras mantuviese los ojos empecinadamente cerrados, era el rostro de Manú el que veía. La había acompañado durante sus caminatas vespertinas y le había leído la vida de San Francisco de Asís, mientras ella y su madre cosían y bordaban. Por eso, cuando llegó la carta de Edilson Barroso que lo conminaba a regresar, Ederra no hizo ningún escándalo y le permitió partir aunque faltasen unas semanas para volver.

—Es urgente —le había mentido—. Sabes que tengo que responder a su llamado. Lo sabes, ¿verdad, Ederra? —Acompañó la pregunta con una caricia en la mejilla.

—Sí, lo sé —había respondido su esposa, consciente de que, si Alonso no hubiese prestado ciertos servicios al comerciante portugués por los cuales este pagaba generosamente, sus vidas habrían sido difíciles y plagadas de carencias. La pensión misérrima de don Mikel y el sueldo de hambre que la gobernación le pagaba a Alonso cuando se le antojaba no habrían alcanzado para cubrir ni una cuarta parte de los gastos de una casa como la de Buenos Aires, ni los de una quinta como la de San Isidro.

—Partiré mañana mismo y regresaré tan pronto como me haya liberado de sus encargos.

En realidad, planeaba sacar a Emanuela de casa de los Urízar y Vega y ponerla a salvo de las maquinaciones de su esposa. La escondería en una casa lejos de Buenos Aires, donde vivirían para siempre felices.

—No regreses. —Las palabras de Ederra lo arrancaron de su ensoñación—. De todos modos, faltan pocos días para que finalice el período estival.

—¿De veras? —preguntó, mientras intentaba ocultar su entusiasmo.

—Sí, de veras. Mañana mismo organizaré nuestro retorno, el mío y el de mi madre, y en pocos días, nos reuniremos contigo.

Se trató de un esfuerzo titánico sonreír cuando, en realidad, quería gritar y despotricar.

—¿En cuántos días piensas que volveré a verte? —quiso saber don Alonso.

—En una semana —contestó Ederra.

Contaba con siete días para organizar la huida con Manú. Ese pensamiento lo impulsó a aplicar un poco más de presión a las espuelas para soliviantar al caballo. Ansiaba llegar. Necesitaba poner su plan en movimiento. Antes, pasaría por casa de Barroso. Asegurar que su sociedad continuase resultaba indispensable para disponer del contante que le permitiese instalar a Manú fuera del alcance de los celos y del odio de su mujer. Cuando le expusiese a la muchacha lo que Ederra había dispuesto para ella —entregarla a las dominicas—, aceptaría de buen grado fugarse y ponerse bajo su tutela.

Por su parte, él se habría esfumado junto con ella sin dudarlo. Pero se trataba de un sueño que no podría hacer realidad. Abandonar la casa de la calle de Santo Cristo y a Ederra y huir de Buenos Aires habría significado perder su empleo como jefe de los amanuenses del gobernador, y, por ende, su valor ante Barroso. Por el momento, tendría que conformarse con esconderla y visitarla tanto como su trabajo y su posición dentro de la familia Urízar y Vega se lo permitiesen.

En lo de don Edilson, le abrió Ciro, el esclavo que hacía de mayordomo. El hombre le explicó que su amo estaba reunido en el despacho y que pronto lo atendería. Lo invitó a sentarse en la sala y le trajo mates con trozos de pan con grasa, los que Alonso engulló porque, después de horas de cabalgata, estaba famélico. Disfrutaba de su tentempié cuando escuchó los goznes de la puerta del despacho de Barroso. Se incorporó en el canapé y estiró el cuello. La voz de trueno del dueño de casa sonó antes de que apareciese su figura alta y gruesa, siempre ataviada a la última moda europea, con los paños más refinados y costosos.

A punto de ponerse de pie y salir a su encuentro, Alonso se retrajo en su asiento para observar sin ser visto al hombre que caminaba junto a Barroso, más bajo, aunque corpulento, no como don Edilson, que en los últimos tiempos había ganado varias libras, todas alojadas en el vientre, sino en un estilo macizo, sólido, bien plantado y saludable. Le destacaban unas orejas de pantallas grandes en la cabeza de pelo corto, renegrido y erizado como la cerda de una almohaza. Se dio cuenta de que se trataba de un hombre joven, no más de veinticinco años, calculó. Vestía muy sencillamente, con pantalones de percal gris, camisa blanca y unas sandalias como las de los franciscanos. El muchacho volvió el rostro hacia la entrada por la cual Ciro volvía a aparecer, y Alonso sufrió un estremecimiento: nunca había visto unas facciones tan intimidantes, y enseguida se convenció de que no se trataba del efecto causado por los tatuajes negros, ni del corte tosco de las mandíbulas, ni de los labios gruesos y sensuales, sino de los ojos. Nunca había visto una tonalidad como la de esos iris, que fulguraron con el matiz del oro en la luz tenue del atardecer.

—Muchacho —oyó decir a Barroso—, te espero mañana para que me ayudes con el inventario de esos géneros que llegaron de Río de Janeiro.

—Como mande, don Edilson. Mañana a las siete estaré aquí.

—Y vete preparando para ese embarque que llegará en unos días, el miércoles por la noche —especificó.

Era un indio, se dijo Alarcón. Sus rasgos, sus tatuajes y el marcado acento al pronunciar el castellano lo delataban. La figura del joven se perdió en el vestíbulo junto con la de Ciro, y Alonso se apresuró a abandonar la silla y presentarse frente al portugués.

—¡Eh, Alonso! —se sorprendió.

—Edilson, ¿cómo estás? Estaba esperándote.

—Pasa, pasa. —Le señaló la puerta de su despacho—. ¿Hace mucho que me esperas? Ciro no me avisó que habías llegado.

—No mucho. Además, estaba disfrutando de un buen mate y de un exquisito pan.

—La yerba es la de los jesuitas, la mejor, según entiendo. Mi cuñado me mataría si me escuchase decir que me sirvo de la de sus competidores y no de la de él.

—Dicen que tiene menos polvo y menos palo —acordó Alarcón—. Es mejor para la digestión.

—Siéntate. ¡Qué pronto has respondido a mi llamado! Te lo agradezco. Aquí las cosas estuvieron tranquilas durante los meses estivales, pero ahora comienzan a moverse de nuevo y me urge poner orden en algunas cuestiones.

—Entiendo. Dime lo que necesitas y me ocuparé de proveértelo.

Edilson Barroso le extendió un papel Manila donde había detallado las documentaciones y gestiones que precisaba y fue explicándole punto por punto.

—Además —dijo, y la inflexión en su discurso hizo a Alarcón levantar la vista del papel—, quería pedirte un favor personal. Necesito un salvoconducto para un hombre que trabaja para mí. No sé si llegaste a verlo. Estaba reunido con él mientras me esperabas.

—Ah, sí —murmuró don Alonso, e intentó disimular la curiosidad y el interés. Se lo había pasado pensando en cómo se las ingeniaría para preguntarle por el extraño de los tatuajes—. ¿Quién es él?

—Un muchacho muy despierto y fuerte, que está ayudándome con los cargamentos. Se ha demostrado muy hábil, resuelve los problemas sin esperar a que le indiquen la solución y tiene dotes de mando, como si fuese el general de un ejército. Mis hombres, aun los que trabajan para mí desde hace tiempo, acatan sus órdenes sin decir ni pío.

—Nada más valioso que un empleado en quien se pueda descansar y confiar.

—¡Qué cierto, amigo mío! Qué cierto. Sobre todo en esta actividad nuestra tan llena de riesgos y problemas. La confianza es el bien más preciado. ¡Más que el oro! —exclamó Barroso en su habitual muestra de histrionismo—. Por eso necesito que me consigas un salvoconducto. No me gustaría que los blandengues o la policía del Cabildo lo detuviese y él no pudiese demostrar su identidad. Se trata de un pobre indio sin un cuartillo partido por la mitad. Pagaré generosamente para obtener sus cartas de identidad.

—Puede hacerse —aseguró Alarcón, mientras calculaba cuánto le cobraría por ese favor. Tenía que contar el soborno que desembolsaría para convencer a su par, el representante del Consejo de Indias en la gobernación, quien se adjudicaba la autoridad para regular el flujo de personas desde y hacia la América, de que lo ayudase.

—Dame sus señas —pidió, y sin solicitar autorización, tomó la péñola que descansaba en el tintero.

—Su nombre es Francisco de Paula Almanegra.

—¿Almanegra? ¿Qué clase de apellido es ese? —Se acordó del toro al que había salvado Manú, pero no lo mencionó.

—Ese es su apellido. Almanegra. Todo junto. Vaya a saber de dónde viene o cuál es su historia. De igual modo, entre los peninsulares hay apellidos peor que ese, como Seisdedos, Sieteiglesias, Paniagua, Buendía, Bocanegra, Pechoabierto, Trespalacios —enumeró entre risotadas, que no contagiaron a Alonso de Alarcón.

—Lugar de nacimiento.

Barroso se rascó el mentón e hizo un ceño.

—Nuestra Señora Santa María de la Asunción, en la Provincia del Paraguay.

—Fecha de nacimiento.

—15 de agosto de 1730 —inventó.

—Con esto bastará. Donde se debe consignar el oficio o actividad, indicaré que es empleado de tu tienda de abarrotes, si así lo apruebas.

—¡Claro, claro! ¿Cuándo crees que lo tendrás listo?

—El martes te lo traeré.

Barroso abrió la caja fuerte, un bloque de hierro macizo y negro, y Alonso de Alarcón se preguntó dónde escondería la llave. La había abierto simplemente tirando de la manija de bronce; ni siquiera la había hecho girar. El portugués extrajo un talego con monedas, y Alonso prestó atención: quería ver si usaba una llave para cerrarla. No lo hizo; tan solo aproximó la puerta, e incluso dejó un resquicio por el cual se advertía un elemento extraño en el interior, blanquecino, de contornos definidos. Se preguntó de qué se trataría.

—¿Cuánto necesitas que te adelante por este asunto del salvoconducto?

Alonso apartó la vista de la caja fuerte y pestañeó un par de veces.

—Disculpa, Edilson, me intrigó ese objeto blanco en el interior de tu caja fuerte.

—¿Qué? ¿Esto? —Extrajo una máscara de una tonalidad no blanquecina como Alonso había entrevisto, sino como la del marfil—. Es una máscara veneciana, las que se usan en los carnavales. La compré en Río de Janeiro —dijo, y se la pasó.

Alonso la hizo girar y la estudio desde varios ángulos. Era de cuero rígido, pintado con laca, y de líneas rectas, en especial en la zona que cubría la boca, la cual terminaba en punta, otorgándole un aspecto temible o fantasmagórico. Los orificios para los ojos eran pequeños y el perfil de la nariz, no muy largo y más bien ancho. Se sujetaba a la parte posterior de la cabeza con dos cordones. Don Edilson la recibió de nuevo y la observó con una sonrisa antes de guardarla.

—La llevé un par de veces en unas fiestas de disfraces organizadas durante el Carnaval.

—¿Dónde? ¿Aquí, en Buenos Aires? —La expresión de Alarcón evidenciaba su sorpresa.

—Sí, aquí. En casa de doña Lucrecia —acotó el portugués después de una pausa y con un guiño.

—Ah —esbozó don Alonso, y no aventuró ningún comentario; entre la población se sabía que "la casa" de doña Lucrecia era el prostíbulo más refinado de la ciudad.

—¿Cuánto precisarás para obtener el salvoconducto? —insistió don Edilson.

Arreglaron esa cuestión, y cuando Alonso estimó que podía irse, el comerciante lo invitó a cenar. Aceptó, aunque habría deseado correr a la casa de la calle de Santo Cristo y abrazar a Manú. "Solo unas horas más", se animó. Era de capital importancia afianzar el vínculo comercial y de amistad con ese hombre que le llenaba la faltriquera de monedas de oro. Además, quería estar al tanto del próximo embarque que Barroso le había mencionado al tal Almanegra, el de miércoles por la noche. Faltaban cuatro días. Necesitaba los detalles para confeccionar la documentación para el inventario y el pago del almojarifazgo.

* * *

Después de cenar, cuando los fondos de la casa se aquietaron, Aitor y Emanuela partieron hacia el río, con Saite montada en el hombro de ella. En tanto caminaban de la mano, Emanuela admiraba el muro construido por Aitor y por Conan, de una altura de tres pies y con cinco columnas ubicadas cada seis varas, las cuales, en opinión de Conan Marrak, lo volvían sólido como una roca. Experimentó orgullo por el hombre que la amaba y que caminaba a su lado, que se daba maña para enfrentar cualquier desafío. Acarició la puerta de quebracho, mientras Aitor extraía una llave de su morral y la abría.

Dejaron las cosas bajo el tilo y después de que Emanuela, con Saite a su lado, se arrodillase frente a la tumba de Libertad y hundiese los dedos en la tierra y vertiese algunas lágrimas —Aitor, atento a los alrededores, la esperaba de pie, ubicado detrás de ella—, se desvistieron y marcharon hacia el río. Una ligera brisa nocturna le pegó el liencillo de la túnica al cuerpo, y Aitor frunció el entrecejo cuando tuvo la impresión de que los pechos de Emanuela habían crecido. Rememoró que la noche anterior le había pedido que no se los chupase porque le dolían. Él, en el frenesí de la pasión, había asentido y olvidado pronto el pedido. En ese momento, al ver los senos más redondeados e hinchados, se acordaba.

El agua no estaba tan agradable como a mediados de enero, y la proximidad del otoño se hacía sentir. Se sumergieron, Emanuela, dando saltitos y respirando velozmente cada vez que el agua le lamía un parte seca del cuerpo; Aitor, riéndose de ella. Se hundió por completo y sacudió la cabeza al emerger para salpicarla.

—¡Aitor!

—Ven. —La aferró por la muñeca y la estrechó con los brazos—. Tienes piel de gallina, Jasy.

—Ya me acostumbraré.

—Nademos para entrar en calor.

Lo hicieron a lo largo de la costa porque Aitor no quería internarse en un río al que no conocía, en especial si estaba con Emanuela. Terminó persiguiéndola y no le costó atraparla por un tobillo. Emanuela reía y se rebullía en un intento vano por escapar. Acabó aplastada contra el pecho de él, que le respiraba agitadamente en el hombro, donde le había clavado los colmillos.

—¿Intentarás huir?

—A la primera oportunidad —lo provocó, y emitió un quejido cuando Aitor ajustó sus brazos en torno a ella e hincó los dientes en su carne.

—¿Lo harás?

—No, no lo haré. Nunca.

Aitor levantó la cabeza, y sus miradas se encontraron. La sonrisa de Emanuela se desvaneció. Cayó sobre su boca de pronto, sin preámbulos, y ella soltó una exclamación ahogada. Pasada la sorpresa y sin cortar el beso, se levantó la túnica, lo circundó con las piernas y le rodeó el cuello con los brazos. Aitor profundizó la penetración con la lengua. El beso se volvió frenético, visceral, demandante, y sin embargo, lo que más conmovía a Emanuela era la intimidad que los unía mientras sus bocas se devoraban y sus lenguas se entrelazaban. Siempre había experimentado una comunión especial con Aitor, primero como hermano, después como amante. La confianza que le inspiraba, y que ella había creído perdida para siempre después de su traición, se restablecía tan saludablemente como cuando eran pequeños. Esa seguridad, la de que todo volvía a ser como antes, le provocó un estallido de latidos y felicidad en el pecho. Deslizó las manos por la cabeza de Aitor y tomó el control del beso.

No importaba cuántas veces se deleitase con el espíritu apasionado de su Jasy; una y otra vez lo sorprendía, como si se tratase de un sabor nuevo y exquisito. Lo asombraba y lo dejaba sin aliento, como en ese momento en que el cuerpo menudo de ella se estrechaba al de él como si nunca le resultase suficiente la cercanía, y su cabeza se movía hacia uno y otro lado, mientras con el fervor de sus labios y de su lengua le decía que lo amaba, que lo deseaba. Incluso así, completamente abandonado a la pasión de su mujer, una pequeña voz le advertía que no era prudente distraerse en ese paraje. Se apartó conjurando una fuerza de voluntad construida y disciplinada tras años de una vida dura y arriesgada en la selva.

—Hazme el amor —le suplicó, con los ojos aún cerrados.

Aitor suspiró y apoyó la frente sobre la de ella.

—No, Jasy. Terminemos de bañarnos y regresemos a tu pieza.

Levantó los párpados y se lo quedó mirando. Movió las manos desde la parte posterior de la cabeza de él y le cubrió las mejillas.

—¿Por qué no? —quiso saber, y no se preocupó por disimular la decepción y la excitación. Había caído en la cuenta de que no transcurría mucho tiempo antes de que la necesidad de tenerlo dentro de ella se convirtiese en una pulsión dolorosa. A veces la avergonzaba volver a desearlo pocos minutos después de haber copulado. ¿Sería verdad lo que sostenía doña Ederra, que la naturaleza de los guaraníes era más proclive a la concupiscencia que la de los españoles?

—Porque no quiero distraerme, Jasy. Sabes que esta zona no es segura.

—Saite nos advertiría.

—Si no está ocupada haciéndose de un ratón o de una liebre. No, Jasy, no pienso dejar la protección de mi mujer en manos de una macagua, por mucho que confíe en ella.

Emanuela volvió a fijar la vista en él, mientras con los pulgares le acariciaba los pómulos. Una sonrisa le agitó las comisuras antes de susurrar:

—Me haces sentir segura. Me haces sentir tan amada.

—*Eres* amada hasta la demencia —afirmó, y Emanuela notó que la voz le vacilaba y que su nuez de Adán subía y bajaba varias veces y de manera violenta. Advirtió también que los rasgos de él se contraían, como en el intento de reprimir una fuerte emoción.

—¿Qué sucede, Aitor?

La apretujó contra su pecho y le confesó:

—Pensé que nunca volverías a mirarme con la misma devoción de cuando eras una niña. De cuando eras *mi* niña. Pensé que… —Se interrumpió, a punto de mencionar la noche de su traición. Esperó hasta recuperar la compostura—. Me mirabas y me hacías sentir el hombre más fuerte del mundo. Habría hecho cualquier cosa por ti. Lo que me pidieses.

—¿Habría? ¿Ya no lo harías?

—¡Sí! Haría cualquier cosa por ti. Sacrificaría todo lo que tengo, la vida aun, para mantenerte a salvo de todo y de todos.

—Y yo haría cualquier cosa por ti. Es maravilloso vivir con esta certeza. En un mundo lleno de misterios y de dudas, saber esto me llena de gozo. En realidad, es lo único que necesito para vivir, esta certeza. Y lo supe aquel día en que te vi atado al rollo, mientras te azotaban. Habría recibido con gusto los latigazos con tal de que tú no los recibieses.

Aitor se apartó y le acunó el rostro por las mandíbulas.

—Dios mío, Emanuela... ¿Cómo es posible que yo sea el dueño de tu corazón?

—¿Cómo es posible que yo, Emanuela Ñeenguirú, bastante poco agraciada y común, sea la dueña del hombre más bello, valiente y noble que pisa la Tierra? Te adoro, Aitor, y quiero que sepas que nunca doy por hecho tu amor, sino que lo atesoro como mi bien más preciado.

—¡Jasy! —Volvió a besarla y, cuando se apartó, la aferró de nuevo por las mejillas y le prometió—: Voy a hacerte la mujer más feliz del mundo, amor mío.

—Ya lo haces.

—No, te haré más feliz. Te convertiré en una reina y tendrás todo lo que necesites y desees. Te daré una casa más hermosa que la de los Urízar y Vega, y te compraré joyas como usan las españolas, y vestidos de telas costosas, de esas que vende don Edilson y que cuestan un ojo de la cara, y perfumes, y cuanto capricho quieras pedirme. Todo, te daré todo lo que me pidas.

Emanuela reía, incapaz de frenarlo para repetir una vez más que no quería nada, solo a él. Destellaba una luz vivaz en sus ojos cuando abordaba el tema de la riqueza, que, sin duda, se había convertido en su obsesión, como si esa meta, la de volverse rico, le confiriese un sentido a su vida, como si fuese una brújula que le señalase el norte. No lo frenaría porque no quería oponerse a su sueño, y tampoco lo haría porque lo conocía demasiado para saber que, una vez que Aitor elegía una senda y se ponía en movimiento, nada ni nadie lo detenía.

—¿Quién es Creso?

—¿Creso? —repitió, desconcertada—. ¿El rey Creso?

—No lo sé —dijo, impaciente—. Creso. Don Edilson dijo: Más rico que Creso.

—Sí, se refería al rey Creso.

—¿Quién era?

—Un rey de la Antigüedad. Su reino estaba donde hoy se hallan los turcos otomanos, hacia el este de la Europa.

—Sabía que lo sabrías. —La besó en la frente—. Nadie es más culto que mi Jasy.

—Hay gentes muchísimo más cultas que yo, Aitor. Como decía Sócrates: Solo sé que no sé nada.

—Solo sé que no sé nada. —Aitor rio con ironía—. Deja esa frase para mí, Jasy, que no es para ti, amor mío. Tú eres mi orgullo, mi mujer sabionda. ¿En verdad era rico el rey Creso?

—Eso se dice. Su reino, el reino de Lidia, era muy próspero y poderoso. Por eso se asegura que su rey era muy rico.

—Pues yo seré como el rey Creso y tú serás mi reina.

Terminaron de bañarse y regresaron a la recámara. Aitor usó su llave para cerrar la contraventana y la devolvió al morral. Ayudó a Emanuela a quitarse la bata de liencillo y la secó con pasadas lentas, aunque enérgicas. Acuclillado frente a ella, levantó la vista para pedirle:

—Separa las piernas.

Emanuela hizo como se le ordenaba. Sin darse cuenta, fue despegando los labios y aumentando la presión de las uñas en el hombro de Aitor. El género con que la secaba cayó al suelo, y fue la mano desnuda de él la que siguió masajeándole los pliegues en su lugar más íntimo. Se le cortó la respiración cuando el rostro de Aitor se perdió entre sus rizos, y emitió un gemido ronco y animal cuando él usó la lengua para acariciar con movimientos insistentes el pequeño bulto que latía y la hacía vibrar. Sus labios lo succionaron, y un temblor la recorrió de pies a cabeza. Se sostuvo enredando los dedos en el cabello de Aitor.

El alivio no tardó en llegar, e impulsada por la potencia del goce, hundió sin misericordia las uñas en el cuero cabelludo de él y lo usó de punto de apoyo para impulsar la pelvis en su cara. El placer la hizo gemir y moverse y gritar el nombre de su amado. Quedó exhausta, reclinada sobre el cuerpo de Aitor, que se puso de pie, la levantó en brazos y la acomodó sobre la mesa. La cabeza de Emanuela cayó hacia un costado, los brazos le colgaron fuera. El pecho le subía y le bajaba, y su respiración trabajosa y los gañidos de Orlando, que no terminaba de habituarse a las costumbres amatorias de su dueña, eran los únicos sonidos de la noche, pues Aitor, que se desnudaba, no le arrancaba un chirrido a los tablones del piso. Emanuela, con los ojos aún cerrados, sintió las manos de él en las rodillas, y supo que se disponía a acomodarla para tomarla como tanto le gustaba.

Aitor le apartó las piernas y le colocó los pies en el borde de la mesa. Emanuela evocó la primera vez que él la había amado en esa posición y las palabras que le había dicho. *"Necesito ver cuando mi verga se entierra en tu carne, Jasy, cuando tu carne me traga y me aprieta, y la mesa tiene la altura perfecta para eso."* Su explicación había sido sincera, casi brutal, nada romántica, y, sin embargo, la había afectado, seducido y excitado como nada. Se acordó también de lo vulnerable y expuesta que se había sentido en aquella ocasión, y pensó en lo relajada que estaba en ese momento después de haber sido amada en esa postura tantas veces. Esto también hablaba de la confianza que habían reconstruido en las semanas de pasión y de amor que habían compartido. Le observó la actitud reconcentrada, de ceño apretado y cejas puntiagudas, de labios entreabiertos por donde escapaba el aliento agitado, reflejo del esfuerzo en el que se embarcaba para sofrenar la excitación mientras se aferraba el *tembo* y lo guiaba dentro de ella.

—Aitor —suspiró, y arqueó la nuca y elevó los senos, y cuando él cerró la boca en torno a un pezón, el dolor la surcó con viciosa rapidez e intensidad, y soltó un alarido.

—¡Jasy! ¡Perdóname! ¿Aún te duelen los pechos?

Su semblante desconcertado y angustiado la obligó a rozarle la mejilla con la punta de los dedos y a sonreír para tranquilizarlo.

—Sí, aún me duelen.

—¿Por qué?

—Sucede a veces antes de que baje el sangrado.

—Lo siento. No lo sabía.

—Bésalos con suavidad, Aitor. Lámelos con delicadeza.

—Sí, amor mío.

Lo hizo, y la sutil caricia de los labios de él y de su aliento tibio y el roce de su lengua le calmaron el dolor. La excitación volvió a apoderarse de Aitor, sus arremetidas cobraron un ritmo frenético. Abandonó los senos de Emanuela porque le temía a su propio desenfreno y se apoderó de su boca, y le mordió el filo de la mandíbula, y descendió por su cuello y le clavó los colmillos en la curva que formaba con el hombro. Aitor se incorporó repentinamente, y sus miradas se encontraron.

Emanuela le conocía esa costumbre cuando lo hacían sobre la mesa, la de alejarse en la instancia en la cual el goce se aproximaba. Él la observaba con esa fijeza que la despojaba del respiro, los ojos en llamas, los músculos en tensión, las manos de nudillos blanquecinos aferradas a sus caderas, siendo la pelvis la única parte del cuerpo en movimiento, que se arrojaba dentro de ella, cada vez más profundo. Sus senos sensibles se agitaban, y el tirón le hacía doler, y paradójicamente la corriente de dolor, que viajaba hasta sus piernas, le potenciaba la sensación que anunciaba que algo estaba a punto de explotar.

Extendió la mano para rozarlo, cualquier parte, el hombro, el brazo, la cara, solo quería tocarlo; lo necesitaba. Él siguió mirándola en silencio, con esa insistencia y seriedad que a otro habría aterrado, y que a ella hacía sentir importante y deseada.

—¿Querías ver cómo tu carne entraba dentro mí? —Él apenas agitó la cabeza para asentir—. ¿Por qué? —Aitor no contestó, ni siquiera con un gesto, y mantuvo los ojos fijos en los de ella, casi con una actitud desafiante—. ¿Porque eres mi dueño, el único que ha entrado dentro de mí, el único que lo hará? —Aunque él persistió en su silencio, Emanuela notó el efecto de sus palabras: las paletas nasales se le abrieron, los músculos de las mandíbulas se le contrajeron bajo la piel tensa y bronceada, el rombo del entrecejo le desapareció y sus dedos se clavaron con crueldad en la carne de sus caderas—. Sí, eres el único. Eres mi todo, Aitor.

Inesperadamente, Aitor se inclinó sobre ella y le succionó los labios, y se los mordió y la penetró con la lengua. No era un beso, sino una muestra desesperada de posesividad, de amor, de pasión, aunque también del enojo que lo acompañaba desde pequeño; también era una advertencia, si no una amenaza; y una súplica velada. El alivio la alcanzó en esa instancia, y lo gritó en la boca de Aitor, que la siguió un momento después. Lo escuchó soltar el aliento duramente. Levantó los párpados porque no quería perdérselo en el gozo. Adoraba su rostro contraído en esa mueca de padecimiento, los gemidos roncos que nunca parecían acabar, y los jadeos ahogados con los que terminaba echado sobre ella.

La espalda de Aitor subía y bajaba con rapidez, y Emanuela le trazó dibujos para aquietarlo y distenderle los músculos. Se quedaron un rato en esa guisa, ella sobre la mesa, los pies enganchados a la altura de las nalgas de Aitor, que la cubría por completo y que aún permanecía dentro de ella. Las manos de él descansaban sobre la mesa, a los costados de su rostro. Emanuela sintió que la rozaba con los pulgares.

—Jasy, ¿crees que soy egoísta?

—No —contestó ella, pasado un momento.

—Mi *sy* dice que lo soy.

—¿Por qué lo dice?

—Asegura que siempre hago lo que deseo y que no pienso en los demás.

—¿Qué haces sin considerar a los demás?

—Esto, por ejemplo. Mantenerte en esta mesa sabiendo que estás incómoda, y lo hago porque no quiero moverme, no quiero salirme de ti. No quiero separarme de ti. Me gusta cuando nuestras pieles se tocan. Me gusta estar dentro de ti después de haberte echado un polvo.

—A mí me gusta que estés dentro de mí. No eres egoísta por eso.

—Pero sí lo soy por no querer llevarte a vivir a la Colonia del Sacramento donde estarías a salvo de la Inquisición.

—¿Por qué no quieres?

—Porque yo tendría que pasar la mayor parte del tiempo aquí, en Buenos Aires, y no soportaría separarme de ti. No lo soportaría —repitió con vehemencia, y levantó la cabeza para mirarla con ojos que imploraban misericordia—. No puedo vivir sin ti, Jasy.

—Yo tampoco.

—Pero estarías a salvo.

—Estaré a salvo si estoy junto a ti.

—Jasy...

—No me apartes de ti, amor mío.

—No, no —repitió entre besos que caían en cualquier parte de su rostro—. ¿Cómo podría?

—Encontraremos un lugar para vivir sin que nadie nos moleste. Ya lo verás.

—Sí, lo encontraremos. En las afueras.

—Podría ser cerca de la casa de los Matas.

—Podría ser. Ya veremos. Me gustaría algo mejor para ti.

—Estaría muy bien para empezar. Me conformaré con cualquier cosa que me des siempre y cuando estés conmigo.

Las manos de Aitor le cubrían la cabeza y sus pulgares le peinaban las cejas. La contemplaba con seriedad, aunque con una mirada dulcificada y los rasgos relajados.

—¿En qué piensas? —quiso saber ella.

—En cuando íbamos a nuestra torreta y me dabas placer. En cuando eras mi niña adorada, y aun siendo pequeña e inocente, me dabas todo de ti, y yo lo tomaba porque estaba loco de deseo. Y porque soy egoísta —añadió, desanimado.

—Te amo —susurró ella.

—Saberlo es lo único que le da sentido a mi vida.

—Dime que me amas.

—¿No te aburres de oírmelo decir?

—No.

—Y lo de recién, ¿no cuenta como una declaración de amor? —Rotó las caderas contra su vagina.

Un gemido escapó de los labios de Emanuela cuando una sensación placentera le rozó las partes aún sensibles, y la excitación le hizo vibrar de nuevo los sentidos; el del tacto, cuando de pronto fue consciente del punto en el que sus manos rozaban la espalda mojada y tersa de Aitor; el de la vista, cuando el dorado de sus ojos se expandió fuera de la órbita y la encegueció; el del olfato, al volverse más intensos los restos del olor a sexo que se suspendía sobre ellos, el aroma de los fluidos y de la transpiración de sus pieles que se había vuelto tan familiar; el del gusto, porque él volvió a besarla, y ella se regodeó en el sabor de sus labios y en el de su saliva; el del oído, cuando las inspiraciones de él comenzaron a agitarse y a tornarse ruidosas, lo que le dio a entender que no era solo ella la que se excitaba de nuevo y fácilmente. Los pezones, distendidos un momento atrás, se le endurecieron en un santiamén, y la abrumó la necesidad apremiante de pedirle que se los chupase, aunque la hiciese padecer.

—¿Más, Jasy? Después de lo que acabamos de tener, ¿quieres más? —Aitor profirió una carcajada al descubrir el sonrojo que cubrió las mejillas de su mujer—. No sabes lo feliz que me haces por desearme.

—Sí, te deseo. Todo el día —aclaró, y un tinte exasperado le tiñó la voz.

—¿Todo el día? ¿Cómo es eso? —Aitor carcajeó por lo bajo al ver que se acentuaba el rubor en las mejillas de Emanuela y le besó la barbilla respingona—. Haz feliz a tu Aitor y cuéntale qué sientes todo el día.

Emanuela exhaló un suspiro resignado y bajó las pestañas.

—Pienso y luego siento. Pienso en ti, en mí, en lo que hacemos cuando nos amamos, y siento, primero una emoción muy grande, la de saberte mío, la de saberme tuya, la de compartir la intimidad más profunda que un ser humano puede compartir con otro, esa intimidad tan nuestra, tan secreta y sublime. Entonces me asalta el deseo y se me aloja entre las piernas como un latido fastidioso que solo tú puedes calmar. —Aitor, medio aturdido por el discurso de ella, se la quedó mirando—. Y tú no estás para rescatarme de mi miseria.

—Lo dices como si te enfadase, como si estuvieses enojada conmigo.

—Me enfada saber que tú no piensas en mí como yo en ti.

Aitor volvió a reír sin alegría, ni entusiasmo, más bien con un matiz cansado.

—Jasy, Jasy... No sabes lo que dices.

—¿Piensas en mí todo el día como yo en ti?

—Sí, Emanuela. Todo el bendito día, todos los días, desde que tengo cuatro años.

Elevó las pestañas y lo miró a los ojos.

—¿Y me deseas como yo a ti?

—¿Por qué crees que me masturbaba mientras pensaba en ti, a pesar de que mi *pa'i* Ursus me advertía de que quedaría ciego y me crecerían pelos en las palmas de las manos?

—¿De veras? ¿Podrías haberte quedado ciego, amor mío?

Aitor rio con ganas y le besó los labios. Era adorable cuando abría grandes los ojos y le mostraba los vestigios de la niña inocente y pura que había sido. Paradójicamente, lo excitaba.

—No, Jasy. Es una mentira que nos dicen los *pa'i* para que no lo hagamos. Veo tan bien como siempre, y créeme, me he masturbado mucho pensando en ti.

—Pero ahora no lo haces.

—No. Ahora te tengo cuando quiero, te tomo cuando y como quiero.

—Sí, estoy para lo que quieras.

Se quedó mirándola, atrapado en sus pensamientos, que terminó por expresar en voz alta.

—Sin ti, ¿qué sería de mí? Era un pobre diablo destinado desde mi nacimiento a vivir en un mundo de odio y desprecio. Después llegó mi Jasy, y el Aitor que debió haber sido desapareció. Y aquí está este otro, lleno de defectos, sí, pero mejor, mucho mejor que el otro simplemente porque su Emanuela lo ama. Tú me honras con tu amor y me haces mejor persona, Jasy.

—Y tú me haces mejor persona a mí, Aitor. —Él sacudió la cabeza para contradecirla—. Sí, porque fuiste tú el que me enseñó a amar. Amo a muchas personas, pero a nadie como a ti. Esta intensidad... Es lo más valioso que tengo, mi amor por ti. Lo que tú me inspiras es tan enorme, y tan único, y sé que hemos sido bendecidos al recibir esta clase de amor, y sé también que no podría amar a nadie como te amo a ti simplemente porque no sería mi Aitor. El secreto de mi amor, el secreto de que sea grande y eterno, radica en que te pertenece a ti. Por eso tú me haces mejor persona, y nada me hará cambiar de opinión.

Asintió con dos agitaciones rápidas de cabeza y guardó silencio en tanto pugnaba por deshacerse del calor que le invadía los ojos y de la pelota que se le había alojado en la garganta. Emanuela le acunó el rostro y, en un tono alegre, propuso:

—Podría preguntarle a Aurelia si conoce alguna casa que se rente cerca de la de su familia. ¿Qué opinas?

—No. —La respuesta emergió con la calidad de un ronquido. Carraspeó y volvió a decir—: No.

—¿No? ¿Por qué?

—Nadie debe saber que estamos planeando escapar. Sé que confías en Aurelia, pero prefiero que nuestros planes sean solo nuestros y que no los compartamos con nadie.

—Nuestros amigos podrían ayudarnos.

—Ya veremos.

—Llévame a la cama. Tengo algo para ti.

—¿Un regalo?

—Dos regalos, de hecho.

Primero levantó las cejas, sorprendido, y después su boca se expandió en una sonrisa que a Emanuela emocionó. "¿Solo yo te hago sonreír de este modo?", le habría preguntado.

Aitor la depositó a los pies de la cama y se retiró de ella. Se miraron fijamente hasta que Emanuela rompió el contacto y se dio vuelta para quedar sobre su vientre. Se arrastró por la cama, y Aitor, a los pies, le observó el trasero, que ella meneaba en tanto se desplazaba hacia la mesa de noche. Sin apartar la vista de Emanuela, se aferró el pene, de nuevo erecto, y se lo masajeó. Subió a la cama y, mientras ella, todavía recostada, hurgaba en el cajón, la cubrió con su cuerpo y le mordió el hombro.

—¡Oh!

—Tengo deseos de ti. Otra vez —expresó, y en su voz se adivinaban un matiz avergonzado y un timbre cargado de resignación.

El corazón de Emanuela le saltó en el pecho, y la sangre le zumbó en los oídos. Dejó caer los párpados y apretó los labios en tanto se permitía sentir el escozor cálido y húmedo que le volvía sensibles las partes que él acababa de poseer.

—Sí —susurró—. Házmelo otra vez.

La erección de Aitor se pronunció hasta tornarse dolorosa, y sus testículos se pusieron tensos y pesados. La penetró con un impulso rápido, y Emanuela despegó el torso del colchón con una exclamación. Aitor deslizó las manos y atrapó entre el índice y el mayor los pezones de ella y los apretó. Emanuela ahogó el gemido en la almohada, mientras elevaba el trasero para salir al encuentro de las embestidas de Aitor, que acompañaba cada impulso con un sonido ronco y desesperado. Sus dedos como tijeras se cerraban en torno a los pezones sensibles de Emanuela, y el gozo se mezclaba con el dolor. Agitaba la pelvis y rozaba contra el colchón el punto que latía y la volvía loca, enceguecida en la búsqueda del alivio.

Aitor se retiró de pronto, y Emanuela emitió un gemido de frustración. Sin miramientos, con manos bruscas, la obligó a darse vuelta y a incorporarse. Se había sentado en medio de la cama, y la erección brillante destacaba casi paralela a su vientre. La sobrecogió el deseo de tenerlo en su boca. Se incorporó rápidamente y lo introdujo entre sus labios. Aitor echó el torso hacia atrás y dejó caer la cabeza, mientras sus gemidos inundaban la habitación y sus manos estrujaban las sábanas. Emanuela levantó las pestañas y se topó con los ojos de él, que la contemplaban con una mezcla de adoración, lascivia y ansiedad que la hizo detenerse. Quedó hechizada, la vista fija en la de él, los labios quietos en torno a su miembro.

—Siempre me imaginaba mi verga en tu boca. Recuerdo una vez que me masturbé imaginándote así. Fue en la cárcel, la noche en que te dije que quería que fueses mi esposa. Te pedí que salieras porque quería orinar, y tú me esperaste fuera sin saber que yo estaba sobándome mientras imaginaba tus labios que me apretaban la verga, como ahora.

Emanuela sonrió con el recuerdo y lo recompensó pasándole la lengua por el glande, una y otra vez, mientras le agitaba el frenillo y lo hacía gritar.

—Basta, Jasy —jadeó él—. Basta. —La sujetó por los brazos y la obligó a sentarse sobre sus muslos—. Rodéame con las piernas.

Emanuela lo complació, y también cerró los brazos en torno a su nuca. Se miraron en silencio, agitados y excitados. Aitor la apretó contra su torso y bajó la vista para ver cómo los pechos de ella se aplastaban contra sus pectorales. Volvió a mirarla antes de mover una mano hacia abajo y deslizar el índice entre las nalgas de ella. Le acarició el ano, y siguió descendiendo hasta hundirse entre los pliegues mojados y listos. Amaba esa anticipación que compartían, ese juego preliminar, tanto como el orgasmo mismo. Ansiaba descubrir el deseo en los ojos grandes y azules de su Jasy, de su mujer, de su niña, de su vida, de su todo. Ansiaba el efecto que ejercía sobre él esa mirada devota, que una vez había creído perdida para siempre. Lo recorrió una agitación al meditar cuán cerca había estado de perderla.

—¿Por qué tiemblas? ¿Qué sucede?

—Jasy, eres mucho más de lo que había imaginado. Mucho más, amor mío.

—¿Te satisfago, Aitor?

Ya se lo había preguntado en el pasado, recordó Aitor, y no sabía por qué volvía hacerlo en esas circunstancias. ¿Se debería tal vez a que, en ocasiones, aún la mortificaban las imágenes de él y Olivia fornicando?

—Por completo, Jasy. Eres tan generosa conmigo en la cama como lo eres con todo lo demás.

La sujetó por las caderas, la elevó sobre su miembro y la empaló con él. Emanuela le ofreció el cuello al echar la cabeza hacia atrás. Aitor le clavó los colmillos en la vena que sobresalía y le causó un cosquilleo, que acabó por acentuarle la dureza de los pezones.

—Mi verga te da placer —declaró con arrogancia.

—Porque es *tu* verga la que está dentro de mí es la razón por la que siento placer.

Oírla decir verga le calentó la sangre y lo puso más duro, al límite; estaba por explotar. Apretó los párpados y le mordió el hombro hasta sofocar la inminente eyaculación.

—No puedo imaginar a otro dentro de mí. La sola idea me repulsa.

Los brazos de Aitor se ajustaron con vicioso enardecimiento. Su mano derecha se cerró en torno a la nuca de Emanuela y la obligó a llevar la cabeza un poco hacia atrás para mirarla a los ojos.

—No hables de otro dentro de ti, ni siquiera para decir que la idea te da asco. Eso quiere decir que has pensado en la posibilidad y no lo soporto.

—Está bien —farfulló, conmovida por la ira, la desesperación y el dolor que se trasuntaron claramente en sus ojos.

—Yo no soy culto, Jasy —manifestó con timbre provocador.

Se trataba de un tema recurrente; ya lo habían tocado semanas atrás cuando él le había pedido que le enseñase a comer como los blancos refinados de Buenos Aires para no avergonzarla. No terminaba de sorprenderla que esos aspectos se hubiesen vuelto importantes para él cuando, en realidad, a Aitor siempre lo habían tenido sin cuidado los juicios ajenos. ¿Algo en ella lo instaba a sentirse menos?

—Pero nadie sabe más que tú acerca de la selva, de sus misterios, secretos y trampas mortales. ¿Qué haría yo con todo mi conocimiento si me perdiese en la selva? Perecería, de seguro. Además, ¿por qué me dices que no eres culto? ¿Qué clase de comentario es ese?

—Querrás hablar de libros y de todas esas cosas que sabes por sabionda, y yo no sabré qué decirte. Te aburrirás.

Emanuela rio por lo absurdo del pensamiento, y enseguida se calló al descubrir el rictus que endurecía el gesto de Aitor.

—De nuestros diecisiete años juntos —expresó ella—, no recuerdo una vez en la que no haya deseado tu compañía, en la que no me haya divertido, en la que no me hayas enseñado algo que atesoro.

—Pero ahora conoces a hombres cultos y refinados.

—Sí, conozco a hombres cultos y refinados, y sigo prefiriéndote a ti. ¿Quién es el que me hizo mujer? ¿A quién le di mi virginidad? ¿A quién tengo alojado en las entrañas en este momento?

"¿De quién es el hijo que crece en mi vientre?", le habría preguntado, pero guardó silencio. Aún necesitaba la confirmación o tal vez habituarse ella misma a la idea. Por otro lado, no quería anunciarle la noticia en una instancia en la que él se mostraba pesimista y difícil.

—Respóndeme, Aitor. ¿Quién está alojado dentro de mí en este momento?

—Yo.

—Sí, tú. —Rotó las caderas como él le había enseñado, y lo sintió crecer dentro de ella.

—Jasy… —susurró con acento desfallecido, apoyó la frente en el hombro de ella y la sujetó con una fuerza que no midió.

—Aitor, aunque fueses analfabeto…

—Casi lo soy, Jasy. Apenas sé escribir y leer en guaraní.

—Aunque fueses analfabeto —prosiguió ella, con autoridad, haciendo caso omiso de su interrupción—, seguiría eligiéndote simplemente porque te amo. Ya te lo dije tiempo atrás: ni siquiera el rey más poderoso de la Tierra sería capaz de reemplazarte en mi corazón. Es un hecho: te amo hasta la locura. ¡Acéptalo! —Los párpados celados de Aitor no servían para ocultar su mirada hosca y ofendida—. Y sí, tu verga me da placer, mucho placer, y pienso en ella todo el día. Y no me avergüenzo porque es mía, tanto como lo eres tú.

Volvió a aferrarla por la nuca y cayó sobre su boca. Emanuela enseguida se adaptó a la rabia y al deseo con que la besaba. Las manos de Aitor se le deslizaron por la cintura y terminaron calzadas con firmeza en sus caderas, donde aplicaron presión para moverla sobre su falo, con la intención de enterrarse aún más profundo en ella, para sentir su carne resbaladiza y caliente cerrarse en torno a él mientras le llegaba el alivio.

—Quiero que solo pienses en mi verga.

—Sí.

—En mi verga dentro de ti. Quiero que todo el día pienses en eso.

—Es lo que hago, lo sabes. Todo el día. Solo eso.

Emanuela apretó los párpados al tiempo que se concentraba en tensar los músculos de su vagina como él le había enseñado. Aitor se sacudió y vociferó y luego permaneció quieto, tenso y acezante, y ella sonrió para sí.

—Quiero que solo pienses en mí —le exigió, y Emanuela percibió el movimiento de sus labios sobre el hombro, donde él ya le había dejado las marcas de sus colmillos—. Que no te importe que yo sea indio o que sea bruto.

—No me importa.

—Que no te importe nada, solo esto. —Volvió a moverla desde las caderas, y la hizo contonearse sobre el punto exacto en el que se unían el dolor, la tensión, el placer y la ansiedad. "Sabe lo que hace", se dijo ella. "Es muy diestro", concluyó, y pocos segundos después arqueó la espalda y profirió un gemido que fácilmente podría haber sido juzgado de sufriente.

Con los ojos fijos en el rostro de Emanuela, sofocado de amor, de orgullo y de pasión, Aitor hundió los dedos en las carnes de ella y la levantó y la bajó sobre su pene con un ímpetu casi desquiciado que se evidenciaba en la contracción que le arrugaba el rostro. Hasta que le bañó las entrañas con su semilla. Permanecieron quietos en medio de la cama, aferrados el uno al otro, acometidos por los últimos coletazos de placer. Fueron distendiéndose y acabaron acostados, con las miradas enfrentadas. Aitor le quitó unos rizos de la frente y se la besó.

—Eres mi vida —susurró Emanuela, y le sujetó la mano y le pasó los labios por los nudillos, y le estudió la palma callosa y llena de cortes—. No quiero que te angusties pensando en los demás. Solo tengo ojos para ti. No olvides que soy tan guaraní como lo eres tú.

—Yo no soy guaraní. Soy mitad abipón y mitad blanco.

—Sí, lo sé. ¿Te gusta ser mitad blanco?

Aitor se encogió de hombros.

—Los blancos solo nos han traído penas —pronunció al cabo—. Mira lo que han hecho con las tierras al otro lado del Uruguay. —Suspiró, cansado—. Pero, como en todos los pueblos, hay blancos buenos y blancos malos. Mi *pa'i* Ursus es uno de los hombres más buenos que conozco, y es blanco. Laurencio abuelo era un gusano, y era guaraní.

—Y tu padre, don Vespaciano, es bueno, ¿verdad?

—Mi padre es bueno cuando quiere, cuando le conviene. Pero puede convertirse en un demonio si lo juzga necesario, y creo que lo disfruta. Un poco como yo —consintió, entre risas, y Emanuela rio a su vez. El silencio reinó de nuevo, y ellos se miraron con fijeza—. Me haces tan feliz.

—Y tú a mí. Plenamente.

—Siempre te encuentro hermosa, pero después de hacerte el amor, cuando todavía tienes las mejillas coloradas y los labios hinchados a causa de mis besos, y cuando me miras así, llena de amor por mí... No hay nada más bello que tú, Jasy.

—Gracias, Aitor. ¿Pecaré de vanidosa por sentirme tan feliz al oírte decir que te parezco bella? El hermano Pedro siempre decía que la vanidad había hecho caer al ángel Lucifer. ¿Lo recuerdas?

—Nunca presté atención a lo que decía el hermano Pedro. Ni siquiera sé quién es el ángel Lucifer.

—Satanás, el demonio.

—Ah. De igual modo, no me importa si pecas de vanidosa, Jasy. Te confieso que me gusta que te sientas vanidosa por que yo te digo que eres hermosa.

—Muy vanidosa, señor Almanegra —admitió, con esa sonrisa bribona que a él le provocaba sentimientos de naturaleza contrapuesta, como ternura y lujuria—. Y ahora te daré mis regalos.

En un intento por sofocar la excitación, Aitor apartó la vista cuando Emanuela se estiró hacia la mesa de noche y los pechos se le sacudieron con el esfuerzo. Le pareció absurdo que el deseo volviese a azotarlo y que su pene reaccionase una vez más a ella, como si no la hubiese penetrado incansablemente durante semanas, como si pocos minutos atrás un orgasmo no le hubiese drenado la fuerza. Se quedó quieto, con los párpados apretados, y evocó la primera escaramuza en la que peleó junto a su abuelo, tíos y primos abipones, en la cual casi acabó muerto a manos de un toba, en vano, pues, cuanto más se empeñaba en revivir la pelea en la que su atacante recibió una cuchillada en el corazón, la visión de los pezones de Emanuela, rosados y distendidos, se imponía, y en lugar del toba y de la sangre que le había brotado de la herida, se acordaba de la tarde de su decimoctavo natalicio, cuando le espió los pequeños pechos a su Jasy mientras ella, inocente y ajena a su lascivia, le entregaba los regalos.

Emanuela regresó junto a él y se sentó sobre los talones, toda sonriente y expectante, con algo en la mano a lo que él no prestó atención, pues solo tenía ojos para los pechos que le caían, pesados y, sí, definitivamente más grandes. Más grandes, más inflados, más redondeados. Su miembro se irguió con ansias renovadas. Se colocó en cuatro patas y, sin tocarla, apoyó las manos a los costados de sus caderas y se metió un pezón en la boca.

—Aitor —se quejó Emanuela—, quiero darte mis regalos.

—Después. Ahora esto.

—¿De nuevo? —dijo ella, y la ansiedad con la que le enterró los dedos en el pelo y le acercó la cabeza a su seno desmintió el fastidio que le matizaba la voz.

—Sí, Jasy, de nuevo —respondió, sin soltar el pezón, y elevó las pestañas para mirarla antes de recordarle—: Emanuela, puedo hacer contigo lo que quiera, lo que se me antoje, cuando quiera, donde quiera, todas las veces que quiera.

—Sí —jadeó ella, y ahogó un gemido de dolor—. Despacio, Aitor.

—Sí, lo siento, amor mío.

Todavía en cuatro patas frente a ella, arrastró la boca por el valle de sus pechos hasta caer sobre el otro pezón y succionarlo con delicadeza, y mientras lo hacía, la estudiaba con curiosidad y anhelo. Emanuela había dejado caer los regalos y lo sujetaba por las orejas y lo pegaba a ella. Se miraron, y Aitor pensó que habría sido capaz de soltar su semilla sobre el colchón tan solo por perderse en la imagen que componía su Jasy en ese momento, arrebolada, el cabello suelto y desarreglado que le bañaba los hombros, los labios entreabiertos por donde brotaba su aliento fragante, los ojos concentrados en él, cargados de deseo y de amor.

—Tócame, Jasy.

Emanuela se estiró por el costado en un movimiento fluido y delicado, y a él lo colmó de orgullo que su mujer fuese tan suave. Aun de niña, criada entre varones y con Bruno como compañero de juegos, había demostrado una naturaleza sensible de mujer. Le costaba creer que esa muchacha, perfecta por dentro y por fuera, culta, inteligente, bondadosa, bendecida con el don de la sanación, le perteneciera a él. ¿Por qué no acababa de acostumbrarse a la magnificencia de su Jasy? ¿Por qué, siempre que caía en la cuenta de lo acabada que era esa criatura, se sentía menos, se sentía amenazado, anonadado? Sí, anonadado. Una vez, su *pa'i* Santiago le había explicado que anonadar significaba reducir a la nada. Y sí, él se convertía en algo tan minúsculo e insignificante frente a la inmensidad que era Emanuela, que quedaba anonadado. Y enfadado.

Profirió un clamor cuando la mano tibia de ella le aferró el miembro. Permaneció quieto, con el pezón en la boca, las uñas clavadas en las sábanas y los dedos de los pies curvados, mientras esperaba recobrar el dominio.

—Ahora —farfulló—, ahora mueve la mano.

—Y tú, chúpame. Con suavidad.

La orden de ella le provocó una excitación tan sorpresiva, que se vio obligado a detenerse una vez más para evitar acabar sobre la cama. Emanuela le arrastró los labios por la espalda, y le marcó el límite de los músculos con la punta de la lengua, y, mientras le sobaba el pene, con la otra mano le acariciaba el glúteo derecho. Aitor reaccionó con una exhalación por la nariz, violenta y sonora, y un sacudón cuando ella introdujo los dedos en la hendidura de su trasero y le acarició el ano con la punta, y siguió hacia abajo hasta sostenerle los testículos. En un acto inconsciente, ajustó sus labios en torno al pezón. Emanuela percibía en la piel del escote los respiros acelerados de Aitor, y en la crueldad con la que se prendía a su seno adivinaba el poco dominio con el que contaba. No se quejaba aunque el dolor fuese intenso porque había descubierto que, en cierto punto, cuando el escozor entre sus piernas se tornaba insoportable, ese dolor lo potenciaba. Siguió subiendo y bajando los dedos por la hendidura, del ano a los testículos, de los testículos al ano, no por mucho tiempo. Segundos más tarde, Aitor la tumbó, se calzó los pies de ella en los hombros y se introdujo en su vagina con una consideración sorprendente si se tenía en cuenta su mueca desesperada, aunque con una única embestida, firme y certera, que hablaba de que no estaba para más preámbulos.

La posición asombró a Emanuela, y se dio cuenta de lo profundo que Aitor se había introducido dentro de ella. Estiró los brazos y le acarició el trasero, y nunca perdió el contacto con sus ojos mientras él agitaba las caderas. Se hallaba confinada, casi inmóvil, y se concentraba en la expresión de su amante y en el punto que le latía entre las piernas y que él, de modo deliberado, rozaba una y otra vez.

—No voy a aguantar mucho más, Jasy. Estoy tan caliente, amor mío.

Emanuela ladeó apenas la pelvis hacia uno y otro lado, y la fricción fue suficiente para provocarle el alivio. Aitor la siguió segundos después, y para él se trató de una eyaculación brutal. Cada efusión de semen lo impulsaba dentro de ella con una sacudida agresiva, y el ruido de sus carnes al chocar se mezclaba con los gemidos de goce, y juntos componían un sonido que, para él, era más bello que la música que su hermano Juan interpretaba en el órgano de la iglesia, más melodioso que el coro de niños de la misión, tan magnífico como la risa de su Jasy.

Cayó de costado, extenuado, sin aliento, embargado por una emoción inefable. A ciegas, atrajo a Emanuela hacia su cuerpo. No soportaba la falta de contacto, necesitaba sentir la tibieza de su cuerpo, oler el aroma de su aliento y el perfume de su piel, que se acentuaba a causa del sudor. Sus pechos se chocaban; ella también estaba agitada. Le besó la coronilla y le preguntó:

—¿Has gozado, Jasy?

—Como pocas veces. Fue... sublime. Me gusta esta posición, Aitor.

Aitor soltó una corta carcajada y la apretó contra su torso.

—Te gustan todas las posiciones, Jasy.

—Tienes razón. En realidad, lo que me gusta eres tú, en la posición que desees tomarme.

Alejó el rostro para observarla, y los labios se le estiraron en una sonrisa al descubrir la de ella; aun sus ojos azules sonreían y destellaban en la tenue luz que echaban los pabilos. Lo enorgulleció saber que era él quien había puesto esa expresión gozosa en su pequeño y delgado rostro.

—Te amo —dijo ella, y le acarició los labios con la punta de los dedos—. Amo a mi Aitor con toda la fuerza de mi alma. A él lo preocupa ser poco culto, y no conocer las reglas con las que se come en la mesa de un blanco, y no usar las buenas maneras, y no saber quién era Creso, ni latín, ni griego, pero él no se da cuenta de que yo lo amo aún más al verlo preocupado por esas cuestiones.

—¿Por qué? —preguntó, con ojos emocionados.

—Porque hay algo de mí que puedo darle, que puedo enseñarle. Porque de ese modo él depende de mí tanto como yo de él.

—Jasy... —susurró, emocionado, y la besó con labios temblorosos y mansa disposición. Le habló sin despegar los labios de los de ella—. Perdóname. No sé qué me ha pasado esta noche. No podía parar, no conseguía...

—¿Te acuerdas de lo que me dijiste aquel día en nuestra torreta, el día en el que me explicaste que las mujeres sangramos cada ciclo de luna? —Aitor negó con un gesto rápido—. Ese día me dijiste que nuestros cuerpos harían de nuevo el pacto de amor eterno, y que lo harían una y otra vez, porque nunca podrías saciarte de mí. ¿Te acuerdas? —Él asintió—. Lo que no podías saber en aquel momento era que yo tampoco podría saciarme de ti. No podías saber que te veo y te deseo, y lo siento entre mis piernas, porque algo allí se vuelve pesado y caliente y húmedo y comienza a latir, y si no estamos solos, me siento mal al desear que todos desaparezcan para que podamos desnudarnos y amarnos. —Lo besó en los labios—. Gracias por amarme, adorado Aitor. Gracias por haberme pedido que fuese tu esposa y por haberme convertido en mujer. Me siento orgullosa de ser tuya. Nada me causa tanto orgullo como ser tu mujer.

Aitor le acunaba la cara con manos nerviosas, le acariciaba los pómulos con pasadas torpes de los pulgares, mientras se mordía el labio y la miraba con ojos acuosos.

—¿Puedo darte mis regalos ahora?

La risa de él emergió con la calidad de un ronquido. Asintió. Aflojó el abrazo y aprovechó que ella se giró para secarse las lágrimas con la sábana.

Emanuela se sentó en medio de la cama, frente a Aitor, que irguió la cabeza y la sostuvo con una mano.

—Son dos. Este primero —indicó ella, y le extendió una pequeña pieza de tela, bien doblada y planchada.

Aitor hundió la nariz y percibió al mismo tiempo la suavidad del lienzo y el perfume de su Jasy. Lo desplegó. Se trataba de un fular confeccionado en un droguete de lana color azul oscuro. Emanuela le había bordado un corazón en cada punta y uno más grande en el centro, dentro del cual había escrito Aitor y Jasy y rodeado sus nombres con guirnaldas de flores de la pasión, su favorita. Era un trabajo exquisito, prolijo, de colores cálidos y que demostraba un gran talento y dominio de la técnica.

Emanuela estudiaba la reacción de Aitor mientras este observaba el pañuelo para el cuello que le había confeccionado. Entre sus manos toscas, callosas y grandes, la delicada tela de lana azul bordada con corazones parecía fuera de lugar, y de pronto le pareció que se trataba de un obsequio ridículo para un hombre como él. A punto de arrebatárselo y pedirle disculpas, Aitor la sorprendió al levantar la vista y sonreírle con tanta sinceridad y alegría, que las pulsaciones se le aceleraron.

—¿Te gusta? —preguntó, y la voz le brotó chillona.

—¿Tú lo confeccionaste?

—Sí. ¿Te gusta?

—¿Si me gusta? ¡Es magnífico! Hermoso, Jasy. Y nuestros nombres aquí… Gracias, amor mío. —Se inclinó y le besó los labios, pero ella no le devolvió el beso porque se afanaba por explicarle que se trataba de un fular, una prenda que le protegería la garganta del frío durante el invierno.

—Porque tú, Aitor, no conoces el frío que hace aquí en Buenos Aires durante los meses invernales. A mí me sorprendió la primera vez. Se me entumecían los pies y las manos. Y tu punto débil ha sido siempre la garganta. Entonces pensé que para las mañanas frías de invierno…

—Jasy —Aitor la cubrió con el cuerpo y la besó hondamente—. Jasy, es hermoso, amor mío. Siempre lo llevaré al cuello.

—¿No te parece ridículo?

—¿Ridículo?

—Por los corazones.

—Son los corazones lo mejor del pañuelo.

—¿De veras?

—Sí. Y que hayas bordado nuestros nombres me emocionó mucho. Aitor y Jasy.

—Aitor y Jasy —repitió ella—. Amo ver nuestros nombres juntos.

—Dame mi segundo regalo.

Emanuela extendió la mano y tomó una hoja de papel Manila que descansaba sobre la almohada. La desplegó y la colocó delante de él. Era su retrato, el que él le había pedido el día en que Emanuela había cumplido diecisiete años. Aitor deshizo el abrazo, se incorporó y lo tomó para observarlo con atención. Lo besó.

—Gracias, amor mío. Estás igual. Eres una eximia dibujante.

Emanuela elevó las cejas, sorprendida, pues la última frase, Aitor la había dicho en castellano. Este se encogió de hombros y confesó:

—Quería usar la palabra eximia. La aprendí hoy.

Emanuela soltó una carcajada y se arrojó a sus brazos y le llenó la cara de besos.

—Y tú eres un eximio todo —dijo, en guaraní—. Eximio hombre, eximio aserrador, eximio cazador, eximio alarife, eximio amante, eximio amor de mi vida. Sobre todo eso, eximio amor de mi vida.

"Eres una eximia dibujante", esa fue la única frase que don Alonso comprendió de la conversación de los amantes. Lo demás lo hablaban en esa lengua inextricable que era el guaraní. La había reconocido; estaba acostumbrado a oír a Manú dirigirse en ese idioma a Orlando y a las aves rapaces.

Desde su posición detrás de la puerta y a través del resquicio, los había visto fornicar, primero sentados en el centro de la cama, después él sobre ella. Al principio, el asombro lo había vuelto incapaz de sentir nada más que sorpresa y estupor. Durante la segunda cópula, se había excitado, y su pene pugnó contra la tela de la bata. Aun en el estado de aturdimiento en que se encontraba, la pasión de los amantes le había hecho vibrar el cuerpo.

Había abandonado la casa de don Edilson bien entrada la noche. La cena se había prolongado, y él, sentado a una mesa bien servida, con un vaso del mejor vino de La Rioja, solo pensaba en volver a su casa y estrechar a Manú entre sus brazos. Cuando por fin don Edilson expresó el deseo de retirarse a descansar, Alonso experimentó un momento de júbilo. El encuentro con su dulce niña se aproximaba, y a él le bullía la emoción en el pecho. Cabalgó hasta la casa de la calle de Santo Cristo con la temeridad de un jovenzuelo que se creía inmortal, instigado por un sentimiento que ya no estaba dispuesto a reprimir, un sentimiento que, en un principio, lo había avergonzado y que había intentado en vano sofocar, y que en ese momento se presentaba como lo único capaz de hacerlo sentir vivo. Le confesaría a Manú las intenciones de Ederra, y a continuación le ofrecería su protección y su amor. Ella no tendría alternativa y lo aceptaría sin dudar.

Había entrado en la casa oscura y silenciosa y se había dirigido a su recámara, desesperado por deshacerse de las ropas con olor a polvo y sudor de caballo. Se había lavado rápidamente y cubierto con la bata. Había caminado con una palmatoria en la mano por los pasillos lúgubres y silenciosos y escuchado los ronquidos de don Mikel al pasar frente a su habitación. La casa volvió a sumirse en el mutismo en tanto se adentraba hacia los fondos en dirección al dormitorio de Manú. A unos pasos de su objetivo, se detuvo al sonido de la voz de ella. Lo había sorprendido que estuviese despierta. Una línea de luz se escurría bajo la puerta. Sonrió, mientras el corazón le bombeaba en el pecho a gran velocidad. Solo bastaba oírla para sentirse vivo. Estaría hablándole a Orlando o a las aves.

Dispuesto a llamar a la puerta, se detuvo de nuevo al escuchar otra voz. De hombre, no cabía duda. Una sensación gélida se apoderó de sus pies y le impidió moverse. El frío fue reptando por sus piernas, le jugueteó en el estómago, provocándole una ligera náusea, y se le alojó en el pecho, donde los latidos feroces se volvieron dolorosos.

¿Un hombre? ¿Con Manú? Un sudor helado le cubrió primero el labio superior, después la frente, y así, el resto del cuerpo. Apoyó la frente y las palmas de las manos sobre la puerta y bajó los párpados en un intento por recuperar el equilibrio. Los rumores que lo alcanzaban a través de la placa de madera no eran palabras, sino gemidos y jadeos roncos, muy masculinos. Apoyó el pabellón de la oreja y los oyó conversar. La curiosidad lo impulsó a levantar la mano y asirse al pestillo. Quería descubrir lo que había tras la puerta y no quería. Sabía que lo que encontrase allí dentro le cambiaría la vida y le trastornaría los planes.

Sopló el pabilo y depositó la palmatoria en el piso. Aprovechó que los sonidos en el interior se intensificaron para mover el pestillo y abrir la puerta. La imagen que se perfiló en el resquicio casi lo puso de rodillas. Era decadente. Ajustó la mano en el marco de la puerta y percibió la frialdad del metal en la palma de la otra, la que todavía sujetaba el herraje. Absortos en sus cuerpos y en el placer que se brindaban mutuamente, los amantes no percibieron que alguien los espiaba. Siguieron amándose y don Alonso, espiándolos. Una vez que consiguió someter el estupor, abrió los párpados y los observó con malsana avidez. El cuerpo menudo y blanco de Manú entreverado con el de ese hombre de piel oscura lo privó de cualquier pensamiento, y se quedó estático, admirándola.

No pasó mucho tiempo antes de que se diese cuenta de que se trataba del indio con tatuajes que había visto en casa de Barroso, el que se apellidaba Almanegra. También tenía tatuajes en los brazos, como ajorcas que le rodeaban el músculo a la altura de las axilas. Se trataba de unos brazos fuertes, gruesos, y en los antebrazos, apenas cubiertos por un pelo escaso, se le marcaban los tendones y las venas. Sus manos eran enormes, oscuras y toscas, y abarcaban la totalidad de la espalda de Manú.

La escena lo excitó como hacía años no se excitaba, y la erección le levantó la seda de la bata. En especial lo fascinaba la pasión de Emanuela, a la que siempre había creído inocente y casta, y que en ese momento le revelaba la índole concupiscente de la que Ederra había sospechado desde un principio. Él quería ser el que la tuviese empalada en su miembro y el que la hiciese gritar de placer. Él quería saborear su boca y sus pechos. Él quería insertarle el índice en la hendidura de las nalgas y arrancarle gemidos lastimosos. La quería para él, así, dispuesta, entregada, confiada, como tantas noches la había soñado.

Con un ojo en el resquicio de apenas unas pulgadas, mientras los amantes reían y volvían a amarse, él se preguntaba qué hacer. ¿Por qué no los sorprendía y echaba al malnacido con cajas destempladas? Porque le temía. El muchacho presentaría batalla, defendería a Manú y terminaría llevándosela en la noche. Resultaba claro que lo que compartían esos dos no era una simple revolcada. Había confianza, amor, respeto en la manera en que se hablaban y se miraban. No cabía duda de que Manú lo conocía de su tiempo con los guaraníes; tal vez fuese un amor de la infancia. El tal Almanegra, por su lado, la contemplaba con veneración.

Sí, Almanegra presentaría batalla, y sabría cómo hacerlo. Durante la cena, don Edilson le había referido acerca de su nuevo empleado, y no había escatimado elogios. Lo había calificado de gran cuchillero y excelso arquero. No había armas en la casa de los Urízar y Vega. De sus años mozos como militar, solo conservaba un sable viejo, herrumbrado y sin filo. Tampoco confiaría en las pistolas de sílex de don Mikel, que nunca se limpiaban y que no tenían municiones. Tal vez podría usarlas para espantar al indio, aunque sabía que si irrumpía en el dormitorio de Manú y lo amenazaba, eso no lo detendría. Algo en el gesto y en la manera en que la poseía revelaba que el muchacho la defendería aun a costa de su vida. No actuaría de manera precipitada. Pensaría antes de intervenir.

Aprovechó que Emanuela reía a carcajadas y bañaba de besos el rostro de su amante para cerrar la puerta. Tanteó con cuidado hasta dar con la palmatoria en el suelo y se alejó por el corredor con un peso en el pecho como si le hubiesen colgado un yunque en el cuello.

Capítulo
XIII

Emanuela abrió los ojos y se cubrió la boca para atajar el vómito. Saltó de la cama y se arrojó sobre el orinal, donde vació el estómago. Orlando lloriqueaba a su lado y le olfateaba el rostro. Lo empujó para que se alejase, y el perro regresó para consolarla y olisquearla. Manoteó el lienzo con que Aitor la había secado la noche anterior y que descansaba en el respaldo de la silla y se limpió la boca. Vertió agua fresca del aguamanil en un vaso y en la jofaina. Primero se enjuagó la boca y después se lavó la cara. Enseguida se sintió mejor. Abrió la contraventana y se ocupó de enjuagar el orinal y arrojar el agua sucia, mientras Orlando hacía sus necesidades.

Volvió a la cama, se recostó con cuidado y se cubrió la frente con el antebrazo. Orlando gañía y saltaba para subir y ella no reunía la fuerza para ayudarlo. Se reprochó haber cenado surubí frito. Su *taitaru* siempre repetía lo insensato de caer en excesos con las comidas por las noches. Ahora se aguantaba.

Por fortuna, Aitor se había marchado antes del amanecer. Si bien la noche anterior la había enfadado saber que trabajaría un domingo —recibirían una importante carga la semana siguiente y necesitaban aprestar lo necesario—, en ese momento se dijo que era mejor así. La habría avergonzado vomitar frente a él. Sonrió al pensar en lo incoherente de ese pensamiento después de las prácticas que habían experimentado juntos en esa cama y en tantos sitios, desde el confesionario de Santo Domingo hasta el cuartito en el tercer patio. Con todo, no quería que la viese en esa instancia humillante.

Se levantó sintiéndose aún débil y nauseabunda. No quería faltar a la mesa del desayuno. Don Mikel se inquietaba si ella se salteaba la rutina. Se vistió lentamente y se dijo que armaría la cama más tarde, cuando hubiese repuesto el vigor. Se presentó en la cocina y saludó a Romelia, a Aurelia y a Justicia con voz apocada.

—Estás pálida, Manú —indicó Aurelia.

—Vomité al despertar. Me cayó mal el surubí.

—Oh, mi niña. —Romelia la abrazó y le susurró al oído—: Eso no ha sido el surubí, sino el niño que crece dentro de ti.

—¡Oh!

Romelia se apartó y asintió con una sonrisa nostálgica. Emanuela buscó la mirada de Aurelia, que la contempló con una mueca emocionada.

—Ahora ve al comedor. Te esperan para desayunar.

Aún aturdida por la confirmación de su embarazo, al entrar en la sala, se detuvo de golpe al toparse con don Alonso sentado a la mesa. El hombre se puso de pie enseguida y, con los brazos extendidos y una sonrisa, le salió al encuentro. Le tomó las manos y se las apretó.

—Querida Manú, ¿cómo has estado?

—Bien, don Alonso. Qué sorpresa encontrarlo aquí. Pensé que regresarían después del miércoles corvillo.

—Adelanté mi regreso —expresó con simpleza y tono llano, y la guió hasta su sitio en la mesa.

—Bendición, don Mikel —pidió, y se inclinó para recibir el beso sobre la frente.

—Que Dios te bendiga, tesoro. ¿Cómo has dormido? Te noto pálida y ojerosa.

—No muy bien, a decir verdad. Anoche no debí comer el surubí frito.

—Ah, sí —intervino don Alonso—. El surubí de noche no es aconsejable.

Emanuela lo contempló fugazmente, y una mueca sobradora en los labios de don Alonso la obligó a bajar la vista. Sorbió unos tragos de mate cocido sin endulzar y enseguida se sintió mejor. En tanto, se preguntaba de qué modo la presencia de don Alonso trastornaría la vida que había llevado desde la llegada de Aitor. Se inquietó al meditar que deberían adelantar los planes de fuga, pues si bien don Alonso jamás visitaba la zona de los esclavos ni la cocina, mucho menos su recámara, era riesgoso aventurarse. Además, no soslayaría la carta que le había enviado para su natalicio y que ella no había contestado. ¿Debía mencionársela? No, la incomodaba solo repasar en su mente las líneas en las que el hombre manifestaba, aunque de manera velada, su interés por ella.

—¿Cuándo habéis llegado, don Alonso? ¿Esta mañana?

—Anoche —contestó, y fijó la mirada en la de ella—. Tarde —añadió.

—¿Cómo están doña Ederra y doña Almudena?

—Bien.

La respuesta cortante la dejó confundida.

—¿Regresarán pronto o esperarán al comienzo de la Cuaresma?

—Doña Ederra prometió volver en una semana.

—¿Cómo está José Moro?

—¿Quién?

—El toro —musitó—, el que me regaló el señor gobernador.

—Oh, Almanegra. Verás, Manú, Elcio lo presentó a todos en la quinta como Almanegra, y así nos acostumbramos a llamarlo. ¿Por qué el sonrojo, querida? Le sienta a tus pálidas mejillas, pero parece que he dicho algo que te ha importunado.

—No, no. Es que no me gusta que lo llamen de ese modo.

—Es solo un nombre. ¿No es así?

—Sí, solo un nombre. ¿Cómo está él?

—Bien.

El resto de la mañana, Emanuela se lo pasó inquieta y distraída. El regreso de don Alonso, la confirmación de su embarazo y el futuro incierto la mantuvieron con el respiro acelerado y el corazón batiendo con ímpetu. Necesitaba a Aitor, necesitaba sentirse segura en el poder y en la fuerza que manaban de su cuerpo, de su mirada y de sus palabras. Antes de marchar a misa, garabateó un mensaje en guaraní en el cual le advertía de la presencia de don Alonso y le pedía que tomase precauciones al ingresar en la casa de los Urízar y Vega. *Hazlo por la puerta del paredón del fondo*, le sugería, a sabiendas de que él contaba con su propia llave. La entregó la misiva a Justicia y le ordenó que se la entregase al destinatario en mano.

—No regreses hasta haberlo encontrado. De seguro está en la tienda de don Edilson.

—Sí, Manú.

Durante el almuerzo, don Alonso volvió a desplegar ese comportamiento desconcertante, entre amable, suspicaz y falso.

—Camino al fuerte —dijo el hombre—, me he encontrado con Fausto de Riba, y nos ha invitado a una tertulia en su casa. Por la tarde —acotó.

Emanuela sabía que su amiga Micaela había regresado del campo días atrás; se lo había comunicado a través de una esquela, y habían quedado en verse y retomar las lecciones de clavicordio no bien la familia de Riba terminase de deshacer baúles, airear habitaciones y sacar polvo.

—¡Bien! —festejó don Mikel—. Ya era hora de que volviese la vida a esta ciudad.

—¿Será conveniente que os trasladéis hasta lo de Riba, vuesa merced? —se interesó don Alonso—. Lo digo por vuestro pie.

—¡Hijo! —exclamó el viejo vasco—. Mi pie, gracias a los cuidados de este ángel sentado a mi derecha, está mejor que cuando tenía quince años. Por supuesto que os acompañaré. No se diga más.

—Por supuesto —farfulló don Alonso, y aunque forzó una sonrisa, Emanuela se dio cuenta de que le molestaba que el anciano los acompañase.

Ella también forzó una sonrisa para don Mikel y se metió un bocado de lengua a la vinagreta en la boca, aunque el apetito se le había desvanecido. Justicia apareció un rato más tarde mientras ayudaba a Romelia a lavar la vajilla. El niño le aseguró que había entregado la esquela en la propia mano de Aitor y que se había ganado unas almendras confitadas de la tienda de abarrotes.

—¿La leyó?

Justicia, con los carrillos llenos de confituras, agitó la cabeza para negar. "De seguro lo hizo apenas se fue Justicia", se dio ánimos. Romelia y Aurelia la ayudaron a prepararse para la tertulia. Habría querido lucir el vestido rosa que Aitor le había regalado para su natalicio, pero decidió no levantar sospechas ni someterse a interrogatorios. Don Alonso conocía bien su limitado guardarropa.

Aurelia salió por la contraventana para buscar unas madreselvas que entretejería en las trenzas de Emanuela. Romelia depositó el cepillo sobre el mueble y la miró a través del espejo. Le sujetó las mejillas y la obligó a volverse apenas para besarla en la frente.

—No estés tan angustiada, Manú querida. Todo saldrá bien.

El llanto la sorprendió. Se desbordó con la última palabra de la esclava, que se limitó a abrazarla y a susurrarle palabras cariñosas y de aliento.

—Tengo miedo —admitió Emanuela—. Desde que murió Libertad, estoy esperando que una catástrofe caiga sobre mí, sobre él, sobre nosotros.

—Ninguna catástrofe. Vas a darle un hijo. Esa es una bendición.

—Tendremos que escapar.

—Sí, es cierto. Cuanto antes mejor. Dices que doña Ederra regresará en una semana. —expresó la mujer, mientras le secaba las lágrimas con el mandil—. Tendrás que irte antes.

—¿Qué sucederá contigo?

—¿Conmigo?

—No puedo dejarte, Romelia. Te quiero demasiado. Y estoy cansada de dejar atrás a la gente que quiero.

—Tesoro mío. Has sido una luz en la vida de esta casa, pero sobre todo en la mía. Te quiero como a la hija que nunca tuve, Manú. Y siempre te querré. Cuando tú y Aitor se instalen en su nueva casa, me mandarás aviso con alguno de tus amigos e iré a verte. Me las ingeniaré pa' ir a verte.

—¿Por qué no vienes con nosotros?

—Porque no soy libre, Manú. Pertenezco a esta casa tanto como este mueble y esa cama. Si me fugase, me convertiría en una prófuga. Si me atrapasen, me castigarían con dureza. No llores, tesoro. —Volvió a pasarle el ruedo del mandil por las mejillas—. Siempre he sido feliz con esta familia. No conozco otra cosa. Pero cuando tú ya no estés aquí, me las arreglaré pa' ir a verte. ¡Como que hay un Dios lo haré!

—¿Lo prometes, Romelia?

—Sí —dijo, con voz estrangulada.

Aurelia regresó con varios ramitos de madreselvas y se quedó muda y quieta al ver a Emanuela con la nariz colorada y los párpados delineados de rojo. Apoyó las flores sobre el mueble y se acuclilló junto a su silla.

—No llores, querida Manú. Todos tus amigos estamos dispuestos a ayudarte.

—Gracias, Aurelia. No sé qué me pasa. Estoy muy sensible.

—Es el embarazo —diagnosticó Romelia—. Las mujeres preñadas lloran por nada.

—Es verdad —confirmó Aurelia—. Lloran por nada, se duermen paradas, vomitan cualquier cosa que comen… En fin, es maravilloso estar preñada —resolvió con un suspiro, y las otras dos rieron.

Caminaron hasta lo de Riba. Por fortuna, cuando don Alonso, después de estudiarla de pies a cabeza con una mirada apreciativa, le ofreció el brazo, don Mikel sacudió el bastón en el aire y lo apartó para tomarse de Emanuela. En la tertulia, Emanuela se encontró con una nueva sorpresa: el doctor Rodrigo Murguía había regresado de Corrientes. Para colmo de males, estaba conversando con el comisario de la Inquisición, el padre Urbano de Meliá. Un sudor frío le cubrió el rostro y le humedeció las manos, y una náusea le revolvió el estómago y le trepó hasta la garganta. Micaela la observó con un ceño y, sin mediar palabra, la sujetó por la cintura y la condujo a su recámara. La obligó a sentarse en el borde de la cama y le aventó aire y le puso un frasquito de sales bajo la nariz.

—Ya te vuelven los colores al rostro, querida Manú. ¿Qué ha sucedido?

—He visto a Murguía, y te confieso que albergaba la esperanza de no volver a verlo.

—Lo entiendo. ¿Crees que todavía siga con la idea de desposarte?

—Sí.

—Pues dile que no.

Emanuela asintió con la vista baja, sin ganas de entrar en los pormenores que explicarían por qué su negativa era peligrosa.

—¿Todavía piensas en ese muchacho del Paraguay del que estás enamorada? —Volvió a asentir sin mirarla—. ¿No has sabido de él?

No quería mentirle, pero tampoco revelarle la verdad; antes que nada contaba la seguridad de Aitor y de su amor. Sacudió apenas la cabeza para negar, y un sentimiento oscuro la invadió al darse cuenta de que, con el fin del verano, la paz y la simpleza de ese tiempo se derrumbaban, y las complicaciones volvían.

—¿Has sabido de Titus? —preguntó Micaela, y ocultó el rostro mientras guardaba la botellita con las sales.

—No. Hace tiempo que no recibimos noticias. Ha de estar muy ocupado en la campaña. Sé que anda detrás de una banda de forajidos que han estado cometiendo toda clase de tropelías.

—¿Cuándo lo viste por última vez?

Emanuela guardó silencio mientras se instaba a recordar.

—Alrededor del 20 de enero, si la memoria me asiste. Solo se quedó un par de días antes de regresar a la villa del Luján.

—Y… ¿cómo lo encontraste? ¿Más delgado, más pálido? ¿Estaba bien?

—Sí, lo vi bien. Estás enamorada de él, ¿verdad?

Micaela se sentó a su lado y suspiró. Sujetó la mano de Emanuela y la apretó.

—Sí, querida Manú. Sí, lo amo. Lo amo desde que lo vi por primera vez, tantos años atrás. Pero él no me hace caso. Siempre me ha considerado una hermana menor.

—Deberías hacerle saber que lo amas, Micaela. Tal vez te conoció cuando eras una niña, pero ahora te has convertido en una mujer bella y virtuosa. Tienes que hacérselo notar.

Micaela regurgitó una risita mezclada con llanto.

—Está enamorado de ti, querida Manú. ¿Y quién puede culparlo?

—Cree estarlo, pero no es así, Micaela. La gente confunde sus sentimientos hacia mí. Piensan que gratitud y admiración es lo mismo que amor. Además, él sabe que amo a otro y que nunca dejaré de amarlo.

—¿Lo sabe? —Emanuela asintió—. ¿Tú se lo dijiste? —Otro asentimiento—. ¿Se enfadó?

—No. Seguimos siendo amigos.

Regresaron a la sala, y el doctor Murguía les salió al paso. Hizo una reverencia frente a las muchachas y estas respondieron con una genuflexión.

—¿Podríais concederme un momento, querida Manú? —solicitó el hombre, y Micaela, luego de echar un vistazo a su amiga, se alejó—. Venid, sentaos a mi lado.

La asqueaba que la llamase "querida" Manú. Se ubicó en el extremo del sofá, y el hombre lo hizo junto a ella, demasiado cerca. El aroma de los aceites que manaba de su peluca le jugueteó bajo la nariz. Se cubrió la boca con un pañuelo en el acto reflejo de detener la arcada. Murguía intentó sujetarle la mano, y ella se la arrebató.

—¡Señor! —exclamó en un susurro de dientes apretados—. No os toméis libertades que no os corresponden.

—¿Que no me corresponden? Soy vuestro prometido.

—¿Mi prometido? No, señor, os equivocáis.

—Vais a casaros conmigo —le recordó con la fuerza de una amenaza.

—No lo haré.

—Solo yo os protegeré de la larga mano del Santo Oficio.

La mención de la Inquisición le volvió de piedra el estómago. Volvió a cubrirse la boca. A punto de manifestar que prefería morir en la hoguera a que él le pusiese un dedo encima, guardó silencio. Una sombra se proyectó delante de ellos, y Emanuela alzó la vista.

—Buenas tardes, señorita Manú —saludó Leónidas Cabrera.

—Buenas tardes, señor Cabrera. ¿Recordáis al doctor Murguía?

—Sí, claro. —Se inclinó para saludarlo—. ¿Cómo se encuentra, vuesa merced?

—Bien.

—Señorita Manú —prosiguió Cabrera—, estamos por empezar un juego de bacará. ¿Os gustaría uniros a nuestra mesa?

—Con todo...

—La señorita Manú está hablando conmigo, señor Cabrera —intervino Murguía.

—Oh, pero ya os he dicho lo que tenía que deciros, doctor. —Se puso de pie, y el médico la imitó—. Os agradezco por todo. Buenas tardes.

Se distanciaron unos pasos antes de que el torero susurrase:

—Espero no haberos importunado con la interrupción. Me pareció que necesitabais ser rescatada.

—Gracias por hacerlo, señor Cabrera.

—De nada. Y llamadme Leónidas, por favor.

El resto de la tertulia, Emanuela se atormentó preguntándose cuáles serían las consecuencias del desprecio infligido a Rodrigo Murguía. Intentó distender los músculos del estómago y comer unos bocados para tapar la sensación de vacío. El juego de bacará no resultó suficiente para quitarle las preocupaciones, ni tampoco la conversación amena con sus compañeros de juego. Solo se olvidó por un momento de sus aflicciones cuando Cabrera le comentó que se había ausentado de Buenos Aires siguiendo una pista falsa acerca del paradero de su hermano. La tristeza que comunicaban sus ojos verdes la hizo pensar en la que Aitor habría padecido durante los años en los que había desconocido el de ella.

Murguía, que la rondaba y la devoraba con la mirada, se unió al juego de bacará y, a sabiendas de que la perturbaría, comentó acerca de la situación en las misiones que la Compañía de Jesús poseía del otro lado del río Uruguay. Afirmó, con una certeza que no daba lugar a duda, que los jesuitas estaban sublevando a los guaraníes para evitar el traslado.

—Los loyolistas —prosiguió el médico, mientras estudiaba sus cartas— tienen metidas las narices en demasiados asuntos ajenos a la religión. Son comerciantes, hacendados y agentes de bolsa, si hasta se dice que participan en las bolsas de valores de las capitales europeas. Son fabricantes de telas, de alfombras, productores de yerba, de algodón, de azúcar, y cuentan con más esclavos de los que podríamos reunir los vecinos de Buenos Aires. En las Antillas, México y Brasil tienen plantaciones que les rinden pingües ganancias. Ni qué hablar de la de Martinica, donde fabrican ron. ¡Toda la riqueza de la América en manos de los jesuitas! No resulta extraño pensar que su propósito es minar la autoridad del rey y hacerse con el poder. Quieren fundar el imperio de los jesuitas en América.

A ese punto del discurso, Emanuela se dio cuenta de que el sentimiento oscuro que Murguía le inspiraba jamás lo había experimentado, ni siquiera por Olivia después de verla fornicar con Aitor. Y lo detestó aún más por eso, por provocarle ese odio que la degradaba. Regresó a lo de Urízar y Vega sumida en un estado de ánimo tan ajeno a su naturaleza que no sabía cómo proceder. Aurelia le aflojó el corsé y le quitó el vestido, y ella encontró difícil relajarse, incluso sin la constricción de la prenda. Inspiró profundamente, y se mareó. Terminó vomitando en el orinal. Aurelia la asistió, solícita y en silencio. La ayudó a recostarse en la cama, donde cerró los ojos, agobiada por las preocupaciones y convencida de que su agüero, que la muerte de Libertad traería desgracias, estaba cumpliéndose.

* * *

La jornada de trabajo había resultado brutal. Don Edilson quería tener listos las cuevas en las barrancas del río y el depósito de su tienda de abarrotes para recibir el gran cargamento del miércoles por la noche, por lo que se lo habían pasado transportando mercancía, con el riesgo que implicaba hacerlo a la luz del día, acomodándola y estibándola de la mejor manera para ahorrar espacio; incluso habían utilizado el sótano de la casa de Barroso. Los Marrak, don Ismael y el muchacho nuevo, el peninsular llamado Manuel, que habían trabajado duramente junto con Aitor, comían un almuerzo tardío en la cocina de la casa de don Edilson, donde Ciro, el esclavo, los atendía con actitud servicial. Ninguno hablaba; estaban exhaustos. Uno por uno, fueron terminando y retirándose. Aitor quedó solo en la cocina, sentado a la mesa, jugando con unas migas de pan y meditando. Sacó la carta de Emanuela y volvió a leerla. Lo emocionó su preciosa caligrafía y lo derechas que corrían las líneas. Se había quedado para hablar con don Edilson. Quería presionarlo para que lo ayudase a encontrar una casa. La sorpresiva llegada de Alarcón aceleraba los planes.

El silencio que reinaba en la cocina, donde solo se destacaban el crepitar de los leños en el fuego y los movimientos discretos de Ciro, operó en él como una canción de cuna. Estaba costándole mantener los párpados abiertos. Después de las noches de pasión compartidas con su Jasy y las pocas horas que dormía, Aitor comenzaba a sentir un cansancio que ni en sus épocas de aserrador había experimentado.

—Señor Almanegra.

Aitor se incorporó con un sobresalto. Ciro lo contemplaba con expectación. No sabía qué había hecho o dicho para que el esclavo lo tratase con tanta deferencia.

509

—Ya te dije que me llames solo Almanegra. Nada de señor.

—El amo Edilson dice que vaya a verlo.

* * *

Lope de Amaral y Medeiros había llegado por la mañana a Buenos Aires. Después del nacimiento de María de los Milagros, su segunda hija, había planeado regresar cuanto antes a la ciudad. Huir de la opresión que significaban su padre y *Orembae* era en lo único en que pensaba. En eso y en el descubrimiento que había hecho, que Aitor era su medio hermano, el favorito de su padre, su orgullo. Como de costumbre, Vespaciano se había interpuesto entre él y su deseo de partir al sufrir un soponcio y quedar paralizado; no hablaba, solo movía los ojos, y el doctor van Suerk, el médico holandés de San Ignacio Miní, que lo visitaba a menudo, aseguraba que podía recuperarse completamente o quedar de esa guisa para siempre. Con todo, el tiempo transcurrido en la hacienda se había demostrado provechoso gracias a los descubrimientos que había realizado y que podrían llegar a serle útiles.

Aunque ansiaba visitar a Manú, marchó a casa de su tío Edilson para comunicarle la noticia de la enfermedad de su padre y para pedirle ayuda con la administración de la hacienda y del negocio de ventas de sus frutos. Él había viajado con las bodegas llenas de balas de algodón, tercios de yerba, atados de tabaco y otros productos. Si bien detestaba los asuntos relacionados con el dinero y el comercio, era consciente de que había llegado el momento de tomar el toro por las astas para mantener *Orembae* a flote; de eso dependía su futuro económico y el de sus hijas. Lo aterraba la idea de ponerse a trabajar, pero más lo asustaba caer en la indigencia, tanto que últimamente había comenzado a tartamudear con la intensidad de la infancia, mal hábito que solo desaparecía cuando se zampaba varios tragos de brandy, lo que no colaboraba para despejarle la mente cuando le tocaba hablar con los indios encomendados y los trabajadores del campo o para redactar los documentos. Tenía miedo, y ese sentimiento a veces lo llevaba por caminos errados, como por ejemplo meditar la posibilidad de pedirle a Aitor que lo ayudase a administrar la hacienda, tarea que a él le resultaba tan ajena como la caza de la ballena en alta mar. Enseguida desechaba la idea; no quería a Aitor cerca de su tierra; terminaría apoderándose de esta como lo había hecho con el cariño de su padre y el de Manú. Le arrebataría lo último que le correspondía por derecho, por ser el hijo legítimo de Vespaciano de Amaral y Medeiros.

Por eso necesitaba ver cuanto antes a su tío, incluso antes que a Manú, por mucho que la echase de menos. Edilson Barroso era un hábil y astuto comerciante que sabría guiarlo y que le prestaría su ayuda sin condiciones. Le abrió Ciro y le informó, en su habitual modo sumiso, de palabras bisbiseadas, que el amo Edilson estaba reunido con un empleado en su despacho. Lo escoltó hasta la sala y, antes de retirarse, le sirvió un vaso con un vino de Castilla que a Lope gustaba mucho. Se dijo que había bebido bastante y se instó a no tocar el vino. El aroma lo atraía y hundió la nariz en el vaso e inspiró largamente. Apoyó los labios en el filo de estaño y se los mojó. Lamió la bebida con fruición y emitió un suspiro de placer. Hizo fondo blanco con el resto y enseguida se sintió mejor.

En el mutismo de la casa, las voces de su tío y del empleado lo alcanzaban con la calidad de un zumbido ininteligible. Suspiró y cerró los ojos, no tanto por cansancio, sino por agobio. Se giró en el canapé al escuchar que la puerta del despacho se abría y que las voces se volvían nítidas. A la familiaridad del acento de su tío Edilson, le siguió otro, que le resultó conocido. Frunció el entrecejo. Se puso de pie al reconocer que se trataba de Aitor. Lo vio enseguida: iba solo y cruzaba la sala. El indio, absorto en sus pensamientos, no se había percatado de su presencia. Un segundo más tarde, lo vio detenerse de golpe, elevar la nariz e inspirar de manera deliberada, como un animal que olfatea el aire. Aitor giró sorpresivamente, y Lope se echó hacia atrás cuando los ojos amarillos de su hermano se clavaron en él. Se desplazó en su dirección con la fluidez y la elegancia de un felino. Lope se retraía en tanto Aitor avanzaba. Se detuvo a escasos palmos y le sonrió con malicia.

—La mezcla de tu perfume y del alcohol que has bebido apesta —afirmó en guaraní.

—¿Me has olfateado? —preguntó, sin visos de sorna, más bien estupefacto—. Como si fueses un animal, ¿me has olfateado?

—No son pocos los que afirman que soy un animal. Dicen que soy el luisón.

—Esas son puras leyendas —desestimó Lope, con fingido aplomo.

—Yo no estaría tan seguro. La luna llena hace cosas extrañas con el espíritu de algunos hombres. ¿Qué haces aquí?

Lope reaccionó un segundo más tarde y sonrió sin alegría.

—¿No debería ser yo el que preguntase eso? Estás en Buenos Aires y en la casa de mi tío.

—Pero yo te pregunté primero. ¿Qué haces aquí?

—Acabo de llegar del Paraguay. Vengo a visitar a mi tío. ¿Qué… qué ha-ces *tú* a-quí? —De pronto, la posibilidad de que hubiese descubierto que Manú vivía en esa ciudad le aceleró las ya desbocadas palpitaciones.

—Ese no es asunto tuyo.

Aitor cerró el espacio que los separaba, y Lope caminó hacia atrás, hasta que sus corvas chocaron con el filo del canapé. Vio con una sensación de fatalismo y conclusión cómo la mano oscura y enorme de Aitor le aferraba la solapa de la chupa y lo acercaba hasta que sus narices se rozaban.

—Has estado bebiendo —declaró—. Mucho.

—Su… Suél-ta-me.

—Mantente lejos de mi mujer. Esta será la primera y única advertencia. Si te veo cerca de Emanuela, te degollaré.

—Tú… tú no-no…

—¿Yo qué? Emanuela es mi mujer, lo sabías bien, y me ocultaste todo este tiempo que estaba en Buenos Aires.

—¡Ella me lo pidió! —exclamó Lope, de pronto envalentonado. Se sacó de encima la mano de Aitor y se acomodó la chupa—. ¡Me pidió que no te revelase dónde se ocultaba! ¡Se ocultaba de ti! ¡Ella te detesta!

La reacción de Aitor lo desconcertó: el indio carcajeó por lo bajo y sacudió la cabeza.

—No me detesta, Lope. Todo lo contrario. —La sonrisa sarcástica se esfumó del semblante de Aitor antes de que este volviese a hablar—. Mantente lejos de ella o te degollaré.

Giró sobre sus talones y enfiló hacia la salida.

—¿Degollarías a tu hermano?

Aitor se detuvo en seco y permaneció quieto, en medio de la sala. Lope se aproximó y se ubicó a sus espaldas.

—¿Te convertirías en un Caín y me asesinarías, Aitor? ¿A mí, a tu hermano?

Lo vio volverse lentamente, y de nuevo sus ojos tan exóticos e intimidantes se fijaron en los de él y le hicieron perder terreno.

—¿Te lo dijo Vespaciano? —Lope negó con la cabeza—. ¿Cómo lo supiste?

—Los… los oí, a ti y… y a él, hablar. A-así lo su-supe.

Aitor se mantuvo callado mientras lo horadaba con una mirada impiadosa. "¿De quién habrá heredado esos ojos tan peculiares?", se interesó Lope, y por un instante se permitió soñar con que fuesen amigos y se quisieran y confiasen el uno en el otro. ¡Qué fácil sería para Aitor ocuparse de *Orembae*! Ese instante se disipó velozmente. No había esperanza para ellos. Amaban a la misma mujer.

—Y sí —dijo Aitor al cabo, y su voz ronca y dura lo sacó de las ensoñaciones con la efectividad de una bofetada—, me convertiría en un Caín y en lo que fuese necesario para mantenerla lejos de ti y de cualquiera que pretendiese arrebatármela.

—No pretendo arrebatártela, Aitor. Manú y yo somos amigos.

Aitor volvió a carcajear.

—Tú la deseas, Lope. ¡Deseas a *mi* mujer! —Se golpeó el pecho—. Debería matarte solo por eso, por codiciarla. ¿Crees que te permitiré acercarte a ella sabiéndolo?

—La amo, sí, tú bien lo sabes, pero ella me quiere como a un amigo, como a un hermano —manifestó, y la seguridad con que elaboró la frase le dio ínfulas—. La respeto como a nadie, Aitor. Jamás le haría daño. No quiero que me prives de su amistad. Es importante para mí. —Vital, habría añadido, pero lo juzgó excesivo.

Sus palabras lo afectaron pues el ceño se le relajó un poco, lo que le suavizó la mirada. Se trató de un acto efímero; enseguida, la dureza volvió a enseñorearse de sus rasgos.

—Tú no quieres su amistad. La quieres a ella. Lo repito por última vez: mantente lejos de Emanuela o te degollaré aunque seas mi medio hermano.

—¡Tú no tienes derecho a reclamarla! ¡Ella no te pertenece! ¡Nunca te pertenecerá y lo sabes bien!

Aitor lo aferró con ambas manos de las solapas y lo empujó. Lope cayó sobre el canapé y aguardó con fatalismo a que el indio lo agrediese. Aitor respiraba como un toro cansado y lo fulminaba con unos ojos en llamas. Lope esperaba sin respirar a que la ira que le bullía en la mirada se desatase, y se retrajo al ver que Aitor levantaba el puño y lo colocaba cerca de su rostro. Lo mantuvo allí, en el aire. La batalla en su interior se evidenciaba en la fiera mueca que le transfiguraba el rostro en una máscara horrible. Entonces, a Lope no le costó creer que ese hombre, su medio hermano, ostentaba el poder para convertirse en el monstruo al que los guaraníes llamaban luisón y cuya capacidad destructiva era infinita.

Aitor apretó el puño y lo sacudió apenas antes de desplegar el índice a la altura del tabique nasal de Lope. La advertencia era clara. Dejó caer el brazo sorpresivamente y se puso de nuevo en movimiento. Lope lo frenó una vez más al declarar:

—Nuestro padre está gravemente enfermo.

Aitor volvió deprisa sobre sus pasos y Lope se puso de pie.

—¿Qué le ha sucedido?

—Sufrió un ataque y ha quedado paralizado.

—¿Qué? ¿Un ataque? ¿Cómo un ataque?

—Se desvaneció un día y, cuando recobró la conciencia horas más tarde, solo podía mover los ojos.

—Dios bendito.

—Está bien atendido. No te preocupes por eso. Mi madre y Ginebra están con él a todas horas y tiene dos indios a su servicio. Es todo muy engorroso, pues ni siquiera hace sus necesidades sin que lo asistan.

Aitor bajó los párpados en tanto la severidad de la noticia calaba en su mente. Vespaciano de Amaral y Medeiros, el hombre más orgulloso y vital que conocía, reducido a una cama, sometido a los caprichos y deseos de dos mujeres y a los cuidados de dos encomendados que, de seguro, lo detestaban. Lo urgió la necesidad de verlo, de protegerlo y auxiliarlo. Solo él, un espíritu libre y rebelde, era capaz de comprender la sensación de ahogo y de indefensión en la que se hallaba su padre.

—El *pa'i* Ursus se ha demostrado un gran amigo y lo visita a menudo. También el padre van Suerk.

—¿Se recuperará?

—Nadie lo sabe. Van Suerk asegura que ha visto muchos casos como los de mi… nuestro padre. En algunos el enfermo se restablece por completo, en otros, recupera solo algunas funciones, y en los más, se queda así de por vida.

—¡Lope, hijo!

Barroso tomó de sorpresa a Lope, que se sobresaltó al sonido de su voz. Aitor, en cambio, permaneció inmutable; lo había escuchado aproximarse. El tío estrechó al sobrino en un abrazo, y Aitor farfulló unas palabras y aprovechó para marcharse.

—¡Bienvenido! Te has demorado en regresar.

—Han sucedido cosas en *Orembae* que me retuvieron.

—Ven, siéntate. ¿De qué hablabas con Aitor? De algo importante a juzgar por la gravedad de sus semblantes.

—Le refería que mi padre está gravemente enfermo.

—¿Vespaciano enfermo? —El portugués se incorporó en el sillón—. ¿Qué tiene?

—Sufrió un soponcio y ha quedado paralizado. Solo mueve los ojos.

—¡Pardiez! ¡Qué suerte tan perra! Vespaciano, mi gran amigo, reducido a una planta. Pobre de él. Y pobre de tu madre.

—Ha sido una gran calamidad, tío, en especial para la hacienda. Sin mi padre, ¿cómo seguirá funcionando? Yo no conozco nada de sembradíos ni de cosechas ni de ganado.

Se entretuvieron en disquisiciones acerca de cómo enfrentar la tragedia y atajar los problemas que se presentarían sin la autoridad de Amaral y Medeiros para regir *Orembae*. Barroso escanciaba los vasos con el vino de Castilla, y Lope lo vaciaba sin saborearlo.

—Pensé en ofrecerle a Aitor que se ocupase de la hacienda. Nadie lo haría mejor que él —admitió Lope, muy borracho.

Barroso se sobó la barbilla y miró hacia el suelo.

—Sí, Aitor sería un buen administrador. A más de conocer el funcionamiento de *Orembae*, posee la autoridad para manejar con puño de acero a los peones y a los indios encomendados.

Lope suspiró, y su tío movió la vista hacia él.

—Sí, lo pensé —prosiguió Lope, sin prestar atención a los comentarios de don Edilson—, pero jamás se lo ofreceré.

—¿Por qué no se lo ofrecerías? Sería la solución perfecta para ti, aunque debo admitir que a mí me perjudicaría deshacerme de él. En este tiempo que lleva trabajando para mí, se ha convertido en una pieza clave de mi negocio.

Lope tragó el último sorbo de vino y rio.

—Veo que tú también has caído bajo el encanto de ese bastardo.

—¿Bastardo? ¿Por qué lo insultas, Lope? ¡Él te salvó la vida!

—¡Mejor habría sido que me dejase morir! ¡Yo quería morir ese día, tío! ¡No resbalé! ¡Me arrojé para morir! ¡Para acabar con esta vida de mierda que me ha tocado en suerte!

Barroso, un hombre mundano, que no se sorprendía fácilmente, se retrajo en el sillón y miró con una expresión de espanto al joven hijo de su hermana.

—Lope, no sabía.

—En cuanto a Aitor, sí, es un bastardo. El bastardo de Vespaciano de Amaral y Medeiros, aunque te aseguro que él preferiría que fuese el legítimo. Sí, el legítimo —repitió, con voz pastosa y ojos entrecerrados.

—¿De qué hablas, Lope? Estás muy borracho, por eso dices sandeces. Vamos. Te llevaré a la recámara de huéspedes para que te eches a dormir la mona.

—Tú sabes lo que afirman, tío: los niños y los borrachos siempre dicen la verdad. Aitor es hijo de mi padre y mi medio hermano. —Soltó una risotada vulgar—. Él debería hacerse cargo de *Orembae*, pero jamás se lo permitiré.

* * *

Aitor abandonó lo de Barroso como alma que lleva el diablo. Caminó a grandes zancadas las cuadras que lo separaban del sitio donde se juntaba con los blandengues a practicar el tiro con arco, inmune a las miradas atemorizadas que le lanzaban los transeúntes, ciego de ira y de dolor. La ira la despertaba la presencia de Lope a escasas varas de su Jasy; el dolor se lo causaba saber que su padre padecía y que ya no era, tal vez nunca volvería a ser, el espécimen fuerte y bizarro que conocía. Ese dolor también lo abismaba a una verdad a la que se había negado durante años: quería a su padre.

Llegó al lugar a orillas del río envuelto en un aire belicoso que ninguno se atrevió a contrariar, ni siquiera Conan, que lo observó con cautela y se mantuvo a distancia. Lo vieron calzarse el carcaj en la espalda, empuñar el arco y disparar flecha tras flecha, que acabaron formando un ramillete en la diana. Se trataba de un despliegue de maestría que, a ojos vistas, carecía de vanidad.

Lanzó la última flecha y permaneció con el arco en el aire, los brazos en posición de disparo y los ojos fijos en el centro. El pecho le subía y le bajaba al compás de una respiración irregular que le brotaba de entre los labios. ¿En qué momento había comenzado a desmoronarse el mundo simple y feliz que habían compartido con Jasy durante el verano? Se reprochó no haber sido más previsor. Se había equivocado al calcular que contaban con más tiempo. Las sorpresivas llegadas de Alonso de Alarcón y de Lope complicaban la fuga y los ponían en un riesgo inútil.

Entregó el arco al soldado Frías, que lo recibió sin mirarlo a los ojos, y ordenó a Conan que quitase las flechas de la diana. La práctica se inició como de costumbre, aunque las indicaciones de Aitor, breves y masculladas, y la tensión que no le abandonaba el entrecejo ponían nerviosos a los aprendices. Conan propuso que la clase terminase cuando Aitor, luego de marcar un error en la posición de las piernas de

Contreras dos veces seguidas, profirió un gruñido que no presagiaba un buen final. Se despidieron sin el habitual ánimo de camaradería.

Conan se marchó con Aitor. Lo observaba por el rabillo del ojo. Aunque era un muchacho hosco y muy celoso de su mundo interior, el cornuallés estaba aprendiendo a conocer el significado de sus gestos y a vislumbrar tras la máscara y la armadura.

—¿Manú está bien? —se atrevió a preguntar.

—¿Cómo?

—¿Manú está bien?

—Sí.

—¿Por qué traes esa cara, entonces?

Aitor se sobó la frente y exhaló, y Conan no supo distinguir si se había tratado de un suspiro exasperado o cansado.

—Me encontré con Lope en lo de don Edilson.

—¿Lope, el hijo de Amaral y Medeiros? —Aitor asintió—. ¿Te faltó el respeto?

—No.

—¿Por qué te puso de este humor?

—Me pone de pésimo humor que esté en Buenos Aires.

—¿Por qué? —se atrevió a insistir, a sabiendas de que se arriesgaba a convertirse en el foco de la ira de su amigo.

—Porque me codicia la mujer.

—Oh. ¿Estás seguro?

—Él mismo me lo confesó tiempo atrás. Está enamorado de ella desde hace años.

—La constancia de Manú es algo de lo cual no puedes dudar, Aitor.

—Lo sé.

—Aunque Lope sea rico y culto, ella jamás le haría caso.

—¿Porque está casado? —preguntó Aitor con una sonrisa ladeada y malévola.

—No —replicó el cornuallés—. Porque te ama profunda y sinceramente, y solo tiene ojos para ti.

—Lo sé.

Siguieron avanzando, y Conan percibió que la rabia y la tensión abandonaban poco a poco el rostro de Aitor.

—Lope es mi medio hermano.

El muchacho cornuallés mantuvo la vista hacia delante, y ningún signo en su cuerpo evidenció la estupefacción que le secó repentinamente la boca y le agitó la sangre en las venas.

—¿Tienen el mismo padre o la misma madre? —se interesó, con el acento más llano que consiguió emplear.

—El mismo padre.

—Ya veo.

—Y yo sería capaz de asesinar al único hijo legítimo de mi padre, a mi propio hermano, si se atreviese siquiera a rozar a Emanuela.

—No sería la primera ni la última vez que dos hermanos pelean por una mujer.

* * *

La comida con don Alonso y don Mikel se extendía, y ella solo deseaba retirarse para estar con Aitor. Un mal presentimiento la había acompañado durante la tarde y seguía ahí presente, durante la cena. En su alma sabía que él estaba acongojado. Don Alonso, que la ponía nerviosa con esas extrañas miradas y sonrisas furtivas y que parecía dispuesto a retenerla el mayor tiempo posible, le pidió que tocase una melodía en el clavicordio, que terminaron siendo tres. Al final, cansada e inquieta, se dirigió a don Mikel y le solicitó permiso para retirarse a descansar, a lo cual el anciano accedió de inmediato.

Corrió el último trecho hasta su habitación, ansiosa por abrazar a Aitor, y el pabilo de la vela casi se apagó, igual que su expectación al encontrar la recámara vacía. Entró, decepcionada, y, al acordarse de don Alonso, trabó la puerta con el pasador. Aprovechó para higienizarse y cambiarse. Se soltó el cabello, que le cubrió la mitad de la espalda, y se acomodó los bucles. Se ató en torno al cuello la cinta rosa con florecillas que Aurelia le había regalado para su natalicio, y aunque estuvo a punto de perfumarse con unas gotas de la fragancia que don Alonso le había dado en el día de Santa Manuela, desistió; en cambio, se untó detrás de las orejas y en el escote con el ungüento de almizcle de yacaré y esencia de franchipán. Quemó anime y romero en un pebetero, y mientras los aromas se amalgamaban e inundaban el espacio, Emanuela, más tranquila, se sentó a la mesa y se puso a escribir una carta para su gente en San Ignacio Miní.

Giró en la silla al ruido de la llave en el cerrojo. Aguardó con una sonrisa hasta que Aitor entrase. Al verlo, la sonrisa se le esfumó. Lo supo enseguida: algo andaba mal, su presentimiento se confirmaba. Se puso de pie y lo estudió mientras él echaba el cerrojo y corría las cortinas negras. Se había bañado en el río; traía el pelo mojado y despedía el olor del jabón de sosa.

Sin pronunciar palabra, Aitor la recogió por la cintura y la besó hondamente. La desvistió en silencio, y mientras la despojaba de la bata, de la camisa de noche y de los bombachos, le mordía el cuello, se lo olía, la recorría con manos implacables y le arrancaba gemidos al apretarle la carne sin misericordia. La excitación obnubilaba a Emanuela, y su resolución, la de detenerlo y preguntarle qué le sucedía, se desvanecía con la misma rapidez con la que él le friccionaba el pequeño bulto oculto entre los pliegues de su sexo. El alivio llegó rápidamente y la tomó por sorpresa. Sin reflexionar en que don Alonso andaba por la casa, gritó tomada a los hombros de su amante, y agitó la pelvis en la mano de él, desesperada por prolongar los últimos vestigios de placer.

—Eso es, Jasy. Goza para mí, amor mío. Goza sobre mi mano. Muévete. Sí, así. Dios, me vuelves loco. Amo oírte gritar.

Emanuela se aflojó, excepto por sus manos, que se sujetaban, rígidas, a él. Apoyaba la boca entreabierta sobre los músculos de su pecho y no se daba cuenta de que le erizaba la piel con el aliento. Se estremeció cuando Aitor movió los dedos allí abajo, y profirió un gemido lánguido al darse cuenta de que la penetraba con el mayor.

—Durante el día, mientras estoy trabajando, me acuerdo de tus gritos cuando me tienes dentro de ti y me sonrío como un tonto.

Agitó el dedo en su vagina, no hacia adentro y hacia afuera, sino hacia delante y hacia atrás, y la sensación le volvió líquida la entrepierna.

—Estás tan mojada para mí, para recibirme en este *tako* tan estrecho que tienes. —Le mordió el labio inferior y lo succionó con crueldad—. Pensé en estar dentro de ti el día entero. —Quitó el dedo de ella y lo chupó—. Allí abajo sabes tan bien como en la boca. ¿Cómo haces para tener siempre un aliento tan fresco y dulce? Es algo que me pregunto desde que eras pequeña.

—Porque desde pequeña me higienizo los dientes y la lengua dos veces por día. ¿Recuerdas cuando los perseguía para que lo hicieran con las sales de bicarbonato que me daba el hermano Pedro? —Aitor asintió y rio por lo bajo—. A ti siempre me costaba convencerte.

—¿Tengo mal aliento, Jasy?

—No, nunca. Ya sabes: eres perfecto para mí.

La recogió del suelo y la depositó en la cama. Emanuela, que solo llevaba la cinta rosa en torno al cuello, flexionó las rodillas y separó las piernas, y extendió la mano hacia él, que la contemplaba con ojos celados mientras se desajustaba la jareta del pantalón y, sin quitárselo, liberaba su pene erecto. En un acto inconsciente, Emanuela se humedeció el labio con la lengua. Aitor se desplazó a la altura de la cabecera, con su verga que se balanceaba y que él blandía como si se tratase de una espada. Emanuela, con ojos codiciosos, se incorporó y se colocó en cuatro patas delante de él.

—Lo quieres dentro de ti, ¿verdad?

—Sí.

—Tómalo en tu boca, Jasy. Quiero ver cuando tus labios se deslizan sobre mi *tembo*.

Emanuela lo sujetó con ambas manos, retiró el prepucio y lo observó de cerca. Inspiró su olor y apreció el color oscuro de la cabeza, lo ancho y duro que estaba, y las venas que lo surcaban. Regresó a la posición en cuatro patas y lo deslizó dentro de su boca, la vista atenta a las mudanzas de Aitor. Lo tragó con lentitud deliberada, apretando los labios, pasando la lengua por la superficie en tanto lo engullía. La fascinaba el efecto que ese juego ejercía en él; en su rostro, contraído en una mueca de padecimiento; en sus músculos, tensos bajo la piel sudada; en su cuerpo, que se mecía con cuidado para no lastimarla ni ahogarla; en su respiración, que se aceleraba y se volvía más sonora; en sus ojos, negros y demandantes. Ser capaz de proporcionarle tanto placer la hizo sentir importante, y se dijo que si bien otras lo habían hecho antes que ella, los gemidos de gozo que le arrancaban su boca y su lengua, él nunca los había proferido. Se retiró para pedirle:

—Dime que soy especial para ti, que no soy igual a las otras mujeres que tuviste.

La obligó a incorporarse sobre las rodillas, la sujetó por los hombros y la acercó a él. Le sujetó la cara y la contempló directo a los ojos con un ardor que le robó el aliento.

—Jasy, eres más que especial para mí. Emanuela, eres la única. —Guardó silencio, mientras estudiaba su reacción—. Créeme, amor mío. Te lo suplico, créeme. En mi mente, la palabra Jasy y la palabra vida están entrelazadas, como en esta muñequera están trenzados tus cabellos y las fibras de *ysypo paje*.

—Te creo. Quítate la ropa. —Lo ayudó a desvestirse con manos ávidas y apuradas.

—Ve hacia el centro de la cama y dame la espalda —ordenó, y ella lo complació sin dudar—. Ponte en cuatro patas.

Lo hizo. Un instante después, el colchón se hundió detrás de ella, y Emanuela alzó la cabeza para ver. Aitor la urgió sin palabras a apartar las rodillas y se ubicó contra su trasero. Iba a tomarla como lo hacían los animales. La excitación explotó dentro de ella, y sufrió un temblor, que se concentró en su parte íntima y fue desvaneciéndose hasta transformarse en calor, hinchazón y fluidos. Aitor le cubrió la espalda con el torso, apoyó una mano en la cama y le rodeó la cintura con el otro brazo hasta que sus dedos se cerraron en su seno derecho con tal sentido de la posesión que le hicieron doler. Tomó conciencia de que jadeaba a causa del padecimiento y de la pasión, y de que elevaba y meneaba el trasero contra su erección, impaciente por alojarla dentro de ella.

Aitor la penetró con los colmillos clavados en la carne de su hombro, mientras le hacía girar el pezón entre el pulgar y el índice. Enseguida comenzó a impulsarse dentro de ella, y en la manera silenciosa en que lo hacía, con arremetidas cortas y violentas, en las que el sonido del choque de sus carnes semejaba al de las bofetadas, Emanuela entrevió la desazón y el enojo con los que había llegado esa noche.

Le soltó el seno, y ella emitió un quejido, desencantada, para recomenzar con los clamores casi de inmediato cuando los mismos dedos que le habían estimulado el pezón le acariciaron el punto que latía y guardaba la llave del placer. Emanuela acabó en un orgasmo devastador, y Aitor la siguió segundos después. Colapsaron en la cama, agitados, sudados, él sobre ella, él aún dentro de ella, la mano de Aitor todavía aferrada a la vulva de Emanuela. Les llevó unos minutos reponerse del efecto demoledor de la energía que los había hecho gritar y que todavía les palpitaba en la zona por la cual seguían unidos.

—Emanuela… Dios mío —le jadeó al oído—. Esta vez… ha sido fuerte.

—Es un misterio para mí —declaró ella, y Aitor le mordió el labio que se movía, aplastado contra el colchón.

—¿Qué es un misterio, amor mío?

—El placer que me haces sentir. Es tan intenso, fugaz, inexplicable. ¿Qué es?

—No lo sé. Solo sé que me desespero por sentirlo dentro de ti. Es único y especial cuando mi verga está dentro de ti. Y poder compartir el después contigo… Este momento en el que todavía estoy enterrado en tus entrañas y te tengo sedada entre mis brazos… Nada se compara con esto, Jasy. Me haces tan feliz, amor mío.

Le besó la sien y la mejilla y la nariz antes de apartarse. Se recostó a su lado y la obligó a acercarse. Emanuela apoyó la cabeza sobre su pecho, fascinada por el ritmo de los latidos aún acelerados de Aitor.

—¿Quieres contarme qué fue lo que sucedió hoy que te puso de mal humor?

—¿Por qué supones que hoy sucedió algo que me puso de mal humor? —inquirió él, y cerró los ojos.

—Porque nadie te conoce como tu Jasy. Sé que algo te sucedió. Lo presentí durante toda la tarde, y cuando te vi entrar esta noche, lo confirmé solo con echar un vistazo a tu cara.

—Estaba muy caliente —se justificó—. Llegué ciego de ganas de echarte un polvo.

Esa expresión, aunque vulgar, siempre conseguía excitarla. Percibió el escozor entre las piernas y en los pezones, y se esforzó por sofocar el deseo, empecinada en hablar con él.

—Pero además de estar ciego de ganas de echarme un polvo, como tú dices, traías un peso en el corazón. Lo sé. Solo te pido que no lo niegues. Si no quieres contarme, lo entenderé, pero no lo niegues, porque me haces sentir mal.

Aitor guardó silencio y continuó con los ojos cerrados.

—Esta tarde me topé con Lope en lo de don Edilson. Hoy llegó a Buenos Aires.

—Comprendo.

—Le dije que se mantuviese lejos de ti o lo degollaría.

Emanuela conocía demasiado a Aitor para saber que enfadarse ante su declaración habría sido un error. Se trataba de una provocación, de una estrategia a la que él recurría para probarla, para echarle una zancadilla; así lidiaba con la ira y con los celos. Se quedó quieta y no detuvo las caricias que le prodigaba en el pecho.

—Él no es tu enemigo, Aitor. Es tu hermano. Pronto será mi cuñado. No quiero que pelees con él por mi culpa.

—Si se mantiene lejos de mi mujer, no habrá motivo para pelear.

—Que él se mantenga lejos de mí significa que se mantendrá lejos de ti, y tú eres su hermano. Aunque él no lo sepa, tú...

—Lo sabe. Que es mi medio hermano —aclaró.

—¿De veras? —Emanuela se incorporó y le estudió la expresión de ojos cerrados. En la piel oscura, le adivinó las ojeras. Estaba agotado, su recio Aitor—. ¿Cómo lo supo?

—Nos escuchó hablar a mí y a Vespaciano.

—¿Cómo crees que lo ha tomado?

Aitor se encogió de hombros. Emanuela pensó que tenía cosas importantes que referirle, entre ellas su embarazo y el regreso de don Alonso y de Murguía, pero decidió esperar al día siguiente. Aitor necesitaba dormir. Le besó los párpados cerrados y la frente, y arrastró los labios por las mejillas que reclamaban una rasurada, y le habló sobre los labios.

—Duerme, amor mío. Descansa.

* * *

Del otro lado de la puerta, en el corredor oscuro, con el pabellón de la oreja pegado a la placa de madera, Alonso de Alarcón se masturbaba. Le habría gustado ver a los amantes, pero la puerta estaba con traba. Se conformaba con oírlos, en especial a ella. También le habría gustado entender lo que conversaban; lo hacían incesantemente, aun mientras copulaban. Los jadeos y gruñidos de él, que ahogaban los de Manú, también lo excitaban, y se imaginaba a ese hombre oscuro y bruto, tosco y zafio, penetrando la carne delicada de la gentil muchacha. Evocaba las escenas de la noche anterior, en la cual la negligencia de los amantes le había permitido espiarlos, y se frotaba con vigor. Eyaculó contra la puerta, donde permaneció con la frente apoyada, oyendo los últimos estertores agónicos de él, que parecía nunca acabar. Le envidió el placer que estaba experimentando, y anheló ocupar su lugar.

Se incorporó, se acomodó el pantalón y giró en la oscuridad sin preocuparse por limpiar el semen. En tanto se alejaba y mientras la sangre se le aquietaba y la ofuscación se le evaporaba, se preguntaba por qué no convocaba a los soldados del fuerte o a la policía del Cabildo e irrumpía en la recámara y lo hacía arrestar. Después de todo, se trataba de un intruso. Desde un punto de vista racional, no lo hacía para evitar el odio de Manú, que jamás le perdonaría que hubiese mandado arrestar a su amante. Existía otro costado en su decisión, uno más oscuro y macabro: disfrutaba de esos momentos del otro lado de la puerta.

* * *

Emanuela levantó los párpados, y la náusea la atacó súbitamente. Saltó de la cama y vomitó en el orinal hasta vaciar el estómago. Las arcadas se sucedían, provocándole temblores y sudoración; sin embargo, nada salía.

Aitor, sentado en la cama, la observaba con ojos adormilados y una expresión que desvelaba su confusión. La siguió con la mirada mientras ella se enjuagaba la boca y se pasaba un trapo húmedo por el rostro.

Regresó a la cama, se acostó y se cubrió la frente con el antebrazo. Soltó un suspiro.

—Jasy, ¿qué sucede? —Su timbre mortificado la emocionó, y le dieron ganas de llorar cuando Aitor le besó la cara interna de la muñeca, sobre las venas. Estaba ajeno a la verdad, ni siquiera la sospechaba, y Emanuela experimentó una profunda lástima a la cual no le encontró sentido.

—¿Qué necesitas? Dímelo.

—Nada. Ya se me pasará.

—¿Quieres que vaya a pedirle a Romelia que te prepare una infusión? Dime tú de qué hierbas, que sabes tanto.

—No te vayas. Quédate conmigo. —Se ovilló contra el pecho de Aitor, que la cobijó entre sus brazos.

—No me voy, no te dejo, amor mío —le aseguró, mientras le derramaba besos en la cabeza—. ¿Comiste algo anoche que te sentó mal?

—No se trata de eso.

—¿De qué, entonces?

Emanuela apartó la cara y lo miró a los ojos. Elevó la mano y le acarició los labios y el mentón áspero con la incipiente barba.

—Vamos a tener un hijo.

Reflexionó que la situación no era divertida ni chistosa, por lo que tener ganas de reír se habría considerado fuera de lugar. La mueca de asombro, desolación y desconcierto de Aitor habría justificado la carcajada. Se cubrió la boca con la mano y lo contempló con ojos chispeantes.

—¿Estás segura, Jasy?

—Ayer tuve la confirmación cuando comenzaron las náuseas matinales, y el sangrado nunca bajó.

—¿Mi Jasy está preñada?

—Sí. ¿Estás contento?

Se quedó mirándola consciente de que era preciso manifestar algo categórico que la hiciese sentir segura y tranquila. Siguió enmudecido, mirándola con ojos como platos. Le despejó la frente de mechones inexistentes, una y otra vez, al tiempo que se reprochaba mostrarse tan sorprendido; desde hacía casi dos meses, copulaban a diario, varias veces en el mismo día. ¿Qué esperaba? Su Jasy era joven y sana; no resultaba extraño que su semilla hubiese prendido en su vientre fértil. Lo embargó una emoción inefable. Iba a darle un hijo, y lo contemplaba con tanto amor y confianza, como cuando era niña, mientras aguardaba a que él reaccionase.

—Un hijo tuyo y mío —susurró, con voz insegura.

—Sí, un hijo fruto de nuestro amor infinito. ¿Estás contento? —Aitor asintió y le cubrió el vientre con la mano—. Sé que un niño complicará tus...

—Shhh —la acalló, y apoyó sus labios sobre los de ella—. Estoy tan feliz con la noticia. Tan feliz, amor mío. Admito que no lo esperaba, pero habiéndote hecho el amor de la forma en que te lo he hecho desde que llegué, es casi ridículo no haber pensado que quedarías preñada.

—¿Por qué no lo pensaste?

—No lo sé. —Adquirió un aire meditabundo antes de proseguir—. Quizá se trate de que para mí siempre serás mi niña adorada, mi pequeña Jasy. Ahora mi niña va a darme un hijo, y creo que esa idea me confunde y me tiene medio lelo.

Emanuela rio, le rodeó el cuello y lo besó.

—A mí también me tomó por sorpresa, pero desde que tuve la confirmación, he pensado mucho. —Bajó las pestañas y se acarició el vientre—. Nada se compara con la sensación de saber que tu hijo crece dentro de mí, Aitor. No sabría cómo expresarlo, pero desde ayer, a pesar de que sucedieron cosas que me preocuparon, me he sentido exultante, con deseos de saltar y de reír y de cantar. Y de contárselo a todo el mundo. A ti primero que a nadie, y a mi *sy* después, y a mis hermanos, y a mi *jarýi*, y a mi *taitaru*, y a mi *pa'i* Ursus, y a mi *pa'i* Santiago... A todos los que quiero. —Movida por el entusiasmo de su discurso, le rodeó el cuello y le cubrió el rostro de besos—. A ti, sobre todo a ti quería contártelo, compartir contigo esto que hemos hecho entre los dos, amor mío. Nunca he sido tan feliz.

—Jasy...

—Gracias por este regalo tan maravilloso, Aitor. Gracias, amor mío. Tenerte a ti y a nuestro hijo es todo lo que necesito para ser feliz. —Emanuela le barrió las lágrimas—. ¿Te acuerdas del día en que me explicaste lo del sangrado? ¿Lo recuerdas? —Él asintió, incapaz de articular sonido—. Ayer estuve acordándome del momento en que me explicaste cómo acababan los niños en el vientre de una mujer. —Rio, divertida, y contagió a Aitor—. Yo pensaba que Tupá ponía los niños allí. ¡Qué inocente era!

—Sí —acordó él, con la voz enronquecida, y volvió a quitarle los bucles que le bañaban la frente—. Muy inocente, pero también muy generosa. Siempre te diste a mí sin miedo, ni duda. Y ahora vas a regalarme este hijo, que será más amado por su padre que el príncipe más importante de las Europas.

—Sí, más, mucho más.

La náusea la atacó sorpresivamente y le borró la sonrisa. Alcanzó a tiempo el orinal, y vomitó un poco de bilis; nada tenía en el estómago. Aitor se acuclilló a su lado y le recogió el pelo. Le sirvió agua y le secó el sudor del rostro con un lienzo húmedo. La tomó en brazos y la acomodó en el lecho. Se sentó en el borde y se inclinó para besarle la frente. No apartó la boca mientras le hablaba, y su aliento tibio le provocó escozores en el cuerpo.

—Estoy feliz sabiendo que tendremos un hijo, pero verte sufrir me resulta intolerable.

—Sería capaz de sufrir mil veces más por tu hijo, Aitor. Haría cualquier cosa por él, como lo haría por ti. Son mis únicos tesoros, lo más valioso de mi vida.

—Jasy... —susurró sobre los labios de ella—. Te amo tanto, amor mío. Tanto.

Cerraron los ojos y guardaron silencio. La frente de él descansaba sobre la de Emanuela, y sus manos subían y bajaban por los brazos de ella, mientras las respiraciones serenas se les entremezclaban y les acariciaban los rostros.

—¿Te sientes mejor? ¿Pasó el malestar?

—Sí.

—¿Quieres que vaya a buscarte algo para comer o tomar?

—Después. ¿Qué harás hoy?

—Don Edilson prometió llevarme a un sitio llamado Monperrá o algo parecido.

—¿Montserrat?

—Eso es. Montserrat —repitió con cuidado—. Dice que un amigo de él tiene para rentar una casa pequeña, y quiero ir a verla.

—¿De veras? —Los labios de Emanuela se curvaron en una sonrisa.

—De veras. Don Edilson asegura que ese barrio ha mejorado mucho desde que, por la intervención de una cierta señorita, se clausuró la plaza de toros. —Emanuela rio, y Aitor la observó embelesado—. Tenemos que irnos de aquí cuanto antes, Jasy. Me arrepiento de no haber buscado casa en este tiempo. Ahora tenemos a don Alonso encima de nosotros.

—Y al doctor Murguía también. —La sonrisa se esfumó—. Lo encontré ayer, en lo de mi amiga Micaela.

—¡Hijoputa! —exclamó en castellano, y Emanuela se sobresaltó—. Discúlpame. Es que tengo ganas de degollarlo.

Emanuela prefirió callar los detalles de su encuentro con el médico. Temía que Aitor se sacase las ganas, y el hombre terminase con una sajadura de oreja a oreja.

—No te preocupes. Hablaré con don Mikel y con don Alonso y les explicaré que no quiero verlo. Ellos no lo recibirán, o al menos no me obligarán a verlo. Si tienes que irte a lo de don Edilson, no pierdas tiempo.

—No quiero dejarte así.

—Romelia y Aurelia vendrán en un momento para asistirme.

—¿Saben que estás preñada?

—Romelia fue la que se dio cuenta.

—Ya veo.

—Confía en ellas, Aitor. No dirán nada a nadie.

—Mejor para ellas —expresó con tono ominoso, los ojos celados por los pesados párpados y un ceño profundo.

—Anda, ve a conseguir una casa para tu mujer y tu primogénito.

Esas palabras operaron como un ensalmo, y le iluminaron el semblante y le despejaron los dientes en los que tan fácilmente destacaban los colmillos.

—¿Alguna vez te dije que tus colmillos me hacen pensar en cosas pecaminosas?

—¿De veras? —Emanuela asintió—. ¿Como cuáles? ¿Como esta? —Aitor le succionó el pezón y retiró el labio superior para que ella viese mientras le hincaba los colmillos en la piel rosada.

—Sí, como esa —jadeó Emanuela.

* * *

Se presentó para almorzar como de costumbre después de haber pasado la mañana en el huerto y en Santo Domingo. Se detuvo en seco al descubrir a doña Almudena y a doña Ederra en sus lugares de siempre. La expresión de la anciana se encendió al descubrirla en el umbral; la de doña Ederra conservó el aire impertérrito.

—¡Hija! —exclamó doña Almudena, y Emanuela reaccionó. Caminó a paso rápido y se inclinó junto a la anciana para recibir el beso en la frente.

—Qué alegría teneros de nuevo en casa, vuesa merced.

—Te ves muy bien, querida Manú. Tienes las mejillas rozagantes y has ganado unas libras que te sientan muy bien.

—Gracias, vuesa merced. Buen día, doña Ederra.

—Buen día, Manú. ¿Cómo has estado?

—Bien, señora, gracias. ¿Cuándo habéis arribado?

—Hace menos de una hora —contestó la anciana—. Partimos antes de que amaneciera.

—Luces sorprendida de vernos —apuntó Ederra.

—Don Alonso comentó que regresaríais la semana entrante. No os esperaba, eso es todo.

—Sí, es cierto —apuntó la mujer, y miró fugazmente a su marido, que sorbía un vaso de vino con la vista fija en el mantel; no había emitido sonido—. Pensábamos regresar la semana próxima, pero me sentía muy sola en el campo sin mi Alonso y decidí adelantar el regreso.

—Me alegra mucho volver a veros —expresó Emanuela, y doña Ederra se limitó a asentir.

—Gracias por haberte ocupado de don Mikel mientras sanaba su tobillo, querida Manú.

—Fue un placer, doña Almudena.

—¡No podría haber estado en mejores manos! —exclamó el anciano vasco, y Emanuela advirtió la mueca que endureció aún más los rasgos afilados de doña Ederra.

* * *

Así como el día anterior Conan Marrak había notado el enojo de su amigo Aitor, esa mañana, al verlo entrar en la cocina de la casa de Barroso, se sorprendió cuando le descubrió una expresión que exultaba alegría; sonreía aunque nadie hubiese hecho un comentario ocurrente. No lo inquirió frente a los demás; esperó a que los dejasen solos.

—Ayer por la tarde ni tú mismo soportabas tu mal humor. Hoy, pareces otra persona. Y de nuevo sonríes a la nada.

—Sonrío por los pensamientos que tengo en la cabeza.

—¿Acaso don Edilson dio por fin con la mina de estaño y no nos comentó nada? ¿Solo a ti te dio la buena noticia?

—Ayer recibí una buena noticia, pero no tiene que ver con la mina de estaño. Ni siquiera sé en qué quedó ese asunto.

—¿Cómo? ¿Don Edilson no te contó que finalmente adquirió el mapa?

—Sí, pero no hemos vuelto a tocar el tema.

—Era lógico que te lo contase. Últimamente te has convertido en su mano derecha y te trata como a un hijo y no como a un empleado —comentó Conan, sin envidia, ni mala intención—. Está muy entusiasmado con lo del mapa de la mina.

—Me pregunto si seguiré siendo su mano derecha ahora que, de seguro, Lope le dijo que soy el pecado de Amaral y Medeiros, el fruto de la traición que Vespaciano le hizo a su hermana, doña Florbela.

—Don Edilson es un hombre de mundo. Sabrá comprender. Además, ¿cuál es tu culpa en todo este asunto? Ninguna. Pero no perdamos el hilo de esta conversación. Dime qué buena noticia recibiste en el día de ayer.

Aitor guardó silencio y ensopó un trozo de pan en el guisado que Ciro les había servido. Lo masticó en silencio. Al igual que su Jasy, deseaba gritarle al mundo la novedad, que dentro de nueve lunas, su precioso hijo, el hijo que él había puesto en el vientre de Emanuela, llegaría al mundo, a su vida, para colmarla de felicidad. La naturaleza recelosa que lo acompañaba desde pequeño le ataba la lengua y lo hacía dudar. Elevó el rostro y contempló largamente a su amigo, que no desvió la mirada, y eso complació a Aitor.

—Emanuela va a darme un hijo. Acaba de decírmelo.

—¡Aitor! —Conan, en un despliegue inusual de vehemencia, asestó un puñetazo a la mesa y se puso de pie—. ¡Amigo mío, esa es la mejor noticia! ¿Cómo es que dicen los peninsulares? ¡Enhorabuena, amigo mío! ¡Enhorabuena!

—Estoy feliz —admitió—, aunque al verla vomitar esta mañana, tan descompuesta, me llené de miedo.

—Las náuseas y los vómitos son malestares normales en las mujeres encintas. No debes preocuparte.

—¿Y si le sucediese algo en el parto? ¡Muchas mujeres mueren en el parto! ¡No soportaría perderla! ¡Preferiría morir con ella!

—Aitor. —El cornuallés se dirigió con una autoridad que llamó la atención del indio—. Este desánimo y pesimismo no son propios de ti. ¿Qué te sucede, hombre? Has llevado una vida que habría acobardado al más osado, y te pones a chillar como una niña cuando deberías estar feliz con la llegada de tu hijo.

Aitor bajó el rostro y asintió.

—Lo sé, Conan, pero cuando se trata de Emanuela, todo cambia, incluso yo, que nunca le he temido ni le temo a nada, excepto a una cosa: vivir sin ella.

Conan exhaló profundamente por la nariz y guardó silencio.

Emanuela procuró pasar el resto de la jornada fuera de la vista de doña Ederra. Al igual que don Alonso, la mujer había cambiado. Si bien la contemplaba con la hostilidad de siempre, sentía un peso en el alma que no había experimentado antes cada vez que sus ojos se encontraban con los de ella. Tenía la impresión de que se mofaba de ella, de una broma de la cual era el objeto sin saberlo. Había burla y altanería en su porte.

Por la tarde, el doctor Murguía se presentó de visita. No la tomó por sorpresa que se apareciese, aunque sí la dejó muda verlo conversar en el vestíbulo con la esclava Pastrana. Se ocultó tras una columna del patio principal, a una distancia que le impedía oírlos, por lo que se dedicó a estudiar sus gestos y posturas. La joven hablaba rápidamente, como era su costumbre, y gesticulaba, y él la oía con atención y un mohín serio. Murguía, que no se molestaba siquiera en lanzar un vistazo en dirección de alguien si lo consideraba por debajo de su casta social, lucía tan interesado en el discurso de la muchacha como lo habría estado en caso de que le hubiese dirigido la palabra la reina Bárbara de Braganza.

El hombre acabó la conversación con la esclava y sacudió una mano en el aire para indicarle que se retirase. Emanuela se escabulló a su recámara, donde esperó, contra toda esperanza, que no la convocasen. La misma Pastrana fue a buscarla, y mientras caminaban codo a codo por los lúgubres corredores y cruzaban el tercero y segundo patio, la observaba por el rabillo del ojo; la joven estaba inusualmente callada y abría y cerraba los puños.

—¿Te sientes bien, Pastrana?

—Sí, Manú.

—Luces inquieta.

—No me pasa náa.

En la sala, la esperaban don Mikel, doña Almudena y doña Ederra. Emanuela se detuvo frente al invitado, que se puso de pie al verla entrar, e hizo una breve genuflexión y masculló unas respuestas a las preguntas del médico. Le bullía la ira, lo despreciaba como a nadie, y le habría echado encima el agua caliente de la caldera cuando él le acarició los dedos al entregarle el mate que doña Ederra le había indicado que cebase.

—Doña Almudena —susurró—, ¿me concedéis el permiso de retirarme al estrado? Deseo continuar con el bordado del mantel.

—Sí, mi niña.

Murguía habló de su penosa estadía en Corrientes, donde se había dedicado a componer los desastres que su hermano había dejado al morir, y mencionó que no bien arreglase la cuestión, sus tres sobrinos, que en ese momento vivían con él, marcharían a estudiar pupilos al colegio que los jesuitas tenían en Córdoba. Esto lo expresó con la vista fija en Emanuela, quien, aunque alejada en el estrado y con la atención puesta en la labor, percibía los ojos del médico como dos brasas que le perforaban la piel.

Entró don Alonso, que se lo había pasado trabajando en el fuerte, y se detuvo en seco al encontrarse con Murguía en la sala. Emanuela, que le conocía los gestos y ademanes, se dio cuenta de que le fastidiaba su presencia. También advirtió la mirada intensa con la que doña Ederra estudiaba a su esposo.

—Ahora que habéis llegado, estimado Alonso —habló Murguía, y un frío recorrió la columna de Emanuela—, deseo que hablemos de mi boda con la señorita Manú. He venido hoy aquí para que fijemos la fecha cuanto antes.

La atmósfera se tornó silenciosa y fría. Las manos de Emanuela se detuvieron sobre el bastidor y se atrevió a levantar la vista. Los labios de doña Ederra se curvaban en una sonrisa que ella definió de macabra. La expresión de don Alonso no ocultó el desprecio que Murguía le inspiraba.

—Doctor Murguía —habló don Mikel—, vuesa merced sabe que la decisión cabe a mi hijo Octavio, el verdadero tutor de nuestra Manú. Y él no nos ha comunicado su decisión.

—Pero hemos esperado demasiado a que su hijo se expida, don Mikel. Es imperioso para mí poner fin a esta incertidumbre. Después de todo, ¿qué tendría que decir su hijo en mi contra? Soy uno de los vecinos más respetados de la ciudad, el único médico, con una situación holgada que me permitirá dar a Manú las comodidades a las que está habituada, y más —añadió con una inflexión deliberada—, sin mencionar que ella no aportará un maravedí a mi patrimonio ya que no cuenta con una dote. También es necesario subrayar que soy un familiar del Santo Oficio, con todo lo que eso significa en materia de limpieza de sangre. En el caso de la señorita Manú, con un origen incierto, no podemos decir lo mismo, y sin embargo, estoy dispuesto a darle mi apellido y mi honor.

Emanuela alternaba vistazos azorados entre sus tutores, incrédula del desparpajo y poca delicadeza con la que se expresaba Murguía. Las mejillas de don Alonso habían adquirido una tonalidad encarnada, en tanto doña Almudena y don Mikel observaban al huésped con perplejidad. La única que guardaba la compostura era doña Ederra.

—Don Rodrigo —lo interrumpió esta, y le dedicó una sonrisa—, tenéis razón. La respuesta de Octavio se demora y eso no es justo para con vuesa merced. Después de todo, ella vive en esta casa, con nosotros, que también tenemos autoridad sobre su destino. Por lo tanto, sin aguardar la respuesta de Octavio, accedemos a su propuesta de matrimonio y le comunicaremos cuanto antes la fecha.

—¡Ederra! —se enfureció don Alonso, al tiempo que su exclamación ahogaba el sollozo de Emanuela.

La vieron arrojar el mantel sobre la alfombra del estrado y salir corriendo de la sala.

***

Ederra entró en la recámara de Emanuela sin llamar. La encontró llorando, acostada en la cama, la cabeza sobre el regazo de Romelia, que le susurraba y la acariciaba.

—Vete a la cocina —ordenó a la esclava— y prepara una buena comida para esta noche. Tendremos dos invitados.

Romelia salió por la contraventana. Emanuela se puso de pie y, sin mirar a doña Ederra, se secó las lágrimas y se sonó la nariz.

—¿Qué ha significa ese desplante que le has hecho a tu futuro esposo? ¿Cómo te has atrevido a salir corriendo de la sala como una poseída por el demonio? ¡Te has retirado sin mi autorización ni la de mi madre y sin despedirte del doctor Murguía!

—Lo siento, doña Ederra.

—No creo que lo sientas, en verdad.

Emanuela levantó el rostro y la miró directo a los ojos.

—Yo no miento, doña Ederra. Si he dicho que lo siento, es así. Siento haberos avergonzado frente a vuestro huésped. Pero desde ahora os digo que no me convertiré en la esposa de ese hombre. Mi *pa'i* jamás consentiría que desposase a quien no amo.

—¿A quien no amas? ¿Y qué diantres tiene que ver el matrimonio con el amor? Te casarás con él o marcharás al convento. Tú eliges, pero no permanecerás en esta casa por más tiempo.

Giró sobre sus talones y salió del dormitorio. Emanuela se quedó mirando la puerta cerrada, estupefacta. Romelia se aventuró dentro y la aferró por los hombros.

—No te angusties, mi niña. Que diga misa, si quiere, esa arpía. Tú te irás pronto de aquí y nada importará, ni el doctor Murguía ni el convento. Nada. —Le cubrió el vientre con una mano—. Y no te pongas triste, que me arruinarás el niño.

Los dos invitados a cenar eran el doctor Murguía y el comisario del Santo Oficio, el padre Urbano de Meliá. Emanuela se preguntaba cómo hacía el sacerdote para comer con ese desenfreno insaciable —claramente lo tenía sin cuidado el pecado capital de la gula— y, al mismo tiempo, endilgarle a ella una catilinaria en contra de la naturaleza femenina, a la que definió de tornadiza, débil, caprichosa y mudable. Por cierto, perdigones de comida regaban la mesa en torno al inquisidor, y a Emanuela, las náuseas la amenazaban con regresar.

—Lo mejor para un mujer —prosiguió el clérigo— es ponerse bajo el ala protectora y el buen juicio de un esposo o el de la Santa Madre Iglesia de Roma. Tú, Emanuela, ya has alcanzado la edad en la que se deben tomar decisiones. Tiempo atrás, cuando te cité en mi despacho, te ofrecí recomendarte con la madre superiora del convento de Santa Catalina de Siena. ¿Has tomado una resolución?

Emanuela paseó fugazmente la mirada por sus tutores. Don Mikel masticaba lentamente, con la vista al plato y una postura agobiada, como si enfrentar a Meliá fuese lo mismo que embarcarse en una lucha cuerpo a cuerpo con Hidra. Don Alonso, por el contrario, masticaba con rapidez, cortaba la carne con movimientos rápidos y bruscos, hacía fondo blanco con el vino y volvía a llenar el vaso. Doña Ederra gozaba, pues una ligera sonrisa le tocaba los labios. Doña Almudena, por su parte, lucía ajena, distante, y comía como si se hallase sola en la mesa. Todos, de un modo u otro, la habían abandonado y arrojado a las fauces de esas fieras. Se incorporó en la silla, carraspeó y miró de frente al comisario de la Inquisición.

—He decidido que no me convertiré en religiosa, padre Urbano. No creo ser digna de una posición como esa.

—No negaré que tu decisión me decepciona y demuestra lo que siempre he sospechado de ti: eres insensata. Pero para mostrar un signo de moderación, la aceptaré. No obstante, la cuestión de tu futuro debemos resolverla esta noche. Con tus antecedentes y tus… dones —barbotó por fin, a regañadientes—, no es sabio que continúes sin la guía de un hombre juicioso y sabio.

—Yo estoy bajo el cuidado de don Mikel y de don Alonso, dos perfectos caballeros.

—Los Urízar y Vega han demostrado ser buenos cristianos y te han recibido cuando no tenías a quién recurrir. Pero ya es hora de que los desembaraces de esta carga y busques una acomodación definitiva.

—Emanuela nunca ha sido ni será una carga para nosotros —expresó don Mikel, y el padre Urbano se limitó a inclinar la cabeza y a sonreír antes de continuar.

—Si has decidido no tomar los hábitos, entonces debes aceptar la propuesta matrimonial del doctor Murguía, a quien tengo en mi más alta estima. Él te guiará por el camino del bien. Con él, nunca perderás el rumbo y sabrás poner a buen uso el don que, inmerecidamente, Dios Nuestro Señor te ha concedido al nacer.

Emanuela se limpió la boca con la servilleta y murmuró:

—Como vuesa merced ordene. ¿Don Mikel?

—Dime, mi niña.

—¿Podríais excusarme? Me ha sobrevenido un repentino malestar y me gustaría retirarme a descansar.

—Por supuesto. Ve a descansar.

Murguía se puso de pie al mismo tiempo que Emanuela.

—¿Manú? —la llamó frente a todos, la expresión preocupada, y si bien Emanuela se detuvo, no se volvió para mirarlo—. Si te has indigestado, puedo prepararte un bebedizo con sales de bicarbonato de sodio. Te sentirás mejor enseguida.

—Os agradezco, doctor Murguía —contestó, el rostro apenas dirigido hacia él, la vista al suelo—, pero no es necesario. Una tisana de hinojo y descanso, eso es todo lo que necesito. Buenas noches.

Vomitó en el orinal apenas traspuso la puerta de su habitación. Nunca desde que había abandonado su vida en la misión de San Ignacio Miní y pese a haberse sometido a las rígidas normas de doña Ederra, había experimentado esa sensación de ahogo y de falta de libertad. El pecho se le hundía y no conseguía expandirlo de nuevo. Abrió la contraventana y trastabilló fuera, donde apoyó las manos en las rodillas e inclinó el torso, en un intento por llenar los pulmones del aire fresco de la noche. Así la hallaron Aurelia y Romelia, que la guiaron dentro y la ayudaron a desvestirse, higienizarse y recostarse. No necesitaban que les refiriese nada. Pastrana, que había servido la mesa, les había detallado los pormenores.

Emanuela se quedó dormida de inmediato, incluso antes de que Romelia y Aurelia terminasen de poner orden y apagasen las velas. Volvió a despertarse un rato más tarde, con Aitor dentro de ella. Desesperada, se abrazó a él y hundió la nariz en su cuello recién lavado, con aroma a jabón, y se acopló en silencio al vaivén de sus caderas. Nada importaba si él la sujetaba contra su pecho, si sus manos la sostenían, si sus besos la cubrían, si el hijo de los dos crecía dentro de ella. Murguía, doña Ederra, el inquisidor de Meliá, todos perdían importancia, poder y el carácter amenazador frente a la fuerza invencible de su Aitor.

Capítulo
XIV

Al día siguiente, al regresar de la misa de once, Emanuela se encontró con Lope en la sala de los Urízar y Vega. Don Mikel le hacía compañía y le daba conversación. Enseguida se percató de que el muchacho lucía nervioso y poco proclive a farfullar otra cosa que no fuesen monosílabos. Le temblaba la mano mientras recibía el mate que le ofrecía Pastrana.

—¡Lope! —exclamó, contenta de verlo.

—¡Manú! —Saltó de pie y le salió al encuentro—. ¡Qué alegría volver a verte después de tanto tiempo! —Le sujetó las manos. Emanuela las notó sudadas y frías. Había tomado, y el esfuerzo en el que se había embarcado para ocultar el aliento alcoholizado, perfumándose excesivamente y chupando pastillas de violeta, no bastaba para ahogar el vaho.

—Yo también estoy contenta de volver a verte. Dame unos minutos y regresaré a cebarte mate.

En tanto se deshacía del rebozo, se enjuagaba el polvo de la cara —hacía días que no llovía— y se ajustaba la trenza, meditó que la inquietud de Lope se debía a que estaba transgrediendo la orden de Aitor. Arriesgaba el pescuezo visitándola. Regresó a la sala y notó que don Mikel ya no estaba.

—Puedes irte, Pastrana. Yo le cebaré al señor de Amaral y Medeiros.

—Puedo hacerlo, Manú. Con la tal Aurelia en la cocina, Romelia no me necesita.

—Si no eres requerida en la cocina, ve al huerto y quita la maleza. Ve. Ahora —insistió, con una firmeza que desconcertó tanto a la muchacha como al visitante.

Solo cuando comprobó que Pastrana se perdía en la oscuridad del pórtico que circundaba el patio principal, Emanuela se sintió libre de hablar, más allá de que lo hiciese en guaraní y la esclava no entendiese ni jota. Le había perdido la confianza desde el día anterior, después de haberla visto conversar subrepticiamente con el doctor Murguía. Incluso había comenzado a sospechar que parte de la información que el comisario Meliá le había enrostrado la mañana del interrogatorio había salido de labios de Pastrana.

—Luces muy bien, querida Manú. Muy bien.

—Tú, en cambio, pareces intranquilo. ¿Cómo está tu familia? ¿Cómo está Ginebra?

—Ginebra está bien, recuperada por completo del parto. Fue una niña. María de los Milagros.

—¡Qué hermosa noticia! Y qué bello nombre. Dios la bendiga. ¿Está bien de salud la pequeña?

—Sí, a Dios gracias, sí. Es mi padre el que no está bien. Está muy mal, a decir verdad.

Emanuela ocultó la vergüenza bajando el rostro para cebar otro mate. No sabía cómo decirle que se encontraba al tanto del problema de don Vespaciano sin mencionar a Aitor. Guardó silencio y decidió permitir que el diálogo hallase su curso.

—Sufrió una apoplejía o algo similar. Ha quedado paralizado. Solo mueve los ojos. Ha sido una gran desgracia. Verlo así, tan indefenso e inútil, a él, un hombre enérgico e independiente... Me da mucha lástima.

Emanuela le apretó la mano en un acto compasivo. Lope la sujetó y la besó, y apoyó la mejilla en la palma con los ojos cerrados. Incómoda, Emanuela la retiró y carraspeó.

—Lo siento, Manú. No sabes cuánto te he echado de menos.

—Yo también te he echado de menos.

Percibió el cambio en la actitud de Lope, y supo que le hablaría de Aitor.

—No debería estar aquí —confesó—. Él me lo prohibió.

—Sí, lo sé. Y no llegas a imaginar cuánto lamento que exista esta grieta entre ustedes por mi culpa, cuando deberíais estar unidos.

—¿Porque somos hermanos?

—Sí, porque son hermanos —replicó con ecuanimidad—. Ahora que su padre está tan enfermo, se necesitan. Aitor podría ayudarte con *Orembae* y tú...

—¿Has vuelto con él, Manú?

Se quedó mirándolo con la boca entreabierta, no porque reflexionase acerca de la índole de su respuesta, sino porque la había sorprendido la impetuosidad con que la había interrumpido; casi rozaba lo agresivo e impertinente. Se dio cuenta de que era el alcohol en su sangre el que actuaba.

—Sí, hemos vuelto. Lo he perdonado y hemos vuelto.

—¿Por qué, Manú? ¿Por qué?

—Porque lo amo, Lope. Él es el amor de mi vida, y tú lo sabes puesto que nunca lo he negado.

—¿Cómo puedes confiar en alguien que te mintió en el pasado?

—Confío en mi corazón.

Lope se puso de pie y se alejó hacia la ventana que daba a la calle, donde permaneció de espaldas a Emanuela, absorto en el ir y venir de gentes, carretas y pregoneros. Se giró súbitamente y, desde esa distancia, la horadó con una mirada que Emanuela no le reconocía por lo intensa. De pronto sus ojos habían perdido la opacidad que les daba el alcohol.

—¿Qué te ha prometido?

—¿Qué me ha prometido Aitor? —repitió, confundida—. ¿A qué te refieres?

—Ha regresado a ti, te ha pedido perdón, tú lo has perdonado y han reiniciado su romance. ¿Qué más? ¿Qué te ha prometido para el futuro?

—Me ha pedido que me convierta en su esposa. Formaremos una familia, Lope, lo que siempre soñamos.

La sonrisa macabra que le separó los labios congeló el estómago de Emanuela, y, sin razón, pensó en Libertad, y la recordó volando y lanzado ese chillido que ella tanto amaba, y la sensación de vacío que le había provocado su ausencia se convirtió en un hueco en el pecho, que fue extendiéndose y que le dificultó la respiración y le oprimió el estómago.

—¿Por qué sonríes de ese modo? —susurró, con la boca seca.

—Porque Aitor ha vuelto a mentirte, Manú. Él nunca podrá casarse contigo simplemente porque ya está casado.

—¿Cómo? —dijo, y se puso de pie.

—Desde que me enteré de que somos medio hermanos, me interesé por saber de él.

La visión se le tornó borrosa, y aunque las líneas del rostro de Lope se desdibujaban, sus palabras la alcanzaban con nitidez.

—En una visita que nos hizo el *pa'i* Ursus, le pregunté por su vida, su trabajo, su familia, y me dijo que está casado con Olivia…

Emanuela no oyó el resto de la frase. Se desmoronó en el suelo con gran estrépito al voltear la pequeña mesa con la caldera y el juego del mate.

* * *

Emanuela aleteó los párpados antes de conseguir focalizar la visión en los travesaños de madera del techo de su habitación. Se dio cuenta de que estaba recostada en su cama. ¿Cómo había llegado ahí? Las últimas escenas antes de que todo se tornase negro se agolparon en su mente y la arrancaron un sollozo. Se encogió de costado y tensó los músculos para frenar el llanto. *"Aitor ha vuelto a mentirte, Manú. Él nunca podrá casarse contigo simplemente porque ya está casado... Está casado con Olivia... con Olivia... con Olivia."* El nombre se ejecutaba con la tenacidad de un zumbido fastidioso. Intentó reemplazarlo por la melodía de la última pieza que había aprendido a tocar en el clavicordio, sin éxito. Vencida, rompió a llorar.

Le colocaron una mano fresca sobre la sien y le sisearon al oído, y supo que se trataba de Romelia. Oyó unos bisbiseos y reconoció a Aurelia. Las quería profundamente, pero en ese momento necesitaba a su *sy*; solo en ella habría hallado consuelo. De igual modo, ¿existía la posibilidad de consolarse después de haberse enterado de lo que se había enterado? El llanto arreció, y Romelia la envolvió con sus brazos y la meció.

—Sé lo que ha sucedido —le confesó—. El señorito Lope estaba muy asustado y blanco como la leche cuando te desvaneciste y me lo barbotó todo. Aunque tartamudeando, se dio a entender.

—¿Qué voy a hacer, Romelia?

—Primero, guardar la calma. Debes pensar en el niño, Manú, en que sufre cuando tú sufres. En segundo lugar, esperar a que Aitor regrese. Podría tratarse de una treta del señorito Lope pa' separarlos.

—Emanuela se giró para confrontar a la esclava—. Tiene que existir una explicación, Manú. Él es el único que puede dártela.

—Sí, podría tratarse de una mentira —se esperanzó—. Mi *pa'i* Ursus jamás lo mencionó. —Apenas pronunció la frase, se recordó que Ursus nunca le hablaba de Aitor, ni siquiera para contarle si gozaba de buena salud, y ella siempre había sospechado que se debía al temor de causarle una pena tan extrema y una nostalgia tan profunda que la colocasen a las puertas de la muerte como en la ocasión de su llegada a Buenos Aires. En cuanto a Lope, se preguntó si su amigo de la infancia habría sido capaz de mentirle e infligirle un daño tan grande. La contestación que despuntaba la aterrorizaba pues estaba segura de que no.

—Vamos, mi niña. Debes levantarte e ir al comedor. En un rato serviremos el almuerzo.

—No puedo, Romelia. Siento náuseas y estoy cansada.

—Lo sé, pero no quiero que doña Ederra empiece a sospechar. Esa es más avispada y pícara que un diablo. Tuvimos suerte de que solo don Mikel estuviese en la casa y dormido cuando te vino el desmayo.

* * *

Debería haberse comportado con más sensatez e ir directamente al río con don Edilson y sus compañeros. Por el contrario, les anunció que se les uniría en la barranca en un rato. El portugués le lanzó un vistazo poco amigable y consintió de mala gana con un movimiento rígido de cabeza.

—No demores, Aitor. Eres el único que puede manejar los bueyes con este viento y el oleaje que se levantará en el río.

—Allí estaré, don Edilson. Lo juro.

Una necesidad incontrolable por ver a Emanuela lo impulsaba a galopar por las calles oscuras en dirección a la casa de los Urízar y Vega. Desde las primeras horas de la tarde, lo había angustiado un mal presentimiento, quizá alimentado por la conciencia que había tomado de los peligros que rodeaban al parto. La cuestión era que necesitaba verla, tocarla, olerla y besarla aunque fuese por unos minutos.

Accedió por la orilla del río y ató el caballo al tilo. Abrió la puerta de quebracho y cruzó corriendo los fondos. Le temblaba la mano mientras insertaba la llave en la cerradura de la contraventana. Sin paciencia, hizo a un lado las cortinas negras y entró. Saite aprovechó que la puerta estaba abierta y voló fuera.

La divisó enseguida, de pie, delante del mueble, mientras se peinaba los bucles. Orlando le hizo fiestas y saltó para lamerle la mano; él no le prestó atención. Sus ojos estaban quietos en el espejo, sobre la imagen de Emanuela. El corazón de Aitor, completamente desbocado por la inquietud y la corrida, dio un salto doloroso en su pecho y se lanzó a bombear la sangre con golpeteos más rápidos y resonantes, tanto que lo ensordecían, cuando la mirada de ella se encontró con la de él. Algo había sucedido; los ojos de Emanuela nunca habían sido capaces de ocultar la verdad, en especial a él, que los conocía como nadie.

—Amor mío. —Dio un paso en dirección a ella y se detuvo, acobardado—. ¿Qué pasa?

Emanuela dio media vuelta y lo contempló con fijeza. El nerviosismo de Aitor la alcanzaba como un calor fastidioso. Temió no conseguir articular. Las pulsaciones le vibraban en la garganta, tornándola rígida y seca.

—Aitor... ¿Qué ha sido de Olivia?

El rostro de él se relajó en una mueca de seriedad que asustó a Emanuela por lo inusitada. Aitor siempre estaba serio, o más bien, con gesto de enojado; esa expresión hablaba de culpa y de miedo. Emanuela le distinguió cada tatuaje, que a veces permanecían ocultos en los pliegues de su mueca rabiosa. Lo vio entreabrir los labios y volver a pegarlos.

—¿Qué ha sido de ella?

—¿Por qué me preguntas por esa mujer ahora?

—Nunca lo he hecho desde que nos reconciliamos. Quiero saber qué suerte ha corrido.

—No me interesa sa...

—¿Es tu esposa? —El silencio y desconcierto de Aitor eran reveladores—. ¿Te has casado con ella? —Detestó que le fallase la voz.

—Jasy... —susurró, y caminó hacia ella. Se detuvo cuando la vio alejarse hacia la puerta.

—¿Es por eso que no querías que mi *pa'i* supiese que estabas aquí, conmigo? —preguntó sollozando, y ya no le importó demostrar cuánto la devastaba la situación. ¿Qué más daba? Su mundo estaba a punto de derrumbarse.

—Emanuela...

—¡Contéstame! ¡Maldita sea, contéstame!

No lo sorprendió tanto su reacción violenta como que maldijese; en diecisiete años, era la primera vez que la escuchaba maldecir.

—¡Dime la verdad, Aitor! ¡Creo que al menos merezco que me digas la verdad!

—Sí, tuve que casarme con ella.

Emanuela se cubrió el cuello con una mano y la boca con otra, y el temblor de ambas fue expandiéndose por sus brazos, el torso, las piernas, aun la respiración se le volvió entrecortada e inestable. Las lágrimas caían sin pausa y le bañaban las mejillas y los dedos. Apretaba los dientes para no prorrumpir en alaridos desgarradores. Le zumbaban los oídos, y un cosquilleo desagradable le tensaba la boca del estómago. La figura difusa en la que se había convertido Aitor avanzó hacia ella, y levantó la mano para impedirle que se aproximase.

—Jasy, estás muy pálida. Permíteme que te ayude a recostarte.

—¿Por qué? —sollozó—. ¿Por qué?

—Amor mío...

—Vete, Aitor. Vete y no vuelvas más. No soporto siquiera el sonido de tu voz.

—¿Qué? ¿Que me vaya? ¿Te has vuelto loca, Emanuela? ¡Tú y nuestro hijo son lo único que cuenta para mí en esta vida!

—¡Ella es tu esposa, Aitor! ¡Olivia es tu esposa! —Pronunciar esas dos palabras, Olivia y esposa, resultó demasiado. Se desmoronó en el suelo y rompió en un llanto amargo.

Aitor la recogió contra su pecho. Emanuela intentó quitárselo de encima. Él la sujetó con fuerza y la apretó hasta cortarle el aliento. Exhausta y transida a causa de la pena y la desilusión, dejó de resistirse y lloró quedamente entre sus brazos. Aitor la levantó y la condujo en andas hasta la cama. Emanuela se encogió y cerró los ojos. Quería dormir y olvidar.

—Vete —susurró—. No quiero volver a verte.

—No me iré.

Emanuela apretó los ojos, conmovida por la tristeza que comunicaron esas tres palabras. No se atrevió a levantar los párpados. Si lo veía, si veía su gesto demudado por la pena, no sería capaz de seguir adelante con la decisión que había tomado.

—Volviste a mentirme —le recriminó en un farfullo, y se preguntó si él lo habría escuchado—. Volviste a traicionarme.

—No, amor mío, no. —Le besó el costado de la cabeza, la sien, la oreja, la mejilla, el filo de la mandíbula, y ella lo dejó hacer, demasiado quebrada para oponerse—. Tuve que casarme con ella, Jasy. No me quedaba otra alternativa. Si no la hubiese desposado, tendría que haber abandonado el pueblo, y yo no podía irme, no sin saber dónde estabas tú. Tenía que quedarme en San Ignacio y estar atento a cualquier información que pudiese surgir acerca de tu paradero.

Sin moverse, sin abrir los ojos, Emanuela murmuró:

—¿Por qué dices que *tenías* que casarte con ella? ¿Qué o quién te obligaba?

El mutismo de Aitor le volvió de piedra el estómago, y supo que detestaría su respuesta, y también a él.

—Tuve que hacerlo porque Olivia estaba preñada.

Recogió aún más las rodillas y pegó la barbilla al pecho. Olivia le había dado un hijo. No solo estaban unidos para siempre por el sagrado vínculo del matrimonio, sino por un lazo más poderoso que jamás se disolvería.

—Dijiste…

—¿Cómo, Jasy? —Aitor se inclinó sobre sus labios para oírla.

—Dijiste que… —Le costaba pronunciar las palabras, sentía que se ahogaba, pero resultaba imperativo saber—. Dijiste que no habías podido acabar. Aquella noche que te vi con ella, no habías podido acabar.

—Y no lo hice, Jasy.

—¿Cómo, entonces…?

—No la dejé preñada esa vez.

De pronto, las ganas por saber se desvanecieron, y solo deseó que ese hombre, ese extraño, se largase de su dormitorio y de su vida para siempre.

—Vete. Por favor.

—No lo haré. Nada ni nadie, ni siquiera tú, me hará apartarme de tu lado ahora que te he encontrado y que vamos a tener un hijo.

Emanuela se sacudió las manos de Aitor y se incorporó en la cama. Sacó las piernas fuera y se sentó en el borde. Se cubrió el rostro en un intento por que la recámara cesase de girar en torno a ella.

—¿Por qué me pediste que me casase contigo si estabas casado con ella?

—Porque no estoy casado con ella, Emanuela. —Se puso de pie con actitud beligerante—. ¡Ella no es mi esposa! ¡No la veo ni la siento como mi esposa! ¡No hemos vivido como marido y mujer! ¡Nunca! ¡Solo tú eres mi mujer y lo has sido desde el día en que naciste!

—¡Ibas a convertirte en bígamo, Aitor! —Había dicho la palabra bígamo en castellano.

—¿Bígamo?

—Un hombre con dos esposas —le explicó—. Ibas a quebrantar la ley de Dios y la de los hombres. Podrías haber terminado preso.

—¡Me importa una mierda! Yo hago lo que quiero, Emanuela. No me rijo por ninguna ley, excepto la mía. No me importa si estoy casado con esa mujer según el rito de la Iglesia católica. ¡Aquello fue una farsa para mí! ¡Ella no es mi esposa! ¡Nunca lo fue! ¡Nunca lo será!

—¡Es tu esposa a los ojos de Tupá!

—¡Me importa un carajo lo que Tupá diga, piense o vea! Él no es el que tiene que vivir mi vida, sino yo. Y lo haré como me dé la gana.

—¡Pero no me arrastrarás a tu vida de pecado! ¡No me convertirás en tu concubina! —Al igual que bígamo, había expresado concubina en castellano; desconocía cómo se decía en guaraní.

—¿Qué es con… cubina?

—Una mujer que vive en pecado con un hombre por no estar casada con él.

—Has vivido en pecado todo este tiempo y no te ha importado.

—¡Porque te creí, Aitor! Una vez más te creí como una estúpida. Creí que me desposarías y que me convertirías en una mujer honorable. ¡Nunca te perdonaré este engaño! ¡Jamás!

Aitor se recordó que don Edilson y sus compañeros estaban aguardándolo a orillas del río, en la zona del Retiro. No podía faltar; dependían de él para alijar la carga. Por otro lado, juzgó sensato darle tiempo a Emanuela para que se calmase. Al día siguiente, después de haber descansado, comprendería que, casado o no con Olivia, ella y él jamás volverían a separarse.

Una pena infinita le congeló el alma al verla sentada en el borde de la cama, mientras se mordía el puño y sollozaba. Sus hombros delgados se mecían al compás del llanto. Se acuclilló junto a ella.

—Jasy, amor mío, no sufras.

—No me toques.

—Emanuela, quiero que te recuestes ahora y descanses. Mañana, más serenos, volveremos a hablar y compr…

—No vuelvas, Aitor. No te quiero de vuelta. Esta vez no te perdonaré. Estoy cansada de que me tomes por tonta. No sé por qué lo haces, por qué piensas que soy tonta, pero ya no me interesa. Solo quiero que te marches y que no vuelvas.

Se puso de pie y apretó los puños para sofocar el acceso de ira. Paciencia, se dijo. Ella tenía derecho a estar enojada y a pronunciar palabras hirientes. Aunque para él Olivia contase menos que una de las conchillas del río Paraná, Emanuela la consideraba desde otra perspectiva, y él tenía que comprenderla y ser contemplativo.

—Me iré ahora. Pero como que el sol saldrá por la mañana, estaré aquí para que hablemos. Tú y mi hijo son preciosos para mí, lo único que tengo en la vida. Ni por un instante pienses que me alejarás de tu lado por una estupidez como esta.

—¿Llamas estupidez a estar casado con otra mujer?

—Sí, para mí lo es. Tú serás mi esposa, y nada cambiará eso.

—No lo seré.

Se volvió hacia ella con la misma rapidez con que ataca una yarará. Emanuela ahogó un quejido cuando él la sujetó por la barbilla. Sacudió la cabeza para desasirse; él se lo impidió al apretar el pulgar y el índice con crueldad. Se inclinó para hablarle cerca del rostro.

—¿Te olvidas de con quién estás hablando, Jasy? ¿Te olvidas de que no hay nada que me proponga que no lo consiga? Serás mi esposa y la madre de mis hijos, y no existe poder en la Tierra ni en el Cielo que me impedirá cumplir mi sueño! ¡Vas a ser mi esposa! ¡Lo juro por tu vida!

La contempló largamente hasta darse por vencido: Emanuela se obstinaba y mantenía las pestañas bajas. Aitor soltó un suspiro; ella no le devolvería la mirada. Tomó el sombrero que había arrojado sobre la mesa y se lo encasquetó con un ademán brusco. Avanzó hacia la contraventana y la abrió. Saite entró volando y se posó en la alcándara. Aitor giró apenas la cara antes de trasponer el umbral.

—Fue Lope, ¿verdad? Él te dijo que yo estaba casado.

—Ya no importa.

—Pagará caro por esto.

* * *

Barroso y sus compañeros lo aguardaban ocultos en la cueva donde escondían la mercancía. El portugués le lanzó un vistazo avieso apenas lo vio entrar. Aitor cruzó una mirada con Conan, que hizo un ceño al descubrir su expresión pesarosa.

—Pensábamos que nos habías abandonado, Francisco —se quejó Barroso, sin olvidarse de llamarlo por su nuevo nombre.

—Jamás, don Edilson. Se presentó un inconveniente, pero aquí estoy.

—Bien. Es noche de luna llena, lo cual facilitará las cosas. No necesitaremos encender las antorchas, y eso nos hará menos conspicuos.

Aitor no sabía qué significaba la palabra conspicuo. Lo que sí sabía era que, durante las noches de luna llena, los *mborevi*, o tapires, no se aventuraban en los barrizales de caolín a orillas de los ríos porque se convertían en presa fácil de los cazadores que los aguardaban montados en sus sobrados construidos en los árboles. La luna llena, sin duda, no era una aliada.

Emergieron por la boca de la caverna, y Aitor elevó la vista para contemplarla, enorme, blanquísima y bien perfilada en el cielo renegrido, y evocó aquella noche en la jangada en la que transportaban el cuerpo de Emanuela madre y a su Jasy recién nacida, la noche en que su destino se había sellado. No apartó la vista de la luna cuando Conan le habló en un susurro.

—¿Por qué has tardado tanto? ¿Qué ha sucedido?

—Nada que no pueda solucionar mañana —contestó, y se dirigió hacia la carreta de ruedas descomunales.

Una hora más tarde, con los bultos y las cajas de madera que combaban los adrales, Aitor guiaba los bueyes de regreso a la orilla.

Avistaba las siluetas de los Marrak, de don Ismael y de Manuel, que se aprestaban para recibirlo. Tenían que bajar deprisa la carga para regresar a la balandra por más mercadería. Aitor, que había visitado la bodega de la embarcación y visto que se trataba de un cargamento importante —el más importante hasta el momento—, calculó que se precisarían dos viajes más; acabaría cerca del amanecer. Había entendido por fin el motivo del nerviosismo y la expectación de Barroso: entre los bultos de géneros, arrequives y perifollos, botellas de bebidas alcohólicas y otras manufacturas, había varias cajas de madera con mosquetes de chispa, bayonetas y municiones.

Apuró los bueyes para que tirasen con más vigor en las últimas varas antes de emerger del río. Le ardían los músculos de los brazos por maniobrar la yunta en un río encrespado, con corrientes traicioneras. Detuvo los animales y se apeó de un salto. Vio primero unos fogonazos en la distancia y escuchó después unas explosiones, a las que siguieron vociferaciones que no comprendió. Divisó a lo lejos, en la entrada de la caverna, a don Edilson, que caía como peso muerto. Comprendió súbitamente que estaban siendo atacados y que una bala había golpeado a su jefe. Corrió hacia él, sordo a los gritos y zigzagueando con la cabeza baja para evitar los disparos. Lo aferró por las axilas y lo arrastró dentro de la caverna, donde ardían dos antorchas. Le colocó una manta enrollada a modo de almohada y le buscó la herida. La halló en la zona del estómago. Desenvainó su cuchillo y abrió el frente de la chupa y de la camisa hasta encontrar un orificio por el que manaba abundante sangre. Eso no era bueno.

—Aitor…

—¡Don Edilson!

—¿Qué ha sucedido? —preguntó con dificultad.

—Creo que los militares nos han caído encima, o salteadores, no lo sé.

Los gritos, los relinchos y los disparos arreciaban fuera.

—Alguien nos ha alcahueteado.

"Lope", conjeturó Aitor.

El portugués hizo un gesto de dolor.

—Estoy malherido.

—Un rasguño.

—No me mientas, hijo, que soy un diablo viejo y experimentado. Siento que se me va enfriando el cuerpo, que se me va la vida.

—Don Edilson, lo voy a fajar y vamos a salir de aquí.

—No. Vete tú, Aitor. Sálvate, que a mí me queda poco.

—No lo dejo, don Edilson. ¿Qué está pidiéndome?

El hombre aferró la mano de Aitor, que la notó fría y viscosa.

—Eres un buen muchacho. Tu padre está orgulloso de ti, y te ama. —Aitor asintió con los labios apretados—. Protege a tu hermano Lope. Es un alma buena, aunque atormentada. Te necesita, Aitor. —Asintió de nuevo y se movió incómodo, como en el ademán de buscar algo en torno—. Aitor, escúchame, hijo, que no me queda mucho tiempo.

Aitor elevó las cejas y entreabrió los labios al distinguir un hilo de sangre que se escurría por la comisura de Barroso.

—No hable, don Edilson. No gaste la fuerza.

—Escúchame, te digo. Irás a mi casa y buscarás la llave de la caja fuerte. Está en el mueble donde guardo las bebidas. Hay un compartimiento oculto, en la parte posterior. Allí dentro encontrarás la llave. Llévate todo lo que hay en la caja fuerte. Todo lo que hay allí es tuyo. Pero sobre todo presta atención al mapa, una vitela enrollada. Ese es el mapa con la ubicación de la mina de estaño. Si llegas a encontrarla, la mina será tuya y serás un hombre muy rico.

Aitor oía a don Edilson al tiempo que se mantenía atento a las exclamaciones en el exterior. Las voces que se aproximaban con alarmante velocidad no le resultaban familiares. ¿Qué habría sido de sus amigos?

—¿Has entendido, Aitor?

—Sí, don Edilson.

—Ahora vete, hijo.

—No. Voy a levantarlo…

—¡Salga con las manos en alto!

Aitor se puso en pie y miró hacia el ingreso de la cueva. Al menos cuatro soldados con el uniforme de los blandengues le obstruían la única salida con la que contaba. Uno lo apuntaba con un mosquete corto, otro con una pistola y dos con lanzas.

—¡Hay un hombre herido aquí dentro! —exclamó Aitor.

—¡Salga con las manos en alto!

Aitor se volvió hacia don Edilson y se dio cuenta de que había muerto; tenía los ojos abiertos, aunque opacados, y la cabeza le colgaba a un costado; sobre la tierra, se había formado un charco con la sangre que le había manado por la boca. Miró en torno, y se dio cuenta de que estaba atrapado. Pateó el cuchillo detrás de unas piedras y salió como le ordenaban, con las manos en alto.

El blandengue que empuñaba el mosquete corto se le acercó y le colocó el cañón en la frente.

—De rodillas. —Aitor hizo como se lo ordenaba—. ¡Soldado Frías!

—¡Sí, mi capitán!

—Quítele todas las armas al reo.

Frías y Aitor cruzaron una mirada significativa y ninguno pronunció palabra, ni siquiera en susurros, mientras el soldado lo cacheaba.

—Está limpio, señor.

—Colóquele las esposas y condúzcalo a la carreta. Lo llevaremos al fuerte.

Los otros militares entraron en la cueva. Aitor y Frías se pusieron en marcha. En el corto trayecto, Aitor se dio cuenta de que, aunque su amigo lo ayudase, no llegaría muy lejos; al menos una decena de militares rondaban la zona, y varios contaban con armas de fuego. No se expondría inútilmente y, en contra de su naturaleza arrebatada y temeraria, se instó a esperar. Tenía que pensar en Emanuela y en su hijo; no podía abandonarlos a su suerte

—¿Han atrapado a alguien más? —susurró Aitor.

—No. Pero un retén salió a buscarlos por la zona.

—El padre de Matas está con ellos.

—¡Mierda! —masculló el blandengue.

—Escúchame, Frías. Necesito que le hagas saber a mi mujer que estoy preso en el fuerte.

—Lo haré.

—¿Cómo supieron que estaríamos aquí esta noche?

—Por una alcahueteada.

—¿De quién?

—Los de más abajo no lo sabemos —admitió—, pero intentaré averiguarlo. Almanegra, te juro por la vida de mi madre que yo no sabía que tú y don Ismael estarían aquí. Les habríamos advertido.

—Lo sé.

Lo ayudó a subir a la carreta con aspecto de jaula, trabó la puerta y ordenó al conductor que iniciase la marcha. Se sostuvieron la mirada hasta que la noche los envolvió en su manto de oscuridad.

* * *

Sostenida e impulsada por Romelia y Aurelia, Emanuela se lavó la cara, se coloreó las mejillas con carmín, se arregló el tocado y se presentó en el comedor para cenar con la familia. Sentada a la mesa, circundada por el silencio en el que la masticación y las tragantadas adquirían la contundencia de un cañonazo, y asaltada por las miradas hostiles de doña Ederra, tenía la impresión de que se enfrentaba a una prueba titánica. Simular serenidad y contento cuando, en realidad, tenía ganas de llorar a gritos estaba demostrando ser más de lo que había estimado. Mantuvo la mirada en el plato y jugó con la comida.

—¿No te gusta la olla podrida, Manú?

—Sí, doña Ederra. —Carraspeó antes de añadir—: Está muy buena.

—¿Por qué no la comes, entonces?

—Estoy esperando que se enfríe.

—Yo considero que la temperatura está perfecta.

—Ederra —intervino don Mikel, con semblante sombrío—, come y deja comer a los demás.

Emanuela se forzó a llevarse unos bocados de carne y chorizo a la boca.

—¿Por qué la llamarán olla *podrida*? —se preguntó el anciano vasco, y su intención de aliviar la tensión resultó obvia.

—En realidad —intervino don Alonso—, su nombre original es olla *poderida*, y se supone que se debe a los ingredientes *poderosos* con que se prepara, o tal vez a que solo los poderosos podían comerla pues sus ingredientes eran costosos. Con el tiempo, la "e" dejó de pronunciarse y nos quedamos con la expresión olla *podrida*, aunque de podrida no tiene nada. Es uno de mis platos favoritos —dijo, y sonrió en dirección a Emanuela, que bajó deprisa la vista, aunque antes, de soslayo, había percibido la mueca irritada de doña Ederra.

¿Don Alonso no caía en la cuenta de que su interés por ella fastidiaba a su mujer?

—Tendremos que comenzar con los preparativos de tu boda, Manú —expresó doña Ederra—. Murguía nos dijo anoche, después de que te fuiste, que no tiene intención de esperar.

—Ederra —intervino don Alonso—, tu hermano, el tutor de Emanuela, no ha dado su consentimiento aún.

—Mi hermano está demasiado ocupado en su doctrina, asediado de problemas ahora que el gobernador declaró rebeldes a esos salvajes guaraníes. Emanuela vive bajo nuestro techo, come nuestra comida, se viste con nuestro dinero. Creo que tenemos derecho a opinar sobre su futuro. Y creo que todos acordarán con que la propuesta de Murguía es única e irrepetible dadas las precarias condiciones de esta muchacha.

Se excusó apenas terminada la cena, y no le importó si doña Almudena y doña Ederra encontraban insólito que no se les uniese en el estrado para bordar y coser; había alcanzado la cota de su entereza. Lo único que deseaba era retirarse a la soledad de su recámara, dormirse y olvidar. La nueva traición de Aitor la había dejado estupefacta, paralizada, le había drenado la fuerza, la alegría y las ganas de vivir. "Seguiré adelante por mi hijo", se exhortó.

La apabullaba el futuro. Murguía y el Santo Oficio se cernían sobre ella como lobos hambrientos, y ahora que la huida con Aitor quedaba fuera de discusión, ¿qué haría? No estaba sola, se alentó; contaba con amigos. Recurriría a Titus o a Lope; ellos la ayudarían.

Debió de haberse dormido. Un crujido la despertó en medio de la noche. Levantó los párpados lentamente y se incorporó en la cama. Una figura se movía dentro de la habitación con una palmatoria que lanzaba destellos débiles. Una felicidad inefable le nació en el pecho al pensar que se trataba de Aitor.

—¿Eres tú, Aitor? No me asustes.

La silueta se desplazó y colocó la vela delante del espejo, en el mueble, y la luminosidad inundó la estancia.

—¡Don Alonso! —En un acto instintivo, se cubrió con la manta—. ¿Qué hacéis aquí?

El hombre le dirigió una sonrisa, que desapareció al observar con detenimiento el rostro de Emanuela.

—Te has dormido llorando. ¿Qué sucede, mi niña?

—¿Qué hacéis aquí? —insistió.

—Cuando me oíste entrar, dijiste algo. ¿Qué fue, Manú? Hablabas en guaraní, ¿verdad?

—Le hablaba a Orlando —respondió con voz queda, y escuchó gañir al perro, y a Saite, aletear en su percha.

—¿A Orlando o a tu amante, el tal Almanegra?

Fue como si le hubiesen asestado un golpe en la espalda y extraído el aire de los pulmones. Apretó los dientes y las manos en torno a la manta. En esa posición de vulnerabilidad, sentada en la cama, cubierta por un camisón de una holanda casi traslúcida, no sabía cómo proceder. Don Alonso se aproximaba, y ella lo aceptaba con resignación. El hombre extendió la mano y le pasó el dorso del índice por el filo de la mandíbula. No había nada de paternal en su gesto ni en su mirada.

—Los veo y oigo fornicar desde hace varios días.

—¡Oh! —exclamó, y saltó fuera de la cama, por el otro costado, y arrastró la manta con ella—. Don Alonso. —La voz le surgió temblorosa, y temió no poder expresarse—. Don Alonso, os suplico, salid de mi recámara. Si doña Ederra...

—Doña Ederra sabe que te deseo, Manú, y por eso te quiere fuera de esta casa a como dé lugar. Si no casas con Murguía, ella misma te conducirá al convento de Santa Catalina de Siena. Me lo ha dicho. He venido a ofrecerte mi protección y mi amistad. Quiero que vengas conmigo. Te compraré una casa en un sitio alejado, donde vivirás tranquila, sin que nadie te moleste. Te compraré una esclava e iré a visitarte tantas veces como pueda. Nada te faltará.

No se trataba de una promesa vana. Con el dinero que Barroso le había dado por el salvoconducto de Almanegra, en verdad nada le faltaría, al menos durante los primeros tiempos. Se miraron fijamente. El pecho de ella subía y bajaba con rapidez, como si respirase con espasmos. Alonso de Alarcón aguardaba con una media sonrisa y ojos codiciosos.

—No tienes escapatoria. Debes aceptar mi protección.

—Os agradezco, don Alonso. Aprecio vuestro ofrecimiento, pero lo mejor será que consulte con mi *pa'i* Ursus...

—Tu *pa'i*, como tú llamas a Octavio, tardará meses en tomar una resolución. Créeme, Manú, tienes enemigos poderosos que no están dispuestos siquiera a esperar una quincena. O aceptas mi ayuda o las alternativas serán Murguía o el muro. Tú decides.

—Lo pensaré.

—No hay nada que pensar. —El hombre circundó la cama en dirección a Emanuela—. Tú y yo hemos forjado una buena amistad durante estos años. Nos tenemos cariño, nos apreciamos y respetamos. Te he enseñado todo lo que sé, te he permitido consultar mis libros sin restricciones, te he protegido del mal carácter de Ederra, hemos...

—Y yo os lo agradezco infinitamente, don Alonso.

Dio un paso atrás. Alarcón extendió las manos y la sujetó por los brazos. La atrajo hacia él. Le habló cerca del rostro, y Emanuela frunció el entrecejo cuando su aliento a alcohol le inundó las fosas nasales. Con la manta pegada al pecho, se rebulló para quitárselo de encima, sin éxito. El hombre clavó los dedos en su carne desnuda y le arrancó un gemido de dolor.

—Como te dije, te deseo, Manú. No sabes cuánto.

—¡Don Alonso, por favor! ¡Vuesa merced es como un padre para mí! ¡Suélteme!

—Quiero oírte gemir y verte gozar como lo has hecho con ese salvaje, pero quiero que lo hagas conmigo dentro de ti.

La náusea la asaltó de manera sorpresiva. Hizo una arcada, y Alarcón la soltó.

—¿Tanto asco me tienes?

Emanuela alzó la vista y le costó enfocar a causa del mareo y del velo de lágrimas.

—¿Quién sois? Por lo más sagrado del mundo, ¿quién sois?

—¡Soy el que te ha amado y deseado en silencio desde hace tiempo! ¡Soy un hombre joven cansado de vivir con desamor y desprecio! —Repentinamente, la mueca rabiosa mudó en una vencida—. No me rechaces, Manú. No me desprecies tú también.

—Os lo suplico, don Alonso. Abandonad mi recámara. No quiero que doña Ederra…

—¿Doña Ederra o Almanegra? Lo esperas a él, ¿verdad? Pues sabe que tu amante no volverá. Nunca.

—¿Cómo? ¿De qué habla vuesa merced?

—De que esta noche tu amante tenía que descargar una mercadería de contrabando de Edilson Barroso en la zona del Retiro. Pues estoy seguro de que, para estas horas, los blandengues les habrán caído encima y liquidado o apresado a todos. Yo mismo me ocupé de que los militares contaran con la ubicación exacta de la descarga y…

—¡No!

Se trató de un acto inconsciente: Emanuela lo abofeteó, y enseguida retrajo la mano, sorprendida de su reacción. Don Alonso se arrojó sobre ella, la sujetó por los hombros e intentó besarla. Emanuela apartó la cara, y los labios del hombre le humedecieron la oreja.

—¡Dejadme! ¡No me toquéis!

Alonso le colocó una mano sobre la boca y le cruzó el otro brazo por la espalda para inmovilizarla contra su torso. La arrastró hacia la cama. Emanuela se agitaba y clavaba los talones en el suelo en un intento desesperado por no acabar acostada; sería su perdición. El hombre la soltó de pronto con un quejido, y ella cayó sentada en el borde de la cama. Fascinada, vio cómo Saite atacaba a don Alonso, y durante algunos segundos permaneció prendada admirando el arte con que su macagua hostigaba al hombre en silencio y con una destreza impecable. Le clavaba los espolones y le daba picotazos en la cabeza y en el rostro, y al cabo, líneas de sangre surcaban la frente y las mejillas de Alonso de Alarcón, que soltaba manotazos y profería exclamaciones, sin resultado. Casi lanzó una risa histérica al descubrir que Orlando le mordía la pantorrilla.

—¡Diles que se detengan! ¡Manú, diles que se detengan!

Emanuela cruzó por encima de la cama y se escapó por la contraventana hacia los fondos del terreno. A unas varas, silbó como Aitor le había enseñado, y Saite y Orlando la siguieron. Corrió con el perro a su lado —la macagua había desparecido en la noche— y se escondió en el cuartito del tercer patio, donde secaba sus hierbas y preparaba sus emplastos. Trabó la puerta y, por las dudas, colocó una silla vieja bajo el picaporte. Aurelia, que dormía allí desde el regreso de Pastrana, se incorporó en el jergón, asustada y con cara de dormida.

—¡No te asustes, Aurelia! Soy yo, Manú.

—¿Qué haces aquí?

Emanuela se desplomó sobre el jergón. Recogió las piernas y las rodeó con los brazos hasta pegar las rodillas en el pecho. Intentaba sojuzgar los temblores que la surcaban de pies a cabeza. Tremaba como si estuviese desnuda en un paraje cubierto por nieve. Le castañeteaban los dientes, tenía la piel de gallina y un sudor frío le cubría el cuerpo.

—¿Qué tienes, Manú? ¡Háblame! ¡Estás helada!

Aurelia le echó encima una manta de lana y a continuación la cubrió con su propio cuerpo. La sobaba para activarle la circulación, al tiempo que le siseaba para tranquilizarla. Poco a poco, los espasmos cedieron y la respiración fue normalizándose. Quedó laxa e inerte, con la vista fija en un punto indefinido.

—¿Te sientes mejor? Manú, háblame. Estás asustándome.

—Don Alonso...

—¿Cómo? —Aurelia acercó el oído a la boca de Emanuela—. Habla un poquito más fuerte.

—Don Alonso... él... —La voz se le quebró—. Trató de vejarme.

—¡Dios del cielo!

—Se metió en mi recámara y... Saite y Orlando me salvaron.

Al sonido de su nombre, el perro se acercó gañendo, y un chillido inundó la pequeña habitación. Emanuela movió los ojos y descubrió a la macagua en el ventanuco, entre las rejas.

—Ven aquí, Saite —la llamó llorando, y se movió para incorporarse. Recibió en su regazo al perro. La macagua se posó en su brazo desnudo. Acercó el rostro, y el pico del ave y la nariz de Emanuela se tocaron. A Orlando lo apretaba contra su pecho. Lloró en silencio y con los ojos cerrados.

—*Aguyje*, amigos míos —agradeció en guaraní—. *Aguyje, aguyje.* —Apartó la cara de Saite y miró a Aurelia, que contemplaba el cuadro, estática—. ¿Sabes, Aurelia? Ellos me salvaron de la vejación de don

Alonso. Saite le daba picotazos en la cabeza, en tanto Orlando lo mordía en la pierna.

—¡Bien merecido se lo tiene por viejo verde y cachondo!

—Era como si otro hombre hubiese aparecido frente a mí. No lo reconocía. Había mudado por completo.

—Los hombres son todos unos pícaros y unos calentones. Felones, que no son otra cosa. Los desprecio. A todos.

El día anterior, Emanuela habría intentado disuadirla. En ese momento, después de padecer la segunda traición de Aitor y de casi haber sido víctima de la concupiscencia de don Alonso, guardó silencio.

—Iré a llamar a Romelia. —Aurelia se puso de pie—. Ella tiene que saber…

—¡No salgas! ¡No destrabes la puerta! Don Alonso podría estar buscándome.

—No lo creo. Debió de huir de tu pieza para irse a curar las heridas. A ver qué explicación le dará mañana a su mujer cuando se las vea.

—Señor bendito, ¿qué haré ahora?

—Ven, Manú. Cierra con traba cuando yo salga. Romelia tiene que venir a verte. Cuando regrese, tocaré tres veces, de este modo.

—Está bien. Pero no armes alharaca. No quiero que Pastrana se entere de nada. No confío en ella.

—Yo tampoco. Esa negra es una pícara redomada.

Quedó claro que, en el corto trayecto que separaba la barraca de los esclavos del cuartito en el tercer patio, Aurelia había referido a Romelia la mala noticia. La mujer entró, agitada y con ojos desorbitados, y Emanuela se dijo que nunca la había visto tan demacrada; su piel oscura había adoptado una tonalidad cenicienta.

—¡Mi niña! —La abrazó, y Emanuela suspiró cuando apoyó la mejilla en los senos generosos de la esclava—. ¡Qué desgracia tan grande! ¡Qué desgracia!

—Estoy bien, Romelia. Saite y Orlando me salvaron. No pudo hacerme nada.

—¡Dios las bendiga! Esas bestias han sido más humanas que ese… que ese… ¡malnacido!

—¿Qué haré, Romelia? Ya no puedo quedarme en esta casa. Murguía, el inquisidor Meliá y ahora quien era mi protector, don Alonso. ¡Qué haré! —Se cubrió el rostro y se echó a llorar.

—Encontraremos una salida, mi niña. No te angusties que me dañarás al niño. Además, no estás sola. Francisco te defenderá con su vida, si es necesario.

—¡No quiero verlo!

Aurelia y Romelia intercambiaron miradas pesarosas. La noche anterior, después de que Aitor abandonó la recámara de Emanuela, habían ido a verla para conocer los pormenores del diálogo. Sabían que el muchacho estaba casado con la tal Olivia, y que había *tenido* que desposarla pues la había dejado encinta.

—¡Oh! —se sobresaltó Emanuela.

—¿Qué sucede? —se asustaron las mujeres.

—Don Alonso me dijo que había denunciado a don Edilson con los blandengues, que los había alertado de que anoche recibiría una carga de contrabando cerca de la cueva de Pintos. ¡Y lo hizo para que atrapasen a… Francisco!

—¡Mi padre debió de estar con ellos! —se angustió Aurelia—. ¡Él trabaja ahora para don Edilson! ¡Dios bendito!

—Calma, calma —pidió Romelia—. Mañana, a primera hora, mandaré a Justicia al fuerte. Nadie como él pa' averiguar lo que ha pasado.

Emanuela se cubrió el rostro y se echó a llorar.

—Manú —habló Aurelia con resolución—, no estás sola. Nos tienes a nosotras y a mi familia. Mis padres y mi hermano harían cualquier cosa por ti. Si es necesario, te vienes a vivir con nosotros.

Aunque la casa de los Matas era un rancho en el cual no había espacio para otra persona, Emanuela se limpió las lágrimas con el dorso de la mano y sonrió. "No estoy sola", se animó.

* * *

Ederra despertó a eso de las ocho de la mañana. Se sentó en el borde de la cama, inspiró profundamente y esperó a que los efectos del láudano que bebía antes de dormir se esfumasen. Gracias a los haces de luz que se filtraban a través del cortinado, descubrió un pedazo de papel sobre su mesa de noche que no reconocía. Se trataba de una esquela de su esposo. *Mi querida Ederra, ha sido menester emprender un viaje precipitado a la quinta de San Isidro. Recibí noticias anoche a última hora de un inconveniente que se presentó, y no quise comentarte para no alterarte. No es de gravedad, no os preocupéis, ni tú, ni tus padres. Volveré apenas lo haya solucionado. Tu esposo, A. de Alarcón.*

Se quedó mirando la misiva, corta, imprecisa, enigmática, y tuvo un mal presentimiento. Se echó el albornoz sobre los hombros, se calzó unos chapines viejos y corrió hacia los fondos de la casa. Entró en la recámara de Emanuela, y sus miedos se exacerbaron al ver que la cama estaba hecha y todo se encontraba en orden. Parecía que nadie la ocupaba. Ni siquiera esa ave del demonio se hallaba en su alcándara. "No pierdas la calma", se conminó. "Sabes que Manú es muy madrugadora y prolija. Es probable que ya esté en la cocina o en su cuartito, cocinando sus hierbajos." Volvió a salir al corredor y se encaminó hacia el tercer patio. La avistó de lejos, junto al fogón, y el alivio que la cubrió le causó la misma delectación que el agua fría en una quemadura.

A punto de aproximarse, se detuvo. Emanuela se inclinó de pronto sobre una batea y vomitó. Dos pensamientos le vinieron a la mente al mismo tiempo: primero, el recuerdo de los malestares que ella había padecido en sus tantos embarazos, y en segundo lugar, que, desde hacía tiempo, no controlaba las fechas del sangrado de Emanuela; esa responsabilidad había quedado en manos de Romelia durante el verano. También se acordó de que Pastrana le había cotilleado el día anterior que Manú había sufrido un desmayo. La pregunta que siguió a continuación la dejó de nuevo pálida y fría: si Manú estaba encinta, el padre de su bastardo ¿era su esposo, Alonso de Alarcón?

* * *

Ese jueves 15 de marzo Emanuela lo evocaría como uno de los peores días de su vida. Después del asalto de don Alonso, había pasado las últimas horas de oscuridad echada en el jergón de Aurelia, rodeada por sus mascotas, pensando en tantas cuestiones que la acosaban. No se atrevió a dejar el cuartito hasta que Romelia entró y le confirmó que don Alonso no estaba en la casa; incluso había ido a su recámara, para comprobar que estaba vacía y la cama sin tocar. La esclava suponía que debía de haberse marchado pues faltaba el pequeño baúl de cuero con el que solía viajar a la quinta de San Isidro. Al oír la especulación de la mujer, a Emanuela le renació la esperanza. La ausencia de don Alonso le daría tiempo para arreglar su huida de la casa de la calle de Santo Cristo.

Sin remedio, vomitó varias veces hasta que Romelia le preparó una infusión con raíz de jengibre que le apaciguó el estómago. Participó del desayuno sin experimentar náuseas, aliviada por la ausencia de don Alonso, quien sorpresivamente había partido por la madrugada hacia San Isidro.

—¿Qué habrá acontecido en la quinta para que Alonso se haya visto obligado a salir de ese modo, tan precipitado? —preguntó doña Almudena por tercera vez, y obtuvo los mismos refunfuños de don Mikel, a quien, desde el regreso de su esposa, le había vuelto el carácter atrabiliario; en cuanto a su hija, esta se envaraba en la silla desde donde lanzaba vistazos poco amigables a Emanuela, que hacía caso omiso, preocupada solo por una cosa: Aitor no había regresado. *"Me iré ahora. Pero como que el sol saldrá por la mañana, estaré aquí para que hablemos."* La evocación de las palabras de él solo conseguía ahondarla en el abismo de angustia y preocupación en el que se encontraba desde la noche anterior. ¿Don Alonso le habría dicho la verdad? ¿Había advertido a los blandengues de la mercancía de contrabando que recibiría Barroso? Era claro que estaba al tanto del asunto por trabajar para el portugués. ¿Sería tan poco juicioso de arruinar un negocio que le había redituado tanto en el pasado?

Durante la misa de once, no atendió al sermón ni a ninguna parte de la liturgia; se lo pasó cavilando acerca de lo que ella llamaba "la segunda traición de Aitor". Repasaba el diálogo que habían sostenido la noche anterior, y en la que ella, ofuscada, dolida y humillada, había pasado por alto varias cuestiones, por ejemplo, si no había dejado embarazada a Olivia la noche en que ella los pilló fornicando, ¿cuándo habían vuelto a estar juntos? Después de que ella se había ido de San Ignacio Miní, de eso no cabía duda. ¡Malditos fueran los dos!, exclamó, y apretó los puños y los dientes. Un momento después se arrepintió de maldecirlos, sobre todo a él, y temió por su suerte, y se puso a rezar de manera frenética para que Aitor estuviese a salvo. Volvió al derrotero de sus pensamientos, y reflexionó que el hijo que le daría no sería el primogénito de Aitor; Olivia ya le había dado otro. ¿Sería macho o hembra? ¿Cuántos años tendría? Si lo habían concebido después de que ella se había marchado del pueblo, contaría con unos dos años. "Tan pequeño", se enterneció, y lo imaginó parecido a Aitor, con el pelito retinto, lacio y largo. ¿O semejaría a la madre? Como fuese, su hijo, el que ella llevaba en el vientre, no sería el primogénito. ¿Se conocerían los hermanos algún día? ¿Se odiarían como Aitor y Lope?

Abandonó Santo Domingo con Aurelia a su lado. Justicia, el encargado de llevarle la alfombrilla y escoltarla a misa a diario, se había ido al fuerte para averiguar sobre la suerte de Aitor.

Emanuela se refrescaba en su recámara cuando la sobresaltaron unos golpeteos exigentes en el vidrio de la contraventana. Distinguió las siluetas de Romelia y de Justicia a través del género de la cortina. Les abrió con manos temblorosas, el alma en vilo y la peor de las premoniciones. Los invitó a entrar sin decir palabra. Resultaba claro que el niño había regresado corriendo pues respiraba con inhalaciones superficiales y rápidas, y tenía la frente sudada.

—Ven, Manú. —Romelia la aferró de las manos—. Siéntate, mi niña.

—¡Habla, Romelia! No me tengas sobre ascuas.

—Aitor...

—¡No pronuncies su nombre, Justicia! —se enojó Emanuela—. Aurelia anda por ahí, podría escucharte.

—Cálmate, Manú —intervino la esclava—. Aurelia está en el comedor, con don Mikel. Escucha lo que Justicia tiene para decirte.

Emanuela cerró los ojos. En verdad, no quería oír nada de lo que tuviesen para decirle; ya sabía que se trataba de una desgracia, lo había sabido desde la muerte de Libertad.

—Manú —dijo el niño, y se calló, acobardado.

—Está en el fuerte, ¿verdad? —Levantó los párpados y fijó la mirada en la expresión triste de Justicia—. Está preso, ¿verdad?

—Sí, Manú.

Los labios le temblaron y la vista se le nubló. Las lágrimas se derramaron un momento después y se mordió el puño para no quebrarse en alaridos y lamentos que atraerían a doña Ederra. Romelia la encerró en un abrazo, y enseguida sintió los bracitos de Justicia que la rodeaban por detrás.

—Sé fuerte, mi niña. Sé fuerte. Todo se solucionará.

—¿Qué será de él? ¿Qué le harán? ¿Está herido? ¡Oh, Dios mío! ¡Tal vez esté herido!

—No está herido —se apresuró a tranquilizarla Justicia.

—¿Estás seguro?

—Sí, me lo dijo el soldado Frías.

Romelia la condujo hasta la silla y la obligó a sentarse. Le dio de beber un sorbo de agua y le secó las lágrimas con el mandil. Llamaron a la puerta. Era Pastrana, que levantó las cejas al descubrir a Romelia y a Justicia metidos en la habitación de Emanuela.

—¿Qué quieres?

—Náa contigo, Romelia. Que dice la doña Almudena que Manú vaya a la sala.

—Vete ahora. Manú irá en un momento.

—¿Por qué lloras, Manú?

—No lloro, Pastrana. Es que me he resfriado.

Aguardaron hasta que la esclava se marchó. Romelia se llevó el índice a los labios y los conminó a no hablar. Abrió abruptamente, y Pastrana, medio inclinada, con la oreja pegada a la puerta, soltó un grito.

—¡Vete de aquí, pérfida! —Le lanzó un manotazo en la coronilla—. ¡Y que yo me entere de que andas contando las cosas de la familia por ahí! ¡Te azotaré yo misma! ¡Negra del demonio!

* * *

Lope de Amaral y Medeiros ingresó en la ranchería, que se erigía junto al fuerte y donde se asentaban las tropas del Regimiento de Blandengues. Esa mañana le había llegado una misiva firmada por un tal capitán Troncoso y Lira, en la que lo conminaba a presentarse ese mismo día "con calidad de urgente". Bebió para darse valor antes de caminar las cuadras que lo separaban del lugar.

Un soldado le indicó la oficina donde encontraría a Troncoso y Lira, quien lo invitó a sentarse con un gesto silencioso y grave que solo consiguió inquietarlo aún más. Para que el capitán no notase que las manos le temblaban, hacía girar el tricornio hacia uno y otro lado.

—Señor de Amaral y Medeiros, lamentablemente tengo que daros una mala noticia. Su tío, don Edilson Barroso, falleció anoche…

—¡Qué! —Se puso de pie y la silla cayó detrás de él—. ¿De qué habla vuesa merced?

—Siéntese, por favor. Comprendo que…

—¿Mi-mi tí-i-i-o mu-mu-erto? De-be de-de exis-tir un-un e-e-rror.

—Estamos seguros de que no. De hecho, os he solicitado que vinieseis al cuartel para reconocer el cadáver.

—¿Có-có-mo su-ce-dió?

—Cayó en una redada anoche. Mi compañía, La Invencible, sorprendió a una banda de contrabandistas a orillas del río, hacia la zona del Retiro, en el recodo llamado de Pintos. —Lope asentía, aunque retenía la mitad de la información—. Su tío era uno de los miembros de la banda, creemos que el jefe. Recibió un disparo y murió.

—¡Imposible! —Quiso expresar que su tío era un comerciante decente y honesto, pero no halló el aliento ni el impulso para arrancar las palabras de su lengua.

—Hemos atrapado a otro de la banda y pronto lo haremos confesar. Además, hemos incautado la carga. Os llevaré ahora con vuestro tío. Seguidme, por favor.

Bajaron hasta las mazmorras, tan húmedas, oscuras y malolientes como Lope siempre había imaginado esos sitios cuando leía sobre ellos en sus libros de aventuras. Dos soldados, que iban delante de él y del capitán Troncoso y Lira, iluminaban el camino con teas de resina, que soltaban un aroma punzante, el cual, mezclado con el de las heces, la orina y el sudor humanos, le provocaban náuseas. Se cubrió la nariz con un pañuelo perfumado.

Se volvió hacia la reja de una de las celdas y ahogó el grito de sorpresa en el pañuelo al descubrir a Aitor que lo miraba con una fijeza amenazadora. Sus ojos amarillos habían cobrado un brillo sobrenatural a la luz de la antorcha y en la penumbra de ese sitio sórdido e inmundo. Aitor cruzó el índice sobre los labios y lo conminó a guardar silencio. Lope asintió apenas y de alguna manera se aquietó. Admiró a su hermano por guardar la compostura en un sitio que a él lo habría quebrado con solo minutos de estadía. Admiró su entereza y serenidad, y apreció la confianza y la complicidad que se había establecido en ese intercambio de gestos furtivos.

Reconoció el cadáver de don Edilson Barroso y se secó las lágrimas que vertió en silencio. Pensó en su madre, en el duro golpe que significaría la desaparición de su querido hermano. Al volver a la superficie, inspiró profundamente, ansioso por quitarse el aire viciado que había respirado abajo, en las mazmorras. El capitán Troncoso y Lira le habló durante un rato, y Lope captó parcialmente el sentido de las frases, algo sobre el envío del cadáver en un par de horas para disponer de su sepelio y otras que mencionaban confiscaciones y cuestiones legales que, se dijo, atendería más tarde. Salió del despacho del militar con un solo propósito en mente: ver a Manú.

* * *

El cabo Matas convocó a sus amigos —el cabo Contreras, el cabo Perdías y el soldado Frías— como también a los tres Marrak, al sitio donde, por las tardes, se reunían para practicar arquería. Don Ismael, su padre, también se hallaba presente.

—Todos saben lo que ha sucedido anoche, en el recodo de Pintos —habló Lindor Matas—. La Invencible les cayó encima a don Edilson y a su gente.

—¡Nos entregaron! —vociferó Melor Marrak, el padre de Conan, en su castellano de pesado acento.

—Fue don Alonso de Alarcón, el tío del capitán de Alarcón —declaró Frías, y varios pares de ojos se volvieron hacia él, que agitó los hombros—. Al menos eso me dijo Justicia, el negrito esclavo de los Urízar y Vega, el que va pegado a las faldas de la señorita Manú pa' todos lados.

—¿Cómo lo supo él? —se interesó Ruan, el tío de Conan.

—No me lo dijo.

—Justicia es un niño muy despierto —manifestó Conan—. Y siempre está bien informado. No creo que haya mentido.

—Como sea —prosiguió Matas—, tenemos que ayudar a escapar a Almanegra. No podemos dejar que se pudra en la mazmorra. Tal vez lo condenen a la horca o a pasarse años en algún barco del reino. Él nos salvó la vida la noche en que nos atacó esa banda en el zanjón de Matorras.

—Y a mí me consiguió un trabajo con Barroso, que en paz descanse —farfulló don Ismael—. Además —el hombre cobró nuevos bríos—, tenemos que hacerlo por la señorita Manú, a quien todos le debemos mucho, en especial, mi familia y yo, porque salvó la vida de mi hija Aurelia.

—Y no se olvide de mí, padre, que me salvó de morir desangrado cuando me ligué ese puntazo.

—A mí me curó la pelagra —aportó Frías.

—Y a mí me salvó la mano —expresó Contreras.

—Almanegra bien podría haber escapado anoche, que es un gato al que nadie atrapa si él no lo desea —intervino Conan Marrak—. Pero los soldados lo hicieron prisionero porque él no quiso abandonar a don Edilson. Lo vi correr hacia él cuando cayó herido y también lo vi arrastrarlo dentro de la cueva.

—La puta que lo parió —insultó don Ismael, y escupió en el suelo.

—Levante la mano quien desee participar en el rescate de Almanegra —ordenó Lindor Matas.

Los Marrak y don Ismael lo hicieron sin dudar. Contreras, Frías y Perdías se miraron entre sí.

—¿A quién le deben fidelidad? —los increpó su compañero de armas—. ¿A un rey que, desde hace meses, no les paga ni les da uniformes ni municiones o a un amigo a quien le debemos la vida? ¿Seguiremos siendo fieles a un ejército que nos trata como perros? Después de ayudar a Almanegra a huir de prisión, desertaré. Prefiero una vida de fugitivo, pero dueño de mi propio destino, y no ser un soldado a las órdenes de unos desalmados que no les importa nada de nuestra suerte y que nos envían a luchar sus batallas sin sentido, mientras ellos se lo pasan muy cómodamente en la corte de Madrid. Y si no, díganme, ¿quién carajo es tan imbécil de firmar el Tratado de Permuta y darle a los portugueses toda esa tierra por nada? ¡Y encima Andonaegui habla de que el ejército se debe aprestar para ir a combatir a los guaraníes! Esos pobres indios solo tratan de defender nuestra tierra, pues allá, en la Península, a nadie le importa.

—La señorita Manú es guaraní —comentó Frías—. Al menos eso dice ella, porque se crió en un pueblo de guaraníes, uno que levantaron con los jesuitas.

—¡Con más razón! —apoyó don Ismael.

—La pobre debe de estar muy angustiada —conjeturó Frías—. Sí, yo me uno a ustedes en el rescate de Almanegra, y después desertaré. Ya me tienen harto estos peninsulares con su maltrato y desprecio. ¿Qué se han creído? ¿Que por ser criollos somos menos que ellos? ¡El diablo se los lleve!

Se hizo un silencio en el cual las miradas se posaron en Contreras y Perdías.

—¿Qué harán ustedes? —los apuró Matas—. ¿Nos ayudarán?

Perdías asintió.

—También me alzaré con ustedes. Yo también estoy cansado de no tener ni un rial en la faltriquera y andar vestido con andrajos. —Se sacudió la camisa, llena de remiendos.

—Y tú, Contreras, ¿qué harás?

—Antes de tomar una decisión, quiero saber cómo lo haremos. Sé que le debo la vida a Almanegra y la mano a la señorita Manú, pero no me uniré a una misión suicida. Quiero conocer el plan, si es que tienes uno.

—Sí, lo tengo —afirmó Matas—, pero el plan depende del capitán de Alarcón. Solo él puede ingresar en el despacho del coronel y extraer las llaves que nos abrirán las puertas a las mazmorras y a la celda de Almanegra.

—Alarcón está en la villa del Luján. ¿Crees que viajará a Buenos Aires solo para ayudarnos? —se mofó.

—El capitán de Alarcón está al llegar. Sé de buena fuente que el comandante Arrellano —Matas se refería al superior de Titus— lo convocó con urgencia.

—¿Y cómo piensas convencerlo? —lo enfrentó Contreras—. ¡Él es un oficial de alto rango! ¡Él no es un don nadie como nosotros! ¡Es hijo de vecino, de benemérito!

—El capitán de Alarcón aprecia mucho a la señorita Manú. Lo hará por ella —adujo Matas.

—Eso no lo sabes, Lindor. Es demasiado arriesgado contarle a Alarcón nuestros planes y esperar a ver si quiere ayudarnos. Podría delatarnos, lo mismo que su tío hizo con don Edilson.

—Tú, Rosario —Perdías se dirigió a Contreras—, conoces bien al capitán de Alarcón, sabes que es un hombre cabal, que no nos delataría. No olvides que el capitán fue a buscar a la señorita Manú para que te salvase la mano. A él le importan sus hombres, no como a los demás, que se cagan en nuestra suerte. Decídete, Rosario, ¿estás con nosotros?

Contreras paseó la vista por los hombres que lo rodeaban. A algunos —Perdías, Frías y Matas— los conocía bien y había compartido junto con ellos horas de peligro y horas de risa y diversión. A los otros, esos con apellido raro y acento extranjero, los había visto pocas veces, siempre en compañía de Almanegra; extrañamente, le inspiraban confianza, y a él, un dífidente nato, lo sorprendía. La verdad era que estaba cansado de la vida de miseria que llevaba desde hacía dos años. Había creído que, uniéndose al ejército, adquiriría cierto brillo y bienestar económico. Nada más lejos de la realidad. No tenía a nadie en Buenos Aires; su familia vivía en un pueblo de Entre Ríos, donde se deslomaban trabajando el campo de un rico peninsular. ¿Por qué seguir sometiéndose a ese destino sin futuro?

—Sí, estoy con ustedes.

* * *

Titus sofrenó su caballo cuando la proximidad a Buenos Aires comenzaba a evidenciarse en la aparición de casas y quintas y en un tráfico constante de carretas y chasquis. Había abandonado el fuerte de la villa del Luján la noche anterior aprovechando la luna llena y recorrido las doce leguas que lo separaban de la ciudad a un galope que lo habría desnucado en caso de caer. No le importaba. La furia lo impulsaba a soliviantar el caballo hasta que sus cascos apenas rozasen el camino. A poco de llegar al fuerte, esa furia había ido desvaneciéndose y solo quedaba una sensación de abatimiento y frustración.

La rabia había comenzado cuando un chasqui le entregó un mensaje de su superior en el cual lo mandaba comparecer con urgencia en Buenos Aires ya que el gobernador Andonaegui lo había elegido para formar parte de una comitiva que viajaría al otro lado del río Uruguay para convencer a los guaraníes de que desistieran de su rebeldía y se avinieran a mudarse; incluso les ofrecería diez años de perdón en el pago del tributo al rey si abandonaban la zona en conflicto sin presentar pelea, y él tenía que ser el portador de esa magnánima oferta. Según le explicaba su jefe en la misiva, Andonaegui lo había seleccionado por sus reconocidas dotes diplomáticas y de negociador.

¡Se cagaba en sus reconocidas dotes diplomáticas y de negociador! Estaba harto del Tratado de Permuta y de las consecuencias lógicas que suscitaba. ¿Qué habían estimado los presuntuosos de Madrid? ¿Que los indios, después de haber construido esos pueblos con el sudor de su frente, después de haber defendido esa tierra de los pícaros portugueses y después de haber sido fieles a la Corona española, se marcharían así como así? Días atrás, había llegado al fuerte de Luján la copia de una carta que los guaraníes le habían dirigido al gobernador de Buenos Aires. Lo había conmovido la sinceridad y la nobleza de sus párrafos, y todavía se repetían en su mente los más sentidos. "*Nuestros padres, nuestros abuelos, nuestros hermanos han peleado bajo el estandarte real, muchas veces contra los portugueses, muchas veces contra los salvajes; quién puede decir cuántos de ellos cayeron en los campos de batalla, o delante de los muros de la tantas veces sitiada Nueva Colonia. Nosotros mismos nuestras cicatrices podemos mostrar en prueba de nuestra fidelidad y de nuestro valor. (...) ¿Querrá pues el Rey Católico galardonar estos servicios, expulsándonos de nuestras tierras, de nuestras iglesias, casas, campos y legítimas heredades? No podemos creerlo. Por las cartas reales de Felipe V, que por sus propias órdenes nos leyeron desde el púlpito, fuimos exhortados a no dejar nunca aproximarse a nuestras fronteras a los portugueses, suyos y nuestros enemigos.*" La claridad, la contundencia y la solidez del razonamiento no dejaba lugar a la duda: los indios no debían abandonar un territorio fértil y enorme simplemente para recuperar Colonia del Sacramento, cuando esta habría podido recuperarse si los jefes militares hubiesen contado con los testículos para hacerlo.

Él no había entrado en el ejército para resolver esas cuestiones, sino para defender a los honestos hacendados y chacareros de los asaltos de los bandoleros, los abigeos y cuanta lacra humana habitase la campaña, muchas veces de origen portugués. ¿Por qué lo obligaban a abandonar su tarea, justo cuando le pisaba los talones a ese malnacido de Domingo Oliveira, portugués, vaya qué casualidad, para mandarlo a parlamentar con unos indios con los cuales estaba de acuerdo? Pensó en Manú, en las veces en que se había entusiasmado contándole de *su* pueblo, como ella consideraba a los guaraníes. Evocaba el orgullo con que se había referido a sus virtudes, y de la manera amorosa que había soslayado sus defectos. Se había mantenido lejos de Buenos Aires desde la gran desilusión que había significado saberla en brazos de ese indio con el cual se había criado. En honor a la verdad, nunca la había visto tan feliz, rozagante e ilusionada. Amaba a ese hombre como nunca lo amaría a él. ¿Iría a visitarla? ¿Se sometería a la tortura de verla sabiendo que no podía tenerla?

Entró en la ranchería que conformaban los cuarteles de los blandengues y le entregó su caballo a un soldado.

—Dale una buena cepillada y doble ración de grano.

—No queda grano, mi capitán. Si quiere, puedo ir a comprar al mercado, pero vuesa mercé tendrá que darme los riales.

Titus se lo quedó mirando, mientras la rabia que se había consumido durante las horas de viaje retornaba con vigor. Arrojó unas monedas al muchacho y siguió cruzando el patio central en torno al cual se erigían los cuarteles. Elevó la vista y contempló el estandarte real con desprecio hasta que una voz familiar lo sacó de su abstracción.

—¡Titus! ¡Titus!

—¡Ey, Lope! —Caminó hacia él y lo abrazó—. ¿Qué cuentas, amigo mío? Pero, ¿qué haces aquí? —se extrañó.

—Ha ocurrido una desgracia. Mi tío, don Edilson Barroso, ha muerto.

—¿Cómo? ¿Muerto? Si tu tío es… era robusto y sano como un buey.

—Sí, lo era, pero ha muerto a causa de un disparo. Anoche, según me informa el capitán Troncoso y Lira, lo sorprendieron en la vera del río recibiendo un cargamento de contrabando.

—¡Mierda! —masculló Titus, que nunca había estado de acuerdo con castigar a los contrabandistas. Era bien sabido que, sin el contrabando, Buenos Aires no habría subsistido como ciudad. Esa ordenanza, la que disponía que los productos de la España solo podían ingresar por dos puertos de las Indias Occidentales, el de Veracruz entre diciembre y enero, y el de Portobelo en agosto, y desde allí viajar al Callao, y desde allí viajar en carreta a Buenos Aires, era otra muestra de la estolidez de los ministros y del rey de la España. Lima no objetaba la disposición pues le convenía mantener sometida a la díscola Buenos Aires, que luchaba por sobrevivir con mercancías que arribaban a precios elevadísimos debido a los altos costos de transporte, generalmente estropeadas o echadas a perder, eso si los salteadores de caminos, que infestaban el virreinato, no se hacían con el cargamento. A Titus no le entraba en la cabeza esa disposición cuando, en el Río de la Plata, no solo contaban con un puerto, sino con dos, porque el de San Felipe de Montevideo era aún más apto para el atraco de barcos de gran calado.

—Troncoso y Lira me convocó esta mañana para que reconociera el cadáver, lo que acabo de hacer. Ahora me marcho. Tengo que disponer todo para el sepelio.

—Sí, ve, ve. Y no dudes en convocarme si necesitas que te eche una mano.

—Gracias, Titus. Aprecio tu ofrecimiento.

—¿Has visto a Manú? —preguntó con desinterés.

—Ah, Manú —suspiró Lope.

—¿Qué sucede? ¿Le ha ocurrido algo?

—No, pero le ocurrirá cuando se entere de que anoche, además de matar a mi tío, los blandengues apresaron a su prometido.

—¿A Aitor?

Lope levantó las cejas en una muestra de asombro.

—Sí, Aitor. ¿Lo conoces?

—De lejos. Ella me habló de él tiempo atrás. ¿Trabajaba para Barroso?

—Sí. Mi tío lo tenía en gran estima. Es laborioso y responsable. Lo conozco desde hace años, desde cuando éramos niños.

—Ya veo. Manú estará destrozada.

—No quiero imaginarlo. Le temo a su reacción. Estaba yendo a lo de Urízar y Vega para darle la noticia cuando te encontré.

—Buena suerte, Lope.

—Gracias, amigo mío.

Se despidieron, y Titus, más abatido que antes, retomó la marcha hacia el despacho de su jefe.

**

Emanuela bordaba en el estrado; más bien, simulaba bordar. Mantenía la vista fija en el bastidor y la mano quieta con la aguja entre los dedos. Por fortuna, don Mikel dormitaba en su sillón, mientras doña

Ederra y doña Almudena habían salido para visitar a una amiga. Nunca había experimentado esa parálisis; no sabía qué hacer, cómo proceder, a quién recurrir. Aitor estaba preso, como lo había estado años atrás acusado injustamente de asesinar a la negra María de los Dolores. En aquella ocasión, su *pa'i* Ursus y su tío Palmiro lo habían ayudado a huir. ¿Quién lo haría en estas circunstancias? Había enviado a Justicia de nuevo al fuerte por más información.

Sonó la campanilla de la puerta principal, y Orlando se precipitó hacia el vestíbulo. Emanuela, cansada de no hacer nada, no esperó a que se presentase Pastrana para abrir. Cruzó la sala, el patio principal y se adentró en el vestíbulo. Abrió la puerta. Al ver a Lope, que la contemplaba con ojos bonachones y una sonrisa triste, se echó a llorar. La pena y la ansiedad la desbordaron y rompió a llorar, allí, en el vestíbulo. Lope se quitó el tricornio, cerró la puerta de calle y la abrazó. La besó en la sien con fraternal disposición y le susurró al oído:

—Ya lo sabes, pues. —Emanuela asintió—. Acabo de verlo.

—¡De veras! ¡Dime cómo está! ¡Lope, por amor de Dios, dime cómo está! No está herido, ¿verdad?

—No. Creo que está bien.

—¿Cómo que crees?

—No hablé con él —admitió, mientras la guiaba dentro—. Pasé frente a su celda. Lo vi de pie, sujeto a la reja, y me pareció que lucía muy bien. Al menos, tenía buen semblante dentro de lo que cabe.

—¿Por qué no hablaste con él? ¿No te lo permitieron?

—Ni siquiera pedí hablar con él, Manú. No sabía que Aitor estaba allí.

—¿Para qué fuiste, entonces?

—Para reconocer el cadáver de mi tío Edilson.

—¡Oh! —Emanuela se cubrió la boca con las manos y agitó la cabeza varias veces.

—Ven, siéntate. Te has puesto muy pálida. No se te ocurra volver a desvanecerte como ayer, que casi me dio un síncope.

Apareció Pastrana a las corridas, secándose las manos en el mandil y despotricando.

—Ya me abrió Manú, Pastrana.

—Renueva la yerba del mate y trae agua fresca para don Lope —ordenó Emanuela con voz dura y sin mirarla.

—Como ordenes, Manú.

Lope le contó lo que el capitán Troncoso y Lira le había referido acerca de la muerte de don Edilson, y Emanuela lloró en silencio, mientras apretaba a Orlando contra su pecho y sujetaba la mano de Lope.

—Debes de estar muy triste.

—Lo estoy —admitió el muchacho.

—Lo querías mucho, ¿verdad?

—Sí, lo quería. No sé cómo haré para darle la noticia a mi madre.

—¿Por qué nos han caído tantas desgracias? Desde que Libertad se fue, la desdicha se ha derramado sobre nosotros.

—Manú, he venido para pedirte perdón por lo de ayer…

—¡Lope! —dijo de pronto, exaltada, y le soltó la mano y dejó de apretujar a Orlando para secarse los ojos—. Tengo que escapar de aquí. Es para mí una necesidad imperiosa abandonar esta casa antes de que…

—¿Antes de qué?

Emanuela inspiró profundamente, se pasó el pañuelo de nuevo por los ojos y por debajo de la nariz y se irguió en el sofá.

—Antes de que don Alonso regrese de San Isidro.

Le contó todo, desde el acoso de Murguía para obligarla a desposarlo, el del Santo Oficio para que profesase y la complicidad de doña Ederra para deshacerse de ella, hasta la desagradable escena que había sufrido la noche anterior a manos de Alarcón.

—¡Maldito bastardo! —Lope se puso de pie y golpeó el puño contra la palma de su otra mano—. ¡Maldito viejo libidinoso!

Emanuela extendió el brazo hacia Lope.

—Cálmate, por favor. No sucedió nada.

—¡Porque Saite y Orlando te salvaron! Que si no… —Se mordió el puño.

Caminó de aquí para allá, mientras insultaba entre dientes. Emanuela carraspeó cuando Pastrana apareció con el servicio del mate.

—¿Quieres que cebe, Manú?

—No, gracias. Retírate.

Lope se desmadejó junto a ella y echó la cabeza contra el respaldo.

—Toma un mate. Te sentará bien.

Lope lo sorbió lentamente y se lo devolvió.

—Anda, no perdamos más tiempo —dijo, con resolución, y volvió a saltar de pie—. Te vienes conmigo ahora mismo. No te quedarás en esta casa un minuto más. Doña Ederra, don Alonso y el mismísimo Santo Oficio pueden irse al demonio por lo que a mí respecta. Vamos, Manú, muévete. Ve a juntar tus cosas antes de que doña Almudena y doña Ederra regresen.

Emanuela, aún sentada, lo contemplaba con ojos desorbitados y la respiración acelerada. Nunca había visto a Lope de esa guisa. El joven apocado, tímido y asustadizo había desaparecido, y en su lugar se erigía uno decidido y resuelto. A la sorpresa le siguió el alivio por saber que contaba con alguien que la protegería a capa y espada, alguien que la rescataría del lío en el que estaba metida. Después vino el reconocimiento de que no podía marcharse en ese momento. El plan debía llevarse a cabo con cuidado para no fallar.

—Ven, siéntate a mi lado —lo invitó, y Lope obedeció enseguida—. Quiero que sepas que contar con tu amistad y tu ayuda en este momento en el que estoy tan sola...

—¡No estás sola! ¡*Nunca* estarás sola!

—Lo sé, lo sé —dijo, y le palmeó la mano—. Sin embargo, quiero que hagamos bien las cosas. No quiero precipitarme. Lo más probable sería que irían a buscarme a tu casa en primera instancia. La amistad que nos une desde que éramos niños es conocida por todos. Y no puedo permitirme fallar, Lope. El día que me marche de esta casa, será para siempre.

—Óyeme, Manú. El barco de mi padre, el que me trajo hasta aquí, terminará de cargar unos muebles y otros productos mañana por la noche y zarpará el sábado al amanecer. Lo abordaremos y nos iremos a *Orembae*. Te pondrás bajo mi protección y la de mi madre. Nadie podrá hacerte daño.

—*Orembae* —repitió, con añoranza—. Tan cerca de mi pueblo, de mi *sy*, de mi *pa'i*, de mi gente. ¡De mis mascotas!

"Cerca de Olivia", se descorazonó.

—¡Sí, Manú querida! —Le aferró las manos y se las besó sin percibir el cambio en el ánimo de su amiga—. *Orembae* será tu nuevo hogar. Partiremos en dos días.

Emanuela retiró las manos y se puso de pie.

—Lope, no me iré a ninguna parte sin conocer la suerte de Aitor.

—Pero...

—Lo sé —dijo, y levantó la mano para acallarlo—. Sé que él me ha traicionado de nuevo. Sé que está casado y que... —La voz se le quebró.

Lope suspiró y abandonó el sillón. La estrechó entre sus brazos y le besó la sien.

—No puedo irme y dejarlo en esa prisión —lloriqueó Emanuela—. No puedo. ¡A pesar de todo, lo amo! ¡Lo amo! ¡Tanto, Lope, tanto! ¡Él es mi vida!

Lope apretó los párpados y ajustó el abrazo.

—Lo sé —susurró—. Te prometo que haré lo posible para ayudarlo. No lo abandonaré a su suerte. Mi padre y mi tío Edilson habrían querido que lo ayudase. Apenas resuelva el asunto del sepelio de mi tío, consultaré al doctor Darregueira, el abogado de mi padre aquí en Buenos Aires. Él sabrá qué hacer. No lo abandonaré —repitió—. Te lo prometo.

—Es tu hermano, Lope.

—Sí, mi hermano.

Se acomodaron de nuevo en el sillón. Sorbieron unos mates en silencio, ese en el que caen las personas entre las cuales existe una confianza infinita. De pronto, Emanuela se puso de pie.

—Vuelvo enseguida.

Regresó al cabo y sacó dos llaves grandes y oscuras del bolsillo de su delantal. Se las extendió a Lope, que las recibió con un ceño.

—Esa es la llave que abre la puerta del tapial del fondo, el que da al río. —Lope asintió—. Y esta es la llave que abre la contraventana de mi recámara. Son las copias que Aitor hizo para mí. Tómalas por cualquier cosa. Es mejor que las tengas tú. Dentro de dos noches, vendrás a buscarme. Yo tendré todo aprontado.

—¿Y si don Alonso vuelve antes de San Isidro? ¿Y si llega a intentar propasarte de nuevo contigo?

—Cerraré con llave la puerta que da al corredor y colocaré una silla bajo la falleba. No podrá entrar. Además, le pediré a Aurelia que duerma conmigo estas noches. Entre las dos, nos pondremos a gritar tan fuerte que hasta los vecinos despertarán. Lo único que me preocupa es qué sucederá si en dos días Aitor sigue aún en prisión. No podré irme, Lope. No podré.

—Te ocultarás en el camarote del barco de mi padre. Allí no irán a buscarte. Retrasaré la partida hasta que contemos con buenas noticias de Aitor.

—¡Gracias, Lope! ¡Gracias, querido amigo!

Le rodeó el cuello y lo besó en la mejilla.

* * *

Después de reunirse con su superior, que lo había puesto al tanto de la misión que llevaría a cabo en la zona del litoral, Titus se había marchado a su casa para darse un baño decente y ponerse una chaqueta limpia. En un par de horas, comparecería en el despacho del gobernador, que le entregaría cartas y otros documentos dirigidos a los guaraníes.

Más a gusto, recién bañado y con ropas limpias, salió de su casa dispuesto a pasar un rato en la pulpería de don Genaro. Antes de reunirse con el gobernador, necesitaba mojarse la garganta con una bebida espiritosa y comer uno de esos guisos de cordero que sabían tan bien. Si no aplacaba el hambre y la sed, el mal humor con el que había llegado esa mañana lo traicionaría y terminaría mandando al infierno al mismísimo Andonaegui.

Echó llave a la puerta y advirtió una silueta apoyada en las rejas saledizas de la ventana. Lo observó de reojo. Llevaba el sombrero de ala ancha sobre el rostro y se cubría la boca con un poncho liviano, esos que sus hombres usaban en verano. Resultaba imposible distinguir sus facciones. Colocó la mano en la empuñadura del sable y caminó en su dirección. Al pasar junto al extraño, se detuvo al oír que pronunciaba su nombre en un susurro.

—Capitán Titus, soy yo, el cabo Matas.

—¿Matas? ¿Qué haces aquí? ¿Por qué no estás acuartelado?

—Necesitaba hablar con vuesa merced, *lejos* del cuartel.

Titus asintió y le indicó el ingreso a su casa. Abrió la puerta de nuevo y entraron. Matas se quitó el sombrero y se deshizo del poncho en el vestíbulo. Siguió a Titus a una pequeña sala escasamente amueblada.

—Esto es muy irregular, Matas. Habla. ¿Por qué me buscabas con tanto secretismo?

—Para pedir su ayuda, mi capitán.

—¿Ayuda? ¿Qué clase de ayuda?

—Anoche hubo una redada en el recodo de Pintos, cerca del Retiro…

—Sí, lo sé. Cayeron sobre unos contrabandistas. ¿Qué tiene que ver eso conmigo?

—A don Edilson Barroso lo encontraron, como se dice, con las piernas en el agua. Murió de un disparo. Un amigo mío está preso, acusado de contrabando.

—¿Quieres que te autorice a ver a tu amigo?

—No, mi capitán. Quiero que me ayude a liberarlo.

—¡Qué! ¿De qué estás hablando, Matas? ¿Has estado chupando?

—Ni una gota, mi capitán. Lo juro. —Se ejecutó la señal de la cruz sobre la boca—. Sucede que el hombre que está prisionero en las mazmorras es el prometido de la señorita Manú. Francisco de Paula Almanegra es su nombre.

"*Titus, el alarife, Francisco de Paula Almanegra, es en realidad Aitor*", le había confiado Emanuela tiempo atrás, y cuando él le había preguntado por qué había cambiado su nombre, ella le había respondido: "*Porque detestaba el que le había dado su padrastro*".

—Sí —balbuceó, con la vista al suelo—, el prometido de Manú. Lo sé.

—¿Nos ayudará, mi capitán?

Titus elevó la vista y la clavó en su subalterno. Era un muchacho aún, tal vez uno o dos años más grande que él, nada más, y sin embargo tenía la mirada de un hombre viejo, cansado y desengañado. Le observó el poncho deshilachado que le colgaba del brazo, y los bombachos sucios y con agujeros, y esas botas que ellos mismos se confeccionaban con cuero de vaca sin curtir.

—¿Por qué no llevas tu uniforme?

—Es que da pena, mi capitán.

—Ya veo.

—No hemos cobrado la soldada, y ya vamos casi pa'l año.

—Sí, lo sé. Tampoco yo he visto un real desde hace meses.

—Esta vida de miseria no es justa, mi capitán. En el cuartel, ya casi no hay un mendrugo pa' llevarse a la boca. —Se contemplaron con fijeza y en silencio—. ¿Va a ayudarme a rescatar a mi amigo, capitán Titus?

—Matas, ¿te das cuenta de lo que estás pidiéndome? Es un delito que podría costarme la vida. Y si te atrapasen a ti, también te colgarían, por traición al rey.

—Con todo mi respeto, mi capitán, pero el rey nos traicionó primero. Se ha olvidado de nosotros. No nos envía la soldada ni armas ni uniformes, no permite que los barcos recalen en Buenos Aires, beneficiando a esos pícaros de Lima con un comercio injusto, y encima le entrega nuestras tierras a esos portugueses, que siempre nos están robando unas leguas acá, unas leguas allá.

—¡Calla, insensato! Una declaración como esa también te conduciría directo al cadalso. Y ahora vete. Haré de cuenta de que no te he visto ni escuchado. Las sandeces que has expresado aquí jamás fueron dichas. Vete, vete, y olvídate de todo.

Matas se encasquetó el sombrero y se alejó en dirección a la puerta con paso cansino. Ya en el vestíbulo, a un paso de la puerta, se detuvo. Se volvió hacia Titus.

—Para su gobierno, mi capitán: el que los alcahueteó con la milicia, a don Edilson y a su gente, fue su tío, don Alonso de Alarcón.

Antes de que Titus reaccionase, Matas abrió la puerta y abandonó la casa.

* * *

Titus salió del despacho del gobernador y cruzó la plaza del fuerte a grandes zancadas y con el semblante fosco. Llevaba el tricornio en la mano y lo golpeaba al costado de la pierna al ritmo de la caminata. La cabeza le bullía de palabras, problemas, disquisiciones y polémicas. Sin pensarlo, enfiló hacia la casa de los Urízar y Vega, pese a que, después de la extraña conversación con Matas, se había jurado no visitar a Emanuela.

Meditaba acerca de las insensateces que le había expresado el gobernador en relación con los guaraníes rebeldes, como los calificaba; de que había tenido que pagar por el grano para alimentar a su caballo; de las fachas de Matas —casi parecía un mendigo—; de que don Edilson había muerto intentando surtir a Buenos Aires de los productos que nunca llegaban de Lima; y, sobre todo, de que su tío lo había alcahueteado con los blandengues, al menos eso aseguraba Matas. "Es mentira", se tranquilizó. Aunque Alonso nunca se lo hubiese confesado, desde hacía tiempo sospechaba que esos dos andaban en tratos. Si no, ¿cómo se explicaba el bienestar económico del cual gozaban los Urízar y Vega desde hacía un par de años y las constantes visitas de don Edilson a la casa de la calle de Santo Cristo? El cargo de Alonso de Alarcón como jefe de amanuenses del gobernador lo posicionaba en una situación que cualquier comerciante dedicado al contrabando habría codiciado.

Su tía Ederra, doña Almudena y don Mikel lo recibieron con el cariño de siempre. Emanuela, aunque sonrió y lo saludó con afecto, tenía la mirada apagada, los ojos enrojecidos y las manos sudadas y temblorosas.

—¿Dónde está mi tío? —se interesó, y no pasó inadvertido el gesto de tensión que nubló los semblantes de las mujeres, en especial el de Emanuela, que se mordió el labio y se alejó hacia el estrado.

—Se ha marchado intempestivamente esta madrugada hacia San Isidro —explicó don Mikel—. Se presentó un problema allá.

—¿Qué problema?

—No sabemos —admitió Ederra, rápidamente y con timbre nervioso—. Se marchó antes de que despertásemos.

—Qué extraño —masculló el joven militar.

Cenaron en un ambiente tenso dados los prolongados silencios que solo don Mikel parecía dispuesto a salvar; después de un rato se dio por vencido y se dedicó a comer.

—Toca algo para alegrar la noche, querida Manú —pidió el anciano vasco al final de la comida.

—Sí, don Mikel.

Titus se aproximó para asistirla con las hojas de las partituras y, mientras Emanuela se acomodaba y abría el libro de melodías, se inclinó y le susurró:

—Sé que Aitor está preso.

—¡Oh! —se sobresaltó.

—Tranquila.

Titus advirtió que las manos de la muchacha temblaron sobre el teclado del clavicordio. A poco, la oyó sollozar. Aproximó un canapé cerca de la butaca y, simulando acomodar las partituras, le exigió que se calmase.

—¿Qué sucede, querida? —se impacientó doña Almudena—. ¿Tendremos música esta noche?

—Sí, doña Almudena —contestó Titus—. Es que Manú y yo no nos decidimos acerca de cuál pieza debería ejecutar. —En voz baja, añadió—: Más tarde, encuéntrame en el portón de mulas. Allí podremos hablar con tranquilidad.

Una hora y media después, Emanuela, Romelia y Aurelia, las tres embozadas, abrieron el portón de mulas y se asomaron por la calle de San Nicolás. Avistaron la silueta de un caballo y la de un hombre alto de pie junto a la montura. Las domésticas permanecieron en el umbral, mientras Emanuela avanzaba hacia Titus, que la aferró por los hombros y la observó al favor de la luz blanca y fría de la luna.

—Gracias por venir —susurró Emanuela.

—Te vi muy mal.

—Él está preso, Titus. ¿Cómo no iba a estarlo? Además…

—Además, ¿qué? Dime.

—Nada.

—Dicen las malas lenguas que fue mi tío el que los denunció con los blandengues.

Emanuela bajó las pestañas y se mordió el labio, el mismo gesto en el que había caído en la casa, al recibirlo.

—¿Es verdad, Manú?

—Sí. Él mismo me lo dijo.

—¿Mi tío Alonso te dijo que los había denunciado? —La joven asintió—. Pero, ¿por qué? No tiene ni pies ni cabeza.

—Porque quería acabar con Aitor. Estaba celoso. Nos había visto… besarnos.

—¿Y por eso lo mandó apresar? ¡No tiene sentido, Manú! Mi tío no cometería un acto tan vil y cruel.

—¡Pues lo hizo! —Emanuela se quitó de encima las manos del militar—. ¡Lo hizo e intentó vejarme!

—¡Qué dices! ¡No sabes lo que dices!

—Si no hubiese sido por Saite y por Orlando, que lo atacaron cuando intentaba salirse con la suya, lo habría conseguido. Por eso escapó entre gallos y medianoche, para ocultar las heridas que mi macagua le infligió en el rostro. Ve a la quinta de San Isidro, si es cierto que se encuentra allí, y comprobarás con tus propios ojos lo que estoy diciéndote. Yo no miento, Titus, y tú lo sabes.

El joven capitán se cubrió el rostro con las manos y se quedó quieto en el intento por detener el torbellino en el que se había convertido su mente. ¿En verdad su tío había procedido con tanta bajeza? ¿Resultaba insólito que se hubiese enamorado de una criatura dulce como Emanuela después de haber vivido durante años a la sombra de la indiferencia de Ederra? ¿Tanto lo había trastornado ese amor de la madurez?

—¡Aitor está preso por mi culpa, Titus! ¡Por mi culpa!

—No, no —susurró él con vehemencia, y la atrajo a su pecho—. No es por tu culpa, querida Manú. Por culpa de él mismo, de don Edilson, de mi tío, pero no por tu culpa.

—¿Qué será de él? ¿Qué le harán? Él no es nadie, solo un indio, sin dinero ni conexiones. ¿Quién lo ayudará?

Titus de Alarcón no se atrevió a responder a sus preguntas y se limitó a consolarla hasta que el llanto cesó. Se despidieron con voces lánguidas y gestos desmoralizados.

* * *

Pastrana, que se mantenía oculta a unas varas del portón abierto, veía con claridad que Manú y el señorito Titus se abrazaban protegidos por el manto de la noche. En tanto se alejaba en dirección a la puerta principal de la casona y se hacía de un farol y de un bastón, se preguntaba cuántos reales le exigiría al doctor Murguía por la información que le suministraría. Tal vez no le gustase ni medio lo que tenía para contarle, y ella acabaría víctima de su mal humor.

Caminó a paso rápido, temerosa de toparse con malentretenidos o con perros cimarrones. Llamó a la puerta con golpes frenéticos, y le abrió una mujer anciana, con un gorrito tejido en la cabeza y cubierta por un rebozo. Levantó la palmatoria para estudiarla. No lucía sorprendida; estaba habituada a las llamadas a deshora en la casa del médico.

—¿Quién eres?

—Soy Pastrana. Busco al dotor Murguía. Es importante.

—Pasa. Aguarda un momento aquí.

Al rato, apareció Murguía, también con la cabeza tocada por un gorro y cubierto por una camisa de noche larga y amplia en la cual se delineaba la curva de su barriga. La luz de la vela, que le bañaba la mitad del rostro adormecido y echaba sombras sobre la otra, no lo favorecía, y Pastrana pensó: "¡Qué feo es!".

—¿Qué haces aquí a estas horas?

—Tengo algo muy importante pa' decirle, don Rodrigo. Pero antes, quiero mi paga.

—Te daré tu paga si juzgo que la información y que hayas interrumpido mi sueño valen la pena. Habla o déjame seguir durmiendo.

—Se trata de Manú. Ella… pues ella está preñáa, don.

—¿Quieres decir encinta? ¿En estado de buena esperanza?

—Pues sí.

—¡Estás desvariando! ¡Pérfida mentirosa! —Llevó el brazo derecho hacia atrás en el ademán de abofetearla de revés, y la esclava se hincó delante de él.

—¡Se lo juro por mi vida, don Rodrigo! ¡Se lo juro! Van días que la veo vomitar por la mañana, y antiyer se desvaneció. ¡Plaf! Cayó seca en el suelo.

Murguía la contempló durante unos segundos. Sus miradas quedaron fijas en el espacio tenebroso del vestíbulo, hasta que el hombre rompió el contacto y se volvió hacia un pequeño mueble, donde apoyó la vela y se reclinó con talante vencido.

—¿De quién es el niño?

—Creo… Creo que del señorito Titus. Acabo de verlos abrazados en el portón de mulas.

Capítulo
XV

En contra de su costumbre, Ederra se levantó con el canto del gallo. Se deslizó, descalza, por el pasillo que conducía a los fondos de la casona, hacia el sector donde se hallaba la alcoba de Emanuela. Intentó abrir la puerta con sigilo, pero estaba cerrada. Apoyó la oreja sobre la madera y cerró los ojos, un recurso instintivo para agudizar el sentido de la audición. La oía moverse dentro de la estancia y hablar con sus animales en la lengua de los guaraníes. ¡Cómo odiaba el sonido de ese idioma! Hasta que sus palabras se cortaron abruptamente, y el sonido de las arcadas y del vómito se escuchó incluso a través de la gruesa puerta de algarrobo.

"Está encinta", se dijo, convencida, y empezó a realizar cálculos frenéticos para determinar si existía la posibilidad de que el bastardo fuese de su esposo. Necesitaba consultar el cuadernillo donde anotaba las fechas del sangrado de Manú. Se lo había entregado a Romelia al inicio del verano, antes de partir hacia San Isidro, para que se ocupase. Regresó a su dormitorio, se calzó unos chapines y se dirigió a la cocina, donde encontró a la esclava encendiendo el fogón.

—Romelia.

—¡Ama Ederra! Casi me mata del susto. —La esclava no fue capaz de sofrenar el vistazo que le echó a su ama de pies a cabeza. Nunca se levantaba a esas horas tempranas; rara vez se presentaba en la cocina; por cierto, nunca en bata, camisa de noche y cofia para dormir—. Buen día.

—Buen día. Ve y tráeme el cuaderno de anotaciones con las fechas de los sangrados de Manú.

—¿El cuaderno?

—Sí, el cuaderno, Romelia. ¿No entiendes el castellano esta mañana?

—Sí que lo entiendo.

—Ve y tráelo.

—Enseguida, ama Ederra.

La esclava regresó pocos minutos después, y Ederra notó que, al recibir el anotador, este se sacudía en la mano de la mujer.

—Hoy es viernes, día de abstinencia —le recordó—. Ve al mercado y compra pescado para el almuerzo y la cena.

—Sí, ama Ederra.

—Ve bien temprano para que esté fresco.

—Sí, ama Ederra.

A eso de las once de la mañana, después de que Emanuela hubiese partido a la misa de Santo Domingo escoltada por Justicia, Ederra entró en su recámara y revisó el mueble y el cajón de la mesa de noche. No halló nada comprometedor. Había unas cartas, escritas en guaraní; no entendía una palabra. Echó llave a la contraventana y la quitó de la cerradura. A la puerta que daba al corredor, la dejó abierta, pero también se hizo con la llave.

Volvió a la cocina dispuesta a exigirle cuentas a Romelia, que se había olvidado de anotar la fecha del último sangrado. ¿La esclava estaría al tanto del embarazo de Manú? Se habían convertido en carne y uña esas dos; no habría resultado descabellado que la esclava la encubriese; lo mismo la tal Aurelia, la que su padre había contratado en su ausencia. Si era así, pagarían cara su traición, en especial Romelia, a la que nunca había querido. Desde pequeña la había celado por el vínculo que la unía a su hermano Octavio. Tal vez a causa del trato que él le había brindado, la negra se había llenado de ínfulas, ¡si hasta le había enseñado a leer y a escribir! ¿En qué cabeza cabía?

La enfrentaría, la increparía, la amenazaría con el látigo, echaría mano de cualquier medida con tal de arrancarle la verdad; sobre todo, le exigiría que le confesase quién era el padre del bastardo. Levantó el ruedo de su falda y de su guardainfante y caminó a paso rápido hacia la zona de la cocina, segura de encontrarla de regreso. Al ingresar en el tercer patio, la avistó en el instante en que la esclava, sin que le temblase el pulso, decapitaba a un conejo. La cabeza del animal cayó al suelo, olvidada, y Ederra se cubrió la boca para ahogar la impresión. Permaneció quieta y muda a cierta distancia, mientras se preguntaba por qué sacrificaba un conejo cuando le había ordenado que cocinase pescado ese viernes.

Romelia procedió a desangrar el conejo dentro de una batea pequeña, y en lugar de ocuparse de desollar y destripar el animal, lo dejó sobre el mesón del tercer patio y se encaminó hacia la barraca de los esclavos con la batea entre las manos. Avanzaba con cuidado para no derramar la sangre. Ederra se asomó en la habitación que compartía con Pastrana. Romelia cargaba una cuchara de madera con la sangre del conejo y la vertía en el centro de un pedazo de lienzo; repitió la operación con otros tres.

—¿Qué haces?

—¡Oh! —Romelia saltó de pie, y la batea se derramó en el piso de tierra.

—¿Qué significa esto, Romelia? ¿Qué hacías?

—Un hechizo —se apresuró a responder—. Un filtro de amor.

Ederra entró y cerró tras de ella. Observó el charco de sangre en el piso y tomó uno de los lienzos limpios que yacían sobre la cama.

—Lo reconozco. Es el que usa Manú para el sangrado.

—Sí.

—Y dices que haces un filtro de amor.

—Sí, para que se enamore del doctor Murguía y no sufra un matrimonio de desamor.

—Oh —simuló asombrarse la mujer—. ¿Y tú crees que yo soy idiota, Romelia?

—¡No, ama Ederra! ¿Cómo se le…?

—¡Cállate! Sé muy bien lo que estás haciendo. Estás encubriendo a esa perdida de Emanuela, que está gruesa con un bastardo.

—¡No! ¡No es cierto!

—¡No mientas! Esta mañana te pedí el anotador con las fechas de sus sangrados. Veo que no has apuntado la última, la que tenía que bajarle alrededor del 28 de febrero. Y ahora te encuentro manchando sus lienzos con sangre de conejo. ¿Crees que soy idiota?

—Ama Ederra…

La mujer le cruzó el rostro de una bofetada, y la esclava cayó sobre su cuja. El golpe, que la había alcanzado en la sien, le provocó un ligero desvanecimiento en el que la negrura que la envolvió se llenó de chispazos dorados. Al abrir los ojos nuevamente, estaba sola y la puerta, cerrada. Intentó abrirla, pero se dio cuenta de que doña Ederra la había trabado por fuera.

La mujer regresó media hora más tarde. Se había embozado, colocado los guantes y una escarcela le colgaba de la muñeca. Arrancó el rebozo de algodón de Romelia del clavo de la pared y se lo arrojó a la cara.

—Póntelo. —Luego de un silencio, preguntó—: ¿Quién es el padre?

—No sé de qué me habla.

Ederra sonrió con malicia.

—La verdad es que no me importa —admitió, pues ya se había convencido de que no podía ser de su esposo.

—¿Adónde vamos?

—¿Cómo te atreves a preguntarme? ¡Calla, negra impertinente! Y sígueme.

Cruzaron el tercer patio. No había nadie. Pastrana limpiaba la casa, y Aurelia cebaba mates a don Mikel y doña Almudena. Manú y Justicia aún no habían regresado de misa. Romelia traspuso el portón de mulas junto a doña Ederra y lanzó un vistazo hacia atrás. La imagen se le tornó borrosa a causa de las lágrimas.

* * *

Emanuela se levantó del suelo con la ayuda de Justicia. El abatimiento la volvía lánguida. Se sentía mareada, y un hueco en el estómago le acentuaba las náuseas. En tanto el niño enrollaba la alfombrita, elevó la vista hacia la imagen de la Virgen María. Los lineamientos de la estatua se tornaron difusos y le temblaron los labios. "Tupasy María, cuida de mi Aitor como lo hiciste cuando lo acusaron injustamente de aquel asesinato. En aquella ocasión lo preservaste de todo mal. No lo abandones ahora, que tanto te necesita." Besó la cruz del rosario antes de salir a la luz agresiva del mediodía.

Traspuso la puerta central, y no prestó atención al paisano que, apoyado bajo la arcada del ingreso, con el ala del sombrero echada sobre la frente, masticaba una brizna de paja.

—Señorita Manú.

Frenó en seco y permaneció quieta, sin volverse. La voz le había resultado familiar, y el tono susurrado con que la había llamado indicaba que no deseaba darse a conocer. Dio media vuelta, entró de nuevo por la arcada principal seguida de Justicia y se recluyó en un sector oscuro del pórtico. Un momento después, el hombre caminó hacia ella. Se quitó el sombrero e inclinó la cabeza en señal de respeto.

—¡Cabo Matas!

—Buenas tardes, señorita Manú. —Elevó el rostro y la miró a los ojos—. Sé por mi hermana Aurelia que vuesa merced está muy angustiada por la suerte de don Almanegra.

Incapaz de articular, asintió. Al blandengue le dio pena la esperanza que brilló en su mirada azul. La notó demacrada, con las mejillas sumidas y una tonalidad violeta que le oscurecía los párpados.

—Sal un momento, Justicia —pidió Matas, y Emanuela volvió a asentir cuando el niño la miró solicitando su autorización.

—¿Cómo está? —preguntó con acento rasposo.

—Como tigre enjaulado. —Emanuela ahogó un sollozo—. Todavía no lo han interrogado ni han dispuesto qué harán con él porque están muy ocupados con esta cuestión del Tratado de Permuta.

—¿Le dan de comer?

—Poco, señorita Manú. Imagínese que ni pa' nosotros, los soldados, hay; menos pa' los reos.

Emanuela extrajo unos cuartillos de su escarcela y se los entregó al militar.

—Es todo lo que tengo. Cómprele algo, por favor. Necesita estar bien alimentado.

—Sí, lo haré. Además, quería pedirle que rece esta noche por nosotros, porque intentaremos liberar a Almanegra.

—¡Oh! —Emanuela se llevó la mano a la garganta y se mordió el puño de la otra. Luchaba por no romper a llorar y armar una escena. Luchaba por disolver el nudo que le impedía hablar y preguntar las dudas que la asaltaban como una lluvia de piedras.

—No se mortifique, señorita Manú. Por favor.

—¿Cómo… cómo…?

—No le daré los detalles. No quiero comprometerla. Es mejor así. Pero sepa que nosotros le debemos mucho a su prometido, le debemos la vida, y nos arriesgaremos por él, pero también lo hacemos por vuesa merced, que le salvó la vida a Aurelia y por tantos otros servicios que nos hizo sin mirar que éramos unos desdichados soldados.

"Mi prometido", repitió Emanuela con una sonrisa débil e insegura. ¡Cómo habría deseado que Aitor fuese su prometido! Pero él ya se había prometido a otra, a Olivia, la madre de su primogénito, y esa realidad había devastado sus sueños, desolado su alma, destruido su felicidad. Instintivamente se cubrió el vientre con la mano y se instó a seguir adelante por el tesoro que dormía dentro de ella, ajeno a las turbulencias que lo rodeaban.

—Gracias, cabo Matas. Gracias. ¿Me hará saber si pudieron liberarlo con éxito?

—No creo que sea necesario, señorita Manú. Almanegra, apenas esté libre, correrá a ver a vuesa merced.

—Sí, claro. Que Dios lo bendiga.

El hombre se arrodilló delante de ella e inclinó la cabeza con el sombrero pegado al pecho.

—Bendígame, niña santa. Si vuesa merced me toca, Dios estará conmigo cuando intentemos liberar a su prometido.

Emanuela extendió la mano y la apoyó con firmeza sobre la coronilla del soldado para detener el temblor.

—Dios lo acompañe siempre, cabo Matas, y le devuelva en gracia y en salud lo que hará por... por el hombre que amo. —Bisbiseó una bendición en guaraní que le había oído decir a su *pa'i* Ursus infinidad de veces—. Ahora vaya con Dios y con la Virgen Santa.

Emanuela abandonó el pórtico a pasos acelerados. No quería llorar frente a Matas, que se puso de pie lentamente y la vio alejarse. A pesar de que la había esperado fuera de la iglesia con el alma henchida de alegría, luego del encuentro y viéndola marcharse así, triste y angustiada, la dicha había desaparecido. "No importa", se dijo, pues la suerte había cambiado esa mañana y, con la ayuda de Dios y del capitán Titus, esa noche llevarían a cabo su plan de fuga. La señorita Manú volvería a sonreír cuando Almanegra la estrechase entre sus brazos.

Matas se calzó el sombrero y salió al atrio de Santo Domingo. En tanto avanzaba hacia la calle, meditaba acerca de los últimos acontecimientos. No sabía qué había hecho cambiar de opinión al joven capitán de Alarcón. Lo cierto era que lo había convocado esa mañana muy temprano para darle dos buenas noticias; la primera, que como Troncoso y Lira se haría cargo de sus asuntos en la villa del Luján, durante los días que permaneciese en Buenos Aires antes de marchar hacia el noroeste, las obligaciones de su colega recaerían sobre él, entre ellas, la de ocuparse de las mazmorras y los reos; la segunda, que lo ayudaría a liberar a Almanegra.

—Lo harán esta noche —había decidido.

* * *

Apenas entró en su recámara, Emanuela se quitó deprisa el rebozo, que arrojó sobre la cama, y los guantes de ñandutí, que depositó sin cuidado sobre la mesa, y se sentó a escribir una esquela. Solo garabateó dos palabras en guaraní: *Esta noche*. Intentó abrir la contraventana, pero estaba con llave, la cual no aparecía por ningún sitio. ¿Dónde la abría dejado? Desestimó la desaparición y salió por la puerta, la que conducía a los interiores de la casa, en busca de Justicia. Lo halló en la sala; ayudaba a Pastrana a poner la mesa.

—Justicia, ven aquí. —Lo condujo lejos de la mirada curiosa de la esclava y lo aferró por el hombro huesudo y pequeño—. Óyeme bien, Justicia. Necesito pedirte un favor muy importante.

—Lo que sea, Manú.

—Ve a lo de don Lope y entrégale en propia mano esta esquela. ¿Me has entendido?

—Sí, Manú.

—Solo dásela a él. Si no está, esperas a que llegue para dársela.

—Sí, Manú.

—Ve ahora. De inmediato.

El niño cruzó corriendo el patio principal y no se detuvo cuando Pastrana lo llamó a los gritos. Emanuela regresó a su recámara y, más tranquila, se aseó y se cambió la camisa que había sudado bajo el jubón, no debido al calor del mediodía, sino a causa de los nervios. Sorbió un poco de agua y se sentó a escribir de nuevo.

"Buenos Aires, 16 de marzo del año 1753 de Nuestro Señor
"A la salida de la misa de once, me he encontrado con el cabo Matas. Me ha dicho que te ayudará a huir esta noche. Desde que supe de tu detención, no vivo, no duermo, no como, me cuesta respirar; solo pienso en ti y me angustio haciendo cábalas sobre tu suerte. Rezaré por ti y por el cabo Matas, para que todo salga de acuerdo con sus planes.
"En cuanto a mí, no cometeré el mismo error de tiempo atrás, no me iré sin despedirme, sin decirte adónde voy. Tengo que escapar y cuanto antes. Lo haré esta noche después de haberme asegurado de que estás libre. Me pondré bajo la protección de Lope, tu hermano y mi gran amigo. Él me conducirá a Orembae, donde viviré con su madre, con Ginebra y con tu padre. Pese a la profunda tristeza que siento por lo que ha ocurrido en los últimos días, saber que conoceré a tu padre me hace ilusión.
"No me busques, por favor.

En esta instancia, se detuvo y lloró quedamente. Orlando, de un salto, se acomodó en su regazo. Saite aleteó en la alcándara.

—Lo sé, amigos míos —dijo, y se secó las lágrimas—. Tengo que ser fuerte, pero estoy tan cansada.

Mantuvo los ojos cerrados, mientras tomaba inspiraciones para serenarse. Las pulsaciones se normalizaron y levantó los párpados. Mojó la péñola en el tintero y retomó la carta.

"Saber que estás casado con ella ha sido una de las noticias más inesperadas y duras que he recibido en mi vida. He ocultado ese dolor bajo las tantas preocupaciones que me atormentan por estos días, y me gustaría que allí se quedase, enterrado para siempre, pues temo que si le permito volver a la superficie, me destruirá, y yo debo conservar el ánimo por mi hijo. Nuestro hijo.

"No quiero preguntarte por qué la desposaste. Me dirás lo mismo que dos días atrás, que tuviste que hacerlo. No quiero pensar en tantos detalles y contradicciones que no comprendo. No quiero saber por qué no me lo contaste, por qué volviste a engañarme, a decirme que me convertirías en tu esposa. Quiero olvidar, Aitor. Lo necesito por mi bien y el de mi hijo. Por eso, no me busques, te lo imploro.

"Que Tupá y Tupasy María te preserven de todo mal y guíen tus pasos para que seas feliz.

"En mi corazón, siempre serás solo tú.

Emanuela Ñeenguirú."

* * *

Almorzaron sin Ederra. Nadie sabía dónde se encontraba; tampoco conocían el paradero de Romelia, a la que hacían con la dueña de casa.

—Es extraño —admitió doña Almudena—. Siempre se lleva a Pastrana cuando sale de compras o de visita, jamás a Romelia.

—Pues a mí no me pidió que la acompañase a ningún lao —comentó la muchacha, mientras servía el pescado.

—¿Quién te ha preguntado a ti, desvergonzada? —la amonestó don Mikel—. A callar. Y sirve de una buena vez si no quieres que se enfríe.

Comieron bajo una cúpula de mutismo en el que sonidos simples y familiares, como el de los dientes cortando la cáscara crujiente del pan o el del golpe de la jarra contra el filo del vaso de estaño, crispaban a Emanuela. Casi al final, mientras comían el dulce de durazno, don Mikel elevó la vista y contempló a Emanuela con un mohín.

—Hija, no deseas casar con Murguía, ¿verdad?

—¿A qué viene eso, don Mikel? —se enfadó doña Almudena.

—¿Lo deseas o no, Manú?

—Sí, don Mikel, lo deseo —mintió, un poco movida por lo harta que la tenía ese asunto; también porque no quería causarle desazón al anciano. En su juventud debía de haber sido un hombre recio y de

584

carácter; los años y la vida lo habían doblegado—. Me siento un poco indispuesta. ¿Me autorizáis a retirarme?

—Sí, hija, sí —se apresuró a contestar don Mikel.

Emanuela abandonó la sala con aire digno. Apenas estuvo fuera de la vista de los dueños de casa, corrió a su recámara, a su refugio. Cerró tras de sí y descansó sobre la puerta. Exhaló un largo suspiro y descansó los ojos. Le ardían bajo los párpados. Los abrió enseguida y se dijo: "No hay tiempo que perder". Quiso echar llave a la puerta, pero no la encontró, y se acordó de que esa mañana tampoco había hallado la de la contraventana. ¿Justicia, para gastarle una broma, las habría escondido? Sin las copias que le había dado Aitor, las que ahora estaban en poder de Lope, se sintió expuesta y vulnerable.

Colocó sobre la cama sus pertenencias. No eran muchas: el vestido verde de su madre y el rosa de Aitor, los botines blancos, los presentes de doña Florbela —los jabones, el frasco con loción de rosas, el juego de peine, cepillo y espejo de madreperla y el retazo de holanda—, lo que Ginebra le había comprado en el puerto de Santa Fe —el parasol de ñandutí, el abanico de plumas turquesas y el rosario de madreperla—, su cuaderno para dibujar y la carbonilla, el collar de conchillas y el cordel con la piedra violeta, la cinta rosa, regalo de Aurelia, las cartas —el cofre de sándalo que las contenía, regalo de don Alonso, quedaba en el mueble—, el abanico con varillas de sándalo y país de gasa blanca con diseños pintados al óleo, regalo de la mujer de Andonaegui, y el pote con el ungüento que su *taitaru* le había enviado, el que preparaba con almizcle de yacaré y esencia de franchipán y la caja con los aparejos para afeitar de Aitor. De lo que había adquirido con el dinero de los Urízar y Vega, solo se llevaría un par de camisas y de calzones, y el jubón, la falda y el rebozo que vestiría esa noche al escapar; el resto lo dejaría atrás; los vestidos, los chapines de guadamecí, el frasco de perfume que don Alonso le había dado para el día de Santa Manuela, el recado de escribir, las prendas íntimas, todo quedaría en esa recámara.

Extrajo de debajo de la cama las dos canastas con las que había llegado casi tres años atrás y, luego de quitarles el polvo, las llenó con sus objetos. Las devolvió a su sitio y dejó caer la manta para ocultarlas. Con el corazón desbocado en el pecho, se recostó e intentó relajarse.

* * *

Ederra regresó alrededor de las cinco de la tarde. Entró en la sala y se topó con las miradas atónitas de sus padres. Sabía que su aspecto delataba una actividad fuera de lo común. Algunos mechones se le habían escapado del moño y le colgaban sobre el rostro, el cual estaba sudado y con polvo, y el ruedo de la falda se le había orlado con el fango de las calles. No era para menos: había ido a pie, arrastrando a Romelia, hasta la zona del Retiro, donde se erigía el edificio de la Compañía del Mar del Sur, el que antiguamente ocupaba la Compañía Francesa de Guinea, donde se comercializaban esclavos. Había regresado, sola, también a pie, y, aunque cansada y con apariencia desalineada, se sentía orgullosa de su proeza.

—¿Dónde estabas, Ederra? —inquirió don Mikel.

—¿Por qué traes esas fachas? —se escandalizó doña Almudena.

—Vengo del Retiro. He ido y venido a pie.

—¡Al Retiro! —exclamaron los ancianos.

—¿Qué hacías allí, por amor de Dios?

—Os suplico, don Mikel —intervino su esposa—, no toméis el nombre de Dios en vano.

—¡Calla, mujer! Y tú, Ederra, responde a mi pregunta.

—Fui hasta allá para vender a Romelia. Me dieron por ella ciento cincuenta pesos.

Aun don Mikel, quien desde su torcedura se movía con pereza y dificultad, se puso de pie.

—¿Te has vuelto loca, muchacha?

—No, padre. La he vendido.

—Está loca —declaró don Mikel a su esposa.

—¿Por qué has hecho eso, hija mía? —se preocupó doña Almudena.

—Porque apañó y encubrió a Manú.

—¿En qué?

—Emanuela está encinta, padre.

—¡No digas necedades, Ederra!

Doña Almudena se desmoronó en el sillón y don Mikel acortó la distancia con su hija a un paso increíblemente rápido.

—Estás loca —expresó—. Estás loca y estás desvariando.

—No, padre. Lamento que no creas en tu propia sangre y prefieras darle crédito a esa perdida, que no me extraña que sea una perdida —aclaró—. Después de todo, se crió entre salvajes.

—No es posible —se empecinó el anciano.

—Sí, lo es.

—Pero, ¿cómo? Ella solo sale para acudir a su misa de once. Durante el verano no hemos tenido visitas. Ningún hombre ha pisado el umbral. Solo…

586

—¿Solo qué, padre?

—Nada, nada —desestimó, mientras se acordaba del alarife, el tal Francisco, que había levantado el muro del fondo.

—Como sea, Emanuela ha deshonrado el nombre de los Urízar y Vega, y si no actuamos con prontitud, estaremos en boca de todos.

—Pero, ¿y Romelia? —se descorazonó doña Almudena.

—¡Ella la encubrió, madre! ¿Acaso no oís lo que os he dicho? Seguramente le facilitó los encuentros con su amante, olvidándose de la fidelidad que le debe a esta familia, que tan bien la ha tratado. ¡Tenía que deshacerme de ella! En caso contrario, esa negra ladina habría comenzado a soltar la lengua en el mercado, habría contado que nuestra pupila está esperando un bastardo, y ahí sí, nuestro nombre quedaría para siempre enfangado.

—Sí, sí —murmuraba la anciana, con gesto confundido y mirada extraviada.

—Estoy segura, padre, de que esa noticia no os habría favorecido si lo que deseáis es ser reelegido como alférez real.

Don Mikel alzó la cabeza de pronto y clavó la vista en el gesto complacido de Ederra.

—¿Qué será de Romelia? —masculló el anciano.

—Acabo de venderla a la Compañía del Mar del Sur. Llevé conmigo la escritura de propiedad y finiquité el asunto allí mismo. La condición que he puesto es que la rematen en una almoneda lejos de Buenos Aires. No la quiero en esta ciudad. Sabe demasiado.

—Y con Manú, ¿qué haremos? —preguntó don Mikel—. Hay que escribirle de inmediato a tu hermano…

—¡Qué hermano ni ocho cuartos, padre! He dicho que tenemos que actuar con diligencia.

Se levantó el ruedo pesado de lodo seco y cruzó el primer patio a largas trancadas. Entró en la recámara de Emanuela sin anunciarse. La muchacha, que dormitaba, se sentó en la cama con un sobresalto.

—¡Doña Ederra!

La mujer se aproximó al lecho y le cruzó la cara de una bofetada. Era la segunda que impartía en lo que iba de la jornada, ¡y qué bien se sentía!

Emanuela se cubrió la mejilla con la mano y se quedó mirando a su tutora con ojos desorbitados. La otra mano se posó instintivamente sobre su vientre, en actitud protectora.

—¿Por qué me ha golpeado?

—¡Lo sabes bien, mujerzuela!

Emanuela se movió con rapidez hacia el otro lado de la cama cuando adivinó la intención de la mujer; quería golpearla de nuevo.

—No vuelva a ponerme una mano encima.

—¿O qué?

—O le daré la orden a Saite para que la ataque, como atacó a su esposo ayer por la madrugada cuando él intentó vejarme.

—¡Pérfida! ¡Miserable!

—¡No se acerque, doña Ederra! Vuesa merced sabe muy bien que la desaparición de don Alonso es extraña. Pues se fue para ocultar las heridas que Saite le dejó en la cara, en las manos, en la cabeza.

La mujer se quedó quieta, el rostro rubicundo de ira, los ojos inyectados de sangre y los puños apretados a los costados del cuerpo. Lanzaba vistazos furibundos a Emanuela al tiempo que controlaba de soslayo al ave rapaz, muy inquieta en su percha.

—Sé que estás encinta. Sé que llevas a un bastardo en tu vientre.

Pasado al asombro, Emanuela se instó a reunir la entereza necesaria para proteger a su bebé. Cubrió el vientre con ambas manos y miró fijamente a doña Ederra.

—¡Qué injusto es el Señor! —declaró la mujer con voz furibunda—. A mí me quitó a mi Crista, un ángel nacido en la santidad del matrimonio, y a ti te dará ese engendro del pecado. ¡Ojalá lo perdieras, como yo perdí a tantos antes de concebir a Cristita!

Emanuela ajustó las manos en torno a su vientre y masculló la oración en guaraní, la misma con que había bendecido al cabo Matas a la salida de misa. Movía apenas los labios, mientras la decía una y otra vez, la vista clavada en la que se había convertido en su enemiga.

—¿Quién más sabe de tu pecado? —No obtuvo respuesta—. ¡Habla! —Ederra se movió en dirección de Emanuela, que profirió un silbido que paralizó a la mujer. Saite la sobrevoló. Ederra cayó de rodillas y se cubrió la cabeza con los brazos. La macagua se posó sobre el hombro de su dueña. Orlando, fuera de sí, ladraba a la figura en el suelo.

—Orlando, ven aquí. —El perro obedeció al instante y se sentó a los pies de Emanuela—. Doña Ederra, mis mascotas no la lastimarán si vuesa merced promete no volver a golpearme.

Lentamente, sujetándose del borde de la cama, la mujer se puso de pie y se acomodó la falda. Levantó la vista y la fijó en la inescrutable de Emanuela. Sin palabras, dio media vuelta y cerró tras de sí. Demasiado tarde, Emanuela se dio cuenta de que echaba llave. Se arrojó para impedírselo y tiró del picaporte, en vano. Corrió a la contraventana e intentó abrirla, en vano también. En ese momento comprendió la causa de la desaparición de las llaves, a la cual no le había dado importancia unas horas antes. Doña Ederra la había encerrado, vaya a saber con qué propósito. Tomó asiento y se sujetó la cabeza, agobiada de miedo, dudas y angustia.

La sobresaltó un golpeteo en el vidrio de la contraventana. La carita sonriente de Justicia le arrancó una sonrisa ahogada por el llanto.

—¡Abre, Manú!

—No puedo —susurró—. Doña Ederra me ha encerrado.

—¿Por qué?

—Es largo de explicar y ahora no hay tiempo. ¿Entregaste la carta a don Lope?

—Sí, en mano, como me pediste. Por eso tardé tanto, porque tuve que esperarlo. No estaba. Su esclavo me dijo que se había ido al cementerio para enterrar a don Edilson.

—¿Leyó la nota que le diste?

—Sí.

—¿Qué te dijo?

—Solo me miró y asintió, muy serio.

—Muy bien. Ahora escúchame. Necesito que me hagas otro favor muy importante.

—Dime, Manú.

Le pasó la carta que había escrito a Aitor por debajo de la contraventana. El niño la tomó y la guardó en la faltriquera de sus calzones.

—Es para Aitor. Debes entregársela al cabo Matas. Él se la dará. Pero solo debes entregársela a él, al cabo Matas —reiteró.

—Lo haré, Manú. Le entregaré la carta a Matas.

—Gracias, Justicia. —Emanuela apoyó las palmas abiertas sobre el vidrio, y el niño se inclinó y las besó—. Te quiero, Justicia.

—Y yo a ti, Manú.

—Ahora busca a Romelia y dile que me urge hablar con ella. Que se cuide de doña Ederra.

El niño se alejó corriendo hacia el cuarto patio, y Emanuela lo siguió con la mirada hasta perderlo de vista.

* * *

Doña Ederra irrumpió en la cocina. Pastrana y Aurelia, que pelaban arvejas, se pusieron de pie.

—Tú —dijo, y extendió el índice en dirección a Aurelia—, recoge tus cosas y te vas de esta casa de inmediato.

—Pero...

—¡Pero nada! Recoge tus cosas y vete de esta casa. ¿O prefieres que te arrastre fuera?

—No, señora. Enseguida me marcho.

Ederra la escoltó hasta el cuartito del tercer patio, impregnado de los aromas de las hierbas que Emanuela secaba, maceraba y hervía. Se detuvo bajo el umbral y contempló mientras la muchacha, sollozando, recogía sus pertenencias y armaba un lío con ellas.

—Y cuidado con llevarte algo que no es de tu propiedad, porque mi padre es el alférez real de la ciudad y te mandaré arrestar por la policía del Cabildo.

—Yo no soy una ladrona, doña Ederra.

—Vamos.

—Antes, págueme lo que me debe.

—¿Cómo te atreves?

—Me atrevo porque he trabajado duro para esta familia. Se me deben dos reales.

Ederra hurgó en la escarcela que colgaba de la cintura de su falda y extrajo varias monedas que arrojó a los pies de Aurelia. La observó con una mueca de desprecio en tanto la joven se acuclillaba para recogerlas.

—¡Vamos! Andando, que no tengo todo el día.

La condujo hacia el portón de mulas. Las dos vieron a Justicia que corría hacia los fondos. Aurelia levantó la mano con la intención de saludarlo, y la bajó enseguida. Guardó silencio ante el vistazo colérico de la patrona.

—Vamos, fuera —ordenó con el portón entreabierto—. Y no oses regresar por aquí. No serás bienvenida.

Aurelia quedó desconcertada y llorosa en medio de la calle de San Nicolás, mientras el portón se cerraba. Doña Ederra echó la traba y, sin demora, caminó a largas trancadas hacia el sector por el cual se había escabullido Justicia. Lo descubrió delante de la contraventana de la recámara de Emanuela, y se mantuvo medio oculta para ver qué hacía. Resultaba claro que hablaba con la joven a través del vidrio, y alzó las cejas cuando un pedazo de papel se deslizó bajo el resquicio. El niño lo guardó en sus calzones antes de inclinarse y besar el vidrio, dos veces. No oía lo que esos dos murmuraban; de seguro, estaban tramando alguna canallada.

Se retrajo tras el muro cuando Justicia echó a correr en su dirección. Lo interceptó y lo sujetó por el brazo. El niño profirió un grito e intentó escabullirse. La mujer lo sacudió del brazo con tanta violencia, que Justicia se echó a llorar a causa del dolor. La mujer aprovechó para hurgarle entre la ropa y extraer el pedazo de papel.

—¡Deme eso, ama Ederra! ¡Démelo! ¡No le pertenece!

—¡Todo lo que llevas encima me pertenece! ¡Tú me perteneces! ¡Eres de mi propiedad!

Lo arrastró hacia el cuartito que Aurelia acababa de evacuar y lo empujó dentro antes de cerrar con llave. El niño gritaba, lloraba y pateaba la puerta. Ederra se dio vuelta y se topó con la expresión estupefacta de Pastrana. Acortó la distancia que la separaba de la esclava y le colocó el índice a pulgadas de la nariz.

—Y a ti más te vale que te cuides de meter las narices donde no te llaman o de traicionar la confianza de esta familia. Cuidado, Pastrana, o acabarás como todos ellos. Si te veo cerca de este cuarto o del de Manú, la pagarás muy caro. ¿He sido clara?

—Sí, sí, ama Ederra.

Regresó al interior de la casa, exhausta mental y físicamente. Por fortuna, desde su recámara, no se oían los alaridos ni los golpes de Justicia. Si se empecinaba en ese comportamiento, volvería y le daría una tunda como jamás había recibido, mocoso insolente. Se lo vendería a don Eustaquio, decidió, quien siempre había sentido cariño por el pequeño y en más de una ocasión le había pedido a don Mikel que se lo vendiese. Sí, eso haría, lo vendería a don Eustaquio y compraría una mulata joven que sirviese en la cocina.

Se quitó un poco de prendas y se enjuagó el sudor con agua fresca. Se untó las manos, el cuello y la cara con el ungüento que Manú le había regalado tiempo atrás. Era prodigioso, admitió. El aspecto de su piel había mejorado notablemente. ¿Quizá por eso don Alonso había vuelto a buscarla de noche en San Isidro? La discusión con Emanuela se repitió en su mente. *"No vuelva a ponerme una mano encima"*, le había advertido la desvergonzada, *"o le daré la orden a Saite para que la ataque, como atacó a su esposo ayer por la madrugada cuando él intentó vejarme"*. Se dejó caer, quebrantada, sobre la cama y se tomó la cabeza con las manos.

—No, no. No puede ser verdad.

Se acordó de la carta que le había arrebatado a Justicia y la desplegó. Salvo pocas palabras sueltas, que no componían ningún sentido, no entendía nada pues estaba redactada en guaraní. Se quedó contemplando la caligrafía redonda y femenina y algunas letras extrañas, como vocales con la virgulilla, aun la y, que, en el castellano, solo se utilizaba para la ñ.

Un golpe en la puerta la puso de pie de un respingo. Se aclaró la garganta antes de preguntar:

—¿Qué pasa?

—Ama Ederra —dijo Pastrana a través de la madera—, que dice doña Almudena que el doctor Murguía ha llegado. Que la espera en la sala.

—Enseguida voy.

El doctor Murguía se alzaba frente a las figuras ancianas de doña Almudena y don Mikel, con un gesto severo, acentuado por la vara y la capa negra que lo distinguían como alcalde de primer voto. La saludó con frialdad y, sin preámbulos, manifestó:

—He sabido que la virtud de Emanuela ha sido comprometida. Sé que está encinta.

Doña Almudena emitió una exclamación ahogada, don Mikel, un bufido, y doña Ederra apretó los labios y los puños.

—¡No es posible! —atinó a balbucear la anciana.

—Señora —Murguía empleó un tono iracundo—, lo sé de muy buena fuente. Sé que está esperando un bastardo.

—Doctor Murguía, os ruego, acompañadme al despacho de mi padre, por favor. Quisiera hablar con vuesa merced a solas.

El hombre, firme como soldado de guardia, apenas inclinó la cabeza y marchó detrás de Ederra.

—Doctor Murguía —habló la mujer apenas cerró la puerta—, es cierto lo que decís: Manú está encinta. Lo he descubierto apenas ayer. Quiero que sepáis que estaba por convocaros para liberaros del compromiso con mi pupila. Ella partirá al convento de Santa Catalina de Siena. El comisario Meliá y yo nos ocuparemos de todo y vuesa…

—Señora. —Murguía la acalló elevando la vara—. No he venido hoy hasta aquí para romper mi compromiso con la señorita Manú, sino porque quiero que la boda se lleve a cabo lo más rápidamente posible, mañana, de existir la oportunidad.

—¡Oh! ¿Debo suponer, entonces, que el niño que espera Manú es vuestro, doctor?

La piel demacrada del médico se tornó de una tonalidad rojiza, incluso los grandes pabellones de las orejas se le convirtieron en dos granadas.

—¡Por supuesto que no! ¿Cómo osáis sugerir algo tan vil? ¡Soy un familiar del Santo Oficio! ¡Mi honorabilidad y mi pureza de sangre están aseguradas! Jamás habría tocado a mi prometida fuera del tálamo nupcial.

—Sí, sí, por supuesto. Os suplico vuestro perdón, doctor. No era mi intención ofenderos, pero debéis admitir que vuestro apuro en casaros es... poco común dadas las circunstancias.

—Lo sé —aceptó el hombre, más compuesto—. Pero esa es mi decisión y no daré explicaciones ni justificaciones. La boda se llevará a cabo mañana, a lo sumo pasado mañana. No se hable más.

—Sí, sí, claro. Por supuesto —balbuceó Ederra.

—¿Quién es el padre?

Fue el turno de doña Ederra para ruborizarse. Bajó la vista antes de musitar la respuesta.

—No lo sé con certeza.

—¿Vuestro sobrino tal vez, el capitán de Alarcón?

—¡Por supuesto que no! Titus ha pasado todo el verano en la villa del Luján.

—Pudo haber venido sin vuestro conocimiento.

—¡Doctor Murguía! Mi sobrino es tan honorable y digno como vuesa merced. Os suplico no pongáis en tela de juicio su respetabilidad. —Carraspeó y se restregó las manos en un ademán nervioso—. Sospecho que se trata de un guaraní, tal vez un indio de su pueblo que está en Buenos Aires.

—¿Cómo lo sabéis?

—Hallé una carta escrita en guaraní entre sus cosas.

—Quiero leerla.

Movida por un impulso irracional, Ederra mintió:

—La quemé. —Murguía soltó un bufido y la miró con ira—. Creedme, doctor, no existía ninguna posibilidad de comprender lo que estaba escrito. Esa lengua salvaje es imposible.

—Conozco gente que lee y escribe el guaraní, señora mía. Podríamos haberla hecho traducir.

—¿Y revelar a otra persona la situación delicada en la que se encuentra mi pupila, vuestra futura esposa? No sabemos qué contiene esa carta, doctor. —Murguía se mostró avergonzado de su descuido—. Igualmente, si vuesa merced está dispuesto a desposarla pese a la situación de Manú, ¿qué más da quién sea el padre del niño?

Murguía asintió con brusquedad. Ese niño, se consoló, no nacería. Esa mañana, después transcurrir horas meditando la noticia de Pastrana, había montado su caballo y se había dirigido al asentamiento de los negros manumitidos, un poco más hacia el sur del barrio de Montserrat, al que llamaban del Mondongo por la afición que los africanos mostraban por esa víscera de la vaca, aunque, en realidad, más que por afición, la comían por necesidad, pues la recogían desechada en los mataderos.

Allí, en el barrio del Mondongo, conocía a una vieja, antigua esclava de la familia de su madre, que sabía cómo deshacerse de una criatura no deseada. La mujer lo había tranquilizado al hablarle con aplomo y conocimiento acerca de las propiedades abortivas del cornezuelo de centeno, del perejil, del hongo del trigo o de los jugos de las hojas de *Huperzia selago*.

—¿Corre peligro la vida de la madre? —había querido saber el médico.

—No —había respondido la anciana sin dudar.

—¿Podrá tener más hijos?

—Sí. Debo ver a la mujer cuanto antes, Rodrigo. Si el tiempo pasa, no podremos deshacernos del niño. Deberá nacer.

Con ese diálogo en mente, Murguía asintió a doña Ederra. En verdad, no importaba quién fuese el padre del bastardo que nunca vería la luz, y tampoco contaba que Manú ya no fuese virgen. Había vivido una experiencia insólita, chocante quizá, mientras reflexionaba qué hacer después de la revelación de Pastrana. Recostado sobre su cama, la había imaginado gimiendo y gozando en brazos de un hombre sin rostro y, en lugar de rabiar de celos y desear asesinarlos a los dos, había fantaseado con las piernas de ella que envolvían las caderas del amante, o con su boca, que siempre había juzgado demasiado grande y carnosa, en tanto devoraba la erección del sujeto. Había acabado masturbándose, loco de deseo. No importaba que Manú no fuese virgen, insistió. Recibirla impura y con un bastardo en el vientre lo revestiría de una autoridad y de un poder que le permitirían exigirle, dentro y fuera del lecho, cualquier cosa. Su casa sería la prisión de la cual solo le permitiría salir con él. La convertiría en su mujerzuela, y la sometería a las prácticas aberrantes a las que sometía a las mujeres del burdel y que jamás habría ejercitado con su esposa. La sola idea le provocó una erección en tanto avanzaba detrás de doña Ederra, de regreso a la sala.

La ensoñación y la excitación se desvanecieron cuando sus ojos cayeron en la figura casi desconcertante en su masculina belleza de Leónidas Cabrera, el toreador, que conversaba con doña Almudena y don Mikel, y los hacía reír. Los celos que no había padecido durante las horas de la madrugada en las que había imaginado a Manú en brazos de otro lo golpearon con inclemencia, y se acordó del desplante que esos dos le habían hecho en la tertulia de los de

Riba, pocos días atrás, y sucedió algo peor: la escena con la que había fantaseado, en las que las piernas de Emanuela rodeaban la cintura de un hombre sin rostro, era reemplazada por otra en la que el amante era Cabrera.

El torero se puso de pie y se inclinó frente a Ederra.

—Buenas tardes, señora. Un gusto volver a veros. Bella y encantadora como siempre. —Dirigió la mirada hacia Murguía—. Doctor, buenas tardes.

El médico ni siquiera movió la cabeza en señal de saludo. Se quedó de pie, mirándolo con ojos asesinos y la mano ajustada en torno a la vara.

—¿Qué hacéis aquí? —preguntó súbitamente, e interrumpió a don Mikel que contestaba a una pregunta de Cabrera.

—¿Disculpadme?

—Pregunté qué hacéis aquí.

—He venido a visitar a mis amigos, los Urízar y Vega.

—¿A los Urízar y Vega o a mi prometida?

—¿Su prometida?

—La señorita Manú es mi prometida.

—Por favor, don Rodrigo… —intervino Ederra.

—Sentaos, don Rodrigo —invitó doña Almudena.

—No lo haré mientras este sujeto permanezca en esta casa.

—¡Basta de sandeces, Murguía! —vociferó don Mikel desde su sillón.

—¿Sandeces, don Mikel? ¿Es una sandez que bajo mis narices este bueno para nada quiera robarme a mi futura esposa? Después de todo lo ocurrido —expresó con intención, y paseó la mirada candente por las dos mujeres y el anciano—, es vuestra obligación prestarme vuestro apoyo.

—No sabía que la señorita Manú fuese su futura esposa, doctor —terció Cabrera.

—¡Pues sí, lo es! Y ahora os conmino a marcharos y no volver a importunarla. Si llego a veros cerca de ella…

Cabrera se puso de pie tan repentinamente, que Murguía se echó hacia atrás, asustado. El torero era bastante más alto que él.

—¿O qué, doctor Murguía? ¿Me retaréis a duelo? —Las mujeres profirieron un grito ahogado y don Mikel masculló un improperio—. Cuando vuesa merced quiera, donde quiera. Hasta os permitiré elegir el arma pese a ser un derecho que me corresponde a mí como el retado.

El dueño de casa se puso de pie con dificultad y la asistencia de su bastón, y caminó hacia el muchacho. Se interpuso entre él y el médico, y lo aferró por el brazo en un gesto afectuoso.

—Muchacho, te suplico que te marches. No sigas hablando de duelos ni de armas. No tiene sentido. Manú casará con Murguía en unos días.

—Muy bien, don Mikel. Me retiro. Mis recuerdos a la señorita Manú.

—¡Nada de recuerdos!

—¡Murguía, por favor! —Don Mikel dio media vuelta y le demostró su índole vasca con una mirada que desestabilizó al hombre.

—Os acompaño hasta el vestíbulo —farfulló Ederra.

Cuando regresó, Murguía seguía de pie. Nadie hablaba. Don Mikel lanzaba vistazos furibundos al médico; doña Almudena lucía pequeña y mortificada en el sofá.

—Exijo ver a Emanuela.

—Está confinada en su recámara —explicó Ederra—, encerrada bajo llave. No puede salir y nadie puede entrar sin mi consentimiento.

—Quiero verla.

—No sé si…

—No me iré sin verla.

Doña Ederra paseó la mirada sobre sus padres y, ante la venia de don Mikel, se puso en marcha hacia los interiores. Murguía la siguió.

—¿Tan alejada está la recámara de mi prometida?

—Está en los fondos.

Ederra quitó el cerrojo de la puerta y golpeteó para anunciarse.

—Adelante —se escuchó la voz sin alegría de Emanuela.

La hallaron de pie junto a la mesa, con Orlando en los brazos. Murguía la estudió de pies a cabeza. Vestía con simpleza, una saya de percal, un jubón y una camisa blanca de holanda; llevaba el pelo completamente suelto. Ese detalle, el del cabello suelto, lo aturdió. Siempre lo había juzgado uno de sus mejores rasgos junto con la forma y el color de sus ojos. El deseo de meter las manos detrás de ese cuello delgado y ajustar los dedos en la cabellera espesa y brillante mientras se enterraba en ella lo compelió a avanzar, olvidado de la rabia que le había provocado su traición. Se detuvo cuando Emanuela retrocedió, atemorizada.

—Sé que estás encinta.

—Sí —admitió ella, sin desafío en la entonación, pero sin humildad ni vergüenza.

—He venido a decirte que casaré contigo igualmente, te aceptaré de todos modos, aunque seas una mala mujer, una perdida.

—¿Por qué unirse a una mala mujer, a una perdida?

—¡No seas insolente, Manú! —intervino doña Ederra.

Saite aleteó en la alcándara y voló hacia Emanuela. Se posó en su hombro. Con el pico abierto, aunque sin emitir sonido, mantuvo las alas extendidas, la izquierda como un abrazo tras la cabeza de su dueña.

—¿Preguntas por qué, Manú? —expresó Murguía, y la furia que se había retraído al descubrirla con el cabello suelto y los ojos grandes y asustados, asomó su cabeza de nuevo—. Porque soy un buen cristiano, porque soy el único que podrá mantenerte por la recta senda que marcan Nuestro Señor y la Santa Iglesia de Roma. Porque me importa salvar tu alma. Y porque considero que, en el fondo, eres una buena muchacha.

Lo desconcertó su mirada, no porque fuese provocativa o porque luciese atemorizada, sino porque carecía de vida, como si la luz del alma que antes con tanta facilidad se reflejaba en sus pupilas, la hubiese abandonado.

—¿Quién es el padre? —quiso saber a pesar de sí.

—No lo conocéis, señor.

Lo fastidió que lo llamase señor.

—¡Quién es!

Saite soltó un chillido que rebotó en las paredes y detuvo el avance del médico.

—No lo conocéis —repitió Emanuela, con estoicismo.

Se trató de un duelo de miradas en el que Murguía advirtió que la fortaleza y la valentía de la que pronto sería su mujer habían renacido en su espíritu y se reflejaban en sus ojos. ¡Cuánto la deseaba! Y cuánto lo fastidiaba admirarla. Nunca había conocido una hembra de tanta valía, y lo regocijó saber que en dos días la tendría en su cama. Pocas veces había experimentado una alegría tan pura; lo hacía vibrar.

—Me dirás su nombre, Manú, así tenga que sacártelo a baquetazos.

—Él se ha marchado y nunca regresará.

Murguía ocultó el alivio causado por la respuesta. De igual modo, se juró, obtendría el nombre de ese malnacido a como diese lugar. Lo haría buscar y lo eliminaría de la faz de la Tierra.

—Muy bien —claudicó—. Hablaremos de esto después de la boda. Será pasado mañana, el domingo —aclaró—. Nos desposará el padre Urbano de Meliá, aquí, en casa de tus tutores.

Emanuela asintió.

—¿A qué hora? —intervino doña Ederra.

—Aún no lo sé. Os mandaré aviso mañana.

—A la hora que vuesa merced disponga, la tendremos lista.

Murguía asintió sin despegar la vista de la mirada de nuevo apática de su prometida.

* * *

Los sonidos de la casa se habían acallado alrededor de media hora antes. Emanuela conjeturó que todos dormirían o al menos yacerían en sus camas. ¿Qué hora sería? Pasada la medianoche, especuló. Tensa y completamente vestida, aguardaba a Lope sentada en la única silla, en la oscuridad, con Saite al hombro, Orlando en su regazo y las dos canastas a sus pies. Había corrido las cortinas, y la luz de la luna bañaba la cama.

Dudas y resquemores la atormentaban. ¿Y si Lope no había comprendido a qué se refería con "Esta noche"? Se reprochó no haber sido más explícita en la esquela. Enseguida se daba ánimos: ¿qué otra cosa podría haber interpretado? Él iría a buscarla. Su amigo de la infancia no la defraudaría, la rescataría del infierno en el que se había transformado la casa de los Urízar y Vega. ¿Y si había extraviado las llaves? "¡Oh, Dios mío! ¡Que no haya extraviado las llaves, te lo suplico!" Lope era un joven distraído, soñador y romántico. Emanuela vivía reprochándole que olvidaba los guantes, el pañuelo, a veces hasta se marchaba sin ponerse el tricornio. Pastrana, más de una vez, lo había corrido por la calle de Santo Cristo para entregárselo.

Su mente saltó a la otra gran preocupación que la mantenía sumida en un mar de tormento. ¿Dónde estaría Romelia? No la veía desde la noche anterior. Pastrana, que le había llevado la cena, le había confiado que no estaba en la casa y que nadie sabía dónde se encontraba. Había osado preguntarle a doña Ederra por la suerte de su compañera y lo único que había conseguido eran un mamporro y una filípica por curiosa y cotilla.

La culpa la agobiaba porque, sin duda, la desaparición de la esclava y su gravidez estaban relacionadas. En cuanto a Justicia, Pastrana afirmaba que el ama Ederra lo había encerrado en el cuartito del tercer patio, el que ella usaba para sus "menjunjes", porque la había hecho enfadar con una de sus travesuras. ¿Habría conseguido entregar a Matas la carta para Aitor antes de que lo confinasen? Una nueva angustia se añadía a su larga lista.

Dio un respingo, y los animales se agitaron, cuando escuchó dos golpes en la contraventana. El corazón se le desbocó en el pecho a causa del alivio y de la alegría que experimentó al descubrir la silueta de Lope del otro lado del vidrio. Aunque también le palpitaba, frenético, a causa del miedo por el futuro incierto que la esperaba. Lope insertó la llave en la cerradura y abrió. Saite salió volando. Emanuela se echó a los brazos de su amigo y rompió a llorar. La sorprendió ese quebranto; se había propuesto conservar la calma, mantenerse incólume y sobria para no convertirse en un carga aún más pesada; los nervios, las dudas y los aprensiones que la habían afligido durante las horas de espera, se desbordaron una vez que Lope se presentó para rescatarla.

—Discúlpame —farfulló, y se apartó para secarse los ojos.

—No te disculpes. Pero vamos. Tenemos que salir de aquí cuanto antes.

—Me urge ver a Justicia. Lo tienen encerrado en una pieza en el tercer patio.

—¿Has perdido el juicio, Manú? ¿Quieres que nos atrapen?

—Pero…

—De ninguna manera nos aventuraremos en el tercer patio. —La resolución y firmeza de Lope la tomaron por sorpresa—. Andando. Tenemos que salir de aquí.

Asintió, resignada. Era una idea insensata meterse en las fauces del lobo. Siendo desconfiada, doña Ederra probablemente habría ordenado a Elcio o a Pastrana que se mantuviesen de guardia durante la noche.

—Vamos —susurró—, pero con mucho cuidado. Lo mejor será escabullirnos por el bosque de árboles frutales, donde sería más difícil distinguir nuestras figuras.

Lope cargó con una canasta, en tanto Emanuela se calzó la otra en la cadera. Cruzó el umbral y, antes de ponerse en marcha, echó un vistazo hacia atrás, hacia la recámara que la había albergado durante casi tres años; ese sitio guardaba memorias terribles, llenas de sufrimiento, aunque también las más felices de su existencia. Aitor la había convertido en mujer sobre ese lecho y allí habían concebido a su hijo. Se le nubló la vista.

—Vamos, Manú —la instó Lope.

Atravesaron los fondos a paso rápido. Orlando correteaba a sus pies, en silencio, como si comprendiese la importancia de actuar con sigilo, mientras Saite los sobrevolaba. Traspusieron la puerta de quebracho sin dificultad. Emanuela se había propuesto no mirar hacia el río, hacia el sitio bajo el tilo donde descansaba su adorada Libertad, y sin embargo, lo hizo, giró la cabeza y observó el lugar, también lleno de memorias amargas y dulces. Sobre todo, lo vio a él, de rodillas aquella primera noche de mediados de enero, pidiéndole perdón por haberla traicionado con Olivia. Lo recordó llorando y rogándole. Sacudió la cabeza, enojada. "¡Tonta, tonta Emanuela!", se reprochó. Una vez más le había creído, y él había seguido engañándola todo el tiempo. Olivia era su esposa, su mujer, la madre de su primogénito.

Ese pensamiento la impulsó a reiniciar la marcha. Caminaron entre arbustos y montículos de tierra, agitados y sin pronunciar palabra. Alcanzaron la calle de Santa Lucía, donde los aguardaba un carruaje, en el que Emanuela distinguió, a la luz de la luna y pintado con lacas de colores, el escudo de los Amaral y Medeiros, de la época en que Vespaciano soñaba con convertirse en un par del reino. Lope abrió la portezuela y la apremió a entrar con un ademán de mano, mientras el cochero acomodaba las canastas bajo el pescante.

—Sube, Orlando —ordenó Emanuela antes de emitir el silbido que atrajo a Saite. El ave se detuvo en su antebrazo, y la muchacha subió. La portezuela se cerró tras Lope. Se escuchó el zumbido del látigo al caer sobre las ancas de las mulas, y los cuerpos en el interior de la berlina se sacudieron ligeramente cuando el coche arrancó.

A poco de andar, Lope aferró la mano de Emanuela, que se volvió hacia él. Sonrió con labios inseguros a su amigo.

—Gracias, Lope. Te debo la vida.

—Daría la mía por ti y lo sabes.

—Sí —masculló, y retiró la mano con delicadeza—. Agradezco al cielo haberte dado las llaves el jueves. ¿Sabes? Doña Ederra me tuvo encerrada todo el día.

—¿Por qué? —se asombró Lope.

—Porque descubrió que… algo que no te conté aún. —Se pasó la mano por la frente en un acto que revelaba cansancio y agobio.

—Dime lo que sea, querida Manú. Sabes que puedes decirme lo que sea.

—Lo sé. —Emanuela miró a su amigo a través de la penumbra en el interior del habitáculo, y al ver el brillo en sus ojos azules, temió defraudarlo con la noticia—. Doña Ederra descubrió que estoy esperando un hijo.

—¡Oh! ¿Aitor lo sabe?

—Sí, lo sabe.

Pasaron unos segundos envueltos en un mutismo tenso. Emanuela mantenía la vista baja y se restregaba las manos en el regazo, hasta que Lope se las cubrió con la suya y se las apretó.

—Todo saldrá bien, querida Manú. Mi sobrino y tú serán felices en *Orembae*.

Al oír la palabra sobrino, Emanuela rompió a llorar de nuevo. ¿Qué le sucedía? Resultaba imposible refrenar la nostalgia.

—Gracias, Lope. Mi hijo tendrá el tío más noble y bueno.

—Sí, lo tendrá. Nunca lo dudes.

Completaron el resto del viaje en silencio. El coche se detuvo en el puerto del Riachuelo, donde el barco de Amaral y Medeiros aguardaba para zarpar con las primeras luces del día. Se subieron a un carro, apostado en la orilla, y el cochero los ayudó a cargar las canastas. Después de atender a las palabras mascolladas de su patrón, regresó al pescante. Hicieron el recorrido sin hablar, atentos al agua oscura que entreveían bajo los maderos del vehículo. Ya en el barco, Lope acompañó a Emanuela al camarote, el mismo que había ocupado en su viaje hacia Buenos Aires.

—¿Crees que necesitarás algo más? —preguntó Lope, mientras giraba en el confinado espacio y comprobaba que hubiese agua fresca y toallas—. Pedí que lo tuviesen listo para esta noche.

—No falta nada, Lope. Gracias. Gracias de corazón.

—Pasaré la noche en mi casa. Es una medida que tomo por si detectan tu huida antes del amanecer y van a casa para comprobar si estás allí. Quiero que me vean solo y, sobre todo, no quiero que sepan que estoy a punto de zarpar.

—Bien pensado. Eres muy inteligente.

Las mejillas del joven se cubrieron de una tonalidad rosada. Sonreía y hacía girar el tricornio entre sus manos.

—Pues bien, te dejo para que descanses. Mañana, a primera hora, estaré aquí.

—¿Lope?

—Dime, Manú.

—No puedo irme sin saber qué suerte corrió Aitor. No soportaré vivir con la duda.

—Entiendo. ¿Qué deseas que haga?

—Sé que esta noche iba a fugarse.

—¿Qué? ¿De veras? ¿Cómo lo sabes? ¿Fuiste a verlo?

—No, no fui a verlo, pero tampoco importa cómo lo supe. Lo único que necesito de ti es que, antes de regresar mañana, pases por el cuartel de los blandengues y trates de averiguar si logró escapar. —La expresión del joven evidenciaba su recelo y vacilación—. Sé que estoy abusando de tu amistad, lo sé, pero no podré irme y dejarlo solo, a su suerte, encerrado en las mazmorras de los blandengues. No viviré en paz. La duda me atormentará.

—Sí, comprendo. —Le tomó la mano y se la besó—. Mañana, antes de volver al puerto, pasaré por el cuartel. Tengo una excusa para hacerlo. La cuestión de mi tío, que, por cierto, no ha terminado con su muerte, justificará mi necesidad de hablar con el capitán Troncoso y Lira. Nadie sospechará nada.

—Gracias, Lope. Hasta mañana.

—Hasta mañana, querida Manú.

Lope se fue, y un silencio ominoso ocupó el camarote. Emanuela se sentó en el borde de la litera. Orlando saltó sobre sus piernas, y Emanuela lo abrazó. Saite, que descansaba en una alcándara que Lope le había hecho llevar, voló hasta el pequeño lecho y se mantuvo quieto, junto a su dueña, que lloraba sin emitir sonido; solo se adivinaba por el estremecimiento de sus hombros.

Pasado el vértigo y el peligro de la fuga, había caído en la cuenta de que volvía a huir para enfrentarse a un sino incierto. Le dolía no pertenecer a ningún lugar, no tener una familia que la protegiese, pero lo que más la entristecía, hasta el punto de provocarle un dolor físico en el pecho y en el estómago, era la certeza de que había perdido a Aitor para siempre.

* * *

Aitor se paseaba por la celda inmunda con el ánimo de una bestia que no entiende de encierros, ni confinamiento, solo de libertad. Unas horas antes, Frías lo había sorprendido al entregarle la comida, si a ese poco de agua caliente con pretensiones de caldo y a ese mendrugo de pan enmohecido podía llamárselos comida. Con todo, ver la cara de su amigo le había levantado el ánimo.

—¿Por qué estás tú aquí? Siempre es otro el que trae esta basura.

—No hay tiempo para explicaciones. Lo único que importa es que esta noche te ayudaremos a escapar. Mantente ojo avizor y no te duermas.

—No lo haré —afirmó Aitor, y, desde ese momento, la sangre le había bullido en las venas. La expectación le había devuelto la energía que la angustia experimentada durante esos dos días de encierro le había minado. Lo mortificaba el recuerdo de Emanuela. Sus pensamientos eran casi todos para ella. Su dulce y adorada Jasy, asediada de enemigos y con su hijo en el vientre, luchando sola porque él, como un idiota, se había dejado atrapar. Pero esa noche el destino le ofrecía una nueva oportunidad y él se aferraría a ella con uñas y dientes. Saldría de ese agujero que hedía a orina y heces y correría a los brazos de su Jasy. La falta de sus caricias, besos y sonrisas era más evidente y dolorosa que el hambre que le horadaba el estómago.

Lo afligía el recuerdo del último momento que habían compartido. Él habría deseado que ella nunca se enterase de que estaba casado con Olivia. ¡Cuánto debía de odiarlo! ¡Cuánto debía de estar sufriendo por algo sin importancia! En su mente se repetían una y otra vez las palabras hirientes de Emanuela. *"No vuelvas, Aitor. No te quiero de vuelta. Esta vez no te perdonaré. Estoy cansada de que me tomes por tonta. No sé por qué lo haces, por qué piensas que soy tonta, pero ya no me interesa. Solo quiero que te marches y que no vuelvas."* Se sujetó la cabeza con ambas manos y se presionó el cráneo en el intento por destruir el recuerdo. Su Jasy lo perdonaría, era demasiado buena y generosa para verlo sufrir. Se postraría ante ella y le mostraría cuánto la amaba y qué poco importaba que él se hubiese visto obligado a caer en la farsa del matrimonio de los *pa'i*. Había actuado de acuerdo con lo que había juzgado necesario en aquel momento, y no se arrepentía.

—Jasy, Jasy —susurró con la voz temblorosa, de pronto espantado de miedo por lo que sucedería una vez que volviese a enfrentarla—. ¡Malhaya! —insultó.

Un sonido poco familiar para esa hora de la noche lo arrancó de su tortura. Caminó hacia la reja y detectó la sombra que se aproximaba con movimientos furtivos. Era Matas, envuelto en una capa oscura. Se llevó el índice a la boca para acallarlo.

—No despiertes a los demás prisioneros.

Aitor asintió. Lo siguió con la mirada en tanto su amigo sacaba un pote de cerámica, se embadurnaba los dedos con el contenido y lo depositaba en las bisagras de la puerta. Matas se limpió en la capa, extrajo la llave de la celda y así, sin más, la abrió. Ni un quejido de los goznes rasgó el silencio nocturno, y las mazmorras siguieron sumidas en el mutismo de siempre. Caminaron hacia la salida, y Aitor no habría podido asegurar si sus pisadas crujían en el piso de ladrillos porque la sangre, que le rugía en los oídos, lo ensordecía. Confiaba en sus dotes de cazador y en que sabía cómo moverse para evitar ser escuchado. En la puerta de acceso a las mazmorras, se encontraron con Sancho Perdías, de guardia. Subió las escaleras detrás de ellos y se ocultaron tras unos toneles que contenían agua.

Al emerger al fresco de la noche, Aitor inspiró el aire con la misma avidez que hubiese empleado de haber permanecido varios minutos bajo el agua. Aunque olía ligeramente a estiércol de caballo, lo inhaló como si se tratase del perfume que su Jasy escondía tras las orejas.

—Hasta aquí todo ha sido fácil gracias a la ayuda del capitán Titus —aseguró Matas en un susurro, y, si bien a Aitor lo desconcertó oír ese nombre en esas circunstancias, se limitó a asentir.

—A partir de ahora —prosiguió Perdías—, dependerá de nosotros y de la suerte. Te esconderás en una carreta, bajo el forraje, y te sacaremos por el portón principal.

—Podríamos huir por los techos —sugirió Aitor.

—No. Los guardias apostados en la torre del fuerte nos verían fácilmente. Hay demasiada luz de luna. Ya lo hemos estudiado todo, Almanegra. Salir por la entrada del cuartel es la única salida.

—¿Cómo harán para pasar por ahí? ¿No me dijeron que nos los dejan salir de noche?

—Tenemos una orden escrita por el capitán Titus. Al guardia no le quedará otra que dejarnos pasar.

Cobijándose en las sombras de las galerías que circundaban el patio central, se escabulleron hasta el sitio donde dormían los caballos y los bueyes y descansaba una de las carretas del regimiento cuyo carro estaba repleto de forraje. Allí se toparon con Frías y Contreras.

—¿Qué hacen aquí? —se desconcertó Aitor.

—Desertaremos —contestó Frías—. Ya no aguantamos esta vida de miseria y sacrificio.

—Toma —cortó Perdías el conato de diálogo, y le extendió a Aitor un pedazo de lienzo—. Colócatelo sobre la cara para que la paja no te dé escozor ni te haga estornudar. Dependemos de tu absoluto silencio.

Lo ayudaron a ubicarse de costado en el pequeño espacio que quedaba entre dos cajas de madera llenas de ladrillos, de las que empleaban para el transporte de mosquetes, bayonetas y municiones. Antes de que lo cubrieran con el forraje, Aitor se protegió el rostro con la pieza de paño. El cabo Perdías y el soldado Frías iban en el pescante de la carreta; Perdías sujetaba las riendas atadas a la yunta de los bueyes. El cabo Matas y el cabo Contreras montaban dos ruanos que caminaban a marcha tranquila por detrás.

Aitor estaba incómodo y le costaba respirar a través del paño grueso de algodón, pero, al igual que durante las noches de caza, se obligó a bajar el nivel de las pulsaciones y de las inspiraciones para reducir los sonidos al mínimo. La carreta se detuvo a la voz de alto.

—¿Adónde van? —La entonación del guardia no escondía la sorpresa ni la difidencia.

—Por orden del capitán de Alarcón —explicó Matas—, tenemos que llevar estas municiones y armas y este forraje al fuerte de la villa del Luján. Lo esperan con urgencia.

—A nosotros nadie nos informó de esto —intervino el otro guardia—. ¿Por qué parten a estas horas de la madrugada?

—Porque tenemos que llegar por la mañana. Es urgente —insistió Matas—. Aprovechamos la noche de luna casi llena.

—Oye, Agosta —lo apuró Contreras—, aquí tienes la orden escrita por el capitán Titus. Toma, léela. —El muchacho lo miró con expresión abrumada y no se movió para recibirla—. ¿Qué sucede? ¿Ahora resulta ser que no lees el buen castizo? ¿Acaso no perdí un real el otro día porque me demostraste que podías hacerlo?

El muchacho recibió el papel con un ceño. En verdad, había simulado leer un bando que sabía de memoria por haber escoltado al guardia que lo había pregonado en cada esquina. Desplegó el folio de papel Manila y paseó la mirada sobre las líneas llenas de letras que para él nada significaban. Al final, al pie de la hoja, había una firma muy pomposa, con ringorrangos que le inspiraron respeto, y un sello de lacre. Se la extendió a su compañero, que la estudió a la luz de las antorchas y se la entregó de nuevo con una negación de cabeza.

—Es muy difícil para mí —admitió, y trepó al balancín de la carreta y hundió repetidas veces la punta afilada de su lanza entre el forraje, sin dar con otra cosa que los tablones de madera de la carreta.

Agosta sacudió la orden escrita delante de Contreras.

—Voy a conservar esto. Ahora abran las cajas.

—¡Qué! —se fastidió Perdías—. ¡De ninguna manera! El propio capitán Titus contó los mosquetes y los fusiles antes de que las sellásemos con clavos. Abrirlas y volverlas a cerrar nos llevaría mucho tiempo. ¿No basta la orden escrita y firmada de puño y letra del capitán Titus?

—Oye, Perdías —lo llamó el guardia que había revisado entre la paja—. ¿Esta noche no te tocaba la guardia de las mazmorras?

Se vivió un momento de tensión entre los blandengues.

—El capitán Titus lo relevó y puso a Tiberio —intervino Matas—. Perdías es el mejor boyero del regimiento —declaró, con tono alegre.

Al final, Agosta agitó la cabeza en dirección del portón y le ordenó a su compañero:

—Abre. Franquéales el paso.

* * *

Titus de Alarcón simulaba prestar atención a la perorata de Micaela de Riba; en tanto, se preguntaba si sus hombres habrían salido airosos de la huida. Arriesgaba mucho, lo sabía. Si descubrían su participación en la fuga del reo y en la deserción de sus hombres, lo pagaría con la vida; acabaría colgado en el patíbulo de la Plaza Mayor. "Serénate", se conminó, pues, pese al poco tiempo con el que habían contado, habían ideado un plan sin fisuras. La culpa caería lejos de él, y la ayuda prestada a sus hombres sería imposible de probar. En verdad, que las sospechas cayesen lejos de él se debía a que habían recibido un golpe de fortuna cuando Troncoso y Lira había sido enviado en su lugar al fuerte de la villa del Luján, y él, nombrado a cargo de las mazmorras en tanto se disponía su partida hacia las misiones de la Compañía de Jesús. Titus lo había vivido como un signo, como una señal que, después de las conversaciones con Matas y con Manú, le había servido para decidirse. Pues, ¿quién se atrevería a levantar el dedo para culparlo de que el hombre que había designado como guardia de noche para las mazmorras lo hubiese traicionado para ayudar a escapar al reo Almanegra y, en el mismo acto, convertirse en un desertor? ¿Quién podría acusarlo de que le hubiesen falsificado la firma y redactado una orden apócrifa?

Y si por alguna razón las sospechas recaían sobre él, no se arrepentiría. Ayudar a Manú lo justificaba, como también a sus hombres, que habían sido tratados como bestias durante meses, sin paga, sin uniformes, sin comida, sin nada. Y también lo justificaba fregar a esa caterva de funcionarios corruptos y obsecuentes del poder en Madrid a quienes esa tierra perdida de la mano de Dios les importaba un comino.

—¿Estás oyéndome, Titus? Pareces a leguas de aquí.

—Discúlpame, Micaela. ¿Decías?

—Nada interesante, a juzgar por cómo luces de aburrido. —Rio, y a Titus le agradó el sonido rico y cálido—. Mejor, cuéntame tú acerca de este viaje al otro lado del río Uruguay. —Bajó el tono de voz para afirmar—: ¡Qué gran desatino este asunto del Tratado de Permuta! ¿No lo crees así?

Titus asintió, y aunque en un principio comenzó sin ganas a contarle acerca de la situación de los guaraníes, las preguntas inteligentes, los comentarios sensatos y la atención concentrada que le prestaba su anfitriona lo impulsaron a continuar, y de pronto se vio a sí mismo apasionado por un tema que, días atrás, le resultaba ajeno, cuando la banda de Domingo Oliveira constituía su único y obsesivo interés.

* * *

La carreta se detuvo en el momento en que Aitor pensó que no podría continuar soportando la posición y el trapo en la cara. El sudor le hacía cosquillas, y tenía los músculos agarrotados. Aguardó a duras penas que sus amigos le quitasen la paja de encima y le diesen la venia para incorporarse.

—Ya puedes salir, Almanegra —indicó el cabo Matas, mientras lo desembarazaba del forraje.

Aitor se arrancó el trapo del rostro con impaciencia. Sujetó la mano que Lindor Matas le extendía y se puso de pie. Se secó el sudor y se sacudió los calzones y la camisa, y echó un vistazo en torno. La luna iluminaba un largo camino en medio de la campaña.

—¿Dónde estamos?

—Nos dirigimos hacia el noroeste. Iremos al rancho de la hermana de mi madre. Ella vive en la estancia de don Francisco Casco de Mendoza. —Aitor se lo quedó mirando con el gesto de quien exige más explicaciones—. Hay que huir de Buenos Aires, Almanegra. No pasará mucho antes de que se den cuenta de que tú has fugado y nosotros, desertado.

—Tengo que regresar por mi prometida, Matas.

—Sí, pero no ahora —intervino Contreras, y su habitual gesto inmutable se contrajo cuando Aitor giró sobre sus talones y lo perforó con un vistazo furibundo de sus ojos dorados.

—Escúchame, Almanegra —insistió Matas—, en lo de mi tía nos esperan los Marrak, mis padres y mi hermana Aurelia.

—¿Aurelia? ¿No está en casa de los Urízar y Vega?

—No. Ayer, sin explicaciones, su patrona la arrojó a la calle. La tal Ederra. ¡Buena cristiana! —expresó con sorna—. Vieja malvada. Si mi hermana no se lo hubiese exigido, la habría lanzado a la calle sin un rial.

Aitor lo contemplaba con un ceño tan marcado que se había tragado el rombo tatuado entre las cejas. Lo asaltó un mal presentimiento, que se convirtió en un peso en su estómago vacío.

—¿Cuánto falta para llegar a casa de tu tía?

—Estamos a unas dos horas a caballo. Con la carreta, serán cuatro.

—¡Contreras, necesito tu caballo! Matas, ven conmigo. Llévame a casa de tu tía. Necesito hablar con tu hermana.

Aitor y Matas pronto se convirtieron en dos puntos en el paisaje de planicie invariable que se extendía hacia el infinito. Amaneció un par de horas más tarde, y a poco avistaron un caserío que Matas, sin romper el mutismo que los había acompañado hasta ese momento, señaló a la distancia. Los recibió el alboroto de los perros, que atrajo a los ocupantes de la vivienda. Don Ismael asomó la cabeza y sonrió al ver a su hijo y a Almanegra.

—¡Bienvenidos! —exclamó, exultante. En las líneas marcadas de su piel reseca y en los círculos que le rodeaban los ojos se apreciaban las horas de angustia y en vela.

—¡Almanegra! —prorrumpió Conan, que salió seguido por Melor y Ruan.

—¿Dónde está Aurelia?

—Aquí estoy, Almanegra.

Aitor se precipitó sobre ella.

—¿Cómo está Emanuela?

—Hasta ayer, bien.

—¿Por qué te echó doña Ederra?

—No lo sé. Yo estaba en la cocina con Pastrana, pelando arvejas, y la mujer irrumpió y me dijo que me fuese o que me arrastraría fuera. Me amenazó con hacerme arrestar con la policía del Cabildo.

—Antes de irte, ¿no viste a Emanuela?

—No, fue imposible. Doña Ederra me siguió a sol y a sombra y se aseguró de que me fuese. Pero…

—¿Qué? —se impacientó Aitor.

—Desde hacía un par de días se respiraba un ambiente raro en lo de Urízar y Vega. Don Alonso se mandó mudar a San Isidro en medio de la noche. Doña Ederra andaba como loca, y don Mikel y doña Almudena lucían como dos hojas de lechuga pasadas, sin ánimo para nada.

—¿Estás segura de que Emanuela estaba bien? —Aurelia asintió—. ¿Cuándo fue la última vez que la viste?

—A la hora del almuerzo.

"¡Tengo que regresar!", se dijo Aitor. "Algo malo está sucediendo, lo sé."

—A la que tampoco vi durante todo el día fue a Romelia.

Aitor levantó la vista y la clavó en Aurelia, que involuntariamente dio un paso atrás, atemorizada por la fiereza de su mirada.

—¿De qué estás hablando?

—Era como si hubiese desaparecido. Pastrana y yo la buscamos por todas partes. No estaba. A la hora del almuerzo, tuvimos que hacernos cargo de la comida, algo que es tarea de Romelia. Hasta que me fui, nadie, ni siquiera Justicia, sabía dónde estaba.

"¡Mierda!", masculló para sus adentros. El presentimiento se convertía en certeza. Romelia desaparecida, Aurelia expulsada sin explicaciones. ¿Qué estaba sucediendo? Y su Jasy sola, lidiando con doña Ederra y sus enemigos.

A punto de saltar de nuevo sobre la montura, se detuvo cuando don Ismael lo sujetó por el brazo.

—Escucha, muchacho, sé que te apremia regresar por tu mujer, pero antes debes comer algo. Desde hace más de dos días no te llevas algo digno al buche. Lo sé porque mi hijo me lo ha contado. Además, el ruano está cansado. —Aitor se volvió para estudiar al animal, sudado e inquieto—. Entra un momento y recupera las fuerzas. Las necesitarás para regresar.

—Yo iré contigo —se ofreció Conan—. Será más fácil para mí recorrer las calles. Nadie está buscándome.

Aitor asintió y le permitió a don Ismael que lo guiase dentro del rancho de su cuñada.

CAPÍTULO
XVI

E manuela no se atrevía a abandonar el camarote. Había pasado la noche en vigilia. Con el amanecer llegaron las voces de los marineros en cubierta y los sonidos de las cargas al aterrizar en la bodega. No supo a qué hora llamaron a la puerta. Abrió, ansiosa por encontrarse con Lope. Se trataba de un grumete, un zagal de unos doce años, que le entregó una bandeja de latón con el desayuno.

—¿Qué hora es?

—Deben de ser las cinco y media, señorita.

—Gracias.

Comió el pan de maíz y bebió el tazón de leche sin degustarlos, y compartió la mitad con Saite y Orlando. Al rato, la azotó una náusea y acabó vomitando lo poco que había ingerido en el orinal. Se recostó en la litera y, exhausta e indispuesta, se durmió. Se despertó de golpe a causa de un mal sueño, y le llevó unos segundos ubicar dónde estaba. Se puso de pie con dificultad y se inclinó sobre la jofaina para enjuagarse la cara.

Atormentada por la falta de noticias de Lope, aburrida y ansiosa, se sentó en la única silla a esperar. Sacó el rosario que le había hecho su tío Palmiro años atrás y se puso a rezar. Interrumpió el segundo padrenuestro cuando volvieron a llamar a la puerta. Era Lope, que la abrazó bajo el dintel. Emanuela notó que su chaqueta estaba fría, lo mismo que sus mejillas, que se habían coloreado.

—¡Lope! ¡Dime, por favor! ¿Qué has averiguado?

—Ven, siéntate. Estás muy pálida. —La condujo a la litera—. ¿Te han traído el desayuno?

—Sí, sí, gracias, pero dime: ¿qué has sabido de Aitor?

Lope la tomó de las manos y le dirigió una sonrisa que le confirió brillo y picardía a sus ojos azules.

—Escapó esta madrugada.

Emanuela dejó caer la cabeza y sollozó, aliviada, triste, desesperada, angustiada, contenta, los sentimientos la confundían, y tenía la impresión de hallarse en medio de una tormenta inclemente, azotada por vientos, golpeada por ramas, empapada por la lluvia, lastimada por el granizo, ignorante del rumbo que debía tomar. Lope la envolvió con sus brazos, y el sollozo se convirtió en un llanto desgarrador. Orlando se introdujo entre ellos y gañó. Saite aleteó en su alcándara. Lloró y lloró cobijada en el abrazo de su amigo de la infancia, de la única persona constante en su vida, que siempre le había extendido la mano cuando más lo necesitaba. Se apartó de él y aceptó el pañuelo que le ofrecía. Se tomó un momento para secarse y componerse antes de mirarlo.

—Discúlpame. Estos últimos días han sido una pesadilla. Me he pasado la noche en vela, pensando en él, en su fuga, en que podrían haberlo... —Se ahogó en un nuevo sollozo, que atajó cubriéndose la boca con el pañuelo.

—Shhh —la serenó Lope—. Ya está, ya todo pasó. Escapó y sin un rasguño, por lo que se comenta.

—Cuéntame... Cuéntame lo que sabes, por favor.

—Llegué al cuartel y, aun desde afuera, se apreciaba la agitación que reinaba dentro. Titus estaba ocupado, seguramente con esto de la huida, así que detuve a un soldado y le ofrecí unos reales para que me explicase qué sucedía. Me dijo que durante la noche, tres cabos y un soldado habían desertado y que habían ayudado a escapar a un reo. No hay duda, se trata de Aitor.

—Sí, se trata de él —murmuró Emanuela, y los ojos se le arrasaron de nuevo.

—Ahora podemos marcharnos tranquilos, sabiendo que él está libre. —Se puso de pie y recogió el tricornio olvidado sobre la litera. Se volvió hacia Emanuela con un ceño de preocupación—. Enloquecerá cuando se dé cuenta de que te has ido.

—Le dejé una carta. Tal vez ya la haya leído.

—¿Le dices que te refugiarás en *Orembae*? —Emanuela asintió, y Lope rio sin humor—. Se presentará allá y me degollará como juró días atrás que haría. Y yo le creo, Manú.

—No lo hará. Eres su hermano, el único que le ha tendido la mano a la madre de su hijo para salvarla de un infierno. —Emanuela estiró el brazo y Lope le sujetó la mano—. Gracias, Lope. No me bastará la vida para agradecerte lo que has hecho por nosotros —dijo, y apoyó la mano sobre su vientre.

El joven sonrió y besó la mano de Emanuela antes de soltarla.

—Ahora, si me disculpas, Manú, tengo que subir a cubierta. Zarparemos en unos minutos.

Un rato más tarde, Emanuela percibió el movimiento sutil del barco, que se deslizaba por el Riachuelo hacia la boca que lo conduciría al Río de la Plata. Se puso de rodillas sobre la litera y espió a través de la claraboya. La orilla y el puerto se alejaban lentamente, se desvanecían tras el velo de lágrimas, lo mismo que se desvanecía su sueño de dicha junto al hombre que había amado desde niña, que amaría la vida entera. Mejor habría sido no amarlo, no creer que él era de ella. Mejor habría sido no soñar.

Bajó el rostro y se acarició el vientre. ¿Cómo podía lamentar amarlo si el fruto de ese amor inconmensurable crecía en sus entrañas y la colmaba de plenitud y de felicidad? Hacía pocos días que su hijo vivía dentro de ella y ya lo adoraba como a nada en el mundo. El amor por ese pequeño, al que aún no conocía, era un sentimiento que la sobrecogía y le infundía respeto. Amar era una acción en la que ella caía naturalmente, con confianza y entrega. Amaba a tantas personas, y sonreía con melancolía cada vez que las recordaba; no obstante, lo que esa criatura le inspiraba era una emoción que la desbordaba y que la aturdía por su inmensidad y su poder. ¿Qué no sería capaz de hacer ella por su niño? ¡Cuánto lo amaría! ¡Cuánto lo amaba! La embargó un sentimiento de protección casi feroz. Apoyó las manos sobre su vientre y separó los dedos para abarcarlo. Bajó los párpados y conjuró su don, ese por el que la llamaban niña santa, el mismo por el cual la perseguía el Santo Oficio, y se lo ofreció a su hijo, al hijo de Aitor.

* * *

Partieron dos horas más tarde, y, aunque no lo habría admitido en voz alta, Aitor se dijo que el corto descanso y la primera comida decente engullida después del cautiverio lo habían restaurado para hacer el viaje de regreso. Entraron en Buenos Aires hacia la media tarde. Por fortuna, la jornada fresca justificaba que el sombrero y el fular, el que Emanuela le había confeccionado y bordado, le ocultasen casi la totalidad del rostro.

—Cúbrete lo mejor que puedas, Almanegra —le había aconsejado don Ismael—. Encasquétate bien el sombrero y cubre esos tatuajes, que tanto llaman la atención. Tienes a toda la milicia tras de ti.

Una vez en la ciudad, se dirigió a lo de Urízar y Vega. Bajó por la calle de Santa Lucía hasta el río. Le provocó un escozor de miedo encontrar la puerta de quebracho entornada. Se aventuraron por los fondos hasta la contraventana de la habitación de Emanuela. Las cortinas estaban abiertas, por lo que espiaron a través del vidrio. El colchón estaba doblado y echado hacia los pies de la cama, sin sábanas, completamente desnudo. La mesa de noche había sido despejada de las pertenencias de Emanuela que la habían ocupado por completo, lo mismo el mueble con el espejo. La pequeña mesa donde la había amado incontables veces y la silla habían desaparecido.

—¿Qué mierda ocurre aquí? —se extrañó.

Extrajo la llave de su morral y entró. Conan siguió sus pasos con desconfianza. Abrió el mueble, y el peso en el estómago se precipitó cuando lo halló vacío. Levantó la tapa del arcón donde Emanuela guardaba sus vestidos y obtuvo la misma visión: vacío.

—Se ha ido —susurró, incrédulo, y sus palabras surgieron como la exhalación de un trémolo—. Me ha abandonado. De nuevo.

—Vamos —lo apremió Conan—. Es peligroso estar aquí.

Le permitió a su amigo que lo arrastrase fuera, consciente de que no reuniría el coraje para hacerlo. La incredulidad, el dolor y la tristeza lo habían sumido en un estado de aturdimiento del cual no sabía cómo escapar. Conan lo obligó a correr hacia el paredón, hacia la puerta de quebracho. Aitor se detuvo antes de trasponerla.

—Debo hallar a Justicia. Debo saber qué está sucediendo aquí.

—No te permitiré actuar sin pensar, Aitor. Debes detenerte y meditar tu próxima acción. No puedes echar por la borda el sacrificio que Matas, Frías, Perdías y Contreras hicieron para liberarte. No lo permitiré. —La firmeza de su amigo lo tomó por sorpresa y se limitó a asentir—. Haremos guardia en el portón de mulas, por la calle de San Nicolás. Pero no te meterás dentro de la casa.

Una hora más tarde, vieron salir a Pastrana y la siguieron.

* * *

La misma mujer que le había abierto la puerta en medio de la noche le informó que el doctor Murguía se hallaba en el convento de los dominicos. La esclava se levantó el ruedo de la falda y corrió hacia allá, temerosa de lo que pudiese sucederle. Le daba miedo la ira del médico, que le reclamaría la demora en advertirle acerca de algo tan delicado como la huida de Manú. Es que el ama Ederra la había tenido de aquí para allá desde las primeras horas del día, y sin Romelia ni Aurelia, ni siquiera el inútil de Justicia, ella era la única a mano para complacer sus caprichos y locuras. Y sí que estaba loca desde que se había percatado de la fuga de Emanuela. La había obligado a vaciar el cuarto de la "perdida", como la llamaba con dientes apretados, quemar la ropa que no se había llevado y baldear el piso con vinagre como si allí hubiese vivido un tísico. Elcio se había encargado de sacar la mesa, la silla y de doblar el pesado colchón relleno de lana.

Durante la mañana y las primeras horas de la tarde había lidiado con la furia del ama Ederra, el llanto del ama Almudena y el mal humor de don Mikel. ¿Qué le depararía su reunión con el doctor Murguía? Lo vio salir por la puerta principal del convento, y se llenó de aprensión al darse cuenta de la mueca de suficiencia, casi de alegría, que le iluminaba el rostro y que, pronto, ella le borraría.

—¿Dotor Murguía?

El médico se volvió y la observó con desprecio.

—¿Qué haces aquí? ¿Qué quieres?

—Vengo a darle una noticia. No muy buena —farfulló.

El hombre acortó la distancia y se detuvo a pulgadas de la esclava.

—Habla. ¿Qué ha sucedido?

—Anoche, Manú… Que se ha fugao, dotor.

El médico juntó las cejas. Por un momento le costó comprender la jerga de la muchacha.

—Que se ha ido. Manú. Se ha ido.

—¿Adónde? —preguntó, y enseguida la pregunta le sonó estúpida.

—Nadie sabe, dotor. Se ha fugao, como una ladrona, en medio de la noche.

—¿No dejó una carta? ¿No hay pistas?

—¿Pistas? ¿Qué es eso, dotor?

Murguía apretó los puños y clavó un vistazo furibundo en la muchacha antes de dar media vuelta y alejarse a largas trancadas. En lo de Urízar y Vega no fueron más precisos ni clarificadores de lo que lo había sido la estólida de Pastrana. Los viejos se hallaban sumidos en un estado de melancolía y llanto similar al de la época de la muerte de Crista. Doña Ederra bullía de rabia.

—¡Escapó como la perdida que es, doctor! No sabemos cómo lo hizo. Es evidente que contaba con una copia de la llave de la contraventana de su recámara, porque la cerradura no fue forzada.

—¿Con quién escapó? Alguien debió de ayudarla.

—No lo sabemos. Elcio fue a casa de Lope, gran amigo de Manú, que afirma no saber nada de ella. Yo misma fui a lo de Riba, pues Micaela, la mayor, es amiga de Manú, y nada. Su sorpresa me pareció muy sincera. Mi sobrino Titus, que está con un grave problema en el cuartel de los blandengues, me mandó una esquela en la que me dice que no sabe de qué le estoy hablando. —La mujer suspiró y se desmoronó en el sofá, junto a una llorosa doña Almudena—. Si la ayudó alguien de afuera, no lo conocemos. Manú tenía muchos secretos. Ahora lo veo con claridad.

—Tal vez haya ido a refugiarse a San Isidro, donde está su esposo.

La sugerencia, expresada sin animosidad ni dobleces, fastidió a Ederra, que se puso de pie y se acomodó los pliegues de la falda con movimientos secos y rápidos.

—Doctor, estoy segura de que Manú no ha ido a San Isidro. Ya envié aviso a don Alonso. Lo tendremos mañana por aquí, de seguro. Y no me cabe duda de que volverá solo.

—Entonces, escapó con su amante, con el padre de su hijo.

—Probablemente.

—¡Maldita! —La máscara de compostura con que Murguía se había presentado en lo de Urízar y Vega se resquebrajó, y la ira y los celos brotaron como un vómito por las grietas—. ¡Mujerzuela! ¡Perdida! ¡Me juró que su amante se había ido y que no volvería!

—¡Basta! —El vozarrón de don Mikel, que había languidecido en los últimos días, cobró la potencia de los años jóvenes, la que le había dado la fama de vasco intratable. Se puso de pie con una facilidad sorprendente—. ¡Cómo os atrevéis, vos, matasanos del demonio, llamar mujerzuela a mi niña! ¡A mi Manú, que es un ángel! ¡La hemos perdido y esto es obra vuestra! —Con el bastón, señaló primero a su hija, luego al médico—. ¡Vosotros, que la habéis orillado a huir! ¡Vosotros, que la habéis acorralado y amenazado! ¡Fuera de mi casa, hijo del demonio! ¡Fuera! ¡Fuera!

Murguía huyó de lo de Urízar y Vega envuelto en una nube de humillación, ira y celos. Apenas entró en el vestíbulo de su casa, arrancó un espejo de la pared y lo arrojó al piso. El estruendo atrajo al ama de llaves y a sus sobrinos.

—¡Qué habéis hecho, doctor Murguía! —se escandalizó la mujer—. ¡Nos caerán siete años de mala suerte!

—¡Fuera! —vociferó—. ¡Dejadme solo! ¡Dejadme en paz!

Un momento después, la casa se sumió en un silencio sepulcral. El médico arrastró los pies hasta el mueble donde guardaba el vino y tragó dos vasos, sin pausa, sin respiro. Escanció un tercero y se lo llevó a su recámara, donde se echó en la cama, la que había planeado compartir con Manú al día siguiente, y lloró.

—Te encontraré donde sea que te hayas escondido, maldita mujerzuela. Sabrás de mí. Tú y tu amante, los dos sabrán de mí. Tarde o temprano, los encontraré. No me humillarás como lo has hecho y saldrás bien librada de esto. Mi venganza será implacable. Habrás deseado no haber nacido.

Abandonó la cama, resuelto a llevar a cabo su plan de venganza sin demora. Llenó un pequeño arcón con prendas. Partiría esa misma noche. Nadie le quitaría de la cabeza que Emanuela se refugiaba en la propiedad que los Urízar y Vega poseían en San Isidro, bajo el ala protectora de Alonso de Alarcón, que siempre se había mostrado contrario a su matrimonio con la joven.

* * *

Aitor tapó la boca de Pastrana antes de que la esclava profiriese un alarido de terror. La arrastró hasta unos arbustos que crecían al final de la calle de San Nicolás, a pocas varas del río. Conan lo seguía con una mueca de aprensión, sin atreverse a cuestionar sus métodos.

—Si llegas a gritar, te pasaré por el filo de mi cuchillo como si estuviese quitándole la piel a una liebre. ¿He sido claro? —Era mentira; aún no había recuperado su cuchillo, el que le había regalado su tío Palmiro tantos años atrás y que él había escondido entre unas rocas en la cueva a orillas del río.

La muchacha agitó la cabeza con frenesí y ojos desquiciados.

—Dime dónde está Emanuela. —Aitor le destapó la boca y la mantuvo sujeta por la muñeca.

—Anoche… Huyó. Se escapó.

—¿Con quién? ¿Adónde?

—Nadie sabe.

—¿Por qué huyó?

—El ama Ederra… Ella descubrió que Manú estaba gruesa… preñáa, y la iba a casar con el carcamán de Murguía. La boda habría sido mañana.

—¡Maldita sea!

—Por eso se marchó. O se casaba con Murguía o se iba pa'l convento. Muro o marido.

—¿Dónde está Justicia?

—Esta mañana, después de que el ama Ederra se dio cuenta de que Manú se había escapado, agarró a Justicia de la oreja y lo vendió.

—¿Lo vendió? —intervino Conan por primera vez.

—Sí. No sé a quién. El ama Ederra no me dice esas cosas.

—¿Y Romelia?

—Oí al ama Almudena decir que el ama Ederra se había vuelto loca y la había vendido también.

—¡Mierda! —masculló Aitor al caer en la cuenta de que su Jasy se había quedado sola, sin amigos, y rodeada de enemigos que deseaban devorársela—. Óyeme bien. —Aitor ajustó la mano en torno a la muñeca de la esclava, tanto que la hizo gimotear—. Si llegas a comentarle a alguien de esta conversación que tuvimos, aunque sea a tu sombra, volveré y te separaré la cabeza del cuerpo. —Le pasó el índice por el cuello en el acto de degollarla.

—No… No diré náa. Lo prometo.

Pastrana corrió hacia la casa, y Aitor la siguió con la vista, los labios apretados y el ceño profundo.

—Aitor, vamos.

—Conan, ¿qué voy a hacer?

—Pensemos. No dejemos que nos gane la desesperación. Pensemos dónde pudo haber ido Manú.

—Lope —pronunció, con voz ominosa, y se puso en marcha.

Encontró solitaria y silenciosa la casa de su hermano. Abrió la puerta un esclavo, que se echó hacia atrás con un alarido cuando Aitor lo empujó dentro. A fuerza de amenazas, le arrancó que el amo Lope había partido esa mañana para *Orembae*, en barco.

—¿Iba solo?

—Sí —balbuceó el hombre—. Iba solo.

Abandonaron la casa de los Amaral y Medeiros, y Conan le recordó a su compañero que se cubriese el rostro.

—¿Olvidas que eres el hombre más buscado por la milicia? Eres más temerario que inteligente, Aitor.

—No fastidies, Conan. No sé dónde se encuentran mi mujer y mi hijo, ¿y me pides que me cubra el rostro?

—Nada podrás hacer por ellos si los blandengues te caen encima de nuevo. Creo que lo mejor será regresar al rancho de la hermana de doña Delia. Allí podremos planear con tranquilidad qué haremos.

—Antes tengo que hacer unas cosas.

* * *

Después de recobrar el cuchillo en la cueva del recodo de Pintos, fueron a la casa de Barroso. Les abrió Ciro, el esclavo. Aitor se descubrió la cara para revelarle su identidad. El hombre levantó las cejas y separó los labios, que cerró rápidamente cuando Aitor se llevó el índice a los labios. Se hizo a un lado y les permitió entrar.

Conan permaneció en el vestíbulo. Aitor cruzó el patio, entró en la sala y caminó sin vacilar hacia el despacho de don Edilson. El esclavo correteaba por detrás.

—¿Puedo ayudarlo con algo, señor Almanegra?

—He venido a buscar lo que don Edilson me regaló antes de morir en mis brazos.

—¡Oh!

Entraron en el recinto, oscuro y sin ventilar, en el cual aún se suspendían los aromas que Aitor asociaría para siempre con Barroso: el del tabaco que aspiraba y el que fumaba, el de su colonia de lavanda, el del brandy que tanto le gustaba. Se dirigió al mueble donde se guardaban las bebidas.

—Ayúdame a vaciar esto, Ciro.

—Sí, señor.

Lo desocuparon rápidamente, y Aitor halló el compartimiento oculto en la parte posterior sin dificultad. Extrajo una llave pesada y larga y la colocó con decisión en el ojo de la cerradura. Dio dos vueltas; estaba bien aceitada. Como había visto hacer a don Edilson tantas veces, giró la manija de bronce hacia la izquierda y tiró para abrir la puerta de hierro macizo. *"Llévate todo lo que hay en la caja fuerte"*, le había dicho. *"Todo lo que hay allí es tuyo. Pero sobre todo presta atención al mapa, una vitela enrollada."* Fue lo primero que tomó y guardó en su morral, el mapa de vitela. A continuación extrajo un talego con monedas, unos papeles que analizaría más tarde, un par de pistolas de pedernal y un anillo, de plata seguramente; era una calavera, y engarzadas en las cuencas vacías de los ojos había dos piedras azules. Se lo probó en el anular de la mano derecha; le iba grande. Lo intentó con el mayor, donde calzó a la perfección. Por último, avistó un objeto blanco y lo sacó con mirada desconfiada.

—Es una máscara veneciana —informó Ciro.

—¿Qué significa veneciana?

—No lo sé. El amo Edilson solo me dijo eso, que era una máscara veneciana.

Advirtió que estaba hecha de cuero rígido y que el exterior, pintado de blanco, era brillante y liso. Estudió con curiosidad las líneas rectas de su diseño. Era muy extraña y se imaginó que causaría una gran impresión verla puesta. La acercó a su cara y se giró para provocar la reacción de Ciro, que exclamó y se echó hacia atrás. Sin duda, otorgaba un aspecto temible a quien la llevaba puesta. La guardó en el morral junto con las demás cosas. Cerró la caja fuerte con llave y la ocultó en el compartimiento de donde la había sacado. Ciro lo ayudó a devolver las botellas al mueble.

Aitor se calzó el morral al hombro y abandonó el despacho. Se detuvo cuando el esclavo murmuró:

—Vendrán pronto. Me lo dijo el amo Lope.

—¿Quiénes?

—Los funcionarios del gobernador. Vendrán para llevarse todo.

—¿Por qué?

—Porque el amo Edilson… Pues, dicen que él contrabandeaba. Le quitarán todo.

—¡Malditos peninsulares!

—Y me llevarán a mí también, porque soy de su propiedad, al igual que lo son estos muebles.

Aitor se lo quedó mirando, enmudecido por eso de "al igual que lo son estos muebles". Nunca se cuestionaba o se preguntaba por la naturaleza de los esclavos. Recordó la noche en que había fornicado con María de los Dolores. Por aquella época, no hablaba castellano, por lo que no se habían comunicado, pero nunca olvidaría las marcas como de ganado que relucían en sus piernas.

—Me voy, Ciro.

—¡Lléveme, señor Almanegra!

—¿Qué dices?

—¡No quiero seguir con esta vida! ¿A quién me venderán? El amo Edilson era bueno y generoso, pero he tenido otros que eran peor que el demonio. ¡Ya no quiero padecer! Lléveme. Le juro por mi madre que seré el más fiel de los servidores. Sé cocinar, lavar, coser… Le seré muy útil, lo prometo. Lléveme, se lo suplico.

—No necesito un esclavo.

—Un esclavo no. Un servidor.

—¿Cómo sabes que no soy peor que el demonio?

El esclavo pestañeó un par de veces e hizo algo que, desde pequeño, le habían enseñado que no debía hacer: miró a un hombre libre a los ojos. Sin duda, eran ojos fuera de lo común; él nunca los había visto de ese color, ni qué decir de la fiereza con que parecían quemar cuando miraban.

Almanegra le infundía respeto, no temor. Así como sospechaba que ese indio tatuado podía alcanzar niveles inusitados de crueldad, presentía que no se regodeaba haciendo daño; simplemente se regía por la ley que conocía para subsistir, la del más fuerte. Por otra parte, el amo Edilson había confiado en Almanegra como en pocas personas a lo largo de los años que lo había conocido, y él sabía que su anterior amo rara vez se equivocaba en cuanto a la índole de las personas.

—Vuesa merced no es un santo —expresó—, pero tampoco un demonio. Vuesa merced es duro, pero justo.

—No tengo con qué pagarte. Estas monedas que don Edilson me dejó son para comprar caballos y otras cosas.

—No quiero que me pague. Nunca nadie lo ha hecho. Solo pido techo, comida y… y protección.

—Te convertirás en un fugado. La milicia te perseguirá toda la vida. Lo entiendes, ¿verdad?

—Sí, lo entiendo. Pero prefiero morir huyendo que seguir siendo esclavo.

Aitor lo contempló con fijeza. El esclavo, abrumado ante la intensidad de esa mirada de oro, bajó el rostro. Ciro apenas alcanzaba las cinco pulgadas y media y presentaba una constitución menuda, de brazos delgados y largos y piernas estevadas. ¿Para qué le serviría? En el largo viaje que emprendería, meditó, contar con alguien que supiese cocinar y ocuparse de otras tareas tediosas, como encender el fuego y preparar mate, no constituía un detalle menor.

—Está bien, vamos.

—¡Gracias, señor! En un santiamén, junto mis cositas y nos vamos.

—Date prisa. Y, desde ahora, solo llámame Almanegra.

* * *

Había trepado a un nogal ubicado cerca del portón de mulas, sobre la calle de San Nicolás, y se disponía a esperar a su presa con la paciencia que había desarrollado tras años como cazador en la selva. En el silencio de las horas previas al amanecer, recordaba lo que Aurelia le había contado el día anterior, mientras comía para recuperar el ánimo antes de volver a Buenos Aires. Pocas veces había experimentado una ira y una sed de venganza tan profundas como las que le causaron las palabras de la muchacha.

—Don Alonso trató de vejar a Manú.

—¿De qué estás hablando, Aurelia? —La pregunta la había barbotado Matas, porque Aitor se había quedado desprovisto de reacción y la miraba con expresión atónita.

—La noche en que los blandengues cayeron sobre don Edilson y su gente, esa noche, o mejor dicho, por la madrugada, don Alonso se metió en la recámara de Manú y trató de forzarla.

Aitor se puso de pie e, inconsciente de su brutalidad, aferró a la muchacha por los hombros, la sacó de su silla y la sacudió apenas, la respiración congestionada, los ojos frenéticos. Aurelia habló sin necesidad de preguntas.

—Le dijo que sabía de ti, Almanegra, que sabía que tenía un amante. Los había pillado… en la recámara. Le dijo que no te esperase pues tú nunca volverías. Él mismo los había denunciado con la milicia para que cayesen sobre ustedes esa noche, en el Retiro.

—¡Maldito! —exclamó don Ismael, y descargó el puño sobre la mesa—. ¡Miserable!

—¿Cómo lo supo? —se preguntó el cabo Contreras—. ¿Cómo supo que don Edilson recibiría el cargamento?

—Alarcón le prestaba algunos servicios a don Edilson —apuntó Melor Marrak—. Alarcón trabajaba en la gobernación y le era muy útil a don Edilson con la documentación de la mercancía.

Aitor, que nunca había quitado las manos de los brazos de Aurelia y seguía mirándola fijamente, masculló, sin aliento:

—¿Emanuela?

—No pudo hacerle nada. Quédate tranquilo. Saite y Orlando la defendieron. Después de esa noche, no volvimos a verlo. El malnacido huyó a San Isidro para esconderse, para ocultar las heridas que le había hecho Saite.

Los brazos de Aitor cayeron al costado de su cuerpo, lo mismo su cabeza. Se apretó los ojos con el índice y el pulgar y, sin mirar, ni hablar con nadie, abandonó el rancho. Caminó por la vasta extensión de terreno sin rumbo, con la mente hecha un lío, mientras tomaba grandes inspiraciones para aplacar las ganas de llorar y de gritar. Más en dominio de sus emociones, susurró:

—Alonso de Alarcón.

El eco de los cascos de un caballo lo trajeron de vuelta al presente. Aguardó con calma, obligándose a mantener una respiración estable. Momentos después, se perfiló la silueta de un jinete en la esquina con la calle de Santo Cristo. Columbró el cielo y calculó que serían las cinco de la mañana. El hijoputa había viajado durante la noche, lo cual evidenciaba la urgencia con que se había lanzado hacia Buenos Aires. ¿Le habrían comunicado que Emanuela había huido?

El jinete detuvo el caballo frente al portón de mulas de los Urízar y Vega y se apeó deslizándose por el costado de la montura, testimonio del cuerpo agarrotado. Aitor cayó por tierra con la agilidad y el sigilo de un gato. Caminó hacia su víctima, que acomodaba las riendas, y se detuvo a sus espaldas, cuidándose de ubicarse al favor de la brisa para que el caballo no lo olfatease y alertase a su dueño.

—Alonso de Alarcón.

El hombre emitió un alarido y se dio vuelta. Aitor lo sujetó por el cuello con la mano izquierda y apretó sin misericordia. Las manos de don Alonso volaron en un movimiento mecánico y se cerraron en torno al antebrazo del atacante.

—Sabes quién soy, ¿verdad?

Como no contestaba, Aitor aplicó más presión al cuello. Alarcón emitió un gemido para decir sí e intentó apartar las manos que lo ahogaban. Aitor le sonrió, una sonrisa macabra que enseñaba sus colmillos. Los movimientos de Alarcón se aquietaron, y se le cortaron las inspiraciones agitadas.

—Esto es por don Edilson —susurró Aitor, y le hundió el cuchillo en el vientre.

Desde esa corta distancia, la estocada había precisado de una potencia descomunal para atravesar la gruesa tela del tabardo, de la chaqueta y de la chupa; no obstante, los músculos del rostro de Aitor apenas si se habían tensado. Alonso de Alarcón ahogó un lamento y cayó, de rodillas, frente al atacante. Se sujetó el vientre y se dobló hacia delante. Aitor se colocó detrás de él y, de un manotazo, le quitó el sombrero y la peluca blanca, a la cual estudió con una mueca de desprecio antes de arrojarla a la calle. Lo aferró por el cabello y lo obligó a echar la cabeza hacia atrás. Se inclinó y le habló al oído.

—Y esto, Alarcón, es por haber osado poner una mano encima de mi mujer, la que lleva a mi hijo en el vientre.

Lo degolló con un corte fluido y certero. Un chorro de sangre saltó antes de que don Alonso se cubriese la garganta. Aitor se quedó de pie, detrás de su víctima. Lo observó convulsionarse. El hombre cayó y se sacudió. Segundos más tarde, se quedó quieto en un charco de sangre. Aitor se inclinó y limpió la hoja en el género de lana del abrigo de Alarcón. Allí dejó el cadáver, junto al portón de mulas. Se llevó el caballo, un excelente espécimen de alazán.

* * *

Así como había despachado a Alarcón, Aitor habría deseado hacer otro tanto con Murguía antes de partir. Su venganza con el matasanos tendría que esperar. El día anterior, después de abandonar la casa de don Edilson, había enviado a Ciro a lo del médico para averiguar sobre sus movimientos. Una mujer le había informado que el doctor Murguía había salido de viaje y que no sabían cuándo regresaría, ni adónde había ido. Tentado a quedarse para completar su venganza, Aitor había atendido a las razones de Conan: permanecer más tiempo en la ciudad, con la milicia alborotada por la fuga y los blandengues buscándolo por todas partes, era una acción además de imprudente, estúpida. A regañadientes, tascando insultos, se avino a seguir el consejo de su amigo.

Los tres, Aitor, Conan y Ciro, transcurrieron la jornada en el sitio donde habían entrenado con el arco y la flecha, mientras aguardaban a que cayese el sol. El esclavo demostró su valía cuando sacó un pedazo de queso, pan y un trozo de jamón e improvisó una comida que acalló el rugido de las tripas. Preparó café, que Aitor nunca había probado y que le resultó demasiado amargo; lo escupió. El mate cocido, en cambio, sabía muy bien. Se bebió un tazón y se echó a dormir; estaba extenuado.

Emprendieron el regreso a la hora del crepúsculo. Aitor, con el pañuelo de Emanuela sobre la cara y el sombrero caído en la frente, montaba el alazán de don Alonso, mientras Ciro, temblando y mascullando lamentos, iba en el animal que había usado Aitor. Como el esclavo no se atrevía a galopar, les llevó varias horas llegar al rancho de la cuñada de don Ismael. La mayoría dormía fuera, cubiertos por mantas, en torno a un fogón del que solo quedaban las ascuas. Se despertaron con los primeros rayos de sol y bebieron mate y comieron pan con grasa que, en silencio, Aurelia, Delia y su hermana les extendían.

Aitor masticaba y fijaba la vista en las brasas. Poco a poco, fue percibiendo que las voluntades de esas personas se dirigían a él, como si esperasen que les diese la respuesta a un acertijo. Elevó el rostro y los contempló, uno por uno, a don Ismael, a su hijo Lindor, a Frías, el más débil de los blandengues, a Contreras y a Perdías. También estaba el tal Manuel, que lucía asustado, y Ciro, con su mirada cargada de fatalismo. Las tres Marrak también lo contemplaban con expresiones ansiosas. Incluso Aurelia y Delia, que se mantenían apartadas, lo observaban.

—Queremos ir contigo, Almanegra —habló don Ismael—. No podemos quedarnos aquí. Nos busca la milicia. Si nos atrapan, nos cuelgan.

—Antes que nada, don Ismael, quiero agradecerle a su hijo, a Contreras, a Frías y a Perdías porque hayan arriesgado el pellejo para salvarme. Les debo la vida, y nunca me olvidaré de eso.

—Tú nos las salvaste aquella noche —recordó Matas—, cuando regresábamos de mi casa, con tu mujer, que le había salvado la vida a mi hermana.

—Sí —se aunaron Frías y Contreras.

—No sé qué haré ahora, don Ismael —confesó Aitor—. Solo sé que viajaré al norte. Saldré mañana por la mañana.

—Iremos contigo —insistió el hombre—, si nos lo permites. No queda nada para nosotros aquí. Mi hijo ha desertado y yo perdí mi trabajo. ¿Qué podemos esperar? Hambre y miedo, solo eso.

Aitor asintió y se puso de pie. Se alejó a pasos lentos que no reflejaban la turbulencia de su alma. Necesitaba estar a solas, meditar lo que haría. Solo pensaba en Emanuela, en lo que había padecido sola y en que otra vez lo había abandonado sin decirle adónde marcharía. La rabia competía con la desolación. Se sentía herido, defraudado, y, sin cesar, evocaba la tarde del reencuentro, uno de los momentos más difíciles y cruciales de sus casi veintidós años, cuando ella, pese a todo, le había susurrado "perdóname". *"¿Cómo, Jasy?"* *"Que me perdones." "¿Que te perdone qué, Jasy?" "Haberme ido de San Ignacio sin esperar a que regresases. Falté a la promesa que te había hecho, que siempre estaría allí, esperando a que regresases... Debí esperarte, Aitor, y hablar contigo. Desaparecer fue una cobardía, ahora lo comprendo... Tal vez mi ausencia no habría sido tan dura si hubiese hablado contigo antes de partir."* ¿Es que de nuevo, como en una macabra pesadilla, debería soportar el padecimiento que causaba la ausencia de la razón de su vida? Sin razón, no había vida. Sin Jasy, había muerte. Y oscuridad. Y dolor, tanto dolor.

—Dios mío, Emanuela. No me hagas esto de nuevo. Te lo suplico.

Tensó el cuerpo y apretó los dientes para detener las ganas de llorar. Llorar lo debilitaba, lo avergonzaba, le nublaba la mente. ¿Por qué debía padecer esa tortura de nuevo? "¡Por qué!", exclamó, y se castigó la mano izquierda asestando un golpe de puño con la derecha. Estaba cansado de vivir en vilo. Se secó los ojos con pasadas bruscas. Reconocía la oscuridad que comenzaba a cubrirlo, el odio que asomaba para cegarlo, la rabia que se apoderaba de su voluntad. Y cuando eso acontecía, él solo sabía atacar, dañar, destrozar. Sus demonios se alzaron y rugieron al imaginarla en compañía de Lope, en el confinamiento de un barco, donde buscaría rozarla, olerla, besarla. Su vista captó el destello del anillo que había encontrado entre las cosas de don Edilson, en la caja fuerte, el de la calavera. Ese símbolo de muerte representaba cabalmente lo que se había desatado en su interior y que él no sabía ni quería dominar, y casi resultaba una broma sarcástica que las piedras que ocupaban las cuencas de la figura le recordasen el azul de los ojos de Emanuela. Y el de los de Lope.

Se quitó el fular que llevaba al cuello, el que ella le había cosido y bordado, y hundió la nariz en él, desesperado por atrapar los últimos vestigios de su aroma antes de que el tiempo los borrase. Lo arrojó al piso, enfurecido. ¿Por qué tenía que conformarse con un trapo cuando ella era toda de él? La odiaba con el mismo fervor con que la amaba y la deseaba. Se imaginó cerrando las manos en torno a su cuello delgado y blanco y apretando hasta quitarle la vida, porque él era dueño aun de su vida. Si era cierto que se había marchado con Lope, y estaba seguro de que lo era, eso significaba que había preferido ese marica a él; había elegido su protección y su dinero al amor que tanto le había jurado profesar. Lo había abandonado, sin importarle que él se pudriese en las mazmorras de los blandengues. Había escapado sin echar un vistazo atrás, sin preocuparse por él, por si moría ahorcado o cocinado a latigazos. Matas le había dicho que Emanuela sabía que intentarían rescatarlo. De todos modos, ella se había marchado sin saber a ciencia cierta si él había conseguido escapar, y eso lo ofendía, lo lastimaba, lo enfurecía. El amor que había jurado profesarle se había desvanecido como por acción de un hechizo solo porque él estaba casado con Olivia. ¿Por qué le costaba entender que, para él, ese matrimonio no contaba? ¿Acaso no valían las promesas que habían intercambiado en las incontables noches de pasión? ¿Cuántas veces Emanuela le había jurado que no necesitaba ser rica, ni poseer joyas, ni propiedades, solo tenerlo a su lado?

—¡Maldita mentirosa! —masculló.

—Aitor. —La voz de Conan no lo sorprendió; lo había oído aproximarse, y sabía que se trataba de él pues había reconocido su olor.

—¿Qué quieres, Conan? —lo increpó, sin volverse.

—Hablar contigo.

—¿De qué?

—De lo que te atormenta.

—No.

—Hablemos de Manú.

El cornuallés rodeó a su amigo, se detuvo frente a él y le extendió el fular que había recogido del suelo. Aitor se lo arrebató evitando mirarlo a la cara.

—Hablemos de ella —insistió.

En su viaje hacia Buenos Aires, cuando no galopaban para darle un respiro a los caballos, Aitor le había contado a Conan acerca de su última noche con Emanuela, cuando ella lo enfrentó para preguntarle si estaba casado con Olivia. Conan no había hecho comentarios en esa oportunidad. "Parece", pensó Aitor con sarcasmo, "que está dispuesto a hacerlos en el peor momento". Alzó la vista decidido a despacharlo con una frase cruel y se detuvo al encontrarse con el rostro de su único amigo, en el que no halló pena, ni condena, solo serenidad.

—Sé que se dirige a *Orembae*, lo sé. La desaparición de Lope al mismo tiempo que la de ella no es casualidad. —Sin remedio, la ira se deslizó por su cuerpo con la velocidad con que la sangre le pulsaba en las venas—. ¡Mierda!

—Cálmate.

—Voy a degollar a Lope. Le advertí que lo haría si volvía a acercarse a mi mujer. Lo hizo. Pues yo cumpliré con mi palabra.

—Amigo, entiendo el tormento por el que estás pasando, pero debes comprender que Manú estaba acosada y sola. Lope, su único amigo, el único que le tendió una mano, no merece tu odio, sino tu agradecimiento.

—¡Mi cuchillo, eso es lo que merece!

—Aitor, has cometido torpezas en el pasado culpa de las pasiones que te ciegan. Tienes que aprender de los errores y no caer de nuevo en ellos. Serénate y reflexiona.

—¿Qué tengo que reflexionar? Iré a *Orembae*, degollaré a ese hijoputa y me llevaré a mi mujer.

—¿Te la llevarás? ¿Adónde? —Aitor lo horadó con unos ojos de fuego dorado—. ¿Qué clase de vida le ofrecerás? ¿La del fugitivo? ¿La del perseguido? ¿Podrás darle un hogar digno y confortable? Ella está encinta, Aitor. Una mujer, cuando está gruesa, necesita paz, serenidad, buena alimentación, descanso. Después, cuando se ponen muy pesadas, les cuesta moverse. Como fugado de la justicia, tú llevarás una vida nómade. ¿Emanuela podrá seguir tus pasos? ¿Podrá montar sin riesgo a dañarse y dañar al niño?

—¡No me importa! ¡Ella es mía! ¡Su sitio está junto a mí, el padre de su hijo!

—Eres egoísta, Aitor.

Aitor se movió hacia delante impulsado por el espíritu depredador que habitaba en las profundidades de su ser y que en ese momento ardía en sus ojos de felino. Conan no se retrajo, y lo detuvo en seco con una frase.

—Lastimaste a Manú, Aitor. De nuevo. Enterarse de que estás casado debió de haber sido muy duro para ella.

—¡Mi matrimonio con Olivia no significa nada para mí!

—¿Por qué te cuesta tanto ponerte en sus zapatos? ¿Por qué no intentas pensar en lo que ella sintió cuando se enteró? ¡Y no de tu boca!

Al cabo, Aitor se aflojó con un gruñido ronco y agitó la cabeza.

—No sé cómo hacerlo —admitió, entre enojado y vencido—. No sé cómo ponerme en sus zapatos.

—¿Qué habrías sentido tú si te hubieses enterado de que ella se había casado con otro durante su tiempo de separación?

—Si lo que buscas es que me calme, hacerme pensar en eso no es el mejor camino.

Conan rio por lo bajo. Apretó el brazo de Aitor, justo en torno al tatuaje, y le dijo:

—Ven, caminemos un rato. Nos hará bien.

Se alejaron hacia la inmensidad de la planicie. Atrás quedaban el rancho, la gente y los sonidos. Hacia delante se les presentaba un horizonte abierto y despejado.

—¿Qué harías en mi lugar, Conan?

—Confiaría en Manú.

—¿Qué quieres decir?

—Quiero decir que debes confiar que, con el tiempo, te perdonará la nueva traición que significó para ella tu matrimonio con Olivia. Le daría tiempo para sanar la herida.

—¿Vivir sin ella? —preguntó, incapaz de esconder la desolación.

—Si eso es lo que ella necesita para cicatrizar la herida, sí. Aitor, un hombre no hace lo que *quiere*, sino lo que *debe* para lograr un propósito.

—¿Cuál es mi propósito?

—Convertirte en un hombre digno de la mujer extraordinaria que te tocó en suerte. Ahora no eres nadie excepto un fugado de la justicia. Ni siquiera puedes ofrecerle un techo. Pero podrías convertirte en ese hombre si fijases un plan y lo siguieses a rajatabla.

—¿Qué plan?

—El de volverte rico, inmensamente rico, y así convertirte en alguien tan poderoso que nadie podría tocarte, ni tocar a quienes amas.

—Por muy rico que sea, y no sé cómo lograría serlo, siempre seré un prisionero escapado de las mazmorras de los blandengues.

—Si algo he aprendido en esta tierra es que todo tiene un precio. Y si tú cuentas con el dinero para pagarlo, limpiarás tu nombre y hasta podrás convertirte en uno de los hombres más importantes de la sociedad.

—¿Yo? —carcajeó Aitor—. ¿Un indio miserable?

—Un indio miserable, sí, pero un indio muy rico.

—Tan rico como Creso —farfulló Aitor, y se acordó de la noche en que su Jasy le había explicado quién era el tal Creso. Y también evocó otro diálogo, que en esas circunstancias lo hizo sonreír. "*¿Y si no lo logras? ¿Si no logras conseguir dinero y prestigio?*" "*Logro todo lo que me propongo, Jasy. Deberías saberlo.*"

—Tienes contigo el mapa que te dejó don Edilson —prosiguió Conan—. Buscaremos la mina.

—Una vez me dijiste —le recordó Aitor— que para explotar una mina de estaño se necesita mucho dinero.

—Toneladas de dinero —ratificó el muchacho.

—Tendremos que conseguirlo, entonces.

—¿Se lo pedirás a tu padre?

Aitor se dio cuenta de que hacía tiempo que no le destinaba un pensamiento a Vespaciano de Amaral y Medeiros. Aunque le costase admitirlo, lo echaba de menos, y saberlo enfermo y postrado, le causó una pena que lo sorprendió por lo profunda. "Al menos", se conformó, "dentro de poco Jasy estará con él".

—No se lo pediré a él. Mi padre ya no administra su dinero, sino Lope.

—Y a tu hermano no se lo pedirías, ¿verdad?

—Antes muerto —afirmó, y escupió al costado.

—Pues no te quedará otra alternativa que conseguirlo en otra parte.

—Y eso pienso hacer —declaró con soberbia y se alejó, y Conan supo que no debía seguirlo.

Aitor avanzó hacia la planicie que se extendía frente a él, consciente del pañuelo que apretaba en el puño. Lo apretaba y lo apretaba para ahogar la desesperación. La conversación con su amigo le había agitado la sangre y ahora, en soledad, la rabia comenzaba a ceder y le franqueaba el paso a la nostalgia, y lo apabullaba saber que se hallaba en el mismo punto que casi tres años atrás, cuando, de regreso en

San Ignacio Miní, se había enterado de que su Jasy lo había abandonado. Reprimió el llanto, que brotó como un quejido estrangulado, y siguió apretando el puño y los párpados, resistiendo, negándose a rendirse, repeliendo el deseo de morir y despreciando la debilidad que lo amenazaba.

En esa instancia en que el golpe que entrañaba la nueva pérdida de Emanuela amenazaba con quebrarlo, la voz de su *pa'i* Ursus se coló entre sus negros pensamientos, y empezó como un susurro para terminar como una proclamación a viva voz.

Como una encina atacada por fuertes hachas
en los negros bosques del Álgido,
pasando por pérdidas y heridas,
del mismo hierro recibe energía y vigor.

* * *

Así como recordaba el viaje desde Asunción hacia Buenos Aires como un período placentero, remontar el Paraná con rumbo a la Provincia del Paraguay se había convertido en un tormento. Habían tardado ciento dos días en llegar. Lope le había explicado que, al navegar en contracorriente, la velocidad descendía a tres nudos y que recorrían pocas millas cada jornada. Además de la lentitud, a Emanuela la debilitaban las náuseas y los vómitos matinales. Se empeñaba por alimentarse para recuperar el vigor, pero le costaba retener los alimentos. El tedio también resultaba exasperante.

A pesar de que del puerto de Asunción no guardaba buenos recuerdos y de que se trataba de un sitio ruidoso y maloliente, Emanuela puso un pie en tierra y sintió dicha. Por otro lado, se hallaba cerca de su gente, de su *pa'i*, de sus mascotas. Le caían lágrimas mientras avanzaba por la calle lodosa del brazo de Lope. Le costaba creer que estaba de regreso.

Amó *Orembae* desde el momento en que traspuso el portón que constituía el único acceso en el muro alto, grueso y blanco que circundaba el casco de la hacienda. Amó el jardín y a la que lo mantenía con tanto primor, doña Florbela; amó la casa, los aromas de cera de abeja que manaban de los muebles y el del perfume de verbena de Ginebra. Amó a las hijas de Lope, Emanuela y María de los Milagros, y pensó en que serían las primas de su hijo. Sobre todo, amó a Vespaciano, el padre de Aitor.

Lo conoció tres días más tarde de su llegada a *Orembae*. Lo mantenían aislado en una recámara, donde, según le informó Florbela, su salud se debilitaba día a día, su cuerpo se consumía y la luz de sus ojos azules se apagaba. Una tarde, Emanuela se escabulló por la casona y entró en el dormitorio que Adeltú le había señalado como el del amo. La india encomendada que se sentaba junto a la cama del enfermo se puso de pie.

—Puedes irte —le ordenó Emanuela en guaraní—. Yo me quedaré con él ahora.

Se aproximó a la cabecera y, mientras lo hacía, descubrió que Amaral y Medeiros la seguía con la mirada. No había animosidad, ni siquiera curiosidad. Había desesperación, tristeza. Sin pensarlo, le colocó la mano sobre la frente y bajó los párpados. La respiración se le fue acompasando, y una paz como hacía tiempo no experimentaba la invadió lentamente, y junto con ella, llegaron el cosquilleo y el calor, que ella imaginó derramándose sobre el rostro del padre de su amado Aitor. Cuando emergió del trance y quitó la mano, abrió los ojos y encontró los de Amaral y Medeiros colmados de lágrimas. Emanuela se inclinó y le secó las mejillas con un pañuelo.

—Shhh. Tranquilo —dijo en guaraní, pues Lope le había comentado que su padre lo hablaba con fluidez—. Soy Emanuela Ñeenguirú y me ocuparé de usted con todo el amor que emplearía una hija. Ya lo verá, don Vespaciano, pronto se pondrá bien. —Cerró los labios y tragó la emoción que le tensaba la garganta—. ¿Sabe? Necesito que vuelva a ser el hombre fuerte que era, porque… —Recogió la mano que yacía, muerta, sobre el colchón y la sostuvo apoyada sobre su vientre—. Aquí, dentro de mí, crece el hijo de su hijo Aitor, que es el amor de mi vida, lo que más amo en este mundo, y quiero que conozca a su abuelo y que su abuelo lo vea crecer.

Las lágrimas seguían bañando el rostro consumido, arrugado y macilento. Emanuela también lo observaba tras un velo y no habría podido aseverar, pero estaba casi segura de que Vespaciano de Amaral y Medeiros había asentido con la cabeza.

* * *

Hernando de Calatrava detuvo la carreta en los confines del mercado de Asunción. Un mulatillo de unos ocho, nueve años, se acercó corriendo.

—¡Buen día, don Hernando!

—Buen día, Damián.

—¿Le cuido la carreta? —preguntó, mientras acariciaba la testuz de la mula.

Hernando asintió y le colocó un puñado de alfeñiques en la mano. La familiaridad con que trataba al niño hablaba de lo frecuentes que eran sus visitas al mercado, donde trocaba sus productos por los que él y Nicolasa precisaban. Esa mañana, se encontraba allí no para comerciar el algodón que cultivaba en su chácara, sino para comprar una esclava. De hecho, se había enterado del inminente remate de esclavos gracias a Damián, que se lo había comentado semanas atrás. Ansiaba encontrar un buen espécimen y sorprender a su esposa. Aunque lo había traicionado con Amaral y Medeiros, admitía que él nunca había sido un buen esposo y que la había abandonado a su suerte. Deseaba compensarla aunque más no fuese con una sierva que la ayudase con las tareas domésticas que tanto la fastidiaban.

—¿Vuesa mercé viene a la almoneda?

—Así es, Damián.

—Es allí —dijo el niño, y señaló el sector del mercado donde comenzaba a agolparse la gente en torno a una improvisada plataforma elevada apenas un palmo del terreno fangoso.

—Será mejor que me apresure o no conseguiré un sitio en la primera fila.

—¡Nos vemos más tarde, don Hernando!

Calatrava sonrió al niño y se tocó la punta del tricornio a modo de saludo.

* * *

Claudio de Ifrán y Bojons avanzaba con la mirada al suelo, indiferente al ruedo de su hábito blanco, rojizo de tanto transitar las calles embarradas de Asunción. En cambio, prestaba atención al discurso agitado del hombrecillo que lo seguía con dificultad. Su trancada, la de un hombre de más de seis pies, no se comparaba con la de uno que, a duras penas, alcazaba los cinco pies, cuatro pulgadas. No obstante, y más allá de su falta de estatura física, el hombrecillo, a quien él llamaba solo por el apellido, Árdenas, era un cazador de brujas y de herejes y había trabajado para él desde sus primeros tiempos como inquisidor. Al haberse familiarizado con cada truco, cada marca, cada ardid de esas malditas concubinas del demonio, las reconocía entre miles.

Detrás, a distancia prudente para no escuchar la conversación, caminaba Pablo Cerdán y Jaume, un novicio a quien el abad del convento de los dominicos de Asunción le había asignado la tarea de asistir al insigne fray Claudio de Ifrán y Bojons. El joven había recibido el encargo con un temblequeo de manos y de voz y ojos arrasados. Una vez a solas, el inquisidor le había preguntado el motivo de la emoción.

—Es que vos, mi señor, habéis sido una gran inspiración para mí desde un principio. He leído todos vuestros escritos y os admiro profundamente. Admiro la fortaleza de vuestra fe, la profundidad de vuestro compromiso y la rectitud de vuestro comportamiento. Aspiro a ser como vos un día.

Claudio de Ifrán y Bojons se lo quedó mirando, aturdido por la devoción y la admiración del mozalbete. Le recordaba a sus años mozos, cuando servir al Señor era lo único que contaba. Después, aquella bruja se había cruzado en su camino, y su vida se había ido al garete. Más que un gran inquisidor, había meditado en aquella oportunidad mientras los ojos del joven Pablo lo contemplaban con fervor, se había convertido en un maestro de la actuación y de la ocultación.

—Fray Claudio —dijo Árdenas, pues sospechaba que el dominico no le prestaba atención.

El religioso, sin aminorar el paso, volvió apenas la cabeza y lo miró a los ojos, brevemente, lo suficiente para que su interlocutor bajase la vista.

—Sigue hablando, Árdenas, te oigo.

—Le decía que en mi viaje a Córdoba…

—No me vengas con tu viaje a Córdoba —desestimó el dominico—. Tú y yo sabemos que allí no has descubierto nada de valía, como de costumbre. Eres un inútil. Si no la hubieses dejado escapar años atrás, hoy ya no tendría que soportar tu presencia.

—Excelencia, os he servido con fidelidad…

—Y te has llenado la faltriquera gracias a esa fidelidad.

—Sí, Excelencia —farfulló—. Vuesa merced es muy generoso. Ayer, sin embargo, he realizado un descubrimiento importante acerca de la casa en el Barrio de las Barcas, esa que vuesa merced me pidió que investigase.

Ifrán y Bojons ocultó su ansiedad. Allí, frente a esa casa, lo había visto por última vez, y había sido la tristeza que lo circundaba mientras fijaba la vista en la fachada de aspecto descuidado lo que lo había llevado a sospechar que se relacionaba con María Clara.

—Habla.

—Allí viven el jefe de la policía del Cabildo y su familia. Compraron la casa por unos cuartillos después de que se sofocó la revuelta de los comuneros. Parece ser que pertenecía a uno de los insurrectos.

—¿A quién?

—A Calatrava —dijo Árdenas, y una sonrisa suficiente le desveló los dientes manchados.

"Calatrava", repitió el dominico, y sintió que se le hundía en la palma de la mano la figura del Cristo del rosario de quince misterios que colgaba de su cinto.

—¿Qué más has podido averiguar?

—Calatrava vivía allí con su joven esposa.

—Pero no fue allí donde tú hallaste a María Clara.

—No. Después de que él fue apresado por su participación en la revuelta, ella desapareció y la casa fue confiscada por el gobernador Zabala.

—Entonces —el tono del inquisidor se endureció—, estamos como al principio, sin ninguna pista.

—La esposa del comisario recuerda a la joven esposa del coronel Calatrava. Asegura que ella…

—¡Habla! —exclamó, y enseguida se arrepintió. Aun el joven Pablo Cerdán y Jaume, que caminaba unas varas detrás de ellos, se sobresaltó. Jamás perdía el control; ese hombrecillo del demonio siempre conseguía sacar lo peor de su índole.

—La mujer asegura que la muchacha estaba… —bajó aún más la voz para susurrar— encinta.

Ifrán y Bojons se detuvo de modo intempestivo. Por el rabillo del ojo confirmó que el novicio se mantuviese lejos.

—¿Qué has dicho?

—Eso afirma la mujer, que la muchacha estaba encinta.

Conjuró su fortaleza proverbial para evitar descargar la ira contra ese fantoche.

—Jamás lo mencionaste, Árdenas. La tuviste contigo esas horas, pudiste verla, y nunca lo mencionaste.

—No lo sabía, fray Claudio. ¡Os lo juro! —Se practicó la señal de la cruz sobre los labios.

—¡No ejecutes ese signo blasfemo delante de mí!

—Os pido disculpas, fray Claudio.

—¿Cómo es posible que no lo supieses? ¡La viste! —masculló entre dientes—. ¿O es que me has mentido todos estos años y jamás la encontraste?

—¡Por supuesto que no os he mentido! ¡Os lo juro por la memoria de mi madre! Pero no lucía encinta, Excelencia. ¡No lucía encinta!

Después de fulminarlo con ojos ennegrecidos de rabia, el inquisidor reanudó su marcha. Sometía la nueva información a un análisis intenso. Sí, se dijo, era posible que la preñez de María Clara no se hubiese evidenciado. Era muy menuda y delgada, y las mujeres se preocupaban en ocultarlo tras amplias batas de cotillas y rebozos.

—¿De cuántos meses de gestación estaba?

—La mujer del comisario no supo decirme.

¿Habría nacido el hijo de María Clara? ¿Dónde se hallarían, ella y el niño? Aunque ya no debía de ser un niño, sino un zagal. Una ansiedad voraz por conocerlo se apoderó de su espíritu.

—Seguirás investigando, Árdenas —ordenó, con gran esfuerzo por mantener la voz baja—. Ahora más que nunca tenemos que hallar a María Clara y a su hijo.

—Así lo haré, Excelencia. ¿Puedo retirarme ahora?

—No. Te he pedido que me acompañases hoy porque preciso que pujes por mí en una almoneda de esclavos.

Aunque lo sorprendió, Árdenas se cuidó de pronunciar comentarios o de formular preguntas. Se limitó a asentir.

—Será un placer serviros, fray Claudio.

—Bien. Consígueme un sitio en la primera fila. Quiero ocupar una posición que me permita evaluar bien el ejemplar.

Lo distinguió enseguida, y el corazón le dio un vuelco. Momentos atrás hablaba acerca de María Clara y recibía la noticia más desconcertante de los últimos tiempos, y unos minutos después tenía frente a él al hombre que había causado la herida y el dolor más profundos y duraderos de su vida. "Hernando de Calatrava", masculló para sí. Sabía por Árdenas que vivía en un chácara en las afueras de Asunción, donde se dedicaba al cultivo de algodón. Su mujer, una tal Nicolasa, lo ayudaba con la casa y la huerta.

Calatrava lo reconoció en su hábito blanco, orlado de una sombra rojiza en el ruedo, la cabeza de cabello entrecano y abundante, coronada por una tonsura, y las cejas pobladas que se elevaban ante la sorpresa de encontrarlo en el remate. Se midieron con una mirada en la cual el odio y el desprecio que sentían el uno por el otro habrían resultado imposibles de ocultar.

El contacto se rompió cuando el martillero anunció el inicio de la almoneda. Ninguno de los ejemplares masculinos convencía a

Claudio de Ifrán y Bojons, que seguía el remate con su atención compartida entre el desfile de negros y el comportamiento de Calatrava, que tampoco se mostraba interesado en la oferta. Hasta que le notó el movimiento sutil en el cuerpo y el cambio en la expresión ante la aparición de una mujer en el estrado. Tendría unos cuarenta, cincuenta años; era difícil adivinar con esa gente. Medio petiza y regordeta, se la veía sana, con la piel del rostro brillante y sin carimbos que la afeasen. La primera oferta la hizo Calatrava, tal y como Ifrán y Bojons había sospechado. La segunda la vociferó él mismo, lo cual asombró al joven novicio y a Árdenas.

Calatrava era consciente de que la fortuna de Ifrán y Bojons acabaría por arrebatarle la única esclava decente. Pujaría y pujaría, y sería capaz de pagar una suma que la mujer no valía para ganarle el forcejeo. ¿Cuánto tiempo pasaría hasta que se repitiese otra almoneda en Asunción? Además, ¿para qué quería un inquisidor dominico una esclava? Las mujeres tenían prohibido el ingreso en los conventos, esclava o mujer libre, daba lo mismo. Era claro: lo hacía para fastidiarlo.

Se calzó el tricornio y cruzó el espacio que lo separaba de su enemigo ancestral. La puja, que se había limitado a las ofertas de él y del dominico, cayó en una pausa. Varios pares de ojos, incluidos los del martillero, lo siguieron en tanto él se aproximaba a Claudio de Ifrán y Bojons. Se detuvo frente a él y, como eran de una estatura similar, se miraron a los ojos. Se inclinó y le habló al oído.

El joven Pablo y Árdenas fueron testigos de la expresión que demudó el gesto duro del dominico y lo convirtió en uno de sorpresa e ira, mientras el extraño le susurraba: las cejas se le elevaron, la boca se le entreabrió y la piel se le tornó de un rojo furioso, aun el pabellón de las orejas. Vieron también el semblante satisfecho, iluminado por una sutil sonrisa, del hombre que se atrevía a hablarle al oído a Su Excelencia, y que, cuando acabó, se calzó el tricornio y regresó a su sitio, unas varas más allá. Claudio de Ifrán y Bojons dirigió la mirada hacia el martillero y negó con la cabeza, y la venta de la esclava quedó resuelta a favor del extraño del tricornio.

Calatrava echó un vistazo divertido en dirección al dominico y se aproximó al estrado para perfeccionar la venta y hacerse de los papeles de propiedad de la esclava. Volvió a mirar a Ifrán y Bojons y se tocó el sombrero antes de retirarse del mercado con la mujer por detrás, a quien no destinó ni un vistazo mientras caminaban hacia la carreta. Seguía atrapado en la intensidad de la experiencia que acababa de vivir. Habían transcurrido muchos años, ni siquiera deseaba contarlos, desde que había estado tan cerca de ese malparido. Lo había notado avejentado y arrugado, aunque la mueca de superioridad y vanidad era la misma.

—¡Don Hernando! —Damián, el mulatillo, lo rescató de sus reflexiones—. Veo que ha tenido suerte, señor.

—Así es —dijo, y le dio un trozo de regaliz. Se volvió hacia la esclava y, por primera vez, se dio cuenta de lo abatida que lucía—. ¿Cómo te llamas? —le preguntó de buen modo.

—Romelia, señor.

FIN DE LA SEGUNDA PARTE

AGRADECIMIENTOS

A la escritora Mercedes Rubio, que consiguió mapas del Paraguay y de Asunción, y a Julieta Obedman, mi editora, que hizo de intermediaria.

A mi querida amiga Victoria Ferrari y a su esposo Diego Ambasz, por todas las gestiones en que se embarcaron para conseguir el mapa antiguo del Paraguay, que tanto me sirvió.

A mi lectora María Rosa Lavorato, que me facilitó el libro Misiones jesuíticas y bandeirantes paulistas, de Enrique de Gandía, casi un incunable.

A la querida Carlota "Loti" Lozano, por servir de nexo entre María Rosa Lavorato y yo.

A Vale Catalfo, que, cuando se enteró de que ambientaría mi nueva novela en su provincia, Misiones, me escribió largos mensajes llenos de información valiosa que hablan del amor por su tierra.

Y por último, a mi lectora Lorena López, periodista, por su libro Selva misionera, que tan bien detalla la riqueza de la flora y de la fauna de la bella provincia de Misiones, y por la información de primera mano.